Konsul Kanther und sein Haus

Gertrud Papendick

Konsul Kanther und sein Haus

Ein Roman
um eine Königsberger Familie

RAUTENBERG
im Verlagshaus Würzburg

Umwelthinweis:
Dieses Buch und der Umschlag
wurden auf chlorfrei
gebleichtem Papier gedruckt.
Die Einschrumpffolie – zum Schutz
vor Verschmutzung –
ist aus umweltverträglichem und
recyclingfähigem PE-Material.

Printed in Germany

www.verlagshaus.com
Umschlag: SILBERWALD, Agentur für visuelle
Kommunikation, Würzburg
Druck und Verarbeitung:
Offizin Andersen Nexö, Leipzig

ISBN 978-3-8003-3132-1

Vorwort

Gertrud Papendick ist lange mit diesem Werk schwanger gegangen. Wohl schon in den zwanziger Jahren des letzten Jahrhunderts geplant und in den dreißiger Jahren konzipiert, fand sie erst nach dem Verlust ihrer ostpreußischen Heimat und nach ihrer zermürbenden Tätigkeit als Lehrerin und Rektorin in den fünfziger Jahren zu jener ruhenden „Nachsommer-Gelassenheit", die es ihr ermöglichte, aus dem zeitlichen Abstand eines weiten Rückblicks ihr „Opus magnum" zu schreiben.

Immer wieder findet sich in früheren Rezensionen der vergleichende Hinweis auf die „Buddenbrocks" von Thomas Mann. Das ist berechtigt und falsch zugleich. Ja, natürlich hat dieser epochale Roman über eine Lübecker Patrizierfamilie unsere Autorin beeinflusst und sie überhaupt erst auf die Idee gebracht, etwas Ähnliches und doch ganz Eigenes und Anderes zu Papier zu bringen. Vergeblich wird der Leser nach so tragischen Figuren wie Christian und Hanno Buddenbrock suchen. Auch fehlt dem „Kanther" völlig jene düster-depressive Grundstimmung, die Thomas Mann fast lustvoll über den ganzen Roman verbreitet.

Vielmehr wird sich der Leser entzücken und verzaubern lassen durch die heitere, dabei wirklichkeitsnahe Atmosphäre, die trotz aller Probleme und Konflikte diesen Roman bestimmt. Die Handlungsspanne dauert nicht einmal ein ganzes Jahr. Sie beginnt im Schneematsch eines verspäteten Königsberger Frühlings, erreicht ihren atmosphärischen Höhepunkt mit den nicht enden wollenden Urlaubswochen eines herrlichen Sommers in dem idyllischen Badedorf „Neuenort" an der Ostsee und endet noch vor Weihnachten in dem frühwinterlichen Königsberg mit dem plötzlichen, aber nicht unerwarteten Tod des Konsuls.

Trotz der kurzen Zeit durchlaufen die sehr unterschiedlichen Charaktere dieses Romans eine bemerkenswerte Entwicklung. Die schwärmerische, siebzehnjährige Anne reift zu einer jungen Frau. Sie ist die eigentliche Hauptperson, in deren Erlebnisse sich die anderen Personen spiegeln. Nicht, dass sie die Handlung bestimmen oder gar vorantreiben würde – dazu ist sie noch zu jung, zu unerfahren und auch zu bedeutungslos innerhalb des Familien- und Bekanntenkreises –, aber aus ihrer Sicht begleitet die Autorin eine Handlung, die sich folgerichtig und unerbittlich aus den Umständen und Charakteren vollzieht.

Gelegentlich wechselt die Autorin die Erzählperspektive. Dann sehen wir die Ereignisse aus der Sicht des Konsul Kanther. Zunächst scheint er der Inbegriff eines preußisch-hanseatischen Patriziers zu sein, traditions- und pflichtbewusst, am Althergebrachten hängend, auf seine Autorität als Kopf der Familie und des Unternehmens pochend, insgeheim grollend über seine fünf Kinder, die er allesamt als missraten betrachtet. Dann aber, in der Sommerfrische von Neuenort, unterliegt er dem Charme einer jungen, schönen Frau, die er zuerst nur deshalb ablehnt, weil sie trotz ihrer Jugend schon eine Scheidung aus unglücklicher Ehe hinter sich hat. Wie sich die beiden zutiefst unterschiedlichen Charaktere dann doch einander annähern, wie es der weltoffenen und durchaus schon lebenserfahrenen Liselotte von Orth gelingt, die Zuneigung, ja Bewunderung des alten Konsuls zu erringen und wie sich unter ihrem Einfluss sein bereits verkrustetes Wesen öffnet und er einen späten Frühling erlebt, das ist psychologisch meisterhaft und zugleich spannend geschildert. Nicht, dass sich zwischen beiden eine amouröse Beziehung entwickelte – das wäre in dieser Zeit ein unrealistischer Bruch aller gesellschaftlichen Konvention gewesen – , aber allein der Umgang mit dieser blühenden Frau führt zumindest zeitweise zu einer tiefgreifenden Veränderung im Wesen des Konsuls, die auch sein Verhältnis zu den Kindern beeinflusst. Er wird nachsichtiger, verständnisvoller, offener für ihre Probleme und Wünsche.

Selbst das schwarze Schaf der Familie, der zweitälteste Sohn Otto, der nur zum Schein im fernen Berlin Jurisprudenz und Nationalökonomie, in Wirklichkeit aber Literatur- und Kunstgeschichte studiert und es inzwischen zum Feuilletonredakteur der angesehenen ‚Täglichen Rundschau' gebracht hat, findet bei seinem unerwarteten Besuch in Neuenort die zumindest stille Anerkennung des Konsuls. Und auch die gewagten, aber notwendigen geschäftlichen Neuerungen seines ältesten Sohnes Johann Hermann, der als Teilhaber am väterlichen Geschäft bereits weitgehend die Führung im Kantherschen Kontor übernommen hat, finden insgeheim die grollende Zustimmung des Vaters.

Dann jedoch, mit der Rückkehr aus der befreienden Ungebundenheit des Sommerdomizils in die Enge des herbstlichen Königsbergs und des Kantherschen Hauses in der ‚Oberdammgasse, droht wieder der Rückfall in den gewohnten alten Trott, in die – wie es die 17jährige Anne empfindet – quälende Langeweile des Alltags. „Man war es in diesem Haus und in dieser Familie gewohnt, dass eigentlich niemals etwas geschah außer dem Herkömmlichen und Vorbedachten, es vollzog sich alles ordnungsgemäß und nur sehr allmählich (...)", heißt es im 21. Kapitel. Auch die Besuche von Bekannten und Verwandten bringen keine wirkliches Licht in die Trübnis dieser Tage: „Es fiel ihnen nichts Neues ein, und sie kamen wohl nur, um ihre Langeweile an geeigneter Stelle abzuladen", lässt die Autorin den Konsul nur wenig später räsonieren.

Doch dann brechen in diese zu erstarren drohende Welt des 19. Jahrhunderts – eines großartigen, gewaltigen Jahrhunderts, dessen Kraft sich aber nun im ‚Fin de siècle' erschöpft hat – zwei noch jugendliche Männer ein, die mit ihrer Weitläufigkeit und Modernität und ihrer sympathischen Menschlichkeit das neu angebrochene Jahrhundert verkörpern. Ihrem ungestümen Elan kann der kränkelnde Konsul außer mürrischer Resignation nichts mehr entgegensetzen. Der eine, Carl Laudien, Bruder seiner Schwiegertochter, weltweit erfolgreicher Kaufmann aus dem Danziger Gebiet, erobert im Fluge das Herz von Annes älterer Schwester Doris. Der Konsul beugt sich der überstürzten Verlobung, denn damit ist eine seiner beiden Töchter versorgt. Der andere, Bernhard Fischer, Jugendfreund seines Problemsohnes Otto, taucht nach jahrelanger Abwesenheit unversehens in Königsberg auf und läuft an einem verschneiten Dezembernachmittag Anne Kanther über den Weg. Sie, die Unterprimanerin, hasst „diese alten, engen, ewiggleichen Straßen, die sie sommers und winters, Tag für Tag zu gehen hatte", und wünscht sich nichts sehnlicher, als aus ihrer heimatlichen Welt auszubrechen. Doch dieser deutlich ältere, welterfahrene Mann unbestimmter Profession, gesteht ihr in einem langen Gespräch, dass ihn nach vielen Jahren der Gleichgültigkeit gegenüber der Heimat plötzlich ein tiefes Gefühl des Heimwehs übermannt habe.

Anne ist verwirrt: er, der für sie immer der Inbegriff für Ferne und Abenteuer war und den sie dafür stets heimlich bewundert hat, bekennt sich nun zu seiner Herkunft und Heimat.

Dieses psychologisch ungemein reizvolle Gespräch zwischen ungestümer Jugend und gelassener Lebenserfahrung, in dem sich auch eine zarte Beziehung zwischen beiden anzubahnen scheint, endet mit dem tiefsinnigen Satz Bernhards, der die ewige Dialektik von Nähe und Ferne, von Heimatverbundenheit und Weltbürgertum auf den Punkt bringt: „Mitten in unserer alten Langgasse, Anne, stehen wir am Rande der Unendlichkeit ... Und wir beide gehen noch einmal miteinander auf große Fahrt."

Doch es bleibt bei diesen Andeutungen. Die Autorin lässt offen, was aus Anne – in der wohl viele ihrer eigenen Sehnsüchte und Erwartungen zum Ausdruck kommen – und dem Verhältnis zu Bernhard wird. Unmittelbar auf dieses Gespräch folgt der knappe Schlussabschnitt mit dem Tod des Konsuls: keine Reaktionen der Familie mehr, auch kein ‚Happy-End' für Anne – nein, dieser bildgewaltige Schluss in dramatischer Schroffheit besiegelt das Ende der Handlung. Der Leser aber spürt, dass der Roman in mehreren Handlungen weitergehen könnte. Der Konsul hat vorgesorgt, seine Schutzbefohlenen sind längst flügge. Sie werden ohne ihn ihren eigenen Weg in die unbestimmte Zukunft des 20. Jahrhunderts gehen.

Im Untertitel dieses Buches heißt es: „Roman um eine Königsberger Familie", und dennoch meidet die Autorin mit einer zunächst unverständlichen Konsequenz, ‚Ross und Reiter, zu nennen. Sie spricht von der „Stadt", ihren „Türmen" und „engen Gassen", von der mal „hügeligen", mal „flachen Weite" ihres Umlands, das am „Haff" und der „grenzenlosen See" endet. Niemals jedoch taucht in diesem umfänglichen, aber mit einem fesselnden sprachlichen Sog geschriebenen Werk der Name „Königsberg" auf, und auch das Frische Haff, das Samland, die Frische Nehrung oder gar das Land Ostpreußen werden nie genannt. Der verwunschene Ort Neuhäuser, neben Königsberg zentraler Spielort der Handlung, wird in „Neuenort" umbenannt, und der Pregel, über dessen Brücken so oft gegangen wird, ist nur einfach der „Fluss".

Das mag den Leser befremden, zumal er – wenn er denn das alte Königsberg und seine Umgebung kennt – scheinbar mühelos die treffend charakterisierten

Handlungsorte zu bestimmen vermag. Doch da bleibt etwas Unbestimmtes, Austauschbares, das diesen Roman weit über den ostpreußischen Raum hinaus erhebt. Wer sich in dieses Werk vertieft, der wird sehr bald merken, dass er es hier nicht mit einem verklärenden Heimatroman zu tun hat. Vielmehr ist es der Autorin gelungen, ein packendes Sittengemälde der Zeit um und nach 1900 vor unserem inneren Auge entstehen zu lassen.

„Das Haus des Konsul Kanther" ist eben nicht nur ein Königsberger Familienroman für den nostalgisch gestimmten Leser. Dieses Werk mit seinen gleichermaßen genauen und einfühlsamen, dazu breit gefächerten Beobachtungen ist ein beeindruckendes Gesellschaftsstück, das das Leben des gehobenen Bürgertums im wilhelminischen Kaiserreich mit all seinen Annehmlichkeiten und inneren Widersprüchen voller Anteilnahme, aber auch nüchtern-kritisch schildert. Dass dabei der vierte Stand nur als Staffage in Gestalt treuer Domestiken und naturverbundener Fischer erscheint, mit denen man leutselig, aber stets distanziert verkehrt, ist kein Defizit dieses Romans, sondern entspricht durchaus dem ignoranten Selbstverständnis des Bürgertums in dieser Zeit. Insofern hat dieser Gesellschaftsroman Gültigkeit weit über die Grenzen Ostpreußens hinaus, und jede authentische Ortsangabe würde diesem Anspruch der Autorin zuwiderlaufen.

Dazu kommt, dass Gertrud Papendick keine Historikerin, auch keine Soziologin, sondern eine sprachgewaltige Erzählerin von hoher dichterischer Einbildungskraft ist. Zwar fließen hier mit Sicherheit viele persönliche Erlebnisse, Erfahrungen, Bedrängnisse und Beobachtungen in die Handlung hinein, doch dürfen wir nicht vergessen, dass wir es mit einem Roman zu tun haben, mit einem erfundenen Stück zwischen ‚Dichtung und Wahrheit'. Dass die Autorin nebenbei auch dem alten, untergegangenen Königsberg und dem auch heute noch – trotz aller Verwahrlosung – schönen Samland ein literarisches Denkmal gesetzt hat, das ist eine wunderbare und durchaus beabsichtigte Zugabe, nicht aber das eigentliche Anliegen dieses Werkes.

Es ist eigentlich unvorstellbar, dass der Ort, auf dem heute das chaotische, durch kalte Plattenbauten und hypermodernistische Protzarchitekturen entstellte Kaliningrad steht, einmal eine altehrwürdige Hanse- und Ordensstadt trug, die ähnlich verwinkelt und anmutig war wie das immer noch bestehende und in Teilen wiedererstandene Lübeck. Es gibt zwar zahlreiche Bildbände vom alten Königsberg, die uns mit schönen Schwarz-Weiß-Fotos das Leben in dieser Stadt erahnen lassen. Aber ein literarisches Denkmal – so wie die „Buddenbrocks" für Lübeck –, das diese alten Gemäuer mit tatsächlichem Leben erfüllt , fehlte bisher für Königsberg. Diese Lücke schließt der vorliegende Roman von Gertrud Papendick in überzeugender Weise.

Erstes Kapitel

Die alte Stadt im Osten hatte ihr Gesicht in Jahren und Jahrzehnten wenig verändert.

Aus der Umschnürung der Festungsmauern stiegen ihre vielen Türme in den blassen norddeutschen Himmel. Der hohe gotische Turm der Schloßkirche überragte sie alle, er war das Wahrzeichen für den Heimkehrer, das schon in der Ferne grüßend aufstieg, vom Abendlicht umglänzt, wenn der Zug von der Haffküste her über das endlose Gewirr der Gleise langsam heranrollte.

Sein Anblick hatte Konsul Hermann Kanther vor fast vierzig Jahren, da er, ein junger, weltläufiger Kaufmann, aus England in seine Vaterstadt zurückkehrte, ganz unvermutet mit einer starken Bewegung gefaßt. Und vielleicht war es in jenen Augenblicken geschehen, daß er gelobte, den Turm seiner Kindheit nicht wieder zu verlassen, sondern seiner Stadt und dem alten Haus in der Oberdammgasse lebenslang die Treue zu halten.

Der Schloßturm stand hoch über den engen, geschäftigen Straßen, die der ruhige Fluß zwiefach durchschnitt, von Brücken überquert, von Fahrzeugen aller Art in unaufhörlicher Bewegung wechselvoll belebt. Das war immer so gewesen und war heute noch so. Es konnte nicht sein, daß sich daran jemals etwas ändern würde, wenn auch vielleicht außerhalb der Festungswälle das überquellende Leben nach Ausbreitung und neuer Gestaltung griff.

Und unverändert blieb die Lebensluft, die diesen festgefügten Raum durchwehte, und unverändert blieb das herbe, harte und kräftige Klima, das sich Menschen besonderer Sorte erzeugt hatte.

Vielleicht waren sie nicht immer mit ihm zufrieden; es war eine schwere Anfechtung, sich so viele Monate mit einem hartnäckigen Winter herumzuschlagen und immer so lange auf den Frühling warten zu müssen. In diesem Jahr, das in der ersten Reihe des neuen Jahrhunderts aufstieg, kam er, wie es schien, später noch als sonst.

Anne Kanther, des Konsuls jüngste Tochter, die eigentlich Annemarie hieß — aber der Name war ja viel zu lang für den täglichen Gebrauch in einer großen Familie, die es nicht liebte, Umstände zu machen —, Anne besann sich freilich darauf, daß es im Vorjahre auch weiße Ostern gegeben habe: Schneefall und scharfen Wind, dann plötzlich Tauwetter und hinterher den Schlammschnee auf den Straßen, der zunächst einmal liegenblieb, als sollte er für bestimmte

Zwecke aufbewahrt bleiben; er war grau und wurde braun, er beherrschte das ganze Straßenbild und machte das Herz vor Kummer weinen, wenn man ihn nur ansah; noch schlimmer war es, wenn man hindurchmußte.

In der Regel gab es dann noch einmal Frost, ein paarmal sogar vielleicht, und es folgten lange, graue Tage — Regen, Wind und wieder der Dreck; es war nicht Winter, nicht Frühling, nichts war es, eine Jahreszeit, die es nicht gab, die erst noch hätte erfunden werden müssen.

Wenn Anne Kanther den Weg über die Brücken ging — und das war der Gang jedes Tages, zu welcher Unternehmung und Verrichtung es auch sein mochte —, dann war da immer der Fluß, der seinen Weg in die Freiheit nahm, unablässig und unwiederbringlich, und war der Wind, der weiß Gott woher kam, aus einem Loch in der Atmosphäre vielleicht, und ins Unbekannte von dannen trieb mit den Wolken vor sich her. Der Fluß und der Wind waren das Lebendige, das dieses steinerne Meer durchstieß, die große Kraft von draußen, die sich nicht halten ließ; sie waren der Ausweg aus der Bedrängnis des einförmigen Lebens, das zumeist aus Stunden bestand — Unterrichtsstunden, Klavierstunden, Tanzstunden —, nein, die gab es zum Glück nicht mehr, aber dafür Besuche, Einladungen und die Abende zu Hause um den Familientisch; auch die sogenannten Vergnügungen wurden genau eingeteilt und festgelegt. Es waren die gleichen Dinge, die immer wiederkehrten, ein Rad, das sich drehte, man wußte immer alles vorher, es kam nichts Neues. Anne wunderte sich manchmal, was es wohl damit war, ob sie allein diesen Überdruß empfand; vielleicht war irgend etwas nicht ganz in Ordnung in ihrem Gehirn, »überspannt« nannte man das. Doris zum Beispiel, ihre Schwester, hatte nicht diese unruhigen, aufsässigen Gedanken, sicherlich nicht, obgleich Anne nie versucht hatte, mit ihr darüber zu reden; Doris war allerdings älter, schon einundzwanzig, vielleicht lag es daran, und auch bei ihr selbst kam es dann mit den Jahren in Ordnung. Doch ganz sicher erschien ihr das nicht. Doris war immer anders gewesen, Anne war ja sozusagen auch schon eine junge Dame, aber sehr wohl war ihr dabei nicht.

Das Beste, was es gab, war die Sehnsucht — Sehnsucht wonach, das wußte Anne selber nicht —, es war dieses süße, ziehende und schmerzende Gefühl, das zuzeiten das Herz erfüllte. Es war eigentlich immer da, es ließ sich nie, nie ganz zudecken, es tat einen tiefen Atemzug, wenn man auf den Brücken stehenblieb und dem Fluß nachsah, der von dannen zog. Doch dieser Winter hatte das Wasser durch Monate unterjocht gehalten, der Fluß streckte sich als ein weißerstarrtes Tal zwischen seinen Ufern, auch die Fahrrinne hatte aufgegeben werden müssen, es war ein hochnordischer Hafen im Winterschlaf; ein paar Schiffe lagen im Eise fest, sie waren verschneit, verkrustet und verzaubert; keine Teerjacke ließ sich sehen, keine Hand rührte sich darauf, kein Hund bellte den Möwen nach, die klagend nach Futter herumjagten. Über den Dächern stieg der Rauch kerzengerade empor in den eiskalten blauen Himmel, der kein Erbarmen kannte. Hinter seinem Rand, dort wo der Fluß einen fernen Bogen durch weißes Wiesenland schlug, sank jeden frühen Abend die Sonne in der gleichen blutroten Klarheit hinab. Anne hatte schon oft daran gedacht, sich die Schlittschuhe anzuschnallen und ihr nachzulaufen. Sie konnte sehr gut laufen und wurde niemals müde; es würde den ganzen Flußlauf hinuntergehen und weiter, weiter, eine langgezogene Eisbahn bis hin aufs Haff, und da war dann kein Ende mehr. Sie wußte, daß die Primaner so etwas machten, auch die Studenten zuweilen, doch die hatten meist nicht so viel Zeit und Sinn dafür neben ihrem Komment und Kommers und wie das alles hieß. Aber die eingeborenen großen Jungen wie Bernhard Fischer zum Beispiel, die leisteten sich in jedem Winter so eine Tour – abwärts aufs Haff oder stromauf in die Provinz hinein; dann gingen sie nach ein paar Stunden Eislauf in irgendeinem Gasthaus vor Anker, so einem Dorfkrug am Rande der Welt, und tranken sich ordentlich warm für die Rückfahrt – Grog, Bier und Schnaps, wie man das hierzulande machte. Wahrscheinlich wurden deshalb auf den Gymnasien und auch von den Eltern diese Sportausflüge, wie sie hießen, nicht gewünscht oder gar verboten, aber da pfiffen die ja drauf und machten es heimlich. Von Bernhard wußte Anne es genau, und sie war nicht sicher, ob nicht ihr Bruder Otto damals vor Jahren auch . . . Aber so war das: innerhalb der Familie erfuhr man so etwas am allerwenigsten.

Warum sollte sie eigentlich nicht auch so eine Tour machen? Zäh genug war sie allemal, und es würde einmal etwas sein, eine Tat und ein Erlebnis. »Du bist nicht recht bei Trost«, hatte Doris ihr gesagt, als sie gelegentlich davon anfing. Nein, es wurde nichts draus, sie war eben doch nur ein Mädchen, eine höhere Tochter, sie konnte sich dergleichen wohl ausdenken, aber nie und nimmer tun. Denn wie sollte man sich das in Wirklichkeit vorstellen? Allein oder etwa in männlicher Begleitung? Da war eins so schlimm und unerlaubt wie das andere. Anne überlegte, was es wohl gegeben haben würde, wenn Bernhard Fischer sie vielleicht einmal mitgenommen hätte. Solch ein Langlauf dauerte natürlich den ganzen Tag, erst tief in der Dunkelheit konnte man wieder zurück sein, und damit war ein junges Mädchen aus guter Familie auf Lebenszeit unsterblich kompromittiert. Es war beinahe aufreizend, sich vorzustellen, was für ein Skandal das ehrbare Kantherhaus bis in seine Grundfesten erschüttert hätte. Er würde seine Wellen durch die ganze Stadt geschlagen haben, denn es gab natürlich keine Möglichkeit, eine solche Untat mit Erfolg zu verheimlichen; keine der wohlerzogenen Töchter des Landes hätte weiter mit Annemarie Kanther verkehren dürfen. Und daher hätte Bernhard Fischer das wahrscheinlich auch niemals getan. Im übrigen war das Ganze sowieso eine müßige Überlegung. Denn Bernhard, an den Anne aus Ottos Schülerzeit her eine so zuverlässige Erinnerung bewahrte, war inzwischen über solche abenteuerlichen Unternehmungen längst hinausgewachsen. Er war schon an die Mitte der Zwanzig und war seit langem davon und fort, saß in Berlin und baute den Assessor, vermutlich wenigstens, und hatte das alles über ernsten und bedeutenden Dingen bestimmt vergessen. Als er damals, ein langer, drahtiger Bursche von siebzehn oder achtzehn, auf klingenden Eisen ins Grenzenlose zog, da war Annemarie Kanther noch ein kleines Ding mit einer Ohrenmütze gewesen.

Vielleicht ging es überhaupt nur darum, diese berauschenden Erlebnisse in Gedanken zu gestalten und mit Farben zu malen, die die Wirklichkeit nicht kannte. Das allein war schon wunderbar genug, man konnte auf eine Art davon leben. Aber es hatte keinen Zweck, darüber zu reden. »Nicht recht bei Trost!«

Was tatsächlich davon blieb, war der tägliche Gang auf die bürgerliche Eisbahn, die eingezäunte, abgesperrte, wo man stundenlang in die Runde lief, um zwischendurch immer an der gleichen Stelle für ein paar Minuten Rast zu halten. Das war gang und gäbe, es war bewährte Sitte bei den Schlittschuhläufern, besonders wenn es sich um die festverschworenen Paare handelte. Doris hielt es so, sie hatte immer einen Verehrer, manchmal auch verschiedene, die sie auswechselte und bei Bedarf gegeneinander ausspielte. Doris lief, vom Arm des Kavaliers umfaßt, in schönen langgeschnittenen Bogen dahin; aber bei Anne war es anders, sie fand nicht so recht Kontakt mit den jungen Leuten, sie wußte niemals, was sie mit ihnen reden sollte, und das war dann anstrengend und langweilig.

Anne lief mit ihren Freundinnen, mit Gerda Schütz und Lotte Degenhardt, aber beinahe am liebsten allein. Sie preschte auf ihren langen Beinen dahin, in sausender Fahrt über die Bahn, möglichst allen Reglements zum Trotz, und hängte sich vielleicht hinten auf dem Spielplatz an eine der Ketten, die, zwanzig Mann und mehr, Riemen gefaßt, ihre verwegenen Kreise über das Haff schleuderten. Da flog man nachher wie von einem Windstoß getrieben aus der Peripherie ins Uferlose hinaus. Man landete vielleicht ganz hinten am Zaun und stand einen Augenblick still, um Atem zu holen. Da sahen dann von weitem schon die erhellten Fenster der Stadt in die blauweiße Dämmerung hinaus. Jedesmal war es so, jedesmal gab es den gleichen Schreck: Herrgott, wieviel ist die Uhr?!

Anne hatte keine Uhr, natürlich, die ihre war zu Hause oder gerade kaputt; sie zog in voller Fahrt zum Eingang, um mit Entsetzen festzustellen, daß es schon wieder zu spät war.

Um halb fünf, spätestens, hatten sie alle drei zu Hause zu sein, auch Fritz, obwohl er ein Junge war; aber er war doch der Jüngste, und es haperte bei ihm immer mit den Schularbeiten. Und sie, Anne, ein Mädchen aus guter Familie, hieß es, treibe sich nicht die halbe Nacht draußen herum.

Es kam nie vor, daß die drei Geschwister etwa zusammen losgingen, nein, jedes kam allein. Doris war längst fort, ihr Kavalier brachte sie, das war klar, vielleicht nicht bis nach Hause, sondern vermutlich mit einem Umweg bis in die Nähe der elterlichen Wohnung; darüber war der Mantel des Schweigens gebreitet, denn auch das gehörte zu den Dingen, die der Vater seinen Töchtern nicht erlaubte. Wenn es sich noch um einen Mann von Stellung und Brot gehandelt hätte, wäre die Sache gewiß anders angesehen worden, denn Doris war doch durchaus heiratsfähig. Es war, fand Anne, sogar Zeit mit ihr. Aber das war es ja, Doris hatte leider die Neigung, sich mit jungen Dächsen abzugeben, die nichts waren und nichts vorstellten, Studenten oder Referendaren oder auch mal einem Leutnant mit nichts als seinem bunten Rock. Sie hatte es nicht eilig mit dem Heiraten, wozu auch, dazu kam man immer noch früh genug, und was hatte man überhaupt schon groß davon zu erwarten! Ja, Doris hatte ihre Linie und befand sich wohl dabei.

Anne dagegen jagte erst in letzter Minute mit den klappernden Schlittschuhen am Arm durch die Straßen, sie fuhr im Flur aus dem Mantel, daß ein Ärmel sich ausstülpte, und dann mit einem wendigen Satz an den Kaffeetisch unter die Hängelampe. Natürlich setzte es einen Anpfiff, aber, Gott sei Dank, Fritz war auch noch nicht da. Und der bildschöne Wolfshunger dann vor dem gefüllten Brotkorb, der glich alles wieder aus. Sechs Stück Butterbrot, das war das mindeste.

Bis in die zweite Märzhälfte hinein waren sie dieses Jahr Schlittschuh gelaufen, doch dann machte es eigentlich schon keinen Spaß mehr. Es blieb schon zu lange hell, es war sozusagen ein überständiges Vergnügen. Ja, das war es wohl, Anne hatte eine unbändige, ganz große Sehnsucht nach dem Frühling.

Aber dann war es wie immer: Der Frost brach jäh ab, eine zu Tode erschöpfte Kraft, und es kam das Tauen, es kamen die Wochen des kränkelnden Wetters, in denen die Welt so grau, so leer und so seltsam hoffnungslos war, als könnte es nimmermehr anders werden. Es dauerte zu lange, man war wie besessen vor Unruhe und zugleich von einer schweren Müdigkeit befallen. Irgend jemand schrieb vom Bodensee: »Wir sitzen hier in Waschblusen im Freien.« Anne schloß die Augen und stellte sich das vor, es war bestimmt das Köstlichste auf der Welt: in einer Waschbluse in der Sonne sitzen, auf einer Veranda am Wasser, und Kaffee trinken mit dem Blick in die Ferne. Es war gemein, so etwas zu schreiben.

Alles war schlechter Laune, auch der Vater schimpfte auf das Sauwetter und den miserablen Zustand der Straßen, und das war für seine Kinder eine ganz willkommene Ablenkung.

Ja, es war immer dasselbe. Durch Wochen und Wochen wartete man auf den Frühling, er wollte nicht kommen, er kam nie, er wurde unterschlagen. Eines Tages wachte man auf, und dann war es plötzlich Sommer. Es geschah unvermutet über Nacht. Das war der ostpreußische Zauberschlag.

Doris und Anne schliefen in einem Zimmer nach der Gartenseite, es war ein ziemlich großer Raum mit zwei hohen, schmalen Fenstern. Zwei schmale Nußbaumbetten, die Großelternbetten, standen darin und sonst eine Menge alter Hausrat, darunter ein dunkelbraunes abschüssiges Sofa, das bessere Tage gesehen hatte, in der Mitte ein runder Tisch, und darüber hing eine Lampe, die anfing zu schaukeln, wenn das Fenster aufgemacht wurde. Es gab noch kein elektrisches Licht im Kantherschen Hause, außer im Kontor; in den Wohnungen, ein und zwei Stock hoch, vertraute man nach wie vor auf das gute alte Petroleum, obwohl dies seit langem ein Gegenstand des Kampfes war zwischen Konsul Kanther und seinem ältesten Sohn Hermann, der die Oberwohnung innehatte.

Hermann hieß wie der Vater; das hatte von je dauernd zu Verwechslungen Anlaß gegeben, und so nannte er sich Johann Hermann Kanther, seitdem er aus England zurück und mit im Geschäft war. Johann Hermann Kanther, das war ein guter Name für eine alte Firma. Dieser älteste Bruder war ein gutes Teil älter als die übrigen Geschwister, fast doppelt so alt wie Anne und somit beinahe so etwas wie eine Respektsperson. Er war verheiratet, hatte bereits drei Kinder und war seit einigen Jahren Teilhaber des Vaters, aber das mit dem elektrischen Licht hatte er bei dem alten Herrn bisher nicht durchsetzen können. Die Mutter nannte diese Beharrlichkeit bei ihrem Mann ein treues Festhalten am bewährten Alten; ihr Sohn Hermann nannte es Eigensinn.

Es war ja auch eine liebe Not mit dem Petroleum. Johanna, das Stubenmädchen von Konsuls, hatte neben aller übrigen Arbeit nicht weniger als zehn Lampen täglich zu besorgen oder doch nachzusehen, und es war nur gut, daß das gutmütige Ding jede Arbeit mit Geduld verrichtete.

Am schlimmsten war es mit der leichtbeschwingten Hängelampe im Zimmer der beiden Mädchen; das uralte Möbel, unzuverlässig und unberechenbar, stammte noch von der Entenpest her, die doch schon einige Jahrhunderte zurücklag. An einem Abend dieses Winters war es gewesen, als Doris und Anne eine Einladung zum Tanzen hatten. Der ganze Staat lag bereits vom Nachmittag an ausgebreitet auf den Betten – Wäsche, Unterröcke, Strümpfe und die beiden wunderbaren Kleider, das rosa von Doris war so gut wie neu –, da hatte die Lampe eine Viertelstunde geblakt, das Zimmer war eine rauchige, stinkende Höhle und alles, alles schwarz von Ruß. Doris weinte, nein, sie heulte laut, und Anne, die sowieso zur Heftigkeit neigte, geriet in einen solchen Zorn, daß sie die ganze Herrlichkeit am liebsten zum Fenster hinausgefeuert hätte. Da begann Doris auf einmal zu lachen. »Anne, wie du aussiehst, du hast ja eine ganz schwarze Nase!« – Und nun lachten sie schließlich beide, Doris liefen dabei immer noch die Tränen übers Gesicht. Dann bliesen sie den Ruß von den Kleidern, es war geradezu ein Wunder, daß kaum eine Spur blieb. Johanna mußte kommen mit Wasser, Schrubber und Lappen, sie riß Fenster und Türen auf und machte ordentlich Gegenzug, und doch bewahrte das Zimmer noch tagelang einen Rest von diesem fatalen Gestank. Ja, das waren die Segnungen des Petroleums.

Doris und Anne waren sehr, sehr gute Kameraden miteinander,

obwohl es in dem Alter noch etwas bedeutete, daß die eine der anderen vier Jahre voraus hatte. Anne war ja nach Ansicht von Doris noch ein unausgewachsenes Küken.

Doris wußte nicht einmal, daß Anne diesen unwiderstehlichen Drang hatte, allein zu sein und draußen herumzustrolchen. Es trieb Anne nicht so sehr auf einen Bummel durch die Stadt, wo man in den Spiegelscheiben der Schaufenster sehen konnte, ob einem der Hut richtig saß, und wo man sicher sein durfte, eines Tages die ganz große, entscheidende Eroberung zu machen. Anne stromerte in Gegenden umher, wo der Himmel groß war und die Erde rund, wo es Felder gab, Bäume, Vögel und frische Luft.

Das Eis war nun dahin, erweicht und geborsten, der Fluß nahm die Schollen mit sich, sein Wasser war trübe und gelb; die Schiffe wurden überholt und aufgetakelt, sie gerieten in Bewegung und machten sich davon, von draußen kamen andere herein und löschten an den Kais, weiter abwärts wurden Ruderboote gestrichen, geteert und zu Wasser gelassen. Die Möwen zankten sich kreischend, der erste Storch zog mit gelassenem Flügelschlag über die grauen Uferwiesen. Der Wald stand fern und schwarz, Schnee lag in den Gräben und an den Böschungen. Nur die junge Saat war grün, mit Schneefetzen gefleckt, der Wind ging eisig durch kahle Alleebäume – es war Ende April.

An einem Abend – das war ein Sonnabend und somit der einzige Abend in der Woche, der wirklich Wert hatte – redeten die beiden Mädchen noch vor dem Einschlafen miteinander von Bett zu Bett, wie sie immer taten, bis eine von ihnen keine Antwort mehr gab. Dann wurde es ruhig im Dunkeln. Aber nun stieg Anne plötzlich aus den Federn, sie tappte auf leichten nackten Sohlen über die Dielen und machte ein Fenster auf.

Doris rührte sich. »Was ist denn los?«

»Ich weiß nicht, ich kann nicht schlafen, mir ist so heiß.«

»Dann zieh aber wenigstens den Vorhang zu.«

»Ach, laß doch«, sagte Anne und kletterte zurück, »es kommt ja Luft rein.« – Und nach einer Weile sagte sie noch etwas: »Hör doch mal, Doris!«

»Was denn?«

»Na, hör doch!«

Da vernahmen sie beide, daß es draußen regnete. Die Luft war ungewöhnlich mild und ganz still, und dieser Regen kam leise und sacht herab, tropfte wie Balsam aus der Höhe des Himmels, er rieselte nur murmelnd fort und fort, die Erde fing ihn auf, er war wie eine sanfte Melodie, als sängen die Engel droben ein Schlaflied für die nächtliche Welt. Doris rollte sich unter dem Federbett zusammen, sie war gar nicht mehr vorhanden. Aber die Kleine lag auf dem Rücken mit hochgezogenen Knien, die Arme hinter dem Kopf, sie atmete andächtig und lauschte, sie wußte, was das bedeutete. Sie war ein Kind der Natur und verstand die Zeichen des Himmels: Morgen würde es Sommer sein.

Zweites Kapitel

Zu dem Hause der Firma J. H. Kanther kamen Sonne und Mondschein und der Widerschein des Himmels nur zu gewissen seltenen Zeiten und in geringen Dosen herein. Konsul Kanther, der in diesem Hause groß geworden war, wußte nun, da er zweiundsechzig war, ganz genau und auswendig, von welchem Tage an die Abendsonne eine Ecke des Eßzimmers erfaßte und wie lange das dann dauerte, wie lange an jedem Abend und wie lange in jedem Jahr. Es war durchaus keine elende und enge, sondern eine durchaus anständige Straße, zu der das Kanthersche Haus gehörte, aber die Häuser darin waren hoch, es waren lauter solche festen, strengen städtischen Burgen, die Wohnstätten des soliden Bürgersinns, der sein Leben in Zucht hielt und sich vor Verlockungen bewahrte. Das Haus kehrte seine Rückseite den anderen Rückseiten zu, dazwischen war etwas Platz gelassen für ein wenig Grün, das da wachsen sollte und doch nicht recht mochte oder nicht konnte.

In dieser einen Nacht, da das Wunder geschah, stand ein Fenster im Kantherschen Hause offen und unverhüllt, als wäre nun auf einmal die Scheidewand gefallen, die das Leben der Menschen von dem Bereich des Himmels trennte. Es war Annes eigenes Fenster, und darum konnte Doris ja auch gar nichts sagen, sie hatten jede eins. Das Zimmer, in dem an Winterabenden so gern die Petroleumlampe blakte, war erfüllt von einer Luft, die wie der Odem Gottes aus der Höhe des Himmels herabkam, sie war weich und rein und ganz neu, obwohl sie doch schon ihren Weg hatte nehmen müssen durch die Klüfte und Schluchten dieses Steingebirges, das die Menschen aufgetürmt hatten, weil sie sich davon Nutzen und Wohlbehagen versprachen. Sie vergaßen so oft, daß aller Segen nur aus den Kräften des Himmels kam.

Was war es in dieser Nacht für ein wunderbarer Schlaf in den beiden Nußbaumbetten der Kantherschen Großeltern, sie standen rechts und links an den Längswänden des Zimmers, und die beiden Mädchen schliefen darin, sie waren so tief versunken, daß die Traumbilder nicht bis zur Schwelle des Bewußtwerdens emporzusteigen vermochten. Es war ein Schlaf ohne Gesichte und ohne Erinnern. Sie schliefen und schliefen und sogen in sanften Zügen den neugeschaffenen Atem des Himmels in ihre gesunden Lungen, indes, begraben unter den guten, warmen Federbetten, ruhig im gleichen Takt die beiden schwesterlichen Herzen klopften ...

Am Morgen fiel plötzlich ein heller Schein durch Annes geöffnetes Fenster, sie wachte davon auf und stieg aus der grundlosen Tiefe ihres Schlafes wie zum erstenmal auf die Welt. Das Licht kam nicht geradeswegs von der Sonne, sondern wurde von der Wand des Nachbarhauses aufgefangen und weitergegeben. Diese Mauer war kahl, fensterlos und sonst grau, sie schien in ihrem oberen Teil heute leuchtend weiß, ihr scharfer Kamm schnitt in den Himmel hinein, und der war sanft und blau, ein ganz unwahrscheinlicher Himmel. Anne fuhr in ihre roten Pantoffeln und lief ans Fenster, so wie sie war, in ihrem langen weißen Nachthemd, das kurze Puffärmel hatte und um den Hals eine kindliche kleine Krause aus Stickereieinsatz.

Doris sagte, daß sie darin wie ein Baby aussehe, anderthalb Jahre alt.

Doris schlief noch in ihrer verdunkelten Ecke, nur ihr dicker blonder Haarschopf war zwischen Kissen und Deckbett zu sehen. Anne kümmerte sich nicht um sie, sie verachtete sie ein bißchen und hängte sich in ihrem Babynachthemd beinahe zum Fenster hinaus, um die Welt zu betrachten, die sich über Nacht verwandelt hatte. Sie saß im Nachthemd auf dem Fensterbrett und dachte lauter neue und frohe Gedanken. Es war heute alles voll Hoffnung, die Luft war warm und duftete nach Weite, nach Wiesengrün und Lerchengesang.

Indes begann an diesem Morgen die Stadt ihr Sonntagsgeläut, der Dom erhob seine eherne Stimme, und von nah und fern fielen die anderen Kirchen ein, die klare Luft trug sie alle heran, und sie schwangen durch Himmelsblau und Sonnenschein über Straßen und Dächer und Höfe, ein vielstimmiger, dröhnender Schall, als sollte das Leben der Stadt nun endlich aus Nacht und Winter gerufen werden: Kommt alle, kommt alle, kommt alle! . . .

»Ja, du bist wirklich nicht ganz richtig«, sagte Doris plötzlich und setzte sich gähnend auf.

»Ach, Doris, steh auf, es ist so schönes Wetter!«

Und während sie sich nun ans Anziehen machten – wie immer in heißer Eifersucht um den gemeinsamen Waschtisch und den Spiegel und wie immer schweigend, denn Anne war am Morgen nie zum Reden aufgelegt und gab einfach keine Antwort –, überlegte die Kleine unter dem schwingenden Geläut der Glocken, ob es nun nicht das rechte wäre, einmal in den Dom zu gehen an so einem Sonntag, mit dem das neue Leben begann. Denn Anne war ja noch nicht so sehr weit weg von der Kirche, sie war erst vor einem Jahr eingesegnet worden, und in der Konfirmandenzeit hatte es sich ohnehin gehört. Da hielt der Vater sehr genau darauf. Aber sonst waren die Kanthers durchaus keine Kirchgänger. Sie legten großen Wert auf die kirchliche Weihe der Familienfeste, denn Familie war etwas Gottgewolltes und Gottgegebenes und verlangte von Zeit zu Zeit nach Bestätigung. Gelegenheit dazu gab es immer wieder. Auf Annes Einsegnung war bald eine Taufe bei Hermann gefolgt, im kommenden Jahr wurde Fritz konfirmiert, und Hochzeiten gab es sowieso dann und wann in der Verwandtschaft. Darüber jedoch gingen die kirchlichen Bedürfnisse des Kantherschen Hauses nicht hinaus. Wie die verschiedenen Familienmitglieder etwa innerlich zu religiösen Fragen standen, das ahnte eines von dem anderen nicht, es war nicht Brauch, diese ganz internen Angelegenheiten hervorzukehren oder gar darüber zu debattieren.

Es wäre gewiß sehr schön, einmal wieder im Dom zu sitzen, wenn die Sonne durch die großen bunten Glasfenster brach. Aber nein, es ging eben doch nicht. Doris hätte sie womöglich ausgelacht, und im Grunde war es ihr selber vielleicht auch nicht Ernst damit. Es war nur eine Aufwallung, die nicht standhielt. Anne fühlte, wie schon oft in solchen Augenblicken, daß sie wohl nicht sehr viel wert war, es war alles nur Stimmung und ein bißchen Gedankenspiel bei ihr, kein Ernst dahinter. Was sollte bloß aus ihr werden?

Sehr zu Unrecht hielt man sie zu Hause und auch sonst für begabt, für so begabt, daß der Vater sich entschlossen hatte, sie die Gymnasialkurse besuchen zu lassen. Das war etwas recht Ungewöhnliches und bisher im weiten Verwandten- und Bekanntenkreise noch nicht dagewesen; aber man war ja mit dem neuen Jahrhundert wie in eine neue Zeit getreten, und Konsul Kanther war, von der elektrischen Beleuchtung abgesehen, nicht dafür, sich allem Fortschritt zu verschließen.

Anne konnte, wenn es not tat, dann später studieren, Sprachen oder Naturwissenschaften oder was sonst man für passend hielt, das mochte zu gegebener Zeit entschieden werden. Medizin jedoch kam auf keinen Fall in Frage. Aber Anne selbst war insgeheim überzeugt davon, daß sie für ein Studium, gleich welcher Art, gar nicht geeignet war. Das Abiturium zu machen war bestimmt keine Herrlichkeit, denn soviel war richtig: Sie faßte leicht auf, begriff schnell und vergaß nichts. Es flog ihr an und blieb an ihr hängen. Doch damit war es dann auch zu Ende. Sie war ganz sicher dumm, bisher wußte nur sie selber es, aber einmal mußte es ja herauskommen. Sie hatte keine Tiefe, keine Gründlichkeit und überhaupt keine eigenen Gedanken.

Ja, so war es um Anne Kanthers Innenleben bestellt, aber sie sprach nie davon; sie sagte auch nicht zu Doris, daß sie gern in den Dom gehen wollte um der Orgel, der Stimmung und der bunten Glasfenster willen und um das Wasser in der Sonne von dannen fließen zu sehen, wenn sie über die Brücke kam. Nein, es ging nicht, es hätte Aufsehen erregt, und außerdem war das Sonntagsfrühstück im Kantherschen Hause auch so etwas wie eine weihevolle Handlung, der man sich nicht entziehen durfte.

Sie mußten sich mit dem Anziehen beeilen, um zur Zeit fertig zu werden. Und dazu hatte Doris' Kleid die vielen Knöpfe im Rücken, zwei Dutzend annähernd, die von oben bis unten durchgeknöpft werden mußten. »Sag mal, konntest du nicht das blaue anziehen?« fragte Anne ungeduldig, während sie sich damit abmühte. Aber dies war doch nun ein richtiges Frühlingskleid, Beige mit Rosa, dagegen ließ sich nichts sagen, denn Anne hatte ja auch ihren hellgrauen Kostümrock angezogen und eine weiße Batistbluse mit Einsätzen.

Die Eltern saßen schon am Frühstückstisch in anscheinend hochwichtiger Unterhaltung, die Mutter trank dabei andachtsvoll ihren Kaffee, und Konsul Kanther kappte gerade das Ei mit dem Messer; er hielt seinen Töchtern, ohne aufzusehen, seine hagere, wohlrasierte Wange hin, an der ein kurzes Stückchen Bartkotelette stehengelassen war. Das war der Überrest jenes Backenbartes, den er einst als junger Mann aus England mitgebracht hatte, und die schmalen Streifen, die nun grau waren, gaben ihm ein seltsam altväterliches Aussehen. Tatsächlich war er fast ein alter Herr und hatte noch solche jungen Töchter, die Kluft war sehr groß, er hätte den Jahren nach beinahe ebensogut ihr Großvater sein können.

Nach dem Gutenmorgenkuß an die Mutter gingen sie um den Tisch herum und nahmen ihre Plätze ein, und nun sah der Vater mit einem prüfenden schrägen Blick zu den beiden herüber.

»Na«, sagte er, und das bedeutete immer die Ankündigung einer wichtigen Feststellung, »ihr habt ja reichlich spät aus den Federn gefunden.«

Doris blinzelte der Mutter zu, und Anne sagte gleichmütig: »Ach, Doris hat doch da hinten die vielen Knöpfe!«

Die Mutter sah ihre Töchter wohlgefällig an und nahm die wattierte und gestickte Kaffeemütze von der Kanne. »Es ist ja erst Viertel zehn. — Ich denke, er ist noch heiß.«

Sie war viel jünger als der Vater, nicht eigentlich an Jahren, obwohl es immerhin acht waren, aber ihr Gemüt war von Heiterkeit erfüllt und auf die angenehmen Seiten des Lebens gerichtet, sie ließ gern drei gerade sein, war immer darauf bedacht, sich nicht aufzuregen, und in jeder schwierigen Situation um Ausgleich bemüht. Sie saß in ihrer behaglichen Fülle am Kaffeetisch, in einem guten, teuren Schneiderkleid, ihr leichtmeliertes Haar war wohlfrisiert über einer zuverlässigen Unterlage. Sie trug Löckchen über der Stirn und hielt ihre Tasse sehr zierlich, indem sie den kleinen Finger ein wenig abspreizte.

»Habt ihr auch gelüftet bei euch?«

»Ja«, gab Anne lakonisch zurück, und auch Doris erwähnte nicht, daß das Fenster sogar die ganze Nacht offengestanden hatte. Es hätte zu Auseinandersetzungen über die gefährlichen Einwirkungen der Frühlingsluft geführt. Erkältungen waren ein beliebtes Thema bei Kanthers — also besser nicht, es lohnte sich nicht, derlei Extravaganzen bekanntzugeben.

»Wo steckt denn Fritz?« fragte der Vater.

»Keine Ahnung, Papa.«

Nein, er war nicht da, natürlich nicht, er kam immer als letzter und hatte meistens schon irgendwelche geheimnisvollen Unternehmungen hinter sich gebracht. Und dabei war es ein ungeschriebenes Gesetz, daß am Sonntagmorgen alle Kinder sich spätestens um neun Uhr am Frühstückstisch einzufinden hatten. Aber das war es ja, sie waren längst nicht mehr alle da, Hermann war seit Jahren verheiratet und Otto beinahe ebensolange schon aus dem Hause und auswärts; es war nur noch der kleine Rest der Familie übrig, und damit war auch die strenge Ordnung ein wenig ins Wanken geraten.

Früher war dieser feierliche Sonntagmorgentisch immer vollbesetzt gewesen, eine große Runde an der großen Tafel. Anne dachte freilich schon damals, daß fünf Kinder noch keine bedeutende Zahl darstellten, in der Verwandtschaft und Bekanntschaft gab es einige Familien mit sieben und acht, das war gut und reichlich und konnte sich sehen lassen.

Fünf — was war das schon! —, es war höchstens Durchschnitt und reichte gerade eben aus. Vier Kinder oder gar noch weniger, das war schon armselig und beinahe beklagenswert.

Seitdem die beiden großen Brüder fehlten, kam Anne die eigene Familie immer vor wie beraubt, richtig ausgeplündert — eine Gemeinschaft, deren Bestand bedroht war. Schließlich zog einer nach dem anderen seines Weges, jeder für sich allein ging aus diesem Haus hinaus, um sich irgendwo in der Welt niederzulassen oder zu verlieren, und zuletzt waren sie dann alle auseinandergesprengt, der eine hierhin, der andere dorthin, als hätten sie niemals zusammengehört. Hermann allerdings wohnte nur eine Treppe höher, aber er saß nicht mehr hier, er war ausgeschieden, es war ein großer Unterschied. Anne fand nicht, daß das Leben in der Kantherschen Familie immer angenehm war, es hatte seine großen Schattenseiten, denen man zu entrinnen strebte; und doch war es seltsam, wenn sie sich vorstellte, daß die unbedingte Sicherheit dieses heimatlichen Eßzimmers einmal ein Ende haben sollte.

Die Unterhaltung der Eltern ging weiter. Es handelte sich um die Renovierung des Wohnzimmers und des kleinen blauen Salons, die durchaus nötig und fällig war und die während des Vaters bevorstehender Abwesenheit ausgeführt werden sollte. Doris verlangte mit Leidenschaft eine goldene Tapete für den kleinen Salon oder doch eine mit goldenen Arabesken, recht strotzend; sie hatte so etwas irgendwo gesehen oder davon gelesen oder sich vielleicht auch ausgedacht, denn Doris hatte viel Phantasie in solchen unschuldigen Dingen. Anne futterte indes schweigend und sah zwischendurch zum Fenster hinaus auf die gegenüberliegende Hauswand, die hell von der Sonne beschienen war.

Der Vater frühstückte Toast zu dem Ei und gebratenen Räucherspeck, er trank seinen Tee aus einer besonderen, extragroßen Tasse, die niemand sonst jemals benutzen durfte. Für die übrigen Familienmitglieder gab es einen soliden Mischkaffee und Stritzel; das hatte alles seine feste Regel, die erprobt und bewährt war und von der nicht abgewichen wurde. Meistens stand in der Mitte des Tisches neben einem Blumentopf ein frisch gebackener Napfkuchen, aber der war zunächst nur zum Ansehen da und das Zeichen des Sonntags, angeschnitten wurde er erst am Nachmittag, wenn es Besuch gab. Es kam oft Besuch, aber es war eigentlich immer derselbe. Hermann und Eva kamen von oben herunter zum Kaffee, mit Kindern, ohne Kinder, je nachdem, wie es gerade paßte, es kamen Schleuningers oder Buhls oder Onkel Brinkmann oder Tante Luise Kumrath. Die Auswahl war nicht sehr groß, und die Abwechslung bestand einzig darin, daß man zwischendurch einmal von ihnen eingeladen wurde. Die schwere Langeweile war dann nur an eine andere Stelle verlegt. Ach nein, die Sonntage waren eine Anfechtung, es war nicht so leicht, mit ihnen fertigzuwerden, sie hatten ihr festgeprägtes Gesicht, an dem keine Wandlung vorgenommen werden durfte.

Der Vater war schon bei der Zigarre, als Fritz endlich kam, es war nach halb zehn – was hatte der Junge sich gedacht? Nichts natürlich, er dachte sich niemals etwas bei diesen unerhörten Abweichungen. Er kam herein, sagte: »Guten Morgen!« mit einer Stimme, die sich im Wechsel befand und daher nicht ganz sicher in der Lage war, schob die Füße unter den Tisch und begann, alles Genießbare an sich zu ziehen.

»Wo kommst du denn jetzt her, sag mal?«

»Ich war zu Rad, Papa.« – ›Zu Rad‹, das war die Antwort, wie sie sein mußte, anders konnte sie gar nicht lauten, und der Vater hatte sie ebenso genau vorhergewußt wie die anderen. ›Zu Rad‹, damit ließ sich alles abtun, es war der Schild, an dem jeder Angriff abprallte, die Deckung für jede unkontrollierbare Abwesenheit.

Gegen das Rad ließ sich schlechterdings nichts einwenden, der Vater hatte es ihm ja selbst geschenkt zu jenem Geburtstag vor zwei Jahren, dem ein unerwartet gutes Zeugnis vorangegangen war. Daß ein knapp Fünfzehnjähriger in jeder freien Minute zu Rad unterwegs sein wollte, das war sein gutes Recht; dafür war er ein Junge.

»Ich habe ja nichts dagegen, daß du radfährst«, sagte der Konsul gelassen, »aber du weißt, ich wünsche ein für allemal, daß du die Zeiten einhältst.«

Fritz antwortete nicht und sah ihn nicht an, er sah überhaupt nirgends hin, es war, als hätte er seinen Blick abgestellt, und die Ohren kniff er an, das konnte man beinahe sehen: er schloß sie einfach ab; so machte er es immer, wenn ihm etwas unbequem wurde.

Er hatte eine wunderbare Fähigkeit darin erworben, nicht vorhanden zu sein: Nichts sagen, nicht hinhören, sich abdichten und losgehen! Was sollte das nun schon — er wollte seine Ruhe haben und frühstücken, er hatte Hunger.

Anne blickte ihn liebevoll an, sie entdeckte einen kleinen Dreckspritzer auf seiner linken Backe. Und seine Schuhe — ach du lieber Gott, sie hatte seine Schuhe gesehen, als er hereinkam, zum Glück keiner sonst —, wie sahen die bloß aus! Wahrscheinlich hatte er das Rad streckenweise führen müssen auf den Wegen da draußen. Und gestern war der Teppich geklopft worden, dieser große, schwere Eßzimmerteppich, für den immer zwei Männer benötigt wurden. Mädchen pflegten unter ihm zusammenzubrechen.

Auf den Wegen da draußen — Anne stieß Fritz unterm Tisch mit dem Fuß an; es war nicht schwer, seine Füße zu finden, sie brauchten so viel Platz, sie standen da wie zwei Blöcke in den schweren Doppelsohlenstiefeln. Die Füße von Fritz waren überall im Wege; wenn man nur in seine Nähe kam, lief man Gefahr, darüber zu fallen, sie waren allem anderen vorausgewachsen.

Fritz sah die Schwester zur Antwort aus seinen blauen Augen an, die wie durchsonnt wirkten — seltsam, nur er und Doris hatten blaue Augen; sein blondes Haar war ein bißchen verstraucht. Er zog nur einmal rasch mit der Nase, kaute weiter und sagte nichts; aber sie verstanden sich auch so. Und Anne, ein junges Mädchen von siebzehn in einer frischen Batistbluse — sie saß unter den Augen der Eltern wohlerzogen und wie immer schweigsam am Tisch und empfand dabei ein rebellisches Verlangen nach dem Frühlingsdreck, den dieser unbotmäßige Bruder mit seinen großen Füßen durchmessen hatte. »Mama«, platzte sie auf einmal heraus, »können wir denn nicht heute nach Neuenort fahren?«

»Aber ja«, fiel Doris ein, »es war doch überhaupt sowieso abgemacht.«

Nun sahen die Eltern sich an und lächelten. Bei Konsul Kanther schob sich die rechte Augenbraue dabei ein wenig in die Höhe, und sein kühler Blick erglomm in Wohlwollen. »Ihr habt es also erraten! Die Mama und ich hatten schon vorher davon gesprochen. Wir haben beschlossen, daß ihr drei heute hinausfahrt, weil die Sache der Sommerwohnung dringend wird. Ihr beiden Mädchen werdet der Mama mit Rat und Tat zur Seite stehen, doch erwarte ich von euch, daß ihr nicht mit irgendwelchen unvernünftigen Vorstellungen und Einwänden kommt.«

»Und ich?« fragte plötzlich Fritz im tiefsten Baß dazwischen. Es war sein erstes Wort, seitdem er am Tisch saß. Vermutlich war gerade sein größter Hunger gestillt.

»Du, mein Sohn«, sagte der Vater und lächelte wieder unter seinem eisgrauen Schnurrbart, den er nach der Mode ein wenig gestutzt trug, »du gehst und holst das Kursbuch aus dem Wohnzimmer, du wirst ja wohl wissen, wo es liegt.«

Fritz erhob sich mit störrischem Gesicht. Es war ihm egal, daß nun wahrscheinlich auch der Vater seine unmöglichen Stiefel sah – geschah ihnen allen ganz recht, daß er sämtliche Zimmer damit volltrat. Er ging mit dem schweren, polternden Schritt jugendlicher Männlichkeit, ging und kam mit dem Kursbuch wieder, legte es vor den Vater auf den Tisch – alles schweigend und mit spürbarem Widerstreben – und rückte dann kurzerhand zur Tür hinaus.

»Wir werden früher essen müssen«, sagte die Mutter, »ich habe Marie schon einen Wink gegeben. – Aber wie ist es mit euch, Doris und Anne? So könnt ihr natürlich nicht fahren, ihr seid für den Strand ganz unpassend angezogen, viel zu leicht; ihr würdet euch wer weiß wie sehr erkälten.«

»Aber, Mama«, warf Doris ein, »heute ist doch so gut wie Sommer ...«

Der Vater sah vom Kursbuch auf, er blickte über den Kneifer weg mit diesem schrägen Blick, der immer aus Hintergründen kam, zu seiner Frau hinüber. »Gib ihnen nur gleich die Badehosen heraus, Clara! Da es doch an die See geht ...«

Die beiden Mädchen schwiegen, sie sahen sich auch nicht an, denn das mit den Badehosen war natürlich schärfster Sarkasmus. Und jede von ihnen beschloß gleichmütig in ihrem Innern, genau das anzuziehen, wonach ihr der Sinn stand. Als ob wir Babys wären! dachte Anne zornig. Ich wollte, ich wäre ein Junge und könnte auf und davon gehen so wie Fritz, daß mir der Dreck um die Ohren flöge. – Gehabt euch wohl, meine Herrschaften! Zu Rad, Papa! – Aber das war es ja: Radfahren war unweiblich und daher für Mädchen verboten.

Es wurde festgestellt, daß der beste Zug gegen zwei Uhr ging; es blieb schon lange hell, bis halb sieben konnte alles Nötige erledigt sein und die Rückfahrt so erfolgen, daß man zu einem etwas verspäteten Abendbrot bereits wieder zu Hause war. Abgemacht ...

»Du weißt ja, Clara, daß ich den äußersten Preis, den ich dir nannte, auf keinen Fall überschritten sehen will. Wenn dafür nichts zu haben ist, müssen wir den ganzen Plan fallenlassen. Es gibt gewisse Grenzen ...« Damit stand der Vater auf. Er ging ins Wohnzimmer und las im Schaukelstuhl zum Rest seiner guten, teuren Zigarre in aller Ruhe die Zeitung, ehe er sich zu dem gewohnten Sonntagsfrühschoppen in die Stadt begab.

Die Mutter klingelte Johanna herein, noch nicht um den Tisch abräumen zu lassen, sondern zunächst, um Marie in der Küche zu verständigen, daß bereits um ein Uhr gegessen werden sollte, ganz pünktlich wegen des Zuges.

»Wir fahren an die See, Johanna, die jungen Damen und ich. Wer hat heute Ausgang von euch? Marie? Dann sorgen Sie für alles, falls Besuch kommt. Hier haben Sie die Schlüssel zum Weinschrank, Sie wissen ja Bescheid. Für Herrn Brinkmann von dem 98er Rotwein. Aber er wird heute wohl nicht kommen, er war ja erst vor acht Tagen hier. Kleine Kuchen sind in dem großen Blechkasten – für alle Fälle. Herr Konsul wird zum Kaffee nach oben gehen. Und der junge Herr ...«

»Der junge Herr«, erwiderte Johanna in treuherziger Biederkeit, »der wird schon sorgen, daß er nicht da ist.«

»Johanna«, fragte Doris, »sind meine braunen Stiefel geputzt?«

»Der Vater blieb allein zu Haus – die Mädchen waren beide aus«, deklamierte Anne. »Mama, kann Johanna nicht auch ein bißchen spazierengehen? Wo heute so schönes Wetter ist! Und wie soll sie sonst je zu einem Schatz kommen?«

»Aber, Kind, der Papa kann ja nicht allein bleiben, es muß doch jemand da sein. Soll denn der Papa etwa selber die Tür aufmachen, wenn wer kommt? Nein, mit dem Schatz hat es vielleicht noch bis zum nächsten Sonntag Zeit, nicht wahr, Johanna? Oder war da nicht überhaupt schon einer? ... Kinder, freut ihr euch? Mir ist es ein bißchen, als ob ich in meine Jugend fahren soll.«

Drittes Kapitel

Es war ja beinahe nicht zu glauben, daß Frau Konsul Kanther seit ihrer Verheiratung, und die lag mehr als dreiunddreißig Jahre zurück, nicht mehr in Neuenort gewesen war. Sie hatte als junges Mädchen ein paar unvergeßliche Sommer dort verlebt, von denen sie noch heute mit Inbrunst sprach. Aber sie waren nun wie ein versunkenes Land. Nachdem sie mit Hermann Kanther sen. den Bund der Ehe geschlossen hatte, war sie nach dem Willen des Schicksals nicht wieder dorthin gekommen. Dabei lag Neuenort nicht etwa besonders weit entfernt oder war besonders schwer zu erreichen, es bestand seit langem dorthin eine Bahnverbindung. Aber der Weg der Kanthers ging in anderer Richtung, und da war niemals Aussicht oder Möglichkeit gewesen, ihn umzulenken. Neuenort war in den letzten Jahrzehnten ein wenig aus der Mode gekommen, es galt als sehr still, verwunschen und ein wenig rückständig, ein Asyl für alte, ruhebedürftige Leute; doch besaß eine Reihe von Familien der Stadt noch immer dort ihre Sommerhäuser, zu denen sie nach wie vor Jahr um Jahr auf viele Wochen und oft bis in den Herbst hinein hinzogen. Immerhin waren es fast lauter Großelternhäuser, die ruhevollen Sommersitze der alten Herrschaften, die den jüngeren Generationen für gewisse bemessene Zeiträume, und nicht immer ohne Vorbehalt, ein Unterkommen gewährten.

Es war ja ganz und gar üblich, daß man im Sommer an die See ging, nichts anderes wurde jemals in Erwägung gezogen. Die See war sozusagen vor der Tür, nicht viel über dreißig oder vielleicht gerade vierzig Kilometer weit entfernt, je nachdem, an welcher Stelle der Küste man gewohnt war, sich niederzulassen — ein für allemal, durch das ganz Leben oder vielleicht sogar durch Generationen. Es wurden keine Reisen gemacht, nein, das gab es nicht, das überließ man allenfalls Offizieren und Beamten, die ihrer ganzen Lebenslage nach sowieso kein so festes Heimatgefühl haben konnten. Die eingesessenen Familien dieser Stadt blieben im Lande, und nur ihre Oberhäupter, die gewichtigen Chefs der großen Firmen, machten ein Jahr ums andere ihre Badereise ins Reich, nach Kissingen oder Karlsbad zumeist, um die durch allzu seßhaftes Leben und schwere östliche Kost verschlackten Organe einmal gründlich durchzuspülen und die träge gewordenen Säfte neu in Fluß zu bringen. Zuweilen wurde dann hinterher noch ein kleiner Abstecher nach Tirol, der Schweiz oder Oberitalien angehängt. Aber es kam nicht so leicht jemandem in den Sinn, nur aus dem Bedürfnis nach neuen Eindrücken, aus dem Verlangen, die weite Welt zu sehen, oder einfach aus Fahrenslust tausend und mehr Kilometer zwischen sich und die gute, sichere Heimat zu legen. Das war dann schon nichts mehr anderes als Vergnügungssucht, es grenzte unmittelbar an Abenteuerlust und Verschwendertum und mußte innerhalb des gewohnten soliden Rahmens bürgerlichen Lebens als Entartungserscheinung gewertet werden.

Dem stand nicht entgegen, daß die jungen Söhne der alten Häuser, die gleichfalls für den Kaufmannsberuf bestimmt waren, für gewöhnlich, wenn sie ihre Lehrzeit hinter sich hatten, auf einige Jahre nach den hanseatischen Städten oder nach England gingen, um ihre Ausbildung zu vollenden und ihren Blick zu weiten. Das war natürlich etwas ganz anderes. Sie kamen dann eines Tages gereift und sozusagen fertiggeworden wieder, hatten in Kleidung und Auftreten etwas weltmännischen Anstrich gewonnen, taten zunächst ein wenig fremd, fern hergereist und überlegen, warfen gern mit englischen Vokabeln um sich und waren doch im Grunde ihres Herzens so treu ostdeutsch und preußisch wie nur je, Söhne eines Landstriches und einer Stadt, die mit einer geheimnisvollen Gewalt zurückholten und festhielten, was ihrem Grund und Bereich entsprossen war. Nein, eigentlich war den Heimgekehrten erst wieder richtig wohl, wenn sie von neuem und auf immer ihre Wege durch die alten Straßen gingen, über die Brücken, durch die Langgasse — zur Börse, zu Lagerhäusern und Speichern, zu den altväterischen Kontoren im Schoß der ansehnlichen Häuser und zu kleinen, vertrauten altersdunklen Weinstuben, vor deren rückwärtigen Fenstern der Fluß seinen ruhigen Bogen zog. »Man steht am Fenster, trinkt sein Gläschen aus . . .«

Die jungen Leute wuchsen in die väterlichen Geschäfte hinein, sie nahmen einen Teil der Verantwortung und Arbeit auf sich, heirateten und wurden bald selbst Familienväter, die frühzeitig anfingen, behäbig zu werden.

Es war das innerste Wesen dieser Stadt, das diese Linien zog, auf denen die Lebenswege ihrer Kinder ohne Zwang und Widerstand in einem bewährten Gleise liefen. Das ging durch die Generationen der bodenständigen Familien und würde gewiß so sein, solange der Schloßturm hoch und ehrenfest über dem Gewirr der Dächer und Gassen und vor der Mündung des langen, schnurgeraden Straßenzuges stand, der in den Zeiten des Ursprungs der höchste Glanz der städtischen Niederlassung gewesen war. Es ließ sich nicht vorstellen, daß einmal Dinge geschehen und Gewalten aufstehen könnten, die alle Grundlagen des Lebens zu erschüttern und das Gesicht der Welt zu wandeln vermochten, während der Schloßturm doch immer noch stand.

Man befand sich nun schon mit einigen Schritten im zwanzigsten

Jahrhundert. Ein neues Jahrhundert war immer problematisch — verheißungsvoll oder bedrohlich, es hieß sich vorsehen und gewappnet sein und festhalten an den erprobten Werten des alten. Konsul Hermann Kanther war zweifellos im alten Jahrhundert zu Hause, und das führte im Leben der Firma zu jenen gewissen unterirdischen Spannungen zwischen ihm und seinem Sohn und Teilhaber Hermann, der bereits mit einem Fuß in dem neuen stand.

In seiner engeren Familie jedoch hatte der Seniorchef bewahrt und aufrechterhalten, was Brauch und Herkommen und Ruf eines alten Hauses erforderten. Es war für die heranwachsenden Kinder die natürliche, festgefügte Grundlage des Lebens, auf die sie sich verlassen konnten und die ihnen in kommenden Zeiten Halt und Sicherheit zu geben imstande war.

Diese Sommer an der See aber waren ein Teil von dem, was ein Vaterhaus den Seinen an unverlierbarem Gut mitgab, sie waren nicht nur Jahr um Jahr ein unerschöpflicher Quell der leiblichen Stärkung, sondern darüber hinaus eine Zufuhr seelischer Kraft und ein Mittel der Erziehung, das den Menschen aufbauen und festigen half. Es war dem jungen Sinn nicht gut, in die Ferne zu schweifen und von vielfach wechselnden Eindrücken aufgerührt zu werden, Kinder gehörten in die Beständigkeit der Heimat und brauchten die Ruhe gleichbleibender, verläßlicher Zustände für ihr Wachstum und ihre Entwicklung.

Es gab nichts Neues und Erregendes in dem Leben, das eine Familie Sommer für Sommer am Strande führte, es war immer dasselbe. Es war für gewöhnlich der gleiche Ort und die gleiche Wohnung, es war der gleiche erprobte Zuschnitt. Die Kindheitssommer an der See konnten niemals vergessen und auch späterhin nie übertroffen werden, ihre Wirkung verblaßte nicht und erschöpfte sich nicht. Sie wurden zum Inbegriff der Heimat, und in ihnen wurzelte das Herz.

Jedes Jahr belegten die einigermaßen wohlsituierten Familien der Stadt ihre Plätze in den Seebädern und zogen, wenn die Zeit da war, mit Sack und Pack und Kind und Kegel hinaus. Seit je war es so gewesen, solange man denken oder sich erinnern konnte, zum mindesten aber seit jener Zeit, da das Baden in der Ostsee in Gebrauch gekommen war.

Eine Reise war das nun gerade nicht, aber beinahe doch ein viel bedeutsameres Unternehmen, gemessen an den Umständen, die es verursachte. Es war eine Familienübersiedlung großen Stils. Man begab sich nicht aus der soliden, behaglichen Stadtwohnung hinweg in die Primitivität des Strandlebens, um dort die gewohnte Bequemlichkeit zu entbehren. Und da waren gewisse Gegenstände, ohne die es nicht ging, wie der Schaukelstuhl Konsul Hermann Kanthers, der auf keinen Fall etwa durch einen sommerlichen Faulenzer hätte ersetzt werden können. Durch Generationen und Jahrzehnte hatte dieser gesamte Hausrat durch Fuhrwerk befördert werden müssen.

Auch der Sommerauszug der Kanthers war bis zur Jahrhundertwende auf diese umständliche Weise bewerkstelligt worden. Eine große Fuhre zog durchs sommerliche Land, beladen bis obenhin, sie rollte gemächlich ihres Weges und hielt an manchem Dorfgasthof, um die Pferde ausruhen zu lassen und zu füttern und die Männer gebührend zu stärken. Sie hatte Zeit, frühmorgens bald nach Sonnenaufgang war sie losgefahren und brauchte den ganzen Tag, sie traf am späten Nachmittag ein und ratterte schwer über das höckrige Pflaster des kleinen Seebades. Köchin und Stubenmädchen hatten diese große Landpartie auf der Haushaltfuhre mitgemacht, der langjährige Faktor der Firma, der genau Bescheid wußte, leitete das Abladen und Aufstellen, die Mädchen packten das Nötigste aus, wie Betten, Bettwäsche und Geschirr, sie lüfteten tüchig, und so wurde das Sommerheim notdürftig hergerichtet, bis einen Tag später die Familie eintraf.

Ja, die Herrschaften fuhren mit dem Landauer, der rollte hinter den wohlgenährten Füchsen leicht und gefällig auf der glatten Chaussee dahin. Es war eigentlich eine Spazierfahrt, man konnte am frühen Nachmittag aufbrechen und dann noch vor Sonnenuntergang den Strand erreichen. Als es bei Kanthers noch alle fünf Kinder zu Hause gab, war die Familienkutsche immer reichlich besetzt gewesen, sie quoll förmlich über vor Kindern, drei von ihnen saßen im Rücksitz, eins zwischen den Eltern im Fond und einer der älteren Jungen neben dem Kutscher. Mindestens eine große Puppe von Doris war auch noch mit dabei. Damals waren die beiden Jüngsten, Anne und Fritz, noch sehr klein, und dann in den späteren Jahren war Hermann nicht mehr dabei. Als sie das letzte Mal mit dem Wagen gefahren waren, in jenem Jahrhundertsommer, in dem der Bahnbau begonnen worden war, der dann im folgenden Jahr fertig wurde, hatte Anne leidenschaftlich verlangt, auf dem Kutschbock zu sitzen, und Otto, der große Bruder, sieben Jahre älter als sie, hatte ihr den ersehnten Platz mit einem kleinen verschlagenen Lächeln bereitwillig abgetreten.

Der Wagen rollte weiter und weiter durchs Land, die Bäume rückten an ihm vorbei, die Felder zogen vorüber. Das Getreide stand hoch und begann schon zu bleichen, auf den Wiesen weideten große Viehherden, es ging durch Dörfer und an Gütern vorbei, Hunde rannten kläffend an den Pferden hin. Es ging durch Wald und wieder zum Wald hinaus. Das Land wurde weit und frei, die Luft wurde leicht, da und dort drehte eine Mühle ihre großen Himmelsflügel im Sommerwind.

Die Füchse trabten wacker ihre Straße, das kleine Mädchen Anne Kanther saß stumm und tief aufmerksam neben dem Kutscher Johann, der in steifer Würde in blauem Rock und Zylinder thronte, die Leinen in den ruhigen Lederhänden. Anne nahm alles in sich auf – die große, runde Welt und die ungeheure Kuppel des Himmels, ein Gutshaus hinter Parkbäumen und den Storch auf der Wiese; die Kinder am Weg, die herbeiliefen und neugierig starrten; die ewig wandernden Bäume der Landstraße, Kastanien, Ahorne und viele Ebereschen; die nassen Flanken der Pferde, ihre bestaubten, unermüdlich bewegten Hinterbacken und das vergnügliche Spiel, wenn von Zeit zu Zeit das eine oder andere von ihnen knatternd den Schweif hob.

Dann tauchte es in der Ferne auf, ein schmaler blauer Streifen über dem grünen Saum des Küstenwaldes, überglänzt von schrägem Licht, er hob sich höher und zog sich weiter, er wuchs in der gläsernen Klarheit des Abends leuchtend heran. Anne auf dem Bock, den Blick voraus, hatte ihn schon längst mit allen Sinnen ergriffen, als es hinter ihr im Wagen mit heller Stimme triumphierend erscholl: »Ich seh schon immer die See!«

»Na«, sagte der Vater wie zur Bestätigung, aber darin lag noch mehr – Anerkennung, Zufriedenheit, die Zufriedenheit des Familienvaters, der den Seinen alles wohl bereitet hatte, und seine eigene verhaltene männliche Sommerfreude.

Johann hielt, die Verandatür stand offen, und die Mädchen standen wahrhaftig vor dem Zaun. »Guten Abend, guten Abend!«

»Da sind wir«, sagte die Mutter, »wie sieht es denn hier aus? Alles in Ordnung! Hattet ihr auch alle Schlüssel, Kinder?« Kinder, das waren das junge Stubenmädchen und die bejahrte Köchin Marie Ocholla.

Nun waren sie da für lange, lange Zeit. Und das war dann das eigentliche Leben. Am Abend der Ankunft schien es, als könnte es niemals ein Ende nehmen.

Ja, damals, als man noch mit dem Wagen an den Strand gefahren war, führte man dort ein Dasein wie im Garten des Paradieses. Die Stadt war viele Meilen entfernt, sie lag irgendwo weit hinten in einem versunkenen und vergessenen Leben. Man hatte kein Verlangen nach Zerstreuung und der bewegten Unterhaltung geselliger Freuden; was man brauchte, war der Frieden der Natur und ein harmonisches Familienleben: das Seebad am Vormittag und eine Stunde auf einer Bank in den Strandanlagen, auf der man in Ruhe die Zeitung las, die schon mehrere Tage alt war; ein wohlschmekkendes, nicht zu schweres Mittagessen und ein ausgiebiger Mittagsschlaf; am Nachmittag ein Spaziergang in den Wald oder auf den Wegen an der Küste entlang, ein bißchen Musik im Kurgarten und vielleicht hin und wieder ein kleiner Schoppen; ein stimmungsvoller Sonnenuntergang zum Abschluß des Tages ...

Aber dann war auf dieser Strecke die Bahn gebaut worden, und manches wurde anders. Man brauchte nicht mehr mit dem Landauer einen langen Nachmittag hindurch über Land zu rollen, der Zug war in wenig mehr als einer Stunde da. Die Bahn brachte zweifellos manchen Vorteil, die geplagten Geschäftsleute konnten zu jedem Sonntag, ja sogar in der Woche noch am Abend, zu den Ihren hinausfahren, man konnte die Kinder täglich zur Schule schicken. Aber es war nun nicht zu verhindern, daß auch andere Menschen, und zwar viele, viele, die nicht durch eine lange Reihe von Sommern ortseingesessen waren, von der neuen Einrichtung Gebrauch machten. Es bürgerte sich naturgemäß sehr schnell jene Sitte ein, die anderswo schon seit Jahren in Gang gekommen war: Leute aus der Stadt, die nie eine Reise gemacht hatten, fuhren an Sonntagen mit Kindern, Verwandtschaft und reichlichen Vorräten an die See hinaus.

Dieses unruhige Wesen nahm von Jahr zu Jahr zu, die ortseingesessenen Kurgäste sahen voll Mißbehagen auf solche Invasionen von Eintagsfliegen. In Konsul Kanther setzte sich die Überzeugung fest, daß sie ihm den Aufenthalt schlechthin verleideten. Er war ein liberaler Mann, der die Vossische Zeitung las, aber das war bei ihm eigentlich nur eine politische Theorie, die auf sein privates Leben keine Anwendung fand. Im Grunde seines Herzens nahm er es dem neuen Jahrhundert übel, daß es diesen besonders stillen, schönen Ort, auf den die Familie Kanther ein Erstgeburtsrecht hatte, einer schwärmenden Menschheit ausgeliefert hatte. Da der Bahnbau ihn als etwas Neues erschlossen hatte, schien er noch extra begehrt zu sein. Er war nun nicht mehr das, was er gewesen, seine Abgeschiedenheit war aufgehoben, die Stadt und ihr lärmendes Leben nahe gerückt und somit sein Sinn zerstört...

Es war um Weihnachten, bald nach Weihnachten, gewesen, daß dann zum ersten Mal der Name Neuenort am Familientisch gefallen war. Das war ja auch der geeignete Zeitpunkt, um den Sommeraufenthalt zu bedenken, denn nach Weihnachten gab es nichts, was von annähernd gleicher Bedeutung war. Es waren die beiden Pole, um die das Jahr sich drehte, und wenn man den einen gerade hinter sich gelassen hatte, befand man sich auf dem Wege zum anderen.

An einem Abend hatte Doris aus barer Langweile sich über alte Photographien hergemacht, über all die dicken Alben in Leder und Samt mit Metallschließen und Metallbeschlägen wie auch über den großen Kasten, der mit gepreßtem grünem Plüsch bezogen war. Das alles befand sich im Saal, der in kalter Pracht und bei geschlossenen Vorhängen dahindämmerte, auf einer Etagere, und Doris holte ein Stück nach dem anderen ins Wohnzimmer unter die Hängelampe. Schließlich saßen sie alle miteinander darüber und waren auf die angenehmste Weise beschäftigt und unterhalten; denn es waren wahre Schätze, die da durch zwei Generationen gesammelt und bewahrt worden waren.

Natürlich kannten die Kinder diese alten Bilder längst, sie waren ja damit aufgewachsen und hatten sie gewiß manches liebe Mal gesehen; aber es war so, daß sie plötzlich wieder neu und interessant erschienen, wenn man sie an so einem langweiligen Winterabend einmal genau und unter Kommentar betrachtete. Denn es gab fast von jedem dieser nahen und fernen Verwandten, Bekannten und Freunde, die da in den verschiedensten Lebensaltern und meist in seltsamer Kleidung festgehalten waren, irgendeine Geschichte. Sehr viele von ihnen waren bereits tot, einige verschollen und fast vergessen; aber die Mutter wußte noch von allem. Sie saß zwischen ihren beiden Töchtern auf dem Ecksofa, während sich Fritz von der Seitenlehne her über Annes Schulter reckte, und holte aus ihrem unerschöpflichen Gedächtnis Namen, Daten, Beziehungen und Begebenheiten heraus. Der Vater auf der anderen Seite des Tisches war eigentlich mit Lesen beschäftigt, doch er schickte von Zeit zu Zeit einen Blick über die Zeitung her und sagte dann wohl: »Wen habt ihr da? Onkel Eugen? Gib mir mal das Bild herüber, Doris!«

Man kam auf dieser Reise durch die Alben auch an die Photos der beiden lockengeschmückten Damen, die sich — jede einzeln und doch in völlig gleicher Pose — lächelnd über eine Sessellehne beugten. »Das sind Papas Flammen aus England«, erklärte die Mutter, »er konnte sich nicht von den Bildern trennen.«

Und wie die Kinder anfingen zu lachen, eine respektlose und gefühllose Bande, sagte der Vater wieder über die Zeitung hinweg: »Gebt mir mal das Album her!«

In dem grünen Plüschkasten fand sich ein Gruppenbild, das im Freien, anscheinend in einem Garten, aufgenommen worden war, es zeigte eine würdige Matrone im Spitzenhäubchen und zwei junge Mädchen in Scheitelfrisur, alle drei mit ungeheuer weiten, bauschigen Röcken; sie saßen, malerisch gruppiert und doch in steifer Haltung, auf Gartenstühlen vor einer Steingrotte, ein junger Mann mit sieghaftem Gesichtsausdruck stand daneben, und vorn hockten zwei Kinder, ein halbwüchsiger Junge in Stiefeln und weißen Strümpfen und ein kleines Mädchen, dem die weißen Stickereihosen ein beträchtliches Stück unterm Rocksaum hervorsahen.

Zu diesem Bilde gab es einen ganzen Roman, denn die beiden erwachsenen Mädchen darauf waren niemand anderes als die Mutter selber und ihre ältere Schwester Agathe. Der junge Mann aber war Onkel Oskar Wedekamp, der damals auf Freiersfüßen ging und lange geschwankt hatte, für welche der beiden Schwestern er sich entscheiden sollte. Hier sah es ihm niemand an, daß er sich erst von Clärchen einen Korb geholt hatte, ehe er Herz und Hand Agathen zuwandte.

Das alles hatte sich in Neuenort begeben, und die Aufnahme war im Garten der Pension Engelmann gemacht worden, die man damals bewohnt hatte.

Die Mutter war jetzt erst richtig ins Erzählen gekommen, denn Neuenort war nun einmal das Paradies ihrer Jugend gewesen. Es kamen Namen und Begebenheiten zutage, von denen noch niemals die Rede gewesen war, so als erfände sie all diese Dinge erst im Augenblick, um ihrer Familie einen anregenden Abend zu bereiten. Aber nein, das war natürlich alles wahr und ganz gewiß, es stieg aus dem tiefen Brunnen der Erinnerung herauf und gestaltete sich zu einem leuchtenden Bild von Sommer, Sonne und Jugend. Niemals und nirgends, so schien es, hatte man freier, sorgloser und glücklicher gelebt als in jenen zwei Sommern in Neuenort, obwohl es allem Anschein nach auch dort allerhand Spannungen und Verwicklungen gegeben hatte; denn der unglückliche Onkel Oskar war nicht der einzige gewesen, der sich vergebens um Clärchens Hand bemüht hatte; und es hatte gelegentlich nicht an Tränen gefehlt und nicht an Auseinandersetzungen mit der Großmutter, die zuweilen anderen Sinnes als ihre Töchter gewesen sein mochte. Doris lachte sehr über all diese alten Geschichten, die außerordentlich eigenartig, aber doch keineswegs ernst zu nehmen waren; ja, sie wirkten in der Ferne der Zeit verkleinert und ins Komische verzogen wie ein Puppenspiel. Man konnte sich nicht vorstellen, daß diese Menschen in ihrer altmodischen Kleidung und Haltung von tiefen Gefühlen und tragischen Konflikten erschüttert gewesen sein sollten.

Anne aber, von einem geheimen Problem bewegt, stellte plötzlich kategorisch die dreiste Frage: »Und warum nahmst du keinen von denen, Mama? War der Herr Kanther der Beste von allen?«

Bei dem Vater schob sich die rechte Augenbraue noch mehr in die Höhe, und der Mund verzog sich zu einem Lächeln voll grimmigem Vergnügen. »Ihr albernes Volk«, sagt er. Und dann legte er auf einmal die Zeitung hin. »Wir werden dies Jahr nach Neuenort ziehen.«

Damit war an jenem Abend die große Entscheidung gefallen, und dieses stille Seebad, das bis dahin für alle Familienmitglieder nur in der Vergangenheit bestanden hatte, gewann mit einem Schlage Nähe und Gegenwart. Man wußte freilich nicht, was man davon erwarten durfte, keins von den Kindern war jemals da gewesen, denn man hatte so lange seine Sommerstätte gehabt, der man treu blieb, und Herumreisen gab es nicht. Wenn man sich an einem Badeort befand, erübrigte es sich, noch zu einem anderen hinzufahren.

Neuenort, mein Gott, wo lag es denn überhaupt – ein ziemlich weites Ende weg und außerdem an der anderen Seite, im Westen anstatt im Norden. Es war ganz klar, und Anne hatte das als erste herausgefunden, daß die Sonne ja dort an der falschen Stelle untergehen mußte. Vielleicht würde auch sonst manches verkehrt sein. Altenort hätte es eigentlich heißen müssen, es war ja völlig aus der Mode gekommen und bestimmt sehr, sehr rückständig; weiß Gott, wie man da seine Tage zubringen mochte, die schönen, schönen Sommerferien, die die kostbarste Zeit des ganzen Jahres bedeuteten und so günstig wie nur möglich angelegt sein wollten.

Man war sich in der Familie Kanther durchaus nicht einig, die Meinungen waren geteilt, die Kinder hegten einen finsteren Argwohn gegen diesen versunkenen und wieder ausgegrabenen Ort. Doris vor allem verwünschte ihren Einfall mit den Photographien. Ohne sie wäre man gewiß niemals darauf verfallen.

»Du wirst sehen, Anne«, sagte sie, auf dem Bettrand sitzend und sich die Strümpfe ausziehend, »es ist bestimmt furchtbar: spießig und langweilig, lauter verstaubte Pracht, alte Gärten, alte Tanten und sonst kein Mensch!«

»Kann sein«, gab Anne nachdenklich zur Antwort, »und wer weiß, wie es da mit dem Baden ist, womöglich tragen sie da noch rote Kattunanzüge bis zu den Knöcheln.«

Nun, sie wurden ja beide nicht gefragt. Der Vater war vom ersten Augenblick an entschlossen gewesen, und die Mutter war glücklich, sie wurde förmlich von neuem jung bei dieser Aussicht, als stünde in ihrer Vorstellung dort alles noch wie damals, und sie brauchte bloß hinzufahren, um alles wiederzufinden, die Menschen, mit denen sie damals dort gelebt hatte, und jene ganze Zeit, die vielleicht erst durch die Erinnerung Vollkommenheit erreicht hatte.

Von Ende Februar an bereits waren dann Briefe hin- und hergegangen zwischen dem Kantherschen Hause und Eigentümern, Vermittlern und Vermietern in Neuenort. Der Frau Konsul Kanther schwebte, wie sie sich ausdrückte, ein kleines Einzelhaus tief im Grünen, dessen sie sich noch genau entsann, als vorzugsweise geeignet vor. Es hatte damals dem inzwischen längst verstorbenen Kommerzienrat Radtke gehört, seine Witwe hatte es verkauft, und anscheinend war es danach von einer Hand in die andere gegangen. Man konnte nicht wissen, in welcher Verfassung es sich jetzt befand, aber es war an und für sich ein reizendes Anwesen.

»Ihr werdet sehen, Kinder: ein verwunschenes Schlößchen!«

Und nun fuhr man hinaus, es war die höchste Zeit damit. Ehe der Papa nach Nauheim ging, Anfang Mai, wie es vorgesehen war, mußte die Sommerwohnung unter Dach sein.

Viertes Kapitel

Da rollte nun dieser Zug durch die Landschaft, er hatte sich aus dem kleinen, alten Sackbahnhof hinter den Speichern mit erheblichem Getöse davongemacht, aber es war ja keineswegs ein sehr bedeutender Zug, er bestand nur aus Maschine, Tender und vier oder fünf Wagen, und draußen war er nichts als ein kleiner, schwarzer Wurm, der sich ohne allzu große Eile durch die Gegend wand. Er zog eine Linie mitten durch das große Rund der Erdfläche, von Zeit zu Zeit hielt er an, um eine Minute lang schwarzgrauen Rauch in die knospenden Baumkronen eines kleinen Stationsgartens zu entlassen und sich danach von neuem auf den Weg zu machen.

Er fuhr dahin unter einem weitgespannten Frühlingshimmel, über den in sehr großer Höhe ganz lichte, zerrissene Wolken dahinwanderten, zu beiden Seiten war das Land endlos und grün – grüne Saaten und grüne Wiesen und dazwischen die lockere Erde frisch bestellter Äcker; die Störche waren nach Beute unterwegs, und Lerchen stiegen hie und da und dort aus den Feldern in die blaue Luft. Ein grüner Schimmer lag über dem Wald, der aus der Ferne heranwuchs, der näher und näher kam, die Bahnstrecke umschloß, ein Stück Weges begleitete und wieder ins Freie ließ. Auf den Höfen lief das Federvieh umher, Hunde bellten, und alle Türen standen offen.

Wenn man einen langen, langen Winter zwischen den Mauern einer Stadt verbracht hatte, dann war diese Fahrt nichts Geringeres als die große Offenbarung des Frühlings, das immer neue Wunder, durch das auch den Menschen das Leben wieder geschenkt wurde.

Darum saßen einige von ihnen hüben und drüben den Fenstern zugewandt und sahen hinaus wie gebannt, als enthüllte sich ein niegesehenes Bild vor ihren Augen. Es war noch nicht die eigentliche Zeit, um Ausflüge zu machen, damit begann es erst im Mai oder gar im Juni, wenn es dauerhaft warm wurde; aber an diesem heiteren Sonntag war doch eine ganze Anzahl von Menschen unterwegs in den mannigfaltigen Geschäften, Zwecken und Wünschen, die allüberall und zu allen Zeiten seßhafte Bürger in das fahrende Volk der Eisenbahnzüge verwandelten. Sie stiegen ein und stiegen aus, neue kamen hinzu, einige fuhren nur von einer Station bis zur nächsten, und andere machten die ganze Fahrt bis in den äußersten Zipfel dieses in lauter Wasser gebetteten Landes; und darum war das keine große Reise, denn all diese Linien, die strahlenförmig von ihrem Ausgangspunkt wegstrebten, endeten über kurz oder lang unweigerlich an der See.

Das Mädchen Anne Kanther, das ohnehin nicht gern sprach, war verstummt bei dem Blick aus dem Zugfenster, sie war vollständig versunken und tiefbeschäftigt zu sehen, was sich da immer mehr und mehr auftat, herankam und vorbeizog. So groß die Welt auch war und so vielfach ihr Gesicht, es gab doch gewiß kein schöneres Land als dieses, wie es ausgebreitet unter der unbeschreiblichen Klarheit des Himmels lag mit der Sonne über den Saaten und der Weite seiner Wiesen. Noch das fernste Gehöft, Baum und Zaun und Pumpe, ein Mensch auf dem Wege und ein Tier im Feld waren erkennbar in diesem starken Licht und in der frischen, reinen Luft, die von den nahen Wassern herkam.

Es war überflüssig zu reden, wenn man an einem solchen Tag durch ein Stück seiner Heimat fahren konnte und sie sehen durfte, so wie Gott sie gemacht hatte.

Die Welt draußen wurde immer schöner und freier, jetzt machte der Zug eine Biegung, und da war das Haff, es lag blau und glänzend da, von der Sonne beschienen, ein weites, stilles, einsames Wasser, es blieb ganz nahe, der Zug fuhr so dicht an ihm entlang, daß das Schilf die Sohle des Bahndammes säumte.

»Seht doch bloß«, sagte Anne andächtig, »das habt ihr vielleicht überhaupt nicht gewußt.«

»Nein, gewiß nicht«, sagte Doris spottend. Ach, dachte sie wie schon oft, sie ist noch ein richtiges Kind, sie ist imstande, sich zu begeistern, wenn sie einen Storch sieht!

Dann waren sie da. »Neuenort!« hatte der Schaffner gerufen, zweimal, dreimal und noch einmal, als er an den Wagen entlangging – mit dem Ton auf der Endsilbe, ja, so sprach man den Namen hierzulande. Sie stiegen aus auf dem kleinen Bahnhof, der ländlich und freundlich war, er hatte eine Veranda und einen kleinen Garten. »Ja, seht ihr«, sagte die Mutter, »so sieht es hier aus!« – aber da kam es ihr zum Bewußtsein, daß sie sich auf den Bahnhof gar nicht besinnen konnte, ja, es schien ihr keineswegs sicher, ob sie denn damals, vor rund fünfunddreißig Jahren, schon mit dem Zug nach Neuenort gefahren war. »Ach, Kinder«, sagte sie vieldeutig, und dann machten sie sich auf den Weg.

Dieser kleine Bahnhof war das Tor, hinter dem das Unbekannte lag, ein Land voller Verheißungen, vielleicht würde es ein Paradiesgarten sein oder auch nichts als ein dürftiges, abgelegenes Sommernest, in dem man zu tödlicher Langeweile verurteilt war. Ach nein, das glaubte Anne nicht, das war keinesfalls zu befürchten. Wie es auch immer sein mochte, es war doch ein Leben im Freien, wo es Felder gab, Bäume, Wege und Sand, und hinter allem war die See, sie war die unbedingte, immer gültige Sicherheit, im Grunde brauchte man nichts als sie.

Hinter dem Bahnhof lief die Chaussee vorbei, und von ihr zweigte der Weg ab, den fast alle Menschen gingen, die hier ausgestiegen waren. Er führte zwischen Feldern hindurch und stieg ein wenig an, hohe, windverbogene Bäume streckten ihre immer noch kahlen Kronen in den Himmel. Von einer Stelle konnte man rückwärts noch einmal das Haff sehen, es war ganz nah und schien doch seltsam fern in seiner unbegrenzten und traumhaften Einsamkeit.

Frau Kanther schritt zwischen ihren Töchtern rüstig bergan, sie ging ein wenig wie auf Wolken, indem sie nun wieder den Weg ihrer Jugend beschritt. Und sie sprach dabei auch von diesen Bäumen, unter denen sie dahingingen: »Ihr glaubt nicht, wie schön diese Linden im Sommer sind! Dann ist der Weg so kühl und schattig und am Abend richtig verwunschen; wir sind damals immer der Journaliere* entgegengegangen, irgendwer kam jedesmal mit, den wir abzuholen hatten oder doch wenigstens kannten. Unten an der Ecke stiegen wir mit auf, und weil sie immer vollbesetzt war, standen wir auf dem Trittbrett. Da fuhr man dann unter den Linden, wenn sie im Juli in Blüte standen, in lauter Duft dahin!«

Doris fand die Bäume ja nun nicht so sehr wichtig, sie interessierte sich mehr dafür, ob es denn damals für junge Mädchen passend gewesen war, auf dem Trittbrett eines Wagens zu stehen. Doris hatte von jener früheren Zeit ihre eigenen, etwas problematischen Vorstellungen. Und Anne dachte, man könne es den Bäumen jetzt wahrhaftig nicht ansehen, daß es Linden waren.

»Dies ist nun die Hauptstraße«, sagte die Mutter, als sie die ersten Gartenzäune erreichten, »da ist das Kurhaus, in dem wir immer getanzt haben, und die anderen Hotels, die Kaffeegärten und die Läden, und hier geht es auch an die See ... Und in den Seitenstraßen kommen dann die Häuser mit den schönen, großen Gärten ...«

Doris warf Anne einen Blick zu, aber die schlenderte ein paar Schritte voraus auf der Rasenkante und zog nachdenklich einen Grashalm durch die Zähne. Anne war wie immer nebenbei beschäftigt und hatte kein Auge für die Dinge, die gerade wichtig waren, sonst hätte sie dieses langgestreckte Haus mit den Türmchen, den windschiefen Fensterläden und der vorsintflutlichen Veranda genauso kritisch in Augenschein nehmen müssen. Vor diesem Haus befand sich ein ziemlich wilder umzäunter Platz mit Lebensbäumen, die trauernd einen verfallenen und vertrockneten Brunnen umstanden.

»Mama«, sagte Doris vorwurfsvoll, »dies kann doch nicht gut das Kurhaus sein.«

* ein Ausflugs- oder Reisewagen für viele Personen

»Ja, Kinder«, sagte Frau Kanther mit einem kleinen Seufzer, »es ist natürlich alles sehr lange her.« Sie blieb hin und wieder stehen und sah sich um, hielt an einer Ecke an und zuckte ratlos die Schultern. Sie mußte es vor sich selber zugeben, daß sie sich nicht mehr zurechtfand, sie erkannte beinahe nichts mehr wieder, es war wie ein fremder Ort; alles kam ihr verändert und verwandelt vor seit damals, zusammengeschrumpft und seines Ansehens beraubt. Was war das Kurhaus zu ihrer Zeit für ein stattlicher Bau gewesen, weitläufig und modern, ja richtig imposant hatte es im Hintergrund seines gepflegten Kurgartens gestanden, durch den an den Réunionabenden eine Polonaise mit Lampions geschritten wurde. Wie ein Traum war das immer gewesen. Und die Pension Engelmann war für damalige Verhältnisse richtig elegant gewesen, ein bißchen zu üppig beinahe mit ihren Balkons und dem terrassenartigen Vorbau. Madame Engelmann hatte in ihre kostbare Pension mit der berühmt guten Küche nur ganz ausgesuchte und sehr zahlungskräftige Gäste aufgenommen.

Frau Kanther war ein wenig bekümmert, aber sie gab es vor ihren Töchtern nicht zu. Sie trug das Bild ihrer Jugend unverändert in sich, und das sollte ihr nicht etwa von ihren eigenen Kindern herabgesetzt werden. »Ihr werdet sehen«, sagte sie und tröstete sich selber damit, »im Sommer sieht alles ganz anders aus. Es wird euch bestimmt gefallen.«

Nein, eine Mutter irrte sich nicht, eine Mutter behielt immer recht, wo blieb sonst die Autorität der Jugend gegenüber, die in dieser Generation schon ohnehin die Neigung hatte, überkommene Werte gering zu achten. Nein, niemals hätte sie es gestanden, nicht einmal gern sich selber, daß dieses Wiedersehen für sie eine Enttäuschung war. Vielleicht war das nicht einmal verwunderlich. Es konnte nicht anders sein, als daß sich in mehr als drei Jahrzehnten die Dinge verändert hatten; und wenn auch nichts an ihnen berührt sein mochte und sie die Zeiten überdauert hatten, dann waren es doch die Augen, die sich gewandelt hatten. Und daran merkte man dann, wie das Leben dahingeflossen war.

Die lange Straße schien ihr Ende zu erreichen, sie stieg ein wenig an, und dahinter war dann nichts mehr, nichts als der leere Himmel. Aber Anne wußte es besser, sie war den beiden anderen ein ganzes Stück voraus; sie ließ sich nicht halten, da war eine Kraft, die sie hinzog bis zu der Scheitelhöhe jenes Weges, auf der sie dann stehenblieb wie ein Späher auf dem Damm, lang und dünn in ihrem hellgrauen Jackenkleid mit dem weißen Hütchen, die kurze Nase in den Wind gehoben.

Niemand konnte verstehen, was es bedeutete, nach einem langen Winter zum ersten Mal wieder die See zu sehen. Da war sie, auf einmal war sie da!

Sie schlug mit kleinen flachen Wellen an den Strand, immer wieder mit dem gleichen sanften Laut, es war wie ein Spiel – die See war weit, ganz klar und leer, sie war so frisch und herb und von einem so seltsamen Licht überglänzt, wie es nur im Frühling sein konnte, so als wäre auch sie nach langem Zeitraum der Finsternis zu dem neuen Leben der Erde erwacht. Der langgezogene Streifen des Strandes lag ganz, ganz einsam, er war unberührt, noch nicht zerstört von der Unruhe und der Lust der Menschen. Es war das höchste Glück, das es gab, wieder an der See zu sein, es war wie Heimkehr.

Zu denken, daß sie immer dagewesen war, die ganzen Monate, in denen man ohne sie lebte und sie vergaß. Ach nein, vergessen konnte man sie nicht, aber sie war so fern und unerreichbar gewesen, unwirklich wie eine Sage.

In den langen, dunklen Nächten, wenn Anne in der Geborgenheit des großelterlichen Bettes, zwischen den dicken Mauern des Kantherhauses schlief, war weit draußen am Rande der Unendlichkeit immer die wache, wühlende See unter dem Himmel der Finsternisse gewesen, sie warf ihre Wasser donnernd an den Strand, holte sie zurück und warf sie von neuem aus. Sie lag durch die kurzen eisigen Tage in furchtbarer Weite und Einsamkeit unter der schrägen Wintersonne. Niemals hatte man Zeit gehabt, daran zu denken über Theaterbesuchen, Kleiderproben, den unregelmäßigen lateinischen Verben und was der nebensächlichen Dinge mehr waren, aus denen der Stadtwinter bestand. Und doch war die See das Wesentlichste – fern von ihr war das Leben arm und eng und nichts als Wirklichkeit. Nun erst, als Anne auf dem Kamm des Dünenweges stand, den sanften salzigen Wind um die Stirn, die Schuhe voll Sand, wußte sie wieder, daß von der See die wahre Lebensluft kam, lauter treibende Sehnsucht und Lust zu neuen Gedanken.

»Schön, die See«, sagte Doris anerkennend, »aber der Strand ist hier ziemlich schmal, Mama. Und wo ist denn das Damenbad?«

Die Straßen von Neuenort mit ihren Reihen alter Bäume zogen sich zwischen lauter Gärten dahin, aber die Gärten waren noch kahl und leer und sahen eigentümlich verlassen aus; man konnte sie mit einem Blick übersehen, die Häuser waren von einer ganz bestimmten Sorte, sie hatten Türmchen und spitze Giebelchen und gewinkelte Dächer, eine Veranda an der Seite und einen Altan vor der Front. Man sah es ihnen an, daß sie einen langen Winter hindurch vergessen worden waren. In den Gärten gab es steinerne Pavillons und hölzerne Zelte, hie und da stand ein Zwerg oder ein Reh aus Terrakotta nachdenklich blinkend in der Sonne, mitten im welken Laub.

An den Gittertoren befanden sich keine Schilder. Die Besitzer dieser Art von Häusern hatten von je die Zurückgezogenheit und vornehme Abgeschlossenheit geliebt, sie legten keinen Wert darauf, daß ihre Namen von Vorübergehenden aus Neugier oder Langeweile – womöglich noch laut vernehmlich – gelesen wurden. Es wurde dadurch jedoch sehr schwierig, ein bestimmtes Haus herauszufinden, das zwanzig anderen ähnlich sah und von dem man nach Jahrzehnten doch nicht mehr genau wußte, wo es eigentlich lag. Dazu schien es, daß diese gartenreichen Straßen, die in gleicher Richtung nebeneinander herliefen, von ein paar Seitenwegen gekreuzt, ihre Namen inzwischen geändert oder gar vertauscht hatten; jedenfalls konnte Frau Kanther sie bei näherer Betrachtung nicht mehr ganz auseinanderhalten. Die Villa Radtke, auf die man in erster Linie aus war, dieses märchenhafte Nachlaßstück des längst verstorbenen Kommerzienrats, mußte eins der kleinen Häuser sein, es stand damals in einem schönen, gepflegten Garten, der von einer Straße bis zur anderen hindurchreichte. Aber es erwies sich, daß es nicht ohne weiteres aufzufinden war. In dem Briefwechsel, der in dieser Sache geführt worden war, hatte alles klar gestanden, der Verwalter, der in der Provinz wohnte, hatte immer auf die damalige Radtkesche Villa Bezug genommen, die den Herrschaften ja, wie angegeben, bestens bekannt war. Die Witwe des Schneidermeisters Bukies besorgte das Haus. Es gab auch keine Hausnummern in Neuenort, oder sie ließen sich nicht entdecken, die Vorübergehenden, die man fragte, waren durchweg Ausflügler und von Ortskenntnis unbelastet. Frau Kanther war ein wenig ratlos, sie suchten nun schon eine halbe Stunde in diesem verwandelten Ort umher, und ihre Töchter fingen an, jede auf ihre Art, unruhig und ungeduldig zu werden. Doris machte den Vorschlag, erst Kaffee trinken zu gehen, und Anne erklärte kategorisch, sie würde jetzt in die erste beste dieser ›alten Buden‹ einzubrechen suchen. So geriet man an eine Schmiede, die geschlossen war, eine Fuhrhalterei, die ebenfalls Sonntag hatte, und schließlich in eine Gärtnerei, in der eine verlassene Großmutter mit dem Strickstrumpf an der sonnigen Hauswand saß und die glasbedeckten Frühbeete bewachte.

»Radtke – Radtke«, wiederholte sie nachdenklich, »mir ist ja so wie von früher, vielleicht meinen Sie die ›Elisabeth‹. Wenn Sie die ›Elisabeth‹ meinen, dann gehn Sie man hier durch, rechts um die Eck, denn in die Lindenallee, da is es ziemlich auf die Mitte. So ein kleines Haus. Vorne vor is 'n rundes Beet mit 'ne kleine Tanne. Von wegen die Bukies, na, die hatte mehrere Häuser, aber die hat alles abgegeben, die is vor ein paar Wochen nach der Stadt gezogen. Den Schlüssel, wenn da keiner is, den hat denn die Frau Gemeindediener Kühn.«

»Und wo ist die zu finden?«

Auch da wußte die Großmutter Rat und gab genaue Beschreibung. »Aber«, schloß sie zweifelnd, »wenn die man zu Hause is heut auf 'n Sonntag. Die wollt bei ihre Schwiegertochter fahren, und der Kühn is schon morgens mit 'n Rad fort. Na, Sie müssen sehen. Es wird wohl sein, daß Sie die ›Elisabeth‹ meinen.«

Die, ach, die hatten Doris und Anne ja beim Vorübergehen gesehen, da war ein schmiedeeisernes Schild auf einem Pfahl neben der Gartentür, die konnte es auf keinen Fall sein. »Du hattest doch gesagt, Mama«, erinnerte Doris erbarmungslos, »die Villa Radtke ist wie ein kleines Schloß. Das kann doch nicht diese Bude sein!«

Sie kamen zurück in die Lindenallee und standen alle drei verwundert und schweigend um den Gartenzaun der Villa. So etwas hatte man wirklich noch nicht für möglich gehalten. »Nein, nein«, beruhigte Frau Kanther, »ich weiß doch, wie die Villa Radtke aussieht. Das ist ganz ausgeschlossen.«

»Und wie ist es mit den anderen Häusern?« schlug Anne vor.

Sie machten den Versuch und gingen da und dort hinein, wo es ihnen lohnend erschien und wo ein Schild eine Sommerwohnung anpries; aber die Häuser waren bis auf eine Ausnahme verschlossen und unbewohnt, niemand war zu ermitteln. Die Schilder standen da vielleicht unverrückbar sommers und winters zur Zierde. An einer Stelle gelangten sie bis ins Innere eines Hauses, aber darin herrschte eine düstere, feuchte Kühle um die verschossene Pracht des Hausrates, es roch empfindlich nach Fledermäusen, wie Doris dreist behauptete, gewiß saßen sie zu Dutzenden in den Portieren, und der Papa würde sich hier den schönsten Rheumatismus holen. Schließlich stellte sich heraus, daß die untere Wohnung schon vermietet war, nur die kleinere obere sei noch frei, zwei Zimmer und zwei Kammern, da wäre zwar keine richtige Küche, aber dafür auch der billige Preis... Dieser Zumutung kehrten Doris und Anne voll Verachtung den Rücken, und Frau Kanther sagte liebenswürdig: »Danke sehr, das kommt dann für uns leider nicht in Frage...«

Als sie auf dem Wege zu der Frau des Gemeindedieners waren, dachte Anne bei sich selbst verwundert: Warum haben wir denn kein eigenes Haus hier oder anderswo an der See?

Ach, Wünsche, Wünsche, im Grunde wußte sie ganz genau, warum es das nicht gab. Kanthers hatten kein Geld, das war es. Es hieß zwar in der Stadt von ihnen: »Eine alte, wohlhabende Familie«, aber das war nichts als eine Fabel. Eine alte Familie, jawohl, und das war ja auch etwas, worauf man sich vielleicht etwas einbilden konnte; doch das mit der Wohlhabenheit war verblichener Glanz. Großvater Kanther, der mit der hohen schwarzen Halsbinde über dem Eßzimmersofa hing, der war wohl einmal so etwas wie ein reicher Mann gewesen, wenigstens für die Begriffe der damaligen Zeit und für die Verhältnisse hier im Osten, wo es großen Reichtum wohl überhaupt nicht gab. Bei den Kanthers von heute war dauernd von Sparen die Rede und von unnützen Ausgaben, die vermieden werden mußten. Anne hatte keine rechte Vorstellung davon, wie das mit so einem Vermögen war; ging das wohl auf einmal in die Binsen, oder nahm es allmählich mehr und mehr ab, schmolz langsam und unaufhaltsam dahin, ohne daß jemand richtig dafür konnte? Es stand nicht sehr gut um die Firma, die alte Firma J. H. Kanther, Saatgut, Futter- und Düngemittel en gros; wie es hieß, war sie von jüngeren Firmen überflügelt worden — »schlechte Zeiten«, hatte der Vater manchmal gesagt. Aber Johann Hermann, der Bruder, war der Meinung, der Vater sei zu rückständig und verstehe nicht, mit der Zeit Schritt zu halten. Er selber war sehr vorsichtig in der Wahl seiner Frau gewesen, das war Eva Laudien aus Danzig. Sie hatte ein gutes Stück Geld mit in die Ehe gebracht, obwohl der Vater wiederum geäußert hatte, ganz so großartig sei es ja nun nicht, man solle die Laudiens doch um Gottes willen nicht überschätzen. Wie es sonst um Johann Hermann stand, das wußte Anne nicht; und wenn eine Mitschülerin ihr einmal wohlmeinend mitgeteilt hatte, an der Börse erzähle man sich — und das habe sie von einem Onkel —, Kanther jun. wäre gar kein Kaufmann, sondern eine Spielernatur und im übrigen bloß großspurig wie eben die Kanthers alle, so war es noch längst nicht nötig, das zu glauben;

denn diese Lisbeth Dschidda wollte so hoffnungslos gern mit Anne verkehren und erreichte es doch nie, das war der ganze Grund. Nein, darauf brauchte man nichts zu geben.

Doch das war richtig: die Kanthers hatten ein Geschäft, ein Haus, Wagen und Pferde und viele, viele Sachen, aber sie hatten kein Geld, mit diesem Bewußtsein war Anne aufgewachsen und groß geworden. Es waren fünf Kinder da, und die kosteten viel, besonders die Söhne, Otto vor allem mit seinen schwankenden Leistungen und Neigungen hatte sehr viel verbraucht, sozusagen sein Erbe im voraus. Doris und sie waren arme Mädchen, das wußte vielleicht niemand außerhalb der Familie, und das war das einzige Gute dabei. Ein armes Mädchen zu sein, das war ein Unglück oder beinahe eins, nein, es war fast eine Schande; arme Mädchen wurden über die Achsel angesehen und hatten keine Chancen im Leben. Mit Doris freilich war es nicht so schlimm, Doris würde sich bestimmt einmal sehr gut verheiraten, es lag irgendwie in ihr. Anne konnte sich ganz genau vorstellen, wie sie dann sein würde — üppig, prächtig, mit einem halben Dutzend Kinder. Aber für sie selbst schien alles unsicher, ihr war die Zukunft eine verhangene Ferne, sie hatte keine Aussichten und trug auch kein Ziel in sich; wahrscheinlich würde sie ihr Leben lang herumlaufen und nach etwas suchen, das es nicht gab ...

Aber nun waren sie erst mal zu dritt auf der Suche nach der Villa Radtke, die verlorengegangen war. Zum Glück war die Frau Gemeindediener zu Hause, und dann klärte sich alles überraschend und beinahe zufriedenstellend. Die behäbige Frau Kühn versicherte, sie habe die Herrschaften dieser Tage erwartet, der Verwalter hätte schon vor einiger Zeit und dann jetzt wieder geschrieben wegen der Villa ›Elisabeth‹ — Radtke, nein, das wisse sie nicht, das müsse dann sehr lange her sein, denn sie wohne auch schon an fünfundzwanzig Jahre in Neuenort. Aber das sei ja auch schon egal, denn der Herr Verwalter hätte geschrieben von Herrn und Frau Konsul und daß sie die ›Elisabeth‹ mieten wollten. Es sei auch ein so schönes Haus ... Und sie sei deshalb auch nicht zur Schwiegertochter gefahren, wie sie eigentlich wollte. »Na, kommen Sie man, Frau Konsul!« Und damit nahm sie die Schlüssel aus der Schublade des Küchentisches ...

Nein, niemals noch hatte man ein derartiges Haus gesehen oder für möglich gehalten, daß es so eins geben konnte. Es schlug völlig aus der Art und war den anderen Häusern von Neuenort ganz und gar unähnlich – keine Türmchen, Erker und Spitzgiebelchen, kein Altan und keine Freitreppe, sondern das Ganze sah aus wie ein langgestreckter, niedriger Kasten, den jemand in Verlegenheit oder mit der Absicht, ihn loszuwerden, an jener Stelle niedergesetzt hatte. Die Villa ›Elisabeth‹ besaß statt des Daches so etwas wie einen flachen Deckel, sie hatte eine Reihe mit Läden verschlossener Fenster und an jedem Ende eine Glastür, die über eine einzige Stufe ins Freie führte. Doris meinte, es sei überhaupt eine Cholerabaracke, aber Anne sagte, nein, ein Eisenbahnwagen, und vielleicht würde eines Tages eine Maschine vorgekoppelt und mit ihm davonfahren. Da lachten sie nun alle drei, und auch die Gemeindedienerfrau lachte über die witzigen jungen Damen; es sei doch schön, daß die Frau Konsul solche forschen Töchter habe. Und ob denn noch keine verlobt sei ...

Ein Eisenbahnwagen als Sommerbehausung, das war allerdings noch nicht dagewesen. »Du glaubst doch nicht im Ernst, Mama«, fragte Doris, »daß der Papa hier wohnen wird?«

Vorn war der Garten mit dem runden Beet und der kleinen Tanne und mit Gebüschen an den Seiten, an der Rückseite des Hauses setzte er sich fort, und da waren einige Obstbäume und zwei Reihen Beerensträucher. Am Ende des Hintergartens führte wieder eine Tür nach der anderen Straße. Das Ganze war lang und schmal wie ein Handtuch, und in der Mitte hatte man den ›Eisenbahnwagen‹ in Querrichtung abgestellt. »Du, Anne«, sagte Doris, »das mit der Hintertür ist nicht schlecht.«

Innen gab es mehrere Stuben, zwei größere und eine kleine, an jedem Ende des Wohnwagens einen verandaähnlichen Raum und hinten eine Art offener Diele, in einem Anbau an der Seite die Küche und noch eine Kammer. Alles in allem gab es Platz genug, an Möbeln war nicht viel da, aber das war nicht schlimm, man hatte ja auch zu Jakobeits allerhand mitnehmen müssen, um das Ganze wohnlich zu machen. Als alle Läden und alle Fenster aufgemacht waren, sah man, wieviel Licht das Haus hatte, die Sonne schien richtig hindurch, nach allen Seiten konnte man ins Grüne sehen, wenn es erst soweit war. Und außerdem war man darin ganz allein und ungestört, es gab keine Mitbewohner und keine Nachbarschaft, lauter Buschwerk an den Seitenzäunen des Gartens und vorn eine Hecke. Doris und Anne liefen von einem Raum in den anderen und fingen an, sie nach ihrer Meinung zu verteilen und in Gedanken einzurichten.

Alles in allem war die Villa ›Elisabeth‹ eine ganz ideale Sommerwohnung, keine Rede mehr davon, daß sie für den Papa etwa nicht gut genug sein könnte. Im Gegenteil, es war sicher, daß er nach ein paar sarkastischen Aussprüchen, die am Anfang unweigerlich fallen mußten, hier sehr zufrieden sein würde.

Aber nun zeigte es sich erstaunlicherweise, daß Frau Kanther allerhand zu überlegen und auszusetzen hatte und nicht so ohne weiteres entschlossen schien. Sie war auf einmal zurückhaltend und ein wenig hoheitsvoll, eine höchst besonnene Geschäftsfrau. Ja, recht nett im ganzen, aber die Dielen waren schlecht und in dem kleinen Zimmer die Tapete sehr schadhaft – bis schließlich die Gemeindedienerfrau, indem sie liebevoll von einer zur anderen sah, damit herausrückte, der Herr Verwalter habe gemeint, er würde den Herrschaften mit dem Preis entgegenkommen, wenn es ihnen sonst gefiele ...

Anne erinnerte sich plötzlich daran, daß der Papa gesagt hatte: »Vierhundert als Äußerstes für den ganzen Sommer, nicht einen Pfennig mehr!« Sie fand, es war eine enorme Summe, was man auch dagegen einhandelte. Und nun war es nur ein so kleines, altes Haus, aus dem man dann doch wieder mit Sack und Pack herausmußte. Aber diese Sommerwochen umschlossen eben die hohe Zeit des Jahres, sie waren ein ganz großes Stück des Lebens. Seltsam genug war es nur, daß diese einfache, freundliche Frau eine so hochwichtige Angelegenheit abzuwickeln hatte.

»Na schön«, sagte Frau Kanther zustimmend, und das war die Entscheidung.

Annes Herz wurde auf einmal weit und vogelleicht, sie mußte sofort damit ins Freie und ging, ganz erfüllt von Freude, einmal langsam rund ums Haus, sie sah zu jedem Fenster hinein und nahm alles in Besitz; sie streifte durch den Garten bis an die kleine Hintertür, die da so verschwiegen angebracht war, als müßte sie der Durchlaß zu heimlichen Abenteuern sein. Dahinter war eine schmale, stille Straße mit lauter Birken, ein Querweg gegenüber führte weiter ins Freie, er verengte sich zu einem schmalen Weg in die Felder hinaus. Darüber stand der hohe Frühlingshimmel, und in der Ferne lag das Haff.

Anne kehrte um und kam zurück, der stille Garten und das kleine, flache Haus, durch das die Sonne schien, trugen auf einmal in sich alle Verheißung des Sommers. Sie mußte auf die Querleiste der Gartentür steigen und ein wenig hin- und herschwingen – eine

Dame im hellgrauen Schneiderkostüm, mit dem Fuchs um den Hals. »Du bist wahrhaftig ein kleines Kind«, sagte Doris, die dazukam, »sieben Jahre höchstens.«

»Sieh nur«, meinte Anne, »man kann durch unser Haus hindurchsehen ... Es ist schade, daß der Wohnwagen nicht grün ist. Mit grünen Wagen fahren die Zirkusleute. Ich möchte für mein Leben gern einmal mit einem Zirkuswagen durch die Welt fahren oder noch besser mit Zigeunern – immer unterwegs und weit fort, durch Ungarn und den Balkan bis nach Griechenland und ans Mittelmeer.«

»Ach, du bist ja verrückt, Anne! Komm jetzt, Mama will Kaffee trinken gehen.«

Die Strandhalle, hatte Frau Kühn gesagt, sei am Sonntag schon geöffnet. Und da säße man so schön in der Sonne mit dem Blick auf die See!

»Kommt, wir gehen in die Strandhalle«, sagte Frau Kanther. »Die gab es damals noch nicht.«

Sie gingen zur vorderen Gartentür hinaus, einträchtig und hochbefriedigt, und kreuzten die Lindenallee; Doris sah sich um. »Ich finde, das Haus hat geradezu Stil«, stellte sie nachdrücklich fest.

»Ja«, meinte Anne trocken, und das war, als hörte man den Seniorchef sagen: »Es erinnert direkt an Sanssouci!«

Fünftes Kapitel

Es konnte kein Zweifel darüber bestehen, daß das Leben eine tiefgehende Wandlung erfuhr, wenn das Familienoberhaupt verreiste.

An einem Tag im Mai, nach umfangreichen Vorbereitungen, hatte Konsul Kanther sein Haus, sein Geschäft und seine Stadt verlassen, um sich zu dem ihm verordneten Kuraufenthalt nach Nauheim zu begeben.

Er trug an diesem Morgen einen anderen Anzug als sonst und hatte eine andere Laune angelegt. Anne betrachtete ihn voll Verwunderung, wie er in einer merkwürdig freien Haltung am Frühstückstisch saß, wie er mit völlig neuen Bewegungen seine Zigarrentasche füllte; der eigensinnige alte Mann mit der sarkastisch verzogenen Augenbraue, als der er für gewöhnlich die Seinen im Zaum und unter Druck hielt, dieser Mann schien über Nacht verjüngt und verwandelt; er war auf einmal ein wohlerhaltener später Fünfziger von distinguiertem Aussehen, jovial und gönnerhaft, den ein Hauch von Großartigkeit umwehte – ein Mann, der auf Reisen ging. In seinem Gesicht stand es wie Erinnerungen an einst – weiß Gott, was es sein mochte –, Streifzüge seiner Jugend vielleicht, die freieren Jahre in Hamburg und jene Fahrt übers Wasser in einen Lebensabschnitt, als dessen äußeres Zeichen die Reste der Bartkoteletten stehengeblieben waren.

Wie wird er wohl erst zurückkommen? überlegte Anne, es ist nicht abzusehen! Aber dann fiel ihr ein, daß er ja noch von keiner seiner Badereisen anders wiedergekehrt war, als er bis dahin immer gewesen: ein ziemlich unbequemer und einsichtsloser Vater. Irgend etwas stimmte nicht, woran lag es wohl? War es der Osten, so weit entrückt, hart und kalt, oder war es das tägliche Leben überhaupt, das den Menschen so zurichtete? Vielleicht hatte er auch einmal ganz anders gekonnt und gewollt, aber das verging wohl, wenn man Familienvater war. Und nur im Augenblick des Abreisens schwoll noch einmal das Herz ...

Anne vergaß es über diesen Betrachtungen, und wahrscheinlich dachte von der ganzen Familie nur die Mutter daran, daß es mit dem Herzen des Seniorchefs eine ganz andere Bewandtnis hatte. Dieser schwer trätable Mann, den man vielleicht ganz gern einmal auf eine Zeitlang los war, fuhr ja nicht ohne Grund gerade nach Nauheim; er war nicht eben sehr gesund. Während Frau Clara Kanther zu ihm in den Landauer stieg, der den Reisenden mitsamt dem umfangreichen Gepäck drei Straßen weit zum Bahnhof zu bringen hatte, fiel es ihr wieder ein, daß der alte Sanitätsrat Gottschütz ihr unlängst gesagt hatte: »Sorgen Sie dafür, Frau Konsul, daß er es nicht zu leicht nimmt ...«

Nein, daran dachten die Kinder nicht, sie hatten anderes zu denken. Als der Wagen entrollt war, ging Anne noch einmal nach oben in die so plötzlich leer gewordene Wohnung, um sich am Frühstückstisch das letzte übriggebliebene Brötchen zu streichen. Doris setzte sich auf den Schaukelstuhl, als ob der nicht ein geheiligtes Möbel wäre. »Was machen wir heute, Anne? Grund zum Feiern, nicht?«

Aber Anne gab keine Antwort, sie hatte ja schon die Büchermappe in Reichweite auf einem Stuhl liegen, es war die höchste Zeit, in den Kursus zu gehen. In dem neuen Leben, das heute anbrach, blieb leider doch der Kursus bestehen, Stunden und Stunden, Tag um

Tag, bald vormittags, bald nachmittags, zu ungewöhnlichen Zeiten manchmal, und so über zwei Jahre noch mußte sie dort auf der Schulbank sitzen, sie hatte es nachgerade satt. Währenddessen genoß Doris zu Hause im Schaukelstuhl mit übergeschlagenen Beinen das Leben und die Freiheit, es erschien im Augenblick als die erstrebenswerteste Daseinsform. Das Schicksal war willkürlich und ungerecht ...

Aus Nauheim kam eine Ansichtskarte und noch eine und ein kurzer Brief mit summarischen Nachrichten über Reise, Arzt, Kur und Wetter, es stand nichts, nichts Wesentliches darin, und die gleichmäßig eigenwilligen Schriftzüge ließen nicht ahnen, ob es hinter diesen nüchternen Tatsachen noch andere Dinge gab, jenes Eigentliche, das der Sinn alles Reisens sein mußte. Anne hatte allerdings keine Vorstellung davon, wie das beschaffen sein mochte, es bestand für sie aus lauter Traum und Ahnung, es hatte keinen Namen und kein Gesicht, es war ganz einfach das Wunderbare, es war die weite Welt.

Darum blieb es eben trotz jenes elastischen Abganges doch ganz ungewiß, ob es das alles noch gab für einen ernsthaften Geschäftsmann in vorgerückten Jahren und Vater von – wie es immer hieß – lauter ungeratenen Kindern, die ihn vor der Zeit hatten ergrauen lassen.

Diese Kinder jedenfalls, so viele ihrer noch zu Hause übrig waren, ließen es sich unter den veränderten Verhältnissen so wohl sein, wie es eben ging. Sie fühlten sich von Zwang befreit und von der ständig nagenden Verpflichtung, sich gesitteter zu betragen, als es ihrer natürlichen Lebendigkeit entsprach. Es wurde bei den Mahlzeiten unvorschriftsmäßig durcheinandergeredet, und dazu kamen noch allerhand Leibgerichte in angenehmer Wechselfolge auf den Tisch; der Sonntagsschlaf durfte ausgedehnt werden, und dann und wann erfolgte an den warmen Abenden ein Besuch im Stadtgarten, wo einmal in der Woche eine Militärkapelle zu konzertieren pflegte. Denn es war ja doch Sommer oder beinahe Sommer, die Vorbereitung sozusagen, die Kastanien blühten, und der Flieder blühte, mitten im Schoß der Stadt konnte man sich's im Grünen wohl sein lassen und dazu ein wenig den Reiz geselligen Lebens genießen.

In den Gängen am Teich entlang promenierte das junge Volk unter den Bäumen und den magischen rosa Lämpchen, deren Schein das langsam dunkelnde Wasser spiegelnd wiedergab. Lampiongeschmückte Boote zogen langsam am Ufer hin, andere fuhren in die melancholische Weite hinaus oder suchten eine Zuflucht unter den verschwiegenen Hängeweiden.

Frau Kanther ließ es mit leichtem Seufzen zu, daß ihre Töchter sich mit den Freundinnen für eine Weile in jenes leichtfertige, drängende Gewoge mischten. Sie wußte nur zu gut, daß es durchaus nicht im Sinne ihres Mannes war – junge Mädchen gehörten nach seiner festgegründeten Meinung in der Öffentlichkeit mehr denn sonst noch unter den unmittelbaren elterlichen Schutz und somit hier im Stadtgarten an den Tisch, an dem die alten Herrschaften im Kreise von Verwandten oder Bekannten den Abend genossen. Ein guter Ruf war leicht verscherzt, Töchter aus gutem Hause, die sich viel allein und frei bewegten, waren bald bei jung und alt unten durch.

Daher fanden Doris und Anne es noch extra reizvoll, in dieser verführerischen Abendstimmung ungebunden umherzuschweifen. Alles Leben schien beschwingt und verklärt, die Gesichter waren überglänzt von sanftem Licht, die Stimmen klangen warm und bewegt, die hellen Kleider schimmerten blumenhaft; Erregung lag in der Luft, und ringsum auf den Wegen und an den Hecken, um die Bänke an der Böschung und die Treppe zum Wasser atmete es heiß und berauschend wie von Geheimnissen. Eine Fahrt auf dem Teich, im einsamen Boot zu zweien, mußte, so meinte Anne, die Loslösung von dem ganzen bisherigen Leben sein; es war dann wohl die letzte, schicksalhafte Entscheidung – der Weg in ein unnennbares Glück oder der Schritt in den Abgrund.

Sie gingen spätabends heim, und Doris hatte bei der Mutter eingehängt. Sie war bis an den Rand gefüllt von lauter Erlebnis und redete, redete – es ging um dies und das und vor allem um Axel Bornheve, der heute dagewesen war, eine ganz überraschende Begegnung, das heißt nein, sie hatte ihn schon vorher ein paarmal auf der Straße getroffen, und er war ja sowieso ein alter Bekannter.

Anne wußte längst alles über Axel Bornheve, sie hatte es schon mehrfach und haargenau zu hören bekommen, es war das unerschöpfliche Thema der Abendgespräche von einem Nußbaumbett zum anderen hinüber: sehr, sehr lange war er fortgewesen und war jetzt nur noch wie ein seltener Gast aus der Fremde, eben etwas ganz Besonderes, ein Zweibändermann – bei den Münchener Schwaben war er aktiv gewesen, nachdem er zuerst hier studierte –, und was der wohl nicht alles erlebt und hinter sich gebracht hatte! Anne hatte allerdings nur eine höchst unklare Vorstellung von der Bedeutung eines

Zweibändermannes, aber sie war auch der Meinung, daß es etwas ganz Hervorragendes sein mußte. Doch es war auch diesmal wieder mit Doris nicht etwa etwas Ernsthaftes, keine richtige Liebe, Gott bewahre; es dauerte vierzehn Tage oder vielleicht bloß zehn, bis er dann wieder fort sein würde und nichts von sich hören ließ und durch einen anderen abgelöst wurde. So war es bei Doris, es hatte keinen Bestand.

Anne ging allein nebenher in ihrem rosa Kleid, das weiße Aufschläge und viele Säume hatte, es war ein sehr, sehr schönes Kleid, und dazu trug sie einen großen, aufgebogenen weißen Strohhut mit einer breiten schwarzen Bandschleife. Aber ihr Herz war unruhig und von einer unbestimmten Traurigkeit bewegt. Was war es nur mit einem solchen Abend, er war wieder dahin, und nichts blieb davon. Es war nur, daß man mehr als sonst an allerhand denken mußte, die Welt war erfüllt von schwermütiger Poesie, es lag in der Luft wie Gedichte von lauter Einsamkeit und unerfüllter Liebe.

»... und die armen, sehnsuchtsbangen
Herzen hangen
noch am alten Traum ...«

Sie gingen ihren späten Heimweg über die Brücken und weiter in die Tiefe der Stadt hinein, in der noch die Schwüle des Tages zurückgeblieben war. Der blasse nächtliche Sommerhimmel stand hoch über den dunklen Schächten der Straßen, auf deren Grund die Menschen in Bewegung waren in einer wirren, ruhelosen Geschäftigkeit, bis sie dann nach und nach in steinernen Gehäusen verschwanden und in engen Zimmern unterkrochen, Massen und Massen zusammengedrängt zwischen Mauern, während draußen die freie Erde war. Draußen – zu denken – war der unendliche Raum, lauter Weite unter dem großen Himmel, Feld und Wiese und Wald, schlummernde Höfe und die stillen Wege durchs Land. Und fern am Rande war immer die See.

Anne dachte plötzlich an Neuenort und das lächerlich kleine Haus, das wie ein Eisenbahnwagen aussah. Dort würden sie wohnen. Und das Herz wurde ihr frei und weit ...

Doch dann blieb Frau Kanther auf einmal stehen.

»Kinder, wo ist denn eigentlich der Fritz?«

Es war im Augenblick nicht klar, ob er überhaupt mit ihnen gewesen war; doch, ganz zu Anfang wohl, er hatte als getreuer Sohn und Bruder die Seinen begleitet und ihnen sogar einen Tisch erobert.

Aber dann war er auf unbegreifliche Weise abhanden gekommen. Doris erinnerte sich dunkel, ihn im Laufe des Abends auf der Promenade gesehen zu haben, an der Treppe zum Wasser mit ein paar Jungen – so Jungen wie er –, und auch zwei Mädchen waren dabeigewesen. Ja, auch Mädchen! Aber seitdem war er verschwunden.

»Vermutlich ist er in den Teich gefallen«, meinte Doris gemütlich.

Aber Frau Kanther war ernstlich verstimmt. »Wo bleibt er nur wieder? Was denkt er sich? Es ist schrecklich mit dem Jungen. Und wie soll er ins Haus kommen, wenn wir doch den Schlüssel haben!«

»Ach, Mama«, sagte Anne gedehnt, »laß ihn nur, er wird schon irgendwie hereinkommen.« Ihr Herz empfand sehr stark für den Bruder, der die Freiheit so liebte und das Bedürfnis hatte, sich an Sommerabenden herumzutreiben – nein, nicht bloß an Sommerabenden, an Frühlingsmorgen, an Wintertagen, zu jeder Zeit des Jahres. Fritz war ein Vagant – das Wort gefiel Anne so sehr, man dachte dabei an Straßen, die davonzogen landab, landauf, an himmelhohe Pappeln im Wind –, ach, sie verstand ihn gut, er war, wie sie selber war. Es war doch klar, daß Fritz seinen eigenen Hausschlüssel hatte.

Aber die Mutter dachte voll Sorge an ihren Jüngsten. Er war doch noch ein Kind, kaum fünfzehn Jahre alt und noch nicht eingesegnet. Und schon fing es an. Es fing früher an als damals bei den älteren Brüdern. Nein, eigentlich hatte er es von klein auf verstanden, sich dem Familienleben schweigend und ungesehen zu entwinden. Und nun waren auch noch Mädchen dabei. Wenn es erst so weit war, galt die Mutter überhaupt nichts mehr. Das war immer das gleiche. Wenn sie erst anfingen, mit Mädchen umzugehen, dann waren sie nicht zu halten. Bei Hermann hatte es sich in gemäßigten Grenzen bewegt, wennschon man ihm ja nie so recht dahinterkam, was er wirklich tat und dachte. Bei Otto hatte es ein stürmisches und sehr wechselvolles Spiel gegeben voll verwegener Launen und ganz ohne Bedenklichkeit. Fritz war nach ihrer Meinung von diesen Dingen doch immer noch weit entfernt gewesen; er besaß noch einen Matrosenanzug, den er allerdings seit einiger Zeit verachtete, und trug kurze Hosen, eigentlich war er überhaupt beinahe noch in den Lümmeljahren. Vor nicht langer Zeit war er ein kleines Jungchen gewesen, zart und süß, unsagbar lieblich, wenn auch leider immer schon bedenklich eigenwillig. Es kam ihr vor, als wäre er schneller groß geworden als die anderen Kinder, es geschah völlig unbemerkt über Nacht, er brach mit Gewalt durch die enge Hülle der Kindheit.

Nun war es so weit, was sie am liebsten noch auf lange hinausgeschoben gesehen hätte – er war ihr entwachsen, er ging seine eigenen Wege ...

In diesen Wochen kamen die Maler und füllten das solide Kantherhaus mit Unruhe, Lärm und Schmutz.

Aber nach ein paar Tagen war auch das vorüber; die renovierten Zimmer strahlten in neuem Glanz, alles war wieder in Ordnung, und das alte Haus stand unverrückt; die Sonne kam ein wenig früher ins Eßzimmer und verweilte am Abend länger darin. Dies waren die schönsten Tage im Jahr, an die man den Winter hindurch voll Sehnsucht dachte, und nun sie da waren, gingen sie klanglos dahin, sie verblühten ungenossen, es war lauter vergeudete Schönheit. Im Grunde gab es keinen Unterschied gegen sonst, man hauste in Zimmern mit vielen Möbeln, mit Teppichen und Portieren und verbrachte den größten Teil des Tages darin, es war das gleiche eintönige, eingeteilte Dasein. Nichts geschah, das eigentliche Leben blieb aus.

Aber es war doch wohl so, daß nur Anne das bemerkte und empfand, sie war voller Unruhe und Ungeduld, und alle anderen lebten gleichmütig dahin, als wäre es in Ordnung, so wie es war. Doris ging mit der Mutter auf Einkäufe und zu Anproben bei der Schneiderin, sie nahm ein paar Stunden dann und wann und spielte zuweilen ein bißchen Tennis mit dem sagenhaften Fräulein v. Knebel und deren Bekannten. Vielleicht war es für sie das eigentliche Leben, obwohl Anne das nicht begreifen konnte; aber Doris war eben ganz anders als sie, sie war ausgeglichen und vernünftig und befand sich auch wohl, wenn sie mit der Handarbeit bei einem Kaffeekränzchen saß, während draußen ein Junitag über die Erde ging. Man mußte Fritz ausschalten bei solchen Betrachtungen, er war ein Vagant, sein Tageslauf war nur nach außen regelmäßig, insgeheim war er immerzu auf Fahrt. Aber da war der große Bruder Hermann, beinahe eine Respektsperson, man konnte nicht annehmen, daß er solche aufrührerischen Gedanken hatte. Er war der Juniorchef der Firma, seine Position war fertig und endgültig, er hatte die Wohnung im zweiten Stock und hatte eine Frau und drei kleine Mädchen, alles klar und in Ordnung. Gewiß hätte er gern einen Jungen gehabt, ja, ohne Zweifel, aber das konnte immer noch sein. Hermann war eine Persönlichkeit von Gewicht und Überlegenheit, alle sahen zu ihm auf vom kleinsten Lehrling im Kontor bis zu seiner eigenen Mutter. Nun der Vater verreist war, führte er das Geschäft allein, und das war ihm vermutlich sehr lieb. Er ging morgens zeitig ins Kontor und kam zum Essen wieder nach oben und am Nachmittag wieder nach unten und ging zwischendurch einmal auf die Börse ...

Die Welt des Geschäfts war streng und reinlich von dem Familienleben geschieden, niemals hätte der Konsul geduldet, daß die Frauenspersonen etwa die Kontorräume betraten, um sich vom Kassierer Geld wechseln zu lassen oder vom Lehrling Briefmarken zu holen. Die hellgebeizte Eichentür im Erdgeschoß mit dem Firmenschild und dem Schild des Niederländischen Konsulats schloß eine Zone ab, die fremd und geheimnisvoll war und blieb. Man kannte die Angestellten der Firma J. H. Kanther von Angesicht, sie grüßten höflich, wenn man ihnen am Ausgang begegnete, aber es gab keinerlei Verbindung zu ihnen außer zu dem Faktor und Johann, dem Kutscher, die unentbehrliche Glieder des Hausinventars bildeten.

Der Juniorchef Hermann Kanther konnte genauso entfernt und zugeknöpft erscheinen, es war so, als wäre die Art des Seniors in diesen Dingen auf ihn übergegangen, und doch war er wieder von ganz anderer Sorte als der Vater, mit dem er ständig in leichter Spannung lebte. »Ach, Hermann ist so schwierig«, sagte Eva Kanther manchmal, die von den begüterten Laudiens stammte. »Ihr glaubt mir vielleicht nicht, aber es ist so.« Oder sie sagte auch: »Heirate nicht, Anne, es lohnt sich nicht! Was hat man schon davon?«

Hermann Kanther jun. kam am Nachmittag aus dem Kontor herauf ins erste Stockwerk und hatte eine Unterredung mit seiner Mutter. Er brachte ihr Geld, das Geld, das sie brauchte, um ihren umfangreichen Haushalt mit den drei jüngsten Kindern, mit Marie Ocholla und dem Stubenmädchen Johanna in des Vaters Abwesenheit weiterzuführen. Sie saßen am Eßtisch, in dem großen, langgestreckten Eßzimmer mit dem spärlichen Sonnenlicht, während Hermann höchst sachlich das Geld aufreihte und seiner Mutter die Empfangsbescheinigung vorlegte. »Ja, bitte hier unterschreiben«, sagte er.

Der Konsul war von je der Meinung gewesen, daß es nicht angebracht sei, weiblichen Personen finanzielle Selbständigkeit zu gewähren – was sollten sie schon damit, sie verstanden doch niemals mit Geld umzugehen. So blieb Frau Kanther davor bewahrt, mit größeren Summen rechnen zu müssen, und gewiß wäre es ihr nur sehr unbequem gewesen, wenn sie plötzlich in die Notwendigkeit versetzt worden wäre, sich etwa mit Vermögensangelegenheiten zu befassen. Es war Mühe genug, mit dem Wirtschaftsgeld auszukommen und darüber hinaus dem Vater die Mittel für dringende Anschaffungen loszumachen.

»Das wäre in Ordnung«, sagte Hermann und verwahrte die Quittung in seiner Brieftasche. »Was schreibt der Papa? An mich läßt er wenig hören. Aber es ist mir schon recht. Ich behellige ihn auch nicht mit geschäftlichen Dingen während seiner Kur. Wir werden schon allein fertig.«

Hermann hatte eine Art zu reden, die ein wenig großartig war, ein wenig obenhin; was war es schon, eine solche Firma zu führen, die eingefahren war, allzu eingefahren, wie es sein mochte. Er sah dem Konsul ähnlich in manchen Bewegungen und in der Haltung des Kopfes, aber die sarkastisch verzogene Augenbraue fehlte ihm und jener trockene Humor, der den Seniorchef so auszeichnete. Dafür war er ein Stück größer als der Vater, er war eigentlich sehr groß und für seine jungen Jahre beinahe ein wenig schwer, seine Erscheinung gab ihm leicht eine gewisse Überlegenheit, die Ruhe seiner Haltung wurde zuweilen als Hochfahrenheit gedeutet.

Mutter und Sohn saßen an dem breiten Eßtisch mit der Gobelindecke und hielten einen Austausch über die laufenden Angelegenheiten des Hauses und der Familie. Es war gut, mit Hermann zu reden, besser als mit dem Vater, der leicht aufbrauste und das Kind mit dem Bade auszuschütten beliebte. Hermann war klar und praktisch und einsichtsvoll, immer bemüht, jeder Seite Gerechtigkeit widerfahren zu lassen – dazu ein vortrefflicher Sohn –, es war nicht einzusehen, wieso es schwierig sein mochte, mit ihm verheiratet zu sein. Aber Eva war eigensinnig und sah alles nur von ihrem Standpunkt aus, das wußte man, alle Laudiens waren so.

Sie sprachen über des Vaters Gesundheitszustand, und Hermann wußte die Mutter zu beruhigen, sie sprachen über den bevorstehenden Sommeraufenthalt und die entsprechenden Pläne der oberen Etage, über Fritz' völlig undurchsichtige schulische Leistungen. Und dann kamen sie auch auf Otto.

Es war klar, daß man über Otto reden mußte, wenn man so ungestört unter sich war, es war vielleicht das Dringendste von allem. Hermann fing nicht etwa davon an, bewahre, es war ja nicht seine Sache, sich um seines Bruders Tun und Lassen zu bekümmern, er hatte wahrhaftig andere Sorgen. Nein, Frau Kanther war es, die sich beklagte, daß Otto wieder so selten schriebe; nicht, daß sie sich ernstlich darum Gedanken machte, aber sie war doch der Meinung, daß es gar nicht in der Ordnung wäre. Kinder hatten nach Hause zu schreiben, wenn sie sich auswärts befanden, von rechtswegen zu jedem Sonntag. Aber das war bei Otto leider nicht der Fall, er schrieb nicht oft und nur ganz unregelmäßig; es konnte ja sein, daß er zu arbeiten hatte, vielleicht stand er schon in der Vorbereitung zum Examen. Frau Kanther war nie genau unterrichtet davon, was ihre großen Söhne taten. Bei Hermann war das ja nur natürlich, er war so sehr erwachsen und seit langem selbständig, eine verantwortungsvolle Persönlichkeit mit einer eigenen Familie; aber alle übrigen blieben doch immer noch ihre Kinder, solange sie eben nicht verheiratet waren — sie gehörten weiter unter den Schutz und die Autorität des Elternhauses, auch Otto natürlich. Wahrscheinlich wäre Frau Kanther niemals darauf verfallen, ihm das etwa zu sagen, man empfand so etwas mehr, als daß man es aussprach; denn es war anzunehmen, daß Otto seine höchst eigenwilligen Ansichten über diesen Gegenstand hatte.

Er war nun schon seit ein paar Jahren fort; ohne Zwang und ohne eigentlichen Grund hatte er damals die schützende Mauer des Elternhauses durchbrochen. Er hatte durchaus auswärts studieren wollen, und der Konsul war schließlich auch dafür gewesen, ein Semester an einer anderen Universität konnte für die Fortentwicklung von Nutzen sein; aber es blieb noch abzuwarten, ob es zu seinem Besten gewesen war. Frau Kanther machte sich nicht gern Sorgen, solange es nicht unbedingt nötig war, außerdem vertraute sie fest auf den guten Kern in ihren Kindern; trotzdem mußte sie sich von Zeit zu Zeit gestehen, daß die Sache mit Otto nicht ganz zu übersehen und zu ergründen war.

Denn es hatte sich ergeben, daß dieser Sohn seine weitere Entwicklung für die Dauer außer Sehweite und beinahe außer Reichweite zu vollziehen beliebte, er war nun einmal fort und blieb dabei — weiß Gott, ob er das wohl von Anfang an im Sinn gehabt hatte! Er kam nur hin und wieder als Gast nach Hause, immer war es so, daß diese kurzen Besuche eine Reihe von Erschütterungen in die ruhige Atmosphäre des Kantherhauses brachten. Nicht etwa, daß da nun jedesmal etwas Besonderes vorfiel, aber es war an Otto ein Zug von Weltläufigkeit, den der Konsul nur schwer ertrug; diese gewisse Leichtigkeit des Tones und der Umgangsformen schien aus fremden Lebensbreiten zu stammen, und wenn sie auch im Augenblick für unbefangene Gemüter ansprechend genug sein mochte, so erwies sie sich doch als keineswegs geeignet für den Hausgebrauch. Es war leider nicht zu bestreiten, daß es besser war, wenn er wieder abreiste, auch er selbst hielt es nie lange aus; denn erschwerend kam hinzu, daß er doch immer noch an des Konsuls Tasche hing. Am letzten Tag hatte Otto meist bei verschlossenen Türen eine Auseinandersetzung mit seinem Vater, aus der dieser eine bedrohliche Gemütsverfassung davonzutragen pflegte. Erst wenn er dann fort war, trat allmählich wieder Beruhigung ein.

Dann und wann kamen kurze, eilige Briefe in seiner schnellen, schrägen Schrift – »windig« pflegte der Konsul sie zu nennen, und auch der Inhalt war wie dahingeweht, man gewann aus diesen Briefen den Eindruck, als wären sie einem mit Arbeit überlasteten Dasein entrissen worden. Des Konsuls Ansicht darüber war freilich eine andere: »Ottos Briefe sehen aus wie stehend geschrieben, den Hut auf dem Kopf und den Spazierstock unterm Arm ...«

»Was ist denn nun wieder mit Otto?« fragte Frau Kanther bekümmert. »Er ist nicht dagewesen, als der Papa durch Berlin kam. Das Wäschepaket an ihn ist vor vierzehn Tagen abgegangen, und er hat nichts von sich hören lassen. Was meinst du, Hermann, hältst du es für möglich, daß er gar nicht in Berlin ist?«

Hermann sah seine Mutter überlegend an. Immer wenn von Otto die Rede war und man ihn geradezu nach seiner Meinung fragte, fühlte er jene schwere Gereiztheit in sich aufsteigen, die nach einer raschen Entladung verlangte. Er mußte sich dann zusammennehmen, daß er nicht eine heftige Antwort gab. Hermann Kanther jun. wußte sehr genau, er mußte vor sich selbst auf der Hut sein, wenn es um seinen Bruder Otto ging. Daß er nicht imstande war, einen Grund dafür anzugeben, milderte seine Empfindlichkeit auf diesem Punkt in keiner Weise. Denn ihn ging das alles ja gar nicht so sehr an, im Gegenteil, er war gänzlich unbeteiligt, diese Dinge verliefen auf anderen Linien, außerhalb der Bahn seines eigenen Lebens. Er ging nicht so weit in seiner Selbsterkenntnis, sich zuzugeben, daß es gerade das war, was eine verwundbare Stelle in ihm traf. Aber er hielt sich in seinen Äußerungen und seinem Urteil in dieser Sache zurück, er antwortete gern belanglos und ausweichend, es tat nicht not, daß jemand Kenntnis nahm von seiner seelischen Haltung, bei der ihm ja selber nicht ganz wohl war; vielleicht war sie unberechtigt und ungerecht, er wußte es nicht so genau – er hatte anderes im Kopf, er hatte keine Geduld, diese Dinge bis zu Ende zu denken.

Doch es war nun so, daß die Mutter sich mit ihren Bedenken gerade immer an ihn wandte, mit dem Vater davon zu sprechen vermied sie aus guten Gründen. Und heute ging es nun um einen konkreten Fall, es war sozusagen eine rechtwinklige Frage, vertrauensvoll auf seine breite Brust gerichtet, es blieb nichts übrig, als Farbe zu bekennen. »Nein, Mama«, sagte Hermann vorsichtig, »er ist nicht in Berlin.«

»Ach!« sagte Frau Kanther erstaunt und ein klein wenig entrüstet, »also du weißt es sogar. Und wir sitzen hier, erfahren nichts und machen uns allerhand Sorgen.«

Doch das rührte Hermann Kanther nicht. »Ich glaube, ich habe sie noch bei mir«, sagte er und griff in die Brusttasche über seinem Herzen, »ich hatte dieser Tage eine Karte von ihm. Natürlich mußte ich annehmen, daß er auch an euch geschrieben hätte.« Er reichte der Mutter die farbige Ansichtskarte über den Tisch – blauer Himmel über dem Ausschnitt einer fremden, weißen, großen Stadt.

»Mein Gott, wo ist denn das?«

»Rom!« gab Hermann lakonisch zurück.

Aber Frau Kanther geriet ganz außer sich. »Um alles in der Welt, wie kommt denn Otto nach Rom? Das ist doch kaum zu glauben!«

»Na, Mama, du siehst es ja. Warum soll er denn auch nicht. Unser Otto wandelt auf Goethes Spuren. Er hatte sich ja immer schon gern ein wenig literarisch.«

»Aber er kann doch nicht auf einmal mitten aus seiner Arbeit heraus, ich weiß ja nicht, wie weit er ist – das weiß man bei Otto nie. Aber Papa und ich, wir waren doch der Meinung, daß er ziemlich dicht vorm Examen steht. Um Weihnachten war noch die Rede davon.«

Hermann unterdrückte die Antwort, die ihm schon auf der Zunge saß. Er wollte sagen: Glaubst du – glaubt ihr wirklich daran, daß er dieses Diplomexamen jemals machen wird? Ihr kennt ihn alle nicht. Er macht es nie ... Aber das sagte er nicht, er warf nur so hin, um überhaupt etwas zu sagen: »Vielleicht ist es eine Studienreise. Vielleicht hat er ein Thema über italienische Wirtschaft bekommen.«

»Meinst du das wirklich?«

»Ach, Mama«, sagte Hermann, »ich meine gar nichts. Ich weiß von nichts, es ist nur eine Vermutung. Es kann auch ganz anders sein. Ich habe keinen Einblick in Ottos Unternehmungen.«

»Es ist mir nicht ganz geheuer, Hermann. Und dir auch nicht, glaube ich. Aber du bis leicht ein bißchen streng mit Otto. Das hast du von Papa. Der meint ja manchmal, daß Otto bummelte, er müßte längst mit dem Studium fertig sein. Ich kann das nicht beurteilen — aber schließlich braucht alles seine Zeit. Dann kam auch noch das Einjährigenjahr dazwischen, und er mußte hinterher wieder von vorne anfangen. Er hat doch auch in diesem Frühjahr wieder geübt, und das bringt ihn natürlich aus der Arbeit heraus.«

Hermann sagte in seinem ruhigen Ton dazwischen: »Ich bin ja auch Soldat gewesen, Mama.«

»Ja, Hermann, natürlich, aber bei dir war das alles so anders. Für dich war der Weg von vornherein fest vorgezeichnet, du warst auch selber nicht so schwankend in deinen Plänen. Es ergab sich alles ohne Schwierigkeiten und viel Überlegung. Dadurch hast du es damals leichter gehabt. Du warst schneller fertig und früher selbständig.«

»Na ja«, gab Hermann wie nebenbei zurück und sah über seine Schulter hinweg nach dem Zifferblatt der alten Standuhr, »schon richtig. — Also, er läßt alle grüßen. ›Wetter herrlich, mittags schon sehr heiß. Ich habe hier eine ganze Menge Künstler getroffen. Viel Interessantes zu sehen. Die deutsche Ausstellung sehr gut...‹« Hermann stand auf. »Also, ich muß jetzt weg, Mama.«

»Zeig doch mal die Karte«, sagte Frau Kanther. »Otto in Rom!« Es freute und belebte sie wider Willen. »Was werden nur die Mädels dazu sagen! Daß er nun gerade an dich schreibt...«

Hermann dachte: Vielleicht wollte er mich ärgern! Aber das sprach er nicht aus, er sagte: »Ich nehme an, ich sollte es euch schonend beibringen.«

»Es steht nichts davon, wie lange er bleibt und was er da macht. Und nun sag mal eins, Hermann: Woher hat Otto das Geld, um nach Rom zu fahren?«

Der große Sohn, schon im Stehen, hob vieldeutend die Schultern. »Weiß ich's denn? Ich habe keine Ahnung. Ich habe es ihm jedenfalls nicht geschickt und der Papa ganz sicher auch nicht. Wenn du es dir nicht vielleicht vom Wirtschaftsgeld abgespart hast?«

»Aber nein, ich weiß ja von nichts. Sag mal, findest du es nicht beunruhigend?«

Hermann lachte, und es war auf einmal ein gutmütiges und großzügiges Lachen. »Aber, Mama, du wirst doch deinen Goldsohn nicht verdächtigen. Wer weiß, was für ungeahnte Kräfte in ihm schlummern! Vielleicht ist plötzlich eine Quelle aufgesprungen. Es wäre ja zu wünschen.«

»Es ist nur so ungewohnt, Hermann.«

»Ja, das ist es. Aber wir können's nicht ändern, Mama. Laß nur, ein Sorgenkind muß auch sein. Es können nicht alle so vortrefflich geraten sein. Und sei ganz beruhigt: Wenn er Geld braucht, wird er sich schon melden.«

»Und was schreiben wir an Papa davon?«

»Von Ottos Italienreise? Nichts, natürlich, kein Wort! Papa soll sich in Nauheim nun wirklich nicht über derlei aufregen, weder mit noch ohne Grund. Vorläufig sehe ich keinen. Aber du, Mama, du bist ja überhaupt stolz auf ihn, auf deinen genialen Sohn, der mit Künstlern verkehrt. Ich sehe es dir an.«

Der große Sohn Hermann Kanther streichelte seiner Mutter väterlich den Oberarm, und dann ließ er die kolorierte Ansichtskarte mit seines Bruders Otto windigen Schriftzügen auf dem Tisch liegen. »Adieu, Mama! Die Adresse steht drauf.«

Sechstes Kapitel

Hermann Kanther ging die Treppe hinauf nach seiner Wohnung, er schneppte mit dem kleinen, spitzen Schlüssel die Tür auf, ohne sie dann hinter sich zuzumachen; denn er nahm nur Hut und Stock aus dem Flur und ging wieder. Auf dem ersten Absatz, an dem großen Glasfenster, einem Waldstück, aus dem ein grellroter Fuchs beständig verwundert in das Menschengehäuse hinabstarrte, steckte er sich umständlich eine Zigarre an und ging in gelöster Haltung die breiten Treppen hinab. Er war nicht sehr in Gedanken, und darum kam ihm auf diesem Weg, den er täglich zu vielen Malen zu machen hatte, ohne daß ihm das je sonderlich aufgefallen war, unvermittelt wieder diese herausfordernde farbige Ansichtskarte seines Bruders Otto in den Sinn.

Hermann war nie in Rom gewesen, aber er hatte natürlich zahlreiche Abbildungen und Aufnahmen davon gesehen und hatte ganz bestimmte, wenn auch vielleicht nicht unbedingt zuverlässige Vorstellungen von der Ewigen Stadt. Er wußte um das Kapitol und das Kolosseum, um den Triumphbogen des Titus, um die römischen Brunnen und die römischen Treppen. Und nun fiel es ihm plötzlich ein als etwas Seltsames und durchaus Abwegiges, daß es seinem Bruder Otto vergönnt war, unter diesem südlichen Himmel zu verweilen, als ob das gar nichts Besonderes wäre, und auf diesen feierlichen Treppen einherzugehen. Er besaß im allgemeinen nicht viel Phantasie, aber dies konnte er sich deutlich vorstellen, er sah ihn leibhaftig vor sich, wie er langsam und genießerisch, eine Blume im Knopfloch und den Hut zurückgeschoben, die ›Treppe der Welt‹, die Treppe zum Kapitolinischen Hügel hinaufstieg, von der römischen Sonne beschienen, eben jetzt in diesem Augenblick vielleicht, während er, Hermann, hier fern im Nordosten die ehrbare, nüchterne Kanthertreppe hinunterging. Zum ersten Male kam es Hermann zum Bewußtsein, daß diese Treppe für ihn mehr war als nur der Zugang zu seinem Elternhaus und seinem Heim. Sie war ganz einfach sein Lebensweg, der ihm vorbestimmte und festgelegte, der unwiderrufliche, den er getreu und ohne auszuweichen zu gehen hatte, heute und morgen und übers Jahr, vielleicht jahrzehntelang, bis an sein Ende. Es war merkwürdig, daß ihm das auf einmal einfiel, es war ein höchst unsympathischer Gedanke, der ihn mit einem jähen und dumpfen Unmut erfüllte.

Hermann Kanther, ein ansehnlicher junger Mann in der ersten Hälfte der Dreißig, in einem gutgeschnittenen Sommeranzug und rundem Strohhut, Juniorchef einer Firma und Familienvater, machte es bei sich selber deutlich, daß es albern war, einem solchen Gedanken Raum zu geben; er schob ihn an eine sehr entfernte Stelle seines Bewußtseins, wo er nach seiner Meinung nicht lästig werden und keinen Schaden anrichten konnte. Aber es war nicht in seiner Macht, sich ebenso entschieden von dem Gedanken daran zu befreien, daß Otto in Rom war. Es erschien ihm selber befremdlich, daß diese Tatsache ihn so beschäftigte oder beinahe beunruhigte. Denn er war sich durchaus bewußt, daß ihn das Verlangen danach niemals angewandelt hatte, er wußte sich auch heute frei davon, er war ein Mann ohne verstiegene Sehnsüchte und uferlose Träumereien; und doch empfand er von neuem jene nagende Gereiztheit, die ihn immer an dieser Stelle des Familienlebens befiel.

Ohne Zweifel war Otto so etwas wie ein Ausfall in der Familie, ein regelloses Glied, das geeignet war, Störungen zu verursachen. Er verbrauchte mehr Geld, als die Familie Kanther und vielleicht eines Tages auch die Firma J. H. Kanther auswerfen durften, und es war nicht vorauszusehen, wann dem einmal ein Ziel gesetzt sein würde.

Der Konsul hatte anfangs darauf bestanden, daß Otto, als es ans Studium ging, sich an der heimatlichen Universität immatrikulieren ließ. Einem Sohn der Stadt konnte kaum größere Ehre widerfahren als die Ausbildung an dieser alten, berühmten Hochschule, in der der Lehrstuhl Kants gestanden hatte. Trotzdem hatte der Vater dann nachgegeben, als Otto nach zwei Semestern gern für einen Sommer nach Heidelberg wollte. Schließlich mußte ein junger Mensch sich einmal in der Welt umtun. Doch aus diesem einen Sommer wurden Jahre, er setzte es durch, sein weiteres Studium nach außerhalb zu verlegen.

Es hatte dann eine schwere Auseinandersetzung gegeben, als Otto nach einer Anzahl von Semestern bei einem Ferienaufenthalt eines Tages erklärte, daß er das juristische Studium, das er ohne Neigung und nur auf Zureden begonnen hätte, aufgeben wolle. Damals zwang ihn der Vater allerdings, noch den Referendar zu machen, wozu Otto nicht die mindeste Neigung gehabt hatte, und doch errang er den Grad mit Hilfe eines tüchtigen Einpaukers ohne sonderliche Mühe; aber dann durfte er getrost umsatteln und von neuem anfangen. Er hatte sein Interesse für Nationalökonomie entdeckt. Man war daheim wohl der Meinung, daß das ein verwandtes Gebiet sei und somit keine vergeudeten Jahre hinter sich ließ. Alles war gut und schön und in Ordnung, »der Sohn beschritt einen neuen Weg«, und doch, wie es Hermann vorkam, mit nicht besseren und zuverlässigeren Aussichten als bisher. Es war etwas Abwegiges an Otto, das schwer zu benennen war, vielleicht lag es in seiner Neigung zu den schönen Künsten, die ihn von der ruhigen Bahn der Kanthers hinwegzutreiben drohte.

Hermann blieb auf der Brücke stehen und blickte über das Wasser hin und in den leeren, grauen Himmel hinein. Ein Schlepper kam stromauf mit einem mächtigen Lastkahn hinter sich, es ging langsam genug vor sich, doch es war vorauszusehen, daß in der nächsten Minute die Brücke aufgezogen werden würde, um den Zug hindurchzulassen. Hermann Kanther besah voll Interesse das altgewohnte Bild. Dann ging er weiter.

Er hatte sich einen Mann, den er sprechen wollte, in eine kleine Weinstube bestellt; die war nun fast erreicht, aber es war noch ein wenig vor der verabredeten Zeit, und außerdem kam es auch gar nicht darauf an, diesen Mann eine Weile warten zu lassen. Er empfand wie so oft das Verlangen, noch irgendwo eine Viertelstunde allein und in Ruhe zu sitzen, ohne den Zwang zu reden, und so trat er durch einen der im Sommer geöffneten Fenstereingänge in eine Konditorei, die an seinem Wege lag. Seine allererste Kindheitserinnerung haftete an dieser Stätte und an diesem unmittelbaren

Eintritt von der Straße her; es war ein ganz großes Erlebnis in seinem dritten Jahr gewesen; zu Hause hatte er dem staunenden Kindermädchen erzählt, er sei mit der Mama durch die Fensterscheibe gegangen.

Es war eine gute, alte und wohlrenommierte Konditorei, die, da sie in der Geschäftsgegend lag, auch in erster Linie oder doch in starkem Maße von Geschäftsleuten aufgesucht wurde; die pflegten dort am Vormittag im Vorbeigehen ein Glas Sherry oder Portwein zu trinken und vielleicht dabei auch irgendeinen Handel abzuschließen, sie kamen um die Mittagszeit, nach dem Essen, auf eine Tasse Kaffee und ein paar Züge aus der Zigarre. In den Nachmittagsstunden herrschte die Damenwelt vor bei Kuchen und Schlagsahne; aber die eigentliche Zeit dafür waren doch die langen, dunklen Herbst- und Winterwochen, besonders die letzten vor Weihnachten, in denen man sich dort vom Einkaufen erholen und mit Wohlbehagen die eingeheimsten Schätze überdenken konnte. Jetzt im Sommer war das Café um diese Zeit des Tages nicht sehr besucht, obwohl der Konditor eine vortreffliche Eisbombe herzustellen verstand; aber da saß man, wenn das Wetter danach war, lieber im Freien im Stadtgarten oder noch besser im eigenen Garten, wenn man gar einen vor den Toren der Stadt besaß.

Trotzdem mußte Hermann wieder ein paarmal grüßen, als er durch das Lokal ging, und sogar einige Worte mit einem Bekannten wechseln. Das war ihm äußerst unbequem, er setzte sich deshalb an einen der rückwärtigen Tische, bestellte einen Kaffee und nahm sich eine Zeitung vom Haken. Er hatte durchaus nicht vor zu lesen, er wollte auch nicht etwa dasitzen und nachdenken, nein, es tat nur so not, sich einmal von dem täglichen Ablauf seines Lebens zu entfernen, von Geschäft, Familie und Stadt, und irgendwo anders zu sein, ganz außerhalb oder auch nur in seinem eigenen Innern, er wußte es selbst nicht genau. Es war wohl das Bedürfnis, einmal vor alledem Ruhe zu haben.

Aber vielleicht konnte das nicht sein, oder er konnte es nicht mehr; er sah dann doch in die Zeitung, überflog den politischen Teil und vertiefte sich halb wider seinen Willen in die Berliner Börsennotierungen. Als er weiterblätterte, eigentlich schon in der Absicht, das Blatt wieder wegzulegen, fiel sein Blick auf eine Überschrift unterm Strich: ›Römischer Bilderbogen‹.

Hermann fühlte von neuem Unmut in sich aufsteigen, aber anstatt die Zeitung an den Haken zu hängen, zu zahlen, Hut und Stock zu nehmen und sich in die Weinstube zu begeben, in der er erwartet wurde, fing er an zu lesen. ›Von unserem nach Rom entsandten Berichterstatter‹ stand über dem Artikel. Da schickte so ein Blatt, eine große Berliner Zeitung, also eigens einen Mann, wahrscheinlich mit viel Geld ausgestattet, in die Gegend hinaus, damit er sich herumtrieb, sich lauter gute Tage machte und hin und wieder so ein paar Zeilen zusammenschrieb, für die er möglicherweise noch extra bezahlt wurde. Es wollte Hermann nicht recht in den Sinn, daß das eine ernsthafte Arbeit wäre.

Immerhin war dieser Bericht aus römischen Sommertagen erstaunlich anziehend zu lesen, man fühlte sich bereits bei den ersten Zeilen der kühlen norddeutschen Welt entrückt und von lauter Wärme, Farbe und Fülle umfangen; der Mann, der dies geschrieben hatte, war ein großer Verführer, der mit ganz leichten, fließenden Sätzen das Bild der Ewigen Stadt und der südlichen Landschaft zeichnete. Man konnte ihm schlechterdings nicht widerstehen, sondern erlag dem Eindruck, dies wäre die einzige Gegend des Erdballs, in der es sich wahrhaft zu leben verlohnte. Man mußte schleunigst aufbrechen und, so wie man war, den Zug besteigen, um hinunterzufahren nach jenen Bezirken der Erhabenheit und Schönheit, des blühenden Sommers und aller Freuden des Lebens. Hermann Kanther hatte nicht die Absicht, so zu tun, aber er gestand sich, daß dieser ›Römische Bilderbogen‹ ein ausgezeichneter, fesselnder Bericht und der Mann, der ihn verfaßt hatte, ein äußerst geschickter Kerl war. Man kann so etwas ja nicht als Arbeit bezeichnen, aber vielleicht ist es auf seine Art eine Kunst, dachte er bei sich selbst einlenkend, und vermutlich zahlt man dafür Liebhaberhonorare.

Im übrigen las er nicht bis zu Ende, sondern bereits wieder von seiner nervösen Ungeduld erfaßt, überflog er den letzten Teil nur bis zu dem Hinweis auf die deutsche Ausstellung in Rom, der eine weitere Folge gewidmet sein sollte. Er stutzte plötzlich. Der Artikel war in einer sehr seltsamen und verblüffenden Form gezeichnet: ›Trim‹.

Der Juniorchef der alten Firma aus der Oberdammgasse fühlte sich leicht genarrt, beinahe ein wenig ›angeeselt‹, wie es einst im Jargon des Gymnasiums geheißen hatte. Es lag auf der Linie der aufreizenden bunten Ansichtskarte, wenn anders es sich nicht um einen blödsinnigen Zufall handelte. Aber den konnte man kaum annehmen. Der Mann, der diesen ›Römischen Bilderbogen‹ verfaßte, hieß also ausgerechnet Trim. Oder er nannte sich so.

Wie kam dieser längst vergessene kuriose Name in eine Berliner Zeitung? Von rechtswegen war diese Sache übrigens nicht vollständig. ›Trim‹ war kein Begriff für sich allein. Es hatte zu heißen ›Trim und Gaunt‹.

Trim und Gaunt, das waren die Namen von zwei Schalksnarren, die einst vor sieben, acht Jahren in dieser bürgerlichen Stadt ihr Wesen getrieben hatten. In Wahrheit hießen sie Otto Kanther und Bernhard Fischer.

Vielleicht waren es ihre Namen aus der geheimen Schülerverbindung ›Hellenia‹ gewesen, der sie, wie Hermann vermutete, damals angehört hatten – er war nie ganz dahintergekommen. Er wußte überhaupt nur notdürftig Bescheid über die ›Hellenia‹, denn ihre Mitglieder waren zu unverbrüchlicher Verschwiegenheit verpflichtet wie bei einer ernsten und heiligen Sache. Und dabei war das Ganze wahrscheinlich nur ein spielerischer Unfug, entstanden aus dem Geltungsdrang halbwüchsiger Jungen, die etwas von akademischer Freiheit gehört hatten.

Die beiden, Otto Kanther und Bernhard Fischer, waren gerade die richtigen Gesellen gewesen für so ein leicht abenteuerliches Unternehmen, das noch dazu den Idealismus auf seine Fahne geschrieben hatte.

Er, Hermann, der doch einiges davon sah und manches spürte, hatte sich nicht groß darum gekümmert. Er war gut acht Jahre älter, das war in der Jugend ein erheblicher Unterschied. Und dazu war er damals ein jungbestallter Kaufmann, der sich bereits mit Heiratsgedanken trug, er war von dem Jüngeren doch unendlich weit entfernt; was ging ihn das alles an, es war nicht seine Sache, und außerdem brauchte man es sowieso nicht ernst zu nehmen.

Heute sah das alles ganz anders aus. Hermann hatte inzwischen erkannt, daß auch Entwicklung wichtig und in dem einen oder anderen Sinne sogar entscheidend war. Vielleicht hing das meiste von dem, was Ottos Lebensrichtung betraf, an den Jahren von ›Trim und Gaunt‹.

Bernhard Fischer war sicherlich kein schlechter Freund gewesen, ein gescheiter Kerl, etwas älter als Otto und ein gutes Teil besonnener, aber er war von der gefährlichen Leidenschaft für Kunst besessen, und die riß den anderen mit.

Kunst war gut und sicherlich notwendig als Bestandteil der Kultur. Die Kanthers, obwohl eine durchaus bürgerliche Familie, hatten stets ihren Anteil daran genommen; sie kannten ihre Klassiker ziemlich genau, der Konsul war Mitglied des Vereins für bildende Künste und unterstützte die einheimischen Künstler gelegentlich durch einen Ankauf; er hielt Jahr für Jahr ein Theaterabonnement, das auch allen Kindern zugute kam. Aber etwas ganz anderes war es, wenn Söhne aus guten, soliden Häusern aus diesen Dingen einen Teil des Lebens selber zu machen suchten wie Trim und Gaunt. Es war verstiegen und gewagt, wenn man es nicht als eine Kinderei abtun konnte.

Die beiden führten damals ein Leben hinter ihrem bürgerlichen Schülerdasein; man erfuhr zwar nichts davon, aber es war zu spüren aus mancherlei Unregelmäßigkeiten in Ottos Tageslauf und seiner höchst indifferenten Haltung gegenüber den Pflichten eines Primaners. Er lief nicht etwa mit flatternder Krawatte und wehender Haartolle herum — das hätte noch gefehlt, der Konsul war schon so immer unzufrieden genug mit ihm, ohne je auf den Grund zu kommen; o nein, in Erscheinung und Anzug blieb dieser windige Sohn dabei immer der gleiche smarte Kerl.

Ach, Trim und Gaunt waren so großartig und anmaßend in jener Zeit, wie ganz erfüllt von einem heiligen Ruf des Lebens; sie sahen manchmal aus, als wären sie willens, alle Schranken zu überrennen und die Welt zu erstürmen, und Otto konnte in seinem leichtbewegten Gesicht einen Ausdruck von Hingerissenheit haben, der seinem großen Bruder befremdlich und peinlich war.

Bernhard Fischer war sehr musikalisch, er spielte Geige und ging wirklich aus Interesse in jedes Konzert, er war wohl auch dichterisch begabt; aber Otto, so schien es, blieb doch immer nur ein Mitläufer, vielleicht aus Eitelkeit, vielleicht auch, weil ihn die Schule langweilte und drückte und weil er in dem Alter war, sich für irgend etwas ins Zeug zu legen. Er verfaßte Gedichte und Dramen, aber was sollte schon daran sein — sie kamen niemals ans Tageslicht.

Ja, das waren Trim und Gaunt gewesen. Aber das Lächerliche war nur, daß niemand sagen konnte, wer von den beiden der eine und wer der andere war. Es wurde von diesen Namen ja nicht öffentlich Gebrauch gemacht, und sie selbst gaben sie nicht preis; das war vielleicht eine Sache der ›Hellenia‹ oder auch nur eine Art eigener Sport. Trim und Gaunt wechselten offensichtlich von Zeit zu Zeit ihre Träger, und das war ja nichts Besonderes bei diesen lächerlichen Burschen, die auch hin und wieder ihre Mäntel auszutauschen pflegten, ihre Hüte, ihre Schlipse und sogar ihre Flammen, an denen beide einen ziemlich starken Verbrauch hatten.

Es hörte auf mit alledem, als Fischer das Abitur bestand und Otto ein halbes Jahr später nachfolgte, er machte es mit Glanz, er wurde zum allgemeinen Erstaunen vom Mündlichen dispensiert. Aber als es um die Bewährung ging, erwies es sich, daß Trim und Gaunt aus verschiedenem Stoff gemacht waren. Der eine, der musisch Hochbegabte, schlug alle Torheiten in den Wind und stellte sich ohne weiteres der Forderung des Lebens; der andere setzte sich zur Wehr und entzog sich ihr, es trieb ihn weiter auf einen gefährlichen, zigeunernden Weg – weiß Gott wohin ...

Was nun den ›Römischen Bilderbogen‹ anbetraf, so blieb dieser allerdings weiterhin problematisch. Man konnte es nicht wissen, vielleicht waren sie beide in Rom, die Freundschaft hatte trotz allem gehalten ... Der junge Kanther aus der Oberdammgasse verzichtete darauf, weiter seines Bruders Spuren über die römischen Treppen zu folgen. Er ging über das Narrentum von Trim und Gaunt zur Tagesordnung über.

Als er in die Weinstube kam, saß der Makler Duschke an einem Tisch in einer ziemlich abgeschlossenen Fensternische bei dem Rest einer schlechten Zigarre. Herr Duschke war ein kleiner Mann mit sehr roten Backen, einem sauberen Mittelscheitel und einem besonders hohen Stehkragen. Er ließ es sich nicht anmerken, daß er schon eine Weile gewartet hatte, und Hermann hielt es nicht für geboten, sich etwa zu entschuldigen. Er ließ sich schwer an dem unbedeckten runden Tisch nieder, von dem aus man auf den Fluß hinaussah, auf Masten, Kräne und Güterwagen und die lange Reihe der Speicher dahinter.

Der Himmel über ihren hohen Giebeln war grau, es war ein fahler, toter Nachmittag, und in dem Lokal herrschte trotz der frühen Stunde ein dämmeriges Licht.

»Kein rechter Sommertag, Herr Kanther«, erlaubte sich Herr Duschke zu bemerken, indem er seinen Stummel ausdrückte. »Aber vielleicht bekommen wir Regen, er fehlt auch schon.«

»Ja«, sagte Hermann. Er bestellte eine Flasche Rotwein und zwei Gläser. Dann begannen die Geschäfte.

Es handelte sich darum, daß der Makler Duschke dem jungen Herrn Kanther gewisse Grundstücke außerhalb der Stadt nachweisen und unter Umständen vermitteln sollte, für die dieser seit einiger Zeit ein mehr als gewöhnliches Interesse bekundete.

Es hatte damit angefangen, daß Hermann Kanther zu Beginn des Frühjahres von einer großen Unruhe befallen worden war. Das war nun keineswegs das erste Mal gewesen. Immer schon war es dann und wann über ihn gekommen, ein Zustand, den er als äußerst lästig empfand und mit dem er fertigzuwerden suchte, so gut oder so schlecht er konnte. Er ging dann mit der Zeit auch wieder vorüber. Immer war Hermann geneigt gewesen, irgendwelche äußeren Umstände für diese unliebsame Seelenverfassung verantwortlich zu machen, Ärger im Geschäft, der sich bei ihm versetzt hatte, politische Mißstände oder auch anhaltend widriges Wetter. Er ließ sich nach außen hin nichts anmerken, bei Gott nicht, oder glaubte es wenigstens. Dabei war er aber in diesen Zeiten zu Hause von einer kalten Reizbarkeit oder von jener hochfahrenden Schweigsamkeit, die Eva Kanther so besonders anzufechten pflegte.

In diesem Frühjahr hatte es ihn unvermittelt angefaßt und heftiger als je zuvor; es verließ ihn nicht mehr, es trieb ihn in seinem Inneren unausgesetzt umher und war zu jeder Zeit des Tages, bei jedem Gespräch und jeder Tätigkeit, der Untergrund seines Bewußtseins. Er fand diesmal keine Ursache, die gelten konnte, und kam schließlich dahin, daß er es selber war oder doch nicht direkt er, sondern seine Lebensumstände.

Auf einem seiner einsamen abendlichen Gänge durch die Stadt, diese altvertraute und getreue, fand er plötzlich heraus, daß sie eng war, zu eng und zu unwandelbar. Nein, es war wohl nicht eigentlich die Stadt, das war nicht weit genug gedacht, sie war vielleicht nur ein Bild dafür – seine Welt war es, die zu eng war, abgeschlossen und unwiderruflich, es war sein Leben selber. Er war ein junger Mann von dreiunddreißig Jahren und hatte keine Möglichkeiten und keine Aussichten mehr, sein Weg war vorgezeichnet und festgelegt ohne Aufstieg und Ziel. Es entstand wieder die Frage, wer denn dafürkonnte, ach, sicherlich niemand. Niemand oder jeder und alles. Die Eltern, der Vater besonders, die Verhältnisse, er selbst und Eva – ja, Eva auch. Man hatte über ihn bestimmt, es hatte sich so ergeben, er war in diesen Beruf und diese Lebensform ganz von selber hineingewachsen. Nun ja, er hatte sich nicht gewehrt, er war nicht darauf gekommen, denn er hatte auch damals kein Ziel gehabt – was wußte man denn schon davon, wenn man siebzehn oder achtzehn war; die es zu haben glaubten, waren Träumer oder Illusionisten und scheiterten erst recht.

Er war schuld oder war nicht schuld, man konnte es so oder so ansehen. Es kam eben noch dazu, daß er bereits als Vierundzwanzigjähriger geheiratet hatte, worauf er in der ersten Zeit so stolz gewesen war. Er war nicht mehr stolz darauf, er warf es sich vor, es war ein Unfug gewesen, er warf es in seinem Innern auch Eva vor, daß sie sich so früh von ihm hatte heiraten lassen. Von da war es nicht mehr weit bis zu der Erwägung, ob er sie denn heute überhaupt noch geheiratet hätte.

Es war immerhin ein Gewinn gewesen zu erkennen, was an seinen Nerven fraß und sein Gemüt zu zerstören begann. Er kämpfte nicht länger gegen einen unsichtbaren Feind, er konnte nun dagegen angehen und Abhilfe schaffen. Schließlich war er ein Mann. Zuerst verfiel er darauf, daß er mehr herauskommen und mehr Luft und Bewegung haben müßte; Bewegung und frische Luft waren so wichtig für den ganzen Menschen. Das war es, er mußte sehen, wieder ein ganzer Mensch zu werden, es war Zeit, daß er aufhörte, ausschließlich Geschäftsmann und Familienvater zu sein. Er würde sich im Tattersall für bestimmte Tage und Stunden ein Pferd mieten und ausreiten. Er konnte auch das Rudern wiederaufnehmen, es war sogar noch das bequemere, das Wasser hatte er sozusagen vor der Tür. In seiner Schülerzeit war er ein großer Ruderer gewesen, er hatte dann auch in England noch manchen Sonntag mit dem Boot auf der Themse gelegen. Aber hier war dann der Eintritt ins Geschäft gekommen, hunderterlei Verpflichtungen, die es zu übernehmen galt, und dann kam die Heirat. Die Gewohnheit zum Sport war unterbunden worden und die Neigung versickert. Es galt nun, sie wieder frei zu machen.

Aber davon war Hermann bald wieder abgekommen. Das Rudern war eine Sache für Mußestunden, Liebhaberei und Zeitvertreib, sehr schön, man konnte es gelegentlich mal betreiben; aber es war nichts, was einen Mann befreien und seinem Leben eine andere Richtung zu geben vermochte. Es mußte etwas Neues sein, in dem Ziel und Aufgabe steckte, ein Ding wie eine Schöpfung.

So war er an die Sache mit den Grundstücken gekommen ...

Der Makler Duschke hatte aus einer altersdunklen Aktenmappe eine Karte der Stadt und ihrer Umgebung herausgeholt, dazu eine Anzahl Pläne und Skizzen, beschriftet und eingeteilt, mit Zahlen und kreuz und quer verlaufenden Linien versehen. An Hand der Karte erläuterte er die Zeichnungen und gab nach Notizen aus seinem Taschenbuch zu jeder von ihnen noch gewisse Einzelheiten bekannt, die das betreffende Objekt für oder wider beleuchteten. Sämtliche Grundstücke lagen im Norden vor der Stadt und nicht etwa in unmittelbarer Nähe der Umwallung, sondern schon ein

Stück weiter außerhalb, wo der Zusammenhang mit ihr bereits aufgehört hatte. Die Gegend war nicht anders als alles Land hier im Umkreis, flach, weit und sehr klar, Felder, Felder und Wiesen, sie reichten bis an den fernen Staatsforst. An einer Stelle gab es einen See und ein Stückchen Wald, das vielleicht einmal ein Park gewesen sein mochte. Die Landstraße lief durch ein großes Dorf, aber abseits lagen da und dort verstreut noch einzelne Gehöfte, zum Teil heruntergekommene oder brüchige Wirtschaften, wie Hermann von Herrn Duschke wußte.

Der Makler hatte ein paar unter Umständen zum Verkauf stehende Grundstücke auf den Plänen mit Rot umrissen, einige andere, die vielleicht nicht ohne weiteres zu haben sein würden, aber ihre besonderen Vorzüge hatten, waren blau gezeichnet. Es ergab sich dadurch sofort eine geordnete Übersicht, der Mann hatte sauber gearbeitet, und Hermann gewann wieder den Eindruck, daß seine Sache bei ihm in guten Händen war. Natürlich konnte Herr Duschke nicht wissen, um was es ihm bei diesen Grundstücksunternehmungen im tiefsten Inneren ging; er nahm vermutlich an, Herr J. H. Kanther jun. wollte ein sehr gutes und dauerhaftes Geschäft machen, und das war nebenbei auch wichtig.

Sie rechneten und verglichen, Hermann machte sich seinerseits Notizen und unter der Hand eine vorläufige Aufstellung.

»Ich möchte Herrn Kanther raten, wenn ich mir erlauben darf«, sagte Herr Duschke eifrig, »die Grundstücke A und B, wo ich hier aufgeführt habe: das ist Zimmermann und Bartels — daß Herr Kanther möchten Ihr Augenmerk da erstklassig darauf richten. Es ist auch, weil sie angrenzen und so schön abrondieren.«

»Etwas zu nahe der Straße«, erklärte Hermann.

»Lassen Herr Kanther man gut sein. Ist für den Anfang nicht schadhaft. Im Gegenteil, für das Geschäft ist es besser, will sagen, keine Belastung und kein Risiko. Wo Herr Kanther, wie ich weiß, gelegen ist, bald ans Geschäft zu kommen. Diese beiden, Herr Kanther, auf mein Wort, sind zu haben. Der eine — das ist Zimmermann — wie ich hab unter der Hand erfahren, will verkaufen — alter Mann, hat kein Sohn, kein Nichts — und der andre wird müssen. Wenn Herr Kanther da die Hand drauflegen, was man hat, hat man, das ist 'ne prima Anlage. Was an der Straße liegt, ist immer wie bares Geld. Herr Kanther können das nachher jeden Tag wieder abstoßen mit gutem Gewinn und woanders aufkaufen, wenn die Zeit da ist.«

»Es kommt mir nicht so sehr auf den Gewinn an, ich sagte es schon, Herr Duschke«, bemerkte Hermann förmlich.

Der Makler sah den jungen Herrn mit gutgespielter Treuherzigkeit von der Seite an. »Versteht sich, versteht sich, Herr Kanther. Haben S' auch nicht so nötig. Aber warum sollen wir denn nicht verdienen? Kaufmann muß verdienen, sonst ist er nichts wert. Ich weiß, die Herren haben da noch ihre Nebengedanken: da ist das Wohl der Stadt und die Ehrenämter und der alte Name. Der Herr Papa, Herr Kanther, der Herr Konsul, wollte ich sagen, der ist da noch ganz von der alten Schule. Wenn ich mir erlauben darf, damit kommt man heute nicht mehr durch.«

»Schön, schön«, sagte Hermann. »Also, ich werde es überlegen, Herr Duschke. Sie bekommen in den nächsten Tagen Bescheid. Hier!« Er reichte ihm eine Zigarre aus seiner Tasche zwischen zwei Fingern über den Tisch, er wußte gar nicht, daß er so tat, oder kam nicht darauf, daß er es auch anders hätte machen können. Herr Duschke war ihm wichtig und nützlich, er war geschickt, diskret und einigermaßen reell, aber bei alledem war und blieb er doch ein kleiner Mann. Es war ein Unterschied . . .

»Haben Sie sonst noch etwas, Herr Duschke?«

»Das wäre so weit alles. Bloß da ist mir so was durch den Kopf gegangen. Wie ist es mit Brigittenruh?«

»Sie meinen Brigittenhof — das ist doch das Dorf.«

»Nein, nein, Herr Kanther, doch nicht das Dorf — ich mein schon Brigittenruh. Das ist das alte Gut.«

Hermann sah ihn fragend an und zuckte die Achseln.

»Ich hab mir gedacht, daß Herr Kanther nicht wissen werden. Es liegt auch so, ich will nicht sagen: weit heraus, aber na, abseitig. Ich bin da neulich mal vorbeigekommen. Hier auf der Karte können Herr Kanther sehen: Stückchen hinterm See, Landweg von der Chaussee links ab.«

»Ist das denn zu verkaufen? Und wie groß?«

»Da ist nicht mehr viel. Zweihundert Morgen oder zweihundertfünfzig. Das meiste — das war, wie ich so anfing im Grundstücksgeschäft — hat mal der Fiskus gekauft für 'n Schießplatz. Nachher kam der doch woanders hin. Das Land haben sie denn verpachtet. Wer weiß, was sie damit nochmal machen . . . Nun ist das Restgut. Von Verkauf kann ich nicht sagen, aber wer weiß, kann vielleicht sein . . . Ich hab so gedacht, Herr Kanther: eine Sache für Liebhaber! 'n altes Haus, englischen Stil, wo Herr Kanther doch auch in England gewesen sind, und 'nen schönen Park. Wär ein Landsitz für die Frau Gemahlin ... Alles ein bißchen verwildert, aber da muß bloß was reingesteckt werden.«

»Wer sitzt denn da drauf, Herr Duschke?«

»Da wirtschaftet 'n Inspektor. Gehören tut's zwei hochadligen Gräfinnen aus Schlesien. Die liegen sich in den Haaren deswegen. Das geht schon ins dritte Jahr und frißt Geld. Es steht wohl ein bißchen faul. Ich hab was gehört von Zwangsverwaltung. Wie gesagt ...«

»Was meinen Sie denn?«

»Ich dacht', wollen Herr Kanther nicht mal ansehen, so im Vorbeifahren? Ich könnte dem Rechtsanwalt Birnbaum, der die Verwaltung hat, beibringen, daß da 'n Interessent ist.«

Hermann sah sich um und winkte dem Küfer. »Zahlen!«

»Sie meinen«, sagte er zu Duschke und lachte ein wenig obenhin, »ich müßte durchaus auch noch unter die Agrarier gehen? Na, wir werden ja sehen ...«

Herr Duschke mit den roten Backen und dem hohen Kragen packte seine Skizzen zusammen, nachdem er Hermann die Durchschläge überreicht hatte. »Herr Kanther werden zufrieden sein, mit mir das Geschäft zu machen«, sagte er voll Würde. »Es war mir eine Ehre, Herr Kanther. Empfehlung an den Herrn Papa – wollte sagen, den Herrn Konsul. Ihr Diener, Herr Kanther!«

Hermann hatte eigentlich ins Kontor zurückgehen wollen; aber als er wieder auf der Straße stand, empfand er plötzlich das Verlangen, weiter seine eigenen Wege zu gehen, von denen niemand wußte und von denen er niemandem Rechenschaft zu geben gewillt war. Er rief eine anfahrende Droschke an. »Altenhausener Tor«, sagte er im Einsteigen.

Der ratternde Halbwagen hinter dem willfährigen mageren Schimmel rollte mit ihm durch die Langgasse, beide miteinander erzwangen mühsam den Berg und zogen durch die freieren Straßenzüge der Oberstadt davon. Überall waren die Menschen unterwegs, und Hermann empfand mit Befriedigung, daß er unter ihnen allein war und sich mehr und mehr von ihnen entfernte; ja, ganz im Gegensatz zu seinem Vater, der nur unter zwingenden Umständen auf die eigene Equipage verzichtete, bevorzugte er die Fahrt in solchem fragwürdigen Gefährt, es war fremd und neutral und machte einen zum Namenlosen, der Kutscher hatte nichts als eine Rückseite und ging einen nichts an.

Wie es mit der Rechenschaft stand, das hatte Hermann mit sich allein ausgemacht. Er konnte dieses Unternehmen, auf das er seit Wochen seine Gedanken mit verbissener Energie gesetzt hatte, nur unter Heranziehung von Evas Vermögen, oder doch einem Teil davon, in die Wege leiten. Die Eheleute lebten in Gütertrennung, aber Hermann besaß eine Vollmacht über gewisse Vermögenswerte seiner Frau. Wenn es erst so weit war, würde er ihr sagen, daß er diese zur Zeit ziemlich flauen Industriepapiere günstiger anzulegen gewußt habe.

Seine Absicht war, gerade in der Gegend vor dem Altenhausener Tor, dem er jetzt zufuhr, einigen Grundbesitz zu erwerben. Es war vorauszusehen, daß die Stadt mit ihrer ständig wachsenden Bevölkerungszahl sich auch nach dieser Seite hin ausdehnen würde; für einen praktisch denkenden Mann war es das gebotene, an solcher Stelle Bauland zu kaufen, selbst auf die Gefahr hin, daß es sich ein paar Jahre lang nur mäßig verzinste. Es war Hermann ja gar nicht so sehr darum zu tun, sozusagen einen Coup zu landen — den Zinsverlust für Eva hoffte er unschwer ausgleichen zu können. Er wollte ein Arbeitsgebiet haben, das seine eigene, persönliche Sache war und auf dem ihm niemand dreinzureden hatte. Seit er angefangen hatte, sein Gehirn mit der Grundstücksidee anzufüllen, hatte die fruchtlose Unruhe der letzten Monate eine Ablenkung erfahren und sich in einen etwas gewaltsamen Tatendrang umgesetzt.

Es handelte sich für ihn um ein Terrain, nicht dicht vor dem Tor, sondern weiter außerhalb in der Umgebung jenes umwaldeten Sees. In solcher Gegend würden Menschen, die die Natur liebten und nach Ruhe und Schönheit verlangten, gern wohnen wollen. Wenn es ihm gelingen sollte, dort einiges Land zusammenzukaufen, konnte er später mit eigenem und fremdem Kapital eine Terrain- und Baugesellschaft gründen.

Sie fuhren zum Altenhausener Tor hinaus und auf der Landstraße dahin. Es gab dort eine Reihe kleiner, alter Vorstadthäuser, kümmerliche Läden, einen Krug und ein paar Werkstätten; weiterhin wurde die Gegend sehr bald ländlich, hie und da lag ein Wirtschaftshof zwischen schmalen Äckern, die Straße führte nach dem Dorfe Brigittenhof hin.

Es fing sacht an zu regnen aus dem verhangenen Himmel. Der Droschkenkutscher drehte den Kopf mit dem weißlackierten Zylinder. »Soll ich das Verdeck hochmachen, Herr Kanther?«

»Danke, nein, nicht nötig.«

»Von mir aus«, sagte der Kutscher wegwerfend, »es ist nur von wegen dem guten Anzug, Herr Kanther.«

Hermann lachte. »Dem schadet das nichts. Es hört auch schon wieder auf.«

In dieser Stadt gibt es kein Inkognito, dachte er. Man ist wie ein bunter Hund. Übermorgen erzählen sie es sich sowieso an der Börse, daß Kanther jun. in Grundstücken spekuliert... Doch er gab es auf, sich darüber zu ärgern. Im Gegenteil, es war fast belustigend. Und irgendwie gab es ihm und seinem Tun ein gewisses Gewicht.

Wenn ich auf dieser staubigen Landstraße herumkarre, dann ist es für mich und meine Familie, aber auch für diese alte Stadt, die mich nun einmal hat und mich nicht losläßt. Vielleicht ist es mein Schicksal, ihr zu dienen.

Er hatte die Karte im Kopf, er brauchte nicht noch nachzuschlagen, um zu wissen, wo Herrn Duschkes Grundstücke A und B lagen. Er ließ den Kutscher Schritt fahren und sah sich dabei die Objekte nachdenklich an. Sie schlossen ziemlich dicht an das Dorf Brigittenhof, es war nicht ganz das, was er beabsichtigt hatte; aber vielleicht hatte der Makler recht, man konnte immerhin damit den Anfang machen.

»Kutscher«, fragte er zu dem Weißlackierten hinauf, »wissen Sie, wo Brigittenruh liegt?«

Der drehte sich auf dem Bock herum. »Denn meinen Sie wohl das Gut, Herr Kanther.« Er wies mit der Peitsche links voraus über die Felder. Sie fuhren an dem kleinen See vorüber, der mit seinem stillen Spiegel geheimnisvoll zwischen den Tannen lag, ein wenig baumbestandene Heide war ringsum, dies war die Gegend, an die Hermann Kanther sein Sinnen und Trachten gehängt hatte. Die Stadt war nicht weit, in einer Viertelstunde konnte sie erreicht werden; und doch war man hier ganz losgelöst von ihr im Frieden der Natur.

Etwas weiter lief ein Landweg zwischen Ebereschen schräg durch die Felder, sie fuhren auf den einsamen Hof in der Ferne zu, von dem zwei hohe Pappeln in den Himmel wuchsen. »Kutscher, halten Sie mal hier, ich komme gleich zurück.«

Hermann stieg aus und ging zu Fuß weiter, ein fremder städtischer Herr in einem graubraunen Anzug und braunen Schuhen, der anscheinend nichts weiter zu tun hatte, als an einem Juniabend auf einem staubigen Landweg spazierenzugehen. Die Leute, die auf einer Wiese beim Heustaken waren, starrten ihm neugierig nach.

Er hatte nicht bis an den Hof heranfahren wollen, um nicht aufdringlich zu wirken, aber nun erwies es sich, daß er die Entfernung unterschätzt hatte. Das Gut war weiter weg, als er dachte, oder es schien, als wiche es vor ihm zurück, von den Pappeln bewacht, unter dem großen Himmel des flachen Landes.

Es gibt Dinge, die man niemals erreicht, dachte er voll Unmut. Und wenn man sie erzwingt, gibt es eine Enttäuschung.

Als er dann doch herankam, fand er einen verlassenen Hof, um das Haus schloß sich ein dichter, verwilderter Park; er gewann nur einen flüchtigen Blick darauf durch einen Durchlaß in der Gartenmauer. Es war ein alter, verwitterter Bau, in seiner Abgeschiedenheit nicht ohne Reiz, die tief herunterhängenden Fenster waren vernagelt, auf den Wegen wucherte Unkraut, es sah aus, als hätte hier in Jahren nie jemand gewohnt. Es lohnte wohl kaum den Versuch, einzudringen. Auch war niemand da, der einem die Tür geöffnet hätte.

Hermann kehrte um, er ging in Gedanken. Dann machte er dem Kutscher ein Zeichen, näher heranzufahren. Als er einstieg, blickte er noch einmal zurück. Über dem weiten Land war der Himmel im Westen aufgerissen, es war von Licht übergossen, die Sonne war im Untergehen. Brigittenruh lag schon wieder in der Ferne, wie von Zauberhand hinweggerückt, die Pappeln standen feierlich und steil, der Weg führte drauf zu. Es war von neuem eine Verlockung.

Man sollte meinen, daß da etwas ist, dachte Hermann, aber es ist nichts. Es ist eine Fata Morgana ...

Als der Schimmel der Stadt zutrabte, überdachte Hermann noch einmal seinen ganzen Plan. Er fand, daß es etwas Gesundes und Reelles war, ein Stück der heimatlichen Erde zu erwerben. Es mußte einem Mann Ruhe und Sicherheit geben.

Das sollte nun sein Weg sein, freilich, gestand er sich, war es ein mühsam gefundener. Er war nicht aus Neigung und Begeisterung darauf gelangt, er hatte ihn sich suchen müssen. Vielleicht, dachte er, ohne sich des Mangels an Logik bewußt zu werden, muß man dazu jünger sein. Oder bloß anders ...

Dabei fiel ihm sein Bruder Otto wieder ein. Und nun wußte er plötzlich ganz gewiß, daß dieser römische Zeitungsartikel nur von ihm war. ›Von unserem nach Rom entsandten Berichterstatter ...‹ Auf einmal entdeckte er die klare Linie von den Kindereien von Trim und Gaunt bis hin zu diesem Punkt.

Ach, Otto, dachte er erstaunt und wie ohne Übergang merkwürdig befreit, wir haben ihn ja alle verkannt! Ich selbst am meisten.

Er wußte genau, was er wollte, er hatte immer ein Ziel gehabt. Er ist uns allen über, er ist stärker als wir alle zusammen, er hat auch den Papa überwunden.

Und im Grunde hatte er, Hermann, das wohl immer gewußt. Gewußt und nicht zugegeben. Wenn er ehrlich war — all sein Widerstand gegen Otto war nichts als Neid!

Daß der ihn so entscheidend überholt hatte, daß er es fertiggebracht hatte, sich von dem heiligen Stil der Kanthertreppe so weit und deutlich zu entfernen ... Hermann neidete ihm seine Auflehnung und seinen Abfall, mehr noch: er neidete ihm seine Zähigkeit und seinen unlöschbaren Mut.

Warum er selber denn nicht? Er war anders, er konnte nicht ... Hermann, der erstgeborene Kanthersohn, war immer maßvoll und vernünftig gewesen; er hatte niemals übergeschäumt, es hatte ihn nie getrieben. Das war kein Vorzug, es kam später nach, es zeigte sich, daß er es büßen mußte ...

Als sie zum Tor hineinfuhren, fragte der Kutscher: »Oberdammgasse, Herr Kanther?«

»Jawohl.« Hermann lachte vor sich hin. Was half es alles? Er war unausrottbar ein Sohn dieser Stadt. Wider seinen Willen gab ihm diese Einsicht eine Art von Befriedigung.

Er konnte niemandem einen Vorwurf machen. Aus jedem Menschen wurde nur das, was er war.

Siebtes Kapitel

So machten die Menschen ihre Wege durch die Stadt. Sie waren unablässig und unermüdlich unterwegs in ihren Geschäften und Verrichtungen und ebenso auch ohne dieselben. Sie gingen und fuhren und gingen, sie hasteten und schlenderten über Plätze und Brücken und durch das vielmaschige Netz der Straßen. Sie kamen aus Türen heraus und gingen zu Türen hinein, sie liefen aneinander vorbei oder rannten sich gegenseitig an; sie waren zu zweien und dreien und allein, sie standen, um die Auslagen zu besehen, sie blieben stehen, um zu warten oder einen des Weges Kommenden anzusprechen. Sie gingen und redeten und gingen und schwiegen. Ihre Blicke reichten nicht höher hinauf als bis zu den Hausnummern, den Namensschildern, den Ladenfenstern und den Gesichtern der Menschen – und ihre Gedanken vielleicht auch nicht. Sie hoben ihre Augen zum Himmel nur auf, wenn er sich unerwartet verdunkelte.

Die meisten unter ihnen kehrten nach kurzer Zeit auf ihren Schritten um und kamen ihres Weges wieder zurück, um ihn wenige Stunden später oder doch am Tage darauf von neuem zu beginnen.

So war es auch um die Familie Kanther bestellt, die doch nach ihrer Meinung ein besonders ruhiges und häusliches Dasein führte.

In Wahrheit lebten sie vielleicht in gleichem Maße auf der Straße wie in den umfriedeten Räumen ihrer Wohnung. Daß eins von ihnen sich einen ganzen Tag über zwischen den vier Wänden aufhielt, konnte sich nur im Krankheitsfall ereignen oder war sicheres Anzeichen dafür.

Es mußte aber wohl ebenso zugehen in allen Häusern und bei allen Familien der Stadt, denn sonst hätte es nicht sein können, daß sich Tag für Tag von Sonnenaufgang bis in die Dunkelheit hinein Tausende und aber Tausende bis in die entlegensten Winkel der Stadt in Bewegung befanden. Sie hausten in ihren Wohnungen, um zu schlafen und zu essen und allerhand notwendige Arbeiten zu verrichten, aber das war immer nur ein Zwischenzustand. Sie kamen heraus aus ihren Höhlen, um nach irgendwelchen unnennbaren Dingen zu jagen, ein jeder nach seiner Weise; und das war dann ihr eigentliches Leben. Und weil sie, wie es schien, das, wonach sie hungerten und wonach sie herumhetzten, niemals fanden und niemals errangen, so konnte auch des Umhertreibens nie ein Ende sein.

An einem Tag gegen Mitte Juni, kurz vor des Konsuls Heimkehr, war Anne mit Gerda Schütz gleich nach Tisch zum Schwimmen gegangen. Sie brachten Stunde um Stunde da draußen in der Badeanstalt zu, lagen auf den Laufplanken in der Sonne und sausten ein ums andere Mal von dem wippenden Sprungbrett ins Tiefe. Die schwarzen Trikots wurden immer von neuem naß und immer wieder trocken; denn es war sehr heiß.

Man konnte an solchem Tag ja gar nichts anderes tun als im Wasser liegen, obwohl auch das nicht einmal mehr die rechte Erfrischung war. Was war das nun für eine Stätte zum Baden, ein Teich draußen vor dem Stadttor, nur gerade so groß, daß man in zehn Minuten hinüberschwimmen konnte, und das war noch dazu verboten. Das Wasser war nie recht klar, Gerda Schütz behauptete, es beiße in die Augen und man könne nicht wissen, was da alles auf dem Grunde läge.

»Nein, das kann man nicht«, sagte Anne und setzte sehr weise hinzu: »Das kann man nie.«

Sie dachte voll Sehnsucht an die See und daß es jetzt nur noch knapp vierzehn Tage bis zu den Sommerferien waren. Die Mama hatte schon ein genaues Verzeichnis all der Dinge aufgesetzt, die für Neuenort nötig waren. Niemand konnte das so gut wie sie. Immer wenn man nachher dachte, dies und das hätte man noch gebrauchen können oder haben müssen, dann war es da.

Gerda Schütz, die neben ihr saß, fragte, ob sie etwa an die Schularbeiten dächte.

»Nein«, sagte Anne sehr entschieden, »fällt mir gar nicht ein!«

»Hast du schon was gemacht?«

Gerda ging mit Anne zusammen in die Gymasialkurse, und Anne fand es der Freundschaft wegen sehr unbequem, daß Gerda so gewissenhaft war. Es störte sie regelrecht. Anne war nicht sehr fleißig, ach nein, das brauchte sie sich nicht vorzuwerfen. Sie lernte leicht und tat darum immer nur das Nötigste; lieber wand sie sich so durch mit einem etwas bedrückten Gewissen, als daß sie sich zwang, regelmäßig und pflichttreu zu arbeiten. Im Sommer noch dazu, da war das einfach unmöglich.

»Ich muß jetzt aber gehen, Anne.«

»Jawohl, du braves Kind!«

Anne sah über das Wasser und in den blauen Himmel, sie dachte voll Unlust an den Weg durch die heißen Straßen und an die Wohnung zu Hause. Die Sonne wanderte schon wieder abwärts. Wo blieb der Sinn dieses schönen Tages? Kam denn nichts weiter?

Ach, niemand konnte verstehen, was das mit ihr war, und sie selbst oft auch nicht. Immer war dieses Verlangen in ihr. Doris hatte einmal gesagt, und sie wußte es nicht besser: »Anne hat nie genug...«

»Warte nur, Gerda, ich komme ja auch!« Sie sprang auf die Füße und reckte sich einmal lang und frei mit allen Gliedern in die Luft und den Sonnenschein. Dann ging sie auf ihren nackten Sohlen den Steg entlang, ein großes, braunes Mädchen von jungenhafter Schlankheit, mit einem schmalen, länglichen Schädel, auf dem das dunkle Haar straff und schlicht anlag – ein ganz kurzer Scheitel und ein fester Knoten im Nacken, nur um die Stirn wehten immer ein paar lose Härchen.

Ach, wer wollte wohl sagen, daß Anne hübsch war? Nein, darauf würde wohl niemand verfallen. Sie war gewiß zu dünn, zu unausgewachsen, die Stirn war zu hoch, die Nase zu kurz. Was sollte das schon für ein Ganzes geben!

Und niemand auch war wohl der Meinung, daß sie schon wie eine fertige junge Dame aussah, als sie sich dann mit Gerda Schütz auf den Heimweg machte. Nun, Gerda war ja bestimmt ein sehr reizendes Mädel mit ihrer hübschen vollen Figur und ihrem schönen Teint, dazu auch noch gut angezogen. Vielleicht würde sie einmal dick werden, wenn sie erst verheiratet war und älter wurde, und das war, fand Anne, das Schlimmste von allem. Um nichts in der Welt würde sie selber dick werden wollen. Aber die Männer liebten es manchmal, obwohl das wirklich nicht zu begreifen war, sie fanden es behaglich und wohltuend und weiß Gott was noch. Die Mama, die ja selber korpulent war, hatte dafür einen treffenden Spruch: »Dicke Frau ziert das Haus!«

Nein, Anne sah eigentlich noch aus wie ein Backfisch in diesem alten hellblauen Leinenkleid, es war verwaschen und ziemlich ausgewachsen. In den Schultern saß es ein wenig eng, und der Rock war zu kurz, er war schon keineswegs mehr bloß fußfrei, sondern endete eine gute Handbreit über dem Knöchel, so daß man richtig die Strümpfe sah. Die Mama hatte die alte Fahne in diesem Frühjahr ausrangieren wollen, aber Anne hatte nicht gewollt.

Die beiden Mädchen wanderten dem Tor zu, das Badezeug über die Schulter geschlagen. Menschen gingen in den Anlagen spazieren und saßen gedrängt auf den Bänken, Kinder liefen umher. Über den näher rückenden Dächern der Stadt war der dunstigblaue Sommerhimmel. Es war immer noch sehr heiß.

»Was machen wir jetzt, Gerda?« fragte Anne. »Es ist erst fünf. Du denkst doch nicht etwa daran, schon nach Hause zu fahren? Wir könnten nach dem Radauplatz und sehen, ob der Rummel schon aufgebaut ist. Ich habe noch fünfunddreißig Pfennig und lade dich zum Karussellfahren ein. Und du spendierst Eis.«

»Ach, Anne«, sagte Gerda ein bißchen unglücklich, »ich kann doch nicht. Wir bekommen Besuch, und ich sollte sowieso spätestens um fünf Uhr zu Hause sein. Und dann habe ich so Druck wegen der Lateinarbeit morgen.«

Aber Anne schwenkte nur ungeduldig ihren Bademantel von neuem hoch. Die Mama und Doris waren mit der Straßenbahn nach Margaretenthal gefahren zu einem Kaffeekränzchen des Frauenvereins, es war wohl so eine Art Sommerfest; Doris machte so etwas ja Spaß, was Anne nicht begreifen konnte. Vor dem Abend würden die beiden nicht zurück sein. Sie hatte also nicht nötig, sich zu beeilen, denn auch die Aussicht auf die lateinische Klassenarbeit am nächsten Vormittag beschwerte sie nicht sonderlich. Ach, nur nicht so bald wieder zurück in die Oberdammgasse zu Sofakissen und Portieren, der Gedanke daran überfiel sie mit Unruhe und Schwermut.

Aber der Weg lief unwiderstehlich in dieser Richtung, und erst als sie ans Tor kamen, an diesen dunklen, hallenden Einlaß, machte Anne entschlossen kehrt. »Adieu, Gerda, ich habe draußen was vergessen, es liegt auf der Landstraße oder an einem Grabenrand, weiß Gott wo, ich muß gehen, es suchen . . .«

Das hellblaue Mädchen ging allein durch den Sommertag und suchte ihr eigenes Herz, sie schlenderte anfangs unschlüssig im Grünen dahin zwischen Rasenflächen und Gebüschgruppen, überall waren Menschen, Lärm und Papiere; ach nein, sie dachte nicht an den Radauplatz, sie fing an, schneller zu gehen, und ging ein wenig zu schnell vor lauter Ungeduld und Freiheitsdurst, bis sie die Anlagen durchmessen hatte und ins offene Land kam, das ganz weit unter dem wunderbaren Himmel lag. Dort gab es Gärten und Äcker, und eine Landstraße zog von dannen.

Dort konnte man gehen, Stunden und Stunden unter den Bäumen dahin, zwischen den Feldern im Sonnenschein und durch die Dörfer, an Mühlen und Teichen vorbei, an Kirchen und Friedhöfen. Die Welt war groß, man kam nicht so rasch ans Ende. Man konnte am Wegrand rasten und abends — wer weiß wie weit — in einem Dorfgasthaus einkehren, hungrig und müde, und dort mit staubigen Schuhen an einem rohen Holztisch niedersitzen zu Schwarzbrot und kuhwarmer Milch. Man würde die Nacht in einem Bauernbett schlafen unter einem hochgetürmten karierten Zudeck und am Morgen in aller Frühe die Hähne krähen hören und sich draußen am Brunnen waschen.

Weit in der Ferne hinter dem Rand des ebenen Landes lief vor Annes Augen eine zweite Landstraße dahin; es war eine Reihe winzigkleiner Bäume, die dort zwischen Himmel und Erde ins Unerreichbare marschierten. Sie erinnerte sich daran, wie oft sie als kleines Ding bei Spazierfahrten im Landauer voll Inbrunst gewünscht hatte: Ein einziges Mal dort sein, wo die ganz, ganz kleinen Bäume sind . . . !

Ach, leider war immer alles so anders, wenn man die Dinge dann in der Nähe besah. Auch dieser Weg bedeutete keinen reinen Genuß.

Es war immer noch sehr heiß und die Landstraße ziemlich staubig – wo führte sie hin? –, es gab vielleicht stundenweit keinen Schatten. Das Badezeug war eine Last. Auf einmal fiel es ihr ein, daß sie Hunger hatte. Ja, nun sie es wußte, hatte sie sogar plötzlich entsetzlichen Hunger. Sie hatte seit Mittag nichts gegessen, und zu Hause hielt Marie den Kaffee bereit.

Sie kehrte um und legte ordentlich zu. Auf einmal schien es ihr ohne Sinn, sich so verloren in der Welt herumzutreiben. Es war einer ihrer großen Ansätze gewesen, die so kümmerlich im Sande verliefen. Nichts Besseres hatte sie vermocht, als einen Bogen zu schlagen von einem Stadttor zum anderen.

Denn immer ging es doch wieder dorthin zurück. Sie nahm einen Querweg und gelangte in kurzem ans Altenhausener Tor – so war es: alle Wege liefen dem Schlund der Stadt zu, man kam von ihr nicht los, und jedes ihrer Tore war ein Saugtrichter, der einen hineinzog. Da war innen die lange, breite, gerade Straße mit ihren nüchternen Fassaden, Menschen gingen und gingen, sie standen vor den Türen und lagen in den Fenstern, Kinder spielten an den Bordsteinen. Es war keine vornehme Straße, und die Luft in ihr war nicht gut, aus einem Fenster roch es nach gebratenen Fischen, und aus einem anderen quoll weißer Seifendunst.

Anne nahm ihr Badezeug über den anderen Arm und machte, daß sie weiterkam. Es war nicht einzusehen, warum sie gerade hier zu gehen hatte. Sie wußte es nicht und begriff es erst später vielleicht, daß zuweilen eine geheime Macht am Werke ist, die den Menschen treibt, den einen Weg zu lassen und den anderen zu nehmen.

Es war die gleiche Straße, die wenige Tage zuvor ihr Bruder Hermann mit dem weißlackierten Kutscher gefahren war, von Erkenntnissen bewegt und in der Tiefe seines Herzens angerührt von dem Trugbild Brigittenruh.

Anne ging ihres Weges rasch und sicher, bestrebt, die Entfernung ohne Aufenthalt zu überwinden. Ihre langen Beine strafften bei jedem Schritt den hellblauen Leinenrock, sie hielt den Kopf mit dem kleinen Matrosenhut ein wenig hoch – es war Anne Kanthers Art zu gehen, wenn sie aus der Region ihrer Träume auf die Erde niedergestiegen war.

Ach, sie war völlig ahnungslos, daß etwas auf dem Wege war, ihre Seele bis in alle Tiefen zu erschüttern und ihr hungriges Herz bis an den Rand zu füllen.

Dieser schöne Tag sollte nicht verloren sein, es war ihm noch bestimmt, unter allen Tagen des ansteigenden Sommers erhöht und gekrönt zu werden.

Sie dachte an nichts auf diesem eiligen Heimweg – an ihre kleinen Geldnöte vielleicht, fünfunddreißig Pfennig und Schulden außerdem –, ihre Augen gingen nicht höher hinauf als bis zu den Ladenfenstern und den vorübergehenden Gesichtern.

Und so sah sie auf dem ganzen Weg, der vor ihr her an der Häuserseite entlang nach der Stadtmitte zog, schon von weitem diese zwei Menschen herankommen, die wie von fernher und ohne jede Beziehung in diesen nüchternen Straßenzug versetzt zu sein schienen. Es waren ein Mann und eine Frau, und wie sie näher kamen, verschwand und verblaßte gleichsam alles um sie her; auch die Gestalt der Frau wurde zuletzt vor Annes Augen undeutlich und schemenhaft. Es blieb nur der Mann. Das grelle Sonnenlicht, das noch hoch über die Dächer her die Häuserzeile und den Gehweg traf, zeichnete seine Umrisse mit einer fast magischen Deutlichkeit.

Er war groß und trug einen graugrünen Anzug und einen Panamahut. Die Geschlossenheit seiner Erscheinung machte ihn auffallend und in ungewöhnlichem Maße anziehend, und obwohl er nicht allein ging, schien ihn die freie und großartige Haltung von seiner Umwelt und Begleitung völlig zu lösen, als machte ein heimlich Gewappneter seinen Weg oder als schritte ein Gast aus unirdischen Räumen fern und groß durch die Niederungen der Menschen.

Anne fühlte einen Stoß, der ihren ganzen Körper durchfuhr: es war ihr Herz, das so schlug!

Und dann kam die Schwäche in den Knien, die sie zwang, ganz langsam zu gehen, der sausende Schwindel im Gehirn und zugleich das betäubende Gefühl eines jähen, wilden Rausches.

Eine Gewalt ging über sie hinweg, die war so stark, wie der Tod sein mußte.

Das – das war er!

Und obgleich sie begriff, daß der Mann ihr leibhaftig entgegenkam, empfand sie alles als unwirklich; diese Begegnung geschah nicht in einem realen Dasein, sondern völlig außerhalb, weit fort, auf einem anderen Stern.

Es waren nur Sekunden, aber das ganze Leben war darin.

Er kam heran, und sie umfaßte ihn mit Augen und Herz ganz und gar, jeden Zug und jede Bewegung, die muskulöse Schlankheit seines Wuchses und die kühne Linie des Kopfes, das schmale, dunkle

Gesicht unter dem weißen Hut und den lebhaften Blick, der sie streifte, sie einen Herzschlag lang festhielt und weiterglitt.

Dann war er vorüber.

Was konnte Anne tun? Sie tat, was man nicht tun durfte — sie blieb stehen und sah ihm nach: Das war er, sie hatte ihn wiedergesehen!

Da ging er hin, und sie wußte nun wieder, wie er aussah, wußte es genau, sie konnte es nicht wieder vergessen, und wenn es noch so lange dauerte bis zum nächsten Mal. Er ging nun fort, ins Unbekannte hinaus, ewig ein Fremdling, er ging achtlos und ahnungslos, er war schon fern, aber das war gleich, sie hatte ihn doch wieder, sie besaß ihn aufs neue — sie trug ihn ganz und gar in sich, unverlierbar und unentreißbar. Sie hatte ihn wiedergesehen, mehr brauchte sie nicht. Sie brauchte nicht mehr als das zum Leben, es war der Sinn und Inhalt von allem.

Einmal vor nun zwei Jahren, bald nachdem die große Liebe ihr kindliches Herz entzündet hatte, war sie diesem fremden Mann mit der Frau an der Seite eines Nachmittags — so überraschend, wie es stets geschah — im zoologischen Garten begegnet. Da war sie mit Doris unterwegs gewesen, und plötzlich war es ihr eingefallen, daß sie bis zu einer bestimmten Stunde ein Buch von Gerda Schütz zu holen hatte, kein Augenblick war zu verlieren; es war gleichgültig, was für einen Vorwand sie brauchte, um schleunigst davonzukommen. Sie war hinter den beiden Fremden hergegangen, getrieben von ihrer leidenschaftlichen Besessenheit, sie war ihnen bis zum Ausgang gefolgt und hatte mitangesehen, wie sie draußen in einen Wagen stiegen.

Das war ein Wagen mit Kutscher und Diener in Livree, der Diener sprang vom Bock, um den Schlag zu öffnen, die Frau und der Mann stiegen ein und fuhren davon.

Und Anne, die damals fünfzehn war, ein Kind mit Hängezopf und kurzem Rock, sie tat etwas ganz Unsinniges. Sie lief hinterher. Sie war nicht imstande zu überlegen, es trieb sie, um nichts in der Welt durfte sie diesen fanatisch geliebten fremden Mann, den sie immer nur dann und wann einmal auf der Straße sah, wieder aus den Augen verlieren. Dieses wohlerzogene Mädchen aus sehr achtbarer Familie, Konsul Kanthers stille Tochter, lief wie gejagt durch die belebten Vorortstraßen hinter einem Wagen her, in dem ein völlig Unbekannter in Begleitung einer hochblonden, juwelengeschmückten Frau der Stadt zufuhr.

Aber darüber dachte Anne nicht nach, sie konnte nicht denken, es war ihr auch egal, was die Vorübergehenden denken mochten, nichts war wichtig außer diesem entrollenden Gefährt, das sie doch mit allen Kräften ihrer Seele festzuhalten meinte.

Sie lief und lief, sie war so schnellfüßig und leicht wie ein Windhund, sie folgte dem Wagen lange Zeit; noch erkannte sie ihn in der Ferne, aber dann hatte er unversehens eine Biegung genommen und war fort, und im Augenblick verließen sie die Kraft und der Mut, sie blieb atemholend stehen – es war umsonst, es war Wahnsinn gewesen. Und was hätte es überhaupt genützt?

Nein, Anne Kanther war seitdem zwei Jahre älter und um vieles reifer geworden, sie lief nicht mehr hinterher. Es war Glück genug, daß sie ihn nur wieder gesehen hatte und an ihn denken konnte, es reichte für Monate. Es war ganz unwesentlich zu wissen, wer er war und wie er hieß, es verlangte sie gar nicht danach. Im Gegenteil, es hätte ihr das Idol ihres Herzens entgöttert, zu erfahren, daß er vielleicht einen ganz belanglosen Namen trug, einen Beruf und eine bürgerliche Wohnung hatte.

Es war zudem Beruhigung zu wissen, daß er in der Stadt ein Fremder war. Er kam und ging ohne Spur, er war nicht zugehörig und hatte keinen Namen, niemand durfte sich herausnehmen, ihn kennen zu wollen. Denn die Stadt war ja nur ein großes Nest, sie liebte einzuordnen, zu überwachen und zu beurteilen, was in ihren Mauern lebte. Aber hier bestand keine Gefahr, Anne fühlte sich sicher davor, daß dieser oder jener eines Tages behaupten konnte, er habe eine Beziehung zu ihm oder wisse einiges von ihm. Da das so war, gehörte er ihr allein.

In mehr als zwei Jahren war sie ihm nur alle zwei oder drei Monate begegnet, an ganz verschiedenen Stellen der Stadt, und dann nur, wenn sie gerade nicht an ihn dachte. Sooft es sie – und ach, wie oft! – in Sehnsucht umhergetrieben hatte, war die Welt leer geblieben. Doch jeder dieser seltenen glücklichen Tage war unauslöschlich in ihr Herz eingegraben, und alle zusammen waren wie eine Schrift des Schicksals, die sie mit durchs Leben trug. Sie vermochte sich nicht vorzustellen, daß dieses stumme und große Erlebnis einmal einen Fortschritt oder Wandel erfahren könnte, und hatte kein Verlangen danach.

Von Zeit zu Zeit, so vermutete Anne, kam dieser Mann von außerhalb in die Stadt, um doch gleich wieder davonzugehen. Alles übrige blieb ungewiß und dunkel. Er sah nicht aus wie ein Landedelmann aus der Provinz, es war nichts Ländliches und Heimatliches an ihm, sondern jener Hauch von Ferne und Fremdheit, der ihr immer wieder die Besinnung raubte.

Wahrscheinlich war es ein russischer Fürst oder auch ein ungarischer, er kam aus einem Lande der Sage und der Träume und blieb darum selbst immer seltsam unwirklich, überragend und überwältigend.

Was die Frau anbetraf, die mit ihm war, so interessierte Anne sich für sie nicht im geringsten, sie spielte keine Rolle in ihrer Vorstellung; aber natürlich hatte sie sie nebenher gleichfalls in sich aufgenommen. Sie war sich nicht klar darüber, ob die Ehefrau eines ausländischen Fürsten wohl so aussehen mochte. Es gab auch noch andere Formen menschlicher Verbindungen, das wußte Anne, aber sie hatte davon nur eine sehr undeutliche Vorstellung. Im Grunde war es auch ganz gleichgültig. Das einzige, was heute und immer galt, war, daß sie ihn wiedergesehen hatte ...

Anne hatte am Alten Markt in die Bahn steigen wollen, um schneller zu Hause zu sein. Aber das hatte sie nun vergessen. Sie machte den Weg zu Fuß.

Sie mußte fast durch die ganze Stadt, denn die Oberdammgasse lag ungefähr am entgegengesetzten Ende. Sie ging und ging durch viele und lange Straßen, die ihr alle bis zum Überdruß bekannt waren, sie waren öde und eng in der lastenden Hitze des Nachmittags, aber sie sah nicht die Straßen, und sie spürte die Hitze nicht. Sie ging ganz leicht und frei, aller irdischen Schwere enthoben, getragen von ihrem großen, glühenden Geheimnis: Ich habe meinen Geliebten gesehen!

Sie ging wie durch eine fremde Stadt und ein neues Leben, nein, sie war in eine andere Welt versetzt, ungleich jener alten, abgebrauchten, in der es so oft Langeweile, Unlust und Schwermut gegeben hatte. Die Türme standen hoch in den blauen Himmel, die Dächer und die altväterischen Giebel strebten empor, als stiege alles Verlangen nach den freien und großen Räumen auf.

Anne kam in die Unterstadt und ging über die Brücken, in der Ferne über dem Wasser flimmerte die Luft. Sie sah in die Gesichter der Menschen und fand, daß auch sie verwandelt waren. Hinter ihren Augen schien das Licht ihres Inneren zu brennen, als trügen sie alle etwas in sich, wovon sie in Wahrheit lebten, etwas, das größer war als alle Mühen und Nöte des Tages, einen zärtlich gehüteten Schatz, von dem niemand etwas wußte.

Die Welt war erfüllt von Liebe.

Sie hatte das nur nicht gewußt oder lange Zeit nicht daran gedacht. Ein mächtiger Strom floß durch die Stadt, man sah ihn nicht, man konnte ihn nur spüren, wenn sich plötzlich der Sinn dafür aufschloß. Alles, was sich wahrnehmbar abspielte, das Kommen und Gehen, das hastende Treiben um tausenderlei Dinge, die es nicht wert waren, auch all die Worte, die wie Sand unaufhörlich dahinrieselten, das war nur ein äußeres Wesen, das wirkliche Leben floß im verborgenen, es rann überall durch die Tiefen der menschlichen Seele und nährte sich von Sehnsucht und Hoffnung; das war es, was die wahrhaft großen Dinge bewirkte und die Welt erhielt, und daß es nach außen nicht erkennbar wurde, darin lag seine Kraft.

Denn Anne Kanther verschloß ihr inneres Leben auch tief in sich, nicht Doris und nicht Gerda wußten etwas von dem russischen Fürsten, sie hätten sie gar nicht verstanden. Wie Doris in diesen Dingen war, so hätte sie davon eine bewegte Unterhaltung für die Abendstunden gemacht und hätte nie begriffen, was diese seltsam unwirkliche Angelegenheit für Anne bedeutete. Wie sollte das auch zu verstehen sein? Es war etwas, das sich nicht bei Namen nennen und zergliedern ließ. Man konnte von Liebe nicht reden, sie war ein tiefes und heiliges Rätsel.

Nur einen Menschen gab es, zu dem sie bisweilen davon sprach wie zu einem tiefen, stillen Brunnen.

Es war wie im Traum, daß Anne schließlich die Oberdammgasse erreichte, aus der der Tag schon zu schwinden begann, die Sonne fand nicht mehr bis zu ihrem Grund hinab, und Anne war die heimatliche Straße fremd, es kam ihr vor, als wäre sie hier vor vielen Jahren zum letzten Mal gegangen.

Die Köchin Marie machte ihr die Tür auf. »Ach, Fräulein Annchen, so spät! Ich hab gewartet, geht schon auf A'mbrot. Soll ich noch Kaffee heiß machen?«

»Ich hab solchen Hunger, Marie.«

Anne stand bei Marie in der Küche und trank den Kaffee aus einer großen weißen Tasse, so einer ganz ordinären Küchentasse, und aß dazu ein Stück Butterbrot und noch eins und noch eins und sah dabei zum Küchenfenster hinaus auf den Hof, wo der Kutscher Johann die Pferde vom Lastwagen abspannte.

Sie hörte Johanna singen, die im Eßzimmer beim Plätten war. Johanna sang mit hoher, schwelgerischer Stimme ein gefühlvolles Lied, es war ergreifend und feierlich:

»Und kommst an mein Grab du, so geh nicht vorbei,
blick einmal noch trauernd hernieder!
Es war ja wie damals mitten im Mai,
und die Amsel, die sang in dem Flieder ...«

»Noch ein Stück Brot, Marie!«

»Erbarmung, gibt doch Eier zum A'mbrot, Fräulein Annchen, und dicke Milch!«

»Schadet nichts, Marie. Ich hab immer noch Hunger, das ist vom Schwimmen! Wo ist Fritz, Marie?«

»Unser junger Herr?« sagte Marie Ocholla. »Nicht da, Fräulein Annchen. Wo wird der so früh zu Hause kommen!«

Anne trank aus der weißen Tasse und aß. Johanna im Eßzimmer sang, und der Kehrreim ihres Liedes stieg zum Schluß in höchste Lagen hinauf:

». . . O blühende Erde, wie wurdest du weit,
derweil ich träumt', derweil ich schlief —
sei gegrüßt, sei gegrüßt, es ist Frühlingszeit!«

Anne ließ ihr Badezeug auf dem Küchentisch liegen, sie holte die Büchermappe aus ihrem Zimmer und ging die Treppe hinunter und durch die Hintertür auf den Hof. Dort war seitlich ein Lattenzaun und darin der schmale Durchlaß zum Garten.

Der kleine städtische Garten lag verlassen zwischen den Mauern, die Kantherschen Hinterfenster sahen auf ihn hinab, und sehr hoch über ihm war der Himmel, der immer noch sein tiefes Blau hatte, obwohl es nun schon auf den Abend ging. Es war kein schlechter Platz für jemanden, der allein sein wollte. Die kleinen Kantherkinder aus dem oberen Stockwerk konnten hier nicht einbrechen, wennschon das ihr gutes Recht und auch sonst ihre Gewohnheit war; aber jetzt war ihre Abendbrotzeit, und man hörte die plappernden Stimmchen durch die offenen Fenster des Kinderzimmers.

Anne war ganz allein auf der Welt in diesem kleinen Garten mit knorrigen alten Bäumen, dem runden Rasenplatz und den schmalen Rabatten, auf denen es neben Vergißmeinnicht und ausgewachsenen Stiefmütterchen sogar einige Rosen gab. Sie setzte sich auf die rundgebogene Steinbank und sah in dieses Stückchen eingefangenen Sommers hinein, es war still und schattig und ein wenig verwunschen. Zum ersten Mal erschien ihr der Garten nicht wie ein Gefängnis, dessen Wände sie sprengen mußte, sondern als ein Hort des Friedens. Es war nicht nötig, draußen umherzuirren und den Sinn des Lebens zu suchen, er lag im tiefen Inneren verborgen.

Sie saß und sann der großen Erschütterung des Tages nach und war sich selber fremd und wie verwandelt, als wäre sie durch verzaubertes Land gegangen.

Es kostete nicht wie sonst eine Überwindung, sich über die Schularbeiten herzumachen. Eins der blaubezogenen Bücher nach dem anderen, Grammatik, Lektürebuch, Literaturgeschichte — das schwarze Diarium und Schreibzeug stiegen aus den Tiefen der Mappe auf den Steintisch. Anne saß mit aufgestützten Ellenbogen und empfand beinahe etwas wie Lust zu diesen Dingen, als hätten auch sie ein neues Leben empfangen. Sie ließen sich ohne Mühe bewältigen und brauchten so wenig Zeit, der Schatten an der hohen Seitenmauer war nur um ein geringes höhergestiegen, als sie schon wieder einpackte.

Was war es nur für ein wunderbarer Tag! Er war voll Glück und Ruhe und hatte alle Fernen geöffnet...

Als sie ins Haus ging, hörte sie, wie vorn die Kontortür abgeschlossen wurde. Ihr Bruder Hermann stieg vor ihr die Treppen hinauf, er war immer eine halbe Treppe voraus und zog nach dem oberen Stockwerk davon, er ging trotz seiner Schwere mit leichtem Schritt und summte im Steigen vor sich hin.

Im Eßzimmer war Johanna noch beim Plätten, aber sie sang nicht mehr; vielleicht war ihr Vorrat an Liedern erschöpft, oder sie war nun müde. Den zur Seite geschobenen Eßtisch hatte sie mit geplätteter Wäsche beladen, steife weiße Stickereiunterröcke hingen an den Türdrückern, Kleider und Blusen von Doris und Anne waren auf Bügeln unter der Hängelampe angebracht. Das große Zimmer war verwandelt und von Hitze erfüllt. Johanna mit hochroten Backen überstrich die Taschentücher.

»Na, Johanna«, sagte Anne, »das ist ja eine schöne Bescherung.«

»Ich bin gleich fertig, gnädiges Fräulein, dies ist das letzte. Und dann müssen wir ordentlich Gegenzug machen.«

Anne sah ihr eine Weile zu, dann nahm sie Pack um Pack und legte es in die Körbe. Sie trug die Kleider und die Röcke in ihr und Doris' Zimmer hinüber. Sie war so froh über den frischen Staat, der war nun fertig für Neuenort!

Johanna hatte ihr Plättbrett über zwei Stuhllehnen gelegt, gerade vor dem großen farbigen Bild mit den vielen Kindern, das an der Wand hing. Das waren die fünf Kanthers in früheren Jahren, Fritz war ganz klein und saß in einem weißen Kleidchen auf dem Tisch, und Hermann stand als ernsthafter junger Mann dahinter. Die Kleineren hatten alle weiße Strümpfe und hohe schwarze Schuhe an. Jedes der Kinder hatte schon sein besonderes Gesicht. Doris sah aus runden, blanken Augen in die Welt, das kleine Mädchen Anne, drei Jahre alt, mit kurzgeschnittenem Haar, stand am Knie ihres großen Bruders Otto. Die beiden mit den schmalen Schädeln und dem dunklen Schopf waren die echtesten Kanthers.

Es war ein erstaunliches Bild mit schönen Farben, und Johanna hatte es von je bewundert. Im ersten Jahr ihres Aufenthaltes im Haus hatte es sich herausgestellt, daß sie davon eine ganz irrtümliche und höchst eigenartige Vorstellung hatte. Johanna, die aus Niederung war, sagte immer, was sie dachte: »Ach je, das sind unsere Herrschaft'? Und ich hab gemeint, das sind Kaisers ...«

Die kleinen Kanthers in bunten Farben blickten herab auf all die heiße Mühe, das große Mädchen Anne machte alle drei Fenster auf. Sie stand eine Weile schweigend und sah auf die graue Hauswand gegenüber. »Johanna«, sagte sie plötzlich.

»Ja, gnädiges Fräulein?«

»Johanna, ich habe den Fürsten getroffen.«

Johanna Kaschun setzte das Eisen ab und fuhr herum. »Ach«, sagte sie nur. Es war nicht nötig, mehr zu sagen oder etwas zu fragen, und Anne erzählte auch nichts weiter. Johanna brauchte es nur zu wissen, das war alles, sie verstand es genau. Sie war selber ein junges Ding, nicht viel älter als Anne, und hatte ein heißes Herz. Johanna hatte einen Schatz bei den Soldaten, weit weg in der Provinz. Ihr konnte man diese Dinge anvertrauen, sie kannte die Geschichte von dem russischen Fürsten von Anfang an, bei ihr war sie gut aufgehoben.

Johanna in der weißen Achselschürze, unter der sie kein Kleid trug, sah Anne ein paar Augenblicke nachdenklich an. »Das gnädige Fräulein sieht gleich ganz anders aus«, sagte sie. Dann nahm sie das Eisen auf und plättete weiter.

Nachher kam Marie herein und machte Krach. »Was ist denn hier? Bist noch nicht fertig, mein' Tochter? Gnä' Frau wird kommen nach Hause, und hier ist noch alles auf Touren. Wie sieht bloß aus!«

Marie Ocholla hatte eine scharfe Art — wenn sie in Fahrt geriet, fing sie sogar an masurisch zu reden; immer hatte es Not gegeben mit dem Stubenmädchen, keine wollte bleiben wegen der Köchin.

Nur mit Johanna ging es. Als sie damals vor drei Jahren zum ersten Mal erlebte, wie Marie ihren Koller bekam und in diesem fremden Gewäsch durch die Küche wetterte, hatte sie sich ruhig vor sie hingestellt und auf kurisch geantwortet. Das verschlug Marie Ocholla die Rede. Und dann hatte Johanna auf deutsch geäußert: »Denn wunder' ich mich nicht, daß Sie drei Männer unter die Erde gebracht haben!«

Seitdem sagte Marie Ocholla »mein' Tochter« und »du« ...

Sie faßte mit an und half, und das Eßzimmer wurde zurückverwandelt. Anne blieb auf dem Fensterbrett sitzen, während Johanna den Abendbrottisch deckte.

Die Oberdammgasse hatte ein schwaches Dämmerlicht, die Fenster waren dunkel, der Himmel verblaßte zu einem durchsichtigen Grün.

Die Straße war einsam und still, doch von fernher kam es wie Summen und Brausen, das war der Herzschlag der großen Stadt, ihr mächtiges Leben, das unablässig durch ihre Adern klopfte.

Unten ging die Haustür, Anne sah Hermann mit Hut und Stock herauskommen, er blieb stehen und sah nach dem Himmel, dann ging er auf und ab und blieb von neuem stehen. Es war sicher, daß er wartete, und Anne sah es ihm an, daß er begann, ungeduldig zu werden. Sie hatte plötzlich die Vorstellung, daß es ihn danach verlangte, allein loszugehen, leicht und frei, wohin er wollte, und unvermittelt mußte sie an Otto denken, der in die weite Welt gefahren war. Dann kam Eva aus der Tür, sie hatte sich fein gemacht – ein kornblumenblaues Kleid für diesen Abendausgang; zuerst hatte man den Eindruck, als ob sie bei Hermann einhaken wollte, aber sie tat es nicht. Sie gingen miteinander fort, aber es war ein kleiner Raum zwischen ihnen, als gehörten sie nicht recht zusammen.

Johanna war in die Küche gegangen, und Anne blieb allein. Sie saß und hing ihrem Traum nach und sah zu, wie die Schwalben durch den Himmel jagten.

Nach einer Weile kam Fritz auf dem Rad die Straße heraufgefahren, er trug keine Mütze und keinen Rock, nur ein Sporthemd und kurze Hosen. Er fuhr sehr rasch, bremste scharf und schwenkte das Rad in den Torweg, der zum Hof führte. Dann hörte sie ihn etwas später oben klingeln und hörte ihn nach dem Abendbrot fragen. Seine Stimme war tief, und sein Schritt klang schwer und männlich, wie er durch den Flur nach seinem Zimmer ging.

Johanna kam und steckte die Hängelampe an.

»Wie spät ist es, Johanna?«

»Gleich acht, gnädiges Fräulein.«

Dann hörte Anne die Mutter und Doris am Ende der Straße um die Ecke biegen. Denn das erste, was wahrnehmbar wurde, war Doris' Lachen, obwohl sie zunächst noch ein ganzes Stück entfernt waren. Sie gingen Arm in Arm, Doris trug ihr buntgeblümtes Organdykleid und den großen roten Strohhut, sie kamen lebhaft sprechend heran, es war augenscheinlich, daß sie sich auf dem Kaffeekränzchen ganz herrlich unterhalten hatten. Es ist, dachte Anne, als ob die Oberdammgasse den Kanthers allein gehört!

Aber es war gut, daß sie nun kamen, es brachte den Tag zur Ruhe. Sie war endlich müde und doch auch wieder von neuem hungrig.

Beim Abendbrot würde es dann den gewohnten Bericht geben über das Sommerfest, über diese unbegreiflich langweilige Angelegenheit, und dann wie immer die Fragen: »Und du, Fritz? – Und, Anne, was hast du gemacht?«

»Schwimmen, Kaffeetrinken, Schularbeiten ...«

Sonst nichts – nichts ...

Und mit in dem Kantherschen Eßzimmer unter der Hängelampe, zwischen Familienbildern, würde unausgesprochen, zutiefst bewahrt das große Geheimnis sein:

Ich habe meinen Geliebten getroffen!

Achtes Kapitel

In Neuenort war Geschützdonner zu hören, er begann genau um sechs Uhr früh und rollte dröhnend, mit dumpf nachhallendem Grollen fort und fort durch den stillen Morgen. Die Schläfer in den Sommerhäuschen wurden davon wach, da und dort öffneten die Häuser ihre Fensterläden in den jungen Tag, der schon vor ein paar Stunden heraufgekommen war. In unberührter Frische lagen die Gärten im klaren Licht, von keinem Fuß betreten und noch durch kein Wort entweiht, der Himmel blaute über ihren Wipfeln, das zarte Blattwerk der Sträucher, blank von Tau, stand regungslos und wie verzaubert in der schimmernden Luft. Weit hinten über dem Haff stieg langsam die Sonne hoch.

In brandenden Wellen kam das Rollen aus der Ferne durch den klaren Morgen herüber, es war ein bedrohlicher Ton in dieser Welt des Friedens, er schwoll an und fiel zurück und kam immer von neuem auf, um mit dem Schlag der achten Stunde zu verstummen.

Sie sprachen davon, als sie in der Villa ›Elisabeth‹ beim Frühstück saßen, nicht drin im Haus, sondern auf dem Gartenplatz an der Vorderseite, der um diese Zeit noch im Schatten lag. Der Konsul konnte es nicht leiden, wenn ihm die Sonne auf die Butter schien.

Das war Scharfschießen auf See; nicht sehr weit entfernt lag die Küstengarnison, und Fritz wußte schon alles ganz genau: Jeden Montag früh war Schießübung der Hafenartillerie. Dann feuerten zwei Stunden lang die schweren Batterien aus allen Rohren, man konnte die Einschläge mit dem Glas verfolgen, nicht von hier aus natürlich, aber an Ort und Stelle. Offenbar war er bereits drüben gewesen.

Vor wenigen Tagen waren Kanthers angekommen und hatten von Neuenort und von ihrem Anwesen Besitz genommen, von diesem lächerlichen Haus, das der Konsul eine Zigarrenkiste nannte. Sie hatten sich darin eingerichtet, so gut es ging, und alles in allem war es ganz behaglich, wenn auch ziemlich eng und primitiv; es war ein sehr großer Unterschied zu der schönen, geräumigen Stadtwohnung, aber das hatte durchaus seine Richtigkeit, gerade das etwas Behelfsmäßige und Dürftige machte den Reiz der Sommerfrische aus.

Alle Zimmer waren Schlafräume, Doris und Anne hausten miteinander sogar in einer der beiden Veranden, es war nicht gerade viel Platz darin und gab auch nur die allernötigsten Gegenstände, nicht einmal einen Kleiderschrank für den von Johanna so sorglich geplätteten Staat, sondern nur in einer Ecke ein Hakenbrett mit einem Vorhang. Die Fenster waren zum Teil mit Decken verhängt, um als Wände gelten zu können; aber die selbständige Tür nach dem Garten, der eigene Ausgang mit dem eigenen Schlüssel, war bestimmt ein sehr großer Vorzug.

Doris hatte gleich am ersten Abend blühende Phantasien um diesen Weg ins Freie gerankt, aber Anne, damit beschäftigt, ihre Wäsche in die winzige Waschkommode zu zwängen, hatte trocken erwidert: »Na, du wirst ja sehen. Ich könnte wetten: jeden Abend läßt Papa eine von uns mit dem Schlüssel antreten und heilig schwören, daß die Tür von innen verschlossen ist.«

Aber vorläufig war davon nicht die Rede.

Vielleicht hing das mit des Seniorchefs Befinden zusammen und seiner noch von der Reise her ein wenig gehobenen Gemütsverfassung, in der er einer freieren Lebensbetrachtung zuneigte. Ohne Zweifel hatte er sich erholt, seine Farbe war besser, seine Haltung ebenfalls, aber er war hagerer denn je und behauptete, in diesem Nest nicht schlafen zu können, obgleich sein Zimmer, das verstand sich von selbst, das geräumigste und ruhigste des Hauses war. Er fand hier alles reichlich unbequem, rückständig und zudem lächerlich, und doch war es allen Familienmitgliedern deutlich, daß es ihm gefiel und er sich den Umständen nach wohlfühlte.

Die Kinder waren nach dem Frühstück auf und davon, sie mußten sofort in diesen unvergleichlichen Sommermorgen hinaus, als wäre jede Minute, die ihre unruhigen Füße noch unter dem häuslichen Tisch verbrachten, ein Raub an ihrer Jugend und der unwiederbringlichen Ferienfreiheit.

Als die Eltern allein geblieben waren, stellte Frau Kanther die Tassen zusammen und streute den Vögeln die übriggebliebenen Krumen hin; denn der Konsul hatte nach seiner Gewohnheit wieder das Innere aus den Semmeln herausgenommen und liegenlassen.

»Wie schmecken dir die Brötchen, Hermann?«

»Na, es geht, ein bißchen schwammig. Sag nur Johanna, sie soll sich braunere geben lassen.«

Frau Kanther kehrte zurück zu dem Gedankengang, der sie vorher bewegt hatte. Er hing zusammen mit dem Kanonendonner und der nahen Garnison, in der es schwere Artillerie und ein Bataillon Infanterie gab. Doris hatte ihr schon am ersten Tage hier damit in den Ohren gelegen, und sie sah ein, daß sie die Sache für ihre Töchter durchfechten mußte. Dieser friedliche Morgen war die geeignete Stunde dafür.

»Ich hoffe, die Mädchen werden es hier ein bißchen nett haben«, sagte sie.

»Nett haben? Können sie es denn noch netter haben, als fünf Wochen an der See zu sein? Sie haben doch sowieso nichts als Vergnügen.«

»Ja, aber sie brauchen auch etwas passenden Umgang. Daran fehlt es mir für sie in der Stadt immer. Besonders Anne schließt sich so schwer an, und ich glaube, hier gibt es ein paar Familien mit Töchtern.«

»Was für Familien? Darauf kommt es doch noch sehr an.«

Aber darauf ging Frau Kanther nicht ein. »Ich bin auch dafür, daß die beiden hier ein bißchen tanzen. Die Réunions von Neuenort waren immer besonders nett, sie haben einen ganz anderen Zuschnitt als die in den anderen Seebädern, intimer und solider, das war schon zu meiner Zeit so. Die Badeverwaltung hat den Zutritt beschränkt auf die Kurgäste – und die Offiziere natürlich.«

»Ach so, die Offiziere«, sagte der Konsul mit Nachdruck, und Frau Kanther wußte genau, was das heißen sollte. Sie hatte es erwartet, es konnte nicht ausbleiben.

Das war der heikle Punkt, um den es ging und den zu überwinden sie entschlossen war: der Papa wollte nicht, daß seine Töchter mit Offizieren tanzten.

Er hatte eine entschiedene Abneigung gegen den bunten Rock, warum, war nicht klar, sie saß tief in ihm und schrieb sich vielleicht aus jener Zeit in jungen Jahren her, da es ihm seines Herzens wegen selber nicht vergönnt gewesen war, ihn zu tragen. Nun war etwas daraus geworden wie Bürgerstolz vor Königsthronen, er sah in der Uniform eine Fassade mit nicht viel dahinter, Schein und Trug, sozusagen das Kleid des Dünkels. Was in aller Welt waren diese jungen Herren wert, die sich ein Stück Glas ins Auge klemmten und mit der Stimme schnarrten? Nach seiner Meinung hatten sie nichts gelernt, verstanden nur vortrefflich Schulden zu machen und kamen sich vor wie der liebe Gott. Aber solchen jungen Dingern imponierte das natürlich.

»Ja«, sagte Frau Kanther, »natürlich kommen die jungen Offiziere zu den Réunions herüber.« Sie dachte: Wie sollen unsere Töchter zu einem Mann kommen, wenn man ihnen keine Gelegenheit dazu gibt? Und wenn es nun schon ein Offizier ist – es gibt ja vielleicht auch mal einen mit Geld –, so wäre das auch kein Unglück.

Aber das sagte sie nicht, es wäre höchst undiplomatisch gewesen. Sie sagte etwas genau Entgegengesetztes: »Man muß ja nicht gleich ans Heiraten denken, aber Jugend will tanzen und sich amüsieren. Das war früher so und ist heute nicht anders. Und dazu sind Offiziere bestimmt ganz ausgezeichnet zu gebrauchen.«

Doch der Konsul antwortete nicht darauf, sondern auf den geheimen Gedanken, den er wohl spürte, weil er in der Luft lag: »Es fehlt ja noch, daß eine von den beiden mit einem Leutnant ankäme! Dabei verbietet es sich sowieso. Aber diese jungen Dächse denken natürlich: Was eine Kaufmannstochter ist, die hat auch Geld! Darum handelt es sich doch in erster Linie. Ich will nicht, daß unsere Töchter sich womöglich einen Leutnant in den Kopf setzen. Nachher ist das

Unglück da. Es muß ihnen von vornherein klargemacht werden, daß das gar nicht in Frage kommt.«

»Aber, Hermann«, sagte Frau Kanther besänftigend, »das wissen sie doch. Doris hat neulich noch gesagt: Leutnants sind für uns ja doch bloß zum Amüsieren.«

»So, und wenn mal einer ernstlich Feuer fängt? Das soll es schon gegeben haben.«

Frau Kanther bemerkte mit freundlicher Ironie, sie konnte die auch manchmal haben, es war eine ihrer feinen, geschickten Waffen: »Weißt du was? Wir hängen Doris und Anne ein Schild um: ›Achtung, armes Mädchen!‹«

Der Konsul, der zwischendurch immer wieder versucht hatte zu lesen, nahm endgültig die Zeitung hoch. »Also tu, was du willst! Aber ich will hier keine Aufregungen haben um Leutnantsgeschichten. Und wie steht es außerdem mit dem Anschluß? Du wirst wohl nicht erwarten, daß ich mit meinen Töchtern zur Réunion gehe. Schließlich aber ist so ein Tanzabend eine öffentliche Veranstaltung, die junge Mädchen nur unter geeignetem Schutz besuchen können.«

»Ach«, sagte Frau Kanther hoffnungsvoll, »ich bin überzeugt, daß sich hier ein nettes Ehepaar oder doch eine verheiratete Frau finden wird, der man die beiden anvertrauen kann.«

Indessen waren die Kanthermädchen nach dem Damenbad aufgebrochen, sie benutzten dazu einen Schleichweg, den Anne entdeckt hatte, er durchquerte zwar ein Grundstück und war vielleicht verboten, aber das machte nichts, er führte am schnellsten zum Strand.

Anne hatte Neuenort schon in ihrem Herzen erobert, diesen verwunschenen Ort, der sich seit jenem kahlen Frühlingssonntag so völlig verändert hatte. Es war ein grünes, blühendes Land zwischen zwei Wassern, vom Haff her stieg der Weg zur Höhe auf, man hatte einen weiten Blick von dort, und die Bäume rauschten im Wind; aber es waren durchaus keine Linden, die den Bahnhofsweg begleiteten, sondern Ebereschen, Ahornbäume und ein paar sturmverbogene Pappeln; es konnten wohl auch damals keine Linden gewesen sein, als die Mädchen Agathe und Clara auf dem Trittbrett der Journaliere zu stehen pflegten. Es war offensichtlich, daß die Mama von ihren teuersten Erinnerungen betrogen wurde.

Oder sollte es so sein, daß die Menschen die Bäume überlebt hatten und seitdem schon wieder neue gepflanzt worden waren? Niemals noch hatte man so etwas gehört. Aber Anne war sich durchaus nicht sicher, wie es damit stand. Und wie schon oft empfand sie es als beschämend, ein Stadtkind zu sein, das die einfachsten Dinge nicht wußte. In der Schule brachten sie einem die auch nicht bei, dort wurden Blüten zerzupft und Staubfäden gezählt oder auch chemische Formeln gepaukt, es war unmenschlich langweilig . . .

Die See war glänzend und zartblau, von keinem Hauch bewegt; ganz weit hinten, vor dem unendlich fernen Horizont entlang, zog sich ein dünner weißer Streifen hin. Man mußte an der See zu Hause sein, dann kannte man dieses Zeichen. Es bedeutete Hitze, Windstille, anhaltend schönes Wetter.

Doris hatte schon mit einer der Badefrauen Freundschaft geschlossen. Das war Frau Bobehn, die einem Geschlecht von Badefrauen entstammte — die Mutter und die Großmutter hatten bereits Badende bedient, und ihre älteste Tochter ging ihr zur Hand. Doris wußte schon alles. Es war immer so, daß sie mit den Menschen rasch bekannt wurde, und wenn es nun noch darum ging, sich einen Vorteil zu sichern, dann konnte sie ihre ganze Liebenswürdigkeit aufbieten. Man mußte sich mit der Badefrau gut stellen, damit man eher drankam und nicht allzulange auf die Bude zum Ausziehen zu warten hatte. Denn es war ja immer alles sehr besetzt. Dies stille Neuenort hatte ein höchst bewegtes Badeleben. All die Häuser mit Türmchen in den verschwiegenen Gärten ließen jeden Morgen eine ungeahnte Fülle ins Damenbad strömen, Frauen und Kinder — große und kleine Kinder in Menge —, es war ein buntes, lärmendes Gewoge am Strand und im Wasser — Rufe, Gelächter, Gespritze und Geplansche, dazu angstvolles Geschrei.

Doris hatte auch sonst schon Bekanntschaften gemacht. Da war Dorothea v. Wedell, eine Kusine jener Charlotte v. Knebel, die Tochter eines pensionierten Obersten; es gab ferner zwei Fräulein Bosse und Irmgard v. Schlein, gleichfalls Offizierstöchter, schließlich Frau Major König, eine sehr umfangreiche Dame in quergestreiftem Trikot mit einer lauten Stimme. Mit Fräulein v. Wedell war man schon aus der Stadt her, zum mindesten vom Sehen, bekannt gewesen, und so machte sich auch das übrige ohne Schwierigkeiten. Es lag auch daran, daß diese neuen Bekannten samt und sonders Offiziersfamilien angehörten, da war ja alles miteinander verwandt und verschwägert wie in einer großen Sippe, und eine Beziehung ergab die andere.

Doris fühlte sich in ihrem Element in diesem Kreise, obwohl sie sich aus Mädchen im allgemeinen nicht sehr viel machte. Aber im Damenbad gab es keine andere Möglichkeit, und ihr munteres

Wesen verlangte nach Anschluß und Austausch. Und wenn sie und Anne auch die einzigen Kaufmannstöchter waren, so zeigten sich doch bald gemeinsame Interessen, denn junge Mädchen waren eben junge Mädchen mit den gleichen Hoffnungen und Wünschen. Die Aussichten, die Neuenort zu bieten hatte – Ausflüge, Réunions, vielleicht eine Tennispartie –, standen im Vordergrund. Man saß und lag miteinander am Strand und ging gemeinsam ins Wasser, lachte und tobte herum, lief heraus und wieder hinein, bis Frau Bobehn drohend mit den Bademänteln dastand.

Anne freilich – ach, mit Anne war es wie immer, sie hielt sich zurück, sie ging ihre eigenen Wege.

Anne schlenderte müßig am Strand dahin in ihrem kurzen schwarzen Badeanzug, sie spürte den heißen Sand unter ihren nackten Sohlen und die Luft, die himmlische Luft, an ihrem Körper. Aber das Badegelände war abgegrenzt, ein Drahtzaun zu beiden Seiten – weiter ging es nicht, und doch war in ihr das Verlangen, so wie sie war, leicht und frei über den Sand hin, am Wasser entlang davonzugehen, weiter und weiter in die flimmernde Ferne hinein, dort hinten, wo der Bogen der Küste sich rundete, ein verlorener Punkt zu sein in der Unendlichkeit.

Sie setzte sich in den Sand und schob die Beine von sich, sie saß in der brennenden Sonne und sah über die See hinweg. Ganz fern im Blau strich ein Segel dahin, es trieb davon ins Nichts wie Flügel der Sehnsucht. Anne zog die Augen zusammen in der blendenden Helle und sann in die rätselhafte Verlockung hinaus.

Endlich stand sie auf und ging ins Wasser, Schritt für Schritt über den Sandgrund, den durch die kristallene Klarheit noch die Sonne erreichte. Er lag sanft gewellt, ihre Füße rührten leicht an diese zarten Stufen der See. Ein Rudel winziger Fischchen kreuzte ihren Weg und stob erschreckt und blitzschnell davon. Sie kam immer tiefer hinein in die wunderbare Kühle, die sie erschauern ließ. Erst als ihr das Wasser bis zur Brust reichte, warf sie sich vor und schwamm, sie drückte den Kopf hinab und schwamm unter den Badetauen weg dorthin, wo kein Mensch mehr war und nur noch die freie See.

O um die Lust des Schwimmens, nichts war ihr vergleichbar, sie war stärker als alles, sie löschte das Denken aus; es blieb alles zurück, schrumpfte zusammen und verging, was bis dahin gegolten hatte. Schwimmen, hinaus in die See, das war die große Befreiung – es war, als hörte man auf, ein Mensch zu sein, man wurde ein Teil des Wassers, durch das dieser glatte, lange Fischleib so mühelos dahinglitt, getragen von der Tiefe. Unermeßlich schien es unter ihr und war doch klar, glasklar und grün, nicht fremd und unheimlich, sondern freund und vertraut, die geliebte See. Anne warf und wühlte sich ganz hinein wie in einen wunderbaren Pfühl, sie kam wieder hoch und schwamm mit leichten, plätschernden Bewegungen weiter, ihre Hände trieben vor ihr her an der Oberfläche ein zärtliches Spiel, indes die Füße das Wasser hinter sich wegschoben.

Man konnte sich auf den Rücken legen, die Arme flach ausgestreckt, und konnte so liegenbleiben; ganz sachte wiegte einen die See zur Ruhe; man lag hier draußen, verloren und verschollen, das Leben war weit entfernt, hoch oben stand der Himmel in durchsichtigem Blau.

Anne wandte den Kopf zur Seite und sah wie ein Traumbild weit hinten den Küstenbogen auf dem Wasser ruhen, es war die Linie, die das Land in die Ferne zog. Dann schwamm sie weiter hinaus, sie dachte nicht darüber nach, wie lange sie wohl schon unterwegs war und wie weit fort. Es gab keine Zeit und Bindung mehr.

Da wurde sie zwei Vögel gewahr, die vor ihr dahinzogen, es waren keine Möwen, nein, gewiß nicht; sie waren weiß mit grauen Flügeln und hatten lange, spitze Schnäbel, es waren Seevögel von einer Sorte, die Anne nicht kannte. Sie waren ein Stück voraus, Anne mußte versuchen, sie zu erreichen, und legte sich stärker in Fahrt. Sie kam näher heran, aber die Vögel wandten ruckhaft die Köpfe und schienen zu entfliehen, sie flogen nicht auf, sondern glitten nur schneller über das Wasser davon. Anne schwamm und schwamm, es trieb sie unaufhaltsam weiter und weiter hinaus, sie hatte keine Gedanken mehr. Diese fremden Vögel, sie mußte ihnen nach! Sie waren plötzlich verschwunden und tauchten wieder auf, ihre Köpfe zuckten herum, wie an Fäden gezogen, sie waren nah und wieder ferner, sie trieben in die Weite, die kein Ende hatte.

Es konnte sein, daß es verwunschene Seelen waren, Geister des Wassers, die die Schwimmer verlockten und mit sich zogen. Wer ihnen folgte, war ihnen verfallen und trieb ohne Wiederkehr hinaus in die See.

Auf einmal vernahm Anne einen heulenden Ton, er kam fernher, aber sie hörte ihn doch. Das war das Warnungssignal des Damenbades. Es hieß: Umkehren! Es war natürlich verboten, hinauszuschwimmen. Es wurde ihr nicht gegönnt. Wenn sie nicht umkehrte, kostete es Strafe.

Sie sah auf, die Vögel waren fort, die Ferne hatte sie verschlungen, und der Spuk war zu Ende. Sie wandte sich um und sah nun vor sich, unendlich weit, den Strand und das Damenbad, wie Ameisen wimmelte es dort durcheinander, winzigklein und lächerlich.

Sie schwamm langsam, mit ausholenden, ruhigen Stößen zurück, sie war nicht müde oder außer Atem, o nein, durchaus nicht, doch nun war es nicht mehr so schön. Es ging auch nicht mehr wie von selber, man mußte Willen und Kraft einsetzen. Bei stiller See, hieß es, trieb die Meeresströmung vom Lande ab. Aber Anne wußte es besser: das war nur so, weil die Freiheit zu Ende war. Sie hatte nicht mehr die Weite vor sich her. Irgendwo hatte sie das einmal gelesen: »Leicht ist die Fahrt hinaus, mühselig und leidvoll die Umkehr.«

Einmal machte sie halt und stand langgestreckt über der Tiefe, die Fußspitzen abwärtsgedrückt, es war nur nötig, dazu die Hände an der Oberfläche gleitend zu bewegen. Wie groß, dachte sie, ist der Raum, der mir gehört! Ich möchte jetzt dort am Strand sein und doch zugleich mich hier draußen sehen können, weit und frei und allein, mitten in der See . . .

Der Strand wuchs heran, und alles, was darauf stand und sich bewegte, wurde wieder groß und wirklich. Das Geschöpf des Meeres, lang und braun, im knappen schwarzen Badetrikot, stieg mit schweren Gliedern ans Land. Anne zog die Gummikappe herunter und warf sie in den Sand.

Die gute Frau Bobehn schimpfte: »Na, warten Sie man, Fräuleinchen! Ich wer' kommen dem Papa sagen. Der muß ein paar aufzählen!«

Anne lachte. »Nicht den Bademantel, Frau Bobehn. Die Sonne soll mich trocknen.«

Frau Major König sagte zu Doris: »Ihre kleine Schwester ist ja ein Mordsmädel. Das sieht man ihr gar nicht an. Sie ist doch so still wie ein braves Kind. Aber Sie müßten das nicht erlauben, Fräulein Kanther. So ein Leichtsinn.«

»Ach, gnädige Frau«, sagte Doris gleichmütig, »glauben Sie, daß meine Schwester sich von mir was sagen läßt? Nein, das ist bei uns nicht üblich, das versuche ich erst gar nicht. Mein Vater natürlich . . . aber der braucht das nicht zu erfahren. – Komm her, Anne!« rief sie und reichte ihr aus der Tasche ihres Bademantels ein eingewickeltes Frühstücksbrot.

Anne lag lang und aß und ließ sich trocknen, die Sonne brannte ihr ordentlich auf ihr nasses Fell, sie war ein wenig benommen und ein klein wenig taub, aber dabei so erfrischt und zugleich wohltuend müde.

Was war es nur mit diesen seltsamen Vögeln gewesen?

Erst nach einer Weile begriff sie, daß es zwischen Doris, der Frau Major König mit dem mächtigen gestreiften Busen und Fräulein v. Wedell, dieser großen, sympathischen Blondine, über den ersten Tanzabend am folgenden Sonnabend herging.

»Kinder«, sagte Frau König, »natürlich nehme ich euch alle unter meine Fittiche. Ihr drei hier, Bosses und die kleine Schlein. An Herren soll es wohl nicht fehlen. Da kommt von drüben die halbe Garnison. Ihr werdet sehen, es wird ein großartiger Sommer.« Sie schlug Anne mit der flachen Hand ein paarmal sanft auf den braunen Rücken. »Was haben Sie bloß für schöne Beine, kleines Mädchen! O Gott, wenn ich die doch hätte! Sie müssen gut tanzen können, Fräulein Kanther.«

Anne lachte. »Na, es geht. Ich habe noch nicht sehr viel getanzt.«

Dabei dachte sie unruhig, fast ein wenig bange: Ach, die Réunions! Was soll das werden? Lauter fremde Menschen auf einem Haufen, gewiß eine steife und förmliche Sache. Und Leutnants noch dazu! Worüber – in aller Welt – kann man wohl mit Leutnants reden?

Es galt, einen Schritt in die Welt zu tun, und die war fremd und erregend und vielleicht sogar feindlich, sehr ungleich war sie jenen stillen, wunderbaren Bereichen, in denen man ungehindert wandeln konnte, die ohne Grenzen waren und dem, der sie sich schuf, allein gehörten.

Anne dachte an den fremden Fürsten, sie sah ihn in hundert Träumen auf fernen Wegen in jenem Land ohne Wirklichkeit, immer waren Bild und Umrisse seiner Gestalt ihr deutlich sichtbar, doch sein Gesicht konnte sie nicht mehr erkennen; es war nur jenen Abend über gegenwärtig gewesen, am nächsten Morgen war es schon zerronnen. Nun lag die Begegnung einige Wochen zurück, sie fand die geliebten und vertrauten Züge nicht mehr wieder, es war nicht möglich, sie aus der Tiefe der Erinnerung heraufzuholen, so sehr sie sich darum bemühte. Jedes gleichgültigen Menschen Gesicht konnte sie sich nach Belieben vor Augen stellen, nur dieses eine nicht, nach dem ihr Herz so heiß verlangte. Das Letzte und Höchste versagte der Traum.

Und nun war da die Wirklichkeit, sie war klar und hart und ganz ohne Zauber und stellte allerhand lästige Forderungen. Es gab so viele Formen zu beachten, wenn man unter fremde Menschen kam, und Worte wurden gemacht, unzählige, müßige Worte, die das, was man empfand und dachte, zu verhüllen suchten. Nein, Anne fand das alles nicht so einfach und heiter wie Doris, die mit sorgloser Freude und großen Erwartungen der ersten Réunion entgegensah, nachdem es gelungen war, den Widerstand des Vaters auch betreffs der Offizierskreise, in die seine Töchter unverschuldet geraten waren, für diesmal zu überwinden.

Sie hatten einmal Fräulein v. Wedell nach Hause mitgebracht, und der Konsul hatte sich mit dem wohlerzogenen Mädchen, das schon um die Mitte der Zwanzig und von einer ruhigen Liebenswürdigkeit war, bestens unterhalten.

»Eine sehr anziehende junge Dame«, hatte er sich nachher geäußert. »Von der könnt ihr manches lernen. Man merkt sofort, daß sie aus einer ganz ausgezeichneten Familie ist. Ich kenne auch den alten Oberst von der Straße her ... Die Wedells übrigens waren allezeit Stützen des Thrones.«

Frau Kanther hatte ihrerseits auch noch die Bekanntschaft der Frau Major König gemacht, die ihr auf dem Heimweg durch die Lindenallee ein Loblied auf ihre Töchter sang. Sie äußerte ihre Verwunderung darüber, daß die Frau Konsul diese reizenden Mädchen nicht selber tanzen sehen würde.

»Aber ich kann mir schon denken, der Herr Gemahl ... Die älteren Herren mögen das immer nicht mehr. Und dann wollen sie am Abend nicht allein sitzen. Der Herr Oberst v. Wedell geht auch nicht hin. Und wenn ich an meinen Mann denke ... Na, gnädige Frau, den sollten Sie mal reden hören. Der sagt in solchem Fall: Laßt mich bloß in Ruhe! An der Plage habe ich im Winter schon genug! Es ist ein wahres Glück, daß er nicht hier ist. Er wäre imstande, mir das ganze Vergnügen zu verderben. Und überhaupt – ich muß ja auch mal meine Erholung haben.«

Frau Major König trug einen Waschsüdwester und ein weißes Leinenkleid mit breiten Einsätzen, die Stäbe ihres hohen Korsetts markierten sich unterhalb der Schulterblätter. Und dabei bewegte sie sich behend und leidenschaftlich.

»Wenn ich Töchter hätte – aber ich habe leider bloß Jungen, fünf entsetzliche Rangen ... Ich bin Ihnen richtig dankbar, gnädige Frau, daß Sie mir Ihre beiden mitgeben. Es macht mir so viel Spaß, ich habe ja ein ganzes Bukett von jungen Damen unter meiner Obhut. Frau v. Wedell hat mich auch gebeten. Offen gesagt, Dorothea ist ja aus den jüngsten Jahren heraus, sie ist bereits acht Winter ausgegangen und hat genügend Sicherheit, sie könnte wohl auch ohne Ehrendame auskommen. Hier im Badeort nimmt man es sowieso nicht so genau. Aber der Oberst denkt da sehr streng.«

»Ganz wie mein Mann«, erwiderte Frau Kanther.

»Natürlich haben die Herren auch ganz recht«, ereiferte sich Frau König. »Was sollte wohl daraus werden, wenn junge Mädchen anfingen, allein auf Bälle zu gehen? Im letzten Winter sind die beiden Ehrenbergs einmal ohne Schutz zu einem der Kasinokränzchen erschienen, es gab beinahe einen Skandal, gnädige Frau... Also wirklich, für mich ist es ein Vergnügen, ich tanze auch selber immer noch gern.«

Frau Kanther fand, daß Frau Major König eine ausgezeichnete Frau war, sie war voll Saft und Urwüchsigkeit und gab eigentlich eine merkwürdige Offiziersfrau ab. Vielleicht stammte sie aus Bayern, wo die Menschen derb und herzhaft waren, man konnte sich gut vorstellen, daß sie etwa in einer Bierbrauerfamilie zu Hause war.

Wie war es nun aber mit der Toilettenfrage bestellt? Ach, die war keineswegs so einfach zu lösen. Denn die Kanthermädchen besaßen nicht sehr viele Kleider, die meisten von ihnen waren ältere Jahrgänge, es gab nicht etwa jeden Sommer ein neues. Doris bekam ja ihr monatliches Nadelgeld und konnte nach Belieben wirtschaften, aber es stellte sich heraus, daß sie niemals damit reichte, es war zu vieles, was man brauchte. Anne wurde von der Mutter eingekleidet, und da hieß es wie immer, daß gespart werden müsse. Anne besaß das gute rosa und noch ein leidliches weißes Stickereikleid, die übrigen waren alte Fahnen und Backfischkleider, zum Teil ausgewachsen, künstlich verlängert, verwaschen und vertragen.

»Es kommt nur darauf an«, meinte Doris, »daß man nicht jedesmal dasselbe anhat.«

Man konnte nicht wissen, was für eine Kleiderpracht die anderen Mädchen entfalten würden. Offizierstöchter, die so viel ausgingen, pflegten gut ausgestattet zu sein, auch wenn meistens nicht viel dahinter war. »Ein glänzendes Elend«, pflegte der Papa zu sagen.

»Wedells haben sicher nichts, sonst hätte wohl Dorothea längst einen Mann, und die Bosses sehen mir auch nicht danach aus. Aber bei uns vermuten sie natürlich einen Sack voll Geld. Edith Bosse hat mich schon gefragt, ob wir unsere Kostüme bei Madson arbeiten ließen.«

»Und da hast du ihr geantwortet: ›Ja, natürlich!‹« erkundigte sich Anne.

»I wo«, sagte Doris lachend, »ich habe gesagt, wir bezögen alles aus Berlin. Und das hat sie geglaubt.«

Hauptmann Henningshaus war mit dem Krümperwagen gekommen und hatte die jüngsten Kameraden darauf mitgebracht. Sie waren alle in Zivil, gut ein halbes Dutzend ritterlicher Knaben, die über den sonnenverbrannten Gesichtern leuchtendweiße Stirnen hatten.

Die Herren von der schweren Artillerie waren schon da, sie hatten den Zug benutzt und hielten nun einen runden Tisch in der Ecke der Veranda besetzt, jeder mit einem Glas Bier vor sich. Es gab eine gemessene Begrüßung, ehe man sich an dem Tisch auf der anderen Seite niederließ.

»Seht die Fußbomber«, sagte der kleine Wagner zu Leutnant Holten, »wie sie das Feuer ihrer Seelen löschen.«

»Schweig still, vorwitziger Knabe«, gab der andere halblaut zurück, »laß das den Chef nicht hören. Du wirst sehen, es gibt heute eine scharfe Konkurrenz. Ich bin wirklich gespannt, was Neuenort dies Jahr für Mädchen hat.«

Hauptmann Henningshaus umfaßte seine Runde mit einem lächelnden Blick. »Sie sehen aus, meine Herren, als ob Sie zu großen Taten bereit sind. Das ist recht: ran an den Feind!«

Drin im Saal wurden die Instrumente gestimmt, auch die Kapelle, fünf Mann stark, wurde von den Musikkorps der Garnison geliefert; einmal kam das Infanteriebataillon an die Reihe und das andere Mal die Artilleristen, denn Neuenort besaß keine Kurkapelle.

Hier auf der Veranda des Kurhauses konnte man die ankommenden Gäste in Augenschein nehmen. »Es führt kein anderer Weg nach Küßnacht«, zitierte Leutnant Wagner, »sie müssen alle an uns vorbei.«

Von halb neun an begann es durch die Glastür zu strömen, in einem Vorraum neben dem Saal wurde abgelegt, und dort war auch der große Spiegel, der Bild um Bild aufnahm und wiedergab, all die zarten Kinder des Sommers und ihre prüfenden Blicke, die voll Wohlgefallen waren, voll froher Erwartung oder voll Bangigkeit.

Frau Major König kam mit ihren Schützlingen, sie waren so festlich gekleidet und so wohlfrisiert, einige hatten nur ein leichtes Tuch über das Haar gebunden und andere nicht einmal das, sie trugen der Wärme wegen die Mäntel über dem Arm.

Henningshaus begrüßte Frau Major König, deren Mann lange Jahre sein Regimentskamerad gewesen war, und auch Dorothea v. Wedell – ach, natürlich kannte sie ihn wie so ziemlich alle Offiziere der Stadt und der umliegenden Garnisonen bis auf den allerjüngsten Jahrgang vielleicht. Sie hatte mit Henningshaus schon einige Winter hindurch getanzt, und im Sommer traf man sich hier in Neuenort wieder.

Die beiden Tische waren in Bewegung geraten, es gab eine allgemeine Begrüßung und Vorstellung, ein Hackenpaar nach dem anderen klappte vor all den festlichen Sommerkleidern.

»Was ist das für ein Mädchen?« fragte Leutnant Holten leise den Kameraden. »Die Blonde in Hellblau ... Donnerwetter!«

»Keine Ahnung.«

Doris Kanther mit ihrer leuchtenden Haut und den frohen Augen, das schöne Haar bauschig über der Stirn frisiert, wußte im Augenblick, daß sie den Abend und somit das ganze Leben gewonnen hatte.

Anne daneben erschien schmal und herb, ach, sie fand wieder, daß sie neben Doris nicht bestehen konnte. Sie trug ihr Haar wie immer mit dem kurzen Scheitel und dem tiefen Knoten, es lag glatt und schlicht, es war überhaupt keine Ballfrisur. Und dazu war sie so braungebrannt, die weiße Korallenkette hob sich ordentlich ab von der dunklen Haut im Halsausschnitt des rosa Kleides. »Ein Negerschmuck«, hatte Doris gesagt, »das kommt davon, daß du immer ohne Sonnenschirm gehst.«

Nein, es sah wahrscheinlich nicht sehr schön aus in der Abendbeleuchtung, es würde nichts sein mit ihr, niemand würde sie beachten. Und dabei hatte sie sich zuguterletzt doch auch auf diese erste Réunion gefreut, halb in Spannung und halb in Furcht; es war so neu und geheimnisvoll, es konnte ja immerhin sein, daß es etwas zu erleben gab.

Mit den Klängen des ersten Walzers, die drin im Saal anhuben, ging eine schwingende Erregung durch das festliche Haus, sie wehte wie Sommerwind verlockend und betörend durch die offenen Türen, ein sanfter Rausch erfaßte all die jungen Herzen und ließ die Hacken von neuem und in deutlicher Absicht vor den vielen blumenhaften Geschöpfen zusammenklappen.

Leutnant Holten verbeugte sich vor Doris Kanther. Er sah ihr dabei tief in die Augen. »Darf ich bitten, mein gnädiges Fräulein?« sagte er. Es ging Doris durch und durch, und damit war es geschehen.

Immer war es so, daß es im Sturm über sie kam.

Der junge Mann war groß und gut aussehend, er hatte lebhafte dunkle Augen und einen schönen Mund; als er den Arm um sie legte, sah sie lächelnd ins Weite, und dann führte der Tanz sie beide fort in jenes Land der beschwingten Seligkeiten.

Wie schön ist Neuenort, dachte Doris. Es ist der schönste Ort der Welt. Wie wunderbar ist dieser Sommer!

»Mein gnädiges Fräulein«, sagte Leutnant Holten bei der zweiten Runde, »darf ich um die Quadrille bitten?«

Frau Major König in einem leuchtendblauen Kleide saß in einer Ecke neben einem Palmkübel und schaute zu. Der ganze Saal war in Bewegung, all ihre Balltöchter waren mit den ersten Takten in dieses gleitende Gewoge entführt worden, und sie war befriedigt. Nein, es saß kein einziges junges Mädchen, nur ein paar Ballmütter wie sie waren an den Wänden zurückgeblieben, sonst waren die Stühle leer, die übrigen alten Herrschaften saßen in der Veranda an den Tischen bei einem Schoppen Bier oder einem Glas Bowle. Frau König hätte selber für ihr Leben gern getanzt, aber sie vergaß nicht, daß sie eine ältere Frau war und sehr dick, sie hatte sich damit abgefunden. Vielleicht würde nachher der eine oder andere der Offiziere sie doch noch auffordern, aber das war nicht so wichtig, vor allen Dingen sollten erstmal die jungen Mädchen zu ihrem Recht kommen.

Frau Major König sah Annemarie Kanther im Arm eines der Artilleristen; es war ein sehr ordentlicher Junge, den sie kannte, ein bißchen schüchtern vielleicht, und diese kleine Anne hielt den Kopf geneigt und hatte ein ernstes und gesammeltes Gesicht.

Dann kam Henningshaus aus der Veranda in den Saal, er blieb in der Tür stehen und blickte ohne sonderliche Anteilnahme in das bunte Bild; er stand da in einsamer Größe in seinem dunklen gutgeschnittenen Anzug, das hagere Gesicht unter dünnem blondem Haar war von vielen Falten gezeichnet, sein Einglas blinkte. Henningshaus markiert den ›Mann im Mond‹, dachte Frau König. »Allein und fremd, an eine Säule gelehnt . . .«

Aber dann schien es, als ob er jemanden suche. Vielleicht kommt er mich holen, dachte Frau König weiter in freudiger Bewegung, als sie ihn den Türpfosten verlassen sah. Doch nein, er nahm Dorothea v. Wedell mit einer spöttischen kleinen Verbeugung aus dem Arm eines Kameraden, der sie gerade an ihren Platz geführt hatte. »Hier gibt es keine Schonung«, sagte er.

Frau König fand, daß die beiden ein gutes Paar machten; Henningshaus war in der Nachlässigkeit seiner Haltung ein eleganter Mann und Dorothea v. Wedell immer noch ein schönes Mädchen, von jener schlichten Vornehmheit, die man nicht nachahmen konnte und um die Frau König sie ehrlich beneidete.

Ja, sie paßten zusammen, auch schon des Alters wegen hätte es gut gestimmt; aber das war ja eine aussichtslose Sache, kein Geld, und Henningshaus überhaupt — er war immer ein ausgezeichneter Kamerad unter Männern gewesen, eine Art guter Freund, doch nie kam man dahinter, was es eigentlich mit ihm war.

Dorothea wußte es auch nicht, aber vielleicht hatte sie auch noch nie darüber nachgedacht. Sie fühlte sich fest gehalten und sicher geführt, von jeher war es gut gewesen, mit Henningshaus zu tanzen. Er war ein alter Bekannter, es konnte nicht auf einmal ein Erlebnis bedeuten, mit ihm zu tanzen, und doch geschah es ihr, daß dieser erste Walzer auf der ersten Réunion von Neuenort ihr ein wenig den Atem benahm. Dabei glitten sie in schöner Gleichmäßigkeit inmitten der anderen Tanzenden dahin; es war ein alter vertrauter Straußwalzer, und Henningshaus hielt sie nicht enger als sonst. Aber vielleicht war es, daß Dorothea diesem Abend mit sonderbar ungeordneten Empfindungen entgegengesehen hatte, sie, eine wohlerzogene junge Dame von königlicher Haltung mit den langjährigen Erfahrungen des Gesellschaftslebens. Es mochte sein, daß da eine Leere war, die gefüllt zu werden verlangte — Jahr um Jahr verging, und nichts weiter kam, die Aussichten wurden geringer, und die Hoffnung schwand dahin; sie war ein armes Mädchen mit einem alten Namen und mit Ansprüchen, von denen um eben dieses Namens willen keiner zurückzustellen war.

Henningshaus pflegte während des Tanzes in seiner trockenen Manier eine Art Unterhaltung zu führen. Er fragte nach ihren Eltern, und dann, während sie den Saal zum dritten Mal umrundeten, erzählte er etwas von seinem Pferde; doch das geschah alles nebenher und war ihm selbst anscheinend völlig unwichtig. Dorothea fühlte die Wärme und die Festigkeit seines Armes, aber sein Gesicht war kühl und wie unbeteiligt, und ganz tief im Grunde ihres sonst so ruhigen Herzens spürte sie eine leise Traurigkeit.

Es geschah in dem gleichen Ton von liebenswürdiger Gleichgültigkeit, daß er nach ihrer Schwester fragte: »Wie geht es Frau v. Ohrt?«

Und nun schien es Dorothea v. Wedell, als habe sie während des ganzen Tanzes auf diese Frage gewartet, ja, sie hatte kommen müssen, immer war es so, daß man sie über ihre eigene Person hinweg nach ihrer jüngeren Schwester Liselotte fragte. Sie sah Henningshaus an, die scharfen Falten machten sein Gesicht herb und hart, er war ein älterer Mann, der sich wahrscheinlich nichts mehr aus solcher jugendlichen Veranstaltung machte. Es konnte sein, daß er sie nur um dieser Frage willen zum Tanz geholt hatte.

»Liselotte ist bei Freunden in der Uckermark«, antwortete das Mädchen gehorsam. »Mein Vater will, daß sie noch herkommt. Doch das ist unbestimmt!«

Sie hatte im Augenblick beschlossen, ihm das andere, um das es sich bei Liselotte handelte, nicht zu sagen. Man sprach darüber besser nicht. Und wahrscheinlich war es gerade das, was er wissen wollte. Aber man konnte Henningshaus nie etwas ansehen.

Der Walzer verklang, und er steuerte seine Dame mit einer einzigen rasch gezogenen Schleife bis hin zu den Stühlen neben dem Palmenkübel, wo sich die Mädchen des Königschen Kreises wie in einem Nest zusammenfanden.

Er stand neben Dorotheas Platz und führte eine paar Minuten lang etwas, das er nach alter Gewohnheit ein »Ballgeflüster« zu nennen pflegte. Doch dabei betrachtete er unausgesetzt ein junges Geschöpf in einem rosa Kleid, braungebrannt, mit klaren grauen Augen, das in seiner Nähe stehengeblieben war und ihn unsagbar liebreizend dünkte.

Als die wackeren Geigen neben dem leichtverstimmten Piano am anderen Ende des Saales von neuem ihre Stimmen erhoben und all die Stühle wie von einem Wind überweht wieder leer wurden, setzte er sich neben Frau Major König und schlug die langen Beine übereinander.

»Was eine Arbeit, Mama König, all die Küken zu hüten! Brennt Ihnen keins durch?«

Sie sah ihn lustig an. »Ich will doch nicht hoffen, Henningshaus, Dorothea gibt ein so vortreffliches Beispiel. Es müßte denn schon ein ganz großer Verführer kommen.«

»Für Dorothea, meinen Sie? Nein, Mama König«, lenkte er ritterlich ein, »das wäre nicht gut.«

Frau Major König sagte unvermittelt: »Wissen Sie auch, Henningshaus, daß Liselotte v. Ohrt geschieden ist?«

Er wandte ihr das Gesicht zu. »Nein, bisher wußte ich es nicht. Aber es war wohl das, was man erwarten konnte. Es ist sogar verwunderlich, daß es nicht schon längst geschah. Die Natur hatte es in ihrem Plan von Anfang an beschlossen. – Sagen Sie, Mama König«, fuhr er nach einer Weile fort, »wer ist dieses braune Mädchen?«

»Wen meinen Sie? Irmgard v. Schlein?«

»Aber nein«, sagte er unwillig, »ich meine doch nicht das Kleid von der kleinen Schlein. Nein, ein ganz junges Ding, Figur wie ein Page, braungebrannt, schmaler Schädel. Da – tanzt mit Ulli Wagner.«

»Ach so«, sagte Frau König, »das ist Annemarie Kanther.«

Henningshaus sagte anerkennend: »Ein sehr gut gezogenes Fohlen.«

»Annemarie Kanther ist unsere Jüngste, Tochter von Konsul Kanther. Die Schwester sieht ganz anders aus. Das ist die hübsche große Blondine in Hellblau – wie mir scheint, die Königin des Abends.«

»Ach«, sagte Henningshaus gleichgültig. »Wie ist es, Mama König, warum ist Arthur nicht zum Sonntag herausgekommen? Ich brauche einen Gegner zum Schachspielen. Unsern Jungen fehlt dafür die Reife und die Weisheit. Wann hat Arthur Urlaub?«

»Erst nach dem Manöver. Ach, lassen Sie nur, Henningshaus, ich bin ganz zufrieden.«

»Es ist doch immer dasselbe«, sagte er kopfschüttelnd und erhob sich. »Heben Sie mir ja die Quadrille auf, Mama König!« Er verbeugte sich mit einer kleinen gutgespielten Feierlichkeit, dann schob er sich seitlich an den Tanzenden vorbei nach der Veranda zu.

Draußen war es Nacht, aber von dort her preßten sich Gesichter an die Fensterscheiben des Kursaales; eine Schar von Neugierigen hatte sich angesammelt und starrte wie gebannt auf das bewegte Bild da drinnen. Es zog unermüdlich in steter Wiederkehr an ihnen vorbei, von hellstem Licht überstrahlt, und ihre Augen folgten hingerissen den gleitenden Gestalten, den schönen Kleidern und den frohbewegten Gesichtern, in denen hie und da zwei Augenpaare einander zugewandt waren. Sie wichen und wankten nicht, sie hielten aus, ein paar Jungen waren an den Fenstern hochgeklettert und hielten die obere Ausschau besetzt. Kein Schauspiel konnte eine so magische Anziehungskraft ausüben wie dieses, das von zärtlichen Klängen getrieben wurde und das das höchste Spiel der Jugend und der Liebe war.

Leutnant Wagner machte Anne auf die Zuschauer aufmerksam,

und sie lachten beide über den besessenen Ausdruck in einigen Gesichtern, denen noch dazu das Dunkel hinter den Scheiben ein maskenhaftes Aussehen verlieh.

Anne fand im stillen, daß alles anders war, als sie erwartet hatte. Es war keine hohe Aufgabe, mit Leutnants zu reden, außerdem war es während des Tanzes ja sowieso nicht nötig. Dieser Leutnant Wagner war ein sympathischer Junge, er war etwas kleiner als Anne und hatte Sommersprossen und ein wenig vorstehende Zähne, was seinem Gesicht etwas Kindliches gab. Er wirkte nicht älter als Fritz, im Gegenteil, denn Fritz war groß und männlich mit fünfzehn Jahren; aber dieser trug ja wohl schon die Achselstücke, wie man das nannte, und somit mußte er gegen neunzehn oder zwanzig sein. Immerhin war es nicht erforderlich, allzuviel Hochachtung vor ihm zu haben, er war auch vergnügt und natürlich, und das alles machte Anne frei und sicher. Mit einem der Artilleristen hatte sie den Versuch gemacht, über die Schießübungen vom Montagmorgen zu reden, weil es ja sein eigentliches Gebiet war, aber sie gewann den Eindruck, daß ihn das hier und an diesem Abend durchaus nicht interessierte.

»Was meinen Sie, gnädiges Fräulein«, fragte Leutnant Wagner, »wollen wir uns auch einmal die Welt von draußen ansehen? Es muß doch ein besonderer Anblick sein, so als ob man sich selber zusieht.«

Sie liefen mitten während des Tanzes hinaus, obwohl Anne dunkel empfand, daß sich das vielleicht nicht ganz schickte, aber das war nicht wert, beachtet zu werden. Die Nacht war warm, und hinter den Bäumen des Kurgartens kam jetzt der Mond herauf. Sie schoben sich zwischen die Leute, die durch alle Fenster in den Saal spähten. Der Leutnant und das Mädchen standen eng nebeneinander, sie waren ganz gefesselt wie zwei Kinder von der Märchenvorstellung, und Anne meinte, daß dies da drin, durch die Scheiben gesehen, das eigentliche Leben war mit Verlangen und Lust und Leidenschaft und vielleicht mit geheimem Leid.

Aber dann sah sie staunend, wie Frau König mit einem Leutnant vorüberwalzte. Sie schien zu schweben, als wäre alle Schwere aufgehoben, und ihr Gesicht war verwandelt, es war träumend und jung. »Sehen Sie bloß!« sagte Anne.

»Unsere Mama König«, erwiderte Wagner, »ja, die tanzt wie eine Elfe. Das wissen wir alle. – Ihr Fräulein Schwester«, sagte er dann, »hat aber heute 'nen schweren Stand.«

Anne verstand nicht gleich, was er meinte, aber dann merkte sie, daß Doris nicht einen einzigen Augenblick zum Sitzen kam. Und immer wieder war es Holten, und immer wieder war es jener große Artillerist mit den schweren Schultern.

Doris' Gesicht blühte, ihre Augen glänzten, sie sah aus wie berauscht. Anne sah auf ihre Schwester, als sähe sie sie zum ersten Mal. Sie empfand Neugier, Bewunderung, doch keinen Neid.

»Mein Kamerad Holten«, sagte Wagner leise, »hat scharfe Konkurrenz von der schweren Waffe. Ich habe es ihm übrigens vorhergesagt.«

In der Tanzpause saßen sie um den großen Tisch in der Veranda, Mama König hatte ihre Schäflein zusammengeholt, es gab Eis und Bowle oder auch Saftwasser. Die beiden Bosses hatten sich mit ihren Herren eingefunden, und auch Dorothea v. Wedell saß da mit einem Fremden, der, braun und stämmig, nach einem Landmann aussah. Aber die kleine braune Schlein fehlte, und die Kanthermädchen waren nicht vollzählig. Vielleicht ging Doris auch draußen bei Mondschein mit einem Verehrer spazieren oder gar zwischen zweien — es war ein aufregender Gedanke.

Hauptmann Henningshaus blickte ein paarmal aufmerksam zu Anne herüber, obwohl er sich in Unterhaltung befand mit einer Frau, die apart und ein wenig auffallend wirkte. Sie hatte sonderbar rostfarbenes Haar und scharfgezeichnete Augenbrauen und klirrte mit vielen Armreifen. Anne mußte an den Fürsten und seine Begleitung denken. Er war eine Weile weit entrückt gewesen, und nun holte ihr Herz ihn zurück; sie sah auf einmal sein Gesicht, schmal und dunkel unter dem weißen Hut, es löschte alle anderen um sie her aus — einen Augenblick lang, dann war es wieder zerronnen. Ach, nichts und niemand galt neben ihm.

Sie hörte neben sich ein Gespräch über den Rennsport des nächsten Tages, es war von einem Kameraden die Rede, der zum Sonntag nach Zoppot gefahren war. Es ging hin und her über Chancen und Möglichkeiten und über dieses und jenes Pferd, über ›Fürbitte‹ und ›Winzerin‹ besonders, und dann wiederum fielen Namen, die offenbar Namen von Reitern waren. Anne hörte halb und halb zu und verstand nichts davon, sie kam sich schrecklich ungebildet vor.

»Entschuldigen Sie, gnädiges Fräulein«, sagte Leutnant Wagner, »wir führen hier ein Fachgespräch — wennschon wir ja von der Fußtruppe sind. Aber das Pferd ist Herzenssache bei jedem Soldaten.«

»Ach«, sagte Anne freundlich, »ich höre gerne zu.«

»Der vorige Sonntag war nämlich ein Rekordtag, müssen Sie wissen! Da hat Luederssen drei Siege geritten, zwei auf eigenen Pferden.«

»Ja«, sagte einer der anderen, »Luederssen ist in klobiger Form. Überhaupt die Ulanen machen dies Jahr eine ganz große Kampagne.«

Anne wußte nicht, was eine klobige Form bedeutete und wer Luederssen war, aber vielleicht konnte sie mal jemanden fragen, ohne sich zu blamieren. Es war so beschämend, so etwas nicht zu wissen und stumm dasitzen zu müssen. Sie erkundigte sich bei Mama König nach der Frau mit dem rostroten Haar.

»Das ist Frau Jasserott, die ist heute aus Berlin angekommen. Der Mann ist Jurist, so ein Anwalt, wissen Sie, von ganz großem Stil, er kommt nächste Woche nach. Sie wohnen bei Frau Jasserotts Großmutter in dem alten Haus unter den Ulmen. Ja, mein Kind«, sagte Mama König und lachte dabei, »da können wir alle nicht mit! Das ist eine Frau aus der großen Welt . . .«

Anne traf Doris in der Garderobe, gerade als wie elektrisierend aus dem Saal die Aufforderung zur Quadrille erklang.

»Gib mir schnell mal dein Taschentuch, Anne!« Doris sah in den Spiegel. »Wie sehe ich aus? Sitzt mein Haar ordentlich? Ich glaube, mein Kleid ist ziemlich verdrückt. Na – egal! Ach, Anne, ist es nicht himmlisch heute?«

Und damit war sie fort.

Leutnant Wagner kam Anne holen, und all die Paare zogen in den Saal zur Aufstellung. Die Tanzfläche war auf einmal in lauter Felder aufgeteilt, die Karrees standen da wie bereit zum Kampf.

Immer war Anne der Meinung gewesen, daß die Quadrille etwas Bedeutungsvolles, beinah Entscheidendes war. Wer einen zur Quadrille holte, bewies damit ein tieferes Interesse. Heute fand sie, daß das eine ihrer kindischen Phantasien war; nichts hatte es zu sagen, was sollte schon dieser kleine Wagner, auf den sie ein wenig heruntersah, für eine Entscheidung vorhaben. Er war höchstens ein Spielgefährte, ein Spießgeselle vielleicht. Überhaupt kam ihr dieses ganze fremde Leben längst nicht so ernsthaft, geheimnisvoll und aufregend vor, nun sie erst einen Schritt hineingetan hatte. Anne hatte die Befangenheit überwunden und fühlte sich plötzlich erwachsen. Es war unterhaltend, die Schlachtordnung zu übersehen, sie entdeckte Doris weit hinten im Saal, eine dunkelrote Nelke im Haar; weiß der Himmel, wo sie die auf einmal herhatte. Sie und

Holten standen mit feierlichen Gesichtern nebeneinander, es sah beinahe nach Entscheidung aus.

Frau Jasserott mit den Armreifen und dem klirrenden Lachen war hier in Annes eigenem Karree, auch Dorothea v. Wedell mit dem würdigen Herrn, der wie ein Landmann aussah und Herr Feyerabend hieß. Gegenüber stand neben Frau Major König der lange Mann mit dem Monokel, den Wagner ›unseren Chef‹ nannte. »Unser Chef«, hatte er gesagt, »ist ein ganz patenter Kerl.«

Henningshaus sagte zu seiner Dame, indem er hinübersah: »Unsere beiden Kleinen.«

Anne fand es arrogant und beschämend, es war, als sprächen Vater und Mutter von ihren Jüngsten im Nest. Sie sagte zu Leutnant Wagner: »Bitte geben Sie acht, daß ich nichts falsch mache, ich habe schon wieder manches vergessen.«

»Keine Sorge, gnädiges Fräulein, ich leiste durchschnittlich neunundneunzig Quadrillen im Jahr. Nein, das reicht nicht, sagen wir hundertsechsundsechzig.«

Dann machte er die erste Verbeugung, denn nun schlang der Tanz sein heiteres Band um all die kleinen Trupps in Frontstellung, er zog Kreise und Schleifen, löste in spielender Bewegung die Ordnung auf, schien Verwirrung zu schaffen und brachte doch in Gesetzmäßigkeit alles in Reih und Glied; die Partner wurden getrennt und fernab geführt, sie hatten da eine Schwenkung zu machen und dort eine Hand zu fassen, sie gingen auf heimatlosen Wegen und fanden sich doch genau auf den Takt mit freudiger Begrüßung wieder zusammen.

»Wozu all die Mühe«, meinte Henningshaus, »wenn man immer wieder auf den alten Platz zurückkommt? Ich habe mir das schon oft überlegt, aber ich bin nie dahintergekommen.«

»O Henningshaus«, sagte Mama König lachend, »Sie sind der reinste Philosoph.«

»Sie haben recht, das ganze Leben ist nichts anderes als eine Quadrille. Seine Sinnlosigkeiten sind ebensowenig zu ergründen.«

Anne fand es herrlich, der rasche Rhythmus schoß ihr ins Blut, die Lust an dem bewegten Spiel ließ ihre Augen glänzen. Wenn sie an Henningshaus geriet, sah er sie lächelnd an.

»Achtung, Moulinet der Damen!« – »Bitte aufpassen, das dritte Paar en avant!« – Anne versank vor Henningshaus im Courknicks. Auch das noch! dachte sie.

Dann begann mit raschen Takten die letzte Tour, es ging, linke

Hand, rechte Hand, durch die große Runde, man kam kaum zu Atem. Es war ein ganz ungeheures Vergnügen, schade, es war bald vorbei!

»Warum spielen die denn so schnell?«

»Der letzte Zug geht ab. Nicht für uns!«

Auf einmal war es zu Ende. All die eifrigen Tänzer standen festgebannt ein paar stumme Augenblicke, bis neubeschwingend der Abtanzwalzer erklang.

»Ach«, sagte Anne, »ist jetzt etwa Schluß?«

»Nein, jetzt fangen wir noch mal richtig an, die Musik bleibt über Nacht.« –

Doch nach der Pause hatte sich der Saal merklich geleert. Die Artilleristen waren weg, der letzte Zug ging ab. Oberleutnant Massnitz hatte sich mit einem verehrungsvollen Handkuß von Doris verabschiedet. Sie fühlte sich hin- und hergerissen, aber gerade das war so reizvoll. »So, jetzt sind wir unter uns«, sagte Holten befriedigt. Auch von den Kurgästen war eine Anzahl nach Hause gegangen.

»Wie spät ist es eigentlich?«

»Ach, das ist doch gleichgültig.«

Nach einer Tirolienne folgte wieder ein Walzer. Anne sah den ›Chef‹ in den Saal kommen, er kreuzte mit entschiedenem Schritt von der Veranda herüber, er steuerte, wie es schien, auf Dorothea v. Wedell zu, die neben ihr saß. Doch nein, er hielt mit einer knappen Verbeugung vor ihr selbst. »Ich bitte um die Ehre!«

Als er den Arm um sie legte, sagte er leichthin: »Das Beste zuletzt.«

Es war spät in der Nacht, das Fest war im Ausklingen, es war fast zu Ende – was sollte noch dieser Tanz, der kein Recht besaß, was wollte dieser Mann mit den tiefen Furchen der Jahre von dem Mädchen von siebzehn? Er hätte sie den Jungen überlassen sollen und dem ahnungslosen Spiel, dem sie noch gehörte.

Henningshaus durchschnitt die Linie der Tanzenden und entführte Anne mit deutlicher Steuerung in die Mitte des Saales, er schuf einen eigenen Raum für seine Dame und sich und tanzte mit ihr unter dem Kronleuchter. Es war einer jener zärtlich schleppenden Walzer, die wie Träume ins Blut stiegen, er forderte seinen besonderen Platz. Anne hatte nie einen Tanz wie diesen erlebt, er zog in langsam wiegendem Schreiten hin und her, er tat eine rasche Wendung nach linksherum, um nach ein paar Takten wieder in jenes sanfte Gleiten zu verfließen, er brach von neuem aus dem Gleichmaß wie in ein ungewisses Wagnis und wurde zu einem schwingenden Wirbel, aus dem er sich unerwartet in Harmonie zurücklöste.

Doch es gab kein Verweilen darin, es ging wieder fort in jähe, eigenwillige Bewegung, es war, als sollte es weit hinweg in entlegene Räume, und dabei blieb immer der Kronleuchter über ihnen. Dieser Tanz hatte sein besonderes Gesetz, er war voll Geheimnis und Bedrohung.

Anne atmete rasch, mit gelockerten Lippen, sie war im Anfang frei und kühl gefolgt und geriet bald in Verwirrung. Sie wußte nicht, wie ihr geschah, der Mann war ihr fremd und ein wenig unheimlich, sie empfand das Verlangen, Widerstand zu leisten, und als ob er das fühlte, zog Henningshaus sie fester an sich. Die Gewalt, die von ihm ausging, wuchs Zug um Zug, bis ihr Wille nachgab und wich. Sie spürte die Härte und zugleich eine eigentümliche Süße und fügte sich tiefer hinein in den Zauber, der sie umfing und verstrickte und überwand.

Ach, sie war ein Kind gewesen bis heute, sie hatte es nie zuvor erfahren, daß Tanz ein Rausch und eine gefährliche Verführung war, sie fiel wie im Traum dem geheimnisvollen Wunder anheim, das Wände und Menschen um sie weiter und weiter zu entrücken begann. Es blieb nur der Mann und seine Macht. Jede Regung in ihr folgte dem Arm, der sie hielt. Es war neu und erschreckend zuerst, es wurde langsam zu einer wundersamen Betäubung, die alle Wirklichkeit aufhob. Was sie erlebte, erschien ein Spiel der Phantasie, sie fühlte sich geraubt und erbeutet und vermochte sich doch nicht zu wehren, nie hatte sie gewußt und erfahren, wie ein Mann sein konnte.

Einmal sah sie scheu zu ihm auf und sah sein verschlossenes Gesicht, nur in den Augen unter schweren Lidern stand ein flirrendes Licht.

Dieser Tanz konnte niemals aufhören, er war wie ein Wasser, das unablässig aus einer verborgenen Quelle strömte; wohin floß es nur?

Henningshaus hielt das schlanke Ding fest im Arm, ihre stille Jugend rührte ihn an, er blickte lächelnd zu ihr hinunter.

»Wie braun Sie sind! Ein Mädchen aus Samoa!«

Anne antwortete ernsthaft: »Ja, das macht die Sonne und die See.«

Es war gut, daß er sprach. Es hob die Verzauberung ein wenig. Sie bemerkte, daß sie fast allein tanzten, vom Saalrand aus sah man ihnen zu. Es machte sie fast übermütig. »Ich glaube, wir geben hier eine Vorstellung.«

Da verklangen die Geigen. Sie verwehten ihre Weise sanft und zärtlich in ein leeres Schweigen. Der Mann und das Mädchen hielten inne und standen einen Augenblick still miteinander, bis der Arm sich zögernd löste. Henningshaus gab Anne einen raschen Handkuß, mitten im Saal, vor aller Augen.

Dann war alles gewesen, und hinterher schien es nichts. Anne befand sich, ein wenig benommen noch, neben Frau Major Königs Stuhl, sie mochte sich nicht setzen.

»Kindchen«, sagte die gute Frau König besorgt, »lassen Sie sich bloß nicht von Henningshaus den Kopf verdrehen.«

»Aber nein«, antwortete sie, »wieso denn?«

Durch die Glastür sah sie den Chef in der Veranda stehen, er rauchte eine Zigarette und sprach mit dem Kellner, der seinen Überzieher hielt. Ein fremder Mann, nichts weiter. Es fiel alles wieder von ihr ab, es hatte ihr Herz nicht erreicht.

Sie sah mit wachen Augen um sich. Drüben saß Doris mit Holten, er hatte sich vorgeneigt und sprach auf sie ein und spielte dabei mit ihrem kleinen Fächer.

Es sah aus, als wäre es diesmal mit Doris anders als sonst, vielleicht würde es Kämpfe und Kummer geben.

»Haben Sie sich gut amüsiert, Fräulein Kanther?« fragte Dorothea v. Wedell freundlich.

»O sicher, sehr«, gab Anne zur Antwort, »ich habe noch nie so viel getanzt.« Sie fand, daß Fräulein v. Wedell ernst und müde aussah. Es kam ihr in den Sinn, daß sie womöglich aus irgendeinem Grunde traurig war. Sie hatte gewiß manches hinter sich, eine unglückliche Liebe zum Beispiel; oder vielleicht war es auch nicht einmal das, sondern nichts. Vielleicht war es einfach nur von allem zu wenig gewesen . . .

Sie gingen nach Hause durch die warme, schweigende Nacht; Holten und Wagner ließen es sich nicht nehmen, unter Mama Königs Schutz die jungen Damen zu geleiten. Sie hatten vor, zu Fuß nach Hause zu gehen, denn der Wagen war fort. Der Mond hatte sich hochgerollt, sein Licht lag wie Schnee auf den Straßen, die Gärten waren verwunschen und verwandelt.

»Es war eine sehr saubere Réunion«, bemerkte Leutnant Wagner.

»Kinder«, fragte Mama König, »gehen wir auch nicht falsch? Nie werde ich mich hier zurechtfinden können. Dieser Ort ist zu irreführend, besonders im Dunkeln.«

»Aber es ist doch taghell.«

»Gute Nacht, Dorothea, gute Nacht, Irmgard. Schlafen Sie gut.«

Flüstern ging durch die Stille und leises Gelächter, die Schritte auf den Kieswegen klangen geheimnisvoll. »Wo ist denn Fräulein Doris? Ich muß euch doch heil abliefern. – Aber, Annemarie, hier können Sie doch nicht wohnen. Das ist ja eine ganz andere Straße.«

»Doch, dies ist unsere Hintertür.«

Es wurde Abschied genommen, beredt und bewegt. »Gute Nacht, gute Nacht, schönen Dank und auf Wiedersehen.«

Doris und Anne schlichen durch den nächtlichen Garten. Der Schlüssel lag unter der Schwelle.

»Sei bloß leise, es ist schon so spät.«

In dem Verandazimmer der beiden flüsterte es noch von Bett zu Bett. Es rann eine Weile fort und war plötzlich versiegt.

Durch das offene Fenster kamen die Träume der Sommernacht.

Neuntes Kapitel

In diesen schönen Tagen aßen Kanthers mittags und abends in der offenen Diele, von der aus man den Blick in den hinteren Garten mit den Johannisbeersträuchern hatte und auf die kleine Tür, die verschwiegen in einem Winkel des Zaunes hing. Es war dort auch mehr Platz als in der Glasveranda, in der es sich ziemlich gedrängt saß. Sie blieb ein Notbehelf für Regentage und kühle Abende.

Sie lebten ganz und gar im Freien, und der Familienvater war der Ansicht, daß die Seinen im Begriff standen, regelrecht zu verwildern. Seine Kinder jedenfalls waren immer zu der einen oder anderen Tür hinaus und auf und davon.

Er selber, Konsul Hermann Kanther, pflegte ausschließlich die Vordertür zu benutzen und genoß den Aufenthalt auf seine gemessene Weise. Fast jeden Vormittag, wenn er sich zu seinem Spaziergang anschickte, mittags, wenn er zurückkam, auch zuweilen gegen Abend auf der Seepromenade oder in den Anlagen begegnete er dem Makler Duschke, der hier in Neuenort sein Nachbar war. Herr

Duschke trug auch im Seebad seine hohen Stehkragen und war überhaupt mit der gleichen Sorgfalt gekleidet wie in der Stadt; aber hier gewann er als Familienvater ein ganz neues Ansehen. Er nannte eine stattliche Kinderschar sein eigen und pflegte sie gleich einer Herde auszutreiben. Die kleinen Duschkes, sieben oder acht an der Zahl – der Konsul kam nie dahinter, wieviel es von ihnen gab –, waren gewiß gleich anderen Kindern geneigt, sich lärmend über diese schöne Welt zu verbreiten; aber es schien, daß der Papa sie wohl im Zaum zu halten verstand; vielleicht hatte er ihnen auch noch extra Respekt beigebracht vor dem hochgewachsenen älteren Herrn mit den kurzen Bartkoteletten und dem Stock mit der Silberkrücke: sie streiften geräuschlos und nur mit verstohlenen Blicken am Zaun der ›Elisabeth‹ vorbei; sie erstarrten zu tadelloser Haltung, sobald sie des Konsuls ansichtig wurden. Herr Duschke aber schwenkte seinen runden Strohhut bis in die Gegend der Kniekehlen hinab. »Ihr Diener, Herr Konsul ...«

Der Konsul liebte die schönen, ruhigen Morgenstunden im Garten mit Frühstück, Zeitung und Zigarre, er freute sich des beständig schönen Wetters und der stillen grünen Wege, auf denen man nur wenig Menschen begegnete. Und dabei hatte er dann doch manchmal sein Vergnügen an Duschkes groß und klein, die er Familie ›Schnurrmiau‹ getauft hatte nach einer possierlichen Katzenfamilie aus einem alten Bilderbuch von Anne.

Aber dieser Zustand hielt nicht vor. Eines Tages entdeckte der Konsul, daß er zu Ende war. Es lag kein besonderer Anlaß dafür vor, nichts war es als die Gesetzmäßigkeit, mit der Dinge und Vorgänge ihren Ablauf nehmen und sich vollenden.

Er hatte seine Kur in Nauheim gehabt und noch zum Übergang ein paar Tage in Harzburg. Nach seiner Rückkehr war er gerade nur vierzehn Tage zu Hause und im Geschäft gewesen, und dann hatte dieser Strandaufenthalt mit der Familie begonnen, den ihm die Ärzte zur besseren Auswirkung der Kur so dringend verordnet hatten. Aber es war alles in allem eine geraume Zeit, und auf einmal hatte er genug davon.

Der Sommer dauerte ihm nun schon zu lange oder doch der Gebrauch, den er von ihm machte. Wie konnte ein Mann Wochen und Monate untätig in diesem und jenem Ort zubringen, wenn er daheim ein Geschäft besaß, das seine Anwesenheit erforderte? Und so, während alle anderen sich dieses ungebundenen Daseins erfreuten, empfand der Konsul ein wachsendes Verlangen, in die Oberdammgasse und zu den Kontorräumen der Firma J. H. Kanther zurückzukehren.

Es war unerträglich, so viel überflüssige Zeit zu haben; wenn man nicht krank war, konnte man es davon werden. Die Ärzte wußten nicht, was sie redeten. Sie empfahlen Ruhe, das heißt Nichtstun und Spazierengehen, und bedachten nicht, daß die Nerven eines Mannes dadurch zugrunde gerichtet werden mußten.

Auf seinen Wegen allein oder mit seiner Frau dachte der Konsul an sein Geschäft. Er hatte die Empfindung, daß er dort dringend gebraucht wurde. Freilich war Hermann da, es würde nicht gleich alles drunter und drüber gehen; aber Hermann, das war es, war allzu selbständig und disponierte gern nach seinem eigenen Kopf. Allzulange schon, fand der Seniorchef, hatte er ihm die Leitung überlassen. Und wenn Hermann auch, wie es vereinbart worden war, über kurz oder lang einmal einen Tag zu geschäftlichen Besprechungen herauskommen würde, so änderte das doch nichts an der Tatsache, daß er selbst, der Hauptverantwortliche, praktisch ausgeschaltet war.

Er konnte aber nicht plötzlich den Aufenthalt hier abbrechen und in die Stadt zurückkehren, nein, das ging nicht. Er hätte seiner Frau damit den Sommer verdorben, und er war gerecht genug, einzusehen, daß auch sie ihre Erholung haben mußte. Sie hätte ihn nicht etwa mit der Köchin allein nach der Stadt ziehen lassen, sondern wäre ohne weiteres mitheimgekehrt, und das wiederum hätte den allgemeinen Aufbruch verursacht; denn es war natürlich ganz ausgeschlossen, die Kinder ohne Schutz und Aufsicht hier draußen zu lassen. Sie hätten alle miteinander in die kühle städtische Wohnung zurück gemußt, und das mochte er ihnen nicht antun.

Es war eine Zwangslage, und so wie die Dinge waren, konnte er nicht einmal davon reden. Er sagte nur gelegentlich einmal: »Ich weiß nicht, was die da in der Stadt machen. Hermann schweigt sich aus.«

Frau Kanther kannte ihren Mann, sie merkte, daß irgend etwas mit ihm nicht in Ordnung war. Er machte nur noch selten eine seiner sarkastischen Bemerkungen, die von guter Laune zeugten, sondern war vielmehr von einer reizbaren Schweigsamkeit. Aber sie war nicht geneigt, allzuviel darauf zu geben; diese Zustände kamen und gingen. Es war nötig, ihn abzulenken und zu beschäftigen; sie regte eine Wagenpartie an und schlug vor, Schleuningers zum Sonntag einzuladen.

»Nein, ich will keinen Besuch haben ...«

Sie konnte nicht wissen, was es war, das ihm mehr und mehr zusetzte in den Tagen des schönen Sommers, während sie selbst das Leben in dem wunderlichen kleinen Haus und dem stillen Garten genoß.

Sie hatte zu überlegen, anzuordnen, zu wirtschaften wie immer. Daneben fand sie Zeit, auf dem Gartenplatz mit einer Handarbeit oder einer Näherei zu sitzen – etwa mit einem Kleid von Anne, an dem der letzte Saum herausgelassen werden mußte. Sie saß im Grünen und schrieb Briefe, die längst fällig waren und für die sie erst jetzt die richtige Stimmung fand, und andere, weniger dringliche, zu denen sie gerade einmal Lust verspürte. Es war schön, zu sitzen und zu schreiben, es war das, was sie brauchte, sie konnte die ganze Fülle ihrer Natur in diesen Briefen überquellen lassen.

Frau Kanther schrieb an ihre Schwester in Potsdam.

»Liebe Agathe, wir verleben hier bei schönem Wetter die glücklichsten Tage. Das Häuschen – die alte Villa Radtke, vielleicht besinnst Du Dich – ist zwar eng, aber sehr gemütlich, der Garten richtig idyllisch. Ich freue mich vor allem für die Mädels, die einen genußreichen Sommer haben. Es gibt hier ziemlich viel Leben, und ich muß immer wieder an unsere eigene Jugend denken. Besonders für Doris verspreche ich mir allerhand von dem hiesigen Aufenthalt. Hermann fängt leider schon wieder an, ungeduldig zu werden.«

Mitunter saß um die gleiche Nachmittagszeit das Stubenmädchen Johanna Kaschun im Hintergarten und schrieb an ihren Schatz, der bei den Soldaten war. Da war ein kleiner Sitzplatz am Zaun, nicht weit von dem Örtchen, das in der entlegensten Ecke diskret hinter einem Fliederbusch angebracht war. Immer war diese Angelegenheit in den Seebädern höchst fragwürdiger Natur; hier befand sie sich fern vom Hause und war des Abends von Dunkelheit umhüllt; Doris getraute sich niemals allein in diesen finsteren Winkel, Anne mußte mitkommen und Wache halten. Johanna Kaschun unter dem Kruschkenbaum machte sich viel Mühe mit ihrem Brief, sie kam nicht so leicht damit zustande. Zum Schluß klebte sie auf den Umschlag an Stelle der Marke einen kleinen gelben Zettel mit dem Aufdruck: ›Soldatenbrief – eigene Angelegenheit des Empfängers.‹ Diese Klebeschildchen hatte der Empfänger ihr geschickt, damit sie das Porto sparte; und um ihretwillen hätte Anne Kanther gar zu gern einen Schatz bei den Soldaten gehabt. Aber vorläufig war es nichts damit.

Die Frau Konsul kam an einem Nachmittag mit ihren Briefvorhaben meistens nicht zu Ende, weil ihr irgend etwas dazwischengeriet. Die Kinder tauchten auf – Doris hatte ihr Portemonnaie vergessen und wollte es holen, es war in der Eile nicht zu finden oder auch sowieso leer, die Mama mußte wieder einmal aushelfen.

Doris hockte eine Weile auf der Ecke des Gartenstuhls. »An wen schreibst du, Mama? Schreibe bloß nichts von uns, Tante Agathe macht doch aus jedem Leutnant einen Elefanten. Wenn du bloß etwas davon erwähnst, kommt sie womöglich gleich angereist, um zu gratulieren.«

Gegen Abend pflegte sich die Köchin Marie Ocholla einzufinden. Es handelte sich weniger um das Abendbrot als darum, daß sie Verlangen nach einem kleinen Schwatz mit der Gnädigen hatte. Denn die Frau Konsul und sie waren ja doch durch lange Jahre verbunden, niemand sah dem Kantherschen Familienleben auf den Grund wie Marie Ocholla, denn nicht umsonst hatte sie selber sieben Kinder großgezogen und drei Männer begraben.

Sie stand in ihrer blau und rot karierten Schürze an einer Ecke des Tisches und strickte. Was sollte sie sonst tun, wenn sie mit der Küchenarbeit fertig war! Sie hätte nicht gewußt, was sie anderes mit ihren Händen machen sollte, die dazu da waren, in Bewegung zu sein.

»Der Herr gefällt mir nicht, Marie«, sagte Frau Kanther.

»Fehlt mal ein Hecht«, meinte Marie gedankenvoll. »Ordentlich mit Speck und Sahnensauce. Was ist das hier – nichts wie Seefische, so ordinäres Essen, ich rühr das schon nicht an, und was ist das für den Herrn! Ich weiß doch, was der Herr gewohnt ist. Der Salat ist hier auch bloß Grünfutter. Wenn das Essen schmeckt, ist auch die Laune besser. Ich werd machen ein Ragout zum Abend ... Der Frau Rehse hab ich schon gesagt wegen der Kiekel zum Geburtstag.«

»Ja, das ist schön, Marie.«

»Na, wieviel werden sein? Mit die obere Herrschaft, wenn die kommen, hab ich gerechnet zehn Stück, daß nicht knapp ist. Wie ist mit Herrn Otto?« fragte sie plötzlich.

Das war eine Gewissensfrage, und sie ließ sich nicht geradeswegs beantworten.

»Ich weiß es nicht, Marie. Vielleicht. Wir werden ja sehen.«

Aber Marie Ocholla hatte ihre vorgefaßte Meinung. »Was denken denn gnädige Frau? Ich werd gnädige Frau mal sagen.« Sie hielt ihre flinken Nadeln an. »Unser Herr Otto ... Eines Tages, wenn keiner dran denkt, ist er da — mit lauter Glanz und Reichtum und 'ner Braut dazu. Ich weiß das, ich hab geträumt. Keiner glaubt, und die alte Marie wird wieder recht behalten.«

»Ach du lieber Gott, Marie!« sagte Frau Kanther und lachte. »Wie sollen denn da die jungen Hühner reichen?« —

Hinterher schloß sie den Brief an Agathe, ihre Schwester: »Ich wurde unterbrochen — Marie unterhielt mich mit ihren Geschichten über bevorstehende Familienereignisse! Mir sollte es schon recht sein, eine kleine Auffrischung dieser Art würde Hermann bestimmt gut tun . . .«

Der Konsul war nicht auf so angenehme Weise beschäftigt. Er hatte nichts als freie Zeit, er konnte umhergehen und sich Sorgen machen.

In Nauheim war er gewohnt gewesen, täglich die Lesehalle des Kurhauses aufzusuchen und sich die Zeitungen vorzunehmen. Es gab auch hier so einen Raum, aber er war nicht sehr gemütlich und nur dürftig versehen; die meisten Zeitungen, auf die er Wert legte, waren nicht zu haben, andere in Anbetracht ihrer Entfernung von dem Ausgabeort schon mehrere Tage alt. Das hatte ihn früher nicht gestört, aber die Jahre der beschaulichen Ruhe waren wohl endgültig vorbei. Schließlich gab er es auf und begnügte sich mit seinem gewohnten Blatt, dessen Einstellung zu den Dingen der Welt ihn noch gerade eben erträglich dünkte.

Der Konsul war von je gewohnt gewesen, das Bild der Zeit und seinen Wandel kritisch zu verfolgen; es war nicht genug für einen Mann, nur das Seine zu bedenken und sich vom Allgemeinen fernzuhalten, obwohl das bequemer und der Gesundheit zuträglicher gewesen wäre. Es war zwar nicht jeder zum Volkstribun geschaffen, aber er hielt es für wichtig, die Augen offenzuhalten und Überzeugung und Urteil zu haben.

Der Konsul fand, daß es nicht gut aussah in der Welt und im Vaterlande, er fand es schon seit langem. Hinter einer etwas prahlerischen Außenseite war eine bedrohliche Entwicklung zu spüren, und immer wieder wurden schwere Fehler gemacht. ›Der junge Mann in Berlin‹, wie er den Kaiser bei sich nannte, war zu forsch und zu großartig, er reiste zuviel und redete zuviel; er sah es nicht, und niemand sagte es ihm, daß rings um ihn — im Reich und außerhalb des Reiches — eine gefährliche Saat aufzugehen begann.

Der Konsul hatte noch die alten Zeiten gekannt, er hatte unter dem ›alten Herrn‹ gelebt und war ein unbedingter Anhänger des großen Kanzlers gewesen. Von Anfang an hatte er den Weg des ›jungen Mannes‹ mit schweren Bedenken verfolgt, und niemals konnte er ihm den verhängnisvollen Schritt gegen Bismarck verzeihen. Es war zu erkennen, welchen Weg alles nahm. Eines Tages würde es sich rächen.

Das war das eine, das seine sorgenden Gedanken füllte. Das andere betraf ihn selbst und sein Haus.

Was hatte der Nauheimer Arzt gesagt, als er ihn aus der Behandlung entließ? »Mein verehrter Herr Konsul, ich bin zufrieden.«

Konsul Kanther hatte darauf nicht ohne Ironie erwidert: »Das ist Ihres Amtes, Herr Doktor!«

Es konnte wohl von einem Badearzt nichts anderes erwartet werden. Man durfte nicht von ihm verlangen, daß er einen Patienten mit dem Urteil verabschiedete: »Es geht Ihnen schlecht. Die Kur und meine Behandlung haben nichts genützt. Im Gegenteil!« Kein Kaufmann würde sich dazu verstehen, seinen Kredit zu schädigen, indem er sein Geschäft vor einem Kunden schlechtmachte.

Was denken sich diese Leute von unsereinem? dachte der Konsul bei sich. Es ist nicht jeder ein solcher Narr, das zu glauben, was er vielleicht am liebsten hören würde.

Er selber hatte eine andere Meinung von seinem Gesundheitszustand. Man konnte ihm nichts vormachen, es stand nicht allzu best um ihn. Seit Jahren war er daran gewöhnt, daß er auf sein Herz Rücksicht nehmen mußte, es war nichts Neues, durchaus nicht, es erschreckte ihn nicht mehr; aber seit diesem Frühjahr hatte sich der Gedanke in ihm festgesetzt, daß er vielleicht nicht mehr lange zu leben hatte. Eines Tages würde es mit ihm zu Ende sein.

Man hatte es erlebt, daß Männer in seinen Jahren, auch jüngere noch, gegen Ende der Fünfzig sogar, ohne jeden erkennbaren Anlaß eines Tages umfielen und tot waren. Es waren die Jahre der kritischen Wende im Leben des Mannes, und er konnte nicht annehmen, davon verschont zu bleiben.

Wenn es denn so sein sollte, gut — er fand nicht, daß es eine große Sache war. Es war ein natürlicher und alltäglicher Vorgang, und von diesem Standpunkt aus sollte man für sich persönlich damit fertigwerden.

Es kam dazu, daß der Konsul das ganze Leben, wie es nun einmal war, mitunter rechtschaffen satt hatte — nicht immer, aber doch von Zeit zu Zeit. Es war nun nicht mehr neu, es war abgenutzt, es war nicht mehr interessant, viel Erfreuliches war nicht mehr von ihm zu erwarten; was verlor man denn nun schon, wenn man daraus hinwegging! Es konnte sein, daß man Besseres eintauschte. Die große Ruhe, die ewige Freiheit ...

Der Gedanke daran löschte manchmal alle anderen in ihm aus. Er kam über ihn am Abend, wenn die Sonne fern hinter der See versunken war und der verblassende Himmel als ein ungeheurer weitgeöffneter Raum über Wasser und Erde stand. Die Wolken machten ihre große Reise durch ihn dahin, sie wuchsen ohne Ende auf und zogen von dannen. Wohin, wohin ging die Fahrt?

Meistens jedoch beschäftigte sich der Konsul in seinen Gedanken mit dem, was bleiben würde — er kam nicht darüber zur Ruhe, was aus den Seinen werden sollte, wenn es einmal mit ihm zu Ende war. Was er hinterließ, das war das Haus und das Geschäft, an dem Hermann zur Hälfte beteiligt war. Hermann, das stand außer Zweifel, würde die Interessen seiner Mutter und seiner Geschwister gewissenhaft wahrnehmen. Aber, was den Konsul schon seit langem insgeheim reizte und beunruhigte — Hermann hatte eigentlich kein Herz für das Geschäft. Es schien zuweilen, als wäre er lieber ganz und gar herausgewesen, um auf eigene Faust etwas Neues anzufangen, das ihn gesünder und lohnender dünkte. Der Konsul wußte selbst am besten, daß es um das Geschäft nicht sehr günstig stand. Es war ihm vor Jahren einmal etwas schiefgegangen, er war mit einer Bürgschaft hängengeblieben — es war lange her, aber die Firma hatte sich davon nie wieder ganz erholt.

Vielleicht würde Hermann eines Tages geneigt sein, das Geschäft zu verkaufen, und man konnte nicht voraussehen, ob das nach Lage der Dinge dann nicht sogar das gebotene war. Er ließ sich heute nicht im voraus berechnen, was die Firma zu gegebenen Zeit wert oder auch nicht wert sein würde, und doch stellte sie das Vermögen der Familie dar. Es gab noch eine Lebensversicherung, aber sie bedeutete im Hinblick auf die vielköpfige Schar nur ein mäßiges Kapital.

Die Verhältnisse mußten sich grundlegend ändern, wenn er einmal nicht mehr war. Und das war es, was ihn so besonders beschwerte. Nach allem mochte es so aussehen, als habe er, der Vater, für die Seinen nicht genügend gesorgt, während doch all sein Denken und Tun immer nur für sie gedacht und getan gewesen war. Wenn sie alle nur ein wenig älter und weiter wären! Alle miteinander, auch seine gute, treue Frau, kamen ihm wie eine Schar unmündiger Kinder vor, ohne rechten Halt, unfähig, das Leben zu bestehen. Sie lebten in den Tag hinein, machten sich keine Gedanken über die Zukunft, gewohnt, daß immer alles gut und reichlich da war ohne Sorge und Mühe. Und doch war er sich bewußt, seine Kinder allezeit streng gehütet und zu Ernst und Ordnung und Anspruchslosigkeit erzogen zu haben, es waren oft große Worte von Pflicht und Verantwortung gefallen; aber so war es mit dem jungen Geschlecht: alles ging dahin in den Wind. Seine gelegentliche Härte, um die er wohl wußte, entsprang doch immer nur der Sorge – sie sollten ihm nicht verderben und verkommen und vielleicht einmal später voll Bitterkeit sagen müssen: Unser Vater hat nicht auf uns achtgegeben.

Aber nun schien es ihm selber, als hätte seine Fürsorge nicht ausgereicht. Sie waren alle nicht fertiggeworden, nicht genügend gerüstet für das Leben, das eines Tages mit harten Forderungen an sie herantreten würde. Die kleine Anne und Fritz, dieses störrische junge Pferd, waren noch Kinder und Doris so unreif, nur Flausen im Kopf – kein Begriff, um was es tatsächlich ging. Dabei wäre es an der Zeit gewesen, sie passend zu verheiraten, es würde eine Erleichterung für ihn bedeutet haben. Aber dies Neuenort war auch nicht gerade der Ort dafür. Der Konsul hatte den Eindruck, als hätte entgegen seinen ausdrücklichen Ermahnungen in das Leben seiner Töchter eine Invasion von Leutnants stattgefunden.

Trotz seiner Wachsamkeit liefen sie ihm förmlich unter den Hände davon, in ihre kindischen und höchst gewagten Vergnügungen, und ihm blieb immer die schwere Frage: Wohin führt das alles? Was sollte aus ihnen werden?

Leider war die Mutter zu nachgiebig, von ihr hatte besonders Doris das unbekümmerte Wesen, und darum wohl konnte sie ihr auch nie etwas abschlagen. Er selber würde ... aber dann fiel ihm Otto ein, und wenn dieser Gedanke über ihn kam, mußte er stehenbleiben, wo es auch war – auf seinem Weg durch die Strandanlagen oder bei dem nachdenklichen Auf und Ab im Garten –, gequält von der Vorstellung, daß gerade *er* hier versagt hatte. Und hinter dem Selbstvorwurf stand immer wieder die bittere Enttäuschung über den begabten Sohn, auf den er so große Hoffnungen gesetzt hatte.

So war es um den Konsul bestellt in den Tagen von Neuenort, die ihm Ruhe und Entspannung bringen sollten. Er bewahrte seine feste und aufrechte Haltung und ließ es sich nicht anmerken, daß in ihm ständig das Rad dieser Gedanken kreiste und ihm die Sonne verdunkelte.

Er war bereit zu sterben, wenn es so stand, daß seine Zeit um war, aber er fand, daß er das Seine noch nicht getan hatte. Er mußte einen Pakt schließen mit dem Tod und noch ein paar Jahre erhandeln, bis er seine Kinder auf die eigenen Füße gestellt hatte und sie ohne Sorgen verlassen konnte. Im Märchen kam so etwas vor, es hatte seinen symbolischen Sinn, vielleicht daß die Kraft eines sorgenden Willens es vermochte, die Frist zu verlängern.

Er ging umher durch den Sommer und führte den stummen Kampf mit einem, der wie ein wachsender Schatten an seinen Fersen hing. Aber dann kam das Leben und holte ihn unversehens in das Licht des Tages zurück.

Das war die Zeit des hohen Sommers, die Erde rollte langsamer auf ihrer Bahn dahin, und mit ihr schienen alle Dinge ihren Ablauf zu verzögern und zu verhalten. Es war eine große Ruhe in der Natur, Pan hielt seinen Schlummer im Waldesschatten, und draußen in der starken Helle des Lichtes standen die Felder hoch und feierlich im Halm.

Zuweilen fiel ein Regen, und nachts ging wohl einmal ein Gewitter nieder, das die fruchtbare Stille erquickte. Am Morgen stieg die Sonne wieder unverhüllt über der schönen gebadeten Erde empor.

Hinter allem aber war immer die See, ein Teil der Ewigkeit, an deren Rande zu wohnen den Menschen aus lauter Gnade vergönnt war. Doch das begriffen vielleicht nur ganz wenige unter ihnen.

Die meisten waren hingenommen von den Dingen des Tages – von ihren Freuden und Besorgnissen und heimlich drängenden Wünschen. Die Mädchen von Neuenort waren so sehr damit beschäftigt, jede Stunde zu erfüllen und auszukosten, die eine oder andere von ihnen stand mitten im hellen Feuer des Lebens und hatte die Hoffnungen wie lauter Segel gesetzt.

Und doch war dies die ruhige Zeit des Jahres, die Zeit ohne Stürme, nicht bestimmt für Leidenschaften, für große Ereignisse und Entscheidungen. So war es der Wille der Natur, aber fragten diese lebenshungrigen jungen Menschenkinder danach? Er kümmerte sie nicht, sie durchbrachen ihn.

Jene Réunion war ja nicht ohne nachhaltige Wirkung geblieben, es hatte sich mancherlei daraus entwickelt.

Die kleine Irmgard v. Schlein schien allen Ernstes in eine entscheidende Angelegenheit mit einem Oberleutnant verstrickt, und was Doris anging – nun, mit Doris Kanther stand es wie immer; aber vielleicht war es diesmal bedeutungsvoller und ging um einiges tiefer, man konnte es nicht wissen. Anne stellte eines Tages auf dem Badeweg an der Ligusterhecke vorbei die dringliche Frage, ob es denn nun jetzt die große, die ganz große Liebe sei?

»Ach, Anne«, sagte Doris, »ich glaube ja, ich weiß es nicht ... Ich kann es dir nicht erklären, und du würdest es auch nicht verstehen. Was weißt du schon davon – ich glaube, du warst noch niemals richtig verliebt.«

Nein, Anne wußte wohl nichts davon, sie konnte sich nicht vorstellen, daß es möglich sein sollte, sich etwa des kleinen Wagner wegen in verzehrender Unruhe zu befinden. Sie dachte an den Fürsten, er war so fern und unwahrscheinlich geworden, ein Bild im Traum ...

Doris Kanther war in großer Fahrt, es war *ihr* Sommer, vielleicht gab es nie wieder einen wie diesen. Sie mußte ihn an sich reißen wie zwei Arme voll Blumen – lauter Fülle, Duft und Farbe, und Anne wurde dazu gebraucht als Beistand, als Folie, als ein Gegenstand der Ablenkung – kurz, in mannigfacher Eigenschaft. Anne mußte mittun, ob sie wollte oder nicht, es war ihr keineswegs gestattet, sich etwa dann und wann nach ihrer Neigung herauszuhalten.

Leutnant Holten hatte sehr schnell eine Tennispartie zusammengebracht, man fuhr den einen oder anderen Nachmittag nach der Garnison hinüber und spielte im Garten der Kommandantur. Dort traf sich dann alles wieder, unter den schattigen alten Linden war ein Platz errichtet zum Ausruhen, zum Unterhalten und Zuschauen für die älteren und bequemeren Herrschaften.

Mama König war mit dabei, natürlich, sie hielt weiterhin ihre große mütterliche Hand über ihre Schützlinge und sorgte dafür, daß »alles wohl sich ziemte«, was geschah. Aber waren sie denn nicht alle vortrefflich erzogen? Die Mädchen sowieso und die Offiziere erst recht, man konnte die Hand für sie ins Feuer legen.

Auch Frau Jasserott erschien, sie hatte die klirrenden Armreifen zu Hause gelassen und trug ein elegantes weißes Sportkostüm. Man sah es ihr an, daß sie in Berlin in einem ganz feudalen Klub beheimatet war.

Es zeigte sich, daß ein paar der Offiziere ausgezeichnet spielten, und Anne hatte deswegen ein bißchen Angst. Sie war doch eine blutige Anfängerin, aber Ulli Wagner, der Spielgefährte, brachte ihr den weitausholenden, langen Vorhandschlag bei; sie hatte ihn bald heraus und fegte mit ihrer ganzen behenden Kraft die Bälle übers Netz. Und niemand konnte so laufen wie sie, sie war schnell wie ein Windhund und stob wie rasend von der hintersten Linie nach vorne, um einen gefährdeten Ball im letzten Augenblick zu retten. Es war gut, daß der alte Leinenrock so ausgewachsen war.

Die anderen lachten über sie, und mitunter klatschten sie Beifall. Anne war beinahe ein wenig stolz. Nein, auch dies war nicht schlimm, sondern nur wunderbar aufregend, und sie konnte auch etwas, sie wurde nicht ganz übersehen.

Doris und Holten gingen bisweilen auf die Suche nach einem entsprungenen Ball, das pflegte eine Weile zu dauern, denn er lag gewöhnlich tief im Gebüsch. Holten brach mit dem Schläger einen Weg durch das Dickicht, aber meistens war es so, daß sie den Ball nicht fanden, er war ganz woanders hingeflogen, oder sie gaben sich auch nicht richtig Mühe darum.

Die beiden entfernten sich allmählich vom Tennisplatz und gingen miteinander auf den Wegen durch den Garten.

Der Garten der Kommandantur war groß und stellenweise dicht wie ein Park, er reichte bis an das eigentliche Festungsgelände.

Holten trug ein weißes Sporthemd zu der weißen Hose und hatte den rechten Ärmel bis über den Ellenbogen hochgekrempelt. Er war braun und sehnig und so ein hübscher Kerl obendrein, es konnte nicht sein, daß das Herz eines Mädchens neben ihm ungerührt blieb.

Frau Major König wurde ein wenig unruhig bei dem Gedanken, ob Fräulein Kanther sich etwa kompromittierte. Aber dann sagte sie sich, daß man es ihnen gönnen mußte, dieses bißchen Jugend- und Sommerfreude, denn werden konnte es ja nie etwas mit den beiden.

Doris und Holten gingen Seite an Seite auf den verschlungenen Wegen des Festungsgartens, sie kamen an die Mauer und blieben stehen.

Dort war die Welt zu Ende. Immer war es so, daß plötzlich alles verbaut war, ja, so war das Leben. Gab es denn keinen Ausweg? Nein, es gab keinen.

»Man müßte schon hinaufklettern, um hinübersehen zu können«, meinte Holten. »Haben Sie Lust, gnädiges Fräulein?«

»Nein, durchaus nicht. Es lohnt sich gewiß nicht. Ich kann mir schon vorstellen, wie es dahinter aussieht: Gräben und Schanzen und Basteien. Weshalb baut man die See so zu? Das ist doch vollkommen überflüssig.«

»Vielleicht«, sagte Holten, »wird es doch einmal gebraucht. Irgendwann ... Als kleiner Junge war ich oft bei meinem Onkel, der einen Hof in Holstein hatte. Da ist das Land so weit, aber es war mir niemals genug, ganz hinten war der Deich, und da hörte es auf. Ich bin ein paarmal ausgerückt, ich wollte sehen, was dahinterlag. Dann bin ich auf den Deich gestiegen und sah, was es war. Es war nichts!«

»Wieso denn«, fragte Doris, »ich denke, hinter dem Deich ist gleich die See?«

»Da ist erst noch das Vorland, und danach kommt das Watt, und es war gerade Ebbe. Sie waren vielleicht nie an der Nordsee, deshalb können Sie sich nicht vorstellen, wie das leergelaufene Watt aussieht.«

»Nein«, sagte Doris ehrlich, »ich kann es mir nicht vorstellen.«

»Es ist eine ungeheure Öde, es ist nicht Wasser und nicht Land, es ist nichts, eine große Lücke in der Natur, das Meer ist ganz weit fort. Ich war fünf oder sechs Jahre, und es war eine furchtbare Enttäuschung. Ich hatte auch nicht Verstand genug, zu warten, daß das Meer zurückkam. Das habe ich erst später begriffen. Und dann war ich eine Zeitlang wie verhext, ich wollte zur See gehen, wenn ich groß sein würde.

Aber nachher starb mein Vater ziemlich früh, ich wurde ins Kadettenkorps gesteckt, und der Traum ging verschütt. Er spukt nur noch manchmal wie eine Kinderkrankheit, und deshalb ist es gut, daß man hier an der Küste steht. Es ist immer wie ein Ausweg.«

»Ich glaube, das machen alle Jungen durch«, sagte Doris weise.

»Und die Mädchen?«

»Ach, Mädchen«, sagte Doris und lachte dabei. »Mädchen haben überhaupt keine Wünsche zu äußern, die sind im Schoße der Familie geborgen. Sie sollten einmal meinen Vater zu diesem Thema hören ...«

Holten ging mit gesenktem Kopf, und eine Weile schwiegen sie beide.

Es war heiß und still, und sie wechselten hinüber in den Schatten. Sie waren allein miteinander, sie konnten sich einmal richtig ansehen ganz ohne Scheu und Zwang. Was hatte dieses Mädchen für blaue, blaue Augen! Und Doris sah auf Holtens schmalen, schönen Mund. Sie sagte etwas Heiteres, eine ihrer schnellen kleinen Dummheiten, damit er lachte.

Sie traten den Rückweg an, weil man sie vielleicht vermißte, aber dann setzten sie sich noch auf die Bank, die an dem Rasenrondell stand. Holten legte vorsichtig seinen Arm auf die Rückenlehne hinter dem weißen Kleid. So konnte man eine ganze Weile sitzen bleiben, zu zweien auf einer einsamen Bank in dem blühenden Sommer.

»Sehen Sie die Wolke?« sagte Holten nachdenklich, »sie sieht aus wie ein großes Segel. Wollen wir nicht zwei Plätze belegen auf diesem Himmelsschiff?«

Es fiel kein Wort, das näher an den Kern der Dinge gerührt hätte. Da war die Festungsmauer — kein Ausweg! Doris saß gerade aufgerichtet, sie wagte nicht, sich zurückzulehnen. Es zuckte zuweilen ein wenig in dem braunen muskelharten Arm hinter ihr. Aber was tat Holten? Er nahm nur ganz sacht ein Blättchen aus Doris' Haar. Das war alles.

Und doch — war es die Liebe ...

An dem Platz unter der Linde war für Erfrischungen gesorgt, die Offiziere bewirteten ihre Gäste mit eisgekühlter Limonade, mit Früchten und Zigaretten. Eine Ordonnanz brachte alles herbei.

Auch Artilleristen waren mit von der Partie, und Oberleutnant Massnitz kam einmal mit einem großen Kasten Konfitüren und das nächste Mal mit den ersten Pfirsichen.

Anne fand ihn nicht so übel, er war ein ganz ansehnlicher Mann, gesetzt und ernsthaft und keineswegs so leicht aus dem Felde zu schlagen. Es erschütterte ihn nicht, daß Holten gegen ihn offenbar stark im Vorteil war.

»Wie gefällt er dir, Doris?«

»Ach, es geht, ganz gut. Er soll nur jedesmal etwas mitbringen.«

Einmal erschien auch Hauptmann Henningshaus auf dem Tennisplatz. Der Chef war in Uniform, er spielte nicht. Er kam sozusagen nur auf Besuch, saß da, rauchte eine Zigarette und sah ein wenig abwesend dem Spiele zu, während er sich mit Mama König unterhielt.

Als Anne nach dem beendeten Match an den Tisch kam, holte er ihr zuvorkommend einen Stuhl an seine Seite. Es war, als habe er nur auf sie gewartet. »Nun, wie geht es?« fragte er. »Ich habe Sie so lange nicht gesehen.«

»Ach«, sagte Anne, »kaum acht Tage.«

Henningshaus lächelte amüsiert, und dabei sah er ihr mit einem unbestimmbaren Blick in die Augen. »Für die nächste Réunion«, fuhr er fort, »beschlagnahme ich im voraus den ersten und den letzten Walzer.«

»Beide schon vergeben«, sagte Anne kühn und guckte in die Luft. Was will er von mir? dachte sie. Ein bißchen gefiel er ihr und dann auch wieder nicht. Er war ihr nicht ganz geheuer. Sie überlegte, was es wohl geben würde, wenn sie dem Chef einmal irgendwo allein begegnete, im Wald zum Beispiel, wo es ganz einsam war. Es wäre so etwas wie ein Abenteuer, nicht ohne Reiz, aber voll Bedrohung und Gefahr. Worin diese Gefahr eigentlich bestehen sollte, davon hatte sie allerdings keine Vorstellung.

Aber es war nicht nötig, sich darüber den Kopf zu zerbrechen. Herr Hauptmann Henningshaus mit dem Monokel war ganz gewiß nicht der Mann, der einsam im Walde spazierte.

Nach Annes Meinung wäre es das gegebene für ihn gewesen, sich an Dorothea v. Wedell zu halten. Sie spielte ja auch nicht Tennis, sondern saß nur mit dabei unter einem Rosenhut. Gewiß war sie ein wenig unbeholfen, und ihre Röcke waren viel zu lang – nicht möglich, einen Schritt damit zu laufen. Aber sie war doch ein schönes Mädchen, nicht mehr jung freilich, aber so anziehend, immer ruhig und liebenswürdig, eine wirkliche Dame.

Doch trotzdem sah es nicht so aus, als könnte man Henningshaus mit Erfolg zureden, sich auf einmal entscheidend für Dorothea zu interessieren ...

Doris und Holten kamen langsam schlendernd den Buchengang herauf. »Hallo«, rief ihnen Ulli Wagner entgegen, »hier wird ein neuer Vierer ausgeschrieben!«

Nein, sie hatten den Ball nicht gefunden.

Der Kamerad verschwieg, daß er ihn längst wieder im Spiel hatte.

Zehntes Kapitel

Es war kein günstiger Tag, den jener entschlossene Besucher sich erwählt hatte, um in den Familienbezirk der Kanthers einzudringen, der doch schon ohnehin von Zäunen umhegt war; es war sogar ein ausgesprochen schlechter Tag dafür, aber das konnte er nicht wissen. Und wenn er es gewußt hätte, so hätte er sich dadurch wahrscheinlich auch nicht zurückhalten lassen. Denn ein Mann, der von einem

Vorhaben besessen ist, pflegt irgendwelchen Nebenumständen keine Bedeutung zuzuerkennen.

Am Abend vorher war Hermann auf zwei Stunden draußen gewesen, er trug eine Aktenmappe und eine sachliche Miene zur Schau; Vater und Sohn hatten in der Glasveranda eine Besprechung, bei der es vor allem um die Saateinkäufe aus der neuen Ernte ging. Wie so oft war keine grundlegende Übereinstimmung zwischen ihnen zu erzielen. Hermann hatte einige Verträge zur Gegenzeichnung mitgebracht, und der Konsul fühlte sich überrumpelt und nannte es gewagt und verfrüht.

»Die Preise werden anziehen«, sagte Hermann ruhig.

»Das ist nicht anzunehmen. Es gibt eine Rekordernte.«

»Sie ist noch nicht unter Dach.«

»Das kann man schon übersehen.«

Hermann blieb bei alledem gleichgültig, beinahe ein wenig abwesend. Wenn ich den entgegengesetzten Standpunkt vertreten hätte, dachte er gelangweilt, so hätte er auch opponiert. Es geht ihm nur darum ...

Er brach vorzeitig auf, um, wie er sagte, vor dem Gang zur Bahn noch einmal die See zu sehen.

»Sag mal«, fragte der Konsul zum Schluß, »ist Fritz bei euch?«

»Wieso? Ist er denn nicht hier?«

»Also nein! Er ist mit ein paar von seinen Jungen unterwegs und sollte heute zurück sein. Schon gut ...«

Hermann begegnete Herrn Duschke mit Familie auf seinem Weg zum Sonnenuntergang, aber es war hier nicht der Ort für ein Gespräch über Grundstücke. Er war im ganzen in seiner Sache ein gutes Stück vorwärtsgekommen, er hatte sozusagen festen Fuß gefaßt vor dem Altenhausener Tor; aber immer noch flogen seine Gedanken wie unruhige Vögel um das verwunschene Brigittenruh. Es zog ihn an und ließ ihn nicht los, obwohl er sich sagte, daß es ein verstiegenes Projekt war. Er konnte zu keinem Entschluß kommen.

An diesem Abend jedoch, zwischen zwei Zügen in Neuenort, war das alles ein wenig zurückgedrängt; während der Unterredung mit seinem Vater über die Saateinkäufe war er insgeheim ganz stark mit etwas anderem beschäftigt gewesen, und der Gang zur See geschah aus den Tiefen seines sonst so wohltemperierten Herzens heraus, das mitten am nüchternen Tag, in einer geordneten bürgerlichen Welt, jäh und heftig zu schlagen begonnen hatte.

Vielleicht war es möglich, diese Frau heute noch einmal wiederzusehen.

Auf dem kleinen Sackbahnhof hinter den Speichern, der so kahl und grau und ganz besonders schäbig aussah, war dieses fremde und eigenartige Geschöpf, bekleidet mit einem weißen Flauschmantel und einem kleinen roten Lederhut, wie eine Erscheinung aus anderen Sphären in seinen Zug gestiegen. Sie saß dann im Nebenabteil am gegenüberliegenden Fenster, Hermann wagte es nicht, den Platz zu wechseln, doch durch den schmalen Zwischenraum konnte er sie während der Fahrt in aller Versunkenheit ungestört betrachten.

Oh, er wußte sehr genau, was das war – von einer Laune des Schicksals mochte diese Frau aus der großen Welt hierher in den östlichen Winkel geweht worden sein, ein ganz erlesenes, kostbares Wesen, geeignet, einen Mann allein durch ein Lächeln um Sinn und Verstand zu bringen.

Er sah das sehr helle, reine Profil eines fast noch kindlich jungen Gesichtes, das zarte Kinn über der eleganten weißen Bluse – wenn sie doch nur ein einziges Mal den Hut abnehmen wollte, damit er den Heiligenschein von Haaren sehen könnte, der darunter sein mußte.

Auf der ganzen Fahrt hatte sich die fremde Frau nicht im geringsten um ihn gekümmert, sie hatte ihn vermutlich überhaupt nicht bemerkt; doch bei der Ankunft in Neuenort durfte er ihr das Gepäck herausheben; er, Hermann Kanther, der sich sonst so schwer zu Ritterdiensten verstand, trug einen hellgelben Lederkoffer, eine Handtasche, einen mächtigen Hutkoffer. Sie hatte ihm einen lächelnden Blick aus ganz hellblauen, verwirrend schönen Augen gedankt: »O danke, sehr freundlich von Ihnen.«

Aber dann hatte der Hausdiener vom Kurhaus alles in Empfang genommen, den Mantel, die Koffer und noch einen Gepäckschein obendrein. Es war beruhigend zu wissen, daß da vermutlich noch ein Schrankkoffer mitherangerollt war, es war die Gewähr für einen längeren Aufenthalt.

Hermann durfte schweigend und in angemessenem Abstand den Bahnhofsweg mit hinaufgehen, zwischen den verbogenen Pappeln hin, vom ersten Hauch der Seeluft umweht. Er war zu gut erzogen und zu zurückhaltend, als daß er etwa auf den Gedanken verfiel, seine Führung anzubieten.

Sie hätte sie auch ganz gewiß nicht gebraucht. Sie schritt leichten Ganges, mit einer großartigen, ruhigen Sicherheit dahin, sie hatte keine Eile, vielleicht genoß sie diesen sommerlichen Weg, das Erlebnis der Ankunft und sich selbst. Hermann stieg hinter ihr her, in seinem Herzen wie nie bewegt, er dachte an seine Primanerjahre, doch nein, ganz anders war es damals gewesen.

Auf einmal war die Frau vor ihm durch eine Tür verschwunden, eine Hecke hatte sich hinter ihr geschlossen; aber er wußte nun, daß dies das Kurhaus war. Keine Sorge, er würde schon wissen, was zu tun war.

An diesem Abend traf er sie nicht wieder. Doch er dachte noch an die Begegnung, als er schon wieder im Zuge saß und draußen unter dem klaren Himmel die langsam dunkelnden Wiesen vorüberziehen sah; er dachte noch daran, als er daheim in die Oberdammgasse einbog, in der zuverlässig und ehrenfest das Kantherhaus stand, ein Feind aller Unordnung und aller schweifenden, rebellischen Gefühle ...

Am anderen Morgen hatte es in der ›Elisabeth‹ eine weitere Auseinandersetzung gegeben, in eben jener Glasveranda, die sonst nur so selten benutzt wurde und die dadurch für solchen Zweck besonders geeignet erschien. Sie gewann bei aller Dürftigkeit ihrer Einrichtung unversehens eine gewisse unheilvolle Feierlichkeit.

»Möchtest du mir nicht vielleicht erklären, wo du so lange gewesen bist?« sagte der Konsul zu seinem jüngsten Sohn.

Fritz stand da — ein langer Bursche in einem schilfleinenen Sportanzug, so wie er vor einer halben Stunde von einer Radtour zurückgekommen war. Sein verschlossenes Gesicht drückte keinerlei Bereitwilligkeit aus, sich zu äußern.

Er hatte eins an die Ohren bekommen, das war der Anfang gewesen. Es gehörte dazu, aber es nahm zugleich der Szene den dramatischen Höhepunkt vorweg. Was noch kommen mochte, war unliebsam, uninteressant und völlig fruchtlos.

Fritz sah gegen die Wand, an der ein farbenprächtiges Ölstück hing, ein nur mäßig gelungener Versuch an einem Neuenorter Motiv. Aber Fritz sah es nicht, der Blick seiner blauen Augen ging durch Bild und Wand hindurch in die unbegrenzten Räume, in denen er wahrhaft zu Hause war. Dies hier ging ihn im Grunde ja gar nichts an.

Wozu das alles? dachte er. Warum muß er uns jedes bißchen Freude zerstören! Beinahe, als ob er das zu seinem Wohlbefinden brauchte ...

»Du weißt doch, daß wir auf der Nehrung waren, Papa«, sagte er schließlich widerwillig.

»Wer ist wir?«

»Theo Hoffmann, Borwieg und ich.«

»Drei Tage, mein Sohn, hatte ich dir zugestanden – wie du weißt, überhaupt nur auf Mamas Zureden, weil das angeblich eine seit langem verabredete Tour war. Es geschah jedenfalls gegen meine bessere Überzeugung. Denn habt ihr hier etwa nicht genug Zerstreuung und Freiheit? Einen Strandaufenthalt über die ganzen Ferien ... Ich weiß nicht, ob viele deiner Mitschüler es so gut haben. Aber nein, das reicht noch nicht aus, ein Vergnügen muß auf das andere gesetzt werden. Ich weiß nicht, wer das in euch hineingesät hat, diese ständige Sucht nach Genüssen, diese verfluchte Unruhe, die immer etwas Neues und Besseres haben will. Von euren Eltern habt ihr das nicht. Zu meiner Zeit verstanden Kinder, sich zu bescheiden und dankbar zu sein. Aber ihr – und ganz besonders du –, ihr kennt kein Maß und keinen Halt und vor allen Dingen keinen Gehorsam ... Nimm gefälligst die Hand aus der Tasche, wenn ich mit dir rede!«

Fritz schreckte leicht zusammen und riß die Hand heraus, er wechselte das Standbein, aber er sah den Vater nicht an.

Der Konsul fuhr mit Schärfe fort: »Du hattest am Sonnabend zurückzusein. Heute ist Mittwoch. Du bist statt drei Tage eine Woche fortgeblieben. Mama hat sich geängstigt. Und ich kann nicht dulden, daß mein fünfzehnjähriger Sohn sich in der Welt herumtreibt. Also bitte!«

Fritz verachtete Ausreden und Umschweife, sie erschienen ihm feige und unwürdig, sie hätten auch nichts genützt. Er sagte mit seinem trotzigen Baß: »Ich war dann noch in Danzig.«

Der Konsul fing an zu lachen. Seine rechte Augenbraue schob sich hoch, und mit dieser Miene bedrohlicher Heiterkeit betrachtete er seinen Sohn. »In Danzig? Hat man so etwas schon gehört? Du hattest dort wohl Geschäfte zu besorgen, wie?«

Schweigen.

»Was wolltest du denn in Danzig?«

»Ich war dort noch nie, ich wollte es kennenlernen.«

Der Konsul blieb einen Augenblick stumm. Er schlug mit dem Brillenfutteral ein paarmal auf den Tisch und schob es dann von sich.

Das war nun sein Kleinster, ein Kind noch, das es dringend nötig hätte, gehütet, ermahnt, zurechtgezogen zu werden. Und nun hatte er auf einmal die Empfindung, daß das gar nicht mehr möglich war. Dieser große, unerschrockene Junge, eine Armlänge vor ihm, schien ihm auf einmal weit entfernt, so weit bereits, daß er ihn nicht mehr erreichen konnte. Der Raum fast eines halben Jahrhunderts war zwischen ihnen. Der Junge stand drüben wie an einem anderen Ufer. Er konnte hinüberrufen, aber der andere hörte ihn nicht mehr.

Der Konsul fühlte sich müde und lustlos und zum ersten Male beinahe gleichgültig in einer so entscheidenden Sache. Was sollte es noch? Es nützte nichts mehr. Und dennoch durfte er es ihm nicht durchgehen lassen, er konnte es sich selber nicht gestatten.

»Ich vermute«, sagte er in seinem gewohnten Ton, »du wirst demnächst zum Titicacasee reisen wollen, weil du noch niemals dort warst. Mir scheint, du bist nicht recht bei Trost. Reisen, mein Sohn, ist etwas für reife Menschen. Damit kannst du anfangen, wenn du dreißig oder fünfunddreißig bist. Erstmal gehört es sich, etwas zu lernen und zu leisten. Und wir wissen ja leider, wie es damit bei dir steht.«

Fritz blickte den Vater an und sah dann wieder gegen die Wand. Vielleicht lag dahinter der Titicacasee, märchenhaft blau und ungeheuer in der Weite der Welt.

»Du warst also drei Tage in Danzig oder gar vier?«

»Drei.«

»Gut, also drei. Und woher hattest du das Geld dazu? Dein Taschengeld ist ja nicht so bemessen, daß du damit derartige Sprünge machen kannst. Ich muß daher vermuten, daß du Schulden gemacht hast. Ich sage dir«, des Konsuls Stimme erhob sich und schwoll, »daß ich für nichts aufkomme. Schulden gibt es in meinem Hause nicht, das sollst du ein für allemal wissen. Es wäre das Letzte zwischen uns, unwiderruflich.«

Fritz antwortete ruhig: »Ich habe keine Schulden, Papa.« Aber sein Blick war nun gesammelt und wach, als gelte es, etwas zu hüten, das jäh bedroht war. Er stand wie ein junger, trotziger Wächter vor seinem innersten Lebensbereich, niemand durfte da hinein, niemand durfte ihm an das Seine rühren und es ihm entreißen.

»Ich war bei Laudiens«, gab er erklärend zur Antwort. Es war eine brauchbare Deckung und entsprach nebenbei auch noch der Wahrheit. Verwandtschaft war und blieb ein ausgezeichnetes Hilfsmittel für eine schwierige Situation. »Sie lassen sehr grüßen. Der alte Herr hat mich auf die Werft mitgenommen. Es war sehr interessant.«

»Es ist mir nicht lieb«, sagte der Konsul unzufrieden, »daß du bei Laudiens sans Façon ins Haus fällst. Wir stehen uns nicht so, und es gehört sich einfach nicht. Laudiens sind alte Leute, und du bist ein junger Bengel, der ihnen naturgemäß nur zur Last fällt. Wir haben auch keine Möglichkeit, uns entsprechend zu revanchieren.«

»Ach«, sagte Fritz, »das war nicht so schlimm. Und dann war Carl da. Der ist vor kurzem aus Kanada zurück. Und jetzt hat er in Schlesien ein Geschäft aufgemacht oder gekauft. Holz, glaube ich. Wir sind gestern zusammen gefahren, er fuhr nach Rußland.«

»Carl Laudien«, sagte der Konsul, »ja, ich weiß, Hermann hat es gestern erzählt.«

Damit konnte wohl die Sache beendet sein, der Delinquent schien glimpflich genug davongekommen. Aber nein, der Konsul ließ einen Faden, den er gewirkt, niemals fahren.

»Das ändert alles nichts an deinem unglaublichen Verhalten. Ich sehe leider, daß wir dir die Zügel zu locker gelassen haben. Du wirst dich in Zukunft nicht mehr ohne unsere Erlaubnis und unser Wissen herumtreiben. Beim nächsten derartigen Fall würde ich dir das Rad wegnehmen. Es gehört sich auch nicht, daß du hier jeden Abend, kaum daß du die Füße unter dem Tisch vorgezogen hast, verschwunden bist. Ich muß wissen, was du treibst. Mama will etwas von dir, ich will etwas, immer heißt es: Fritz ist nicht da. Nie bist du da! Das hört jetzt auf. Du hast gefälligst dazusein. Du hast dich zu melden und um Erlaubnis zu fragen, verstanden?«

Fritz atmete heftig durch die Nase.

»Ob du mich verstanden hast?«

»Ja, Papa.«

»Geh jetzt!«

Die schweren Schritte des Jungen polterten die Verandastufen hinab, er ging wie blind und taub durch den Vorgarten und wandte sich ums Haus.

Dort begegnete er seiner Mutter.

»Sei doch verständig, Fritz«, sagte sie, »es ist so furchtbar unklug von dir; wenn du dich auflehnst, wird es noch schlimmer. Du weißt doch, daß das Papa am meisten reizt.«

Er sah sie finster an.

»Ich will dir ja nicht auch noch Vorwürfe machen«, fuhr Frau Kanther fort, »es hat wahrscheinlich ohnehin gereicht. Wenn du es nur einsehen möchtest, es geht auf die Dauer so nicht. Auch dieses Theater jeden Abend. Wir haben ja nichts dagegen, daß du nach dem Abendbrot noch herausgehst, aber wir müssen wissen, wo du bist. Du kannst es doch wenigstens sagen.«

Fritz stand stumm und steinern da, ohne Bewegung und ohne Blick. Und dann brach der dumpfe Zorn aus ihm wie ein gefangenes Tier: »Ich *will* aber nicht immer ›sagen‹ müssen!«

Das alles war jenem Nachmittag vorausgegangen, an dem Doris und Anne wie zwei muntere Vögel zur hinteren Gartentür hinaus von dannen zogen.

Sie hatten sich beeilt fortzukommen, denn die Stimmung in der Villa ›Elisabeth‹ war ziemlich gespannt gewesen, sie hatte das Mittagessen verschattet und drohte den Tag zu verdüstern. Aber daran war man ja gewöhnt, es war eine Erscheinung des Kantherschen Familienlebens, die periodisch auftrat, sie kam mit Grund und ohne Grund, es war keineswegs etwas Besonderes und Aufregendes dabei. Und doch empfand Anne an solchen Tagen mehr als sonst die Enge, in der sie alle lebten, diesen umzäunten Kreis, aus dem es kein Entkommen gab.

»Es war mal wieder fällig«, sagte Doris, als sie miteinander auf dem Weg waren. »Wenn es nicht Fritz gewesen wäre, hätte wer anders herhalten müssen, du oder ich vielleicht. Es ist schon gut, wenn jemand einen Anlaß gibt, dann braucht nicht mühsam einer gesucht zu werden.«

»Ach, Papa ist ja krank«, erwiderte Anne, »vielleicht kommt es daher. Oder es ist auch seine Natur. Ein gleichmäßig ruhiges Leben, das ist nichts, das hält er nicht aus. Er muß sich von Zeit zu Zeit ärgern, sonst ist ihm nicht wohl.«

»Na, eben. Man muß bloß nicht zu sehr darauf hinhören.«

Wenn sie unter sich waren, sprachen sie offen und ohne allzuviel Zartgefühl über das, was sie die ›häusliche Misere‹ nannten; es war ihre Art, sich davon zu befreien.

»Was meinst du denn, was Fritz in Danzig gewollt hat? Er macht sich erstaunlich selbständig, finde ich.«

Anne erwiderte: »Ich weiß es ganz genau. Er ist in Zoppot auf dem Rennen gewesen!«

»Auf dem Rennen? Das ist ja eine Idee! Wie kommst du darauf? Hat er dir das gesagt?«

»I wo, der sagt doch nichts. Aber ich glaube es ganz bestimmt.«

Es stellte sich heraus, daß Anne, die den Dingen gern auf den

Grund ging, sich in der letzten Zeit über Pferderennen und alles, was damit zusammenhing, unterrichtet hatte. »Die Leutnants«, sagte sie, »reden doch immer davon, und man sitzt so dumm daneben. Ich dachte, ich muß Fritz mal fragen, und er wußte natürlich Bescheid, er wußte bestimmt viel mehr, als er zugeben wollte. Er kannte ja doch die Namen alle – von den Pferden und von den Reitern. Luederssen zum Beispiel, das ist ein Herrenreiter, einer von den Ulanen, der hat bis jetzt die meisten Siege hier im Osten. Und ›Fürbitte‹ ist das erfolgreichste Hindernispferd.«

»Ach, Anne, du bist ja kindisch. Was hast du davon, wenn du das nun weißt? Du kommst doch in deinem Leben nicht auf ein Rennen.«

»Das kannst du gar nicht wissen. Fritz zum Beispiel, er war sicherlich in Zoppot, und du kannst dich darauf verlassen, daß er auch zu Hause auf jedes Rennen geht.«

»Und wo soll er das Geld dazu herhaben?«

»Na, das wird er sich wohl auf irgendeine Weise verdienen.«

»Verdienen, ach du lieber Gott! Wie macht man denn das?«

Aber Anne gab nicht weiter preis, was sie dachte. Die Sache mit dem Totalisator war gewiß etwas Verbotenes und Gefährliches, es war besser, nicht davon zu reden. Doris konnte so schlecht etwas bei sich behalten, und dann bestand die Gefahr, daß der Vater dahinterkam. Man durfte Fritz nicht hereinreißen.

»Wenn ich könnte«, sagte Anne, »ginge ich auch einmal hin. Ich möchte so gern reiten sehen. Wozu leben wir denn in einem Pferdeland?«

»Wir«, sagte Doris, »sind arme Stadtkinder! Wir sind zwei höhere Töchter aus der Oberdammgasse.«

Dann kamen sie auf Laudiens zu sprechen.

»Besinnst du dich noch auf Carl Laudien, Anne?«

»Natürlich, ganz genau, von Hermanns Hochzeit her. Er tanzte doch mit mir und hob mich immer hoch, daß mir die Beine durch die Luft flogen. Ich hatte solche Angst vor ihm, ich hätte am liebsten geschrien, ich glaube, er hatte einen Schwips. Zum Schluß wollte er einen Kuß von mir haben, aber ich rannte fort und versteckte mich hinter Großmamas Stuhl.«

»Er hatte einen Schwips«, sagte Doris. »Mir gab er einen Handkuß, stell dir vor – ich war vierzehn –, Onkel Ernst stand dabei und lachte, und ich habe mich entsetzlich geschämt.«

»Ach, er war vielleicht auch bloß ein bißchen verrückt, aber doch ganz nett, nicht so spießig wie die anderen Laudiens alle, wie sein Bruder Arthur zum Beispiel.«

»Und wie Eva, meinst du wohl.«

»Ja, wie Eva.«

Sie waren zwischen den Gärten hindurchgegangen, und nun kamen sie auf den Fußweg, der durch die Felder zur Landstraße und zum Bahnhof hinunterführte.

Doris und Anne waren festlich angezogen, sie gingen zu Frau Major Königs Geburtstag, die die Schar ihrer Mädchen in den Waldkrug zum Kaffee eingeladen hatte. Sie trugen zur Feier des Tages die großen garnierten Hüte, und auch Anne hatte heute ihren Sonnenschirm – die beiden Schirme, der himbeerrote und der graublaue, schwebten wie zwei farbenfrohe Ballons über ihren Häuptern in der Sommerluft dahin auf dem Wege zwischen den Kornfeldern. Doris trug einen Nelkenstrauß aus der Gärtnerei in ihrer weißbehandschuhten Linken, aber Anne hatte doch wieder nicht einmal Handschuhe an. Sie hielt sie nur in der Hand, es waren abgelegte von Doris, ein wenig eng vom ewigen Reinigen und obendrein aus den Nähten geplatzt. Aber so sah man das nicht.

Eigentlich waren die beiden so richtig guter Dinge, sie hatten das Unbehagen daheim weit hinter sich gelassen und waren erfüllt von Lebensfreude und Erwartung. Das Haff blaute vor ihnen auf, weit, ohne Grenzen, das stille Wasser der Träume.

»Sieh mal, Doris, ein Dampfer ganz hinten.«

Aber Doris sah etwas anderes. Der Vieruhrzug war angekommen und verließ eben wieder den Bahnhof, um in der Richtung zur Stadt weiterzufahren, seine Rauchfahne zog verschwebend über den Baumwipfeln der Landstraße hin. Ein paar Ankömmlinge kreuzten dort unten nach dem Bahnhofsweg hinüber. Hier aber, vom Fuß des schmalen Weges her, der so etwas wie ein Kantherscher Privatweg war, stieg eine einzelne Gestalt auf, die, rasch in die Höhe wachsend, ihnen entgegenkam. Die Sonne blinkte auf der runden Kuppel eines Helms und auf flachen blanken Militärknöpfen. Es war eine ungewöhnlich große und ziemlich wuchtige Erscheinung im Glanze eines langen dunkelblauen Überrockes und strahlend weißer Handschuhe, seltsam heldisch anzusehen zwischen den friedlichen Roggenfeldern, die hoch im Halme standen, wie in zärtlichem Spiel vom Sommerwind bewegt.

Dieser Mann in Helm und Schwert kam entschlossenen Schrittes heran, wie von einem bedeutenden Vorhaben geführt, sein Bild wirkte zugleich von Feierlichkeit umwittert, die von dem hochoffiziellen Aufzug und dem gesammelten Ernst seiner Miene auszugehen schien. Und nun erkannten die Mädchen ihn. »Um alles in der Welt«, sagte Doris voll Entsetzen, »das ist ja Massnitz.«

Es war kein Ausweichen möglich, und so fand die Begegnung statt hier auf dem Weg durchs Korn. Der Artilleriehelm ragte hoch über die schwankenden Ähren hinaus.

»Meine Damen«, sagte Oberleutnant Massnitz nach der Begrüßung, »ich sehe, Sie sind unterwegs, das bedaure ich. Ich hatte nämlich die Absicht – hoffentlich komme ich nicht ungelegen –, ich wollte mir erlauben, Ihren verehrten Eltern einen Besuch zu machen.«

Doris lief vor Schreck ein wenig rot an; doch sie faßte sich rasch. »Ach, das tut uns sehr leid, wir sind eingeladen. Wenn Sie sich trotzdem bemühen wollen ... Aber ich fürchte, meine Eltern werden auch nicht zu Hause sein. Sie wollten einen Spaziergang machen.«

Massnitz sah sie unter dem Helm vor mit ernsten Augen an. Er war nicht der Mann, der sich so leicht zurückschrecken ließ, vielleicht war er seiner selbst und seines Platzes in der Welt sicher genug.

»Ich möchte es trotzdem nicht aufgeben, gnädiges Fräulein«, sagte er mit Nachdruck, »das heißt, wenn Sie selbst nichts dagegen haben.«

»Aber nein, sicherlich nicht. Wieso denn?« Das klang nun wirklich sehr unbefangen.

»Nun, vielleicht habe ich doch Glück.«

Er stand noch immer in seiner guten, ehrenfesten Haltung, er war so übel nicht, wie Anne wieder fand, gewiß verläßlich und treu, und dies war nun bestimmt ein sehr deutlicher, entscheidender Schritt, es war beinahe schon soviel wie eine Bewerbung. Gott, war das Leben aufregend!

Massnitz ließ keinen Blick von Doris, die vor dem roten Schirm wie eine leuchtende, frische Blume dastand und in ihrer leichten Art daherredete; sie hatte diese wunderbare Fähigkeit, mit einem freundlichen Nichts von Worten über die Dinge hinwegzuschweben. Wie konnte sie sich nur so schnell fassen und tun, als ob das gar nichts wäre, wenn ein Oberleutnant in vollem Wichs auftrat, um Besuch zu machen!

Sie, Anne, stand unbeachtet, schweigend daneben, von stürmenden Gedanken bewegt; aber dann sah sie plötzlich ihr Spiegelbild in einem der blanken Artilleristenknöpfe, die auf die breite Heldenbrust geheftet waren, sah sich winzigklein, mit drollig verzogenem

Gesicht unter dem großen Hut mit der Bandschleife, der ein wenig schräg saß. Ein anderer Knopf hatte ein Fünkchen von Doris' rotem Schirm gefangen. Und so schien dieser ganze Auftritt sich in lauter kleinen spiegelnden Räumen zu sammeln, er ließ sich richtig ablesen.

Und damit war auf einmal alles, all das Große, Erhabene und Schicksalhafte, wie durch einen boshaften Trick verkleinert und ins Lächerliche verzerrt. Ja, es war wie in dem Märchen vom Zauberspiegel, der den Menschen, die hineinsahen, das wahre Gesicht der Dinge zeigte. Dies alles hier war nicht ernst zu nehmen und konnte niemals Ernst werden — kein Gedanke, daß es für Doris auch nur das geringste bedeutete. So, wie sie hier standen, etwas feierlich und gezwungen, war es eine Komödie am Wegesrand, man mußte darüber lachen und weiter nichts.

»Ich darf mich empfehlen, meine Damen«, sagte Oberleutnant Massnitz, »auf einen recht frohen Nachmittag!«

Doris und Anne gingen stumm miteinander den Feldweg hinab, Anne ruckte ein wenig mit dem Sonnenschirm.

»Tu mir den einzigen Gefallen, Anne, und dreh dich nicht noch um!«

»Nein, nein«, sagte Anne, aber tatsächlich hätte sie es nur allzugern getan. Es war ein so ungewohnter und bedeutender Anblick, dieser ungefüge Held, der ausgezogen war, eine Festung zu stürmen, noch niemals hatte sie so etwas gesehen.

»Wie kommt der Mensch nur auf diese Idee?« sagte Doris nach einer Weile zornig. »Als ob ich ihn je nur mit einem Wort ermuntert hätte. Du kannst es bezeugen, Anne, es ist mir nicht im Traum eingefallen.«

»Aber du hast immer gesagt, du fändest ihn ganz nett.«

»Ganz nett, na ja, aber doch nicht so, daß er gleich Besuch machen muß. Natürlich war ich liebenswürdig zu ihm, das gehört sich sowieso, und das bin ich überhaupt. Papa hat mal in einer schwachen Stunde gesagt, das sei eine meiner besten Eigenschaften, gerade als ob er mir sonst noch irgendwelche guten zugestände! — Na, egal! Dieser Massnitz, weißt du, er ist nicht gerade unsympathisch, und dann tanzt er merkwürdig gut, das hast du ja auch immer gesagt.«

»Wenn das alles ist«, erwiderte Anne, »dann ist es allerdings nicht viel.«

»Mit seinen Blumen und Konfitüren, ich habe mir wirklich nichts dabei gedacht, das war doch nur eine belanglose Aufmerksamkeit.

Wenn ich gesagt hätte oder auch du, denn du hast ja auch davon bekommen: ›Es tut mir leid, ich darf von einem Herrn nichts annehmen, mein Vater erlaubt es nicht‹ – oder: ›Ich empfinde nicht genug für Sie, um Sie durch Annahme dieser Geschenke ermuntern zu dürfen‹ –, na, das wäre doch einfach albern gewesen. Aber so ist es in diesen Kreisen, wenn man sich frei und unbekümmert gibt, gleich hat man sich festgelegt. Er muß sich ja einbilden, daß er Eindruck auf mich gemacht hat.«

»Ich glaube, es ist umgekehrt: du hast Eindruck auf ihn gemacht, und er ist der Meinung, daß das genügt.«

»Das genügt aber nicht«, sagte Doris erbost. »Wahrscheinlich hat er etwas Geld, und Oberleutnant ist er obendrein, vielleicht schon nahe am Hauptmann, und so denkt er, er kann hingehen und Besuch machen.«

»Du willst ihn also nicht heiraten, Doris?«

»Wer redet denn vom Heiraten?«

»Na, das ist doch damit gemeint.«

Doris sah ihre Schwester an und zuckte die Achseln. »Mein Gott, Anne, woher hast du die Lebenserfahrung? – Jetzt bricht dieser Mensch bei uns in den Garten ein«, fuhr sie fort, »ich wünschte, er fände alles leer, aber es ist nicht anzunehmen, daß es so ist. Papa wird ja sehr erbaut sein! Daß ein Leutnant Besuch macht, das hat ihm heute gerade noch gefehlt. Er ist bestimmt unleidlich. Womöglich setzt er ihn kurzerhand an die Luft! Dann sind wir schön blamiert. Und außerdem kriegen wir abends ein Kreuzdonnerwetter zu hören, verlaß dich drauf!«

»Ich doch nicht«, sagte Anne, »ich bin ganz unschuldig.«

»Ach, laß nur, Anne, das verteilt sich besser auf zwei. Zu Hause wissen sie ja nicht, wer gemeint ist... Aber es kann einem richtig den Nachmittag verderben.«

Indes waren sie auf die Chaussee gekommen und gingen weiter, dem Walde zu. Doris war ein wenig aus der Haltung geworfen, das merkte man; wahrscheinlich bewegte es sie doch, daß da einer kam, ein Mann schlechthin, und sehr entschieden seinen Willen kundtat. Es genügte nicht, aufgebracht zu sein und Unmut zu äußern, man mußte, zum ersten Male vielleicht, über alle diese Dinge nachdenken.

Aber Anne, die so leicht neben ihr herschritt in ihrem frisch gewaschenen und gestärkten weißen Kleid und den weißen Leinenschuhen, fing plötzlich an zu lachen.

»Worüber lachst du eigentlich?«

Anne schmetterte heraus: »Wie er da ankam – eine Reckengestalt in voller Kriegsbemalung und rechts und links die unschuldigen Ähren! Und dann dieser entschlossene Schritt, von Leidenschaft beflügelt, man konnte beinahe sein Herz unter dem Überrock klopfen hören! Wenn dich das alles nicht rührt ...«

Nun lachte Doris auch. »Ach, Anne, du bist ja ein Mädchen ohne Herz. So fein hatte er sich gemacht, und feierlich war es auch.«

Aber Anne war nun in Fahrt und platzte los: »Warum hat er nicht gleich eine Kanone mitgebracht, wo er doch von der schweren Artillerie ist?«

Nun mußten sie beide stehenbleiben und sich ordentlich auslachen, hinterher war es ein zu herrliches Erlebnis, man konnte kein Ende damit finden.

»Die Vorstellung«, sagte Doris und hatte ganz kleine Augen vor Vergnügen, »daß er mit einer Kanone Besuch macht ...«

»Papa sagt: ›Herr Oberleutnant, bitte Ihr kleines Fahrzeug draußen zu lassen, sonst fällt unser Haus zusammen.‹«

»Nein, Papa sagt: ›Bitte geben Sie uns die Ehre zum Abendbrot, damit Sie gleich an Ort und Stelle unter unsern vielen Töchtern wählen können.‹«

Immer fiel einer von beiden noch etwas Neues ein. Sie konnten sich kaum halten vor Gelächter, und Anne liefen zuletzt die Tränen übers Gesicht.

»Jetzt hör auf zu weinen«, sagte Doris endlich, »wir kommen sonst zu spät, sie essen uns allen Kuchen auf.«

Sie waren richtig außer Rand und Band geraten, es war gewiß ziemlich unschicklich, wie sie sich benahmen, zwei wohlgekleidete junge Damen auf der offenen Landstraße, unterwegs zu einem Geburtstagskaffee. Ach, sie waren ganz einfach zwei alberne Dinger unter dem Sommerhimmel, viel zu grün noch für eine ernsthafte Lebensfrage.

Sie kamen in den Wald und hielten sich hintereinander auf dem Fußweg neben der Chaussee, der Boden war so weich und federnd unter ihren Füßen, die Sonne flimmerte durchs Laub.

Ein Wagen kam ihnen entgegen, es war ein Selbstfahrer, ein kleines ländliches Gefährt, vor dem ein braunes Pferd trabte. Der Mann auf dem Wagen grüßte, er hatte einen grünen Jagdhut und ein sonnverbranntes, energisches Gesicht, graues Haar an den Schläfen und helle Augen. Auf dem Sitz hinter ihm saß der Kutscher.

»Anne, war das nicht der?«

»Ja, das war der! Aber dreh dich nicht um.«

»Was denkst du eigentlich von mir? Das machst du doch höchstens! Ich weiß schon: Herr Abendrot.«

»Er heißt aber Feyerabend.«

»Das ist doch dasselbe. Von mir aus kann er auch ›Sonnenuntergang‹ heißen. Aber was macht der jetzt hier auf dem Weg nach Neuenort? Ich denke, der hat ein Gut, da hat er doch am Nachmittag zu tun. Und ist jetzt nicht überhaupt Ernte?«

Anne sagte nachdenklich: »Vielleicht fährt er einen Besuch machen.«

»Der auch?« meinte Doris übermütig. »Welch ein Andrang von Verehrern bei Kanthers! Aber wenn schon, es ist besser, sie kommen alle auf einmal. Dadurch steigt man im Kurse.«

Anne sagte: »Du mußt auch nicht alles auf dich beziehen, vielleicht handelt es sich um mich.«

»Ach, davon habe ich noch nichts gemerkt.«

»Es ist ja gar nicht gesagt«, begann Anne nach einer Weile, »daß Herr Feyerabend zu uns fährt.«

»Nein? Das wär schade. Papa würde ihn fragen: ›Wieviel Morgen haben Sie? Ist Ihr Gut schuldenfrei? Sind die Gebäude in gutem Zustand? Machen Sie meine Tochter glücklich, egal welche.‹ Es wäre entschieden ein Schwiegersohn nach seinem Herzen.«

»Er ist, glaube ich, Witwer und hat eine zwölfjährige Tochter. Das Gut heißt Perwitten und liegt hier irgendwo in der Nähe.«

»Du weißt auch immer alles, Anne. Er soll mal ein Fest geben und uns einladen. Wir wollen es ihm nahelegen.«

Doch Anne, hinter Doris schritthaltend, war in Nachdenken verfallen. Es war gewiß müßig zu überlegen, wohin Herr Feyerabend sein braunes Pferd und seinen kleinen Wagen lenkte. Für sie war er so etwas wie ein Onkel, ein älterer Herr, wahrscheinlich schon über vierzig. Aber man konnte es ja nicht wissen, vielleicht gab es auch in diesen Jahren noch Gefühle und Wünsche. Und es mochte sein, daß so ein Sommer wie dieser und so ein Tag wie der heute manchen Menschen aus seinem Gleichmaß hinaustrieben auf einen ungewöhnlichen Weg.

Es ist, als ob die Herzen auf der Fahrt sind, dachte Anne bei sich, das eine hierhin, das andere dorthin; sie suchen sich die Stelle, wo sie hingehören. Aber wer kann denn sicher sein, wo sie zu finden ist? Es geht bestimmt oft verkehrt. Ach, es ist alles nicht so einfach, ich werde es sicherlich niemals wissen ...

Im Garten des Waldkruges war unter alten Kastanien der Kaffeetisch gedeckt; es war alles ländlich einfach, dicke weiße Tassen und grobe Löffel, in der Mitte der Tafel ein Kornblumenstrauß.

Mama König, hochauffrisiert, in ihrem leuchtendblauen Kleid, war gerade dabei, die Kuchenschüsseln passend zu verteilen. Sie gab dem kleinen dickbackschen Gasthofmädchen die letzten Anweisungen. »Bloß nicht mit der Kaffeekanne trippen beim Eingießen.«

»Kinder«, sagte sie zu den Kanthermädchen, »ihr habt ja die ganze Gärtnerei ausgeraubt für mich. Ja, ja, ihr könnt mir glauben, es ist kein Vergnügen, ein Jahr älter zu werden, aber was hilft es! Es ist auch ein zu schöner Tag, den will ich mir nicht verderben ... Ihr seid ja furchtbar fein, ihr beiden. Ganz neue Kleider? Daß ihr mir aber ordentlich Schlagsahne nehmt, hört ihr? Auch Kuchen! Ihr seht, es ist reichlich von allem da ...«

Von den Königschen Jungen waren nur die beiden jüngsten vorhanden, die sich bereits auf dem Rasen balgten. Die älteren waren für die Ferienzeit an andere Stellen verteilt worden.

Unter den Gästen, die in losen Gesprächen umherstanden, bemerkte Anne einen langen, schlanken Mann in blauem Rock und weißer Hose. Einen Augenblick glaubte sie, Mama König hätte den Chef zu ihrem Geburtstag eingeladen, aber nein, er war es nicht. Es stellte sich heraus, daß es Major König selber war.

Den hatten die beiden noch nie erlebt. Er sah gut aus und war entschieden viel netter, als sie nach gelegentlichen Äußerungen seiner Frau erwartet hatten, liebenswürdig und dabei ein klein wenig ironisch; Anne fand, daß er auch an den Papa erinnerte.

Er sah lächelnd von einer zur anderen. »Kein Mensch hat mir gesagt, daß ich solche charmanten Adoptivtöchter besitze. Ich wäre sonst längst einmal gekommen.«

Aus dem Hause kam die dickbacksche Minna mit einer mächtigen Kaffeekanne.

»Na, setzt euch«, sagte Mama König, »es kann losgehen, es sind alle da. Nein, Fräulein v. Wedell kommt leider nicht.«

Dorothea, so war es, hatte des Morgens eine Absage gebracht. Am Abend vorher war ihre Schwester, Frau v. Ohrt, überraschend eingetroffen.

»Du siehst, es fängt bereits an«, hatte der Konsul zu seiner Frau gesagt. »Es war zu erwarten, ich habe es dir vorausgesagt.«

Weiter hatte er sich zunächst nicht geäußert zu dem, was seine Töchter unter ihren bunten Sonnenschirmen mit allerhand Besorgnis erfüllt und nachhaltig beschäftigt hatte. Denn zu seiner eigenen leisen Verwunderung hatte ihm dieser Mann, der da ohne jede Ankündigung in seinen Garten und seinen Nachmittag eingebrochen war, durchaus keinen schlechten Eindruck gemacht.

Der Glanz der Uniform mit allem Zubehör, der sich seltsam genug an dem Gartenplatz der Villa ›Elisabeth‹ ausnahm, war dem Konsul anfangs sehr fatal gewesen; aber dann fiel es ihm auf, daß dieser hochgewachsene Oberleutnant, dessen Namen er nicht begriffen hatte, eine ruhig-höfliche Haltung zeigte, er rasselte nicht mit dem Säbel und schnarrte nicht mit der Stimme, und ein Monokel hatte er gleichfalls nicht oder hatte es für diesen Besuch nicht angelegt. Er wirkte im Gegenteil gesetzt und bürgerlich, und nach Verlauf der ersten Minuten war der Konsul entschlossen, sich ihn näher anzusehen und die Möglichkeit, die sich da bot, in Erwägung zu ziehen. Es war ihm von vornherein klar, daß es sich um Doris handelte.

»Ich habe die Ehre und das Vergnügen gehabt, Herr Konsul, mit Ihren Fräulein Töchtern im Kurhaus zu tanzen und einige Male Tennis zu spielen. Daher wollte ich mir erlauben, Ihrer Frau Gemahlin« – hierbei wandte er sich mit einer Verbeugung an Frau Kanther – »und Ihnen meinen Besuch zu machen.«

So ungefähr hatte sich Herr Massnitz eingeführt.

Der Konsul hatte erwidert: »Wir danken Ihnen für Ihr Bemühen, unsere Töchter sind allerdings gerade nicht anwesend. Wir leben hier übrigens ganz zurückgezogen, unser dürftiges Sommerquartier, das Sie hier vor sich sehen, verbietet es sowieso, geselligen Verkehr zu pflegen.«

Aber Massnitz war nicht so leicht einzuschüchtern. Er blickte sich um. »Es ist doch ein idyllisches Anwesen, das Sie, wie ich hörte, mit Ihrer Familie allein bewohnen. Ihr älteres Fräulein Tochter hat mir davon erzählt.«

Frau Kanther sagte: »Ja, wir fühlen uns hier trotz aller Enge sehr wohl.«

»Für Sie, gnädige Frau, gewiß die rechte Erholung nach einem langen Stadtwinter.«

Herr Massnitz saß eine gute Viertelstunde, in der es beinahe so etwas wie eine zwanglose Unterhaltung gab. Er sprach mit bemerkenswerter Offenheit und in deutlich erkennbarer Absicht von sich selbst.

So erfuhren Herr und Frau Kanther, daß er aus einem kleinen Ort in Schlesien stammte, wo sein Vater eine Steingutfabrik besaß. Er nannte die Zahl der Arbeiter, die beschäftigt wurden. Sein Großvater hatte sich aus kleinsten Anfängen emporgearbeitet, der Vater dann hatte den Betrieb wesentlich vergrößert. Der jüngste Bruder würde ihn einmal übernehmen. Er selber hatte von jeher starke Neigung für den Soldatenberuf in sich gespürt und auch darin seine Lebensaufgabe gefunden.

»Es ist ja auch der erste Stand im Lande«, sagte der Konsul mit sarkastischer Liebenswürdigkeit.

»Diese Bezeichnung, Herr Konsul«, gab Massnitz ruhig zurück, »ist oft genug mißdeutet worden. Es mag zugegeben werden, daß den jungen Menschen oft der bunte Rock an und für sich verlocken mag. Wenn er ihn erst eine Weile trägt, erkennt er doch meistens, daß er nur ein Ausdruck ist, das Symbol der stärksten Disziplin und des höchsten Opfergeistes. Zum Soldaten ist nur geeignet, wer das begreift.«

Herr Massnitz sprach von der Stadt und seinem Dienst, er äußerte sich darüber, daß der Garnisonsdienst ihn auf die Dauer nicht befriedigen könnte. »Er ist notwendig und selbstverständlich. Jeder muß da hindurch. Der praktische Dienst, von der Pike auf geleistet und in Fleisch und Blut übergegangen, macht den Soldaten aus. Aber er ist nur ein Teil unseres Berufes, es gilt, das Ganze zu durchdringen.«

Er hatte die Kriegsakademie hinter sich und war nahe am Hauptmann. Er hatte sich ein Ziel gesetzt, er besaß Ehrgeiz und vielleicht einen zähen Willen. Er ließ durchblicken, daß er auf die Einberufung zum Generalstab hoffen dürfe.

»Und wie steht es mit der Nutzanwendung?« fragte der Konsul dazwischen. »Wir leben in einem langen Frieden.«

»Wir Soldaten«, erwiderte Oberleutnant Massnitz, »insbesondere wir aktiven Offiziere, vergessen niemals, wozu wir eigentlich da sind. So schrecklich der Krieg sein mag, uns bringt er die Erfüllung und Bewährung. Es ist keiner unter uns, Herr Konsul, nicht der jüngste Leutnant und nicht der kleinste Fähnrich, der das nicht weiß, dem das nicht in sein Herz hineingehämmert ist. Sie sehen es ihm nur nicht an, Herr Konsul, und das ist seine Stärke. Wir wünschen den Krieg nicht herbei, weiß Gott, aber wir sind mit unserem ganzen Denken auf ihn ausgerichtet. Man hat uns dazu erzogen, seine Notwendigkeit zu erkennen. Er ist wohl doch ein unabänderliches Gesetz der Erde, wir wissen, daß er einmal kommt. Vielleicht ist er noch fern, vielleicht geht er an unserer Generation vorüber, das weiß ich nicht, das steht in den Sternen geschrieben. Wir treiben ja keine Politik, Herr Konsul, das ist dem Soldaten verboten. Gott sei Dank, denn sie ist – verzeihen Sie mir – ein recht scheußliches Geschäft.«

»Zugegeben, aber leider doch notwendig und immerhin gelegentlich interessant. Lesen Sie denn auch keine Zeitungen, Herr Oberleutnant?«

»Gewiß, Herr Konsul. Sie müssen nicht denken, daß ein Mann in meinen Jahren, weil er des Kaisers Rock trägt, etwa an den Ereignissen der Welt und an der Entwicklung der Dinge mit geschlossenen Augen vorübergeht. Aber es ist nicht Sache des Soldaten, sich darüber Gedanken zu machen. Es vereint sich nicht mit unserem inneren Gesetz. Wir folgen dem Befehl, wenn es einmal so weit ist.«

Der Konsul bewegte in leichter Abwehr den Kopf.

»Dann, Herr Konsul, wird es sich zeigen, was es heißt: der erste Stand ...«

»Es ist merkwürdig«, sagte der Konsul gegen Abend zu seiner Frau, »diese Leute sind doch wie ummauert von ihren Begriffen. Dieser ewige Trommelwirbel wird uns eines Tages noch teuer zu stehen kommen. Und dabei war dieser in seiner Art ein ganz verständiger Mensch. Daß sein Großvater noch ein kleiner Töpfer war, ist ihm übrigens nicht einmal wesentlich anzumerken.«

»Vielleicht ist sein Vater schon ein großer«, meinte Frau Kanther.

»Wir wollen es ihm wünschen ... Du kannst einmal zu ergründen suchen, Clara, wie sich Doris zu dieser Frage stellt. Man darf es natürlich nicht von vornherein von der Hand weisen.«

Dieser Oberleutnant war nicht mehr allzu jung, er hatte vielleicht eine Karriere vor sich, er besaß Geld. Er konnte es sich leisten, sich um ein armes Mädchen zu bewerben. Nein, es war schlechterdings nichts gegen den Mann zu sagen.

Beim Abendbrot in der offenen Diele, bei Rührei und abgekochtem Schinken, betrachtete der Konsul seine älteste Tochter mit einem überlegenden Blick. »Einer deiner Tänzer hat uns der Ehre seines Besuches gewürdigt, Doris. Herr Marwitz oder so ähnlich. Wenn da aber noch mehr Leutnants kommen sollten, in Scharen womöglich, so empfange sie gefälligst allein.«

Doris stieß Anne unter dem Tisch an. Das sollte ungefähr heißen: Was würde er wohl sagen, wenn ich das wirklich täte!

Hauptmann Henningshaus erhielt am Abend im Kasino einen Anruf aus Neuenort. Er saß gerade beim Essen und spürte keine Neigung, seine Brühe kalt werden zu lassen, darum schickte er die Ordonnanz zurück an den Apparat, um zu fragen, wer da sei. Es meldete sich der Oberkellner vom Kurhaus, Stobbe mit Namen, er wollte sich erlauben, später noch einmal anzurufen, wenn der Herr Hauptmann gegessen habe.

Der Oberkellner Stobbe vom Kurhaus Neuenort war ein älterer Mann, den Henningshaus seit Jahren kannte. Solange er hier selbst in Garnison stand, hatte Stobbe schon drüben das Kurhaus besorgt. Er war die Seele des Ganzen, ohne ihn wäre es nichts gewesen als ein nüchterner Kasten ohne Stil und Atmosphäre, ein Haus mit einigen ziemlich dürftigen Zimmern und einem simplen Tanzboden.

In jedem Sommer, den Gott werden ließ, waren die jungen und jüngeren Offiziere zu den Réunions hinübergefahren, mitunter auch in der Woche noch einmal, wenn es sie nach einer Abwechslung verlangte. Hennigshaus hatte manchen Abend in der Veranda des Kurhauses verbracht, und immer hatte der Oberkellner Stobbe ihn persönlich bedient, mit verständnisvoller Sorgfalt, ja, auf eine Art waren der Hauptmann und der Kellner miteinander befreundet. Zuweilen, wenn alles übrige den Chef langweilte, hielt er Stobbe, der ihm einen Grog brachte, zu seiner Unterhaltung am Tisch fest.

Dieser Oberkellner war in jüngeren Jahren weit herumgekommen, er war als Steward auf einem Hapagdampfer gefahren und hatte dann in Brüssel und in Paris in ganz großen Hotels gearbeitet. Vielleicht war er ein reicher Mann, man wußte es nicht, vielleicht hatte er auch wieder viel verbraucht, wie es die Art solcher Leute war; jedenfalls besaß er irgendwo ein kleines Haus mit einem Garten und überdies wohl so viel, daß er davon leben konnte. Er hatte es gewiß nicht nötig, sich noch zu plagen, aber zu jedem Sommer kam er nach Neuenort und übernahm den Dienst im Kurhaus, vielleicht war es eine Passion von ihm, man weiß nicht, was es war.

Henningshaus hatte als junger Offizier in einer elsässischen

Garnison gestanden und besaß von der Zeit her gute französische Sprachkenntnisse; er war auch das eine oder andere Mal während eines Urlaubs über die Grenze gefahren. Er ließ sich von Stobbe aus seinen Pariser Jahren erzählen, und der Oberkellner geriet in Fahrt und fiel ins Französische; es nahm sich seltsam genug aus hier in der Veranda eines primitiven Kurhauses in einem entlegenen ostpreußischen Seebad, es war, als weitete sich die Welt ein wenig, und Henningshaus fand sich auf die angenehmste Weise unterhalten.

Stobbe seinerseits bewies dem Herrn Hauptmann eine tiefgewurzelte Anhänglichkeit und höchstpersönliche Fürsorge, er hatte immer eine bestimmte Zigarettenmarke für ihn da und den Kognak, den der Chef am liebsten trank; außerdem war er auf eine geheimnisvolle Weise darüber unterrichtet, was diesen etwa besonders interessierte und ihm irgendwie am Herzen lag. Das alles kam nicht etwa von den guten Trinkgeldern her, es hatte nichts zu tun mit der Uniform und dem militärischen Rang, sondern war einfach die Wirkung einer Persönlichkeit und ihrer menschlichen Haltung auf ein in seiner Weise empfängliches Gemüt.

Eine Stunde später, als Henningshaus bereits mit dem Stabsarzt Rothe beim Schachspiel saß, kam der Anruf von neuem. Der Oberkellner Stobbe war ein wenig umständlich am Telefon, und Henningshaus konnte anfangs kaum herausfinden, worum es sich handelte. Er habe schon mittags einmal angerufen, aber der Herr Hauptmann wären nicht anwesend gewesen. Es war da von einem Zigarettenetui die Rede, das beim letzten Besuch der Herren im Kurhaus liegengeblieben sei; ein sehr schönes Etui aus gehämmertem Silber, innen vergoldet, ungraviert. Er, Stobbe, wäre nicht sicher, ob es nicht vielleicht des Herrn Hauptmanns Eigentum sei, obwohl er dessen Sachen zu kennen meinte. Vielleicht gehöre es einem der anderen Herren. Es sei jedenfalls da und solle gut aufgehoben und verwahrt bleiben, bis die Herren wieder einmal nach Neuenort kämen.

»Es ist gut, Stobbe«, sagte Henningshaus, »ich werde mal nachfragen.« Im Augenblick schoß es ihm durch den Sinn, warum der Kellner diesen Fund nicht bereits vor vier oder fünf Tagen gemeldet haben mochte, es schien seltsam inkonsequent, da er ihn ja so wichtig nahm.

Aber da begann der drüben noch einmal: »Ich wollte noch etwas sagen, Herr Hauptmann ... Die – Dame ist gestern abend angekommen. Frau v. Ohrt, jawohl. Die gnädige Frau ist bei uns abgestiegen.«

Hauptmann Henningshaus verhielt einen Augenblick. »So«, sagte er dann und sagte es noch einmal mit seiner etwas schweren Stimme. »Ich danke Ihnen, Stobbe. Es ist gut.«

Es fragt sich, ob es gut war. Vielleicht war es auch nicht gut. Henningshaus kam zurück an den Schachtisch und setzte sich.

»Was Wichtiges?« fragte der Stabsarzt.

»Sehr wichtig. Einer von den Jungen hat sein Zigarettenetui im Kurhaus liegenlassen. Also ...« Er saß und sah auf das Spiel und versuchte, seinen Zug zu bedenken. Es dauerte eine Weile, aber Rothe wurde nicht ungeduldig, er paffte vor sich hin.

Dann zog Henningshaus, und Rothe stieß eine Wolke von Qualm in den Raum. »Das war nun ganz bestimmt verkehrt«, sagte er und nahm seinem Gegner einen Turm.

»Na«, machte Henningshaus und weiter nichts. Er begann sich wieder auf das Spiel zu sammeln, und es gelang eine Zeitlang, er vermochte den Stabsarzt sogar ein wenig in die Enge zu treiben und den Oberkellner Stobbe mit seinem Anruf darüber aus seinem Bewußtsein hinwegzuschieben. Das ging vielleicht eine halbe Stunde so, aber dann war es vorbei.

Es war, wie wenn jemand ein Gift zu sich genommen hat. Er weiß darum und tut so, als ob es nichts ist: Was kann da sein – ich spüre nichts, ihr seht es, ich gehe umher und bin lebendig und gesund! Was wollt ihr denn, meine Hand zittert nicht einmal. Erst nach einer Weile kommt das erste leise Frösteln und der raschere Herzschlag, und dann ist es da, dann ist es Wirklichkeit. Dann läßt sich der Organismus nicht mehr betrügen.

»Schluß für heute«, sagte Henningshaus plötzlich, indem er aufstand, »ich mag nicht mehr, Sie sollen mich nicht kleinkriegen. 'n Abend, Rothe.«

Er nahm die Streichhölzer vom Tisch und steckte sie ein, nahm draußen seine Mütze und ging.

Er kam über die Terrasse, auf der ein paar von den Leutnants beim Skat saßen und der Fähnrich Kunze auf der anderen Seite ein wenig verloren und melancholisch auf der Ziehharmonika spielte. Auch Holten war dabei.

Eigentlich sah es so aus, als langweilten sie sich alle miteinander, aber es konnte sein, daß sie das selber gar nicht wußten. Ja, so war es nun einmal, es war der Abend der ledigen Leute in so einem kleinen Nest, er selber war in der gleichen Lage. Es hatte keinen Zweck zu überlegen, ob die Verheirateten wie Major Boeckel und die beiden anderen Hauptleute etwa besser dran seien. Vielleicht, vielleicht auch nicht. Eine solche Frage war niemals allgemein zu entscheiden.

Sie fuhren auf der Terrasse in die Höhe, als der Chef heraustrat, aber er winkte ab – »lassen Sie sich nicht stören, meine Herren!« – und ging die Stufen hinunter nach draußen.

Er kam nicht darauf, das Zigarettenetui zu erwähnen, denn nun war es ihm ganz klar, daß das nur ein Vorwand war. Vielleicht existierte es überhaupt nicht, und der Oberkellner Stobbe hatte nur irgend etwas gebraucht, womit sich sein Anruf begründen ließ. Er hatte es nicht *ge*funden, sondern *er*funden. Vermutlich würde nie wieder davon die Rede sein. Ja, so war er, man konnte ihm so etwas durchaus zutrauen.

Während Henningshaus den kleinen Garten durchschritt und auf die Straße hinauskam, bemühte er sich, seine Gedanken auf Holten zu richten. Immer wenn er ihn sah, empfand er mit Wärme, daß ihm dieser schöne, lebensvolle junge Kerl besonders ans Herz gewachsen war. Es wäre nicht gut, dachte er, wenn er sich womöglich hoffnungsvoll verrennen würde. Was sollte dabei schon herauskommen!

Daß die jungen Offiziere sich bei diesen sommerlichen Unternehmungen gelegentlich in das eine oder andere junge Mädchen verliebten, war das gegebene und natürliche, er hatte es oft genug miterlebt. Schließlich waren die Mädchen dazu da. Es durfte nur nicht Ernst daraus werden. Und es schien ihm, daß sein junger Kamerad Holten sich für das ältere Fräulein Kanther mehr als nötig ins Zeug legte. Die Kanthers waren sicherlich eine ausgezeichnete Familie – nichts zu sagen – und diese Doris bestimmt ein sehr hübsches Mädchen; obgleich er selber die Kleine, dieses drahtige Fohlen, ungleich reizvoller fand.

Aber da war kein Geld, das wußte man.

Holten war fünfundzwanzig, es hätte bedeutet, neun bis zehn Jahre bis zum Hauptmann zu warten, ehe an Heirat zu denken war. Es gab ja solche Fälle, in denen gewartet wurde, es gab sie sogar immer wieder; aber man mußte mitansehen, wie die Jugend dabei draufging und die Liebe welk wurde. Wie hätte es auch anders sein können! Und Holten, im Grunde ernsthaft und beinahe ein wenig zu redlich, wäre womöglich fähig, sich auf einen solchen Unfug einzulassen. Man konnte nicht wissen, ob der Vater der Kantherkinder, dieser hochehrbare Konsul, den Henningshaus nur vom

Hörensagen kannte, Vernunft genug besäße, seiner Tochter eine solche Torheit auszureden.

Es ist keine Verrücktheit so groß, daß sie nicht aus Liebe geschehen könnte, dachte er mißbilligend. Man muß ihn davor bewahren, ehe es vielleicht zu spät ist.

Und er überlegte, wie weit denn wohl seine eigene Verantwortung in dieser Sache reichte, während er durch die abendlichen Straßen der Kleinstadt ging, auf den randschmalen Bürgersteigen und über das rundköpfige Pflaster zwischen den Reihen engbrüstiger, niedriger Häuser. Ich sollte ihn mir mal vornehmen, dachte er. Holten ist zu schade dazu, sich in solchen engen Verhältnissen festzufahren. Er müßte in eine große Garnison, wo er Anregung und Auftrieb kriegt. Was ist das hier schon für ihn? Ein Junge wie der, von der Natur ausersehen, etwas zu erreichen. Dem muß man Bewegungsmöglichkeit geben und ein großes Ziel, anstatt daß er hier im Gamaschendienst klebenbleibt.

Und da stand dem Chef auf seinem einsamen Weg mit einem Male sein eigenes Bild vor Augen, das Bild des älteren Offiziers, der in einer kleinen Garnison langsam versandete.

Er überquerte den Markt und wandte sich nach dem Hafen, über den Bastionen stand das Abendrot, das Wasser war weit und blau, wie Silber glänzend, ein paar Schiffe lagen am Kai im abendlichen Licht. Die letzte Fähre kam herüber.

Er ging mit langsamen Schritten am Wasser entlang, nach der Mole hinaus.

Und nun war es so weit, daß er seinen Gedanken nicht mehr entrinnen konnte. Wie stand es denn? Wäre er wohl fähig gewesen, auf Liselotte v. Wedell zehn Jahre zu warten?

Ich! dachte er geschlagen. Nicht zehn Jahre, sondern ein Leben lang! Und sie? Sie — niemals!

Aber was nützte es schon, das zu wissen?

Es war auch bestimmt nicht wichtig zu erfahren, wie der Oberkellner Stobbe zu diesem Anruf kam. Vielleicht besaßen diese Leute so etwas wie einen sechsten Sinn, oder sie erwarben ihn durch langjährige Erfahrung. Wenn es ein Auftrag gewesen wäre, dann hätte er es gesagt. Aber da war schlechterdings kein Auftrag möglich. Es war unzweifelhaft sein eigenes Unternehmen gewesen. Das gescheiteste war, die Sache nicht weiter zu untersuchen. Das gescheiteste wäre, von alledem hinwegzugehen, sich nicht darum zu kümmern und nicht daran zu denken. Vielleicht war es dann nicht mehr da.

Die Mole vor ihm war lang und frei, sie zog geradeswegs in die See hinaus. Man brauchte fast eine halbe Stunde, bis man ans Ende kam, und wenn man unterwegs war auf diesem schmalen Damm, an den von beiden Seiten das Wasser spülte, hinter dem zuletzt nichts mehr als Ferne war, dann konnte man sich einbilden, daß dieser Weg in die Freiheit führte. Es war nur die Illusion eines Ausweges, aber immer noch besser, als hinzugehen und sich zu betrinken. Denn das half auch nicht.

Henningshaus ging mit schlenderndem Schritt, er hatte ja keine Eile; warum denn, es gab niemanden, der auf ihn wartete, nicht hier und nicht drüben in Neuenort und anderswo auch nicht. Er sah auf das weitgeöffnete Wasser hin, das langsam seinen Schein verlor. Drüben, von der Nehrung her, zogen die braunen Segel der Fischerboote in See. Dann schrie eine Sirene hell und scharf, ein kleiner, schwarzer Dampfer kam aus der Tiefe des Hafens herauf, er hatte schon seine Lichter gesetzt und nahm seinen Weg nach draußen. Das war das Torpedoboot, das zwei Tage hier gelegen hatte und heute abend wieder ausfuhr. Es machte anfangs langsame Fahrt, und doch hatte es den einsamen Gänger auf der Mole bald überholt, es legte zu und wurde rasch kleiner und ferner, es zog unter dem verblassenden Himmel in die offene See. Die ersten Sterne erglommen, hoch und hell.

Henningshaus sah dem entschwindenden Fahrzeug nach, und unvermittelt kam ihm ein Wort in den Sinn, das er zu Hunderten von Malen, da und dort im Deutschen Reich, in dienstlicher Haltung und Helm ab, in sein soldatisches Bewußtsein genommen hatte. Es war das Schlußgebet aus dem Militärgottesdienst: »... Schütze unsere gesamte Streitmacht zu Lande und zu Wasser, in Sonderheit die Schiffe, welche auf der Fahrt sind.«

Auf einmal war da die Erinnerung an einen Ostersonntag, acht Jahre her, die große Garnisonkirche, in der die vielen Wappen an den Wänden hingen, durchflutet von Sonne und in den Bänken zu seiten des Altars die Offiziere mit ihren Angehörigen, wie immer an den großen Feiertagen vollzählig zum Gottesdienst wie eine einzige große Familie. Ihm und seinen Leuten gegenüber saß unter den anderen der Oberstleutnant v. Wedell mit seiner Frau und den beiden Töchtern, Dorothea, der älteren, die bereits den ersten Winter ausgegangen war, und der jüngeren, Liselotte, die erst fünfzehn oder kaum sechzehn sein konnte. Sie hatte beinahe wie eine junge Dame ausgesehen mit dem kleinen Schleier um den Hut und den weißen Handschuhen, so recht eine Soldatentochter beim Kirchgang, und war doch nur ein unbeschreiblich süßes, kindjunges Geschöpf, das seine blauen Augen andächtig zu den Kirchenfenstern hob.

Damals hatte er sie zum erstenmal gesehen.

Er hatte es nicht hindern können, daß sie ein Jahr später, mit knapp siebzehn, den Rittmeister v. Ohrt heiratete, der mehr als doppelt so alt war. Es war niemals in Frage gekommen, daß Liselotte v. Wedell auf ihn selber wartete. Aber wie eine solche Ehe ausgehen würde, das konnte man beinahe voraussehen.

Vor drei Jahren in Neuenort hatte sie noch mit ihrem Mann im Kurhaus gewohnt, und der Oberkellner Stobbe hatte die schöne junge Frau mit Verehrung und Ergebenheit bedient. Wahrscheinlich hatte er schon damals manches begriffen. Vielleicht stammte aus jener Zeit die geheimnisvolle Kenntnis einer Tatsache, die der Chef der ersten Kompanie, Hauptmann Henningshaus, sich kaum selber eingestand.

Jetzt war sie allein, und gestern war sie wiedergekommen. Aber das galt nicht ihm, das hatte nicht das geringste mit ihm zu tun. Er durfte nicht eiligst auf den Bahnsteig gehen und den letzten Zug nach Neuenort zu erreichen suchen. Er konnte nicht morgen früh sein Pferd satteln lassen und zur Begrüßung hinüberreiten. Er würde nur bei Gelegenheit in aller Form, ohne jeden Aufwand, eine oberflächliche Bekanntschaft erneuern. Und weiter würde nichts sein. Was vermochte er dieser Frau zu bedeuten, er, ein simpler bürgerlicher Linieninfanterist ohne Vermögen? Er war ein Mann im Hintergrund, sonst nichts.

Henningshaus hatte den Molenkopf erreicht und blieb dort stehen mit dem Blick auf die dunkelnde See. Es war kühl hier draußen, ein leichter Wind war aufgekommen, hoch oben zogen weiße, zerrissene Wolken über die Sterne. Unten schlug das Wasser immer wieder sanft an das Bollwerk.

Die Mole zog als ein schmaler Streifen zum Land zurück, dort hatte der Leuchtturm sein gleißendes Feuer entzündet und warf seine Lichtbänder um sich. Sie glitten über die lange Reihe der kleinen Häuser am Hafen hinweg, die gespenstig auftauchten und wieder verschwanden, griffen über das Tief nach der Stirn der Nehrung und wanderten suchend über die See.

Der einsame Mann dort am Ende der Welt zündete sich ein wenig mühsam eine Zigarette an, er stand in gelassener Haltung und rauchte, allein und fremd, getrennt von dem Leben.

Und doch wußte er, daß der Ausweg zu Ende war.

Wieder kam ein Dampfer aus dem Hafen heran, es war ein langgestreckter, schwerer Bursche, der tief im Wasser lag; er fuhr unter einer mächtigen Rauchfahne langsam davon, ein Frachter, der über das Haff gekommen war. Er zog hinaus in die See, und seine Lichter waren noch lange zu erkennen.

Henningshaus sah ihm gedankenvoll nach, dann wandte er sich zum Rückweg. Was nützte es alles?

Es trieb ihn doch wieder, es ließ ihn nicht los. Es saß zu tief in ihm. Es war eins von den Dingen, die nicht überwunden werden konnten. Ein Narr, sagte er sich, ein zweigestirnter Narr! Doch – wer kann für sein Herz?

Henningshaus warf den Rest seiner Zigarette in das dunkle Wasser. Er ging langsam heim.

»... In Sonderheit die Schiffe, welche auf der Fahrt sind ...«

»Es hat mich namenlos angestrengt«, sagte Liselotte v. Ohrt zu ihrer Schwester, die sie an diesem Abend von der elterlichen Wohnung ins Kurhaus zurückbegleitete. »Ich kann nicht begreifen, wie ich das früher ausgehalten habe. Den ganzen Tag Familienleben, auch noch einen gemeinsamen Spaziergang. Es fehlte nur noch die Handarbeit am Abend!«

Dorothea war ein wenig betreten. »Ach, Liselotte, die Eltern sind ja so glücklich, dich einmal wieder dazuhaben.«

»Mich, die entgleiste Tochter?« sagte Liselotte leicht und heiter. »Beinahe scheint es so. Ja, sie sind bestimmt rührend, alle beide. Papas Haltung ist direkt heroisch. Aber mich plagt diese Güte, für die ich gar nicht genügend Verwendung habe, und diese schmerzvolle Standhaftigkeit im Unglück, wie die Angelegenheit doch wohl genannt wird. Oder vielleicht ist es sogar eine Schande, wie? Mein Gott, warum so viel seelischer Aufwand für eine so alltägliche Sache! Ich will dir etwas sagen, Dorette: Ich habe fast ein Jahr damit zu tun gehabt, ein kostbares, unwiederbringliches Lebensjahr, ich habe jetzt genug davon, ich will nicht mehr daran denken. All das langweilt mich entsetzlich, und ich habe nicht die Absicht, mich langweilen zu lassen.«

»Nein«, sagte Dorothea, »das hast du ja auch schon früher nicht gewollt.«

»Ach«, sagte Liselotte aus Herzensgrund und lachte, »du ahnst ja gar nicht, wie schön die Freiheit ist. Ich weiß es auch erst, seit dein ehemaliger Schwager Hans v. Ohrt einsah, daß es nicht möglich war, mich festzuhalten. Und nun meint ihr wohl, ich bin gekommen, um in den Schoß der Familie zurückzukehren? Ach nein, das wäre allerdings das letzte. Ich komme ein bißchen zu Besuch, auf so lange oder so kurze Zeit, wie es mir gefällt. Wenn ihr mir aber irgendwie zusetzt, fahre ich gleich wieder ab. Dieser Begrüßungstag heute war nur ein Zugeständnis für den Anfang.«

»Es war doch vorgesehen«, erwiderte Dorothea hartnäckig, »daß du bei uns wohnen würdest. Es hätte sich bestimmt einrichten lassen. Aber du hast dich ja nicht angemeldet, wir wußten nicht, ob du kommst, wann du kommst. Und dann bist du auf einmal da, wohnst im Kurhaus und stellst uns vor die vollendete Tatsache.«

»Na eben«, sagte Liselotte gleichmütig.

Eine Weile gingen die beiden Schwestern nebeneinander her, als hätten sie sich gezankt. Aber so war es nicht. Liselotte hatte nur gesagt, was sie dachte, und war nun damit fertig – nicht nötig, sich weiter darüber zu verbreiten. Und Dorothea war betroffen von dem Wesen der Schwester, wie immer, wenn sie nach längerer Zeit wieder mit ihr zusammen war. Jedesmal, fand sie, hatte sich Liselotte ein Stück weiter entfernt von ihr und den Eltern und dem guten alten Weg, auf dem die Wedells in Jahrhunderten gegangen waren. Schon in ihrer Kindheit war sie wie ein verflogener Vogel im Nest gewesen, unruhig und eigenwillig, im Grunde war niemand mit ihr fertiggeworden. Und jetzt erschien sie wie ein Geschöpf aus einer fremden Welt, es machte Dorothea unsicher und zugleich ein wenig gereizt.

Aber Liselotte schob ihr im Gehen die Hand unter den Arm – das hatte sie schon früher immer getan, wenn Dorothea gerade meinte, daß sie sich ganz und gar nicht verstanden. Es war dann sofort alles wie weggewischt. Liselotte ging mit so leichtem Schritt neben ihr her, wie leicht mußte ihr Herz sein – und Dorothea spürte wieder die Wärme und die Frische, die von diesem seltsamen, launischen, immer wieder heißgeliebten Geschöpf zu ihr herüberströmten. Ach, man konnte ihr nicht widerstehen ...

»Dieses Kurhaus ist köstlich«, sagte Liselotte, als sie die Treppe hinaufgingen, »es hat so etwas Frommes und Patriarchalisches und könnte einen direkt zu den Sitten der Väter zurückführen.«

Dorothea sah ihr zu, wie sie herumging und hantierte – sie suchte die Kofferschlüssel, und dann zog sie eine gestickte weiße Decke aus dem großen Koffer unter einer Ladung Kleider vor und breitete sie auf den Tisch vor dem roten Plüschsofa; sie reckte sich vor dem Schrank zu dem obersten Bord hinauf, um ein paar Schachteln und eine Blechbüchse herunterzuholen.

»Was suchst du denn eigentlich?« fragte Dorothea, die auf der Seitenlehne des Sofas saß und einen inneren Druck verspürte, wie wenn sie auf dem Weg zu unrechten Dingen wäre.

»Das wirst du schon sehen. Jetzt kommt der bessere Teil des Tages.«

»Aber, Liselotte, ich muß doch nach Hause.«

Liselotte stellte sich vor sie hin. »Das sähe dir ähnlich, aber das gibt es nicht. Ich habe heute genug ausgestanden, jetzt brauche ich meine Erholung. Um alles in der Welt, was willst du denn zu Hause, es ist ja kaum neun! Geht ihr denn mit den Hühnern zu Bett? Oder schickt es sich bloß nicht, daß Fräulein v. Wedell in der Dunkelheit nach Hause geht? Könnt ihr denn immer noch nicht heraus aus euren entsetzlich engen Begriffen? Ich bin überzeugt, Dorothea, wenn du fünfzig bist, läßt du dich immer noch vom Burschen oder von einem achtzehnjährigen Stubenmädchen abholen. Also, sei beruhigt, ich bringe dich. Aber du wirst mir nicht den Abend verderben, hörst du? Ich habe mich so sehr darauf gefreut, du kannst es dir gar nicht vorstellen, wie sehr. Wenn du wüßtest, wie oft ich mich nach dir gebangt habe, du altes Scheusal!«

Liselotte hatte auf einmal Tränen in den Augen, sie umarmte die Schwester stürmisch, und diese war bestürzt und verwirrt.

»Sei so gut, Dorette, mach die Konfitürenschachtel auf, hier sind Kognakbohnen und da Fruchtpasten, und dann die Blechbüchse mit den Salzmandeln, der Deckel sitzt so fest. Wir machen uns ein wunderschönes Arrangement.«

Dann drückte sie auf den Klingelknopf. »Hast du was gehört? Ich nicht. Ich bin doch neugierig, ob wer kommt. Wahrscheinlich gehen die Mädchen hier um acht ins Bett.«

»Ach was«, sagte sie nach einer Weile, »das dauert mir zu lange.« Sie ging hinaus und ließ die Tür offen, Dorothea hörte sie summend die Treppe hinuntersteigen. Das Kurhaus gehörte ihr bereits, und über den Oberkellner konnte sie verfügen. Liselotte ergriff von allem Besitz, so war es immer – Tag und Nacht waren ihr untertan, Himmel und Erde und das ganze Leben. Und die Herzen der Männer, dachte Dorothea in geheimem Gram . . .

Nach einer Weile erschien Liselotte wieder, und dann kam der Oberkellner Stobbe mit dem Stift. Sie brachten eine Flasche, die bis an den silbernen Hals im Eis saß, und Gläser. Der grauhaarige Ober mit seiner besonderen Würde trug noch eine Vase mit Rosen, es fehlte an nichts. Er bemühte sich, in dem nüchternen Hotelzimmer einen festlichen Tisch herzurichten.

»Ist es so recht, gnädige Frau? Der Sekt wird jetzt gut temperiert sein. Ich habe hier zwei Sorten Zigaretten. Diese eine, ohne Mundstück, möchte ich besonders empfehlen, gnädige Frau. Es ist die Marke, die Herr Hauptmann Henningshaus zu bevorzugen beliebt. Wir führen sie extra für ihn.«

Liselotte sah ihn strahlend an. »Alles sehr schön, Herr Stobbe. Ich danke Ihnen. Nun seien Sie noch so gut und ziehen Sie uns die Flasche auf.«

»Wenn noch etwas gewünscht wird, gnädige Frau«, sagte Stobbe, »bitte dreimal klingeln. Dann komme ich selbst ...«

Als sie allein waren, fragte Dorothea entgeistert: »Wo hast du denn den Sekt her? Das wird ja Gerede geben, ich bitte dich. Was sollen die Leute von uns denken?«

»Mein Gott«, sagte Liselotte, »das ist doch höchst egal. Sei lieber froh, daß du mal so etwas Anständiges zu trinken bekommst. Es ist Pommery, noch aus deines ehemaligen Schwagers Beständen. Er war so großzügig, mir ein paar Flaschen zu überlassen. Und ich nahm etwas davon mit, hier in dem großen Koffer. Man konnte nicht wissen, ob es in diesem gottverlassenen Nest etwas annähernd Trinkbares gibt. Ich hatte die Flasche schon gestern abend nach unten gegeben. Aber nun trink, Dorothea, wir wollen anstoßen auf die Wedellschen Schwestern, die sich trotz allem immer noch sehr liebhaben. Ach, es ist ein zu himmlischer Stoff!«

Sie saßen nebeneinander auf dem roten Umbausofa und tranken und aßen dazu von den guten Sachen, die in ein Porzellanschüsselchen geschüttet waren.

Dorothea v. Wedell spürte, wie es sie warm und rieselnd durchrann, sie fühlte ihre Bedenken schwinden und bemerkte, wie die Umrisse der Welt sich zu verändern begannen. Liselotte neben ihr redete und trank in großen, durstigen Zügen, sie aß und lachte dabei, es ging bei ihr alles durcheinander, und ihr Wesen erfüllte den Raum wie eine ursprüngliche, lebendige Kraft.

»Mit einer solchen Flasche haben wir noch Abschied gefeiert, der Herr Major v. Ohrt und ich. Es war ein sehr harmonischer Abend, zum erstenmal seit Jahren haben wir uns wieder verstanden und vertragen. Ob es ihm schwer wurde, meinst du? Ach nein, Dorothea.

Er war gewiß heilfroh, mich los zu sein. Er konnte es auch wohl nicht mehr mit mir aushalten. So ist es überhaupt, sie lieben mich alle, aber ertragen können sie mich nicht. Ich möchte ja auch keinem wünschen, mit mir verheiratet zu sein.«

Aber Dorothea fühlte sich veranlaßt, Einspruch zu erheben: »Du machst dich bestimmt schlechter, als du bist. Es ist bloß nie der Richtige gewesen.«

»Na, Dorette, wie sollte der denn schon für mich beschaffen sein? Er müßte ja doch nach einiger Zeit wieder ausgewechselt werden. Ich will dir sagen, wie es ist: Es dauert anderthalb Jahre, und wenn's hochkommt, dann sind's zwei Jahre, aber dann kommt es auch hoch! – Ach, das ist nicht so wichtig. Wir wollen lieber für dich den Richtigen suchen. Komm, dazu stecken wir uns eine Zigarette an. Wollen wir die von Herrn Henningshaus probieren?«

Sie blies den Rauch zur Decke. »Steht der immer noch drüben? Es ist komisch, wie bodenständig die Menschen in diesem Lande sind. Wenn man hierherkommt nach Jahren und Jahren, dann findet man alles unverändert und auf dem alten Fleck, besonders die Familie v. Wedell. Die Menschen halten sich hier, und die Ehen halten auch ... Wenn ich in der Stadt in die Althöfische Gasse gehe, so ist da bestimmt noch immer am Hause Nummer siebenundzwanzig das Porzellanschild unserer alten Schneiderin Fräulein Rösteleit, die uns unsere Kinderkleider machte, als wir neun und sieben waren – in dem fürchterlichen Zimmer nach den Dächern hinaus, in dem der ganze Fußboden voller Flicken lag. Und der Schuster sitzt noch genauso auf seinem Schemel in der Ecke, er ist in der ganzen Zeit niemals davon aufgestanden. Und wenn ich nach fünfzig Jahren als steinalte Frau wiederkommen werde, wird noch alles sein, wie es war. Es ist, als ob der Boden hier die Menschen festhält und die Luft sie vor jedem Verfall bewahrt. Man sollte sich eigentlich hier niederlassen, wenn man konserviert zu werden wünscht. Es ist bloß ein bißchen zu langweilig, ich bin mehr für Wechsel der Daseinsform.«

»Henningshaus«, sagte Dorothea nun, »hat sich auch wenig verändert.«

»Siehst du, ich sagte es ja. Wenn ich wie Chidr, der ewig junge, nach fünfhundert Jahren desselben Weges fahren werde, wird er noch in der Ecke der Veranda sitzen und eine nachdenkliche Zigarette rauchen. Übrigens ist er ganz nett. Er war ja damals öfters hier, Hans schätzte ihn, glaube ich. Und ich habe einmal einen

Abend über eine tiefgründige Unterhaltung mit ihm geführt, es ging bis an philosophische Probleme. O Gott, und ich war doch damals noch so grün! In meiner Erinnerung hat er irgendwie etwas Tragisches.«

»Ach«, meinte Dorothea, »ich finde, er ist eigentlich bloß blasiert. Höchstens interessiert er sich für ganz junge Mädchen.«

Liselotte sah sie forschend an. »Wirklich? Vielleicht ist das bloß äußerlich. Wie wäre es denn?« fragte sie ganz behutsam. »Du glaubst nicht, Dorette, wie gut dir die rosa Backen stehen, du siehst richtig jung und reizend aus! Man müßte dir öfter etwas zu trinken geben, damit du in die richtige Form kommst. Gib mir dein Glas ... Ich will dir einmal etwas sagen, mein Herz: Es ist ja Sünde und Schande um dich – so eine schöne Person wie du und sitzt immer noch bei den Eltern, weiter nichts als eine gehorsame Tochter, gehst dahin durch dieses wunderbare Leben und hast nichts davon, die ewig reine, stolze Jungfrau, ein Bild ohne Gnade ...

Aber komm, wir werden doch diese eine armselige Flasche leerkriegen. Du brauchst dir nicht einzubilden, daß ich bereits einen Schwips habe, das geht bei mir nicht so schnell, aber dir möchte ich ja liebend gern einen beibringen, damit du einmal aus deiner hervorragenden Rolle fällst. Vielleicht sollte ich Herrn Henningshaus im Kasino anrufen und ihn zu einer zweiten Pulle einladen.«

»Ach, Liselotte, du bist ja unmöglich«, sagte Dorothea, und dabei stieß sie schon ein klein wenig mit der Zunge an, »einfach unmöglich.« Dann fing sie an zu lachen und trank ihr Glas mit einem Zuge leer. »Du wirst noch ganz Neuenort auf den Kopf stellen und uns in Verruf bringen. Dann können wir uns hier nicht mehr sehen lassen, und das wäre schlimm, wo sich dieses Jahr doch alles so nett angebahnt hat.«

»Was hat sich denn angebahnt?« fragte Liselotte aufmerksam. »Erstklassige Eheanbahnung, wie, beste Referenzen durch nur gute Häuser? Mein Geschäft sieht auf langjährige erfolgreiche Praxis zurück, ist es so etwas?«

Aber Dorothea saß an den roten Plüsch gelehnt und sah mit glänzenden Augen in ihr Glas. »Geschäft? Was redest du von Geschäft? Es ist doch ein Gut.«

Liselotte hatte die Zigarette in einem Mundwinkel und blickte die Schwester durch die blauen Rauchwölkchen von der Seite her an. »Soso, es ist ein Gut! Das gefällt mir schon außerordentlich. Nun bitte mehr davon.«

»Mehr?« fragte Dorothea langgezogen. »Nein, mehr ist es ja gar nicht. Dann sind da bloß noch die Kanthermädchen, Töchter von einem Kaufmann, und Frau Major König, die du auch kennst. Nein, mehr ist es wirklich nicht.«

Sie versuchte, sich zu besinnen, und wußte auf einmal, daß es nicht gut war, von einem schwachen Schimmer zu reden, der gerade irgendwo erglommen war; es konnte sein, man löschte ihn dadurch aus. Vielleicht war es auch nichts, nur eine Einbildung – aber doch, etwas war da, eine leichte, rosig beleuchtete Wolke zog über den Himmel.

Dorothea v. Wedell sann dieser Wolke nach, sie schwebte dahin und füllte die ganze Welt mit einem sanften, zärtlichen Licht.

»Die Kanthers haben einen Bruder in Berlin«, sagte Liselotte unvermittelt. Aber das wußte Dorothea nicht. Immerhin ja, da seien wohl noch ältere Brüder.

»Gestern abend, als ich herkam«, ging Liselottes Gedankenweg weiter, »bin ich mit einem recht gut aussehenden Mann zusammen gefahren. Groß, ein bißchen massiv, von einer so sympathischen Hochfahrenheit und dabei einwandfrei höflich, setzte mir mein ganzes Gepäck heraus. Er hatte so etwas wohltuend Unmilitärisches, es war mal etwas anderes.«

Dorothea bemühte sich, nachzudenken, aber sie kam nicht dahinter, wer das gewesen sein könnte. Es war auch schon zu spät am Abend. »Ich weiß nicht, Liselotte, ich glaube, ich kenne keine Zivilisten. Und jetzt bin ich furchtbar müde, ich muß nach Hause, höchste Zeit.«

Liselotte betrachtete sie belustigt. »Nimm noch eine Kognakbohne, mein Herz, und dann bringe ich dich heim. Warum denn nicht? Glaubst du, ich habe Angst? Ich habe einen Engel, der mich behütet.«

Sie machten sich fertig, Liselotte warf den weißen Mantel über, und sie gingen miteinander durch die dunklen Alleen, sie hatten sich untergefaßt und schwatzten noch ein wenig. Dorothea lachte ein paarmal vor sich hin; doch als sie vor der Gartentür der Villa ›Aurora‹ standen, in der Wedells wohnten, sagte sie plötzlich: »Was habe ich denn eigentlich von einem Gut gesagt? Es ist gar kein Gut.«

»Schon gut, Dorette, also dann ist es eben keins. Ich habe es auch schon wieder vergessen.«

Liselotte kam langsam des Weges zurück, die Nacht stand

geheimnisvoll um sie her, ihr Schritt auf dem Kies war der einzige Laut. Sie war allein auf der Welt, aber ihr Herz war ruhig und stark, ihr Kopf war kühl und klar, sie ging durch die Dunkelheit und atmete tief die Luft, die von der See her kam; und dann sang sie ein wenig vor sich hin, ein kleines Lied, das in der Stille verklang und unterging.

Zwölftes Kapitel

Anne ließ alles hinter sich und ging in die See. Sie machte ihre große Fahrt nach draußen, frei und kühn und allein, weit hinweg von dem Lärm und Gewimmel am Strand und den Gesprächen, die doch immer die gleichen waren. Was gingen diese Menschen sie denn an, sie lebten von den greifbaren Dingen, und das war ihnen genug. Auch Doris – Doris noch ganz besonders, mit der es morgens beim Anziehen einen Streit um die Haarnadeln gegeben hatte. Doris, so war es immer, sah alle Haarnadeln in Reichweite als ihr Eigentum an.

Und wozu war es nötig, daß nun noch Menschen dazukamen, noch wieder neue, es waren ihrer schon ohnehin genug. Da war diese Frau aus Berlin, die einen maisgelben Badeanzug trug und Dorothea v. Wedells Schwester war. Was wollte sie hier? Vielleicht war sie gekommen, Bedrohung zu bringen und das friedliche Leben von Neuenort in Erschütterung zu versetzen, ein Wesen, das geschaffen war, die Sonne zu verdunkeln.

Die schwache Dünung trug Anne langsam hinaus, sie wurde sanft gewiegt von der ungeheuren atmenden Brust der See, der Horizont war klar und scharf und sehr, sehr fern.

Weit drüben gegen Südwesten streckte sich der lange Damm der Hafenmole in die See, und landeinwärts stand der Leuchtturm. Dort irgendwo waren Ulli Wagner und der Chef zu Hause, aber an die beiden dachte Anne jetzt nicht. Ihr Herz zog ihr davon, es folgte dem Dampfer, der hinter dem Molenkopf vorbeikam und seinen Weg nach draußen nahm. Es war ein großes, dunkles Schiff, rätselhaft wie ein Fahrzeug der Sage zog es in die Ferne.

Ich wollte, ich könnte mit! dachte Anne und legte sich stärker in Fahrt. Wie schon oft verspürte sie Lust, hinterherzuschwimmen, aber es war nichts als ein Spiel der Sehnsucht, der Dampfer hatte Kurs nach Südwesten und war bald verschwunden, seine Rauchfahne löste sich auf. Anne blieb zurück, ein Punkt über dem Wasser, ein winziges verlorenes Stückchen Leben mitten in der See, und doch eine Kraft, die sich reckte, den Erdball zu umspannen und nach den Sternen zu greifen.

Einmal, dachte sie, eimal wird es sein ...

Als sie wieder an Land ging, kühl und befreit in ihrem Herzen, stand Frau v. Ohrt im Blau des Morgens auf dem warmen Seesand wie ein Geschöpf der Sonne. Man konnte noch so fest entschlossen sein, sie mit Gleichgültigkeit zu betrachten, es ließ sich nicht leugnen, daß sie überaus reizvoll war – so reizvoll, daß es einem insgeheim wehtat. Ihre schöne Schwester Dorothea verblaßte neben ihr, und selbst Doris, die so hübsch und strahlend war, verlor von ihrem Glanz. Von ihr, Anne, konnte da schon gar nicht die Rede sein.

Wie mochte es aber erst um Frau Major König bestellt sein, wenn sie darauf kam zu vergleichen, und wie sollte sie nicht darauf kommen! Nach Annes Meinung mußte sie in Verzweiflung ihr Angesicht verbergen und nie wieder ihres Lebens froh sein können.

Aber das war durchaus nicht so, im Gegenteil. Mama König schien mit Frau v. Ohrt gut bekannt zu sein und unterhielt sich mit ihr in der ganzen herzhaften Heiterkeit ihres Wesens, während sie zaghafte Versuche machte, ins Wasser zu gehen.

»Stehen Sie mir bei, Frau v. Ohrt«, sagte sie. »Zu zweit geht es leichter. Es ist ein furchtbarer Entschluß, ich glaube, ich kann es heute nicht. Dieser Schritt ins kalte Wasser hat beinahe etwas Tödliches. Ich weiß nicht, wo Fräulein Kanther immer soviel Mut hernimmt.«

Anne stand daneben und lachte, indes das Wasser aus dem nassen Trikot an ihr herunterlief. Ein wenig sah sie auf diese im Flachen plätschernde Gesellschaft herab. Auch Frau v. Ohrt konnte nicht schwimmen, wie es sich herausstellte. Es war ein kleiner Triumph.

»Ja, sehen Sie, Fräulein Kanther«, sagte sie zu Anne, »das machen die Jahre, um die ich Ihnen voraus bin. Als ich ein Kind war, gab es das noch nicht. Ich bitte Sie, das galt als unpassend und unweiblich. Es ist wirklich eine Schande, ich finde es auch. Aber so war es mit allem. Ich habe nichts lernen dürfen. Wozu denn? Offizierstöchter werden in die Gesellschaft eingeführt, und die ist dann ihr Lebenszweck.«

»Ich kann mir das schwer vorstellen«, gab Anne zurück. »Ich würde, glaube ich, bald genug davon haben.«

»Ja, ein Mensch wie Sie«, sagte Liselotte v. Ohrt und sah Anne nachdenklich an, »ich glaube, Sie sind ein sehr gescheites Mädchen, ich habe so etwas gehört.«

»Ich? Keine Spur. Das ist eine fromme Sage.«

»Nun, Sie lernen doch Latein und Mathematik und sonst noch allerhand, und ich muß sagen, daß ich Sie richtig darum beneide. Vielleicht fange ich auch nochmal an, etwas zu lernen, ich bin nämlich gar nicht so dumm, sondern für Sprachen sogar gut begabt. Aber das ist ja alles in den Anfängen steckengeblieben — ich habe viel zu früh geheiratet, es war ein großer Unfug. Aber am Ende ist es noch nicht zu spät.«

Anne war verwundert über diese Frau im gelben Badeanzug, die so ernsthaft und sachlich von Dingen redete, die ihr doch ganz fernliegen mußten. Dieses prinzessinhafte Geschöpf, das bestimmt sehr verwöhnt war und Geld in Fülle besaß, tat, als ob sie es dringend nötig hätte, sich einer Ausbildung zu unterziehen, wie wenn es um Lebensstellung und tägliches Brot ginge, um die Begriffe, von denen zu Hause so peinlich oft die Rede war. Wahrscheinlich war das bei ihr nichts weiter als eine Laune oder eine Redensart, und doch erschien ihr Wesen natürlich und ganz, ganz frei. Ein Mensch unter dem Himmel, dachte Anne in geheimer Bewunderung, und darf ganz sein, wie sie will. Das gibt es nicht oft ...

Doris sagte, als sie miteinander auf dem Heimweg waren: »Weißt du, einen Stich hat sie aber bestimmt doch! Ohne Grund ist sie nicht geschieden.«

Zu Hause beim Essen sprachen sie von Frau v. Ohrt, und der Konsul fragte: »Was ist denn der Mann? Wohl auch Offizier, wie?«

»Ja«, sagte Anne, »der ist Kavallerist, ich glaube Kürassier — Major oder so ...«

»Na«, fiel Doris ein, »von dem ist sie aber geschieden.«

»So!« sagte Konsul Kanther betont und zog die rechte Braue hoch. Dann fuhr er mit Schärfe fort: »Eine geschiedene Frau ist kein Umgang für meine Töchter. Ich wünsche, daß ihr mit dieser Frau nicht wieder zusammenkommt.«

»Aber, Papa«, sagte Anne, »sie ist wirklich sehr nett.«

»Das mag sie nach eurer Meinung sein. Um so schlimmer! Euch macht ein Mensch aus diesen ungeordneten, mondänen Verhältnissen natürlich Eindruck. Einer geschiedenen Frau, das laßt euch gesagt sein, haftet nun einmal ein Makel an, der sich nicht wegwaschen läßt. Ihr wißt, ich habe euch nur sehr ungern die Erlaubnis gegeben, an diesen Tanzvergnügungen teilzunehmen, in denen ihr euch, wie mir scheint, ausschließlich in Offizierskreisen bewegt. Ich sehe, wohin das führt. Diese Kreise haben ihre besondere Auffassung von Moral, die sich mit der unseren nicht verträgt. Das Auftreten dieser Frau ist mir ein neuer Beweis dafür. In unseren Familien gibt es keine geschiedenen Frauen. Ich wünsche nicht, daß ihr in diesem Milieu lernt, wie man häusliche Ehre und Sitte als rückständige Begriffe abtut.«

Doris und Anne sahen sich betreten an. Fritz, am unteren Ende des Tisches, guckte gleichmütig in die Luft. Gewiß tat es ihm wohl, daß seine beiden Schwestern auch einmal etwas abkriegten.

Aber Frau Kanther reichte ihrem Mann mit ruhiger Bewegung die Salatschüssel hinüber. »Es geht doch wohl nicht an, Hermann, den Oberst v. Wedell und seine Frau vor den Kopf zu stoßen. Denn schließlich ist diese junge Frau ihre Tochter. Man weiß ja nicht, wie die Verhältnisse liegen. Sie kann auch ganz schuldlos sein.«

Anne überlegte im stillen, ob man Frau v. Ohrt für schuldlos halten könnte. Sie hatte keine rechte Vorstellung davon, was da überhaupt unter Schuld zu verstehen war. Anne war zwar erst vor Jahr und Tag eingesegnet worden, und das nach einer eingehenden Auslegung des Katechismus; aber beim sechsten Gebot hatte, wie auch sonst manchmal, ihre Anteilnahme versagt. Dazu hatte der Pfarrer so symbolisch geredet, daß sich die bis dahin deutlichen Begriffe nur verwirrten. Ob zwischen Scheidung und Ehebruch noch ein Unterschied bestand, war ihr jedenfalls nicht aufgegangen; es war ziemlich unklar, wenn auch, wie es ihr heute vorkam, vielleicht nicht ganz uninteressant. Doch es war sicher, daß Doris ebensowenig Bescheid wußte, und hiernach konnte man nicht einmal Fritz fragen.

»Ihr habt euch jedenfalls«, sagte der Konsul weiter zum Thema, »aufs äußerste zurückzuhalten. Bleibt unter euch! Bleibt unter uns! Es gehört sich sowieso, daß junge Mädchen sich in erster Linie zu ihrem Elternhaus halten. Ihr habt es nicht nötig, euch immer unter Fremden herumzutreiben.«

Doris und Anne blickten auf ihre Teller und blieben stumm.

»Unsere Mädchen«, begütigte Frau Kanther, »sind bei Frau Major König unter ausgezeichnetem Schutz. Außerdem, glaube ich, sind sie verständig genug, sich allezeit so zu benehmen, wie wir es von ihnen erwarten. Ich denke, schließlich, Hermann, ist unsere Erziehung wohl auch etwas wert. Es wäre ja traurig, wenn sie gleich von jedem Anreiz über den Haufen geworfen würde.«

Aber dieses Argument war dem Konsul unbequem, und er ging nicht darauf ein. »Ausgerechnet eine geschiedene Frau als Vorbild für unsere Töchter«, sagte er mit schärfstem Sarkasmus. »Darauf habe ich bloß noch gewartet!«

Und damit hob er die Tafel auf.

»Das war ja mal wieder ein wundervolles Mittagessen«, meinte Doris, als die beiden miteinander allein waren.

»Du Kamel!« sagte Anne heftig. »Du bist ja bloß schuld daran. Warum mußtest du denn das gleich erzählen? Er hätte ja gar nichts zu erfahren brauchen ...«

Aber schon am folgenden Tage stellte es sich heraus, daß der väterlichen Macht ihre Grenzen gesetzt waren und daß das Leben über alle Theorien und vorgefaßten Meinungen schonungslos hinwegging.

Anne konnte es nicht recht begreifen, warum denn Frau v. Ohrt eine Vorliebe für sie gefaßt hatte — was war schon an ihr? Aber tatsächlich war es so. Auf dem Heimweg vom Strande gingen sie zusammen, während die anderen noch einen Umweg über die Promenade und zu den Läden machten. Man konnte nicht gut sagen: Es ist mir verboten, mit Ihnen zu gehen! Nein, man durfte den Oberst v. Wedell nicht vor den Kopf stoßen.

Doch als ob es so sein sollte — in der Lindenallee begegneten sie ihrem Vater.

Der Konsul kehrte von seinem Vormittagsspaziergang zurück, er war nicht gerade in der besten Laune, die friedliche Eintönigkeit des Daseins machte ihn unruhig und verdrossen. Aber nun sah er seine kleine Anne über die Straße kommen, von weitem wirkte sie beinahe erwachsen, und es fiel ihm auf, wie schlank und groß sie war und wie gut sie sich hielt. Zugleich aber bemerkte er auch die Frau ganz in Weiß neben ihr, sie trug nicht einmal einen Hut, was den Konsul herausfordernd dünkte und von vorneherein gegen die Fremde einnahm.

Doch als sie herankamen, sah er ganz helles, schimmerndes Haar um eine schöne Stirn und ein klares, junges, ungewöhnlich anziehendes Gesicht.

Anne erschrak ein wenig, aber sie faßte sich schnell. Was konnte schon geschehen, es würde ja wohl nicht gleich auf der Lindenallee eine Szene setzen.

»Mein Vater«, sagte sie schlicht bei der Vorstellung. »Dies ist Frau v. Ohrt, Papa.«

Liselotte reichte dem Konsul die Hand und sah ihm mit ihrem offenen Blick ins Gesicht. »Ich freue mich, Herr Konsul, ich habe durch Ihre Töchter schon viel von Ihnen gehört.«

Der Konsul zog eine kleine Grimasse. »Hoffentlich nur Gutes«, sagte er.

Sie waren gerade bis zum Gartenzaun der Villa ›Elisabeth‹ gekommen, und, siehe da, der Konsul öffnete einladend die Pforte.

»Wenn Sie im Kurhaus wohnen, gnädige Frau, wie ich vermuten darf, so möchte ich vorschlagen, unseren Durchgang zu benutzen. Es ist der kürzeste Weg. Wir haben nämlich einen vorderen und einen hinteren Ausgang – für meine Kinder, die bei ihren unaufhörlichen Wegen an einem einzigen ja auch nicht genug hätten.«

Liselotte lachte. Sie drehte sich dabei nach dem Konsul um, der hinter ihr durch die Tür ging, und er bemerkte mit Wohlgefallen die flimmernden Pünktchen, die in ihren hellen Augen erschienen waren.

»Vielleicht interessiert es Sie nebenbei, unser fürstliches Anwesen näher zu betrachten«, sagte er mit einer auffordernden Handbewegung.

Sie gingen nebeneinander durch den Garten, und Anne war plötzlich überflüssig geworden. »Ich bin entzückt«, hörte sie Frau v. Ohrt sagen, »von dieser Idylle und der Liebenswürdigkeit des Hausherrn.«

Der Konsul blieb stehen und sah die junge Frau mit einem amüsierten Lächeln an. »Haben Sie etwas anderes erwartet? Immerhin: was die Haltung des Hausherrn betrifft«, fuhr er fort, »so kommt es dabei durchaus auf den Gast an.«

Oh! dachte Anne. Sie sah ihren Vater an, er war ihr völlig neu. Er wirkte um zehn, nein um fünfzehn Jahre jünger, wie er da mit diesem anmutigen weißgekleideten Wesen durch den Garten schritt. Es erinnerte sie an den Abfahrtsmorgen vor Antritt der Badereise, auch damals war er ihr in unbegreiflicher Weise verändert erschienen, als spielte er eine Rolle. Doch dies heute war er selbst.

Es war sehr überraschend, wie wenn auf einmal eine Tür aufgesprungen wäre zu einem bisher verschlossenen Raum. Nie hatte man wirklich gewußt, was darin war.

Anne ging mit dem Badezeug nach hinten, sie hängte alles sorgfältig auf die Leine über dem Rasenplatz. Auf der Bank neben der Küchentür saß Marie Ocholla und schälte Kartoffeln.

»Hat Fräulein Annchen nicht Hunger? Ich mach ein Brot.«

»Danke, Marie, lassen Sie nur. Ich kann ja selbst. Ist die Mama zu Hause?«

»Ging nach der Post. Vielleicht noch woanders. Weiß nicht.«

Anne blieb bei den Johannisbeersträuchern stehen und untersuchte, ob die Beeren schon reif wurden. Eigentlich schmeckten sie ihr nicht, viel zu sauer, aber es war so reizvoll, vom Strauch in den Mund zu pflücken. Sie sah den Schmetterlingen nach, die durch die Luft taumelten, und überlegte, ob sie nun wohl wieder nach vorne gehen müßte, .wo ihr Vater allein zurückgeblieben war mit der Frau, deren Umgang er seinen Töchtern tags zuvor nachdrücklich verboten hatte. Davon würde nun wohl nicht wieder die Rede sein. Und Anne entschied bei sich, daß sie dort sicherlich nicht gebraucht wurde.

Um diese Mittagsstunde waren die Blüten der Linden aufgebrochen und erfüllten die Welt mit ihrem Duft, es war der Augenblick, jetzt nach vielen und langen Tagen, mit dem der Sommer seine Höhe erreicht hatte ...

Aber es konnte sein, daß das ein Irrtum war, vielleicht blühten die Linden schon seit dem Morgen oder sogar seit dem vorangegangenen Tage, niemand hatte es bemerkt.

Erst jetzt spürte der Konsul die betörende Süße in der sommerlichen Luft, in dem stillen, umgrenzten Raum seines kleinen Gartens. Und er empfand auf einmal die Schönheit und den genußvollen Frieden dieses Fleckchens Erde tief im Grünen, fernab von der Welt. Er sah die rührende kleine Tanne auf dem runden Rasenbeet und vorne die Hecke am Zaun, durch dessen Tür er soeben mit dieser jungen Frau hereingekommen war, um an dem Gartenplatz niederzusitzen wie zu Gast bei sich selbst.

»Ich bin hierher nach Neuenort gekommen«, sagte Liselotte, »wie das Mädchen aus der Fremde. Man erwartet von mir, daß ich hier heimisch werde, und ich weiß schon jetzt, daß ich es nicht kann.«

»In einem Tal bei armen Hirten«, zitierte der Konsul und verneigte sich leicht.

Liselotte lachte, und über ihr helles Gesicht lief eine zarte Röte. »Oh, so war es nicht gemeint.«

»Sie wissen doch«, sagte der Konsul, »wie es gegen den Schluß hin heißt: ›Der Jüngling und der Greis am Stabe . . .‹« Er wies mit einem Lächeln auf den Stock an seiner Seite.

In Liselottes Augen erglommen von neuem die flimmernden Lichter. »›Herr Landvogt, weiter werdet Ihr's nicht treiben!‹ Sie sehen, Herr Konsul, ich bin mit Schiller nicht so leicht zu schlagen. Es ist zwar schon lange her, aber einiges ist doch noch von der Schule hängengeblieben.«

»Schon lange her«, sagte der Konsul lächelnd und sah sie bewundernd an. Er freute sich. Er lehnte sich zurück, zog seine Weste herunter und schlug die Arme untereinander.

Wie alt war er? Fast dreiundsechzig und nach seiner eigenen Meinung ein alter Mann, der den größten Teil seines Weges hinter sich hatte. Es konnte nicht mehr viel kommen. Was sollte es schon sein? Er lebte seit vierunddreißig Jahren in einer guten, soliden und bürgerlichen Ehe, in der es keine Stürme gegeben hatte, nur gemeinsame Sorgen um das häusliche Wohl, um Gesundheit und Erziehung der Kinder. Im ganzen war dieses Leben vielleicht allzusehr durch die Ebene geflossen, es hatte keine starke Bewegung und keine Höhen gehabt, und nun war es glanzlos und müde geworden.

Und dennoch hatte der Konsul in der Tiefe seines Herzens niemals vergessen, daß es Dinge gab, die wie Sterne über den Niederungen des Tages standen. In seiner Jugend hatte es ihn vielleicht auch danach verlangt. Nein, er hatte es nicht vergessen. Und niemals hatte er aufgehört zu wissen, was Schönheit war. Diese Frau, die wie ein Geschenk des Sommers mit der Lindenblüte in seinen Garten gekommen war, hatte unversehens an den Grund seines Wesens gerührt, und eine verschüttete Quelle begann von neuem zu fließen.

Er sah sie an, wie sie in ihrer freien und schönen Jugend an seinem Tisch saß, ein Geschöpf der Natur und doch eine Frau von Geblüt und von Welt, er hörte ihrer leichten Stimme zu, die aus einem unbefangenen und herzhaften Wesen zu ihm kam, und sein altes Herz wurde ihm warm unter der weißen Weste.

»So schön, meine gnädige Frau«, sagte er, »ist doch der Sommer nirgends sonst wie hier bei uns an der Ostsee. Sie sind wahrscheinlich viel gereist und können eins gegen das andere halten. Aber Sie werden mir vielleicht recht geben . . . Ich bin kein Mann der Berge, das gebe ich zu. Die haben mir immer den Blick zu sehr beengt. Man kann nicht nur auf den Höhen wandeln. Und nun die Nordsee – das leere Watt und diese kahlen, baumlosen Inseln. Und haben Sie dort je acht Tage hintereinander gutes Wetter erlebt? Aber hier haben Sie alles, die Stille und die Wärme, die Blüte und die Fülle, den ganzen Glanz und Duft des Sommers.«

Er sprach die Worte etwas vorgeneigt, mit einem kleinen feierlichen Pathos wie eine persönliche Huldigung.

Liselotte sah ihn nachdenklich an, ihre blauen Augen verschleierten sich ein wenig. »Wie Sie das so sagen, Herr Konsul, ist es auf einmal wahr. Und dieser kleine Garten, in dem ich hier bei Ihnen sitzen darf, ist ein Inbegriff von allem. Aber doch, glaube ich, liegt es an Ihnen selbst. Sie sind gut daran, Herr Konsul. Sie – und die Ihren gewiß auch – haben ein ganz starkes Heimatgefühl. Sie sind ein Kind des Ostens und ein Mann des Ostens. Sie haben wahrscheinlich immer hier gelebt, und deshalb ist Ihnen dieses Stückchen Erde das beste auf der Welt. Ich kann es mir vorstellen, aber für mich gilt es nicht.«

»Und warum nicht?« fragte der Konsul dagegen. »Sie sind doch auch in unserer Stadt aufgewachsen. Ihren Herrn Vater kenne ich seit langer Zeit vom Sehen.«

»Ja«, sagte Liselotte, »es waren immerhin zehn Jahre, das stimmt schon. Aber ich bin nicht hier im Osten geboren, sondern in Hannover. Und dann haben wir fünf Jahre in Metz gestanden, ehe wir hierherkamen, von einer Ecke des Reiches nach der anderen. Wir führten ein Wanderleben wie alle Soldatenfamilien. Mein Vater hat dann ja den Abschied genommen und ist hier geblieben, ich glaube, weil die alte preußische Stadt der Wedellschen Tradition am meisten entsprach. Aber ich ... wie Sie mich hier sehen, Herr Konsul«, fuhr Liselotte mit ihrem anmutigen Lächeln fort, »ein entwurzeltes Reis – mich hat es mit siebzehn Jahren hinweggeheiratet, und da begann es von neuem. Es war bestimmt nicht gut, es hat nicht getaugt. Ich bin das Mädchen aus der Fremde – nirgendwo zu Hause.«

Der Konsul zog die rechte Braue hoch. »Es tut mir sehr leid«, sagte er bekümmert.

»Es ist sehr nett von Ihnen, Herr Konsul, aber es soll Ihnen nicht leid tun. Vielleicht finden Sie es nun sehr charakterlos: ich fühle mich nämlich durchaus wohl dabei. Ich denke mir auch, alles, was dem Menschen im Leben widerfährt, was ihm gerät oder nicht gerät, kommt doch irgendwie aus ihm selber, aus der Tiefe seines Herzens heraus. Sehen Sie, meine Schwester Dorothea – Sie kennen sie ja auch – ist so ein gleichmäßiger, geschlossener Mensch, aber ich, ich war immer ein unruhiger Geist, es hat von Natur in mir gesteckt. Unsere alte Kinderfrau sagte oft, das Haus in Hannover, in dem ich geboren bin, hätte über einer Quelle gestanden. Und wer über fließendem Wasser zur Welt kommt, den treibt die Unruhe durchs Leben.«

Der Konsul betrachtete sie versonnen. »Das ist ja nur ein Aberglaube«, sagte er. »Immerhin steckt ein Stück Symbolik in dem Märchen vom unterirdischen Quell. Wenn man Ihre Augen sieht, meine gnädige Frau, ist man fast versucht, daran zu glauben. Im Mittelalter, bin ich überzeugt, hätte man Sie als Hexe verbrannt.«

»Oh, lieber nicht«, sagte Liselotte leichthin, und in ihre Augen trat der sprühende Blick. »Gut, daß es das nicht mehr gibt. Ich ziehe es dann schon vor, andere in Feuern brennen zu sehen.«

»Ich kann es mir denken«, sagte der Konsul, indem er sie unverwandt ansah, »es gehört zu Ihnen.« Er legte leicht eine Hand auf ihren Arm. »Viel, viel Unheil, mein Kind, werden Sie noch anrichten auf dieser schönen Erde. Die in Ihren Bannkreis geraten, werden es büßen müssen. Aber dafür können Sie nichts. Die Natur hat Sie nun einmal dazu geschaffen.«

»Ich bewundere Sie sehr, Herr Konsul«, sagte Liselotte freimütig. »Ich darf das doch sagen, ja? Ganz offen gestanden, ich hatte eine heilige Scheu vor dem Herrn Vater Kanther, der seine Töchter in so strenger Zucht hält. Und nun ist er ein Ritter der alten Schule und hat ein weises und großes Herz. – Aber jetzt muß ich gehen, im Kurhaus warten sie mit dem Essen auf mich, und ich habe Sie schon viel zu lange aufgehalten. Die ganze Zeit über, das merke ich jetzt erst, habe ich nur von mir geredet. Das ist ausgesprochen schlechter Ton.«

»Es war mir eine sehr große Freude«, sagte der Konsul herzlich. Er geleitete sie ums Haus und durch den hinteren Garten. Er ging in straffer Haltung neben der jungen Frau her, ein Ritter mit seiner Dame. Was hatte sie gesagt? Ein weises und großes Herz!

»Ihre Töchter sind reizend«, sagte Liselotte in der Gegend der Johannisbeersträucher, die Anne inzwischen verlassen hatte, »besonders die Kleine hat es mir richtig angetan.«

»Ja«, meinte der Konsul zufrieden, »Anne wird vielleicht einmal ein Mensch von Qualität, aber noch ist sie ja ein Kind, kaum aus den Eierschalen heraus. Es ist nicht so einfach, meine gnädige Frau, eine solche Herde Kinder großzuziehen.«

Liselotte erwiderte lebhaft: »Und bei uns, Herr Konsul, waren wir nur zwei, das ist noch schlimmer. Denn da wird immer erzogen. Und meine Schwester Dorothea war schon als Kind so sehr verständig, sie wurde mir unentwegt als Muster hingehalten. Und doch hat es nichts genützt, wie Sie sehen.«

»Wir wollen lieber sagen, es hat nichts geschadet«, sagte der Konsul lächelnd. »Aber im übrigen haben Sie recht: es ist besser – eine ganze Stube voll Kinder, sie erziehen sich gegenseitig. Nur ist bei den unseren die Spannweite im Alter ein wenig groß. Mein Jüngster wird erst nächstes Jahr eingesegnet. Und meine beiden ältesten Söhne sind längst aus dem Hause.«

Sie standen an der kleinen hinteren Gartentür, Liselotte wartete auf das, was nun kam. »Der Älteste«, fuhr der Konsul fort, »ist mein Teilhaber im Geschäft und schon seit Jahren verheiratet.«

Er verstummte, und sein leicht abwesender Blick schweifte über die Straße und den Zaun hinweg. »Sehen Sie, meine gnädige Frau«, begann er dann, »von hier führt ein Fußweg zwischen den Feldern hinunter zur Straße und zum Haff. Aber zum Kurhaus müssen Sie nach links gehen.«

Liselotte sah ihn aufmerksam an. Es ist die wunde Stelle bei ihm, ich weiß es ja. Man soll lieber nicht davon reden, man darf nicht daran rühren. Nein, sie fragte nicht nach dem zweiten Sohn.

Der Konsul hielt ihre Hand ein paar Augenblicke in der seinen. »Sie bleiben doch eine Zeitlang hier, gnädige Frau. Wenn Sie dann und wann einmal eine halbe Stunde übrig haben sollten für einen alten Mann, so wäre er ... so würde es ihm sein, als wäre die Jugend noch einmal umgekehrt und zu ihm gekommen.«

Er blieb an der Gartentür stehen und sah sie auf dem schmalen Randsteig unter den Birken davongehen. »Ein kleines Mädchen weiß wie Schnee«, ging es ihm durch den Sinn.

Liselotte v. Ohrt drehte sich noch einmal um und winkte grüßend zurück. Was für eine gute Rasse! dachte sie. Es ist schon etwas um so eine alte großbürgerliche Familie. Aber ihren Außenseiter hat sie auch. Und dabei ist Otto Kanther ganz seines Vaters Sohn.

An einem Nachmittag kam Hermann Kanther heraus und blieb zum Abendbrot. Er saß groß und ernsthaft, beinahe ein wenig fremd unter den Seinen, die sich in diesen Neuenorter Wochen eigentümlich verwandelt hatten. Besonders die Kinder, wie er seine Geschwister nannte, waren lauter Sommergeschöpfe geworden, sie saßen da mit braungebrannten, sonnendurchglühten Gesichtern, und in ihren Augen erglänzte es wie Widerschein der See. Daneben aber waren sie wie von einer geheimen Verwilderung ergriffen, die nur für kurze Dauer durch die Zucht des Kantherschen Familientisches mühsam im Zaum gehalten wurde. Ihre Gedanken gingen draußen jenseits der beiden Gartentüren auf den Wegen des Abenteuers, und nur der Hunger hatte sie herangetrieben; sie aßen schweigend ihre dicke Milch mit geriebenem Schwarzbrot und einer ordentlichen Schicht Zucker und hinterher ungezählte Schnitten Brot; eine große Aufschnittplatte leerte sich in wenigen Minuten.

Aber im ganzen war es eine harmonische Mahlzeit, der Vater schien aufgeräumter als sonst und weniger zum Widerspruch geneigt, und sein Sarkasmus zeigte eine Note des Wohlwollens.

»Du siehst«, sagte er zu seinem ältesten Sohn, als Johanna mit einer neuen Auflage von der Küche herüberkam, »sie sind unstillbar wie junge Raubtiere, und die ganze Substanz setzt sich dann prompt wieder in höchst bedeutende Unternehmungen um.« Es war, als hätte er mit einem Mal Verständnis für den jugendlichen Freiheitsdrang gewonnen.

»Ich finde, es geht euch allen hier ausgezeichnet«, bemerkte Hermann.

Doris antwortete trocken: »Dazu sind wir auch hier.«

»Ach ja«, meinte die Mutter aus Herzensgrund, »wir können mit dem Aufenthalt wirklich zufrieden sein.«

Sie begleitete ihren Sohn nachher auf seinem abendlichen Gang an die See, während die Töchter beim Vater blieben, nicht etwa, um ihm Gesellschaft zu leisten, ach nein, darauf legte er gar nicht so großes Gewicht, sondern weil schließlich alles seine Grenzen haben mußte. Abendliches Umherschweifen gehörte sich durchaus nicht für junge Mädchen. Sie genossen den ganzen Tag über ihre Freiheit, das war genug. Doris trug es mit Gleichmut – mein Gott, es war nun eben so, man kannte es nicht anders. Sie bekam es fertig, sich in der Veranda bei der Lampe mit einer Handarbeit zufriedenzugeben oder mit Eifer ein neues Strickmuster zu entwerfen, gerade als wäre es Winterzeit. Aber für Anne bedeuteten alle diese verlorenen Sommerabende eine Prüfung, die dadurch nicht leichter wurde, daß sie Regel und Gewohnheit war. Was konnte sie tun? Am Gartenzaun stehen, allein und stumm in der wachsenden Dunkelheit, mit einem Herzen, das vor Sehnsucht fast zersprang, während draußen das Leben alle seine Erfüllungen vergab.

Vielleicht auch würde es das nicht einmal sein, man konnte es nicht so genau wissen; aber es war etwas anderes, das so hart zu entbehren war – es war die See am Abend, der sanfte Schlag der Brandungswelle an den Strand und dahinter, unmeßbar, das Geheimnis der Weite, aus dem die Nacht heraufkam.

Dann und wann machte Frau Kanther sonst mit ihren Töchtern nach dem Abendbrot noch einen kleinen Gang durch die Anlagen und über die Promenade; aber heute wollte sie gern einmal mit Hermann allein sein, sie hatte ihn lange entbehren müssen, und nun verlangte es sie nach einer ruhigen, vertraulichen Aussprache. Frau Kanther war sich bewußt, all ihren Kindern eine liebevolle Mutter zu sein, aber Hermann war nun einmal der Erstgeborene, das Kind ihrer Jugend, er war lange vor den anderen dagewesen, und mit ihm war ihr Herz auf eine besondere Weise verbunden. Man konnte mit Hermann manches bereden, was man vor dem Vater zurückhielt, er war wie ein verständiger jüngerer Freund, der auch einmal für sie selber da war.

Aber es war leider so, daß Hermann heute lieber allein geblieben wäre. Er hatte schon am Nachmittag, gleich nach der Ankunft, wachsam wie ein Jäger die vielfachen Wege des Ortes durchzogen, hatte in der Strandhalle Kaffee getrunken und hinterher mit leidenschaftlicher Beharrlichkeit das Gebiet um die Anlagen und die Strandpromenade unter Beobachtung gehalten. Aber was er suchte, konnte er nicht entdecken. Die Frau von damals im weißen Flauschmantel mit dem vielen gelben Lederzeug war ihm seither nicht aus dem Sinn gekommen, und nun fürchtete er augenblicksweise, sie sei vielleicht bereits wieder abgereist. Aber das konnte man in Anbetracht des umfangreichen Gepäcks, mit dem sie gekommen, wohl nicht annehmen.

Jetzt am Abend wollte er erneut auf die Streife gehen, und während er sich mit seiner Mutter auf dem Weg zum Strande befand, überlegte er bei sich voll Unruhe, wie er es bewerkstelligen könnte, sich ihr im entscheidenden Augenblick zu entziehen. Dabei fand er, daß sie durchaus ein Recht auf seine Begleitung hatte, es war von je Gewohnheit zwischen ihnen gewesen, über große und kleine Familienangelegenheiten miteinander Austausch zu halten, und es war ja denkbar, daß sie heute, nach ereignisreichen Sommerwochen, noch etwas Besonderes auf dem Herzen hatte.

Er gab sich innerlich einen Ruck und beschloß, den Dingen ihren Lauf zu lassen, es war immer noch möglich, daß das Schicksal ihm eine Chance bot, und die würde er dann schon zu nutzen wissen.

Eine junge, schöne Frau würde sich an einem Abend wie diesem wohl kaum in den vier Wänden eines Hotelzimmers oder in einem dieser langweiligen Gärten verbergen.

»Ich mache euch mein Kompliment«, sagte Hermann zu seiner Mutter, »ihr seht alle fabelhaft aus. Du vor allem, Mama, aber auch der Papa, finde ich, hat sich in letzter Zeit erholt. Man merkt es sofort an der gehobenen Stimmung.«

Frau Kanther schob die Hand in den Arm ihres Sohnes. »Ich will dir mal was sagen, Hermann. Du hast ihn ja in voriger Woche erlebt, als du so kurz zwischen zwei Zügen hier warst. Damals war er doch so ungeduldig und reizbar, nichts konnte ihm recht gemacht werden. Ich glaube, er langweilte sich, und das bekommt ihm immer schlecht. Er ist nun einmal nicht imstande, sich zu beschäftigen, und hier fehlen dafür ja auch alle Grundlagen. Viel lesen greift ihn auf die Dauer an. Ich habe mir schon Sorge um ihn gemacht und zugleich auch um unseren Aufenthalt hier. Denn was hätte werden sollen? Es wäre bedenklich gewesen, ihn in dieser Verfassung noch längere Zeit hier zu belassen. Wir hätten unter Umständen alle gleich nach der Stadt ziehen müssen, denn schließlich ist der Papa doch die Hauptperson. Aber nun ist unerwartet etwas dazwischengekommen.«

»Was denn?« fragte Hermann erstaunt.

»Er hat eine Bekanntschaft gemacht – die Bekanntschaft einer reizenden jungen Frau, die in der vergangenen Woche angekommen ist. Ich habe sie dann auch kennengelernt und finde sie auch sehr hübsch und außerordentlich anziehend im Wesen; aber es muß wohl so sein, daß sie auf Männer einen geradezu bestrickenden Reiz ausübt.« Und nun lachte Frau Kanther amüsiert und herzlich. »Also so ist es, Hermann, dein Vater hat eine Freundin. Sie kommt eigentlich jeden Tag und sitzt eine Weile bei ihm im Garten, oder sie gehen auch ein Stück zusammen spazieren. Dabei kann sie kaum Mitte Zwanzig sein, aber vielleicht hat sie hier niemand sonst, der ihr den Hof macht, und sie sieht mir so aus, als ob sie das gewohnt ist.«

Hermann hörte sehr aufmerksam zu, aber er sagte nichts.

Frau Kanther fuhr fort: »Papa spricht nicht über sein Faible für diese Frau und tut so, als sei es überhaupt nichts. Nur am ersten Tag hat er von ihr gesagt: ›Eine ganz charmante Person!‹ – und dabei hatte er gerade vorher, ehe er sie kennenlernte, den Mädchen verboten, mit ihr zu verkehren, weil sie nämlich geschieden ist.«

»So«, sagte Hermann interessiert, »sie ist geschieden.«

»Du weißt ja, wie der Papa ist, er hat in solchen Dingen seine unerbittlichen Grundsätze. Aber auf einmal ist es nun nicht mehr so schlimm damit. Ich kann dir sagen, daß ich sehr froh über diese Wendung bin. Seine Grillen sind davongeflogen. Er ist wundervoll untergebracht und auf eine ihm höchst zuträgliche Weise beschäftigt. Er hat etwas, woran er sich freut.«

»Wohnt sie denn im Kurhaus?« fragte Hermann unvermittelt.

»Ja, sie wohnt im Kurhaus, wie kommst du darauf? Sie heißt Frau v. Ohrt und ist die jüngere Schwester dieses Fräuleins v. Wedell, mit der die Mädels so viel zusammen sind. Es ist eine ganz besonders angenehme Familie.«

Hermann ging in Gedanken neben seiner Mutter her, es war nun nicht nötig, noch mehr zu fragen, er wußte genug. Mein Vater! sagte er sich. Es ist kaum zu glauben.

Indessen hatten sie die Strandpromenade erreicht, aber die Sonne war schon untergegangen, und über der See stieg eine Wolkenwand hoch, die den Himmel mehr und mehr zu verhüllen begann. Die Weite des Wassers war grau und leer, von Süden her zuckten geheimnisvoll die Lichtbänder des Leuchtfeuers herüber. Der Abend war warm und von einer erregenden Stimmung, es war, als müßte noch etwas kommen, das der Tag zurückgehalten hatte.

Auf der Promenade gingen in friedlicher Unterhaltung die Kurgäste auf und ab, doch es fing schon an, dunkel zu werden, und Hermann achtete scharf auf die Vorübergehenden.

Sie begegneten Frau Major König und Fräulein v. Wedell, und Frau Kanther erklärte ihrem Sohn, wer das sei; aber sie hatte keine Neigung, die Damen anzureden, es hätte ihre vertrauliche Aussprache mit Hermann gestört.

Denn sie wollte doch noch mit ihm über Doris reden. Also, so war es, für Doris hatte sich ein anscheinend ernsthafter Bewerber gemeldet.

»Ein älterer Oberleutnant von der Fußartillerie, Hermann, ein gesetzter, sympathischer Mann, ohne Zweifel vermögend. Er machte uns neulich seinen Besuch, woraus man doch immerhin gewisse Schlüsse ziehen kann. Papa war eigentlich sehr von ihm eingenommen trotz seiner ausgesprochenen Abneigung gegen den Offiziersberuf. Aber das ist ja sowieso nur eines von seinen eingewachsenen Vorurteilen.«

»Und wie steht es um Doris?«

»Papa meint, und damit hat er bestimmt recht, Doris ist noch so unreif, sie weiß gar nicht, was sie will. Sie weiß nicht, worauf es ankommt. Zu Papa äußerte sie: ›Ach, der ist sehr nett!‹ – und mir hat sie erklärt: ›Ich denke ja gar nicht daran.‹ Womöglich hat sie sich einen von den anderen Leutnants in den Kopf gesetzt, es kommt mir beinahe so vor. Vielleicht sollte man ihr ein bißchen zureden. Dieser Oberleutnant Massnitz macht wirklich einen guten und zuverlässigen Eindruck, ich könnte ihn mir durchaus als Schwiegersohn vorstellen.«

Hermann blieb am Geländer stehen und sah die Promenade hinunter, er blickte nach der Treppe, die von oben herabkam.

»Ihr zureden – das würde ich bestimmt niemals tun«, sagte er sehr entschieden. »Wenn sie nicht von sich aus will, wenn sie ihn nicht einmal mag, dann dürft ihr sie um Gottes willen nicht zu beeinflussen suchen. Ihr könnt ja die Verantwortung gar nicht übernehmen. Wenn es nachher schlecht ausgeht – wer trägt sie dann? Es kann sein, daß nach Jahr und Tag ein anderer kommt, der der Eigentliche gewesen wäre, und dann ist es zu spät.«

»Gewiß, Hermann«, meinte Frau Kanther, »es war auch nur eine Überlegung. Man will ja nur das Beste für sein Kind.«

Sie setzten ihren Weg wieder fort, und Hermann dachte mit einem Bodensatz von Bitterkeit daran, daß seine Eltern damals auch für ihn das Beste gewollt hatten, als sie ihm zuredeten, sich mit vierundzwanzig Jahren für das ganze Leben festzulegen. Aber es war ein Unterschied, zog er sich selbst zurecht, ich kann ihnen keinen Vorwurf machen. Ich war verliebt, ich wollte sie haben.

Am Ende der Promenade kehrten sie wieder um und gingen zurück. Es wetterleuchtete hinten über der See. Hermann hakte bei seiner Mutter ein. »Ich fürchte, es gibt Regen, Mama. Sieh dir den Himmel an. Ich bringe dich jetzt nach Hause und fahre mit dem Zuge um 9 Uhr 24. Warum sollen wir beide naß werden? Aber das mit Doris – nein, laßt ihr ganz ihren freien Willen. Und wenn ihr ein Leutnant im Kopf steckt, so soll man ihn ihr gönnen – mein Gott, es wird ihr ja nicht gleich das Herz brechen. Das ist bei Doris sowieso nicht zu befürchten; aber es hat doch überhaupt nicht solche Eile mit ihr, sie ist schließlich erst einundzwanzig.«

Auf dem Heimweg kam dann noch die Rede auf Eva und die Kinder. Natürlich hatte Frau Kanther ihren Sohn gleich bei seiner Ankunft nach ihnen gefragt, denn ihre Schwiegertochter und die Enkelkinder waren ein Teil des Ganzen, das den Sinn ihres Lebens ausmachte. Was zu dem Haus in der Oberdammgasse gehörte, das hatte in ihrem mütterlichen Herzen seinen sicheren, warmen Platz.

»Warum kam Eva denn heute nicht mit?« fragte sie. »Für die Kinder wäre es ja vielleicht zu spät geworden, aber sie ... Und Luise bringt die drei doch auch allein zu Bett.«

»Ich entschloß mich sehr schnell«, sagte Hermann gelassen. »Es hätte mit Eva zu lange gedauert, wir hätten den Zug dann nicht mehr erreicht. Sie kommt natürlich zu Papas Geburtstag mit.«

»Und die Kinder, Hermann?«

»Nein, die Zwerge lassen wir lieber zu Hause, Mama. Die bringen zu viel Unruhe in euren riesenhaften Garten. Das wäre nichts für Papa und, offen gestanden, für mich auch. Adi wächst sich jetzt richtig zu einem Unband aus, der Vati hat schon ein paarmal hauen müssen. Aber Eva fährt ja gleich nach dem Geburtstag mit ihnen nach Zoppot. Bei mir wird es etwas länger dauern, ich habe noch allerhand zu erledigen. Außerdem kommt mein Schwager Carl dann wohl gerade von seiner Rußlandfahrt zurück. Den muß ich unbedingt abwarten. Ihr könnt also getrost noch draußenbleiben, wenn es doch hier so schön ist, ich sorge schon zu Hause für euren Lebensunterhalt.«

»Wir müssen sehen«, meinte Frau Kanther, »Anne und Fritz könnten ja zur Schule hin- und herfahren. Wer weiß, wann wir wieder einen solchen Sommer haben.«

Hermann verabschiedete sich an der Gartentür, er mußte sich beeilen, wenn er den Zug noch erreichen wollte. Erst als Frau Kanther schon im Hause war, fiel es ihr ein, daß sie ja nicht mehr dazugekommen war, mit ihm von Otto zu reden. Otto hatte vor kurzem aus Berlin geschrieben, knapp und eilig, in seinem gewohnten Ton; er wäre eisern besetzt — wovon, war leider nicht zu entnehmen, und dabei könnte man es bei der Hitze nur allenfalls auf dem Wannsee aushalten. »Nicht jeder hat es so gut wie Ihr ...« Aber von Kommen stand nichts darin.

Hermann Kanther ging durch die dunkle Allee zum Bahnhof, aber er hatte keine Eile, denn es war durchaus nicht seine Absicht, den erwähnten Zug zu benutzen. Er wollte es nicht hinnehmen, daß es ihm bestimmt sein sollte, so leer und enttäuscht wieder nach Hause zu fahren.

Anfangs hatte er überlegt, ob er noch einmal umkehren sollte, doch dann schien ihm in solchem Unternehmen keinerlei Aussicht zu liegen, und er wanderte seines Weges fort, bis er die hohe Hecke erreichte, die den Zaun des Kurhauses begleitete. Im Ausschnitt der Eingangspforte lag der Lichtschein der erhellten Veranda, und Hermann trat ohne Zögern in den Garten.

»Frau v. Ohrt«, sagte er leise vor sich hin.

Diese Veranda wirkte von außen wenig vertrauenerweckend, ein langgestreckter Glaskasten, wie er in all den Orten an der See zu finden war als die Zierde jener anspruchslosen Gaststätten, die sich doch so bedeutend Kurhäuser zu nennen pflegten. Man konnte auch sagen, es war eine Kolonnade.

Eine Anzahl unbesetzter Wiener Stühle stand wie gelangweilt um die buntgedeckten Tische. Doch in der Ecke neben dem Hoteldurchgang war ein Platz mit einem grünen Ripssofa unter einem großen Spiegel und ein paar in die Runde gestellten Korbstühlen.

Und dort saß Frau v. Ohrt mit einem Mann.

Sie trug keinen Hut, ihr Haar war schimmernd und sehr hell, dabei ein wenig kraus an den Schläfen, und ließ das Gesicht weicher und jünger erscheinen als damals unter dem roten Lederhut.

Hermann Kanther ging wie in eine Gefahr hinein, als er seinen Weg zwischen den Tischreihen hindurch machte, um sich einen geeigneten Platz zu wählen. Aber die Gefahr war verlockend und süß, und während er sich an einen Tisch neben der Glaswand setzte, nicht zu nah und nicht zu weit ab, und mit der Miene eines Unbefangenen Umschau zu halten begann, empfand er deutlich, daß es das war, wonach sein Herz verlangte, nein, was er seit langem, langem nötig hatte – einen Feuerfunken in sein allzu trockenes und hausbackenes Leben hinein. Er begriff im Augenblick, daß er Jahre und Jahre verloren hatte, sie waren unwiederbringlich dahin, aber er war immer noch ein junger Kerl und unverbraucht, bereit, sich zu entzünden und sich in einen Sturm hineinzuwerfen.

Aber da war nun dieser Mann ... und seine Anwesenheit erfüllte ihn mit heftiger Erbitterung.

Hermann sah seinen Gegner nur von der Seite, es war ein langer Mann, hager und blond, in einem gutgeschnittenen dunklen Anzug, er saß in den Korbsessel zurückgelehnt in einer Haltung genußvoller Ruhe. Und doch war es ohne Zweifel ein Soldat, einer von jener herben, trockenen Sorte, die den Urtyp des preußischen Offiziers geschaffen hatte. Er hatte nichts von einem Galan, und in der scharfen Profillinie wirkte das Gesicht beherrscht und ernst. Man mußte, selbst wider Willen, zugeben, daß er mannhaft und sympathisch aussah.

Doch er saß mit dieser Frau am Tisch, als wäre er zugehörig, und das war nicht zu verzeihen.

Indes kam der grauhaarige Oberkellner zu Hermanns Platz, und auf die Frage nach einem guten Rotwein gab er voll Würde zur Antwort: »Gewiß, mein Herr!« und brachte die Weinkarte. Er wies auf eine Marke hin, die er sehr empfehlen konnte, ging und kam wieder, und dann nahm er drüben einen gefüllten Aschenbecher vom Tisch, um einen sauberen zurückzubringen.

Es schien Hermann, daß der Kellner, der in dieser Gaststätte so überlegen und so weltläufig wirkte, zu jenem Platz unter dem Spiegel in einer besonderen Beziehung stand. Er wurde dort eine Weile festgehalten und in die Unterhaltung hereingezogen, es kam ein anderer Ton hinein, als hätte das Idiom gewechselt, und Hermann begriff, daß man dort drüben französisch sprach. Das erheiterte sichtlich alle drei und Frau v. Ohrt vor allem, ihr Lachen klang auf, und ihre Stimme stieg an, er konnte verstehen, was sie sagte, und der Überrest seiner französischen Sprachkenntnisse reichte gerade aus, um ungefähr auch den Sinn zu erfassen: »C'est à vous, monsieur le capitaine, de me faire oublier . . .«

Der Oberkellner nahm die Flasche aus dem Kühler, schenkte die Gläser voll und ging wieder. Erst dann antwortete der Mann, indem er sein Glas hob, aber der dunkle Ton seiner Stimme deckte die Worte zu.

Sie tranken Sekt, und das mochte nicht ohne Bedeutung sein. Nach Hermanns Begriffen und den Gewohnheiten seiner Welt trank man Sekt nur an seltenen, hohen Tagen, zu Verlobung, Hochzeit und ähnlichen Ereignissen. Man mußte annehmen, daß es etwas Derartiges war, vielleicht ein Fest des Wiedersehens oder der endlichen, langersehnten Vereinigung. Und die Stirn wurde ihm heiß über diesem Gedanken.

Es hielt Hermann nicht länger auf seinem Sitz, er mußte etwas tun, denn die Zeit verrann, und es stand nicht sehr gut um seine Aussichten. Er erhob sich, um sich eine Zeitung vom Haken zu holen, und dabei mußte er nahe an jenem Tisch vorbei. Nun sah die Frau auf, ihr Blick streifte ihn, und Hermann machte eine Verbeugung, stumm, knapp und voll verhaltener Ehrerbietung. Vielleicht hatte sie ihn wiedererkannt, wer konnte es sagen? Sie neigte nur leicht den Kopf, und der Ausdruck ihres belebten Gesichtes war nicht zu deuten. Der Offizier in Zivil verbeugte sich in seinem Korbsessel, Hermann sah das hagere, geschlossene Gesicht eines nicht mehr jungen Mannes, in dessen linkem Auge ein Einglas saß.

Als er sich wieder an seinem Tisch befand und tat, als ob ihn die Zeitung beschäftigte, erkannte er, daß er nicht einen Schritt weitergekommen war, nein, durchaus nicht. Es war nicht zu erwarten gewesen, daß man ihn dort etwa gleich aufforderte, mit Platz zu nehmen. Aber auch die Situation war ihm keineswegs deutlicher geworden.

Der Oberkellner kam, um das Fenster zu schließen, er blieb einen Augenblick horchend stehen und ließ es dann doch geöffnet. »Es stört Sie nicht«, sagte er im Ton einer Feststellung.

Es regnet, dachte Hermann, und ich bin ohne Mantel. Er sah nach der Uhr — eine gute halbe Stunde noch. Wenn es schlimmer wurde, fuhr er nicht nach Hause, sondern würde hier ein Zimmer nehmen und über Nacht bleiben. Nicht sehr angenehm ohne Nachtzeug, ohne Rasierapparat vor allem, er tat so etwas nicht gern.

Aber vielleicht konnte er damit diesen Mann dort überdauern, dessen Überzieher und Hut neben der Tür zum Hoteldurchgang an einem Kleiderständer hingen. Es war anzunehmen, daß er nicht hier wohnte, und so würde er sich wohl in kurzer Zeit von dem Sektgelage erheben müssen, um zum Zuge zu gehen. Dann stand ihm selber der Morgen offen.

Es kam darauf an, diesen anderen auszubooten, der da einen Abend lang mit am Tisch sitzen und Sekt trinken durfte. Er selbst, Hermann, war jünger und gewiß elastischer, er war dabei nicht ganz ohne Erfahrungen und keineswegs ohne Selbstbewußtsein, es gab nichts, was ihm in der Stimmung dieses Abends gewagt und unmöglich schien.

Es regnete immer noch, leise und stetig. Der Kellner ging hin und wieder durch den Raum, an zwei Tischen in der Nähe wurde gezahlt, und Hermann sah nach der Uhr; es wäre jetzt Zeit gewesen, zum Zuge zu gehen. Aber er rief den Kellner heran und bestellte einen Kognak. Als der gebracht wurde, sagte er nach seiner Art ein wenig hochfahrend und wie nebenbei: »Herr Ober, ich brauche bei Ihnen ein Zimmer für heute nacht. Ich bin zwar ohne Gepäck — es war unvorhergesehen —, aber das ist nun nicht zu ändern.«

Der Oberkellner Stobbe sah den fremden jungen Mann ruhig an, und dann sagte er etwas sehr Befremdliches: »Es tut mir leid, mein Herr. Wir haben nichts frei.«

»Wie, wieso? Was heißt das?«

»Wir befinden uns in der Hauptsaison, mein Herr. Das Haus ist nicht groß. Die Zimmer sind seit langem vorausbestellt. Jeder Raum ist besetzt.«

In Hermann schwoll die Kanthersche Heftigkeit, sie ließ sich nur mühsam zurückhalten. »Wissen Sie das denn so genau?« fragte er. »Vermutlich gibt es doch hier ein Büro, das für diese Dinge zuständig ist.«

Der Oberkellner lächelte ein wenig. »Gewiß, mein Herr. Aber am Abend ist das Büro geschlossen. Und das Büro untersteht mir selbst. Jede Anmeldung und Aufnahme geht durch meine Hände. Es tut mir leid, Ihnen nicht dienen zu können.«

Hermann Kanther erwiderte gereizt: »Sie werden doch einen Raum für eine Übernachtung frei haben.«

»Es ist, wie ich Ihnen sagte, mein Herr.«

Der alte Mann und der junge sahen einander an, aber das Gesicht des alten war undurchdringlich. Und Hermann hatte plötzlich einen Verdacht: Es ist nicht wahr! Weiß Gott, was dieser Kellner hier für eine Rolle spielt. Aus irgendeinem Grunde läßt er es nicht zu. Es ist nicht, daß er kein Zimmer hat. Er will nur keins haben ...

Und damit begriff er, daß er machtlos war gegen diesen sturen, entschlossenen Widerstand. Er konnte nicht gut einen Skandal heraufbeschwören. »Bitte zahlen«, sagte er in dumpfem Zorn.

Der Oberkellner sagte bedächtig, während er die Rechnung ausschrieb und dann den Betrag einstrich: »Es bliebe noch das Strandhotel. Das ist das Haus am Seeweg, ein Stück weiter hinauf nach dem Strande zu. Aber es wird dort das gleiche sein wie hier. Dies ist ja kein Ort für Übernachtungen, mein Herr, wir sind ein ruhiges Seebad für Familienaufenthalt. Darum sind wir auf einen solchen Fall gar nicht eingerichtet.« Er horchte nach dem Fenster hin. »Es regnet nicht mehr so stark – wenn es vielleicht darum geht. Und den Zug können der Herr auf jeden Fall noch erreichen.«

Wenn es darum geht! dachte Hermann voll Ingrimm. Nein, darum ging es nicht. »Es ist gut«, sagte er und wies mit einer Handbewegung das Geld zurück, das jener herausgegeben hatte.

Der Oberkellner dankte gleichgültig und ging, dann wurde er von drüben angerufen, und es gab an dem Tisch in der Ecke einen raschen Aufbruch. Aber der Mann, in einem kurzen hellen Überzieher, stand noch, stand, als zögerte er, sich loszureißen, bis dann die Frau sich plötzlich auch erhob, lachend wie in einem heiteren Einfall, und sie kamen miteinander durch den Raum, als gehörten sie ganz und gar zusammen.

Sie trug zu einem weißen Rock eine zartgelbe Jacke, die lose über die Schultern gehängt war, und Hermann sah nun in der Nähe ihr Gesicht, das strahlend von Wärme und Leben war.

»Ich wollte sehen, ob die Sterne da sind«, hörte er sie sagen, »und nun regnet es. Schlagen Sie Ihren Kragen hoch, monsieur le capitaine, ich fühle mich für Sie verantwortlich.«

Sie sah Hermann im Vorübergehen an, aber er wußte nicht, ob das nun ein Blick für ihn war, für ihn gewollt und bestimmt, oder nur ein Spiel des Zufalls – wer konnte das ergründen? Das Licht ihrer schönen Augen war Betörung und zugleich Geheimnis.

Und auf einmal begriff er es – nie würde er dieses Geheimnis enträtseln. Er hatte sich zu hoch vermessen, es war ihm nicht zugedacht – und vielleicht auch nicht einmal diesem ehernen Ritter, dessen Gesicht verschlossen war wie durch ein Visier.

Sie brachte ihn nur zum Ausgang – um die Sterne zu sehen –, und das war alles.

Als Hermann sich gleich darauf selber anschickte zu gehen, kam Frau v. Ohrt allein zurück, sie warf keinen Blick herüber, nahm ihr Täschchen vom Tisch, an dem sie gesessen, und wandte sich nach dem Hoteldurchgang. Der Oberkellner, der damit beschäftigt war, die Stühle zurechtzurücken, öffnete vor ihr die Pendeltür und verbeugte sich ehrerbietig – »Gute Nacht, gnädige Frau!« – und stand dann, indem er die Veranda übersah, abwartend und wachsam, als wäre ihm aufgegeben, einen kostbaren Schatz zu hüten.

Und Hermann, erbittert, beschämt und grauenvoll ernüchtert, verließ das Kurhaus, diesen kümmerlichen Krug, in dem man ihn kurzerhand an die Luft gesetzt hatte. Anders konnte man es wohl nicht bezeichnen.

Durch Dunkelheit und leise rieselnden Regen ging er hinter dem anderen den Weg zum Bahnhof, er holte ihn fast ein. Es war der Weg einer Viertelstunde, und er wurde erheblich naß, immer unterschied er, nur wenige Schritte vor sich, doch unsicher in der Dunkelheit, die Umrisse dieses Mannes im Überzieher, der seinen Kragen hochgeschlagen hatte.

Der hatte das Spiel gewonnen, es sah wenigstens so aus. Er selbst war der Geschlagene und hatte den Rückzug antreten müssen, gemaßregelt von einem Kellner, der tiefgeheime Anschläge durchschaute und durchkreuzte und den er dafür durch ein gutes Trinkgeld noch extra belohnt hatte.

Da tauchte endlich der kleine Bahnhof auf, verlassen und dürftig in der regennassen Nacht – was für ein armseliges Nest war doch dieses Neuenort, in dem nicht eimal ein Hotelzimmer zu haben war. Hermann stand unter einem Dachvorsprung und wartete auf den Zug, es regnete gleichmäßig und freundlich, und dabei kam es ihm zum Bewußtsein, wie weit er sich verrannt und verstiegen hatte.

Was hoffte ich zu erreichen? dachte er. Es wäre mir nie geglückt ...

Diese Frau war ein Trugbild, das zurückwich, wenn man die Hand danach ausstreckte. Er mußte wohl ganz und gar besessen gewesen sein.

Vielleicht sollte er hingehen und Brigittenruh kaufen, aus Laune oder aus Trotz. Man mußte etwas tun und etwas haben, damit man Ruhe bekam.

Er sah den anderen draußen, fast am Ende des Bahnsteiges, unbeweglich im Regen stehen, und um die Gestalt dieses fremden Mannes war eine seltsame Einsamkeit, er stand da wie ein Posten in verlassenem Gelände, weit draußen vor der vordersten Linie, aufrecht, gesammelt und ganz allein.

Was war es mit ihm? Man konnte es nicht wissen, niemals wußte man, wie es in Wahrheit um die Menschen stand. Vielleicht war auch dieser ein Betrogener und Enterbter.

Ein Zug pfiff durch Nacht und Regen, aber er kam aus der Stadt her in der Richtung zum Seehafen und fuhr fast über den Bahnsteig hinaus, bis er endlich hielt. Hermann sah weit vorne den anderen einsteigen, aber der Zug wartete noch, und ein paar Minuten später erst lief auf dem zweiten Gleis sein eigener ein.

Die beiden Züge kreuzten hier ihre Wege tief in der Nacht, nein, sie begegneten sich und fuhren aneinander vorüber, geheimnisvoll und unbegreiflich sinnlos, wie es schien, mit den Menschen darin, die nichts voneinander wußten.

Dreizehntes Kapitel

Man wußte nicht, wie es war, vielleicht war Herr Massnitz der Meinung, daß seine Aussichten bei Fräulein Kanther gestiegen seien, daß er mit dem Eintritt in den Garten der ›Elisabeth‹ an Boden gewonnen habe. Doris ließ sich freilich nichts Derartiges anmerken, im Gegenteil, sie war vorsichtiger geworden im Annehmen gewisser Aufmerksamkeiten, die ihr bis dahin keinerlei Bedenken erweckt hatten; aber das war vielleicht nur die Zurückhaltung eines wohlerzogenen jungen Mädchens gegenüber so deutlich gewordenen Absichten.

Ach, Doris war sich keineswegs klar darüber, wie es um sie stand und was denn nun überhaupt daraus werden sollte. Es war gewiß nicht ohne Reiz, sich in so ernsthafter Weise begehrt zu wissen, es gab ihrer Person in ihren eigenen Augen eine Bedeutung, die ihr durchaus neu war. Aber es war höchst unbequem, zu denken, daß daraus womöglich Ernst gemacht werden sollte und daß man eine Entscheidung von ihr verlangen konnte.

Natürlich wollte sie heiraten, bald sogar; sie hatte sich gewiß hundertmal damit beschäftigt und spielte vielleicht auch hier ein wenig mit dem Gedanken.

»Du siehst, wie es ist«, sagte sie zu Anne, »ich könnte, wenn ich wollte, aber ich werde es mir noch sehr überlegen.«

Im ganzen wurde aber zwischen ihnen nicht so sehr viel davon gesprochen, es war im Grunde wohl doch nicht so wichtig oder nicht so dringlich. Es kam jetzt nur darauf an, diesen Sommer zu genießen, solange er einem gegönnt war. Man mußte sich schön frisieren und anziehen, um dann mit Holten einen Tennisball suchen zu gehen oder in den Tanzpausen im Kurgarten auf und ab zu promenieren. Darin allein lag gegenwärtig der Sinn des Lebens.

Anne freilich machte sich zuweilen auf ihre Art Gedanken über diese schwebende Angelegenheit, sie fand, daß man in solchen Dingen nicht einfach in den Tag hineinleben konnte. Es war bestimmt nicht anständig von Doris, einen Mann von Massnitz' Jahren und seinem gediegenen Ernst, einen Mann, der vielleicht einmal die roten Streifen an den Hosen tragen würde, so unbedenklich hinzuhalten. Sie hätte es ihm unmittelbar und deutlich zu verstehen geben müssen, wenn ihr an den roten Streifen und dem, der sie nach Doris' eigenen Worten als eine Art Köder ausgeworfen hatte, nichts gelegen war.

Aber Annes Meinung war ja nun völlig unmaßgeblich. Was wußte sie, unausgewachsen wie sie war, überhaupt von diesen Dingen? Sie hatte ja gar keine Erfahrung mit Verehrern und keine Ahnung von der Art, in der man mit ihnen umzugehen hatte.

Sie wußte selber nicht, ob man den Chef etwa dazurechnen konnte – vielleicht doch ein wenig, wenn auch Doris ihr immer vorhielt, sie sollte sich um Gottes willen nicht einbilden, daß dies schon etwas wäre; nichts wäre es, und Herr Hauptmann Henningshaus, der ja ungefähr ihr Vater sein könnte, machte sich sowieso nur einen kleinen Spaß mit ihr. Insgeheim war Anne freilich nicht ganz davon überzeugt, wenn sie an des Chefs Haltung beim Tanzen und seine verhangenen Augen dachte.

Es war darin noch eine Spur von jener Macht, die wie keine andere die Welt zu beherrschen schien.

Doris war wohl der Ansicht, dies alles sei ihr ureigenes, persönlichstes Gebiet, zu dem die kleine Schwester keinen Zutritt hatte. Anne stand am Außenrand und war zum Zusehen bestimmt.

Und vielleicht hatte sie damit nicht einmal so ganz unrecht; denn Zusehen, stumm und aufmerksam, war eine von Annes hervorstechenden Fähigkeiten, und manchmal war es sogar recht interessant. So leicht entging ihr nichts von dem, was diese Menschen bewegte und umhertrieb, es war mitunter so, als könnte man ihre Wünsche und Bemühungen, aber auch ihre Aussichten aus ihren Bewegungen erkennen und aus ihren Gesichtern ablesen.

Was zum Beispiel die beiden Bosses betraf, so war es klar, daß es mit ihnen nichts werden würde. Es würde keiner von beiden gelingen, sich hier jemanden einzufangen, mit dem sie dann eine bescheidene Garnisonwohnung beziehen und einen spartanischen Offiziershaushalt begründen konnte. Ach Gott, sie taten einem wahrhaftig leid. Sie waren so sehr dahinterher, vor allem Edith, die ältere, es stand in ihren hungrigen Augen geschrieben, und Anne fand, daß es ihnen wirklich zu gönnen gewesen wäre. Sie stellten vielleicht keine sehr großen Ansprüche, es mochte gar nicht so sehr darauf ankommen, wer und was für einer es denn sein würde, wenn sich nur überhaupt jemand aus diesen Kreisen fände.

Die Bosses waren ja eigentlich ganz nett und auch keine häßlichen Mädchen, vielleicht ein bißchen zu semmelblond und im Wesen etwas zu simpel, aber Erika, die jüngere, hatte doch eine hübsche Figur. Und doch schienen sie keinem so recht zu gefallen, sie tanzten, ja, gewiß tanzten sie, dazu waren sie ja da, aber es war leider nicht so, daß der eine oder andere sie auszeichnete, wie es bei Doris der Fall war. Allem Anschein nach war es im allgemeinen ein sehr weiter Weg von einer Quadrille bis zu einer regelrechten Bewerbung. Vielleicht lag es bei den Bosses daran, daß man Edith und Erika das leidenschaftliche Bemühen, an den Mann zu kommen, allzusehr anmerken mochte.

Und diese jungen Leute hatten wohl auch gar nicht solche ernsthaften Gedanken. Sie wollten tanzen und sich amüsieren, den Hof machen und ein bißchen schwadronieren, und außerdem steckte ihnen ihr Dienst im Kopf und was damit zusammenhing, irgendwelche Zukunftspläne vielleicht. Nichts von Heirat, bloß nicht so früh sich festlegen, und wo in aller Welt hätten sie das Nötige dazu denn auch hernehmen sollen! Da hätte es sich schon um einen erklärten Goldfisch handeln müssen. Denn Geld hatte ja keiner von ihnen oder doch so gut wie keiner; sonst wären sie ja gewiß bei anderen Regimentern eingetreten. Im besten Fall besaßen sie nicht allzuhohe Schulden, bloß ein paar harmlose Rückstände im Kasino oder beim Schneider. Aber auch die mußten von Zeit zu Zeit getilgt werden.

Deshalb ging auch die Sache mit Irmgard v. Schlein – mit dieser kleinen Dunklen, die hier bei einer Großtante zu Gast war – nicht so glatt, wie es zuerst ausgesehen hatte. Natürlich war sie ein ganz anderer Schlag als die Bossemädchen, sie verstand es, man hätte direkt von ihr lernen können. Jeden Augenblick, hatte Anne anfangs gemeint, würde ihre Verlobung mit diesem frisch beförderten Oberleutnant zustande kommen und in die Welt gesetzt werden. So einfach konnte das sein, und so schnell konnte das geschehen, es war richtig wie ein Wunder. Aber dann mußte Irmgard eines Tages plötzlich abreisen, Knall und Fall, konnte man es nennen. Ihr Vater hatte geschrieben oder sogar telegraphiert, und sie erzählte, ihre Mutter sei erkrankt, und sie müsse nun erst mal nach Hause, aber sie käme bald wieder, ganz bestimmt, zur nächsten Réunion wäre sie wieder da.

Frau Major König erging sich in dunklen Andeutungen. »Die arme Irmgard, ja, so kann es einem gehen. Sie hätte auf mich hören sollen, es wäre bestimmt besser gewesen. Aber sie wollte ja mit dem Kopf durch die Wand.«

»Seien Sie bloß vorsichtig, Fräulein Kanther«, sagte sie ein andermal, »halten Sie Ihr Herz zurück. Ich sage Ihnen, es lohnt sich nicht. Und die Mädchen, so ist es nun einmal in der Welt, die Mädchen müssen alles ausbaden.«

Es war nicht unbedingt klar, was sie meinte, und Anne kam dahinter, daß sie vielleicht nur so daherredete. Gewiß wußte sie auch nicht genau, was da passiert war. Denn die Krankheit der Mutter war ja wohl bloß ein Vorwand.

Was würde es schon sein? Vielleicht war Herr v. Schlein wie der

Papa, der es nicht wünschte, daß seine Töchter sich mit Offizieren verlobten. Wenn ein Vater nein sagte, was sollte man dann schon machen? Jedenfalls war nichts davon zu hören, daß Irmgard noch einmal wiederkam.

Nein, so einfach war es also doch nicht. Die Fügungen des Schicksals waren willkürlich und rätselhaft, und man konnte selber gar nichts dabei tun. Es war nicht vorauszusagen, was es mit Dorothea v. Wedell werden würde, die so schön, so liebenswürdig, so leidenschaftslos war. Immer hatte sie ihre vornehme Haltung und ihr ruhiges Lächeln, sie war richtig geeignet für eine erstklassige Partie. Aber wo blieb die nun? Vielleicht würde sie, wenn dieser Sommer wieder ergebnislos verstrichen war, auch noch den neunten Winter ausgehen und übers Jahr den zehnten und würde die jungen Offiziere eintanzen, für die sie dann mit der Zeit eine ehrwürdige Persönlichkeit geworden war. Es war nicht einzusehen, ob das einen Lebenszweck bedeuten konnte. Man mochte Dorothea etwas Besseres wünschen, und Anne hatte ihre besonderen Gedanken dabei, aber sie war sich nicht klar darüber, ob es sein dürfte, daß ein Mädchen von altem Adel einen Bürgerlichen heiratete, etwa einen schlichten Mann vom Lande, oder ob die Standesehre das vielleicht verbot. Es war immerhin möglich, daß einem so sehr guten Namen und einer heiligen Tradition jedes Opfer gebracht werden mußte.

Anne hätte gar zu gern Frau v. Ohrt danach gefragt, die unbekümmert und freimütig und bestimmt ohne Vorurteile und Schrullen war. Aber dann getraute sie sich doch nicht, denn aus der Zurückhaltung ihrer innersten Natur konnte sie nun einmal nicht so leicht heraus, sie wollte nicht gern neugierig und taktlos erscheinen oder sich sonst auf irgendeine Weise blamieren. Nein, das mochte sie nicht. Und dann, kannte sie sich mit dieser Frau denn überhaupt aus? Sie war liebenswürdig und reizend und hatte ihr selber gegenüber einen kameradschaftlich herzhaften Ton, aber es war trotz allem nicht durch sie hindurchzusehen. Was veranlaßte sie, täglich mit dem Papa am Vormittag oder auch gegen Abend spazierenzugehen oder auf einer Bank in den Anlagen zu sitzen in einer Unterhaltung, von der man sich keinerlei Vorstellung machen konnte? Es mochte ein sonderbares Vergnügen sein.

Frau v. Ohrt war unberechenbar und widerspruchsvoll und tat und sagte niemals das, was man hätte erwarten dürfen. So war sie, obgleich sie doch im Kurhaus wohnte, nicht zur Réunion gekommen, keineswegs, was sollte sie denn da, solche einfältigen Vergnügungen hatte sie in ihrem Leben wahrscheinlich zur Genüge genossen. Sie machte sich wohl ganz und gar nichts aus dem Zusammensein mit Offizieren und war augenscheinlich sehr verwöhnt und noch dazu blasiert. Aber dann konnte sie sich wiederum im Damenbad mit leidenschaftlichem Eifer darum bemühen, einen Handstand zuwege zu bringen, sehr zum Entsetzen ihrer Schwester Dorothea.

»Ich muß es herauskriegen«, sagte sie atemlos zu Anne, »und wenn ich mir den Hals breche.«

Dabei war sie dann wie ein Kind, rollte in den Sand und lachte, lachte; ach, sie war einfach eine Range, und es war nicht zu sagen, wie der Herr Konsul seine angebetete Freundin beurteilt haben würde, hätte er sie in dieser Haltung gesehen. Doch mit dieser Überlegung kam Anne eigentümlicherweise niemals zu Ende.

Nein, sie hatte das Gefühl, als müßte man vor Liselotte v. Ohrt ein wenig auf der Hut sein, sie war ihr nicht geheuer, ein Mensch mit Hintergründen, die sich nur ahnen ließen. Man konnte ihr ganz starke Impulse zutrauen. ›Bedrohung und Gefahr‹, hatte Anne ganz zu Anfang gedacht, und das blieb ihr geheimes Signalement für dieses Wesen aus der Fremde, das gekommen war, man wußte nicht, woher, wozu und für wen...

Und Frau Jasserott mit all ihren Toilettekünsten, mit dem rostroten Haar, den sehr fußfreien Kleidern und all dem Aufwand, der in Neuenort so wenig am Platze war, ihr war es anzumerken, daß sie sich in diesem simplen Seebad recht herzlich langweilte. Sie hatte vielleicht ganz anderes erwartet, es hatte sich leider keiner gefunden, der sie gebührend zu würdigen wußte; der Geschmack war hier so viel einfacher, richtig provinziell konnte man ihn nennen, und nun kam sie nicht auf ihre Kosten. Daß ihr Mann diese Woche erwartet wurde, schien ihr keinen Ausgleich zu bedeuten.

So war das Leben in Neuenort, alle waren offenbar nur darauf aus, etwas Außerordentliches zu erleben oder sogar einen hohen und kostbaren Preis zu erringen. Dieser stille Platz an einem entlegenen Gestade mit Alleen und verschwiegenen Gärten war wie von einem geheimen Fieber heimgesucht, als würde, wenn dieser Sommer ohne Erfüllung verging, alles zu Ende sein, jede Hoffnung, jede Aussicht, endgültig und auf immer.

Anne beobachtete das mit Staunen wie eine seltsame Krankheit, von der nur sie verschont blieb, und mitunter kam es vor diesem spannungsreichen Spiel über sie wie eine dumpfe Traurigkeit und ein qualvolles Gefühl der Enge, als hätte man sie gefangengesetzt, mitten in der hohen Zeit des Jahres, und sie um das Wahre, das Beste, das Eigentliche betrogen. Da blieb nichts übrig, als sich aufzumachen und davonzugehen.

Das war nicht so einfach, denn es gehörte sich natürlich, daß die Schwestern zusammenblieben, es gab Verabredungen und Verpflichtungen. Sie sagte zu Doris: »Ja, ja, geh nur, ich komme nach. Ich hole dich schon ein ...«

Anne sah, wie die kleine rückwärtige Gartentür hinter Doris offenblieb, und dieser Anblick war wie eine Verlockung in die Freiheit. Mochten sie sich wundern und denken, was sie wollten; ihretwegen konnten alle fragen, sooft es ihnen Spaß machte: »Wo haben Sie denn heute Ihre Schwester gelassen?« Das taten sie natürlich, ja, so eng, so spießbürgerlich waren sie im Grunde, sie wußten nichts von den hundert Wegen, die durch die Welt führten.

Einmal, so stellte es sich heraus, hatte Edith Bosse sogar spitzzüngig gesagt: »Ihre Schwester hat wohl ein Rendezvous mit einer höheren Charge!«

Doris, die sich über Annes Rücksichtslosigkeit ärgerte, aber mehr noch über diese anzügliche Bemerkung, war ihr die Antwort nicht schuldig geblieben: »Ja, sehen Sie, so weit haben Sie es noch nicht gebracht ...«

Während solche Gespräche stattfanden, war Anne längst auf dem rundköpfigen Pflaster unter den Birken davongegangen. Sie wanderte leicht und frei auf den Straßen der Träumer und der Vaganten.

Alles, was Anne bei sich trug, war ein kleiner bunter Eimer, den sie eines Tages am Strand gefunden hatte. Er war nicht schön, noch dazu an einer Seite ein wenig eingebeult, er sah aus, als hätte er schon den ganzen Winter hindurch dort gelegen, in Sand und Tang, vor den unaufhörlich leckenden Zungen der See. Aber vielleicht war er zu gebrauchen, er war Strandgut, man konnte ihn mitnehmen. Strandgut, das war das, was von einem Schiffbruch herrührte, die See warf es aus, und es gehörte dem, der es fand. Anne entsann sich einer Geschichte, in der eine Wiege mit einem schlafenden Kind von den Wellen auf den Strand getragen wurde. Ein Fischer zog es auf, nach Jahren wurde durch Verkettung merkwürdiger Umstände eine Spur seiner Herkunft entdeckt, es fanden sich ein Großvater in Amerika und unermeßliche Reichtümer. Es war eine sehr aufregende und ergreifende Geschichte gewesen.

Von einem ähnlich aufsehenerregenden Schiffbruch auf der Höhe von Neuenort hatte man leider niemals etwas gehört, deshalb war wohl das Schicksal des Eimers wesentlich alltäglicher gewesen. Aber Strandgut war er trotzdem, ein Geschenk der See und damit ein Symbol, es trieb dazu, auf die Suche zu gehen nach unnennbaren Dingen, die dieser weiße Streifen Küste bergen mochte und auf deren Spuren man vielleicht erst weit hinten stieß, wo in der Sonnenglut die Luft flimmernd über den Strand stieg.

Anne erlag noch immer ein wenig der Illusion von den ganz, ganz kleinen Bäumen, die wie ein Spielzeug in der Ferne dahingelaufen waren damals in ihrem vierten und fünften Jahr. Sie wußte es noch nicht recht, daß es nichts war als die Lust zu gehen und zu gehen unter der großen Freiheit des Himmels, im Spiel des Windes, auf den Wegen der Landfahrer und der Träumer, die ohne Ziel ins Blaue ziehen und nur die Weite suchen.

Sie ging, den kleinen bunten Eimer in der Hand, den Strand entlang nach Norden, Neuenort blieb mehr und mehr zurück, die Strandhalle, die Promenade und der Landungssteg schrumpften mehr und mehr zusammen, und damit war das alles belanglos und wesenlos geworden. Auch der Fischerstrand mit den ruhenden Booten und den ausgespannten Netzen, über den sie heruntergekommen war, lag schon längst hinter ihr, und hier war nur noch Einsamkeit. Die Möwen jagten mit dem Wind, die See war weit und frei, ganz leer bis zum Horizont, unermüdlich schickte sie an ihrem Rande kurze eilige Wellen vor und holte sie wieder zurück. Über das weiße langgezogene Band des Strandes her kam die große Verführung der Ferne.

Anne zog Schuhe und Strümpfe aus und trug sie an den zusammengebundenen Schnürsenkeln in der Hand. Es ging sich so leicht auf nackten Sohlen über den festen, feuchten Sand, auf dem nur einen Augenblick lang eine trockene Spur blieb, sie verschwand sofort wieder, als wäre da niemand gegangen. Die kleine Brandungswelle lief darüber hinweg.

Das Wasser rann über Annes Füße, die in der Sonne wieder trockneten, es war ein Spiel, das immer wiederkehrte. Zuweilen mußte sie über Steine, die die See als ein breites Lager ausgeworfen hatte, aber sie schritt darüber hinweg und tat, als wäre es nichts. Der Weg ging weiter und weiter, er veränderte sich nicht und nahm niemals eine Ende. Ganz in der Ferne schien der Küstenstreifen in eine Spitze auszulaufen, als wäre dort ein Vorsprung und müßte es eine Biegung geben, hinter der etwas Neues begann. Aber wenn sie dorthin kam, war es eine Täuschung gewesen, die Küste verlief in einem sanften Bogen, und alles war wie vorher.

Die See war da und der Sand und der Waldstreifen, der den Strand begleitete. Man konnte stundenlang gehen und kam nirgends hin. Vielleicht, wenn man Tag und Nacht so wanderte, unter den Sternen schlief und wieder weiterging, fort und fort und immer nach Norden, dann mußte man nach Thule kommen, das hinter der letzten Ferne in ewiger Einsamkeit verborgen lag. Aber noch niemand hatte es je erreicht.

Ganz selten geschah es, daß Anne auf diesem Weg einem Menschen begegnete. Sie überlegte dann, ob sie vielleicht Angst haben müsse. Aber wenn der Fremde herankam, entpuppte er sich als ein harmloser Strandläufer, der wie sie Schuhe und Strümpfe in der Hand oder an den Stock gebunden über der Schulter trug und noch dazu die Hosen hochgekrempelt hatte.

Gewiß war es ein Lehrer, der seine Familie daheimgelassen hatte und den Sommer auf diese Weise genoß. Lehrer, das wußte Anne, hatten niemals Geld und konnten sich keine Reise leisten, aber sie pflegten die Natur zu lieben und Fußtouren zu machen. Die zwei Menschen in der Einsamkeit gingen ohne Gruß aneinander vorbei. Anne fand, daß es nicht nötig war, Angst zu haben vor einem Lehrer, der sich in den Sommerferien befand.

Die Sonne brannte hernieder, ihr Gesicht bekam einen neuen Schein von Kupferbraun, denn sie hatte auch den Hut abgenommen und an den Schnürsenkeln festgebunden.

Es war gut, daß niemand von der Familie und all den Neuenorter Bekannten sie so sah – mit verwehten Haaren, barfuß, mit feuchtem Rocksaum. Sie hatte aufgehört, eine junge Dame zu sein, der von Leutnants der Hof gemacht wurde, und war nichts mehr als ein wanderndes Kind der Erde.

Sie legte sich lang in den trockenen Sand, um auszuruhen, und begann mit den Steinen zu spielen, die um sie lagen. Es gab graue und rötlichbunte, wunderlich gefleckte und ganz weiße, es waren ganze Familien von Steinen, von denen immer neue Kinder und Kindeskinder auftauchten, und alle waren glatt, kantig oder rund, sie waren weit, weit hergekommen aus unausdenklichen Fernen und Gründen, die See hatte sie hergeholt und abgeschliffen und von sich gegeben. Und irgendwann würde sie sie wieder zurücknehmen.

Anne saß über dem übersonnten, heißen Lager des Strandes und ließ den Sand durch die Hände rinnen; sie war sich selber fremd hier draußen, allein mit der See, über die hohe, zerfaserte Wolken dahinzogen. Sie saß und sah in die ungeheure Weite hinaus, die nie zu ermessen und nie zu enträtseln war.

Von Urzeiten her, älter als Stein und Sand und Baum und Tier, war die See, nein, sie war vor aller Zeit gewesen, und der unaufhörliche Schlag des Wassers war der Herzschlag der Ewigkeit.

Es konnte geschehen, daß es Anne plötzlich wie Furcht überfiel, einen armen kleinen Menschen am letzten Rand der Welt, und sie stand auf und ging von dannen. Es war doch immer wieder so, daß man umkehren mußte. Vielleicht war es auch gut, man wußte es nicht.

Sie machte sich auf, und unterwegs fing sie an zu suchen. Man konnte ja nicht mit einem kleinen bunten Eimer durch die Welt gehen und ihn leer wieder nach Hause bringen. Oft lag es in den Streifen angeschwemmten Seetangs splitterhaft klein, körnig und golden, lauter geheime Schätze. Wenn man nicht achtgab, sah man sie nicht und ging daran vorüber. Anne vergaß Sehnsucht, Unruhe und Bedrängnis und sammelte Bernstein in das verbeulte Strandgut, das irgendein namenloses Geschöpf eigens dazu für sie verloren haben mußte. Es war ein mühseliges Geschäft, man mußte sich bei jedem Schritt bücken, und die Stücke waren so winzig, sie lagen verborgen und zugedeckt, nur hie und da gab es einmal eins, das ein wenig größer war, und das war dann ein ganz kostbarer Fund.

Wenn man darüber nachdachte, erschien es vielleicht sinnlos, so etwas zu tun, doch Anne verfiel nicht darauf, darüber nachzudenken. Gleich allen Schatzsuchenden erfüllte das Verlangen sie wie eine Besessenheit. Sie wußte ganz genau, daß es nichts war, eine Handvoll Bernstein zu besitzen, aber ihn zu finden war köstlich, und niemals war es genug. Vielleicht wohnte ein Zauber in diesem blonden Gestein, das aus untergegangenen Zeiten heraufgekommen war. Man konnte es nicht liegenlassen und nicht aufgeben, und jedes neue Stückchen, das da im Sande lag auf dem einsamen Weg des Strandes, war ein kleiner Funke Glück. Und wenn das Finden zu Ende war, blieb doch die zehrende Lust des Suchens. Man konnte niemals damit aufhören, als wäre es das Eigentliche, um das es ging. Es brannte das Herz wie Hunger und war dem Blick in die Weite verwandt und jener stummen Sehnsucht, die ohne Namen war. Suchen, das war wie ein Element des Lebens. Einmal, wußte sie, würde das ganz große Stück zu finden sein.

Anne kam endlich nach Hause, knapp vorm Abendbrot; sie war

braun, müde und hungrig, erfüllt von Geheimnissen, keiner von allen spürte etwas davon. Sie stellte den kleinen Strandguteimer, der halb voll Bernstein war, auf die Wäschekommode im Verandazimmer.

»Mein Gott«, sagte Doris unwillig, »was willst du damit? Das treibt sich nachher doch bloß herum und steht im Wege.«

Einmal in jenen Tagen, an einem Nachmittag, der leer und stumpf vor Hitze war, machte sich Anne davon in den Wald. Es hatte keine Verabredungen gegeben, zum Tennis war es zu heiß, und niemand hatte Lust zum Spazierengehen. Die Badegäste von Neuenort zogen es vor, im Schatten ihrer Gärten zu verbleiben und vielleicht in der Hängematte zu liegen.

Aber wie konnte man es zwischen den Zäunen aushalten, in einem engen Raum, wenn es doch Sommer war, die hohe Zeit des Jahres? Die Eltern saßen an dem vorderen Gartenplatz, der in den Schatten verlegt worden war. Und Doris hatte es sich in einem Faulenzer bequem gemacht, die Füße von sich gestreckt und war in ein Buch vertieft. Nichts konnte sie anfechten.

Aber über Anne kam die Unruhe, und sie ging ums Haus, holte sich den kleinen Eimer aus der Veranda, und dann war sie fort.

Der Wald von Neuenort begann hinter einer Wiese, auf der Jungvieh weidete und an der in einem Bogen die Straße entlangzog. Dort standen die letzten Häuser des Ortes, und wenn man sie hinter sich gelassen hatte, dann kam man in diesen tiefen, kühlen grünen Raum, der anders war als alle Wälder sonst. Die grauen Stämme der Buchen standen hoch und frei, ihre Kronen schlossen sich zu einem lebendigen Dach zusammen, aber unten ging der Blick nach allen Richtungen hindurch, hundert Wege hatte der Wald, es funkelte darin von Licht und wob doch rings umher eine kühle grüne Dämmerung.

So leicht war die Luft und so federnd der Boden, in dem braunen vorjährigen Laub raschelte es dann und wann, vielleicht war es eine Maus oder auch ein Igel; hoch oben an einem der grauen Stämme hämmerte ein Specht. Aber vielleicht war es auch keiner. Anne kannte so wenig Vögel, sie kam wie ein Fremdling in diese Welt, an die sie kein Recht hatte, weil sie in der Oberdammgasse zu Hause war.

Sie ging wie verzaubert, denn der Wald war ein Märchenwald, sicherlich lebte darin allerhand Getier, das man nicht kannte und nicht sah und das vielleicht um Mitternacht hervorkam, wenn der Mond durch die Bäume schien oder die Finsternis tief und vollkommen war. Dann mochten die Eulen schreien und die Unken rufen, und gewiß wachten die Dämonen des Waldes auf; es mußte nicht ratsam sein, bei Nacht hier zu gehen. Aber jetzt war es Licht und Tag, und durch die schlanken Stämme am Rande schimmerte immer und immer wieder das gleißende Blau der See.

Anne bekam Lust zu laufen, es war so nötig, einmal richtig zu rennen, losgebunden und ohne Aufenthalt. Und hier war so viel Raum, nach allen Seiten ging es kreuz und quer ins Unendliche. Aber der Wald war so feierlich still, er war wie ein großer Dom, und es wäre gewesen, als wollte man seine Andacht stören.

Sie schlenderte langsam und ziellos dahin, ihre Füße raschelten im Laub, und ihre Augen gingen zu der grünen Wölbung auf, durch die hin und wieder ein Stückchen Himmel hereinsah.

Doch dann bemerkte sie vor sich in der Ferne zwischen den Stämmen ein weißes Kleid und daneben, schattenhaft, die Gestalt eines Mannes.

Es waren nur wenig Menschen hier im Wald, und wer da kam oder ging, hielt sich auf den Wegen. Aber diese zwei wanderten fernab, als wollten sie miteinander allein sein oder auch nicht gesehen werden. Dieser Wald war wie kein anderer Raum ein Reich für Liebende, er nahm sie wie zu einem heimlichen Fest in seine hochgewölbten Hallen auf, und es kam Anne plötzlich zum Bewußtsein, daß sie selber so allein hier ging, ganz allein, ein junges Ding mit einem sehnsuchtsvollen Herzen mitten in der schönsten Zeit des Sommers.

Sie sah den Mann und die Frau immer vor sich zwischen den Stämmen hindurchgehen, sie gingen langsam dicht nebeneinander in einer Haltung von Zusammengehörigkeit. Anne holte ein wenig auf, und mit der Zeit wurde der Abstand zwischen ihr und ihnen immer geringer. Nein, sie war nicht neugierig, es war nicht ihre Absicht, hinter einem Liebespaar herzugehen und es zu belauschen; aber der Anblick dieser beiden Menschen, die das taten, wozu Gott seine Geschöpfe bestimmt hatte, ließ in ihrem Herzen einen dumpfen Drang aufkommen, der sie hinderte, die Richtung zu ändern. Es konnte nicht ausbleiben, daß sie die beiden überholte, aber vielleicht würde es sich dann doch erweisen, daß es überhaupt nur zwei harmlose Spaziergänger waren.

Sie wanderte in ihrem ausgewachsenen hellblauen Leinenkleid, den kleinen Eimer in der Hand, leichtfüßig dahin — was gingen die Menschen sie schließlich an, wo der Wald so weit war und so hoch und voll geheimnisvollem Leben. Sie wäre lieber allein darin gewesen, so als gehörte er ihr, ein grünes Königreich, das keine Grenzen hatte.

Sie bog ein wenig nach der Seite aus und zog mit raschen Schritten durch den Waldgrund, doch nun schimmerte das weiße Kleid links und nicht mehr sehr weit von ihr durch die Bäume, und sie sah, die Frau trug keinen Hut und nicht einmal einen Sonnenschirm. Sie ging einen stundenweiten Weg durch den Wald, als befände sie sich im Garten.

Es war Liselotte v. Ohrt.

Aber es war nicht Herr Konsul Kanther, mit dem sie hier so einsame Pfade suchte. Ach, man hatte ja nicht annehmen können, daß er der einzige war. Dieser Mann war jünger, doch auch schlank und groß, er trug einen dunkelblauen Rock zu einer weißen Hose, und es kam Anne vor, als ob sie ihn kennen müßte.

Sie hatte nicht vor zu ergründen, wer das nun war, es gehörte sich nicht, und im Grunde sollte es wohl auch völlig gleichgültig sein. Aber sie konnte doch der Versuchung nicht widerstehen, es war so eine hübsche kleine Aufregung und Spannung, und indem sie wie zufällig zur Seite blickte, sah sie sekundenlang hinter dem hellen Profil von Frau v. Ohrt auch das Gesicht des Mannes.

Es war Henningshaus ...

Ich habe es gewußt, dachte Anne in jähem Zorn und gestand es sich nicht ein, daß sie völlig ahnungslos gewesen war; ja, sie war sehr, sehr überrascht und im Augenblick schwer getroffen, als hätte man ihr eine bittere Kränkung angetan.

Bedrohung und Gefahr, das hatte sie immer gefühlt, gingen von dieser Frau aus. Sie war ein Mensch, dem man alles zutrauen konnte — natürlich. Auch dieses!

Anne sah sich vorsichtig um, aber die beiden waren wohl so miteinander beschäftigt oder so ineinander vertieft, daß sie sie nicht bemerkten. Und nun gingen sie einer Lichtung zu, die einen Durchgang zur See freiließ. Dort stand im Schatten geborgen eine Bank, das wußte Anne, es war ein stiller, verschwiegener Platz, an dem man von der Welt geschieden war und doch die See und die blaue Ferne vor sich hatte. Es war eine Bank für Liebende.

Auf dieser Bank würden Frau v. Ohrt und Herr Henningshaus

sitzen, bis die Sonne hinter der See versank, und miteinander glücklich sein.

Es war, als hätte der Wald auf einmal seine Schönheit verloren, er war seines Friedens und seiner Unschuld beraubt und wie jeder andere Raum, in den Menschen kamen, von ihrem niedrigen Wesen und Treiben erfüllt. Anne spürte eine tiefgeheime Not und wußte doch nicht warum. Was bedeutete es ihr schon, daß der Chef mit einer schönen Frau im Walde lustwandelte? Es war seine Angelegenheit. Sie hatte ihn immer schnippisch und kühl behandelt, und außerdem konnte er den Jahren nach ihr Vater sein.

Und doch war es Verrat, was an ihr begangen worden war, denn stets hatte er sie fühlen lassen, daß er ein tiefgehendes Interesse an ihr nahm, ja, vielleicht mehr als das für sie empfand. Es war so weit gegangen, daß Mama König sich zu beunruhigen begann und die Bossemädchen darüber redeten.

Nichts war es gewesen, ein ganz leichtfertiges Spiel, nichts weiter, und Doris hatte recht behalten: Der macht sich ja bloß einen kleinen Spaß mit dir!

Wenn diese Frau nicht gekommen wäre – aber wahrscheinlich kam sie gerade deswegen hierher, es war einfach eine abgekartete Sache gewesen. Es ging Anne plötzlich ein Licht auf, und sie begriff, wie schlecht die Welt war. Gewiß war es schon eine alte Geschichte mit den beiden, Frau v. Ohrt mochte durchaus nicht so ohne Schuld aus ihrer Ehe gegangen sein, wie die Mama meinte. Den Papa störte wohl diese Möglichkeit nicht, oder vielleicht fand er sie deshalb noch extra reizvoll, man konnte es nicht wissen.

Wahrscheinlich hatte es sich schon damals um Henningshaus gehandelt, und das war dann das, was man unter Schuld verstand. Sie hatten nur noch die Scheidung abgewartet, um zueinander zu kommen. Und dies war der Sommer ihrer Liebe und die Zeit der Erfüllung.

Ach, was war Anne Kanther doch bis dahin für ein dummes kleines Mädchen gewesen, das jeden Blick und jedes Wort für bare Münze nahm! Sie empfand es mit tiefer Beschämung und einem Zorn, der ihr die Tränen in die Augen trieb.

Sie wollte fortgehen und niemals mehr wiederkommen, weg von Neuenort und den Menschen mit ihrer Falschheit. Immer hatte sie ein wenig Angst gehabt vor der Wirklichkeit des Lebens, und dies war nun ihr Gesicht. Es war besser, im Traum zu wandeln, der ihr allein gehörte und keine Enttäuschung brachte.

Und wie sie weiterging durch den stillen Wald, dachte sie voll Sehnsucht daran wie an ein fernes, geliebtes Land. Die Erscheinung des fremden Fürsten zog auf einmal wie ein Sturm durch ihren Sinn. Keiner war wie er, keiner von den anderen konnte sich mit ihm vergleichen. Sie fühlte ihn ganz und gar in sich. Nie wieder wollte sie ihn einen Augenblick lang vergessen ...

Der Wald begann sich zu verändern, die Buchen hörten auf. Es ging durch Heideland, das von Mischwald durchsetzt war, dichtes Unterholz schoß zusammen, und man mußte sich auf dem Weg halten. Der war sandig und tief, und die Sonne brütete darauf.

Anne zog Schuhe und Strümpfe aus, hierher kam ja niemand, und auch das wäre gleichgültig gewesen, da sie auf dem Weg in ein neues Dasein war. Sie wäre gern ein Fischerkind in einem kleinen Haus am Strand gewesen. Da gab es keine Sorgen um Kleider und um ein gesittetes Benehmen, es war ein Leben, das stark und einfach war, der See und dem Himmel untertan.

Manchmal waren Kinder mit Blaubeeren oder Erdbeeren durch die kleine Hintertür in den Garten der ›Elisabeth‹ gekommen. Sie standen dann am Kücheneingang, bis Marie Ocholla sich bequemte und ihnen ihre Ware abhandelte. Diese Kinder waren scheu und stumm, sie standen da mit ihren flachshellen Köpfen, auf mageren braunen Beinen, ihre Kleider waren abgetragen und ganz ohne Farbe, ihre Augen blickten seltsam ernst; und doch war es um sie wie ein Geheimnis, sie waren aus der großen Natur gekommen, und immer hatte Anne empfunden, daß sie etwas vor ihr voraushatten.

Heute dachte sie daran und dachte es wieder, als sie die große Kiefernschonung erreichte, die sich ein langes Stück auf der rechten Seite des Weges hinzog. Sie war schon einmal hierhergekommen, als der Konsul einen Wagen zur Spazierfahrt gemietet und man sich unterwegs ein wenig im Walde ergangen hatte. Damals hatten die Erdbeeren noch geblüht.

Sie zog die Schuhe wieder an und steckte die Strümpfe in die Kleidertasche, die nun als ein Wulst herausstand. Natürlich war es verboten, die Schonung zu betreten, aber wer konnte immer alle Verbote beachten, niemand tat es, viel schlimmere Dinge als dieses wurden tagtäglich straflos begangen.

Die jungen Kiefern hielten ihre Zweige steil wie Kerzen in der Sonne, sie reichten Anne nur gerade bis zum Ellbogen und standen weit genug voneinander. Rings um sie her weithin war der Waldgrund zwischen dem Kraut rot von Erdbeeren, als wüßten die

Fischerkinder nichts davon, was für eine reiche Ernte hier zu halten war. Aber vielleicht waren sie schon am Morgen hiergewesen, und in wenigen Stunden hatte die glühende Sonne von neuem viele Tausende reifen lassen, es war ein solcher Überfluß, daß man Angst haben mußte, nicht genug davon zu erfassen.

Doch als Anne tiefer hineinging, sah sie, daß sie nicht allein war. Hier und dort hockte zwischen den Bäumchen eine kleine Gestalt am Boden und schob sich langsam weiter, ein heller Kopf mit dünnen Zöpfen bückte sich zum Boden; sie waren emsig und schweigsam am Werke und sammelten in der Glut des Nachmittags vielleicht schon viele Stunden lang. Aber keins kam dem anderen ins Gehege, der Raum war groß und reich genug für alle, und Anne fühlte sich losgelöst und weit entfernt von Neuenort und allen Bedrängnissen des Kantherschen Daseins, sie war ein Fischerkind, das Beeren las zum Verkauf, ein braunes Mädchen mit bloßen Beinen in einem alten ausgewachsenen Kleid.

Die Kiefern dufteten würzig und stark in der Sonne, es war sehr heiß, und Anne mußte ihr Taschentuch unter den Strümpfen vorziehen, um sich das Gesicht abzuwischen. Und die Mücken dazu konnten sie beinahe wahnsinnig machen, Myriaden von ihnen waren mit ihrem dünnen, sirrenden Summen um sie herum, alle Mücken des Waldes, schien es, hatten es eigens auf sie abgesehen. Es nützte nicht viel, mit Armen und Beinen um sich zu schlagen, sie waren sofort alle wieder da, es ging auch nicht an, deswegen nun etwa mit Sammeln aufzuhören. Der Große frißt den Kleinen, dachte Anne ergeben, ich die Erdbeeren, die Mücken mich!

Der kleine Eimer füllte sich mehr und mehr, die Zeit verging, es war ziemlich schlimm, daß sie wieder einmal nicht wußte, wie spät es war. Doch dann vergaß sie das wieder.

Es fiel ihr von neuem ein, als sie jemanden auf dem Wege herankommen sah; es würde hoffentlich nicht ein Forstaufseher sein — konnte man wissen, ob die nicht vielleicht für heiße Tage weiße Dienstkleidung hatten? Doch nein, dieser hatte durchaus nichts von einer Amtsperson, als er näher kam, ganz im Gegenteil, man konnte ihn nicht einmal gut für einen herumstreifenden Badegast halten. Es hatte keinen Zweck, einen Menschen von so eigenartigem Aussehen und Aufzuge nach der Zeit zu fragen, denn es war nicht anzunehmen, daß er eine Uhr besaß. Er war ganz in Weiß und trug einen mächtigen Kalabreser, den er vorn hochgeschlagen hatte, vermutlich war es ein Landstreicher, und es war sicherer, die

Schonung nicht zu verlassen. Es war sehr unangenehm und höchst ungemütlich, daß dieser Mann sie gesehen hatte, er drehte sich sogar noch einmal um, und es blieb ihr nichts übrig, als noch eine Weile mit dem Aufbruch zu warten.

Aber das Strandgut war nun bis zum Rand gefüllt, und die Sonne schickte sich an, auf ihrem Abstieg zur See hinter dem Wald zu versinken. Anne machte sich auf, sie zog die Schuhe wieder aus und wanderte barfuß durch den Sand, am liebsten hätte sie auch noch das Kleid ausgezogen, das ihr am Rücken klebte, aber die Kanthersche gute Erziehung ließ solche ungehörigen Dinge nicht zu. Sie machte nur den Kragen auf und schlug ihn nach hinten. Wie sehe ich aus? dachte sie im Gehen; sicherlich ganz furchtbar, verschwitzt, zerstochen und zerzaust, aber das ist nun nicht zu ändern.

Als sie die Stelle erreichte, wo der Buchenwald sein grünes Tor in den Schatten auftat, sah sie den Fremden auf einer Bank sitzen. Es sah aus, als hätte er auf sie gewartet.

Wie war es mit der Angst? Sie war hier ganz allein im Wald mit einem, der wie ein Landstreicher aussah. Wie oft hatte Doris ihr gesagt, daß es ein sträflicher Leichtsinn von ihr sei, sich stundenlang ohne Begleitung in der Welt herumzutreiben, und es würde bestimmt noch einmal schiefgehen.

Aber was sollte denn schon passieren, sie hatte ja gar kein Geld bei sich, nicht einmal eine Uhr, und sah wohl nicht danach aus, daß man ihr viel abnehmen könnte; höchstens waren es die Erdbeeren, und das wäre ja dann allerdings nach all der Mühe eine bodenlose Gemeinheit.

Ach was, sie beschloß, geradeswegs darauflos – und vorbeizugehen. Bloß nicht sich merken lassen, daß sie Angst hatte, es war immer das Dümmste, was man tun konnte.

Der Mann auf der Bank sah ihr entgegen, und als sie herangekommen war, entdeckte sie, daß er ein gutes und gescheites Gesicht hatte. Nein, das war nun ganz gewiß kein Strolch, sondern eine andere, unbekannte Menschensorte, die man getrost mit Interesse betrachten durfte.

Er war nicht mehr jung, um die Mitte der Dreißig vielleicht, und trug eine weiße Hose und Tennisschuhe, keinen Rock, nur ein weißes Hemd, an dem nicht ein einziger Knopf geschlossen war, und dazu war er braun wie ein Indianer unter dem Kalabreser, der doch ein regelrechter, etwas verwilderter Panamahut war. Dann sah sie eine kurze goldene Uhrkette und blieb entschlossen stehen. »Verzeihen Sie, würden Sie mir wohl sagen, wie spät es ist?«

Der Fremde blickte sie lächelnd an, und damit wurde sein dunkles Gesicht aufgeschlossen und warm. Er zog seine Uhr.

»Zehn Minuten nach halb sieben, mein gnädiges Fräulein«, sagte er.

»Ach«, sagte Anne erleichtert, »dann ist es noch gar nicht so spät.«

»Im Gegenteil«, erwiderte der Fremde, »es ist ganz früh am Tage. Ich schlage Ihnen vor, sich auch eine Weile auf diese Bank zu setzen. Sie sehen so aus, als ob Sie es nötig hätten, sich auszuruhen.«

Anne zog die Brauen hoch, das war eine Kanthersche Gewohnheit in Augenblicken des Unbehagens. Ich muß ja einen guten Eindruck machen, dachte sie, in diesem Zustand der Auflösung! Das Schlimmste sind die bloßen Füße ... Aber dieser Mann war zum Glück ja ähnlich derangiert in seinem Aussehen, es stellte das Gleichgewicht wieder her.

Sie setzte sich neben ihn und empfand plötzlich eine wohltuende Erschöpfung. Und zugleich gab die unmittelbare Nähe dieses Unbekannten der Situation einen deutlichen Reiz.

Jetzt beginnt das Abenteuer! dachte sie. Es war das, wonach es sie längst verlangt hatte. Doch nach dem bisherigen Verlauf dieses Neuenorter Sommers kam es unerwartet und überraschend.

»Wie ich sehe«, sagte der fremde Mann, »haben Sie den Wald einigermaßen ausgeraubt. Warten Sie nur, wenn die Forstverwaltung dahinterkommt, daß so viele Erdbeeren fehlen, wird man Sie für den Rest dieses Sommers einsperren.«

Anne hätte ganz gern gelacht, aber sie wußte nicht recht, woran sie war; es war besser, noch dazu in ihrem Aufzuge, die persönlichen Umstände ein wenig zu verschleiern.

»Ich muß doch für den Unterhalt sorgen«, sagte sie kühn, »wovon sollen wir denn sonst leben?«

Er sah sie fragend an.

»Meine Mutter ist Witwe«, fuhr Anne fort, »mein Vater ist auf See geblieben. Wir sind neun Geschwister, ich bin die Älteste, die anderen sind alle noch klein. Die Mutter bringt uns mühsam durch. Im Winter sammeln wir trockenes Holz im Walde, damit wir zu heizen haben. Im Sommer ist es besser. Da kann man mit Beerenlesen wenigstens etwas verdienen, aber es ist sehr mühevoll und dauert lange, bis man genug zusammen hat.«

Der Mann neben ihr sah sie nicht an, er rührte gleichmütig mit der Spitze seines Stockes im Sand. »So so«, sagte er, »Sie sind also ein Mädchen vom Dorf!«

»Ja, ich bin eine Fischertochter.«

»Hm, so sehen Sie ja auch aus. Ich habe mir das gleich gedacht.«

Anne wurde ein bißchen unsicher. Ob er es wirklich glaubte? Ach, es war egal, im Gegenteil, es war höchst unterhaltend. Man konnte nicht wissen, was das für einer war, er hatte ja auch nicht einmal Strümpfe an, und das Hemd stand ihm bis zum Magen offen. Noch nie im Leben, außer vielleicht beim Tennis, hatte sie mit einem Mann ohne Schlips und festem Kragen auf einer Bank gesessen.

Doch trotz alledem sah der Fremde nicht eigentlich heruntergekommen aus, er hatte nur etwas sonderbar Verwegenes, und das gab es in der Oberdammgasse und den umliegenden Stadtbezirken niemals zu sehen. Vielleicht konnte man annehmen, daß er ein Maler war. Zwar waren bei Kanthers niemals persönliche Beziehungen zu bildenden Künstlern gepflegt worden, aber so viel wußte Anne doch, daß diese sich in ihrem Äußeren von allen übrigen Menschen wesentlich unterschieden. Meistens trugen sie ihr Haar länger als gewöhnliche Sterbliche und bevorzugten Hüte von unmöglichen Ausmaßen.

Sie betrachtete ihn vorsichtig von der Seite, und dabei fiel es ihr ein, daß es immerhin leichtsinnig war, mit einem Mann dieser Sorte allein im Walde auf einer Bank zu sitzen. Maler galten als ein gefährliches Volk. Sie hatten meistens mehrere Frauen und wohl überhaupt keine Moral.

Doch wie es schien, interessierte diesen die Erwerbsangelegenheit mehr als alles andere. »Werden Sie denn«, fragte er in ernsthaftem Ton, »die Erdbeeren heute abend noch in Neuenort verkaufen können? Oder essen Sie sie doch lieber allein auf?«

»Nein«, erwiderte Anne, »das kommt natürlich gar nicht in Frage. Wir brauchen doch Geld. Ich habe ein paar Häuser in Neuenort, die mir alles abnehmen, zum Beispiel die Villa ›Elisabeth‹.«

Nun wandte sich der Mann ihr zu und sah sie belustigt an. Dabei wurden in seinem braunen Gesicht die weißen Zähne sichtbar, und Anne entdeckte, daß seine Augen blau waren, sehr dunkel unter den dichten dunklen Brauen, aber doch blau, und das stärkte ihr Zutrauen ungeheuer. Was er auch sein und wo er auch her sein mag, dachte sie, er hat blaue Augen!

»Mir scheint, Sie lachen über mich«, sagte sie, »das ist natürlich sehr einfach, wenn man wie Sie bloß ein bißchen im Walde spazierengegangen ist. Und ich habe stundenlang geschuftet. Es war sehr heiß in der Schonung, und die Mücken haben mich beinahe umgebracht. Aber ich konnte nicht aufhören.«

»Also eine Fanatikerin«, erwiderte er, »ich kann es mir denken. Man sieht es nämlich — an der Haltung und am Blick. Aber wenn Sie sich ausgeruht haben, dann ziehen Sie Schuhe und Strümpfe an, und wir werden uns auf den Weg machen. Ich kann solch ein kleines Mädchen nicht abends allein durch den Wald gehen lassen.«

Anne sah ihn unsicher an. Wie dachte er sich das? Man mußte doch die Strümpfe oben an den Strumpfhaltern festmachen. Aber der Fremde stand ganz von selber auf. »Ich gehe ein paar Schritte voraus, damit Sie sich ungestört fertigmachen können. Lassen Sie nicht die Erdbeeren stehen, sonst muß die Fischerfamilie acht Tage hungern.«

Während Anne sich instand setzte, auch den Kragen wieder umknöpfte und die Haare neu aufsteckte, sah sie den Mann in Weiß langsam auf dem Weg hinter den Buchen dahingehen. Er war mittelgroß und muskulös, breit in den Schultern, und hatte über dem Hemdkragen einen festen braunen Nacken.

Sie empfand ein ganz neues Gefühl der Geborgenheit hier auf der Bank im Walde im sinkenden Abend, unter dem Schutz eines Fremden, der, ohne viel zu fragen, sich ihrer angenommen hatte. Ihr Herz war so fröhlich, daß sie hätte singen mögen.

Sie holte ihn ein, und sie gingen miteinander heimwärts durch den Buchenwald, in den von der Seeseite her schräg die Sonnenstrahlen einfielen. Er erglomm in einem neuen, geheimnisvollen Licht. Es war feierlich und still, der Wald war sich selber zurückgegeben. Die Vögel waren vestummt, und kein Mensch war sonst auf dem Wege. Von Herrn Henningshaus und Frau v. Ohrt ließ sich nichts mehr entdecken.

Vielleicht waren sie am Strande zurückgewandert, nachdem sie hier in der heiligen Stille den Bund fürs Leben geschlossen hatten. Man mußte es hinnehmen und sich damit abfinden.

»Dieser Wald hat etwas Verwunschenes«, sagte der Fremde, »man geht darin, als wäre man gebannt. Man darf nicht laut sprechen und keine sündhaften Gedanken hegen, sonst wird man in einen Stein verwandelt, in einen Dornbusch oder in eine Eule.«

»Ach«, erwiderte Anne glücklich, »sehen Sie, so oft habe ich das schon gedacht. Aber sagen kann man das meistens nicht, weil keiner es versteht. Ich warte immer darauf, daß einmal die zwölf gekrönten wilden Schwäne von der See her einfliegen oder daß der Drachentöter auf einem schneeweißen Roß über den Waldgrund reitet – das ist besonders dann so, wenn die Abendsonne zwischen den Stämmen hindurchscheint wie jetzt.«

»Natürlich«, sagte der Mann und maß sie von der Seite, »ein Königssohn muß es schon sein ... Aber ich«, fuhr er fort und blieb unvermittelt stehen, indem er sie mit seinem warmen Blick umfaßte, »wie finden Sie das?: Ich bin einer verzauberten Prinzessin begegnet. Sie ging barfuß im Sand in einem verwaschenen Kleid und war ein Fischerkind, das einen kleinen Eimer voll Erdbeeren gesammelt hatte.«

»Da sind Sie in einem großen Irrtum«, gab Anne mutig zurück, »es war nur eine verlaufene höhere Tochter!«

»Donnerwetter«, sagte er und zog plötzlich mit einer großen Geste den Hut, »ich bekenne mich geschlagen. Sie tragen ja ein Florett an der Seite!«

Doch als sie weitergingen, bemerkte er nach einer Weile: »Aber es wird Ihnen nicht glücken, mich zu überzeugen. Die höhere Tochter ist auch nur eine Rolle, nun wieder eine neue, und die erste stand Ihnen noch besser. Ich bin nicht zu täuschen, ich erkenne die Menschen in ihrer wahren Gestalt. Es ist so, wie ich Ihnen sagte, aber es kann sein, daß Sie es selbst nicht wissen. Und das ist Ihr bester Schutz.«

Darauf wußte Anne nichts zu erwidern, aber vielleicht war es auch nicht nötig. Es war keine Unterhaltung wie an einem Tanzabend, bei der es unhöflich gewesen wäre, die Antwort schuldig zu bleiben. Sie ging hoch und leicht neben dem Fremden her und kam sich selber verwandelt vor, aus den Schranken der Kantherschen Lebensgesetze hinweggerückt. Dies alles war sehr eigentümlich und noch niemals dagewesen. Es war wie nicht ganz wirklich, als schritte man durch einen Traum und wüßte es doch. Was darin vor sich ging, war ohne Gewicht, es verging und zerrann ohne Wirkung. Was gesprochen wurde, verklang ohne Schall wie ein Hauch im Wind. Man hätte Dinge sagen können, die gewagt und gefährlich waren, sie würden nicht haften, und niemand würde sie später wissen.

Es war ein neues, wunderbar befreites Dasein, doch es konnte nicht dauern. Wo der Wald aufhörte, würde es zu Ende sein.

»Wir sind in der falschen Richtung gegangen«, sagte der Mann, »wissen Sie das auch? Hier kommen wir zu den Hütten der Menschen, und das wollen wir ja gar nicht. Sie können dort Ihre Erdbeeren loswerden, aber nichts dafür gewinnen. Ich werde noch einmal mit Ihnen diesen Weg gehen, dorthin, wo er in die seligen Gefilde führt. Ich werde Sie daran erinnern, wenn es so weit ist.«

Sie kamen aus dem Wald heraus, der Himmel war hoch und hell, die Wiese mit den Jungtieren glänzte im Abendlicht. Der Weg schlug einen Bogen darum und lief in den Ort ein. Die Häuser von Neuenort rückten näher und näher.

»Sie dürfen nicht so allein in der Welt herumstreifen«, sagte der Mann an Annes Seite plötzlich. Er sprach nun ganz vernünftig wie ein Mensch mit bürgerlichen Begriffen, hinter einer dünnen Hülle der äußeren Fremdheit war er schon ein wenig wie ein guter, besorgter Freund. »Ich wundere mich, daß man Ihnen das erlaubt.«

»Das weiß doch natürlich niemand«, sagte Anne einfach, »nur meine Schwester, und die deckt mich immer.«

»Sie könnten einmal unangenehme Erlebnisse haben«, fuhr er fort. »Nicht jeder ist so ein harmloser Waldgänger wie ich. Wollen Sie mir nicht versprechen, daß Sie es nicht wieder tun werden?«

Anne sah ihn groß an. »Nein, das kann ich nicht versprechen. Es ist für mich das Beste, was es gibt. Ich muß unterwegs sein können, sonst — sonst kommt die Unruhe über mich. Wir haben ein so eingezäuntes Leben zu Hause, das ist so schwer zu ertragen. Ich weiß nicht, wozu es so sein muß. Es ist doch bestimmt von der Natur nicht gewollt.«

Sie standen in der Birkenallee, vor der Hintertür der ›Elisabeth‹, und er betrachtete sie nachdenklich, die klare kindliche Stirn und die ernsten Augen.

»Warum sollte mir denn einer etwas tun?« fragte Anne lächelnd.

»Es kann sein«, sagte er, »so wie Sie sind, daß Sie unangefochten durch diese Welt gehen, von einer geheimen Macht beschützt. — Ist es hier, wo Sie Ihre Erdbeeren verkaufen wollten?«

»Ja«, sagte Anne und lachte.

Sie blickten zusammen in den Garten. Darin ging Johanna mit den Tellern von der Küche nach der Diele hinüber, um den Tisch zu decken.

»Ich hoffe«, sagte der Fremde und hielt Annes Hand mit warmem, festem Druck, »man gibt Ihnen hier auch Abendbrot und ein Nachtquartier. Leben Sie wohl, Prinzessin aus dem Märchenwald . . .«

Dann war er fort, er hatte seinen Namen nicht gesagt, sie wußte nicht, wer er war und ob er wiederkam.

Anne gab Doris von den Erdbeeren ab, doch nichts von dem Erlebnis, kein Wort davon. Es war ihr kostbares, tiefgeheimes Eigentum.

Durch den Traum der Nacht aber ging der fremde Fürst, immer er, fern und groß, wie über dem Leben.

Und am Morgen, bei dem ersten, noch schlaftrunkenen Schritt durch die Glastür in den Garten, empfand Anne mit tiefer Inbrunst, daß keine andere Gewalt der gleichkam, durch die sie mit Herz und Sinnen an dieses Phantom gebunden war.

Vierzehntes Kapitel

An diesem Nachmittag hatte Anne ihren Vater zu begleiten, Frau Kanther war mit Doris zu Besorgungen nach der Stadt gefahren, und der Konsul hielt aus Prinzip darauf, seine Töchter oder doch eine von ihnen dann und wann einmal unter seinen persönlichen Schutz zu nehmen und auszuführen. Vielleicht konnte das, was etwa an ihrer Erziehung versäumt worden war, bei solcher Gelegenheit nachgeholt werden.

Auf dem Weg zur Strandhalle, in der es Konzert gab, begegneten sie Frau v. Ohrt; nein, sie wollte nicht mitkommen, nur ein kleines Stück bis zu den Anlagen, dann müsse sie wieder umkehren.

Anne fand, daß Liselotte ganz so war wie sonst. Man konnte es ihr nicht ansehen, wie es um sie stand. Nichts davon, daß es gestern einen einsamen Gang zu zweien gegeben hatte, kein Zeichen, daß sie etwa bis in ihre Tiefen aufgewühlt war.

Der Konsul stand mit schräg aufgesetztem Stock und betrachtete sie wohlgefällig. »Ich kann mir denken, daß Sie etwas viel Besseres vorhaben, meine sehr Verehrteste. Es ist auch in der Ordnung so, wir stehen ergebungsvoll zurück.«

Doch Liselottes Augen bekamen einen fernen Blick. »Ob es besser ist, weiß ich nicht, Herr Konsul. Vielleicht ist es sogar viel schlechter. Aber es gibt Dinge, denen man nicht entgehen kann.«

»Mein Kind«, sagte der Konsul väterlich, »ich habe Ihnen ja gesagt, daß Sie Ihre Bestimmung erfüllen müssen . . .«

Woher weiß er es? dachte Anne, als sie allein weitergingen. Ob er sie so gut kennt?

Ach, es war ja kein Wunder, daß dieser Frau alles zufiel. So frei und sicher stand sie im Leben, gebrauchte keine Ausreden und keine Rücksichten. Sie nahm sich, was ihr gefiel, als wäre das ihr gutes Recht.

Der Konsul ging langsam, er war in Gedanken versunken, und Anne mußte gehorsam Schritt halten. Von der Strandhalle her schmetterte Militärmusik, um die Tische im Freien hinter der Kolonnade sammelte sich mehr und mehr eine sommerfrohe, genußsüchtige Kaffeegemeinde, das Kuchenbüfett war belagert, auf dem Rasenplatz spielten die Kinder. Dazu schwärmte das junge Volk auf den Promenadenwegen.

Zuweilen, ihm selber nicht ganz begreiflich, verlockte es den Konsul, sich in dieses Gedränge zu begeben, Lärm und Unruhe um sich zu dulden und einen recht mäßigen Kaffee zu trinken. Er unterhielt sich damit, Beobachtungen zu machen, und ließ gelegentlich eine Glosse fallen.

Anne durfte sich ein Stück Torte holen und als ein wohlerzogenes Kind, das für diesen Ausgang tadellos gekleidet war, am Tisch sitzen. Sie fand es nicht einmal besonders unangenehm, es war ihr gestattet zu schweigen und ihre Gedanken schweifen zu lassen.

Denn zwischen dem Konsul und seiner jüngsten Tochter war keine Unterhaltung nötig. Seltsamerweise befand sich Anne mit ihrem Vater in vollkommener Harmonie, wenn sie miteinander allein waren, als wären dann durch ein unbekanntes Gesetz die sonst zutage tretenden Gegensätze aufgehoben.

All das äußere Gehabe, von dem immer so viel Wesens gemacht zu werden pflegte, war mit einem Mal ausgelöscht. In dem, was blieb, verstanden sie sich ohne Worte, denn das waren ohnehin die Dinge, die niemals ausgesprochen wurden und kaum zu erfühlen waren. Sie schwiegen zusammen in einer Ruhe, die aus einer verborgenen Gemeinschaft kommen mußte. Es war sehr merkwürdig, aber in diesen Stunden wurde es deutlich, daß sie ganz tief im Innern sehr nah miteinander verwandt waren.

Die Kapelle spielte eine Fantasie aus ›Carmen‹, und der Konsul pfiff das Torerolied mit, indem er mit der linken Hand auf dem Tisch den Takt trommelte, er war in guter Laune.

Anne sah vor sich hin, den Promenadenweg hinunter. Die Menschen kamen und gingen, kehrten um und kamen zurück; wenn man wollte, konnte man das interessant finden, aber sie fand es nicht. Doch dann sah sie plötzlich von weitem, inmitten der anderen, eine Erscheinung in Weiß, die langsam näher kam, und erkannte ein dunkles Gesicht unter einem hochgeschlagenen Panamahut. Ja, das war er, sie hatte erwartet, ihn heute wieder zu treffen, und eine angenehme Erregung schoß ihr ins Blut.

Der Fremde ging ohne Eile, es war hier nicht der Ort, rasch von der Stelle zu kommen; er wurde ihren Augen wieder verdeckt und tauchte von neuem auf. Er sah mit seinem dunklen Blick über die vollbesetzten Tische hin, als wäre er darauf aus, jemanden zu finden. Einmal blieb er stehen und las das Konzertprogramm, das an einen Pfahl geschlagen war.

Doch nun kam er näher, Anne bemerkte, daß er heute etwas vollständiger gekleidet war als am Tage vorher, er trug einen Rock, und das Hemd mit dem weichen Kragen war bis oben zugeknöpft. Immerhin war der ganze Anzug von etwas fragwürdigem Sitz, die Hose zeigte nur noch die schwache Andeutung einer Bügelfalte, und die Erscheinung des Mannes machte einen Eindruck von Unbürgerlichkeit und Verwegenheit, der an einer so umfriedeten Stätte Aufsehen erregen mußte.

Anne trug den garnierten Hut und ein ganz anderes Kleid, sie saß als eine wohlerzogene junge Dame mit ihrem Vater am Tisch. Es war zu hoffen, daß er sie nicht erkannte.

Und dann – würde ihr das dann recht sein?

Aber da schoß es wie ein Leuchten in sein Gesicht, er zog den Kalabreser mit weitausholender Gebärde und sah sie strahlend an, strahlend und unverwandt, während er langsam weiterging.

Anne hielt ein wenig den Atem an, dankte leicht, senkte den Blick und sagte nichts.

Bei dem Konsul schob sich die rechte Augenbraue in die Höhe, indem er dem Mann, der seine Tochter gegrüßt hatte, mit sichtlichem Befremden nachsah.

Erst als der unbekannte Fremde, der am Ende des Promenadenweges umgekehrt sein mußte, zum zweitenmal vorübergegangen war, fragte der Konsul ohne Schonung: »Wer ist dieser Mann, Anne? Er sieht ja aus wie ein Abruzzenräuber!«

Aber Anne war ein Kantherkind, ihres Vaters echteste Tochter, sie nahm sich, hier allein mit ihm, den Mut, ihm in seiner eigenen Weise zu begegnen: »Ich nehme an, daß er etwas Ähnliches ist, Papa. Ich weiß es nur nicht genau.«

»Was soll das bedeuten, bitte?«

»Ich kann dir nicht sagen, was er ist, und auch nicht, wie er heißt. Ich kenne ihn eigentlich nicht.«

»Und wie kommt er dann dazu, dich zu grüßen? Ich hatte den Eindruck, als müßtest du recht gut mit ihm bekannt sein.«

Anne konnte es leider nicht hindern, daß ihr unter der braunen Haut eine rasche Röte hochstieg. »Aber nein, ich habe ihn gestern nur nach der Uhr gefragt, abends, als ich von der See kam. Und dann sind wir ein Stück zusammen gegangen, er hatte den gleichen Weg.«

»Wo war das denn, bitte?«

»Daß ich ihn fragte? Das war so – das wird ungefähr hinterm Herrenbad gewesen sein.«

Vielleicht war das unverfänglich, der Konsul ließ jedenfalls den Gegenstand fahren. »Wo hast du denn deine Uhr, Anne? Wir haben dir doch voriges Jahr eine zur Einsegnung geschenkt.«

»Die ist beim Uhrmacher, Papa«, antwortete Anne erleichtert. »Die Feder war kaputt. Doris soll sie heute abholen. Hoffentlich vergißt sie es nicht.«

Der Konsul sah eine Weile in die Luft und wandte sich dann wieder seiner Tochter zu. »Ich will dir einmal etwas sagen, Anne. Du hast dir wahrscheinlich nichts dabei gedacht, aber es ist ganz unpassend, daß du einen fremden jungen oder jüngeren Mann nach der Zeit fragst. Ein junges Mädchen ist in seinem Verhalten nur allzuleicht Mißdeutungen ausgesetzt. Du bist in deiner Art noch wie ein Kind, doch das kann ein Fremder nicht wissen, er muß dich deiner Größe und Erscheinung nach für erwachsen halten und es unter Umständen als eine Herausforderung auffassen.«

Anne sah ihren Vater unwillig an.

»Es war doch nur wegen des Abendbrotes, Papa. Ich hatte Angst, zu spät zu kommen.«

»Wo war denn Doris? Ich denke, ihr seid doch zusammen?«

»Wir hatten uns getrennt, Papa. Ich wollte gern noch ein paar Erdbeeren suchen.«

Der Konsul lehnte sich im Stuhl zurück. Anscheinend hatte er sich den Vorfall die ganze Zeit über durch den Kopf gehen lassen. »Ich will dir ja keine Vorwürfe machen«, sagte er. »Aber du bist eigentlich groß genug, von selber zu wissen, daß ein Mädchen aus gutem Hause sich vorsehen muß.«

»Es ist doch aber überhaupt nichts gewesen, Papa.«

»Schon gut, mein Kind«, erwiderte er, indem er dem Kellner winkte. »Ich habe es dir gesagt, und du wirst es in Zukunft beherzigen.«

Anne fand auch, daß nun genug Aufhebens von der Sache gemacht worden war. Was war es denn weiter gewesen als ein Gruß im Vorübergehen!

Es schien indessen, daß ihr Vater sehr viel tiefer sah, er mußte eine unheimliche Kenntnis haben von gewissen Unterströmungen in jenem schönen und gefahrvollen Gebiet.

»Du kennst die Welt und die Menschen nicht, Anne«, sagte er noch. »Du mußt mir schon glauben. Es ist zu deinem Besten. Es wird vielleicht schon bald, so wie deine Natur beschaffen ist, mancherlei an dich herantreten. Dann wirst du begreifen, was ich gemeint habe.«

Sie begegnete seinem Blick, der voll Zärtlichkeit und Sorge war, und dachte verwundert, daß ihr Vater mit ihr niemals in jener Schroffheit verfuhr, die er den übrigen Familienmitgliedern so gern bewies. Es kam ihr fast vor, als hätte sie einen besonderen Platz in seinem Herzen.

An diesem Abend war Réunion, und wenn man sonst vielleicht meinen konnte, die Zeit stünde still an diesem Gestade, an dem ein Tag dem anderen glich, hieran wurde es spürbar, daß sie dennoch weiterging.

Die Réunion war wie das Mahnmal einer Kreisfahrt, an dem der Ablauf der Runden abzulesen war. Keine Gnade – eine jede hatte ihren Preis, und einmal würde die letzte zu zahlen sein.

Das Bild war nicht mehr das gleiche wie im Anfang, es war inzwischen von der Stelle gerückt, und die Gegenstände darin hatten sich verschoben. Es hatte sich im geheimen vielleicht mancherlei entwickelt und begann, nach und nach zur Entscheidung reif zu werden.

Sah Oberleutnant Massnitz in seinem dunklen Anzug denn nicht so aus, als ob er entschlossen war, heute unweigerlich Ernst zu machen? Ach, und es gelang ihm nicht einmal, sich die Quadrille zu sichern. Doris war bereits versagt, doch möglicherweise gab sie es auch nur vor, man konnte ihr solch einen kleinen Schwindel durchaus zutrauen. Und dann hatte sie auf einmal einen Strauß angesteckt, er war nicht groß, ein paar kurzstielige dunkelrote Rosen, aber sie waren ganz gewiß nicht auf dem Kasernenhof gewachsen. Kamen einem nicht beinahe die Tränen bei dem Gedanken, daß Holten sie vielleicht von den Resten seines Wechsels gekauft hatte?

Ach, Holten, hinter seiner beherrschten Miene schien es wie ein düsteres Feuer zu glimmen. Es mochte sein, daß ein Mann, dessen Vater eine Steingutfabrik besaß, auf jeden Fall ein ernsthafter Nebenbuhler war.

Der kleine Leutnant Wagner sagte zu Anne: »Es wird Zeit, gnädiges Fräulein!«

»Wofür denn?« fragte Anne ahnungslos.

»Es wird Zeit, das schwere Geschütz aus dem Wege zu räumen. Es macht sich zu breit.«

»Ach«, meinte Anne dagegen, »soll doch das ganze Bataillon sich dagegenstemmen.«

»Ehrensache!« versicherte Wagner begeistert.

»Kinder«, sagte Frau Major König, »regt euch bloß nicht auf! Fräulein Doris wird das, wenn sie will, mit einer Handbewegung erledigen.«

Die gute Mama König war mit ihrem Herzen auf seiten des Bataillons und insgeheim wohl auch ein wenig in Sorge um die Entscheidung in diesem hübschen, spannenden Spiel. Sie war wieder so prächtig leuchtend gekleidet und in ihrem Innern bewegt und voll Erwartung, wie immer, wenn Tanzmusik erklang, als ginge es um ihr eigenes Liebesglück. Für ihre Ungeduld kam das Ganze heute nicht schnell genug in Fluß, sie waren noch längst nicht alle beisammen. Es war nicht sicher, ob Dorothea überhaupt käme. Wedells, hieß es, hätten Besuch, und möglicherweise hatte der Oberst einen häuslichen Abend befohlen. Nun, und Frau Jasserott – ihr Mann war vor zwei Tagen gekommen, man konnte nicht wissen, wie er aufgelegt war, ein vielbeschäftigter Anwalt, der gewiß seine Ruhe haben wollte. Mama König kannte Herrn Jasserott nicht.

Und Henningshaus hatte seinen besonders blasierten Tag. Er saß schweigend in der Ecke der Veranda, las die Zeitung und sah aus, als hätte er nicht vor, den Tanzsaal auch nur mit einem Fuß zu betreten.

Doch gegen den zweiten Walzer kamen Frau v. Ohrt und Dorothea; nein, es war wohl nichts gewesen mit dem Besuch. Nur Herr Feyerabend befand sich in ihrer Begleitung. Es machte den Eindruck, als habe Liselotte eine schwebende Angelegenheit in die Hand genommen.

Sie wirkte heute anders, ferner und schöner, in einem Kleid aus Mattblau und Silber und einem kostbaren Spitzenschal. Man wußte nicht, was etwa doch an ihr Spiel und Blendwerk war.

»Monsieur le capitaine«, sagte sie leicht und heiter, »wichtige Geschäfte hielten uns zurück ...«

Henningshaus hatte sich erhoben, und wenn man auch denken konnte, daß er nur auf diesen Augenblick gewartet hatte, so war seine Begrüßung verbindlich und beherrscht wie stets; nichts deutete darauf hin, daß da irgend etwas war, nichts war es vor den Augen der Welt. Oh, der Chef war von jener Sorte, die um der Haltung willen sich schweigend ans Kreuz schlagen ließ.

Und ich, dachte Anne mit einem kleinen jähen Schmerz, ich bin wieder bloß zum Zusehen da ...

Wieviel Fäden liefen vielleicht durch dieses Getriebe, man ahnte nichts davon. Unter manchem hellen und dunklen Stoff mochte ein Herz in Erregung und Spannung heftiger schlagen, während die Musik die Füße nicht ruhen ließ und ein schimmerndes Gewoge unablässig durch den Saal die Runde machte.

»Wir haben heute einen anderen Geiger«, sagte Ulli Wagner, »der gibt der Sache erst den richtigen Schwung.«

Es war erst in der Pause, als dann auch Frau Jasserott kam, begleitet von ihrem Mann. Nein, den kannte hier niemand. Nur Anne ... Sie starrte ihn an und wurde einen Herzschlag lang ganz blaß vor Bestürzung.

Er sah verändert aus unter dem künstlichen Licht, angezogen wie jeder andere Mann der Gesellschaft zu einem Tanzabend im Sommer, mit tadellosen Schuhen, ohne den Kalabreser. Nichts von Abruzzenräuber, nicht der Freund aus dem Wald, sondern Herr Jasserott aus Berlin, der Rechtsanwalt war oder etwas ähnliches ganz alltäglich Bürgerliches; ein bekannter Verteidiger, hatte Mama König zwar einmal gesagt, aber es war ja völlig gleichgültig. Ein verheirateter Mann ... Wie dumm war doch das Leben!

»Mein Mann«, sagte Frau Jasserott zu einer allgemeingültigen flüchtigen Handbewegung, und dann erwiderte sie auf eine Frage von Mama König mit einem kleinen spöttischen Lächeln: »Nein, er geht in Berlin fast gar nicht in Gesellschaft, er findet es bodenlos langweilig. Und hier ließ er sich nicht zurückhalten. Er sagte, er wolle einmal mit einem richtigen jungen Mädchen tanzen ...«

»Ich habe mich sehr auf den heutigen Abend gefreut«, sagte Jasserott zu Anne während der ersten Runde.

»Ach, meinen Sie, das ist hier etwas ganz Besonderes?«

»Es war nicht schwer, darauf zu kommen, daß Fischermädchen am Sonnabend tanzen gehen.«

Aber Anne war nun verstummt. So nüchtern war dieses Abenteuer ausgegangen, es hatte seinen Reiz verloren. Und es war ja wohl die Höhe, daß nun auch noch ein verheirateter Mann sich einen kleinen Scherz mit ihr erlaubte. Nein, das gab es nicht.

Doch sie fühlte sich warm und fest gehalten und so sicher geführt, allmählich wich ihre Betroffenheit, es war wieder, als hätte jemand, der es sehr gut mit ihr meinte, sie unter seinen Schutz genommen.

Sie blieben dann in einer Ecke des Saales stehen, wo ein wenig mehr Platz war, Anne hielt den Kopf erhoben und blickte den Tanzenden nach, sie spürte, daß er sie eindringlich betrachtete.

»Sie haben sich sehr schön gemacht heute abend.«

Schweigen.

»Haben Sie nicht gedacht, daß wir uns hier wiedersehen würden?«

»Ich hatte ja keine Ahnung, wer Sie waren«, sagte sie in die Luft.

»Wofür hielten Sie mich denn?«

»So wie Sie aussahen – dachte ich: vielleicht ein Maler.«

»Das hätte ich bestimmt lieber werden sollen, es hätte besser gepaßt. Aber so weit habe ich es leider nicht gebracht.«

»Mein Vater«, sagte Anne kühn, und dabei sah sie ihn an, er war nicht größer als sie – sie brauchte ihre Augen nicht zu ihm zu erheben, »mein Vater hielt Sie heute nachmittag für einen Abruzzenräuber.«

Er lachte sehr herzlich. Seine schönen Zähne fielen ihr wieder auf, und die Urwüchsigkeit seines Wesens war etwas Neues. »Wäre Ihnen das lieber gewesen?«

»Gewiß«, sagte Anne und sah wieder in den Saal. »Es wäre einmal etwas anderes gewesen. Mit Männern aus bürgerlichen Berufen kommt man alle Tage zusammen.«

»Ich werde mir Mühe geben«, erwiderte er, »Sie nicht zu enttäuschen ...«

»Ach«, meinte Anne, »wieso denn? Auf mich kommt es doch gar nicht an.«

»Doch, sehr!«

Darauf wußte sie nichts zu erwidern, aber das war nicht schlimm, es war wie im Wald, man konnte ruhig eine Antwort schuldig bleiben.

Dieser Mann, der leider kein italienischer Räuber, vielmehr Herr Jasserott war, der Ehemann dieser auffallenden und nicht sehr sympathischen Frau, die gar nicht zu ihm paßte — er war nicht wie die anderen. Man brauchte mit ihm keine Floskeln zu machen. Und daß er verheiratet war, stärkte das Vertrauen, er schaltete selber ganz und gar aus und war kein Verehrer, sondern ein Beschützer.

Wenn mir einer etwas antun will, dachte sie, dann wird Jasserott ihn niedermachen.

Er stand schweigend neben ihr mit verschränkten Armen und sah in den Saal, aber es war doch wohl so, daß ihn das Bild nicht so sehr beschäftigte, denn er wandte sich zu ihr und sagte unvermittelt wie in der Eingebung eines Augenblicks: »Königstochter, jüngste, mach mir auf!«

Anne blickte ihn an, es war, als habe man plötzlich in der Sprache ihres Herzens zu ihr geredet. »Es ist hier aber gar nicht so märchenhaft«, antwortete sie unbefangen.

»Ich finde doch.«

»Zuerst habe ich etwas Angst gehabt vor den Réunions«, sagte Anne wieder, »können Sie sich das vorstellen? So viele fremde Menschen — ich bin doch eigentlich noch nicht richtig ausgegangen, und dann die Offiziere. Ich wußte nicht, was man mit ihnen reden kann, sie haben ihren eigenen Stil und ganz andere Interessen als unsereins, zum Beispiel unterhalten sie sich stundenlang über Rennen, und davon hatte ich anfangs keine Ahnung.«

»Das ist ja auch nicht so wichtig.«

»Ach, eigentlich schon. Ich kam mir so dumm vor. Sehen Sie, mein Vater hält uns von solchen Sachen ganz zurück. Er sagt, das seien Extravaganzen. Aber mit der Zeit habe ich doch einiges davon begriffen, mein jüngster Bruder weiß genau Bescheid ... Und auch sonst habe ich mich allmählich gewöhnt, es ist alles nicht so schlimm, und so ein Leutnant imponiert mir heute schon nicht mehr ganz so wie im Anfang. Offiziere sind im Grunde ja sicherlich auch bloß Menschen, obgleich man allerhand Merkwürdiges mit ihnen erleben kann.«

»Ja«, fragte er aufmerksam, »haben Sie?«

»Ich, nein, wieso?« Anne merkte plötzlich, daß ihr die Zunge gelöst war, wie kam es nur? »Ich meine«, fuhr sie fort, »wenn man mit diesen Menschen öfter zusammen ist, kann man mancherlei interessante Beobachtungen machen. Sie werden das auch erfahren.«

»Hm«, machte Jasserott, »aber es liegt mir nicht viel daran. Davon habe ich zu Hause mehr als genug. Hier will ich vor allen Dingen selber mein Vergnügen haben ... Kommen Sie«, sagte er und legte den Arm um ihre Taille, »wir tanzen wieder ...«

Bei der Quadrille hatten sie Frau v. Ohrt und Henningshaus sich gegenüber. Es war gut so, Anne konnte den Dingen frei ins Gesicht sehen, es focht sie nun nicht mehr an oder nicht mehr wesentlich. Einmal im Hin und Her des Tanzes begegnete sie des Chefs verdecktem Blick, er suchte ihre Augen wie immer, aber es war nichts, es hatte nichts zu bedeuten, sie wußte es nun.

Sie sah die beiden drüben zusammenstehen, sich trennen und sich immer von neuem wiederfinden, als würden sie von einer geheimen Macht geführt.

In der erhöhten Stimmung des Abends war Liselotte wie ein Bild der Jugend und des strahlenden Lebens, erfüllt von einem neuen, starken Licht. Daneben wirkte Henningshaus gesammelt und ernst in seiner guten soldatischen Haltung; doch einmal, als er die Frau an seiner Seite ansah, einen Augenblick lang nur, trat in sein Gesicht ein Ausdruck von Ergebenheit, als wollte er ihr auf der Stelle sein ganzes Leben zu Füßen legen. Es konnte kein Zweifel mehr darüber sein, wie die beiden zueinander standen.

Jasserott wandte sich zu seiner Dame. »Sie denken zuviel nach, mein gnädiges Fräulein Annemarie Kanther. Das ist hier nicht der Ort dazu. Und ich wünsche nicht, abgehängt zu werden ... Achtung, unsere Visite«, sagte er und zog ihre Hand durch seinen Arm.

Fünfzehntes Kapitel

Es geschah natürlich jeden Tag in Neuenort, daß Menschen ankamen und Menschen abreisten, es war nichts Besonderes. Die Sommergäste freilich pflegten für eine genau festgesetzte längere Zeit eingerichtet zu sein, für die erste Saison oder für die zweite Saison, und einige Familien blieben sogar vom Juni bis in den September hinein. Aber es gab doch zwischendurch dann und wann dringende Fahrten nach der Stadt, und es gab hier draußen Besuche von Angehörigen und Freunden; sie kamen auf ein paar Tage und mehr, fanden es unvergleichlich schön und erholsam und fanden es sehr bald unerträglich langweilig und reisten wieder ab. Nein, es war hier ja wirklich nichts los, es war kein Platz für Leute von Welt mit allerhand Ansprüchen.

Es war nicht zu sagen, was jener junge Mann hier wollte, der eines Morgens zu verhältnismäßig früher Stunde auf dem Neuenorter Bahnhof aus dem Zug stieg. Er sah nicht aus, als ob er hier zugehörig sein könnte, ein langer, gutgewachsener Bursche, dessen heller Anzug einen besseren Schnitt und Sitz aufwies, als man hierorts oder auch in der Stadt zu sehen gewohnt war. Dazu trug er gelbe Halbschuhe von einer durchaus neuartigen Form und einen englischen Strohhut, der ein wenig nach hinten gesetzt war, ein Mann kurzum, der vielleicht weither kam und dem der Bahnhof von Neuenort keinen Eindruck mehr machen konnte.

Er gehörte ganz gewiß zu jener Sorte von Ankömmlingen, die nicht etwa einen Erholungsaufenthalt beabsichtigen, sondern nur zur Regelung einer bestimmten Angelegenheit — weiß Gott, was für einer — hier eintrafen und nach deren Erledigung sofort wieder abreisten. Es war kein Gast, der bleiben würde.

Soviel sah auf den ersten Blick auch der Hausdiener des Kurhauses, der seinen Koffer in Empfang nahm und ihm den Weg wies. »Ein Zimmer — jawohl, mein Herr, wird wohl sein. Müssen Sie den Oberkellner fragen.«

Der Fremde machte den Aufstieg nach dem Ort unter den Pappeln hin, er ging rasch wie jemand, der Eile hat — was konnte es schon sein, das einen in Neuenort zur Eile antrieb? Aber vielleicht war es seine Gewohnheit, sich schnell zu bewegen, er war jung und elastisch und hatte sich womöglich eine Menge Dinge gesetzt, die er an diesem Morgen, in diesem Sommer und in diesem Leben noch vollbringen wollte. Da war nichts Gemessenes an ihm.

Im Gehen nahm er den Hut ab, denn es war trotz der frühen Stunde schon sehr warm — er hatte einen schmalen, länglichen Schädel und unter dem dunkelblonden Scheitel eine hohe, offene Stirn.

Da war also das Kurhaus, eine Veranda, aus der man in den Hotelflur kam, ein Stift, den man nach dem Oberkellner fragen konnte.

»Jawohl, mein Herr, der Herr Ober wird gleich kommen. Wenn der Herr vielleicht einen Augenblick warten würden ...«

Der Fremde, den Hut auf dem Rücken haltend, betrachtete die Gästetafel an der Wand, er überlas ohne sonderliche Aufmerksamkeit die Namen darauf und war wohl noch nicht sehr weit damit gediehen, als er hinter sich einen Schritt die Treppe herabkommen hörte, der dann unten anhielt.

»Ist das Otto Kanther?« fragte eine lebhafte Stimme in das Schweigen hinein.

Er fuhr herum. »Gnädige Frau!« sagte er in höchster Überraschung. »Das ist ja ein phantastisches Zusammentreffen!«

»Guten Morgen«, sagte Liselotte v. Ohrt und reichte ihm lachend die Hand, »oben rechts auf dem schwarzen Brett wären Sie ohnehin auf meinen Namen gestoßen.«

»Wie ist es denn nur möglich, daß Sie ausgerechnet hier sind?«

»Ich habe doch auch meine Eltern hier ... Sind Sie eben gekommen? Sie sehen so aus. Wissen Sie, daß ich Sie in diesen Tagen erwartet hatte? Es wurde ja nun auch Zeit.«

Er stand in seiner schlanken Größe vor ihr, mit seinem bewegten Gesicht, ein Gast aus vertrauten Bezirken, die sie keineswegs vergessen hatte. »Wohin hat es uns verschlagen!« sagte er pathetisch.

»Mein Junge«, erwiderte Liselotte, »vergessen Sie nicht, daß dies Ihre Heimat ist. Und meine beinahe auch ... Aber kommen Sie, wir wollen doch nicht hier im Hotelflur Probleme lösen. Wie steht es übrigens mit Ihnen?«

Otto Kanther hielt ihr die Pendeltür offen. »Sie sollen mir Ihre Teilnahme aussprechen, gnädige Frau. Ich befinde mich im bürgerlichen Gleichgewicht. Es ist mir selber einigermaßen ungewohnt. In der linken Tasche trage ich das Doktordiplom und rechts den Vertrag.«

»Und das sind dann die Geburtstagsgeschenke«, sagte Liselotte trocken.

»Wieso?« fragte er verblüfft.

»Wie lange haben Sie Zeit für Neuenort?« fragte Liselotte unbeirrt. »Nur ein paar Tage gewiß. Das ist auch das richtige. Wenn man länger bleibt, verfällt man darauf, Unheil anzurichten.«

»Herr Stobbe«, sagte sie zu dem Oberkellner, der hinter ihnen durch die Tür kam, »wir haben einen Gast aus fernen Zonen bekommen. Haben Sie ein Zimmer für Herrn Dr. Kanther?«

Der Oberkellner maß den fremden jungen Herrn mit einem abschätzenden Blick. »Gewiß, gnädige Frau. Für welche Zeit, wenn ich fragen darf, Herr Doktor?«

»Bis Mittwoch — höchstens.«

Liselotte sah ihn nachdenklich an. »Sind Sie doch ein wenig älter geworden in den letzten Monaten? Es kommt mir fast so vor. Aber

Sie sollen das Familienleben hier nicht abpfuschen, ich werde es Ihnen nicht erlauben.«

Er lachte. »Sie hielten sonst selber nicht sehr viel davon.«

»Nach meinem Unglück«, erwiderte Liselotte mit ernsthaftem Gesicht, »bin ich in die Stille gegangen und habe der Welt entsagt. Es hat auch seine Reize. Ich habe hier mehr gefunden, als ich erwarten konnte. Aber natürlich ist es nicht auf Dauer. Eines Tages wird es zu Ende sein.« Sie öffnete ein Fenster der Veranda und setzte sich.

Otto Kanther blieb stehen, auf die Lehne eines Stuhles gestützt. »Kommen Sie mit mir, wenn ich wieder abfahre!«

»Nein, noch ist es nicht so weit. Es liegt mir auch nichts daran, von jemandem entführt zu werden, dessen Mutter ich ungefähr sein könnte.«

»Eine Ausflucht, gnädige Frau«, sagte Otto Kanther mit seinem gewinnenden jungenhaften Lächeln. »Sie vergessen, daß wir beinahe Zwillinge sind ... Darf ich wissen«, fuhr er fort, »wie Sie in diesem verlorenen Nest Ihre Tage verbringen?«

Liselotte sah in ihrer heiteren Ruhe zu ihm auf. »Ich bereite mir und anderen einen schönen Sommer.«

»Und wer sind diese anderen?«

Liselottes Blick verengte sich ein wenig. »Nun, zum Beispiel Ihr Herr Vater.«

Otto Kanther richtete sich überrascht auf. »Mein Vater!« sagte er. »Wie ist das möglich?«

»Wir sind sehr gute Freunde, der Herr Konsul und ich, Menschen, die sich verstehen, finden sich ohne weiteres heraus. Sie hatten mir ein ganz falsches Bild von ihm gezeichnet. Es ist eigentümlich, wie blind doch Kinder für das wahre Wesen ihrer Eltern sind.«

Der Stift brachte das Frühstück und stellte alles umständlich auf dem Tisch zurecht. Otto Kanther sah ihm ungeduldig zu. »Darf ich mich setzen?« fragte er dann. »Ich habe auch noch nicht oder nur sehr kümmerlich gefrühstückt.«

»Nein«, sagte Liselotte energisch. »Ich behalte Sie nicht hier. Sie sollen es nicht wieder hinausschieben. Sie werden jetzt nach Hause gehen und diesem fabelhaften alten Mann eine ganz große Freude machen, das heißt, ich hoffe es.«

»Haben Sie ihm etwas von mir gesagt?«

»Nein, nichts. Er sprach nie von Ihnen — so groß muß seine Sorge um Sie sein; denn er hat sonst über vieles Persönliche mit mir geredet. Er weiß es nicht, daß wir uns jemals gesehen haben. Nein, Otto Kanther, ich bin nicht Ihr guter Engel, der Ihnen den Weg vorbereitet. Ich hätte es tun können, aber ich wollte nicht. Es wäre mir für Sie nicht gut genug gewesen. Und Sie haben es auch gar nicht nötig. Sie sind doch ein Mann, denke ich. Sie können Ihre Sache allein in Ordnung bringen. Lassen Sie sich vom Stift den Weg zeigen, wenn Sie nicht wissen, wo es ist. Am besten und schnellsten gehen Sie von hier aus durch die Birkenallee, dort ist der hintere Eingang, nicht zu verfehlen . . .«

Otto Kanther löste sich von der Stuhllehne. Er machte eine ironische Verbeugung. »Man kann Ihnen nicht widerstehen und nicht einmal widersprechen. Ich tue alles, was Sie verlangen, gnädige Frau.« Doch dann sagte er ernsthaft: »Es ist etwas Neues in Ihnen, ich weiß nicht, was es ist. Aber ich komme vielleicht noch dahinter. Es ist sehr interessant, das an Ihnen zu erleben.«

Darauf gab Liselotte keine Antwort. Sie goß sich Kaffee ein und schnitt eine Semmel durch. »Sie haben eine ganz reizende kleine Schwester«, sagte sie, »das haben Sie mir auch niemals erzählt.«

Sie blickte ihn an, wie er da vor ihr stand in seiner leichten und freien Haltung, es war wie immer, daß man ihn gern ansehen mochte, aber sein Gesicht, ihr seit langem vertraut, erschien ihr neu, es war nun wie eine Spielart des Kantherschen Gesichtes überhaupt mit seinen besonderen seelischen Hintergründen. »Wissen Sie, was mich schon die ganze Zeit beschäftigt?« fragte sie. »Um es in Ihrer Weise auszudrücken: es ist geradezu phantastisch, wie Sie Ihrem Vater ähnlich sind.«

Als Otto durch die kleine Tür in den Garten kam, durch den ein schmaler, gewundener Weg auf das Haus zulief, hörte er aus einem Fenster das wohltuende Geräusch des Kaffeemahlens. Das erweckte in ihm ein heftiges Hungergefühl, und zugleich überkam es ihn, ihm kaum selber bewußt, wie zärtliche Lust der Heimkehr. Denn diese Kaffeemühle war ein altes Instrument des Kantherschen Hauses, sie war bereits vor ihm dagewesen, er kannte ihren Ton genau, es gab ihn nur einmal auf der Welt.

Er rief eine Summe von Vorstellungen in ihm wach, die seine Kindheit und einen Teil seiner Jugendjahre umschlossen. In dem kleinen Garten eines anscheinend recht dürftigen Sommerquartiers empfand er bei diesem schnurrenden Laut die ganze vertraute Zuverlässigkeit seines Vaterhauses.

Weiß der Kuckuck! dachte er erfreut, ich komme gerade zurecht zum Familienfrühstück.

Er fand jenes Fenster in einem kleinen Seitenanbau und stellte sich davor, er legte die Arme auf die Fensterbank. »Nehmen Sie heute getrost ein Lot mehr, Marie!«

Drin wurde es augenblicklich still. Marie Ocholla, die Kaffeemühle zwischen den Knien, blieb auf dem Schemel in der kleinen Küche sitzen, ihre scharfen dunklen Vogelaugen blickten starr nach außen. Aber sie erkannte ihn sofort, der da in der Morgensonne im Ausschnitt des Fensters stand, als wäre er gekommen, eine heimlich Geliebte aus dem Schlaf zu wecken. Immer war er der Verzug ihres alten, treuen Herzens gewesen, das alle Kämpfe, die es zu Hause gegeben, insgeheim für ihn mit durchgefochten hatte.

Sie kreischte nicht auf, wie es vielleicht natürlich gewesen wäre, dazu hatte sie in den langen Jahren in herrschaftlichen Diensten zuviel Lebensart gewonnen. Sie schnellte nur hoch und riß die Tür auf.

»Guten Morgen, Marie«, sagte Otto Kanther und schüttelte ihr die Hand. »Ihr habt hier ja einen fürstlichen Wohnsitz. Gibt es bald was? Ich habe einen barbarischen Hunger.«

»Unser Herr Otto!« sagte die alte Köchin, und ihr mageres braunes Gesicht war wie verklärt. »Keiner weiß – bloß ich. Hab immer gedacht, immer gewußt: Einmal wird sein. Einmal wird kommen. Wo ist die Braut, Herr Otto?«

»Du lieber Gott, Marie – das hätte ja noch gefehlt! Wie ist es, schlafen noch alle?«

»Weiß nicht. Der Herr Konsul wird schon auf sein. Wieviel Brötchen sollen sein? Vier, Herr Otto, oder fünf? Und abgekochten Schinken? Die Johanna ist schon gegangen. Wenn kommt, muß gleich noch mal gehen. Vorn im Garten ist Frühstück, aber ist noch nicht. Ich mach erst noch ein Brot.«

Er aß es im Stehen zwischen Küchentür und Garten mit dem Wolfshunger eines Zwölfjährigen. »Sagen Sie keinem, Marie, daß ich da bin.«

Dann schlenderte er langsam um das kleine, langgestreckte Haus, das mit allen Fenstern in den Morgen offenstand. Doch drin schien das Leben erst allmählich zu erwachen. An einer Stelle, aus einer Art Glaskasten heraus, hörte er seine Schwestern miteinander reden.

Doris stellte, noch ziemlich verschlafen, die dringende Frage nach dem Wetter, und Annes dunklere, ruhige Stimme antwortete höchst gelassen: »Steh doch auf und sieh nach, dann weißt du es . . .«

Die Kinder! dachte er. Es war ganz der Ton, in dem Kanthers miteinander umzugehen pflegten.

Er kam nach vorn, wieder in einen schmalen, langgezogenen Garten, in dessen Mitte eine Edeltanne in einem runden Beet stand. Vor dem Haus war der Kaffeetisch gedeckt, dicke weiße Tassen – das war die Sommergarnitur. Der Platz war für fünf Personen berechnet, alles in Ordnung, es war zu sehen, wie sie hier lebten, diese in ihrer Art unwiderstehliche Familie. Nichts hatte sich geändert, es war, als könnte sich auch niemals etwas ändern.

Nun kam er dazu, es war noch Platz genug für ihn am Tisch, durchaus, es war nur nötig, eine sechste dicke Tasse mit allem Zubehör hinzustellen. Aber er, er war nur ein Gast, er würde nicht bleiben.

Dann entdeckte er seinen Vater. Der stand in einem hellen Jackett vorn am Zaun und blickte über die Hecke hinweg auf die Straße hinaus. Es sah aus, als wäre er in Betrachtung versunken, wobei es nicht klar war, ob sich seine Aufmerksamkeit auf einen bestimmten Gegenstand richtete . . .

Der Konsul war wie immer als erster auf, er ging dann nach seiner Gewohnheit ein wenig im Garten umher, blieb da und dort stehen und genoß die Morgenstille, die schöne Frische, die der heiße Tag bald hinwegnehmen würde. Seit einiger Zeit hatte er seine Ruhe wiedergefunden, er liebte es, zumal um diese Stunde des Tages, allein zu sein und seinen Gedanken nachzuhängen, während er Luft und Sonne und die Stimmen der Frühe genoß.

Der verborgene Quell seines Innern hatte nicht wieder aufgehört zu fließen. Er war dahin gekommen, wieder einiges Gefallen an diesem sonst nicht unbedingt schätzbaren Dasein zu finden, und er sah ihm wie von außen her mit einer wohlwollenden Gelassenheit zu.

Doch immer wieder nahm er es an sich wahr, daß seine Gedanken anfingen, rückwärts zu wandern. Wenn er so mit sich allein war, kamen ihm längst vergessene Begebnisse und Gestalten in den Sinn, und er ging ihnen hartnäckig nach, bis ein Stück Vergangenheit lebendig und gleichsam gegenwärtig um ihn stand.

Man war leicht geneigt, solche Gewohnheiten als einen Anfall des Greisenalters zu deuten. Alte Leute, die den Zusammenhang mit dem Leben der Zeit zu verlieren begannen oder sich von ihm abwandten, pflegten in ihre Jugend zurückzusteigen und darin zu verweilen, sie holten längst begrabene Erinnerungen vor und lebten mit ihnen.

Doch dieser Gedanke erschreckte ihn nicht, er fühlte sich nicht verkalkt und hinfällig, im Gegenteil, er hatte sich erholt, sein Herz machte ihm weniger zu schaffen, und es schien, als habe dieser idyllische Sommer, den er anfangs verwünscht hatte, ihn neu belebt und tief in seinem Innern etwas auferstehen lassen von dem, was er einst gewesen war oder was er doch damals vielleicht hatte werden wollen.

Er stand an der Hecke, den Blick in die morgenstille Straße mit ihren Gärten gerichtet, aber tatsächlich sah er etwas ganz anderes. Mit seinen Gedanken war er in jenem Sommer in England, in diesem ganz besonderen Sommer – denn er war ja mehrere Jahre dort gewesen –, als ihn die zärtliche Freundschaft mit Mabel Leswood verband. Sie war unsagbar reizend gewesen, a most charming girl, und ihr Bild war ihm nach rund vierzig Jahren noch einmal gegenwärtig. Sie hatte solche schönen Augen gehabt, diese ganz hellen, betörenden Augen, wie Frau v. Ohrt sie hatte.

Er sah den Fluß mit seinen grünen Ufern, auf dem er mit den Freunden zum Sonntag hinauszurudern pflegte – Saturday-eve for a weekend –, den Park mit den Eichen und das kleine Cottage, das doch im Innern so geräumig und gemütlich war. Vielleicht hatte Mabel ihn wirklich geliebt, vielleicht auch nicht, das wußte man bei diesen Britinnen niemals genau. Sie war a sort of flirt gewesen. Und späterhin hatte sie einen Reverend geheiratet, a few miles up the river.

Aber da war das Ganze schon zu Ende gewesen.

Er sah sie und sich selber neben ihr über den Rasen gehen, a wonderful lawn indeed – nirgends war der Rasen so grün wie in dem immer feuchten englischen Klima. Mabel hatte eine hochgetürmte Lockenfrisur und ein Kleid mit vielen Volants, sie trug ihren großen Strohhut an den Samtbändern über dem Arm.

Er selber aber war ein schlanker Bursche von vierundzwanzig, a smart fellow indeed, rather English looking with his short little whiskers and his very good attire, er hatte eine deutliche Vorstellung von sich aus jenen Tagen, als sähe er über vierzig Jahre hinweg einen anderen, einen Bruder seines eigenen Ich, der ihm heute noch vertraut und nahe war.

Damals hatte sein Herz sehr heiß gebrannt, er wußte noch gut, was er empfunden hatte, und es war ihm, als empfände er es wieder, wenn er an jene Zeit dachte.

Er wandte sich um, und so versponnen war er in den alten Traum, daß ihm etwas sehr Sonderbares widerfuhr. Einen Augenblick lang glaubte er einer Sinnestäuschung zu erliegen.

Denn auf dem Gartenweg vom Hause her sah er sich selber in der Gestalt seiner Jugend auf sich zukommen, schlank und groß, in lässiger Haltung, den Hut in der Hand.

Aber der Konsul war ja kein Phantast, er erkannte sofort: es war sein Sohn! Unerwartet zwar und gänzlich unvermutet, aber doch unzweifelhaft sein Sohn. Doch blieb verwirrend genug die Erkenntnis, daß Otto so sehr sein eigenes, verjüngtes Abbild war.

Otto kam rasch auf ihn zu, während der Konsul stehenblieb und mit einem kleinen spöttischen Kopfnicken sagte: »Sehr angenehm.«

Otto lachte. Was konnte man anders tun als lachen über eine so einzigartige und ausgezeichnete Begrüßung!

»Guten Morgen, Papa«, sagte er und drückte seinem Vater den üblichen leichten Kuß der Kantherkinder auf die Wange. »Ich sehe, du bist außerordentlich erfreut. Ich bin es auch.«

Der Konsul sah ihn mit hochgezogener Braue an. »Das ist allerdings eine Überraschung, ein bißchen ungewöhnlich und stark vor dem Frühstück, ausgerechnet auf nüchternen Magen, jedenfalls nicht unbedingt bekömmlich. Ich hoffe, du bringst nur Gutes«, schloß er mit Nachdruck.

»Sicherlich«, machte Otto leichthin, »sonst wäre ich nicht hier. Aber wie geht es euch allen? Du siehst ausgezeichnet aus, ordentlich verjüngt.«

»Schon gut«, sagte der Konsul unwillig. Er war unzufrieden und gereizt, die stille, beschauliche Stimmung war ihm zerstört. Warum schneite der nun plötzlich hier herein – es war sein Sohn, er war lange nicht daheim gewesen, natürlich hatte er das Recht, jederzeit sein Vaterhaus aufzusuchen; aber was er brachte, war nichts als Unruhe, es würde Auseinandersetzungen und Aufregungen geben, immer war es so gewesen, es würde diesmal nicht anders sein.

All die Sorgen, so lange verdeckt oder beiseite geschoben, standen mit einem Male wieder da und damit der Zwang, es mit ihnen aufzunehmen.

Sie gingen miteinander den Gartenweg hinauf, und der Konsul blieb wieder stehen. »Du bist wohl eigens zu meinem Geburtstag hergekommen, wie? Das wäre nicht nötig gewesen.«

Doch der Sohn war durch diese deutliche Abwehr keineswegs erschüttert. »Nötig ja nicht, aber vielleicht doch sehr nett. Es machte sich gerade so«, fuhr er vergnügt fort. »Es paßte gerade besonders gut. Im übrigen kannst du ohne Sorge sein, Papa. Ich denke, wir werden uns diesmal vertragen.«

»Vertragen«, wiederholte der Konsul mit Schärfe, »das dürfte wohl nicht der richtige Ausdruck sein für das Verhältnis zwischen Vater und Sohn.«

»Ach«, sagte Otto gelassen und freundlich, »mit der Zeit höre ich nun auch einmal auf, ein kleiner Junge zu sein.«

»Es wäre zu wünschen. Und hoffentlich auch mit allen Konsequenzen.« Ich will mich nicht aufregen, dachte der Konsul bei sich selbst, vorläufig nicht. Am besten zunächst nicht davon reden, wir werden es bis hinter den Geburtstag verschieben. Aber dann muß es ja doch sein. Es muß einmal etwas Endgültiges beschlossen werden.

»Es war immerhin ziemlich unklug von dir, dich nicht anzumelden«, sagte er dann. »Wir sind hier sehr im Raum beschränkt. Ich weiß nicht, wie Mama es möglich machen soll, dich unterzubringen.«

»Aber ich wohne doch im Kurhaus.«

»Soso, du wohnst im Kurhaus.«

Es war offensichtlich, daß Otto die ironische Schärfe im Ton seines Vaters gar nicht merkte, oder vielleicht beachtete er sie auch nur nicht; die Kantherkinder waren ja von je daran gewöhnt, und dieser Sohn, der so lange auswärts gewesen war, hätte im Augenblick der Heimkehr gewiß etwas entbehrt, wenn es anders gewesen wäre.

»Die Zimmer sind besser, als ich dachte«, sagte er ruhig.

In diesem Augenblick kam Frau Kanther aus dem Hause, füllig und rosig in ihrem geblümten Morgenkleid, mit den wohlfrisierten Löckchen über der Stirn. Sie blieb wie erstarrt in der Verandatür stehen.

»Guten Morgen, Mama! Deine Männer warten aufs Frühstück.«

»Mein Gott, Otto! Ist das denn möglich?«

Der Konsul konnte nicht bei seinem Eindruck bleiben, daß der Morgen gestört und verdorben sei. Es war eine so große, eine so übermenschlich große Freude. Er konnte nicht umhin, bei sich festzustellen, daß seine eigene Empfindung und Haltung als ganz nebensächlich zurücktraten. Ein Vater spielte eine unwesentliche Rolle, wenn eine Mutter ihren heimgekehrten Sohn empfing.

Seine Frau hatte wahrhaftig Tränen in den Augen, und er selber fand sich gezwungen, gegen eine aufsteigende Rührung anzukämpfen, die ihm gar nicht genehm war. »Na na«, sagte er, »du machst ja, als ob er geradewegs aus der Schlacht kommt.«

»Vielleicht ist es auch so etwas Ähnliches«, erwiderte Frau Kanther und fuhr sich mit dem dünnen kleinen Taschentuch über die Augen. Dann mußte sie ihn wieder ein bißchen streicheln.

»Mein Jungchen, daß du so plötzlich da bist! Wer hätte das bloß denken können! Es ist ja eine zu entzückende Überraschung. Aber du kannst mir glauben, ich habe schon sehr, sehr gewartet. So wenig Nachrichten und immer so unbestimmte. Es hat diesmal zu lange gedauert. Manchmal war es mir schon so, als wärst du uns ganz und gar entrückt.«

Otto sah sie lächelnd an. »In der Fremde verschollen, nicht wahr, Mama?«

»Ja, beinahe so war es, Ottochen.« Sie mußte ihn immer wieder ansehen, zärtlich und glücklich. Im Augenblick war er ganz gewiß ihr geliebtestes Kind, und sie wußte nun erst, wie schwer sie ihn immer entbehrt hatte. Keins von den anderen hatte diesen bezwingenden Reiz des Wesens. Und er sah so ausgezeichnet aus — es war seltsam, sie wurde unversehens an die Zeit ihrer Verlobung erinnert.

»Weißt du, Ottochen, nur Marie prophezeite immer, du würdest eines Tages ganz überraschend dasein.«

»Sie hatte es im Traumbuch gelesen«, bemerkte der Konsul trocken, indem er sich setzte, »ein großes Ereignis. — Warum bringt denn Johanna den Kaffee nicht?«

»Sie holt erst noch Semmeln für mich«, erwiderte Otto, »ich sehe, ich stoße die ganze geheiligte Hausordnung um.«

Aber da kam schon Marie Ocholla mit der Kanne und einem Gedeck für den jungen Herrn, und mit der Zeit fanden sich dann auch die jüngeren Geschwister ein, eins nach dem andern kam frisch gewaschen und gekämmt um die Hausecke, und jedesmal gab es das gleiche große Erstaunen und eine herzhafte Begrüßung. Der Konsul fand, daß es nun allmählich genug des Theaters sei und genug des Lärmes in der Morgenfrühe seines stillen Gartens.

»Vielleicht wendet ihr euch nun mal dem Frühstück zu«, sagte er. »Gib mir die Butterdose herüber, Fritz. Ihr tut wahrhaftig, als ob er vom Himmel gefallen ist.«

»Ein gefallener Engel, Papa?« fragte Doris dreist.

Der Konsul schob die rechte Augenbraue hoch und antwortete nicht. Während sie dasaßen um den Tisch im Garten unter der Sommersonne, bei den dicken Tassen und den vielen frischen Brötchen, behauptete die Hochstimmung im Familienkreise weiter ihr Recht, man konnte sie nicht beschränken.

Der Konsul jedoch hielt sich zurück und war, wie auch sonst meistens, schweigend mit dem Frühstück beschäftigt. Er beobachtete dabei, ohne daß es merkbar wurde. Der junge Mann saß mit der natürlichen Anmut eines Prinzen, dem gehuldigt wird, im Kreise der Seinen. Man mußte es ihm lassen, daß er all das Gehabe, das sich da um ihn tat, in guter Haltung ertrug.

Irgendwie erschien Otto seinem Vater heute neu, bei aller heiteren Unbefangenheit gereifter und ernsthafter. Der Konsul blieb in sich gekehrt. Es erregte ihn und gab ihm zu denken, daß dieser Sohn — was ihm nie zuvor in solchem Maße aufgefallen war — ihm so überwältigend ähnlich sah, daß er ihn einen Augenblick lang hatte für sich selber halten können.

Wenn dem so war, sollte es dann etwa auch möglich sein, daß mehr von seiner eigenen Wesensart in Otto steckte, als er bisher gewußt hatte? Der gute, solide Kanthersche Grund! Seine Erscheinung bedeutete Verpflichtung, man konnte nicht zugeben, daß er nicht sehr viel wert sein sollte — es war nicht anzunehmen, daß er ganz aus der Bahn rutschte.

Und wieder dachte der Konsul an den jungen Mr. Kanther auf dem geschorenen englischen Rasen, dessen Herz einst in beschwingten Träumen aufgestiegen war. Er hatte es lange vergessen, aber nun wußte er es wieder. Wir werden ja sehen, dachte er. Wir werden sehen, was es mit ihm ist. Es muß nur nicht gleich sein, ich will nichts vom Zaun brechen. Er spürte mit Besorgnis den Feind in seiner Brust. Nicht aufregen! Ich muß dem allem mit Ruhe entgegensehen. Vielleicht kann man ihm eine Brücke bauen ...

Indessen antwortete Otto auf eine Frage seiner Mutter: »Nein, Mama, höchstens bis Mittwoch. Ich habe nicht länger Zeit.«

»Was machst du denn eigentlich?« fragte Doris neugierig. »Machst du Examen?«

Er wandte sich ihr zu. »Das möchtest du gern wissen, aber das ist ein Geheimnis.«

Es wurde deutlich, daß er nicht gesonnen war, am Familientisch seine Lebensfragen zu erörtern. Der Konsul warf einen raschen Blick zu ihm hinüber, und Otto sah seinem Vater mit gelassenem Ernst in die Augen wie zur Antwort auf eine stumme Frage. Es war, als wollte er ihn beruhigen.

Dann gab er Fritz einen sanften brüderlichen Rippenstoß:

»Mensch, ich glaube, ich werde nächstens zu dir aufsehen müssen. Wie ist es, rasierst du dich bereits? Zum Abiturium hast du bestimmt einen Schnurrbart. Wie lange dauert es noch?«

»Drei Jahre«, sagte Fritz kauend, »zweidreiviertel genau. Aber das ist mir viel zu lange, das halte ich nicht aus.«

»Nein«, bemerkte der Konsul, »er siedelt demnächst zum Titicacasee über.«

»Erst komme ich dran«, meldete sich Anne zum Wort, »ich meine, mit dem Abitur.«

»Mir scheint, bei Kanthers ist die reinste Examenssucht ausgebrochen«, sagte Otto. »So viel Tüchtigkeit in einer Familie, das kann ja kein gutes Ende nehmen.«

»Nein«, erwiderte Anne, »das ist auch erst der Anfang.«

»Ach, Anne«, sagte Otto, »du bist uns ja allen über.« Er legte seiner jüngsten Schwester den Arm um die Schulter. »Was bist du überhaupt für ein schönes Mädchen geworden! Von Doris wußten wir das ja schon immer. Die Beauté der Familie.«

»Hört, Hört!«

»Aber du bist richtig eine Entdeckung. Eine andere Frisur hast du auch.«

»Ja«, gab Doris zur Antwort, »sie zieht sich die Haare jetzt mehr heraus, damit sie erwachsener aussieht. Es ist wegen der Verehrer.«

»Aha!« Alle lachten.

Anne wurde ein wenig rot. »Na, und Doris!« sagte sie zornig. »Was glaubst du, sie zieht sich wegen ihrer Verehrer jeden Tag dreimal um.«

»Das ist auch sehr wichtig«, rief Doris dagegen.

Otto blickte belustigt von einer zur anderen. »Hoffentlich kommt ihr euch wenigstens nicht ins Gehege.«

»I wo. Das sind ganz verschiedene Sorten. Anne hält es nur mit den gesetzten Jahrgängen.«

»Mir scheint, es gibt Auswahl genug«, meinte Frau Kanther zufrieden, »eine ganze Garnison zur Verfügung.«

Der Konsul reichte seinem Sohn die geöffnete Zigarrentasche über den Tisch. »Hier! Ich kann dir sagen, Otto«, erklärte er in einer Anwandlung von guter Laune, »die Bewerber deiner Schwestern stürmen uns bereits den Garten.«

Otto Kanther ging baden und lag in der Sonne. Er trieb sich den Tag über herum und benahm sich ganz wie jeder andere Badegast, wie alle Kantherkinder war er vor allem auf sein Vergnügen bedacht, und dazu war er anscheinend auch hauptsächlich hergekommen. Und nebenher vielleicht nahm er die Gelegenheit wahr, seines Vaters Geburtstag mitzubegehen, da der nun einmal in diese Zeit gelegt war.

Der Konsul betrachtete ihn mit Argwohn und Schweigen. Er hatte beschlossen, sich nicht aufzuregen, und doch würde er sich die Auseinandersetzung am letzten Tage nicht ersparen können. Er wußte, daß sie ihm den Rest dieses glücklichen Sommeraufenthaltes verderben und die Wirkung des Ganzen auslöschen würde.

Doch erstaunlicherweise verlangte der junge Mann am zweiten Nachmittag mit einer gewissen freundlichen Entschiedenheit, seinen Vater auf dem Spaziergang zu begleiten.

Der Konsul sah ihn prüfend an. »Verbindest du damit eine besondere Absicht?« fragte er.

»Gewiß«, sagte Otto ruhig. »Ich wollte einmal mit dir allein sein, um dir allerhand zu erzählen.«

»Dann wird es das beste sein, wir setzen uns zu dem Zweck hier in die Veranda.«

Aber Otto lachte. Er kannte seinen Vater gut genug, um zu wissen, daß er immer einen bestimmten Raum für die Abkanzlung seiner Kinder bevorzugte. Diese Glasveranda hatte sich vermutlich bereits bewährt.

»Nein, Papa«, sagte er. »Du bist im Irrtum. Es handelt sich nicht um eine hochnotpeinliche Angelegenheit, die einen geschlossenen Raum erfordert. Im Gegenteil. Komm, alter Herr, wir gehen unter deinen schönen Bäumen spazieren.«

Der Konsul fügte sich widerstrebend, aber doch ohne Wort. Es war an der Haltung seines Sohnes immer wieder etwas, das ihm die Waffe aus der Hand nahm. Er wollte es sich nicht eingestehen, daß es Otto jedesmal gelang, sich mit ihm auf die gleiche Ebene zu stellen.

Sie gingen die Lindenallee hinunter, und es fiel dem Konsul auf, daß die Vorübergehenden – Sommergäste von hüben und drüben, denen man täglich begegnete – seinen Sohn mit unverkennbarem Interesse betrachteten, um sodann den Blick auf ihn selbst zu richten. Das geschah nicht einmal, sondern es wiederholte sich.

»Die Mama behauptet neuerdings«, sagte der Konsul plötzlich, indem er stehenblieb, »du sähest mir so auffallend ähnlich, das heißt, wie ich vor jenen dreißig Jahren ausgesehen habe. Mich hat das sehr überrascht, denn bisher hatte ich sonst eigentlich nicht viel Gemeinsames zwischen uns entdecken können.«

Otto antwortete mit freundlicher Ironie: »Ich könnte ja versuchen, die entsprechenden Eigenschaften bei mir zu entwickeln, falls dir sehr viel daran liegt. Die Anlagen sind vielleicht da.«

»Das halte ich für zweifelhaft.«

»Warum? Im Gegenteil, ich fühle mich dir durchaus verwandt. Es hat nur jede Generation ihre eigene Form.«

»Außerordentlich weise, mein Sohn . . .«

Dann gingen sie weiter, dem Walde zu. Otto hatte den Hut ein wenig nach hinten gesetzt und hielt den Stock auf dem Rücken.

Der Konsul wartete. Wann wird er nun anfangen? dachte er. Er war nicht gesonnen, ihm etwa auf halbem Wege entgegenzukommen. Doch da sagte Otto etwas ganz Unerwartetes: »Wie gefällt dir Frau v. Ohrt, Papa?«

Der Konsul sah überrascht auf.

»Wie – wie kommst du darauf?«

»Ach«, erwiderte Otto ruhig, »ich habe sie gestern gleich nach meiner Ankunft im Kurhaus gesprochen. Sie ist ja eine sehr gute Bekannte von mir.«

»Woher denn, wenn ich fragen darf?« versetzte der Konsul mit Schärfe.

»Wir haben eine Zeitlang in Berlin in der gleichen Pension gewohnt.«

Nun blieb der Konsul stehen. »Sie hat mir niemals etwas von dir gesagt.«

»Vielleicht hatte sie einen Grund.«

Der Konsul ging schweigend weiter. Er war betroffen, er wußte nicht, was er davon halten sollte. Schließlich war Otto ein gut aussehender, für Frauen vielleicht sehr anziehender junger Mann. Und er selbst war sich von Anfang an klar gewesen über die Rolle, die eine Frau wie Liselotte v. Ohrt im Leben der Männer spielte. Doch im Zusammenhang mit seinem Sohn verursachte ihm dieser Gedanke ein deutliches Mißbehagen.

»Es ist ja auch nicht so wesentlich«, bemerkte Otto leichthin. »Vielleicht hatte sie es vergessen.«

»Das – ist doch wohl kaum anzunehmen.«

»Nun, dann hat es vielleicht daran gelegen, daß du selbst mich unterschlagen hast, Papa. Was meinst du dazu? Ich könnte es mir vorstellen.«

»Das weiß ich nicht«, erwiderte der Konsul schroff.

»Frau v. Ohrt«, sagte Otto, »besitzt den sechsten Sinn, sie vernimmt die unhörbaren Dinge und begreift die ungesprochenen Worte. Du wirst das ja selber an ihr erfahren haben.«

»Ich möchte wissen«, sagte der Konsul mit schwer beherrschter Heftigkeit, »ob du mir deine Begleitung angetragen hast, um dich mit mir über diese Frau zu unterhalten.«

»Nicht ausschließlich, Papa. Aber zur Einleitung schien es mir ein angenehmer Gegenstand.«

»Angenehmer Gegenstand!« wiederholte der Konsul spottend. »Du hast wie immer eine sonderbare Ausdrucksweise. In der Tat ein höchst angenehmer Gegenstand! Dann verrätst du mir vielleicht, in welchem Verhältnis du zu diesem angenehmen Gegenstande stehst.«

Otto warf seinem Vater einen raschen Blick zu, ganz heimlich belustigte er sich ein wenig. Mein Herr, dachte er bei sich, das geht über Ihre Zuständigkeit hinaus! Aber er hatte nicht vor, seinen Vater zu erbittern und erneut gegen sich aufzubringen. Um des lieben Friedens willen lenkte er ein: »Du wirst dich wundern, alter Herr. Sie spielte Jahr und Tag die Rolle meines guten Gewissens. Sie hat mir zugesetzt und mich immer wieder zurechtgezogen.« Er lüftete seinen leichten englischen Strohhut. »Daß ich vor acht Tagen den Doktor phil. erworben habe, ist hauptsächlich ihre Schuld.«

»Den Doktor phil. hast du gemacht?« fragte der Konsul betroffen.

»Allerdings.«

»So! Was fängt man damit an? Was soll nun werden?« Der Konsul fühlte, es kam nun doch, er hatte ihm nicht ausweichen können. Und sein Geburtstag, den er morgen so recht in Frieden hatte verleben wollen, war ihm auf einmal ganz gleichgültig, ja, er war ihm nun von vornherein verdorben. Es hatte wohl kommen müssen, die Ruhezeit für sein Herz und sein Gemüt war schon zu lang und zu vollkommen gewesen.

»Ich möchte nicht, daß du dich aufregst, Papa. Es hat keinen Zweck, und es ist auch nicht nötig.«

»Nicht nötig?« brauste der Konsul auf. »Das ist ja ein sehr großartiges Wort, mein Sohn. Vergiß nicht, es geht um nicht mehr und nicht weniger als deine Existenz. Und gleichzeitig um die deiner jüngeren Geschwister. Du weißt, wie die Verhältnisse bei uns liegen, ich brauche dich eigentlich nicht noch einmal daran zu erinnern. Nicht nötig! Bisher war es leider immer noch nötig, dir zu jedem Ersten einen ansehnlichen Wechsel zu überweisen.«

»Ja, das hört nun auf, Papa.«

»So — das hört auf, das ist ja sehr interessant! Glaubst du denn, daß du lediglich mit dem Doktortitel deine — kostspieligen Bedürfnisse decken kannst?«

Otto lächelte ein wenig, aber er hielt zurück, was er dachte.

»Es wäre besser«, sagte er mit Nachdruck, »wenn du dich entschließen könntest, mich ruhig anzuhören. Etwas anderes hat auch gar keinen Sinn, denn es ist nun alles entschieden und zum Abschluß gelangt. Darum bin ich ja hier. Ich komme mit einer fertigen Tatsache, und keine Macht der Welt kann mehr etwas daran ändern.«

»Also bitte!«

»Du wirfst mir mit Recht vor, daß es mit mir zu lange gedauert hat und daß ich dir somit immer noch auf der Tasche lag. Aber das ist nicht meine Schuld allein ... Bitte, Papa«, fuhr er fort, »ich weiß sehr wohl, was ich sage. Ich bin schließlich nicht mehr der dumme Junge, dem man ohne weiteres über den Schnabel fahren kann. Warum können wir uns denn nicht ganz sachlich auseinandersetzen? Also damals nach dem Abitur hieß es: Jura studieren! Ich wollte nicht, das weißt du, ich hatte andere Dinge im Kopf.«

»Raupen, jawohl. Lauter verstiegene und verschrobene Ideen.«

»Nach deiner Auffassung, ja, und ich mußte mich ihr beugen. Es hieß also: es wird Jura studiert. Ich habe es getan. Ich behaupte nicht, daß es mir geschadet hat. Im Gegenteil. Stellenweise ist das Jus sogar recht interessant. Und schließlich wird es dann zu einem Faktor der Allgemeinbildung. Also gut. Aber ich konnte nicht dabei bleiben, ich hätte es niemals darin zu etwas gebracht. Es war nicht das Eigentliche für mich.«

»Ach du lieber Gott«, sagte der Konsul ein wenig bitter, »wer findet denn schon das Eigentliche im Leben? Das ist doch bloß eine Illusion.«

Aber Otto antwortete leidenschaftlich: »Nein, es ist mir die höchste Wirklichkeit. Ich wollte es um jeden Preis erreichen. Ich habe dann dir zuliebe noch den Referendar gemacht ...«

»Mir zuliebe ist gut. Das ist sogar sehr gut«, sagte der Konsul mit hochgezogener Braue.

»Und habe dann mit deiner gütigen Genehmigung den Gegenstand verlassen.«

»Den unangenehmen Gegenstand, wolltest du sagen.«

»Richtig! Du siehst, wir kommen gut miteinander aus. Ich ...«

»Halt einmal«, fiel ihm der Konsul in die Rede, »du wirst mir doch nicht vorreden vollen, daß nun die Nationalökonomie das sogenannte Eigentliche für dich war.«

»Nein, das beabsichtige ich nicht«, entgegnete Otto ruhig, »denn das war sie natürlich nicht. Ich freue mich, wie gut wir uns verstehen. Es wird immer besser ... Seitdem ich umsattelte, haben wir uns verhältnismäßig wenig gesehen.«

»Das kann man wohl sagen.«

»Nicht ohne Grund, Papa. Ich wollte mich nun nicht länger beirren lassen.«

»So, du wolltest dich nicht beirren lassen. Das ist bequemer, natürlich. Weit vom Schuß, und keiner kann dreinreden. Bloß zahlen, zahlen, das versteht sich von selbst. Also weiter, bitte. Deine Ausführungen sind ja sehr interessant, ich bin wirklich neugierig, was aus all diesen Phantasien herauskommen wird.«

Der Konsul schwieg und lehnte sich auf der Bank zurück. Ein wenig hatte er sich gefaßt, er mußte dies nun bestehen. Und die entschiedene Art des Jungen wirkte fast wider seinen Willen beruhigend auf ihn.

»Ich habe niemals Nationalökonomie studiert«, sagte Otto.

»Das habe ich mir gedacht«, antwortete der Konsul grollend. Aber im Grunde war er sehr überrascht und heftig aufgebracht. Es war diesem jungen Menschen gelungen, ihn fast drei Jahre lang hinters Licht zu führen. Doch das konnte er nicht zugeben, er durfte sich seiner väterlichen Autorität nicht so weit begeben.

»Und was hast du sonst in diesen Semestern getrieben? Tennis gespielt und gesegelt, wie? Ich könnte es mir denken. Und damit hast du dann wohl den Doktor phil. gemacht?«

»Das ist ein kleiner Irrtum, Papa. Ich habe Kunstgeschichte studiert und im Nebenfach Literatur. Da hast du das Eigentliche!«

Der Konsul blieb vollkommen stumm. Ganz flüchtig erinnerte er sich einer Auseinandersetzung in der Glasveranda, damals mit seinem jüngsten Sohn, dem er vorgeschlagen hatte, zum Titicacasee zu reisen ... Weit fort! dachte er auch hier wieder. Er steht an einem anderen Ufer. Ich kann ihn nicht mehr erreichen ...

»Die Doktorarbeit«, fuhr Otto gelassen fort, »behandelt ein Thema aus der Frührenaissance. Es wird dich vielleicht nicht besonders interessieren, aber ich kann dir zu Hause mal die Dissertationsschrift vorlegen.«

Er saß vorgeneigt, den Hut nach hinten geschoben, und drehte den Stock zwischen den Knien. Sein junges, ausdrucksvolles Gesicht war lebhaft bewegt. »Ich war im Frühjahr zu Studienzwecken in Italien, Papa. Es war eine ganz große Zeit für mich. Du glaubst nicht, was Florenz und Rom für Eindrücke sind!«

Der Konsul saß zurückgelehnt, die Arme untergeschlagen. »Du bist doch ein unverbesserlicher Phantast, mein Sohn. Als Vergnügungsreise sehr schön, das kann ich mir denken. Aber wie sehen die Grundlagen für deine Zukunft aus? Du kannst einem Kaufmann nicht mit der bloßen Begeisterung für eine Sache kommen, das ist keine Sicherheit. Er fragt dich sofort: Wie hoch ist das Kapital für das Geschäft?«

Otto lachte. »Gott sei Dank, Papa, du bleibst dir ja auch immer treu. Natürlich ist das Geld das Wichtigste. Ich habe dir schon vorher gesagt, daß ich fortan auf deine — Unterstützung verzichten kann.«

»Unterstützung nennst du das, soso! Soviel ich weiß, habe ich dich bis zum heutigen Tage vollständig unterhalten.«

Otto wandte seinem Vater das Gesicht zu. Und der sah darin einen Zug von lächelnder Ironie, der ihm irgendwie vertraut erschien. Es war sein eigener Sarkasmus, ins Liebenswürdige gewandelt.

»Du warst so freundlich«, sagte Otto erheitert, »mir vorher meine kostspieligen Bedürfnisse vorzuwerfen. Hältst du es wohl für möglich, daß hundertfünfzig Mark im Monat dafür auch nur annähernd ausreichten?«

»Es war Geld genug«, erwiderte der Konsul bitter, »und es fiel mir nicht leicht, diese Summe durch Jahre immer wieder dem Geschäft und dem Familienhaushalt zu entziehen. Du weißt, daß du von allen Kindern am meisten verbraucht hast. Ein Teil deines Erbes ist dabei draufgegangen. Aber bitte, es interessiert mich zu erfahren, woher du deine Einkünfte bezogen hast. Hat dich vielleicht, seitdem wir uns nicht sahen, ein Milliardär adoptiert?«

»Nicht so ganz. Aber ich ging unter die Zeitungsschreiber, wie du sie nennst. Seit Jahren habe ich mir laufend nebenher nicht sehr erhebliche, aber doch regelmäßige Einnahmen verschafft. Damit und mit deiner — Unterstützung dazu kam ich ganz gut durch. Aber das wird nun auch anders. Schon die Italienreise wurde von einer Berliner Zeitung voll finanziert. Ich war dafür verpflichtet, dreimal wöchentlich einen Beitrag zu senden. Berichte über Kunst hauptsächlich, aber auch Reisebilder im eigentlichen Sinne.«

»Also Feuilleton unterm Strich.«

»Ja, gewiß. Der Strich ist die Abgrenzung des Aufgabengebietes ... Es war eine Art Probezeit, für beide Teile übrigens. Denn ich mußte ja erst ausprobieren, ob es das Rechte für mich war. Aber nun bleibe ich dabei. Ich habe einen Vertrag mit der ›Täglichen Rundschau‹ vom ersten Juli dieses Jahres.«

»Als was denn, um alles in der Welt?«

»Als Redakteur selbstverständlich – in erster Linie für Fragen der bildenden Kunst, aber auch für Kunstfragen überhaupt.«

»Da hört sich ja alles auf«, sagte der Konsul entrüstet. »Das ist doch kein Lebensberuf.«

»Nein, leider nur ein rein geistiger.«

Der Konsul zuckte die Achseln.

»Ach, du meinst, es wäre Spielerei«, erwiderte Otto ernsthaft. »Ich weiß nicht, Papa, du bist selbst ein großer Zeitungsleser – du mußt doch begreifen können, daß darin eine Aufgabe und eine Menge Verantwortung liegt. Oder glaubst du, man kann so einen Artikel für eine große Zeitung, die vielleicht von Hunderttausenden gelesen wird, aus dem Handgelenk schütteln und in fünf Minuten herunterschmieren? Ich kann dir sagen, es steckt verflucht viel Arbeit darin. Und noch eins: gelernt ist gelernt! Ich habe es auch erst lernen müssen. Es gehört eine Menge Kapital dazu, nämlich Wissen, Wissen, dann Beobachtung, Erfahrung, Geschick und noch vieles sonst. Ich habe von allem noch längst nicht genug, das wird erst noch kommen. Aber es ist ein wunderbares Handwerk, ich weiß kein besseres.«

Der Konsul antwortete unzufrieden: »Es ist keine Stellung für meinen Sohn. Die Söhne unserer Familien pflegten bisher nicht in solche – abwegigen Berufe zu gehen.«

»Ich habe erwartet, daß du das einwenden würdest. Ich kann es dir nicht einmal verdenken. Aber vielleicht wirst du dich an den Gedanken gewöhnen und dann dahinterkommen, daß es eine sehr interessante Arbeit ist und damit doch ein Lebensberuf. Warum soll nicht einer aus unseren berüchtigt guten Familien einmal aus dem Gleise treten, wenn er das Zeug dazu hat? Es ist ja sonst alles so unmenschlich langweilig, wir ersticken förmlich in den alten Schranken. Du langweilst dich auch nicht gern, das habe ich von dir ... Aber wir wollen doch die praktische Seite bedenken: Ich brauche deine Unterstützung nun nicht mehr. Das Gehalt ist mäßig im Anfang, aber es reicht – als Grundlage, versteht sich.«

»Wieviel?« fragte der Konsul.

»Dreihundert. Sonderleistungen werden extra honoriert.«

Der Konsul wiegte den Kopf. »Und was für Sicherheiten hat man dir gegeben? Wenn es eines Tages einen Krach gibt, und so etwas kann natürlich jederzeit vorkommen – es braucht bloß irgendeiner maßgebenden Persönlichkeit deine Auffassung und deine Ausdrucksweise nicht zu gefallen –, dann setzt man dich vor die Tür. Dann kannst du auf den Höfen singen gehen.«

»Ach, Papa«, sagte Otto gelassen, »Schwierigkeiten gibt es in jedem Beruf, wenn man davor zurückschreckte, könnte man gleich einpacken. Kampf ist auf der ganzen Erde, ohne Kampf ginge die Welt zugrunde. Ich denke, im Geschäftsleben zum Beispiel gäbe es genug davon. Vorläufig ist man anscheinend ganz zufrieden mit mir. Anfang September fahre ich im Auftrage der Zeitung auf etwa zwei Monate nach Griechenland.«

»Ach, das ist ja allerdings ...«

»Siehst du«, sagte Otto und sah dem Vater voll ins Gesicht, »paß mal auf, auch du wirst eines Tages noch ganz zufrieden mit mir sein. So ganz vorbeigeraten ist der windige Bursche denn doch nicht. Nur etwas anders gefahren. Es kann immer noch sein, daß ich mich später habilitiere. Dies ist doch erst ein Anfang, ein Sprungbrett vielleicht.«

»Hm«, machte der Konsul, »werde nur nicht zu großartig.«

Otto lehnte sich zurück und schob die Beine von sich. »Ich bin sehr glücklich, Papa.«

»Tja«, sagte der Konsul bedächtig, »es ist ja alles ganz gut und schön ... Mir will es nicht gefallen.«

Otto antwortete nicht. Wie hätte sein Vater zugeben können, daß er mit einer so eigenmächtigen und so schwerwiegenden Entscheidung eines seiner Kinder einverstanden sei! Das war nicht von ihm zu verlangen.

Eine Weile saßen sie stumm. Der Konsul suchte sich zurechtzufinden. Was war es mit dem Jungen? Der hatte ihn überrumpelt und überwunden. Durch Jahre und Jahre hatte er Geld und Geld und schwere Sorgen an diesen Sohn gewandt, damit schließlich ein Zeitungsschreiber aus ihm wurde? War das denn ein Beruf? Er war sich nicht klar darüber, ob er ihn untergeordnet fand oder nur so ausgefallen und so zigeunerhaft. Man wußte zur Genüge, was für ein Volk sich auf den Redaktionen ansiedelte. Schlechte Gesellschaft, dachte der Konsul.

Nein, es war ihm nicht recht, wie konnte es ihm recht sein? Es lag ganz außerhalb seiner Sphäre. Aber er hatte begriffen, daß er mit seiner Meinung hierzu nichts mehr zu sagen hatte.

Und etwas hatte ihn doch angerührt in diesem Gespräch mit seinem Sohn, das ihm neu war. Das war die Kraft in jenem und der klare, entschiedene Wille. »Na«, sagte er und stand auf, »wir wollen dann also gehen . . .«

Vater und Sohn machten den Weg zurück, den sie gekommen, und wer ihnen begegnete, mochte denken, daß sie in schöner und herzlicher Eintracht von einem Nachmittagsspaziergang nach Hause kamen.

Es wurde zwischen ihnen nun nicht mehr von diesem Gegenstand gesprochen. Otto kam nur noch einmal auf Frau v. Ohrt zurück. »Sie hat das alles gewußt und mir geholfen, Papa. Sie ist eine ganz großartige und grundgescheite Frau.«

»Das ist sie gewiß«, bestätigte der Konsul mit Wärme, »und ihre hervorragende Intelligenz ist bei allen sonstigen Vorzügen, ihren ungewöhnlichen Reizen – ein starker Schutz für sie. Sie wird jede Lage beherrschen, in der sie sich befindet.« Er dachte und sagte das zu seiner eigenen Beruhigung.

Otto blickte seinen Vater von der Seite an. Ach, alter Herr, dachte er, wie groß ist ihre Macht, daß sie dein kühles Herz zu erwärmen verstand!

Aber der Konsul war, als sie in die Lindenallee einbogen, mit seinen Gedanken wieder bei den so ganz unerwarteten Eröffnungen. Er hatte sich aufgeregt, natürlich; aber es hätte schlimmer sein können, so sehr schlimm war es nicht gewesen. Es würde ihm diesmal nicht schaden.

Er fühlte sich erschöpft, doch zugleich auf eine seltsame Weise erleichtert. Er war keineswegs zufrieden mit dieser Entscheidung. Aber sie war unwiderruflich, das sah er ein. Und damit hatte es nun ein Ende.

Er war ihn los. Fortan war der Junge selbst für sich und sein Leben verantwortlich, er konnte nichts mehr tun für ihn. Es gefiel ihm zwar nicht, aber er war ihn los. Ein Druck aus langen Jahren war plötzlich von ihm genommen. Er durfte endlich aufhören, sich um ihn Sorgen zu machen.

Der Geburtstag des Seniorchefs wurde nun schon seit Jahren in der Stille der Sommerfrische begangen, und der Konsul pries sich glücklich, daß er auf diese Weise allem Trubel entging, der üblichen Gratulationscour weiter Kreise, die auf eine höchst anstrengende schwere Sitzung auszulaufen pflegte. Früher war dann meistens eine Abordnung des Kontorpersonals im Seebad erschienen, um einer ehrenvollen Pflicht zu genügen, aber auch diese Form war auf Wunsch des Konsuls beseitigt worden.

»Das Herzensbedürfnis, mir Gutes zu wünschen«, sagte er, »wird doch wohl nicht so unbezwinglich sein . . .«

Nein, es gab zum Glück hier draußen keine Gratulanten, und was sich an festlicher Bescherung ergab, wurde einigermaßen sachlich erledigt.

Aber es war nicht zu leugnen, daß der Konsul, der heute sein dreiundsechszigstes Jahr vollendet hatte, sich diesmal in einer aufgeschlossenen und umgänglichen Stimmung befand.

Es hatte durchaus den Anschein, als wäre er besonders erfreut, seinen ältesten Sohn und seine Schwiegertochter hier zu begrüßen, wie wenn er sie lange Zeit schwer entbehrt hätte. Er fand, daß Eva in einem neuen zartgemusterten Kleide sehr gut aussah, und verfehlte nicht, es ihr zu sagen. Er ging mit den beiden nach seiner Gewohnheit im Garten auf und ab, fragte nach den Kindern und äußerte seine Zufriedenheit darüber, daß keinerlei Umstände mit ihnen gemacht würden.

»Wenn ich sie an so einem Tag mitbringe, Papa«, sagte Eva, »sind sie abends derart aus dem Häuschen, daß ich sie nicht wieder zur Ruhe bekomme. Und am nächsten Tag ist bestimmt eins krank.«

»Du bist eine sehr verständige Mutter, mein Kind«, sagte der Konsul. »Was sagst du zu Otto?« wandte er sich plötzlich an seinen Sohn.

Ja, was sollte Hermann dazu sagen? Er war natürlich überrascht gewesen, ihn hier zu finden, aber man hatte beinahe auf eine solche Möglichkeit gefaßt sein können, denn Otto war immer sprunghaft und unberechenbar gewesen.

Die Begrüßung zwischen den beiden Brüdern war kurz und herzhaft gewesen, sie waren ja keine dummen Jungen mehr und begegneten sich sogar mit einer gewissen spontanen Wärme. Hermann empfand zu seiner eigenen Verwunderung eine rasche Aufwallung von Freude darüber, daß der andere nun auch einmal wieder im Lande war.

»Ich danke dir noch für deine hübsche bunte Ansichtskarte«, sagte er anzüglich. »Sie war bereits sehr aufschlußreich für mich.«

Otto sah ihn erstaunt an. »Keine Ahnung.«

»Im Frühjahr aus Rom ...« Vielleicht wußte er es wirklich nicht mehr, alle solche plötzlichen Einfälle glitten sofort aus seinem Gedächtnis hinweg ...

Hermann meinte, in seinem Herzen mit dieser Angelegenheit ins reine gekommen zu sein. Ottos Tun und Treiben sollte ihn nun nicht mehr heimlich aufbringen. Er geht seinen Weg und ich gehe den meinen, sagte er sich, auf dieser Basis kann man sich vielleicht sogar ganz gut miteinander vertragen. Er dachte mit Genugtuung daran, daß sein Schwager Carl Laudien mit einer erheblichen Summe dem Grundstücksgeschäft beigetreten war. Es konnte eine gute, runde Sache werden ... Aber es hätte keinen Zweck gehabt, sich bei dem Vater nun etwa sehr stark für Otto einzusetzen. Es hätte nur seinen Widerspruch herausgefordert. Darum sagte er auf die Frage leichthin: »Er muß ja wissen, was er tut, Papa. Er hat sich lange genug den Wind um die Ohren gehen lassen.«

»Jawohl«, bestätigte der Konsul. »Und dann muß man zugeben, daß ihm das nicht geschadet hat. Er hat eine ganze Menge gelernt, das heißt, das nehme ich an. Und die Aufträge der Zeitung – Italien und jetzt Griechenland –, dazu gehört ja wohl etwas. Eine recht ausgefallene Laufbahn, aber immerhin ... Nur freilich nichts für brave Bürger wie uns beide.«

»Aha«, machte Hermann vieldeutig. »Wie wäre es mit dem gemästeten Kalb, Papa?«

Der Konsul sah ihn erheitert an. »Nein, mein Sohn, das Menu steht schon fest. Es gibt junge Hühner ...«

Sie standen alle müßig und ein wenig zwecklos im Garten umher, als Frau v. Ohrt von hinten ums Haus kam. Sie hatte sich vielleicht beeilt, nachdem sie vom Baden zurückgekommen war, um diesen Gang noch rasch vor dem Essen einzuschieben, zu einem Zeitpunkt, an dem sie nicht zum Bleiben genötigt werden konnte.

Sie hielt ein paar Rosen und ein kleines Buch in der Hand und kam ganz zwanglos daher in ihrem fußfreien weißen Plisseekleid und ohne Hut wie auch sonst. Ihr Haar, das immer ein wenig naß vom Seewasser wurde, war von der Sonne zu lauter schimmernden Löckchen um ihre Stirn gesponnen.

»Meine gnädige Frau«, sagte der Konsul in einem Ton, durch den es wie Ergriffenheit zitterte. Er beugte sich tief über ihre Hand. »Das ist aber wirklich eine ganz besonders große Freude für mich.«

»Ich breche hier als Störenfried in Ihr Familienleben ein, Herr

Konsul«, erwiderte Liselotte einfach, »aber ich gehe gleich wieder. Ich wollte nur gern kommen, Ihnen Glück zu wünschen, und ich glaube bestimmt, es ist heute ein guter Tag für Sie.«

Der Konsul küßte ihr die Hand und hielt dann zugleich mit den Rosen das kleine weichgebundene Buch wie einen kostbaren Schatz von beiden Händen umschlossen.

»Es sind Rilkes Gedichte, Herr Konsul. Ich habe mit Ihnen neulich davon gesprochen. Sie sollen Sie dann und wann einmal an diesen schönen Sommer erinnern.«

Sie machte durchaus kein Aufhebens von sich und wollte sich auch nicht setzen. Trotzdem war sie nun plötzlich der Mittelpunkt; alle Kanthers, acht an der Zahl, standen um sie herum, als wäre sie ein seltsames Wunder, das sie in Schweigen und Staunen betrachten mußten.

Der Konsul machte sie mit seiner Schwiegertochter bekannt und stellte ihr seine Söhne vor.

Liselotte blickte lächelnd von Otto zu Hermann, als sie beiden die Hand reichte. »Ich glaube, wir kennen uns auch bereits, Herr Kanther. Ich ahnte nur damals, als Sie sich so freundlich um mein Gepäck bemühten, nicht, daß Sie so nah mit diesem strebsamen jungen Mann verwandt sind.«

Otto machte eine ganz knappe spöttische Verbeugung, aber Hermann verneigte sich wie vor einer Fürstin. Er dachte an den Abend im Kurhaus, an den starrsinnigen Oberkellner, an den Mann mit dem Monokel, der mit hochgeschlagenem Kragen vor ihm durch den Regen zur Bahn ging. Wie mochten dessen Chancen stehen?

Und diese Frau hatte noch dazu eine recht ungewöhnliche Freundschaft mit seinem Bruder. Mit Otto ausgerechnet! Vielleicht standen da auch noch andere in Gunst. Wer kannte sich aus mit diesen Frauen?

Liselotte sagte zu Otto: »Es steht Ihnen übrigens ausgezeichnet, ein Sohn im Vaterhaus zu sein.«

Er erwiderte mit Fassung: »Ich habe es wieder gelernt, gnädige Frau. Gegenwärtig befinde ich mich auf dem Standpunkt eines Untertertianers, der wider Erwarten versetzt worden ist.«

Der Konsul stand sehr aufrecht in seiner gehaltenen, ruhigen Würde dabei. Er genoß den Reiz des Augenblicks und empfand Zufriedenheit mit dem Leben überhaupt, Stolz auf seine Söhne und eine dankbare Freude an diesem einzigartigen Wesen, das ausgesandt worden war, seinen Tagen Frieden zu schenken. –

Sie aßen in der offenen Diele auf der Hinterseite des Hauses, es war ein wenig eng für alle diese großen Menschen, sie saßen ziemlich zusammengedrängt und stießen einander zuweilen mit den Ellbogen.

Aber das war in einer Sommerfrische ja niemals anders, und es tat dem Genuß des festlichen Mahles keinen Abbruch.

Liselottes Rosen standen in einer Glasschale auf dem Tisch, und dann hatten Doris und Anne ein wenig Schleierkraut auf dem Tisch entlanggelegt, damit es nach etwas aussah. Aber die Hauptsache war eben, daß es ein so schöner Sommertag war, windstill und trocken, und man darum hier halb im Freien sitzen konnte mit dem Blick in den Garten.

Nein, die Hauptsache war wohl doch das erstklassige Essen.

Es begann mit einer leichten Kalbssuppe mit Eierstich, und dazu gab es Röstbrot mit Sardellenbutter zur Anregung des Appetits. Vielleicht wäre das nicht extra nötig gewesen, denn Marie Ocholla hatte sich noch niemals darüber beklagen können, daß ihre Festtagsmenus nicht genügend Würdigung fanden:

Der Konsul saß obenan und Fritz am unteren Ende. Zu Anfang floß die Unterhaltung nur spärlich, sie löffelten mit Hingabe ihre Suppe, nur dann und wann sagte einer von ihnen etwas, ohne daß eine Antwort verlangt oder erwartet wurde. Aber als die Platte mit den jungen Hühnchen gebracht wurde, verstummte das Gespräch ganz und gar.

Es waren solche zarten, saftigen Hühnchen, Marie Ocholla hatte sicherlich mit Kennerblick die besten und fleischigsten ausgesucht, die nur irgend zu haben waren. Und nun waren sie ganz wundervoll geraten, es war ein wahres Kunststück, daß sie eine so große Menge Geflügel in dieser dürftigen kleinen Küche hatte bereiten können. Sie hatte sie ja bestimmt nicht alle auf einmal in der Bratpfanne unterbringen und einschieben können, sondern mußte einen Teil davon auf dem Herd im eisernen Deckeltopf schmoren. Und trotzdem waren sie so gleichmäßig geworden, alle glänzend braun und knusprig gebraten, und sofort, als die große Platte damit herumgegangen war, entstand die feierliche Stille, die der gesegneten Gottesgabe würdig war.

Das Stubenmädchen Johanna konnte mit allem, was sie heranbrachte, nur bis ans untere Ende des Tisches kommen, weil in der Diele selbst kein Raum zum regelrechten Servieren frei blieb, aber man machte hier keine Umstände, sondern reichte Schüsseln und

Schalen von einem zum anderen weiter, obgleich es des Seniorchefs Geburtstag war.

Niemals waren Kanthers so einmütig beieinander, als wenn man ihnen etwas Gutes zu essen vorgesetzt hatte. Sie waren Menschen, die vielleicht sonst allerhand Probleme in sich bewegten, die ihre Schwierigkeiten mit sich und dem Leben und ihre tiefinneren Geheimnisse hatten. Aber in dieser Stunde war das alles beiseite geschoben; sie wurden nur von einem Gedanken beherrscht und füllten ihre Teller nacheinander mit all den leckeren Dingen, die da um den Tisch gingen: mit einem besonders schönen und umfangreichen halben Huhn und allem, was dazu gehörte — zarten, frischen Kartoffeln und Gurkensalat und Kompott. Doch wichtiger als alles übrige war die schwere, fette Sahnesauce, die das Ganze umrahmen und zudecken mußte.

»Johanna«, sagte Frau Kanther sorglich und reichte ihr die Sauciere zurück, »bringen Sie gleich noch einmal nach.«

Sie waren sehr gut angezogen für diese feierliche Mittagstafel, die beiden Mädchen trugen ihre besten Sommerkleider, die frisch gewaschen, gestärkt und geplättet waren, Frau Kanther hatte ein leichtes silbergraues Seidenkleid an, und Fritz trug seine erste lange Hose, in der er wie ein Primaner aussah. Evas Kleid war ganz neu; es war ihr anzusehen, daß sie des Morgens in der Oberdammgasse noch die Friseuse dagehabt hatte. Nur die drei Männer hatten wie auf Verabredung Jackettanzüge an. Es sei doch nicht sein Begräbnis, hatte der Konsul gemeint, daß er etwa in den Gehrock steigen müsse. Und Otto hatte sich eine kleine gesprenkelte Bauernnelke ins Knopfloch gesteckt.

Kanthers waren tief beschäftigt, man hatte ja einige Arbeit mit diesen Hühnern bei all den Knochen und Knöchelchen, doch es war nicht zu leugnen, daß das den Genuß erhöhte. Hin und wieder blickte einer von der Familie auf und sah suchend über den Tisch, wenn ihm vielleicht das eine oder andere schon wieder ausgegangen war. Fritz stieß Anne an und machte eine entsprechende Kopfbewegung. Das sollte heißen: Gib mir mal die Kartoffelschüssel!

Aber es war nicht nötig und nicht möglich, ein Wort dabei zu verlieren. Sie brauchten sich nicht darüber zu verständigen, daß es herrlich schmeckte. Diese stumme Mahlzeit hatte ihre ganz eigene Weihe, und das gemeinsame erfüllte Schweigen war der Ausdruck des höchsten Genusses.

Doch dann, als die erste Serie verzehrt war, brachte Johanna die beiden Flaschen Mosel, die so lange in einem Eimer mit Eis in dem Kellerverschlag unter der Falltür gestanden hatten.

»Na also!« sagte der Konsul beifällig.

Und plötzlich schien es ihnen allen, daß sie heftigen Durst nach einem kalten, erfrischenden Getränk verspürten.

Hermann übernahm das Eingießen, und das stand ihm als dem Ältesten wie eine symbolische Handlung an. Als alle versorgt waren, erhob er sich und schlug ans Glas.

Hermann Kanther war im allgemeinen kein gewandter Redner, es fiel ihm nicht leicht und kostete ihn jedesmal Überwindung, öffentlich zu sprechen, es sei denn, daß es sich um ein rein sachliches Thema handelte. Er haßte es, Phrasen machen zu müssen, eine Kette von schönen Redensarten ablaufen zu lassen, hinter denen nichts stand, und dieser innere Widerstand machte ihn bei jeder wiederkehrenden Gelegenheit unfrei und unsicher. Aber hier im Schoße der Familie gab es diese leidigen Hemmungen nicht, es war keine große Aufgabe, dem Seniorchef unter den waltenden Umständen eine passende Geburtstagsrede zu halten.

Hermann stand in seiner gewichtigen Größe mit einer gewissen Feierlichkeit unter dem niedrigen Balkendach der Diele und fand ein paar gute, ernste Worte über Gesundheit und Tatkraft, über Firma, Haus und Familie, über Rückschau und Ausblick.

»Dieser Sommer und der Aufenthalt in dem zwar sehr alten, doch erst wieder neuentdeckten Neuenort«, fuhr er dann in gehobenem Ton fort, »bedeuten, so will es uns wohl alle dünken, einen glücklichen Abschnitt, in dem manches erblühte, anderes reifte, vieles sich klärte und alles sich zum Guten zu entwickeln scheint. Wir wissen, daß Neuenort schon einmal ein Paradies der Jugend war. Vielleicht wohnt in seiner Luft und seinem Boden eine besondere Kraft. Wir spüren ihre Wirkung vor allem an unserem Geburtstagskinde, dessen sonst leider zuzeiten sehr schonungsbedürftiges Herz unerwartet einer neuen, starken Empfindung standzuhalten vermag.«

Der Konsul hatte die rechte Augenbraue hochgezogen und lehnte sich amüsiert zurück. »Junge, Junge«, sagte er.

Je weiter Hermann sprach, desto mehr gewannen seine Worte an Wärme und Humor, vor allem als er die schöne Eintracht pries, in der sie hier zwar eng, doch wohlaufgehoben an einem trefflich beschickten Tisch säßen, eine hochachtbare Familie, die fünf, nein sechs bestgeratene und besterzogene Kinder ihr eigen nannte, nicht zu vergessen der drei daheimgebliebenen, vorläufig hoffnungslos unbotmäßigen Enkelkinder – »denen«, so bemerkte er kurz und trocken, »in Zukunft noch viele weitere folgen mögen.« Es könne nicht anders sein, als daß des oft schwergeprüften Vaters Blick heute mit ungetrübtem Wohlgefallen auf den Seinen ruhe.

Und dann bedachte Hermann jedes der Familienmitglieder einzeln mit ein paar treffenden Sätzen. Er begann mit ihrer aller Mutter als der erhaltenden, wärmenden und einenden Kraft und leitete dann zu dem ältesten Sohn über, weil es doch der Reihe nach gehen mußte. Er sprach von sich selbst in der dritten Person mit einer Art nachsichtiger Wertschätzung.

Es folgte die Schwiegertochter Eva Kanther, geborene Laudien.

»In dem nächstgeborenen Sohn«, begann Hermann dann von neuem, »dem Dr. phil. Otto Kanther, feiern wir heute mit Ergriffenheit den zweiten Helden des Tages ...«

Sie hörten alle mit höchst angeregter und gespannter Aufmerksamkeit zu, in des Konsuls Gesicht standen Nachdenken und Belustigung in eigentümlicher Weise gepaart. Die Mutter jedoch umfaßte mit ihrem Blick die ganze Runde.

Es war lange nicht mehr dagewesen, daß sie all ihre Kinder so friedlich beisammen hatte, meistens hatte Otto gefehlt, auch Hermann war ja nicht immer mit dabeigewesen, und oft genug hatte eine Verstimmung zwischen ihrem Mann und den Söhnen den Frieden gestört. Nein, sehr lange nicht hatte es einen solchen Tag gegeben.

Und dann wiederum kam es ihr vor, als läge es noch gar nicht so weit zurück, daß sie alle klein waren, Hermann zuerst allein und dann die anderen vier, die einander in kurzen Abständen gefolgt waren. Es war eine ganze Kinderstube voll gewesen. Nun, wie mit einem Schlage, waren sie alle groß, es erschien ihr auf einmal, wie sie es bedachte, beinahe überwältigend, lauter Enakskinder saßen hier um den sommerlichen Tisch und waren doch ihre Brut, all die jungen Vögel aus ihrem Nest.

Und während Hermann seine Rede weiterführte, diese wohlgesetzte Familienrede, betrachtete sie ihre Kinder, als wären sie ihr heute neu geschenkt, jedes einzeln und alle zusammen, und empfand Glück und Stolz über die jungen, gesunden und lebensvollen Menschenkinder, die ihr kostbarstes Gut waren. Gott segne all ihre Wege und Gedanken! dachte sie mütterlich ...

Als sie dann miteinander angestoßen und getrunken hatten –

auf den Vater, auf beide Eltern, auf den schönen Sommer und auf sich selbst –, kam Johanna mit der zweiten Schicht. Denn es stand ja jedem mindestens ein ganzes Huhn zu. Sie waren noch lange nicht fertig mit dem Essen und ließen sich Zeit.

Aber nun war die Stimmung gelöst und belebt, sie gerieten in eine bewegte Unterhaltung, in der meistens ihrer mehrere zugleich redeten.

Inzwischen hatte Johanna auf ein Zeichen von Hermann eine weitere Flasche gebracht, und er goß von neuem ein.

»Wenn ihr so weitertrinkt«, sagte der Konsul gutgelaunt, »liegt ihr nachher alle miteinander unter dem Tisch.«

Dann begann Eva eine Geschichte zu erzählen, die sie vor kurzem erlebt hatte. Sie hatte es ganz unglaublich gefunden, daß ihr etwas Derartiges passierte. Es war eigentlich ein richtiges Abenteuer, und Hermann zeigte von Anfang an eine Entrüstung, die bewies, daß er den Fall kannte.

Eines Abends, gegen halb acht vielleicht, war sie von einem Besuch zurückgekommen, es war ja Sommer und also noch ganz hell. Aus einem Restaurant in der Langgasse – es konnte auch ein Geschäft gewesen sein, sie wußte das nicht genau, weil sie ja gar nicht darauf geachtet hatte – war ein Mann gekommen, den sie sich aber auch nicht angesehen hatte. Sie hatte nur den Eindruck von einem hellen und besonders weiten Mantel gehabt.

»War es ein Staubmantel oder ein Regenmantel?« fragte Anne dazwischen.

»Es war ein Staubmantel, das heißt, ich glaube es bestimmt. Er war auffallend hell.«

»Ich denke, du hast den Mann gar nicht richtig gesehen«, sagte Doris. »Wie kannst du dann wissen, was für eine Art von Mantel es war?«

»Unterbrecht sie nicht immer«, verwies sie der Konsul, »sie kommt ja nicht weiter mit ihrer Geschichte. Und wir sind auf die Folter gespannt.«

Es war aber, erzählte Eva weiter, so gewesen, als ob dieser Mann gestutzt hatte, wie er sie sah, und nach ein paar Schritten kam es ihr vor, als würde sie verfolgt. Irgend jemand war ständig hinter ihr, sozusagen auf den Fersen, es war ein ganz scheußliches Gefühl, sie wollte sich nicht umdrehen, weil man das nun einmal nicht tat, es wäre vielleicht als Ermunterung aufgefaßt worden. Sie wußte selbst nicht weshalb, aber sie hatte das Gefühl, es müsse der Mann sein, der da gerade aus einem Lokal oder Geschäft gekommen war, als sie vorüberging, der mit dem hellen Mantel.

»Mit dem Staubmantel?« fragte Doris.

»Hermann«, sagte Frau Kanther, »gieß Doris und Anne nichts mehr ein, sie haben mehr als genug ...«

Eva erzählte ein wenig umständlich, es war ihre Art so, dagegen konnte man nichts machen, und es schadete auch nichts, es erhöhte durchaus die Spannung.

Nach einer Weile dann hatte der Mann Eva überholt, obgleich sie nicht etwa langsamer gegangen war, um Gottes willen, so etwas tat sie doch auf keinen Fall. Aber er hatte es wohl darauf angelegt, an ihr vorbeizukommen. Nun ging er vor ihr, und sie sah ihn von hinten, und daher wußte sie auch, daß es ein Staubmantel war, den er angehabt hatte. Er trug auch einen breitrandigen hellen Filzhut und war im ganzen eine ziemlich auffallende Erscheinung.

»War er groß? Klein? Wie alt? Sah er gut aus?«

Nein, auf diese Weise konnte Eva mit ihrer Geschichte wirklich nicht zu Ende kommen ... Der Mann also blieb dann vor einer Anschlagsäule stehen, es schien ihr aber nicht, als ob er da etwas las, sondern als ob er bloß auf sie wartete, doch er drehte sich nicht um, als sie herankam, er ließ sie vorbeigehen und kam wieder hinter ihr her. Und so machte er es mehrere Male, immer von neuem kam er von hinten an ihr vorbei, blieb stehen, wartete und blieb wieder zurück. Es war sehr aufregend, und ihr wurde richtig angst, so daß sie überlegte, ob sie nicht vielleicht eine Droschke nehmen sollte, aber nun war es nur noch ein kurzes Stück bis nach Hause.

Als sie auf der Brücke war, kam er so dicht an ihr vorüber, daß er sie mit dem Ärmel streifte, und dann blieb er am Geländer stehen, aber abgewandt, als wollte er sein Gesicht nicht sehen lassen, und warf seinen Zigarrenstummel ins Wasser. Und diese Bewegung fiel ihr auf, es war ihr, als hätte sie die schon früher, vor langer Zeit einmal oder sogar öfter gesehen. Aber das konnte ja nicht sein.

»Und wie wurde es nun weiter?«

»Als ich in die Oberdammgasse einbog, hörte ich ganz deutlich seine Schritte hinter mir. Also nun war es doch klar, daß er es auf mich abgesehen hatte. In der Oberdammgasse war es schon ziemlich dämmrig, also es war sehr ungemütlich, das könnt ihr mir glauben! Aber ich dachte, nun bin ich bald da, und im schlimmsten Fall konnte ich dann laufen oder um Hilfe schreien.«

»Na, und schriest du? Ich hätte ja nicht geschrien. Ich hätte gesagt: Mein Herr, machen Sie sich doch nicht öffentlich lächerlich. Ich bin Mutter von sieben Kindern.«

»Also in der Oberdammgasse holte er mich wieder ein, er kam ganz dicht an mich heran und redete mich an. Mein Herz stand beinahe still, kann ich euch sagen. Er zog den Hut und sagte: ›Mein Fräulein, wir haben das gleiche Ziel, dürfte ich Ihnen meinen Arm anbieten?‹«

»Das ist ja wirklich unerhört!«

»Aber als ich seine Stimme hörte und sein Gesicht sah – ihr könnt es euch nicht vorstellen –, wißt ihr, wer es war?«

»Na?«

»Es war mein Bruder Carl!«

»Ach du lieber Gott! Das ist ja eine ganz unglaubliche Geschichte.«

»Prosit, Eva!« sagte der Konsul und hob ihr sein Glas entgegen. »Das hast du aber gut gemacht.«

»Er war gerade an dem Abend überraschend angekommen und war auf dem Wege vom Hotel zu uns, als er mich in der Langgasse traf. Er hatte sich noch Zigarren gekauft. Ich hatte ihn ja drei Jahre nicht gesehen. Und er machte mich richtig zum Narren.«

»Wie ist er, ist er immer noch so verrückt?« fragte Doris.

»Genau so«, bestätigte Hermann.

Der Konsul erkundigte sich eingehend nach Carl Laudiens geschäftlichen Plänen. Er erfuhr, daß er in seiner Vaterstadt Danzig einen Holzhandel eröffnet habe. Nein, in Schlesien hatte er nur einen Vertreter. Und jetzt war er auf ein paar Wochen in Rußland.

»Holz«, sagte der Konsul, »Holz ist gut ...«

Inzwischen erzählte Hermann seinem Bruder Otto von einem Zeitungsartikel unterm Strich, geschrieben in Rom, gelesen in der Konditorei in der Langgasse, gezeichnet ›Trim‹. »Mir konntest du nichts vormachen, ich wußte es längst. Trim und Gaunt – ich bin ja kein blindes Kaninchen.«

»Und doch«, sagte Otto spitzbübisch, »wissen wir immer noch nicht, wer eigentlich der eine und wer der andere ist. Das bleibt ein Lebensgeheimnis.« Er wandte sich an Anne, die neben ihm saß. »Ich soll dich doch von Bernhard Fischer grüßen, Anne, er hat mir noch am letzten Tag aufgetragen, es ja nicht zu vergessen. Er sagte: Grüß mir meine kleine Freundin Anne. Sie ist jetzt womöglich auch schon erwachsen.«

»Ach«, sagte Anne erfreut, »was macht denn Bernhard?«

»Zurzeit baut er den Assessor. Aber was er dann treiben wird? Bernhard hat alle Chancen, die es nur gibt. Er kann ja viel mehr als ich, er ist viel begabter.«

Bernhard Fischer läßt mich grüßen, dachte Anne, das ist nett von ihm. Es war sehr lange her, sie war neun und zehn gewesen, als er damals in der Oberdammgasse aus und ein gegangen war. Seitdem hatte sie ihn kaum mehr oder immer nur ganz flüchtig gesehen. Sie hatte ihm eine standhafte Erinnerung bewahrt, obwohl sie nun beinahe nicht mehr recht wußte, wie er aussah.

Bei all diesen Gesprächen waren Kanthers mit dem Hauptgang fertig geworden, sie hatten schließlich nur noch auf Fritz gewartet, der wie immer in aller Stille am meisten vertilgte.

Aber nun war es ja noch nicht zu Ende.

Als alles abgeräumt war, wurden Glasteller hingestellt, und es kam die Speise.

Schon mehr als eine Woche vorher war zwischen Frau Kanther und Marie Ocholla die Frage des Nachtisches erwogen worden. Die Köchin hatte einen Grießpudding machen wollen, nein, mehrere Grießpuddings natürlich, und dazu sollte es den Saft von den selber geernteten und eingemachten Johannisbeeren geben; die Frau Konsul war mehr für rote Grütze mit Vanillesauce gewesen, mit einer schweren, fetten Vanillesauce, in der der Löffel ungefähr stehenblieb. Aber dann hatte der Konsul selber den Ausschlag gegeben. »Nein«, hatte er gesagt, »bestellt nur eine Schüssel beim Konditor. Der soll hier in der Strandhalle doch mal zeigen, was er kann ...«

Und so brachte Johanna Kaschun als Krönung des Mahles eine riesige Baiserschüssel herbei, sie schleppte ordentlich daran, und es war eine wahre Dichtung aus schneezartem Eiweißgebäck, verziert mit Früchten, umbauscht von Bergen von Schlagsahne. Die Augen konnten einem übergehen, wenn man das nur sah.

Und die acht Kanthers aus all den verschiedenen Jahrgängen wurden, als sie ihre Teller gefüllt hatten, noch einmal vollkommen still. Sie saßen in Schweigen und aßen, daß ihnen der Mund schäumte.

Das Kanthersche Gartenfest dauerte den ganzen Tag. Nach dem Kaffee, am späten Nachmittag, machte der Vater mit seinen beiden ältesten Söhnen einen Dauerskat. Sie saßen an dem Platz vorn im Garten, der Konsul und Hermann hatten jeder eine dicke Zigarre, und Otto rauchte Zigaretten. Sie sahen und hörten nichts, was um sie her vorging, die Welt war völlig ausgeschaltet. Sie spielten bis in den Abend hinein, sie hörten gar nicht wieder auf.

»Kinder«, sagte Frau Kanther zu ihrer Schwiegertochter und den beiden Mädchen, »laßt sie bloß ungestört, sie sind so wundervoll untergebracht. Der Friede des Herrn ist über unsere Männer gekommen.«

Sechzehntes Kapitel

Das Gut Perwitten lag nur eine gute halbe Stunde von Neuenort entfernt, es war kein großer Besitz. – »Zwölfhundert Morgen«, hatte der Konsul gesagt, als einmal davon die Rede war, »aber guter Boden und eine ordentliche Wirtschaft.«

Herr Feyerabend war ein Kunde von J. H. Kanther, wie sich dabei herausstellte, ein honetter Mann und ein pünktlicher Zahler.

Es geschah, daß eines Tages Herr Oberst v. Wedell den Garten der Villa ›Elisabeth‹ betrat, um Herrn Konsul Kanther um eine vertrauliche Auskunft zu bitten.

Wunderbare Dinge waren in aller Stille in Neuenort gewachsen, der Sommer hatte sie vollbracht, und eines Tages waren sie reif.

Wie es schien, hatte Herr Feyerabend schon vor einiger Zeit bei Herrn und Frau v. Wedell Besuch gemacht. Irgendwer hatte es Frau Major König zugetragen, es mochte wahr sein, doch wer wollte sich dafür verbürgen? Es war ja niemand dabeigewesen und ebensowenig bei jenem Abendbrot, zu dem er bald darauf eingeladen gewesen sein sollte. Vielleicht war das an jenem Réunionsabend gewesen.

Dorothea sprach nicht davon, aber es konnte niemandem entgehen, daß sie sich in letzter Zeit verändert hatte. Sie war lebhafter und heiterer geworden, ihre Augen hatten einen warmen Glanz bekommen, und mitunter war sie ausgelassen wie ein junges Mädchen. Das war wohl nicht allein der Einfluß ihrer jüngeren Schwester, die hier allerdings mancherlei zuwege gebracht hatte.

Eines Nachmittags aber, und das ließ sich nun nicht mehr verheimlichen, machte die ganze Familie v. Wedell eine Ausfahrt. Herr Feyerabend hatte sie in einem Jagdwagen mit zwei braunen Pferden abgeholt, und bis zum Abend waren sie noch nicht zurück.

Es konnte wohl nicht anders sein, als daß Perwitten, Haus und Gut, in Augenschein genommen werden sollte. Man mochte dieses Ereignis hin und her beleuchten, es war eindeutig genug.

Doris Kanther wunderte sich wieder sehr darüber, daß ein Landmann mitten in der Ernte Zeit hatte, sich für einen halben Tag, noch dazu in der Woche, Besuch einzuladen. »Weißt du«, sagte sie zu ihrer Schwester, »dann muß es schon ganz dicht dran sein.«

Aber Anne fand, daß es gar nicht besser hatte kommen können. Herr Feyerabend war ein ruhiger, vertrauenerweckender Mann, der nun wohl wieder eine Frau und für seine zwölfjährige Tochter eine Mutter brauchte. Perwitten war nur ein mittleres Gut, es mochten einfache ländliche Verhältnisse sein, alles in allem war es keine großartige Partie; aber dafür waren Wedells auch sehr arm, geradezu erbarmungswürdig arm, hatte der Papa einmal gesagt. Sie besaßen nichts als ihren Namen.

Herr Feyerabend seinerseits sah so aus, als ob er wüßte, was er wolle und was er wert war. Es war durchaus möglich, daß er keinerlei Bedenken hatte, seine Augen so hoch zu erheben.

Es war nicht leicht, in dieser Sache zu einer klaren Erkenntnis zu gelangen. Und zugleich war das Leben so erstaunlich umfassend und vielfältig, man mußte erfahren, daß mehrere hochbedeutende Dinge nebeneinander geschehen konnten. Denn an dem gleichen Nachmittag reiste Otto ab. Frau v. Ohrt war also nicht einmal da, als er das Kurhaus verließ.

Otto hatte sich zu Hause von der Familie verabschiedet, er wünschte kein großes Geleit, nur Fritz und Anne sollten mit zur Bahn, die beiden Kleinen, wie er sie nannte und wie sie bis vor wenigen Jahren zu Hause allgemein geheißen hatten.

Sie halfen ihm den Koffer packen und zumachen und bekamen jedes drei Mark geschenkt, weil sie ja ganz gewiß wieder schlecht bei Kasse waren.

Auf dem Weg zum Bahnhof aber ging Anne von ihren beiden Brüdern flankiert, und das war eine kleine Huldigung von Otto, der es während seines ganzen kurzen Aufenthaltes darauf angelegt hatte, seine jüngste Schwester als eine junge Dame zu behandeln.

»Ich möchte mit nach Griechenland, Otto«, sagte sie.

Otto lächelte dazu. »Ja, Anne, mache nur erst das Abitur, dann fahren wir zusammen in die Welt.«

Otto machte nicht viele Umstände mit dem Abschied. Es ging alles sehr schnell, Billett, Gepäck besorgen, einsteigen, abfahren;

auf einmal war er fort, und die Tage seines Besuches waren dahin und wie ohne Spur verlöscht.

Es war der erste Abschied, es war ein Zeichen, nun wußte man, daß das alles hier auch nicht dauern konnte.

Anne dachte an ihren Bruder Otto, der in die Welt hinausfuhr, als sie mit Fritz den Rückweg durch die Felder machte. Man mußte sich wundern, was aus ihm geworden war und wie er alles durchgesetzt hatte. Ach, Otto war gewiß ganz wie sie immer ein Mensch der Sehnsucht gewesen und hatte nicht abgelassen, seiner Sehnsucht nachzugehen. Aber er hatte ein Ziel vor sich gehabt, und sie, sie wußte von keinem.

Die Felder, durch die Herr Massnitz damals in vollem Glanz emporgestiegen, waren nun abgeerntet. Es fiel Anne auf, daß sie es gar nicht richtig bemerkt hatte, wann das geschehen war. Eines Tages hatten die Stoppeln gestanden.

Es lag schon wie eine Ahnung von Scheiden in der Luft, der August stand vor der Tür, und dann dauerte es nicht mehr lange, bis das hier alles ein Ende hatte. Man konnte die Zeit nicht aufhalten, sie lief einem davon. Während sie hier noch ging im Sommerkleid und in leichten Schuhen auf diesem hohen, oftbegangenen Weg, empfand sie bereits, wie es sein würde, wenn es gewesen war. Und damit war es eigentlich schon vorüber, der gegenwärtige Zustand hatte auf einmal etwas Unwirkliches, als wäre er ein ferner Traum, an den man nur noch in Sehnsucht dachte.

Anne überlegte, ob es wohl irgendein Mittel gab, den Aufenthalt hier zu verlängern, aber sie wurde sich nicht klar darüber, ob sie wünschen sollte, daß Frau v. Ohrt noch recht lange bliebe. Es würde den Kantherschen Aufbruch nach der Stadt vielleicht hinausschieben.

Denn was dann kam, daran mochte sie nicht gern denken, an dieses Leben zwischen Mauern und zwischen Pflichten, in dem Neuenort bald nur noch ein verblassendes Bild sein würde.

»Hör mal, Fritz«, sagte sie zu ihrem schweigsamen Bruder, der mit einem Roggenhalm zwischen den Zähnen neben ihr herging.

»Ja, und?«

»Freust du dich schon auf die Stadt?«

Fritz knurrte nur verächtlich. Wie sollte man auf so eine Frage überhaupt eine Antwort geben!

Doch Anne fragte weiter, durch einen neuen Gedanken gestärkt: »Hör mal, Fritz, wann ist wieder Rennen?«

»Keine Ahnung.«

»Ach, rede doch nicht, du weißt es bestimmt.«

»Und was geht dich das an?«

»Mehr als du denkst.«

Zwischen Anne und Fritz war ein Verkehrston in Gebrauch, der immer den Eindruck erweckte, als hätten sie sich gerade gezankt. Doch das war keineswegs so, die beiden Kleinen vertrugen sich im ganzen genommen ausgezeichnet; aber nach Annes Meinung konnte man mit so einem Jungen nicht anders umgehen, er hätte es nicht verstanden und nicht ertragen.

»Ich will nämlich auch mal hin«, sagte sie plötzlich und sehr entschieden.

»Du? Du bist ja wohl ...«

»Warum denn? Du gehst doch auch, du gehst sogar immer.«

»Ach wo.«

»Aber natürlich. Ich weiß es doch. Mir machst du nichts vor.«

»Was willst du denn auf dem Rennen?«

»Ich will es sehen. Nun hat man hier immerzu davon gehört ... Und ich sehe so gern Pferde.«

»Und Leutnants.«

Aber Anne beachtete den Einwurf nicht. Sie verfolgte ihre Absicht mit Hartnäckigkeit. »Du weißt doch, wie langweilig die Sonntage immer bei uns sind, einfach furchtbar. Ich habe schon jetzt Angst davor. Ich will, daß du mich einmal mitnimmst, wenn du hingehst.«

»Na, das sollte Papa wissen!«

»Der soll es eben nicht wissen. Ich denke mir da schon was Passendes aus.«

Fritz schwieg, und Anne fuhr fort: »Ich kann natürlich nicht allein hin, aber mit dir zusammen ist es schon etwas anderes. Ich schenke dir auch was dafür, ich schenke dir meinen Photoapparat.«

Da lachte Fritz. »Was, die Idiotenbox?«

»Ja, natürlich.«

Er lachte wieder. »Das ist ja ein großartiges Geschenk.«

Es verhielt sich so, daß Anne diesen kleinen Apparat besaß, eine ganz billige und einfache Kamera. Aber sie hatte nie sehr viel Glück mit ihren Aufnahmen gehabt, und darum hatte sie das Photographieren wieder aufgegeben, es kostete auch zuviel Geld. Seit Jahren bereits hatte Fritz die Idiotenbox in Gebrauch, er machte ausgezeichnete Bilder damit, und sie war ja eigentlich stillschweigend in seinen Besitz übergegangen. Er sah sie durchaus als sein Eigentum an. Und nun sollte er sie auf einmal geschenkt bekommen. Solche Einfälle hatten auf der Welt nur Doris und Anne.

Aber der jüngste Kanther liebte seine Schwester Anne, wenn er es sich auch nicht anmerken ließ und niemals zugegeben hätte. Sie hatte ihm von jeher beigestanden, sooft es sich darum handelte, seine mannigfachen Untaten zuzudecken, und war immer ein verläßlicher Kamerad gewesen. Er konnte schon einmal ein übriges tun, auch ohne Gegengeschenk, und ihr einen Gefallen erweisen, obwohl er die Idee mit dem Rennen ganz und gar verrückt fand. Er begriff nicht, was sie sich dabei dachte. Das war doch keine Sache für Mädchen. Und bestimmt würde sie hinterher schwer enttäuscht sein, aber das war dann ihre Angelegenheit.

»Wir werden ja sehen«, sagte er gönnerhaft. »Die Sommerrennen sind sowieso mit dem nächsten Sonntag zu Ende. Es gibt dann erst im Herbst wieder welche. Du kannst ja schon anfangen zu sparen.«

»Ist es sehr teuer?«

»Ach wo«, machte er großartig.

Damit war das Übereinkommen getroffen, es war nicht nötig, weitere Worte darüber zu verlieren.

Die kleinen Kanthers kamen nach Hause in die ›Elisabeth‹ zum Abendbrot, und Anne fühlte sich wieder im Gleichgewicht, sie hatte ihrer Seele ein neues Stückchen Boden erobert und untergebreitet. Fritz würde den Plan mit dem Rennen wieder vergessen, aber sie wollte ihn von Zeit zu Zeit schon daran erinnern. Und er war nicht so, daß er ein gegebenes Wort etwa zurückzog.

Wenn der Dienst aus war, pflegten Holten und Wagner in der Konditorei am Hafen eine Tasse Kaffee zu trinken oder auch ein Glas Bier und noch eins und einen Kognak hinterher, je nachdem, wie weit die Sonne auf ihrem Abstieg der Kammlinie der Bastion ›Friedrich Wilhelm‹ nahe gekommen war. Zuweilen waren auch noch ein paar Kameraden dabei, Leutnant Isermann und der Fähnrich Kuntze zum Beispiel, man saß hier in Gelassenheit am Rande der bewohnten Welt und sah die Schiffe kommen und ausfahren, die Fähre hinüber- und herüberwechseln und sah die Mädchen über den Kai flanieren und unauffällig nach den Matrosen Ausschau halten.

Ein Matrose, das nahm man als königlich preußischer Leutnant in einer Küstengarnison mit einem überlegenen Achselzucken zur Kenntnis, war ja doch das Herrlichste auf der Welt.

Vielleicht konnte man, wenn man dort saß an einem der ins Freie gezogenen Tische, mitunter auch noch anderes wahrnehmen: die tiefe, magisch blaue Weite des Haffes, den Glanz des Wassers, der zu einem bestimmten Zeitpunkt des Abends seine höchste Kraft und Helle erreichte, um dann langsam zu verdämmern; ein Segel ganz in der Ferne, ein Licht am hintersten Rande, die treibenden Wolken und die erglimmenden Sterne.

Und es mochte sein, daß der eine oder andere von ihnen, von diesen Leutnants, die ein leeres Kognakglas vor sich und eine Zigarette schräg im Mundwinkel hatten, dann und wann aus einem uneingestandenen Verlangen des Herzens heraus über alles andere hinweg noch ein Weiteres sah: die Fülle des Lebens und die Weite der Welt.

Doch das weiß man nicht genau.

Wenn sie lange genug gesessen hatten, machten sie sich auf und schlenderten am Wasser entlang bis dorthin, wo die Fähre anlegte, kehrten um und fingen von neuem an. Sie konnten diesen Weg ungezählte Male hintereinander zurücklegen, ohne zu ermüden, freilich auch ohne ihn bemerkenswert unterhaltend zu finden. Sie sahen dabei den Mädchen unter den Hut, nur etwas gemessener und zurückhaltender, als die Matrosen das taten. Es war jeden Tag der gleiche Weg, und es waren auch eigentlich immer dieselben Mädchen; aber sie hätten nicht gewußt, was sie am Abend nach dem Dienst denn noch Besseres beginnen sollten. Réunion gab es nur einmal in der Woche, und auch eine Tennispartie oder sonst einen Ausflug konnte man mit Neuenort nicht täglich verabreden. Solche Ausschweifungen erlaubten weder der Kommandeur noch die Väter der jungen Damen aus Neuenort.

Es blieb nichts übrig, als in dieser blauen Stunde zu zweien und zweien hier am Kai entlang zu flanieren, es war nicht einmal so schlecht, man konnte miteinander reden oder konnte auch den Mund halten, wenn man wollte; denn gerade hier an der Stätte der Ausfahrt, die immer den Blick hinauszog, kam einem manches in den Sinn, was nicht unbedingt gesagt zu werden brauchte.

Ulli Wagner machte erneut die Feststellung, daß, während er selber meistens leer ausging, die Blicke der Mädchen bei jedem Hin und Her an seinem Kameraden Holten hängenblieben, der sie aber gar nicht beachtete. Holten konnte zuzeiten von einer geradezu vernichtenden Gleichgültigkeit sein, als wäre das hier alles nichts, Staub – Insekten im Höchstfalle. Er hatte diesen Blick, der über

Dinge und Menschen hinwegging, und diesen hochmütig geschlossenen Mund, der nur ungern eine Antwort hergab. Es war dann nicht ganz geheuer mit ihm.

Ulli Wagner machte ihn auf eine vorübergehende Erscheinung aufmerksam, die vielleicht neu oder aus irgendeinem Grunde bemerkenswert war, und Holten sagte bloß »hm«, ohne die Zähne auseinanderzunehmen.

Ulli sah ein, es hatte keinen Zweck. Es war in der letzten Zeit manchmal nicht ganz einfach gewesen, mit Holten auszukommen, er war einsilbig, unberechenbar, zuweilen heftig auffahrend; es mochte sein, daß das mit Fräulein Doris Kanther zusammenhing und diesem vermaledeiten Massnitz, der da so sehr hinterher war. Bisher hatte Ulli die Sache immer nur höchst unterhaltend gefunden, aber nun kam es ihm beinahe so vor, als sollte auf irgendeine Weise Ernst daraus werden, nun die Saison ihrem Ende entgegenging.

Man konnte Holten nicht danach fragen, das war ausgeschlossen. Er hätte ihn seine ganze Verachtung fühlen lassen. Ulli Wagner betrachtete den Kahn, der da lag, einen kleinen schwedischen Frachter, auf dem zwei Kerls im Drillich das Deck wuschen. Ein dritter, ein langer Mann mit schmalem Schädel und sehr hellen Augen, hing mit der Pfeife im Mund über der Reling. »Wenn ich diese Wikingersöhne sehe«, sagte Ulli, »fällt mir etwas ein, das mir die kleine Kanther, Anne, neulich mal sagte, so als freundliche Abkühlung, weißt du?«

»Na, was denn?«

»Sie meinte, na ja, die Réunions seien wohl ganz nett, aber doch immer ziemlich dasselbe. Sie würde gern etwas Neues erleben. Ich möchte, sagte sie, für mein Leben gern einmal mit einem Matrosen tanzen.«

Holten lächelte nachdenklich. »Ja, siehst du, so sind die Mädchen«, sagte er. »Man muß nicht glauben, daß sie gleich in Bann geschlagen sind, wenn so ein königlich preußischer Leutnant auftritt . . . Komm, Ulli«, fuhr er fort, »wir gehen ein bißchen nach draußen. Ich kann dir sagen, mich langweilt das hier ja auch schon längst.«

Sie machten den Weg hinaus nach der Mole, der Wind nahm sie in Empfang und pfiff ihnen um die Mützen, das Tief ging hoch, und von der Seeseite her rollte Welle auf Welle gegen das Bollwerk. Das Wetter hatte sich geändert, die süße Sommerstimmung war dahingeweht, es war, wie wenn alles an Aufbruch gemahnte, die Wolken vorm Wind, die rollende See, die Schiffe in Fahrt. Es konnte alles nicht bleiben, wie es gewesen war, es lief seinen Gang ab und mußte sich irgendwie — so oder so — entscheiden.

Was, fragte sich Holten, während er Seite an Seite mit dem Kameraden auf dem schmalen Damm in die See hinausging, hatte er sich so lange gedacht? Nichts, wahrscheinlich. Hatte denn ein Leutnant überhaupt nötig zu denken?

Es mußte schon der Kompaniechef kommen und ihn extra auffordern.

»Ich habe nichts dagegen«, hatte Hauptmann Henningshaus gesagt, »daß meine jungen Offiziere den Töchtern des Landes ihre Aufmerksamkeit zuwenden. Sie müssen bloß genau wissen, wie weit sie gehen dürfen und was sie beabsichtigen.« Er hatte ihn kurzerhand gefragt, ob er um das ältere Fräulein Kanther anzuhalten gedächte.

Holtens Gedanken hatten ganz gewiß in diesen Wochen unablässig um Doris Kanther gekreist, es war die Grundstimmung seines Gemütes gewesen, aber es gab ihm einen Ruck ins Kreuz, sich plötzlich von außen her vor eine so konkrete Frage gestellt zu sehen.

»Sie werden sich ohnehin klar darüber sein, Holten«, hatte der Chef weiter gesagt, »daß Sie einer jungen Dame der Gesellschaft nicht fortgesetzt derartig auffällig den Hof machen können, ohne die Konsequenzen zu ziehen. Aber wie ist es: sind Sie über Herrn Konsul Kanthers Vermögenslage unterrichtet?«

Es war ein langes, kameradschaftliches Gespräch gefolgt, in dem der Chef dennoch ohne Schonung in trockener Sachlichkeit ganz bestimmte Zahlen nannte und eine lange Reihe entsagungsvoller Jahre auffahren ließ, an deren Ende dann eine recht bedrückende Existenz begann. Eine militärische Laufbahn war unter solchen Verhältnissen nur schwer denkbar. Es fiel der Ausdruck »Misere«.

Nur von der Liebe war nicht die Rede, als wäre sie das Alleruntergeordnetste und Unwesentlichste in einer solchen Lebensentscheidung. Und doch war dies derselbe Hauptmann Henningshaus, der jeden Nachmittag oder jeden Abend nach Neuenort hinüberfuhr . . .

Doch nachdem diese Dinge nun einmal ausgesprochen worden waren, schien es, als hätte es dessen nicht bedurft. Es war alles längst klar gewesen, von Anfang an bereits, in der Unerbittlichkeit des Schicksals.

Es war ein Fehler in der Ordnung der Welt, daß das Geld allem anderen voran regierte, dieses verfluchte Geld, das sich nie da vorfand, wo es am dringendsten gebraucht wurde, während es an anderen Stellen überflüssigerweise in Haufen lag.

Da trug einer den ersten Rock des Reiches und war doch nur ein armer Hungerleider. Nein, nicht einer, Tausende, Zehntausende waren es, man konnte es nicht vermuten oder errechnen, wie viele arme Leutnants vielleicht in dieser Stunde ihre Schulden überdachten oder auf ein Mädchen verzichteten.

Bei Ulli Wagner ging es um die Kasinorechnung, um ein paar sonstige Rückstände irgendwo, um Zigaretten, es war nicht so sehr schlimm, und er war gut dran, er ließ es sich niemals verdrießen.

»Sieh nur die Wellen, Holten, was für eine Kraftvergeudung! Sie rennen sich die Köpfe ein an den Pfählen, völlig sinnlos immer wieder, sie geben es nicht auf.«

»Was sollten sie denn wohl anderes tun«, meinte Holten, »wenn die Natur sie für heute aufs Programm gesetzt hat.«

»Die Wasserkraft müßte wenigstens ausgenutzt werden«, fuhr Ulli eigensinnig fort. »Jede Welle könnte ja etwas heranbringen und uns hier vor die Füße werfen, ein Zehnmarkstück zum Beispiel.«

»Warum nicht gleich einen Hundertmarkschein? Ich finde, du bist sehr unbescheiden, Ulli. Eine Mark wäre auch schon gut und reichlich.«

»Schön, ich lasse mit mir reden. Jede Welle eine Mark ... Wir würden uns heute abend abgrundtief besaufen.«

»Das wäre allerdings nicht schlecht ...«

Es war ein weiter Weg bis hinaus ans Ende der Mole, obschon man ihn gewiß zu Hunderten von Malen gegangen war. Holten sah vornweg in die zornige See hinaus, die bis zum Horizont ihre weißen Kämme gesetzt hatte. »Das ist der Anfang«, sagte er. »Es wird noch anders kommen. Es gibt Sturm.«

Die Luft war frisch und stark, es war ein wahrer Überfall von salziger Luft, sie mußten sich dagegenstemmen, um vorwärts zu kommen. Es war gut und nötig, daß das süße, verführerische Leben ein Ende nahm. Die See kam und erhob ihre Gewalt. Ihre Stimme war lauter und stärker als alles sonst auf der Welt.

Warum habe ich es denn so lange hinausgeschoben? dachte Holten. Ich habe es doch von Anfang an gewollt.

Und nun verfiel er darauf, Ulli Wagner von seiner Kindheit in Holstein zu erzählen und von seinem Verlangen nach der See, nach Weite und Freiheit, damals, als er fünf oder sechs gewesen war. Auch Jahre nachher noch – er hatte ein paarmal ausrücken wollen, und immer war dieses Gefühl der Unbefriedigtheit geblieben, weil er es niemals ausgeführt hatte.

»Wie kommst du denn jetzt darauf?« fragte Ulli.

»Ich habe es nicht vergessen«, gab Holten zur Antwort, »es kommt immer wieder. Es ist hier ja alles viel zu eng.«

Aber mehr sagte er nicht davon. Er wußte jetzt, daß es seit langem, langem in ihm beschlossen war. Das Erlebnis dieses Sommers hatte ihn durch Wochen beherrscht und jenen anderen Gedanken, mit dem er groß und ein Mann geworden war, verdeckt und beiseite geschoben. Aber nun war es so, als hätte eine solche Erschütterung eintreten müssen, damit er endlich so weit kam, sich loszumachen. Sie hatte ihn aus sich und seinem Leben hier hinausgedrängt wie auf die äußerste Kante eines Sprungbrettes, von der es nur noch den einen entschlossenen Ausweg gab.

Daß er Doris Kanther nicht bekommen konnte, war hart, aber er hatte es im Grunde von Anfang an gewußt, es hätte ihm nicht erst gesagt zu werden brauchen. Was viel schwerer wog, das war, daß er immer noch hier in einer kleinen Garnison seine Jahre verlor – vertat ohne Taten – mit keiner anderen Aussicht als der, weiterhin Rekruten zu drillen und gegen Abend am Hafen entlang zu promenieren.

Der Chef hatte damals noch gesagt: »Sie sollten sehen, daß Sie weiterkommen, Holten. Auf die Dauer ist das hier nichts für Sie.«

Und er hatte Henningshaus eine rasche, entschlossene Antwort gegeben: »Zu Befehl, Herr Hauptmann. Das ist auch meine Überzeugung und Absicht.«

In jenem Augenblick war bereits alles entschieden gewesen, und auch die Zeit zum Handeln war da.

Wozu war er denn eigentlich Soldat? Hier in Europa gab es keine Aufgabe für ihn. Er mußte gehen – nach außerhalb –, um sie zu finden.

Die beiden kämpften sich durch den Wind, draußen hinter dem Molenkopf brüllte die See. Sie hielten eine Weile stand auf den glitschigen Steinen, von Brechern überspritzt, der Gischt flog ihnen in weißen Fetzen ins Gesicht.

Ulli Wagner beobachtete einen Dampfer, der von außen kam und mit der schweren Dünung ins Tief hineintrieb. »Der hat leichte Fahrt«, sagte er. »Es ist übrigens ein Hamburger. Kannst du vielleicht lesen, wie er heißt?«

»Nein, nicht möglich.«

»Schwarzburg, scheint mir, oder so ähnlich. Swattekamp vielleicht.«

»Nein«, sagte Holten auf einmal, »er heißt Swakopmund.«

Und im Augenblick wunderte er sich, daß das Schiff wirklich so hieß. Denn es hätte sein können, daß der Name aus seinen Gedanken aufgestiegen war, die weithin gezogen waren, Kurs nach Süden.

Deutsch-Südwest!

Aus all der Unruhe und dem stummen Kampf, nicht erst der letzten Wochen, sondern langer Jahre, so schien es ihm, war dieser Entschluß in ihm gewachsen, und nun war er fertig. Es befreite ihm das Herz zu wissen, daß er einen Willen in sich trug, der seinen Weg bestimmte. Was wußte Leutnant Holten in seinem jungen Sinn von dem dunklen Ruf, der dann und dort einmal, unbegreiflich genug, an den Menschen erging und ihn hinauszog, der unentrinnbaren Linie seines Geschickes zu folgen?

Es bestand wohl kein Zweifel, daß er tropentauglich war. Es war ihm selbstverständlich. Und wenn er Glück hatte, kam er noch zur Zeit. Er mußte drüben sein, ehe sie den Hereroaufstand zu Ende gebracht hatten ...

Als die beiden den Rückmarsch machten, stand ihnen der Wind im Nacken. Ulli Wagner hatte die Hände in den Taschen und ließ sich treiben. »Es ist halbe Arbeit«, sagte er.

Holten dachte: Es tut mir leid um dich, kleiner Kamerad. Es wird dir schwer werden. Aber ich kann dich nicht mitnehmen. Das ist nichts für Kinder. Es ist weit und gefahrvoll. Und deine Mutter würde weinen.

Aber davon sagte er nichts, er sagte etwas ganz anderes: »Komm, Ulli, man darf diesen angebrochenen Abend nicht sinnlos untergehen lassen. Und wenn die Wellen auch nichts für uns getan haben, nicht das allergeringste, wir gehen jetzt nach Hause und ziehen uns Zivil an. Und dann schwenken wir einmal links um die Ecke, wollen doch mal sehen, ob wir uns nicht trotz alledem besaufen können.«

In der Nacht war der Sturm da, er kam aus den finsteren Winkeln der Welt, wo die Wetter sich brauten, er stob durch die unendlichen Räume und wuchs an Gewalt, er kam heran und warf sich über das Land. Der Wald duckte sich und erbrauste; über die weite, ruhende Ebene tobten die Lüfte und heulten wie in Lust; sie jagten die Wolken gleich einer fliehenden Herde vor sich her und fuhren in rasenden Stößen um Dächer, Mauern und Zäune.

Draußen aber donnerte unablässig die See.

Am Morgen hatte Neuenort ein verwandeltes Gesicht, die Gärten waren zerrauft, und auf den Wegen lagen abgeschlagene Äste. Der Strand war nackt- und blankgewaschen, die Burgen waren hinweggespült, und jede Welle schoß von neuem mit Wucht und Getöse bis zu den Pfählen der Promenade herauf. An der Rettungsstation war der Sturmball gezogen, und das Baden war verboten.

Man konnte nichts tun als sich festes Zeug anziehen und es mit dem Wetter aufnehmen. Es war so wundervoll erregend, in all diesem Aufruhr auf dem kleinen Landungssteg auszuhalten, der im Anprall der Brandung erzitterte. Über der wilden, zerwühlten See war ein zerrissener Himmel in Bewegung, es schien, als wanderte er fort in die Unendlichkeit.

Jasserott kam in Ölrock und Südwester und sah nun aus wie ein Seeräuber, der auf gute Beute hofft. Aber Anne folgte dem treibenden Himmel mit den Augen und dachte, daß sie am liebsten mit dahingefahren wäre, dies alles war doch nun nichts mehr, es war ein Zeitvertreib und konnte nicht vorhalten. Das Eigentliche lag weit draußen, dort, wo die weißen Kämme den Himmelsrand erreichten.

»Sie werden sich erkälten«, sagte Jasserott besorgt, »es zieht durch alle Fugen. Aber ich sehe schon, Sie haben heute wieder den Erdboden verlassen. Ich sehe es an Ihren Augen.«

Die anderen kamen, und sie gingen hinauf nach der Strandhalle, wo es Journale gab und wo in einem verlassenen Raum ein Billard stand. Man konnte es wenigstens damit versuchen, man mußte die ausgeleerten Tage füllen, so gut es eben ging.

Nach dem Sturm kam der Regen, ein Regen, der fast vierundzwanzig Stunden anhielt und den Aufenthalt in dem so geschätzten Neuenort eigentümlich fragwürdig erscheinen ließ. Manch einem der unlustigen und vielleicht überhaupt schon ein wenig sommermüden Badegäste kam die Dürftigkeit des Quartiers überraschend zum Bewußtsein. In der Stadt, wußte man, gab es eine geräumige, wohlausgestattete Wohnung, in der es nicht zog und nicht durchregnete. Man war dort keineswegs auf die durchweichten Wege und den Blick in einen triefenden Garten angewiesen. Auch sonst gab es alles, dessen man zum Leben bedurfte. Frau Kanther dachte sehnsüchtig an die Oberdammgasse.

Als der Regen zu Ende war, kehrten die schönen Tage wieder. Aber nun war es August, die Welt hatte ihr Gesicht verändert; der Sommer hatte seine Höhe überschritten, und es lag Ruhe und Klarheit über der Erde. Wenn man am Strand stand, konnte man weit, sehr weit sehen, man konnte den Bogen der Küste bis zu jener Spitze verfolgen, an der, deutlich erkennbar, die großen Steine lagen.

Fritz mußte nach der Stadt, die Schule fing an, aber das brachte vorerst wenig Veränderung. Er fuhr hin und her und war zu einem verspäteten Mittagessen bereits wieder draußen; es war kaum zu merken, daß er den Vormittag über nicht dagewesen war, denn er hatte sich ja auch sonst außer den Mahlzeiten niemals sehen lassen. Da waren alle Ermahnungen in den Wind gesprochen gewesen.

Es war ein Glück, daß Annes Kurse erst später anfingen, sie hatte noch eine Weile Spielraum, denn natürlich war schlimmer als alles andere, daß man jemals wieder in die Stadt und in den Zwang zurück mußte. Aber die Zeit war da, in der die Entscheidungen fallen mußten. Es konnte nicht sein, daß die Menschen sich etwa anschickten, sang- und klanglos abzureisen. Es konnte nicht sein, daß alles, was gewesen war, ohne Wirkung und Spur wie ein aufgegebenes Spiel verging ...

An einem dieser Tage des reifen, stillen Sommers saßen der Konsul und Frau v. Ohrt auf einer Bank, die an einem hochgelegenen Weg über den Feldern stand. Es war die ruhigere Seite von Neuenort, die Rückseite sozusagen. Es gab dort nur Land, Wasser und Himmel, keine Gaststätten und kaum je einen Spaziergänger. Der Konsul liebte besonders den Blick aufs Haff, das immer ein wenig verwunschen und traumhaft dalag in einem von Stunde zu Stunde wechselnden Spiel der Farben.

Darüber waren die dicken weißen Augustwolken wie unbeweglich in den Himmel gelagert. Weit hinten stand es wie Urweltgebirge aufgetürmt, und in der Höhe hielt auf dem hellen Grund ein Zug von schwerbeladenen, geisterhaften Schiffen, die auf ihrer Fahrt zum Stehen gekommen waren.

»Sehen Sie den Himmel an, Herr Konsul«, sagte Liselotte mit andächtigen Augen. »Er ist ungeheuer groß und mit ganz neuen Gegenständen ausgestattet. Auch diese Beleuchtung haben wir noch nicht gehabt. Wenn man das Haff nicht sehen könnte, wüßte man trotzdem, daß er über dem Wasser steht.«

Der Konsul sah sie an. »Das Haus stand über einer Quelle«, sagte er lächelnd, an ihre eigenen Worte erinnernd. »Es ist die gleiche Erscheinung.«

Sie richtete ihre hellen Augen ernsthaft auf ihn. »Bitte, haben

Sie mich nicht zum besten«, erwiderte sie. »Mir ist nämlich höchst sonderbar zumute. Wissen Sie, was dieser Anblick der reisenden Wolken bedeutet? Es ist ein Abschiedshimmel, ein Himmel auf Nimmerwiederkehr. Ich muß es Ihnen wohl sagen: Es ist heute mein letzter Tag.«

Der Konsul sah sie überrascht an. »Warum? Wie kommt das? Ist es Ihr Ernst?«

»Es wurde doch nun Zeit«, sagte sie. »Ich bin viel länger hiergeblieben, als ich ursprünglich vorhatte.«

»Das ist kein Grund, meine gnädige Frau«, meinte er ruhig. »Sie sind ja unabhängig, Sie können sich einrichten, wie Sie wollen.«

Liselotte schwieg einen Augenblick. »Ich bin vielleicht nicht so frei, wie Sie denken«, sagte sie dann.

Der Konsul saß zurückgelehnt und hatte die Arme untergeschlagen. Es war seine bevorzugte Haltung. »Ich will nicht in Sie dringen«, sagte er, »ich will nicht wissen, was es ist. Wenn Sie der Überzeugung sind, daß es Zeit für Sie ist, dann wird es — leider — so sein. Und vielleicht hätte ich darauf gefaßt sein müssen, daß es so kommt. Denn Sie sind ganz gewiß ein Mensch der schnellen Entschlüsse.«

»Ach«, sagte Liselotte leichthin, »darauf kann ich Ihnen eigentlich gar nichts erwidern, Herr Konsul. Für gewöhnlich ja, und meistens ist es dann ein Reinfall.« Sie lachte, es war, als habe eine dahinziehende Wolke die Sonne wieder freigegeben. Ihr zartes, unter dem schimmernden Haar ganz leicht gebräuntes Gesicht hatte seine lebendige Heiterkeit wiedergewonnen, und auf dem Grunde ihrer hellblauen Augen flimmerte es wie Mutwille.

»Mitunter«, fuhr sie fort, »kann ich gerade darum mit mir nicht ins reine kommen. Das sind wohl Restbestände von Wedellschen Komplexen.«

»Verzeihen Sie, gnädige Frau«, fragte der Konsul in einer kleinen moralischen Anwandlung, »kommt es auf keinen Fall in Frage, daß Sie Ihres Herrn Vaters Rat erbitten?« Er dachte an seine Kinder und an sich selbst in diesem Zusammenhang.

Sie sah ihn erstaunt an. »Ach nein, der wäre sicherlich der letzte. Er hat mich seinerzeit mit Herrn v. Ohrt verheiratet, das vergesse ich ihm nicht. Doch ich ging ein paar Tage lang mit dem Gedanken um, Sie, Herr Konsul, zu fragen, was ich tun sollte. Ich war meiner selbst nicht ganz sicher. Aber dann schien mir das zu gefährlich. Vielleicht hätte Ihre Meinung und Ihr Wort den Ausschlag gegeben, weil — weil ich Ihnen so sehr vertraute, und das hätte meine Selbstbestimmung ausgeschaltet. Das darf aber nicht sein, es wäre gegen das innere Gesetz. Sie wissen ja, Herr Konsul«, sagte sie freimütig, »daß meine Ehe nicht viel wert war. Ich habe es Ihnen oft erzählt. Aber ein Gutes hatte sie doch: meinen Mann konnte ich vor wichtigen Entscheidungen immer um Rat fragen.«

»Wie soll ich das verstehen?« fragte der Konsul ein wenig betroffen. »Es paßt eigentlich nicht zum übrigen.«

»Doch, doch. Es war so sehr bequem und ganz unfehlbar sicher mit Herrn v. Ohrt. Ich habe sogar jetzt manchmal an ihn gedacht. Wenn er hiergewesen wäre, hätte sich alles ganz rasch und einfach entschieden. Ich hätte ihn gefragt, und er hätte mir gesagt, was nach seiner Ansicht das richtige wäre. Und dann hätte ich — wie auch sonst immer — das Gegenteil getan.«

Der Konsul schüttelte in freundlicher Mißbilligung den Kopf. Zuweilen, wenn die frivole Laune mit ihr durchging, konnte er nicht recht mit. Vor allem in der ersten Zeit ihrer Freundschaft hatte ihn dieser Ton, der so leichthin über die ernsthaftesten Gegenstände hinwegspielte, betroffen gemacht. Aber nun glaubte er, sie genug zu kennen; es war ein Sprung ihres Temperamentes oder vielleicht auch etwas ganz anderes: ein Schutzmittel gegen geheime Anfechtung. Man mußte sie reden, man mußte sie gewähren lassen.

»Es ist nur gut, gnädige Frau«, sagte er mit sanftem Vorwurf, »daß ich Ihren gelegentlichen Ausfällen nicht immer so ganz traue. Und heute schon gar nicht.«

»Nein?« sagte sie leise, und plötzlich sah er, daß es feucht in ihren schönen Augen schimmerte.

Sie trug ein hellgemustertes Kleid mit kurzen Ärmeln, ihr runder Arm lag wie in einer Haltung der Hilflosigkeit auf der geblümten Seide. Es war ein Anblick, der den Konsul rührte. Er nahm ihre Hand mit den kostbaren Ringen, sie war warm, zärtlich und doch kräftig zugleich, so recht die Hand einer zur Liebe bestimmten Frau. Er hielt sie eine Weile in seiner braunen hageren Altmännerhand, auf der die dicken Adern wie Stränge lagen.

Es war das Bedürfnis, sie wissen zu lassen, daß er imstande war, alles zu begreifen.

Die ganze Zeit über, besonders zuletzt, hatte er gewußt, daß da etwas war, ein stilles Verhängnis, das seinen Weg genommen hatte. Und doch fühlte er nicht einmal Besorgnis oder Bedauern darüber, sondern eine lebhafte Anteilnahme, er empfand den starken Reiz des Ungewöhnlichen und Geheimnisvollen hier so unmittelbar neben sich, beinahe in seinem eigenen Bezirk.

Dieses junge Geschöpf an seiner Seite war von einem so starken und warmen Leben erfüllt, und was immer ihr Herz bewegte, es strahlte mit unwiderstehlicher Kraft in ihn hinüber. Er begriff, daß er, ein alter oder nahezu alter Mann, der Gnade teilhaftig geworden war, noch einmal das Feuer der Jugend zu spüren, auch wenn es nicht ihm selber brannte, und einen Sturm mitzubestehen, der nicht sein eigener war.

Aber es schien ihm, daß der Kampf zu Ende war.

Unten, dicht vor dem Haffufer dahin, machte ein Zug seinen Weg, er fuhr in der Richtung der Stadt davon, und sie blickten ihm beide nach, bis er hinter einer hochsteigenden Feldböschung verschwunden war.

»Es treibt mich hinweg«, sagte Liselotte. »Sie müssen mich nicht für undankbar halten. Denn ich weiß wohl selber am besten, wie gut ich es hier hatte. Bestimmt besser als verdient. Aber es ist leider immer so gewesen, daß ich gern wieder abreiste, wo es auch sein mochte. Wenn es eine Weile gedauert hatte, dann war es auf einmal genug, und es mußte wieder etwas anderes sein. Das Neue ist es, Herr Konsul, das Bewegende und Verheißungsvolle! Ich kann niemals ohne das auskommen. Es braucht darum nicht durchaus das Bessere zu sein.«

»Meine sehr verehrte gnädige Frau«, meinte der Konsul vorsichtig, »ist es nicht vielleicht manchmal nur die Sorge um die kostbare Freiheit gewesen?«

Liselotte sah ihn groß an. »Es mag sein, Herr Konsul. Aber wie kommen Sie darauf?«

»Ich meine«, erwiderte er und schlug von neuem die Arme untereinander, »sollte es nicht möglich sein — wenn Sie sich entschließen könnten, diese Freiheit zu opfern —, daß Sie etwas weit Wertvolleres dafür eintauschen?«

Liselotte schwieg und sah zu den Wolken auf, die ganz ohne Beziehung zu allem menschlichen Treiben in den ungeheuren Raum gelagert waren. In ihren Augen war dieser ferne Blick, der sie so seltsam veränderte. Nach einer Weile, wie von weither zurückgekehrt, wandte sie sich dem Konsul zu und sah ihn offen an.

»Es geht hier nicht nur um mich«, sagte sie einfach.

Der Konsul erwiderte lächelnd: »Davon bin ich ohnehin überzeugt, gnädige Frau.«

Liselotte sah ihn dankbar an. »Es ist so erleichternd, mit Ihnen zu reden. Sie begreifen alles, Sie wissen alles von selbst. Man braucht gar nicht viel zu sagen, aber — lassen Sie mich einmal reden. Vielleicht habe ich es nötig. Es ist heute mein letzter Tag, morgen bin ich fort und kann es vielleicht nie wieder nachholen. Ich muß Ihnen sagen, daß Sie eine viel zu gute Meinung von mir haben.«

»Das scheint mir ausgeschlossen«, versetzte der Konsul mit Nachdruck.

»Sehen Sie, so ist es. Ich wußte es ja. Sie befinden sich in einem großen Irrtum. Es ist nichts mit mir, Herr Konsul, ich tauge nicht viel.«

Der Konsul war sich nicht ganz, nicht bis in den letzten Winkel seines Bewußtseins klar darüber, ob nun eigentlich für ihn Veranlassung vorlag, sich über diese Eröffnung zu belustigen. Seine junge Freundin hatte von Zeit zu Zeit eine Art, sich selbst zu ironisieren, die den Zuhörer unsicher machen konnte. »Das ist ja allerdings ein sehr sonderbarer Einfall von Ihnen«, sagte er.

»Lassen Sie mich einmal reden, Herr Konsul«, bat Liselotte von neuem, es klang fast wie eine Beschwörung, so als kämpfte in ihr ein Zorn sich durch, ein kleiner heißer Zorn über sich selbst und über das Leben mit all seinen Widerständen und Verkettungen. »Sie haben die ganze Zeit über eine Art höheren Wesens aus mir gemacht, und leider widerfährt mir das öfter, so daß ich manchmal schon versucht war, mich selbst dafür zu halten. Aber das ist nichts als ein elender Selbstbetrug. Gott sei Dank habe ich doch gelegentlich lichte Momente. Nein, nein«, sagte sie heftig, »es ist wirklich nichts mit mir, ich bringe nie etwas Gutes zuwege.«

»Erlauben Sie mal, gnädige Frau«, entgegnete er beschwichtigend.

»Ich weiß, was Sie sagen wollen, Herr Konsul, nämlich daß ich Ihnen den Sommer verschönt habe. Ich will es Ihnen herzlich gern glauben, ich weiß es sogar. Aber Sie sind auch eine Ausnahme. Sonst — wohin ich auch komme, wo ich mich auch aufhalte, gibt es Unruhe und Verwirrung. Ich will es durchaus nicht, ich tue nichts dazu, aber es muß etwas in mir sein, das den Menschen den Frieden stört. Sehen Sie, ich kam hierher, um meine Familie zu besuchen, aber auch das war für keinen der Beteiligten eine reine Freude, es gab Empfindlichkeiten und Auseinandersetzungen, beinahe Konflikte.«

»Meine gnädige Frau«, sagte der Konsul ruhig, »das Familienleben als solches ist ohnehin ein Problem. Man muß das als eine Zeiterscheinung auffassen. Glauben Sie denn, daß es in meinem

Hause ohne Störungen abgeht? Keineswegs. Sehen Sie, in früheren Generationen hat es das nicht gegeben. Da galt der Wille der Eltern und sonst nichts. Und das war selbstverständlich. Heutzutage stehen sich die Generationen mitunter wie in Feindschaft gegenüber. – Aber ich habe Sie unterbrochen, verzeihen Sie ...«

»Nein«, sagte Liselotte, »daran liegt es nicht. Ohne mich geht es sehr gut. Ich bin es, ich allein, von der die Aufregungen ausgehen. Es war das gleiche in meiner Ehe. Mit jeder anderen Frau hätte Herr v. Ohrt, der in seiner Art – nun, ein gutmütiger Reitersmann war, wenn auch nicht mehr als das, seine Tage in Frieden verbringen können. Nur mit mir ging es nicht. Ich bin dazu gemacht, die Atmosphäre zu beunruhigen und Unheil anzurichten. Und wenn es zu lange dauert, wird daraus Lebensgefahr.«

Sie blickte ihn an, und es war ihm, als sähe er in diesem Augenblick durch ihre klaren Augen bis in ihr Herz. Vielleicht tat es ihr wohl und not, einmal ein wenig fallenzulassen von dieser allzu sicheren Haltung und ohne Schonung mit sich zu verfahren. Es war, als brauchte sie Absolution vor dem Leben und vor sich selbst.

»Wenn ich jetzt nicht weggehe«, sagte sie, »morgen schon und endgültig – gibt es ein Unglück ... Ich bin von Anfang nicht darauf gekommen, daß es etwas von Bedeutung sein könnte, ich habe es ganz leicht, so wie immer ganz nebenher genommen. Mein Gott, Herr Konsul, Sie werden sich ja vorstellen können, wie ungezählte solcher belanglosen Affären einer Frau meiner Art den Weg kreuzen. Sie sind einfach eine Begleiterscheinung unseres so gehaltvollen Daseins.

Ich habe zu spät gemerkt, daß es etwas ganz anderes war. Es hat mich über den Haufen gerannt ... Vielleicht hätte ich mehr auf der Hut sein müssen – aber das ist natürlich Unsinn. Es gibt keinen Schutz dagegen, wenn es wirklich Ernst ist.«

»Wenn es doch nun Ernst ist«, sagte der Konsul bedächtig, »dann sollte man meinen, es wäre alles so gut, wie es besser gar nicht sein könnte. Es wäre ein Grund zu bleiben, ganz und gar.«

»Begreifen Sie es nicht, Herr Konsul«, sagte Liselotte heftig, »daß es nicht geht? Ich muß alles tun, um ein Unglück zu verhindern. Denn ich bin schließlich auch nicht von Eisen. Es könnte sein, daß ich um dieses weiten Himmels, um dieses unbeschreiblich schönen Sommers willen der Unbesonnenheit in mir nachgebe und mich in etwas verrenne, aus dem nie und nimmer etwas Gutes werden kann.«

Der Konsul entgegnete vorsichtig: »Ich kann es mir nicht so ganz vorstellen, gnädige Frau. Soweit ich Sie verstand, handelt es sich doch auch bei Ihnen um einen Entscheid des Herzens.«

»Ach, Herr Konsul«, erwiderte Liselotte erregt, »ich darf doch nicht einen Menschen zugrunde richten, weil ich vielleicht heute glaube, ihn zu lieben. Denn wie würde es damit wohl nach ein paar Jahren aussehen? Ich bin keine Garantie, das ist es, ich darf das nicht, es wäre ein ungeheures Unrecht. Sie müssen mir glauben, daß es Zeit für mich ist. Wenn ich nicht meine fünf Sinne zusammenhalte, ist das Verhängnis nicht aufzuhalten ... Ich muß mich morgen von jemandem trennen, der mir heute – vielleicht mehr bedeutet als irgendein Mensch sonst auf der Welt. Wir müssen uns alle beide bescheiden und müssen verzichten, aber es gibt doch etwas, das bleibt: Niemand kann diese Neuenorter Tage streichen und uns wieder fortnehmen. Wenn ich täte, was Sie für mich und einen anderen wünschen, würde ich sie zerstören. Glauben Sie nicht, daß es kein Kampf war! Aber nun ist er entschieden.«

Der Konsul schüttelte langsam wieder den Kopf. Es tat ihm leid, es tat ihm sehr, sehr leid. Warum mußte das nun so sein? Es war schwer, darauf eine endgültige und erschöpfende Antwort zu geben; doch er begriff sehr wohl, daß die Natur dieser Frau über das hinausging, was sich in einen gemessenen bürgerlichen Daseinskreis einordnen ließ. Wie sollte dieses Offizierskind von einst in die starren Formen eines Regiments- und Garnisonlebens hineingepaßt werden? Sie war dem längst entwachsen und entglitten. Der Konsul dachte tief und ernsthaft nach: Was für einen Weg würde sie nehmen? Es war nicht zu übersehen und zu errechnen. Die Welt war weit. Wo waren die Grenzen für eine so kraftvolle und leidenschaftliche Natur? Aber sie wußte vielleicht doch, was sie wollte, er traute ihr eine ganze Menge zu, Überlegung und Urteil und bis zu einem gewissen Grade genug moralische Festigkeit, sich durch alle Fährnisse hindurchzuschiffen.

Er hätte sie in die Arme nehmen und streicheln mögen, ein selbstloser väterlicher Freund und Beschützer, den es dennoch hart ankam, sie ziehen zu lassen. Sie hatte ihm sehr, sehr viel bedeutet. Und ihr offenes Bekenntnis hier in letzter Stunde auf einer Bank in den Feldern, im Angesicht des Himmels, der ihr zu reisen befohlen hatte, erfüllte ihn mit Wärme und Dankbarkeit gegen das Leben. Es war ein Geschenk für ihn gewesen. Sie war so liebreizend, so sinnverwirrend jung, es war ein Fehler in der Weltordnung, daß auch ein so beglückendes Geschöpf zum Leiden bestimmt war. Aber ihrer Natur waren alle Waffen in die Hand gegeben. Das Leben würde sie hundertfach rächen. Er hatte es ihr damals gesagt: »Viel, viel Unheil, mein Kind ...« Immer und immer wieder würden diese strahlenden, durchsonnten Augen unlöschbar Feuer entzünden.

Und sie selbst, es war eine Beruhigung, das zu wissen: das Stärkste in ihr, ihr selber gar nicht einmal bewußt, war doch das Verlangen nach Freiheit und dieser gesunde, unbeirrbare Egoismus. Er würde niemals versagen.

»Meine liebe gnädige Frau«, sagte Konsul Kanther unvermittelt aus einem langen Schweigen heraus, und dann hob er ihre Hand zu sich herauf und küßte sie ganz sacht und verehrungsvoll ...

»Nun«, sagte Liselotte v. Ohrt, »ist es überstanden. Es war sehr gut, mit Ihnen reden zu dürfen, Herr Konsul. Ich bin schon ein Stück weiter. Und wenn ich morgen unterwegs sein werde, habe ich wieder ein leichtes Herz. Und Sie werden hier noch frohe und stille Tage haben ohne aufwühlende und problematische Unterhaltung.«

Der Konsul erwiderte: »Sie wird mir ganz gewiß fehlen. Für uns, gnädige Frau, ist die Zeit auch um. Wir ziehen in nächster Woche endgültig nach der Stadt. Es muß auch mal wieder Ernst mit dem Leben gemacht werden. Mich verlangt es nach dem Geschäft — das Geschäft auch nach mir, will ich annehmen. Und es ist die höchste Zeit, daß die Kinder wieder zur Raison gebracht werden. Sie sind hier unvorstellbar verwildert.«

Liselotte lachte. »Aber, Herr Konsul, davon ist ja gar nichts zu merken. Was würden Sie dann wohl erst sagen, wenn Sie mich zur Tochter hätten?«

»Dann, meine gnädige Frau«, antwortete er ernsthaft, »würde alles ganz anders aussehen. Ich bin daher zufrieden, daß mir dieser Konflikt erspart geblieben ist. So, wie es ist, ist es mir lieber. Aber ich möchte doch sehr gern wissen, was Sie beginnen werden. Denn wie ich Sie zu kennen meine, kann ich mir nicht vorstellen, daß Sie weiter so ins Blaue hineinleben werden.«

Liselotte hob die Schultern in dem hellen geblümten Kleid. »Ach, das ist ja gar nicht so wichtig. Ich weiß es noch nicht genau oder doch noch nicht endgültig. Zuerst fahre ich zu Freunden nach Schlesien, auf ein Gut im Angesicht der Berge, um erst einmal von den Dingen hier etwas Abstand zu nehmen. Denn gleich nach Berlin, wo ich ja immer noch meine Wohnung habe, das käme mir vor, als hätte ich mich selbst zu einer harten Buße verurteilt um meines betörten Herzens willen. Vielleicht hätte ich sie auch verdient, ich weiß es nicht.«

»Wer will das sagen? Das Leben pflegt meistens selber das Urteil zu sprechen... Aber was haben Sie dann weiter vor?«

»Es ist mir in diesen Tagen ein Licht aufgegangen, Herr Konsul. Sie haben ganz recht – nach dem, was mir begegnet ist, kann ich nicht weiterleben wie bisher. Es ist jetzt ein Jahr her seit meiner Scheidung, nun habe ich genug. Dazu habe ich wohl doch zu viel Kraft in mir. Die Welt ist so weit und verlockend genug, Herr Konsul, aber ich habe mir etwas Bestimmtes ausgedacht. Und schuld daran ist ein wenig Ihre kleine Anne, die ich so ins Herz geschlossen habe. Sie ist so gescheit und nimmt das Leben so ernst. Und ich bin ja nicht so ganz dumm, ich kann, glaube ich, auch noch etwas lernen. Vielleicht gehe ich im Herbst nach Paris für einen Winter oder länger, es kommt nicht darauf an. Sprachen waren immer meine Stärke und besondere Vorliebe. Es steht einem alles offen, wenn man fremde Sprachen beherrscht.«

»Nach Paris? Und ganz allein?« fragte der Konsul nachdenklich und ein wenig besorgt. »Haben Sie dort Freunde oder sonst Beziehungen?«

Liselotte lachte. »Halten Sie mich für so schutzbedürftig? Ach nein, Herr Konsul, Sie wissen doch, ich stehe leidlich fest in meinen Schuhen... Ich war einmal ein paar Wochen dort und habe dann immer die Sehnsucht danach behalten. Und wie wir hier noch sitzen, im Weltbad Neuenort, denke ich schon ein wenig an die schöne Stadt als an ein Stück verheißungsvolle Zukunft. Ein Stück, nur ein Abschnitt, Sie wissen ja. Es gibt so viele Möglichkeiten, wenn man erst einmal draußen ist, heraus aus diesen engen Begriffen. Warum haben die Menschen sie erfunden? Sie sind nur dazu da, das Leben selber zu unterdrücken. Es war eine gründliche Fehlleistung... Vielleicht kann ich den weiblichen Dolmetscher machen. Es gehört eine Menge dazu, ich weiß, aber warum denn nicht? Es ist eine Aufgabe, die mich reizt.«

»Und was gedenken Sie damit anzufangen?«

Liselotte sagte ruhig: »Man kann damit zu den Stellen gelangen, wo die großen Gewebe gewirkt werden.«

Der Konsul sah sie betroffen an. »Ich fürchte, ich verstehe, was Sie meinen. Ich sehe eine große Gefahr! Lassen Sie um Gottes willen die Hände von dem internationalen Gewerbe. Dazu sind Sie viel zu schade. Ich möchte am liebsten meine Hand über Sie halten und Sie davor bewahren. Sie sollen mir nicht verderben und verlorengehen.«

»Aber vielleicht bin ich dazu gemacht, Herr Konsul, wer kann das wissen? Irgendwann muß ich ja meine eigentliche Bestimmung herausfinden. Haben Sie bitte keine Angst um mich, Herr Konsul«, sagte Liselotte herzlich. »Es ist vorläufig nur eine Phantasie — ein bißchen Aufwind habe ich heute vielleicht nötig. Den blase ich mir selbst.«

Er sah sie ernsthaft und voll tiefen Nachdenkens an. Wo sind die Grenzen? klang es wieder in ihm. Sie wird tun, wozu ihre Natur sie treibt. Man kann sie nicht halten.

Der Konsul schwieg. Eine sanfte Trauer erfüllte sein Herz — hier oben auf der einsamen Bank mit dem Blick in den Abend —, das Wissen um Vergehen und Abschied, um die erbarmungslose Wandelbarkeit alles irdischen Seins und Wesens. Noch saß die Frau, dieses zärtlich geliebte Geschöpf, an seiner Seite, er genoß ihre lebensvolle Wärme, und dennoch war sie ihm bereits, vielleicht auf Nimmerwiedersehen, entrissen.

Aber er durfte dem nicht nachgeben, an ihm war es, hier die Haltung zu bewahren, von ihm hatte Zuspruch und Stärkung auszugehen.

»Ich wünsche Ihnen so sehr eine glückliche Zukunft«, sagte er. »Sie haben alle Aussichten für sich, das ganze Leben liegt noch vor Ihnen. Welch ein Glück, so jung zu sein, es ist alles noch im Werden. Das eine geht, und das andere kommt für Sie. Alles bewegt sich, wandelt sich und wächst. Man möchte Sie fast beneiden. — Sehen Sie unsere Wolken an, gnädige Frau. Wir glaubten sie dort verankert, und während wir hier unsere Abschiedsstunde hielten, sind sie ganz langsam, aber doch unaufhaltsam weitergezogen.«

Siebzehntes Kapitel

Von dem Augenblick an, da der Tag des Kantherschen Aufbruches feststand, wartete Anne darauf, daß etwas geschähe, ihn zu verhindern. In der knappen Woche, die nun noch blieb, mußte eine Gewalt aufstehen, die den geplanten Ablauf der Dinge aufhielt und entscheidend durchbrach. Auf welche Weise das zugehen sollte, war allerdings völlig ungewiß. Aber es konnte doch nicht sein, daß der Sommer auf einmal zu Ende war und verlorenging, nachdem er in diese feierliche Phase getreten war. Die Welt war weit und still geworden, und darin einzugehen und in ihr zu Hause zu sein, das war es, wonach es Anne Kanther im Grunde ihres Herzens immer verlangt hatte.

Der Wind der Abreisen war über das sorglose Neuenort dahingeweht und hatte diesen und jenen ergriffen. Mit ihrem Bruder Otto hatte es angefangen, so als hätte er eigens aus der Ferne und einem unbekannten, verwirrenden Leben herkommen müssen, um erkennen zu lassen, daß dieser Zustand zwischen Traum und Spiel nicht dauern dürfte.

Frau v. Ohrt war rasch und wie ohne Vorbereitung abgereist, sie hatte nur am Abend vorher ganz nebenbei davon gesprochen, wie man etwa einen Gang um die nächste Straßenecke erwähnt.

Die meisten Familien mit schulpflichtigen Kindern hatten schon das Feld geräumt. Auch die anderen rüsteten zur Heimkehr. Wedells beabsichtigten, Ende der nächsten Woche ihre Zelte abzubrechen, und die Bossemädchen blieben sogar nur noch bis zum Sonntag, über die nächste Réunion hinaus. Die wenigstens mußten sie noch mitnehmen. Und doch würden all ihre heißen Bemühungen vergeblich sein.

Frau Major König war zwischendurch bereits einmal in der Stadt gewesen, um in der Wohnung nach dem Rechten zu sehen und ihre heimkehrenden Jungen zu empfangen. Das schwierige Amt, sie an Ort und Stelle wieder einzubürgern, überließ sie lieber der alten Luise, die einst die Amme des Herrn Majors gewesen war und sich im Laufe der Jahre zu einer Erziehungsgewalt von Gewicht entwickelt hatte. Mama König selber kam wieder nach Neuenort: »... auf ein paar Tage wenigstens, Kinder, ich konnte es nicht aushalten; man kann das ja auch nicht so abbrechen, ich muß alles hier noch einmal richtig still genießen!« Es war ihr ein Bedürfnis, lang und breit Abschied zu nehmen, Abschied zu feiern und ein ganzes Herz voll wollüstigen Trennungswehs heimzuholen.

Frau Major König hatte sich in Neuenort erholt, wie sie sagte; nein, das drückte es noch nicht aus — sie fühlte sich um mindestens zwanzig Jahre verjüngt.

Jasserotts sprachen von D-Zügen, von Bettkarten und von Berlin. Die Zeit war um, der Urlaub ging zu Ende. Aber er, Jasserott, tat, als ob das nur etwas Äußeres wäre, eine leere Form, die das wirkliche Leben nicht zu berühren vermochte. Er schien es nicht zu empfinden, daß ein Zustand bereits vergangen war, wenn man sein Ende bedenken mußte. Nein, so war es durchaus nicht, er lebte noch an der See – in Sonne, Wasser und Sand, in einem unvergleichlichen Sommertag, heute noch und morgen auch noch wieder. Sein weißer Anzug verlor nichts von seinem gewagten Sitz, sein Gesicht wurde immer dunkler unter dem Kalabreser und seine Erscheinung mehr und mehr einem Wegelagerer ähnlich. Er genoß jede gegenwärtige Stunde ohne Sorgen und Verpflichtungen, wenn auch im Inneren tief beansprucht von der Zuneigung für das schlanke braune Mädchen, das Annemarie Kanther hieß. Es war sehr deutlich, er selber tat nichts dazu, es zu verbergen.

Anne war nun so sehr an ihn gewöhnt, an seine Unbedingtheit und Ausschließlichkeit, daß es ihr vorkam, als gehöre er zu ihr. Es war durchaus so, daß es sie ein wenig erhob vor sich selbst und mehr noch vor den anderen, aber was bedeutete es schon? Ein Ehemann war doch kein Mann im eigentlichen Sinne. Es war eine Beziehung ohne Rausch und Geheimnis, es war nichts, wovon man in Gedanken leben konnte. Und das allein war das, was Geltung hatte.

Wenn er fort sein würde, dann gab es gewiß eine Lücke. Es war dann niemand da, der immer und überall für sie einstand und zu ihr hielt. Aber vielleicht, wenn das alles erst vorüber war, dann würde es doch so sein, daß wieder nur die Stimme der See hörbar blieb, daß der Wald seinen verschwiegenen Zauber stärker spann und aus der großen sommerlichen Einsamkeit das Unwirkliche hervorwuchs, das nicht Laut und Gestalt brauchte, um das Herz mit Glück zu füllen.

Anne ging in diesen Tagen die oft gegangenen Wege wie zum ersten Mal und versuchte vergebens zu begreifen, wo die Wochen geblieben waren, die hinter ihr lagen. Sie wußte nicht mehr, womit sie sie hingebracht hatte, sie hatte sie versäumt. Und darum mußte es geschehen, daß ihr noch ein Aufschub blieb. Er konnte nur aus dem Himmel kommen, von den unsichtbaren Mächten; denn sonst bestand keine Hoffnung mehr, das Verhängnis aufzuhalten. Ein feststehendes Kanthersches Auszugsprogramm pflegte ohne Abweichung abgespielt zu werden.

Auf der letzten Réunion fand sie alles schon ein wenig fremd und entrückt, und dabei war gerade dieser Abend dazu ausersehen, sich zu einer besonderen Festlichkeit zu entwickeln. Er bedeutete den Abschied von der Hauptsaison, und ein Blumenwalzer sollte ihn beschließen. Hunderte von kleinen bunten Sträußen hatte die Gärtnerei dafür gebunden und geliefert, und auf einem großen Samtkissen aus der Veranda waren Orden und Schleifen für die Damenwahl zur Schau gestellt.

Die Offiziere aber erglänzten samt und sonders in Uniform. Holten wirkte wie ein Prinz, und Anne erkannte Herrn Massnitz' spiegelnde Knöpfe wieder, aber heute war er wie von neuem von einem würdigen, schicksalhaften Ernst durchdrungen. Auch in dieser Sache mußte ja nun die Entscheidung fallen, vielleicht würde er sich Doris an diesem Abend erklären.

Hauptmann Henningshaus aber, der wie auch sonst mit seinen jungen Herren im Wagen gekommen war, erschien im Überrock merkwürdig fremd. Er sah aus, als habe er sich verkleidet oder als trüge er eine Maske, aber das mochte Einbildung sein. Im Grunde war ihm gar nicht anzumerken, daß irgend etwas in ihm oder mit ihm vorgegangen war, er wirkte in Uniform nur älter und noch gesammelter, völlig unzugänglich, wie es schien, und es war eigentlich nicht zu begreifen, was ihn noch hierhergezogen haben mochte, nachdem ihm die Sonne untergegangen war.

Anne empfand plötzlich die Einsamkeit, in der er sich mitten unter den Menschen befand, er war allein, auf einmal ganz ins Leere gestellt. Man konnte nicht verstehen, warum das so sein mußte. Und doch, fand sie, paßte es zu ihm.

Aber Henningshaus kam ganz überraschend und bat sie um die Quadrille. Anne wurde dunkelrot. »Ich?« fragte sie bestürzt.

»Es wird mir eine ganz besondere Ehre sein«, erwiderte Henningshaus betont.

Anne war einen Augenblick ratlos. Sie wollte sagen, daß sie bereits engagiert sei, doch dann begriff sie, daß das nicht ging. Es war ja nicht wahr, wennschon die Quadrille ein für allemal Jasserott gehörte, das war nun schon selbstverständlich, er besaß ein bewährtes Recht darauf, das nicht noch jedes Mal extra bestätigt zu werden brauchte. Aber das konnte man hier nicht vorbringen.

Sie sah Henningshaus freimütig an, und er lächelte mit ernsten Augen zu ihr herunter. »Kind des Sommers«, sagte er.

Er hielt sich dann während des insgeheim so umstrittenen Tanzes in seiner überlegenen Ruhe und untadeligen Haltung an ihrer Seite, es war vielleicht doch etwas wie eine Auszeichnung, gerade mit ihm diese feierliche Abschiedsquadrille zu begehen. Es ging ein unbestimmbarer Reiz von ihm aus, immer war er wie ein Ritter mit geschlossenem Visier, und in Anne dämmerte es wie eine Ahnung auf, daß eine Frau vielleicht nicht anders konnte, als ihn zu lieben, tief und verzehrend zu lieben, falls sie nur nahe genug an ihn geriet. Wie mochte es sein, wenn die Schicht um ihn einmal schmolz?

Jasserott hielt sich durch den Blumenwalzer schadlos; er war in neugewaschenem und gebügeltem Weiß und dazu in ganz großer Laune und Fahrt. Kein Gedanke an Vergehen und Abschied, so weit war es noch nicht.

Frau Jasserott ihrerseits war heute bestens untergebracht und versorgt, endlich kam sie zu ihrem Recht. Sie war ganz durch einen Tenor in Anspruch genommen, der vor einigen Tagen aus Frankfurt am Main seinen Einzug in Neuenort gehalten hatte – zwei Zimmer in einer entlegenen Villa –, einen Diener und einen Hund zur Begleitung. Sehr schnell hatten sich Beziehungen ergeben, es war das, was sie schon lange brauchte. Der Tenor tanzte nicht, nein, das durfte man wohl nicht von ihm erwarten, er begnügte sich damit, seine Dame an einem besonderen Tisch in der Veranda festzuhalten.

Sie stellte ihn in einer Tanzpause vor, und Anne konnte es nicht unterlassen, ihn eingehend zu betrachten. Er war ein Mann von mächtiger Statur und einer gewissen Leutseligkeit im Wesen. Sie hatte noch nie einen Tenor in ›Zivil‹ und so nahe gesehen; doch entsann sie sich aus einer Gastspielaufführung daheim noch ziemlich deutlich des Lohengrin, von dessen gewaltiger Hals- und Brustpartie sie das näher bringende Opernglas erschauernd hinweggerückt hatte. Vielleicht mußte ein Tenor so stark sein, weil es vermutlich eine ungeheure Kraftanstrengung bedeutete, ein großes Haus zu füllen; oder es war umgekehrt, er legte sich erst durch das Singen so mächtig aus – wer wußte es, man konnte ihn nicht danach fragen, und so war es im Augenblick nicht zu entscheiden.

Doch der Gast aus der Fremde äußerte sich dahin, daß er das Bild des Abends, dieses unschuldigen sommerlichen Vergnügens, ganz reizend finde ...

Die Stunden schwanden dahin, musikdurchrauscht, lichtüberglänzt und blumenumwunden, die kleinen bunten Sommersträuße waren bald vertanzt, die Mädchen hatten die Arme voll und wußten sie nicht zu lassen, die vielfarbigen Schleifen und glänzenden Papiersterne saßen auf Rockaufschlägen und auf dem strengen dunkelblauen Tuch.

Auch Henningshaus, seltsam genug, war so denkwürdig dekoriert worden.

Anne hatte Mut genug gefunden, den Chef zum Tanz zu holen. »Wenn Sie mögen«, sagte sie schüchtern.

Er quittierte es mit einem belustigten kleinen Lächeln. »Ich kann das sogar verlangen«, sagte er. »Wenn Sie etwa nicht gekommen wären — ich hätte es als die schnödeste Treulosigkeit empfunden.«

Ach, Treue ... dachte Anne mit leiser Trauer.

Gegen den Schluß hin sah sie ihn noch einmal allein in seiner Verandaecke hinter der Zeitung sitzen. Er hatte das Einglas zum Lesen abgelegt, und sie bemerkte, daß dieses linke, nun unbewehrte Auge dem anderen ungleich war; es war stumpfer und weicher und gab seinem Gesicht etwas sonderbar Zwiespältiges, so als säße dort auf einmal ein anderer Mensch, der unversehens und ungewollt ein Stück seiner Seele offenbarte.

Das war das letzte, was Anne Kanther von Henningshaus sah, und es blieb in ihrem Herzen haften als eine wunderbare und ergreifende Entdeckung. Das Visier war einmal aufgetan gewesen, und es war ihr, als wüßte sie nun um etwas tief Verborgenes. Sie sprach zu niemandem davon und vergaß es nie.

Wenn ein Mensch so alt war wie Anne Kanther oder vielmehr so jung, dann konnte er es nicht anders wissen, als daß die Nacht zum Schlafen bestimmt war.

Sie hatte nur undeutliche Vorstellungen davon, was in der Zeit zwischen Abend und Morgen etwa sonst noch in der Welt vor sich gehen mochte, sie hatte es niemals erfahren, und im Kantherschen Hause wurden in der Regel derartige Möglichkeiten weder erwogen noch zugestanden.

Wenn man spät, in angemessener Begleitung, von einer Veranstaltung oder einem Besuch zurückkam, dann war der Gang durch die Nacht immer nur ein rascher, drängender Heimweg gewesen, als drohten Hunderte von Gefahren aus der Dunkelheit, vor denen jede Menschenseele sich in Bangigkeit bergen mußte. Des Nachts geschahen die schlimmsten Dinge, und das Herz war wehrlos in den Stunden der Finsternis bis zur ersten grauen Frühe.

Es gab keine Sicherheit, so stark und so selbstverständlich wie das eigene Bett und den Schutz der heimischen Wände, und es war noch nicht gewesen, daß Anne jemals durch eine Nacht anders als geborgen und zugedeckt, von Engeln behütet, in den Morgen gelangt war.

Die Nacht der letzten Réunion von Neuenort jedoch war dazu ausersehen, die Gültigkeit dieser Erfahrungen aufzuheben. Mit dieser Nacht beschritt das Leben den Weg der Wagnisse und Abenteuer, von dem es keine Umkehr gab.

Gegen ein Uhr, als der Saal des Kurhauses sich geleert hatte und die Lichter gelöscht waren, befanden sich das Ehepaar Jasserott, der Tenor aus Frankfurt und Annemarie Kanther auf einem Gang ins Unbekannte.

In einer Auseinandersetzung zwischen Tür und Angel, die vom sanften Zugwind noch extra bewegt war, hatten die wahren, die echten, die unverwüstlichen Lebensgenießer sich vom Geschlecht der Nüchternen geschieden.

Es war draußen warm und still und fast völlig dunkel, nur undeutlich ließ sich über den hohen, dunklen Bäumen der verschlossene Himmel erkennen. Er hatte weder Mond noch Sterne, den Weg zu beleuchten, und das machte dieses ungewöhnliche Unternehmen in einer ganz besonderen Weise geheimnisvoll.

Frau Jasserott und ihr Begleiter waren ein Stück voraus, sie waren in der Dunkelheit bereits abhanden gekommen, und der Mann und das Mädchen machten diesen Gang in ihrem eigenen, selbstgewählten Zeitmaß, als wären sie miteinander allein auf dem Wege.

Anne war ganz und gar verstummt, und auch Jasserott sagte nun nichts mehr, nachdem es ihm gelungen war, die verdämmernde Stimmung dieses Tanzabends in die Nacht und die Natur hinaus zu retten. Es hatte ihm nicht gereicht, er hatte nicht genug. Er sagte: »Wir nehmen die Mädchen und gehen mit ihnen in den Wald.«

Frau Major König war schwer entrüstet gewesen, ebensosehr entrüstet wie merklich belustigt über den grotesken Einfall, ihr Einspruch hatte nichts gefruchtet, und Doris hatte nichts damit erreicht, daß sie an den Papa gemahnte, der so schlecht schlief und genau feststellte, wann seine Töchter nach Hause kamen. Es würde ein Höllentheater am nächsten Morgen geben, das war sicher.

Doris, das erwies sich nun, hatte im Grunde keinen Mut und keinen Zug ins Grenzenlose, bei ihr hörten die Unternehmungen auf, sobald sie anfingen, wirklich lohnend zu werden. Aber Anne brach wie ein junges Pferd aus der Hürde.

Es genügte ja wohl, wenn eine von ihnen beiden nach Hause kam, die Tür aufschloß und im Verandazimmer rumorte, als ob alles in Ordnung wäre. Und Doris mußte die Sträuße mitnehmen, ihre eigenen und die Annes dazu, die Ernte dieses Sommers. Ja, das tat sie dann auch.

All dieses lag schon weit hinter ihnen.

Anne war mit Jasserott auf dem Wege, wohin es ging, wußte sie nicht, und weil er so ungewöhnlich schweigsam war, erschien ihr das Ganze als ein höchst eigentümliches und fast unwirkliches Erlebnis.

Sie war wie gelöst in ihrem Herzen und atmete leicht und frei, die weiche Luft um sie her war wie eine Liebkosung. Die Nacht hatte die Hitze des Tages hinweggenommen, und alle Spannung und Unruhe begann aus der Welt zu verschwinden. Es war gut zu gehen und zu gehen, ohne zu sprechen, als wäre man allein auf dem Wege, und doch zu wissen, daß einem ein sicherer Schutz an der Seite mitging, den man mehr spürte als sah. Anne schritt leichtfüßig dahin wie ein Tier des Waldes auf seinem nächtlichen Wechsel, sie war klar und wach und nahm jeden Laut um sich wahr, das Flüstern in den Zweigen, das Huschen eines Vogels und den entfernten, ganz sanften Anschlag der See.

Sie waren in den Wald gekommen, und nun wurde die Dunkelheit tief und schwer, die Nacht war so undurchdringlich, daß die beiden Fußgänger nur wie in Witterung dem Weg zu folgen vermochten. Vielleicht war es Zeit, jetzt Angst zu haben, aus den geheimnisvollen Gründen mußten die drohenden Gewalten aufstehen und sich sammeln, die Stimmen der Finsternis sich erheben, und ein unfaßbares Grauen mußte heranschleichen, um den Wanderern die Besinnung zu rauben und sie in die Irre zu treiben.

Aber der nächtliche Wald blieb stumm, und sein Friede war vollkommen, er umschloß und durchdrang die Menschen und nahm ihnen ab, was sie noch an Not und Schwäche mit sich tragen mochten. Die Nacht im Wald war wie ein Bad, das dies alles hinwegwusch, es blieb nur der Mensch schlechthin, ein Geschöpf der Natur, wie es gleich allem, was Leben hatte, aus Gottes Hand gekommen war.

Jasserott sagte ruhig und doch wie aus der Tiefe seines Herzens heraus: »So habe ich noch einmal mit Ihnen gehen wollen.«

Anne verstand ihn vielleicht nicht ganz, sie dachte nicht darüber nach, was den Mann an ihrer Seite in dieser Stunde bewegen mochte. Was wußte sie davon, welche Kraft der Entsagung dazu gehörte, diesen Weg mit ihr zu gehen? Er hätte es bei Gott leicht gehabt, die Stunde zu nutzen; aber Jasserott war wohl doch kein Räuber. Dieses kostbare Kleinod war ihm nicht bestimmt. Es war ihm nur anvertraut, und er durfte es betrachten und sich an ihm freuen; aber seine vornehmste Aufgabe war, es zu hüten, daß es keinen Schaden nahm.

Anne selber war weit fort von den Menschen, sie empfand nichts als die Ruhe und Reinheit der schlummernden Natur und nahm das Erlebnis dieser Nacht als eine große Gnade in ihr hungriges kindliches Herz.

Sie gingen ohne Eile, die Nacht hatte keine Stunden, und der Weg war ohne Ziel. Ihre Schritte gaben fast keinen Laut auf dem Waldboden, und doch schlug jetzt in der Nähe ein Hund an, ein zweiter fiel ein, es war ein scharfes, zorniges Gebell, das die Stille zerriß. Nicht sehr weit entfernt, landeinwärts am Waldrande, lag die Försterei, vielleicht liefen die Hunde dort nachts frei herum, sie würden sie aufspüren wie Holzdiebe oder Wilderer. Anne blickte erschrocken ins Dunkel, aber Jasserott nahm sie bei der Hand und behielt diese Hand in der seinen. »Wenn Sie mit mir gehen, brauchen Sie niemals Angst zu haben«, sagte er.

»Es ist schon gut«, gab Anne leise zurück.

Sie wanderten unablässig weiter in ihrer stummen, brüderlichen Pilgerschaft, das Hundegebell klang ferner und verstummte schließlich. Und nun war die Stimme der See wieder näher, ein frischerer Lufthauch kam wie aus der Freiheit des Himmels herein, und es schien Anne, daß sie zu der Stelle gelangt sein müßten, an der der Weg einen Bogen machte und der Küste näher kam. Sie machte ihre Hand mit einer sanften, doch entschlossenen Bewegung frei. »Ich gehe, glaube ich, besser allein.«

Jasserott ließ den Arm sinken und antwortete nicht.

Mit der Zeit begann die Tiefe der Dunkelheit zu weichen, ein schwaches Licht floß durch den Wald, die Stämme der Buchen erhoben sich, noch schattenhaft, wie Riesensäulen aus dem Grund, und Jasserotts weißer Anzug wurde neben ihr sichtbar.

»Wird es schon Tag?« fragte Anne.

»Nein«, meinte er, »der Mond muß heraufgekommen sein.«

»Wo sind eigentlich die anderen?«

»Welche anderen?«

»Ihre Frau und der Tenor, Herr ... Wie heißt er eigentlich?«

»Arved Clasius.«

»Arved Clasius? — Ich habe den Namen leider noch nie gehört. Ich habe so wenig Erfahrung mit Tenören.«

»Seien Sie froh! Ich kann mir nicht vorstellen, daß es für ein Mädchen wie Sie ein Gewinn wäre ... Wir wollen sie ruhig vorausgehen lassen. Wenn wir sie noch einmal erreichen sollten, so werden wir uns auch dareinzufinden wissen.«

Der Buchenwald war zu Ende, und nun stand über der großen Schonung ein vergehender Mond, der Himmel wurde schon blaß, seine Wolken schickten sich an, über das Haff davonzuziehen, nach jenen Weiten hin, aus denen langsam die Dämmerung heranwuchs. Die Luft war frisch und kühl, die Nacht hatte sie neu geschaffen, und Anne empfand es als ein tiefes Glück, sie wie ein Geschenk des nahenden Morgens zu empfangen.

Die beiden Wanderer sahen sich an.

»Sind Sie müde?« fragte Jasserott.

»Nein, gar nicht.«

Sie waren immer noch ganz allein, um sie war nichts als die erwachende Erde, die jungen Kiefern standen regungslos im fahlen Licht, und vor ihnen her lief der sandige Weg in eine rätselhafte Ferne hinaus. Doch der Wald hörte allmählich ganz und gar auf, der Weg verrann in eine Palwe, sie stiegen hinauf zu einer Höhe über dem Haff. Dort standen die Reste einer Ordensburg, unsagbar einsam war es hier oben, aus den Mauern starrten die leeren Fenster, der Wind ging sacht durch das Dünengras. Das Haff lag bleiern und stumm, sie saßen an dem Hang und schwiegen, es tat nicht not zu reden in dieser Stille, und keinem von beiden fiel etwas ein, das gesagt werden mußte. Am Rande des Himmels, fern im Nordosten, erglomm der erste Schein des neuen Tages.

»Es ist kühl«, sagte Jasserott besorgt, »Sie sollen sich nicht erkälten. Wir werden weitergehen, bis die Sonne da ist.«

Sie gingen fort über das Land zwischen den Wassern, hügelab, hügelauf, durch Heide und Sand und niedrigen Buschwald, das Gras war naß von Tau, keine Menschenseele war in dieser Stunde unterwegs, als wären sie selber, der Mann und das Mädchen, als erste in das eben vollendete Werk der Schöpfung gesetzt worden. Und nun ging ihnen der erste Lebenstag auf. Der Himmel begann sich zu erhellen, ein Vogellaut wurde wach und noch einer und noch einer. Der schwache Wind schlief ein.

Wohin geht die Wanderung? dachte Anne. Sie sollte niemals enden. Es ist alles sehr sonderbar. Es ist so, als geschähe es außerhalb des Lebens. Aber nun bin ich wie durch die ganze Welt gegangen, und niemals werde ich es vergessen. Ich werde immer daran denken, wenn wieder die Mauern da sind.

Sie wußte nicht, wie lange sie schon unterwegs waren, und Jasserott sagte nicht, wie spät es war. Sie wechselten hinüber zur See und gingen an dem unberührten, einsamen Strande weiter, Möwen flogen auf und kreisten um die Steine im Wasser, die See war glatt wie ein Spiegel, der Wind war versiegt.

Drüben hinter Haff und Land schien der Himmel zu entbrennen, und wie sie standen und schauten, stieg aus den fernen, niegesehenen Räumen langsam die Sonne empor.

Anne stand schweigend und sah weit hinein in die junge Welt, Sand und Busch und Gras und die grünen Wipfel schimmerten im Licht, der Himmel in der Höhe gewann sein zartes Blau, und die See glänzte auf, sie wurde weit und offen und war aller geschaffenen Dinge Anfang und Ende.

Jasserott nahm Annes Hand. »Guten Morgen, Kind meines Herzens.«

Vor ihnen, nicht mehr fern, tauchten Strohdächer aus den Dünen herauf, Kähne lagen am Strand. Es war ein armes kleines Dorf. Aber nun kamen sie in die Gegend der Menschen, und damit würde es zu Ende sein.

»Ich gehe jetzt nicht mehr weiter«, erklärte Anne entschlossen.

Jasserott blickte sie fragend an. »Meinen Sie, wir sollten hier Hütten bauen? Warum nicht? Ich bin auch bereit, Ihnen eine Strandburg zu errichten, wenn es sein soll, oder besser noch ein Luftschloß. Was halten Sie davon?«

»Nein, das nicht«, sagte Anne und blickte auf das Wasser hinaus. »Es müßte eine Badezelle sein.«

Jasserott sah sie prüfend und leicht belustigt an. »Wozu brauchen Sie die hier? Wir sind weit fort von aller Gesittung. Es genügt ein Sandhügel oder einer von den Büschen dort hinten. Und wenn Sie die Dünenböschung ersteigen, sind Sie ganz geborgen. Ich werde Sie sogar allein lassen, wenn Sie es wünschen.«

Aber Anne blieb unschlüssig, sosehr es sie danach verlangte, an diesem Morgen, nach der durchwanderten Nacht, in die See zu gehen; es war vielleicht ein zu gewagtes Stück. Als Jasserott sich zum Weitergehen anschickte, hielt sie neben ihm Schritt.

»Nun, keinen Mut?«

»Ich weiß nicht«, sagte sie.

In einer Mulde am Strande fanden sie die beiden anderen, sie hielten schon ihre Morgenrast und hätten gern ein wenig Frühstück gehabt. Frau Jasserott sagte: »Ihr kommt richtig daher wie zwei Kinder, die sich im Walde verlaufen haben.«

»Nein«, antwortete er, »es ist noch viel schlimmer. Wir sind einem Zauberer in die Hände gefallen.«

Aber Frau Jasserott lachte nur herzhaft, und Anne fand, daß sie in dieser Morgenstunde auch ein Mensch war, einfach und natürlich, als habe die durchwanderte Nacht alle Tünche von ihr abgewaschen.

Herr Clasius lag im Sande mit hochgezogenen Knien. Es war ihm sichtlich wohl. »Von Zeit zu Zeit«, sagte er mit einer bedeutenden Stimme, »ist es nötig, zu den Bräuchen der Kindheit zurückzukehren.«

Jasserott saß dabei und rauchte, und die Männer gerieten in ein Gespräch, das sich weit entfernte von dem stillen Gestade, an dem sie sich befanden. Clasius erzählte von einer Gastspielreise nach Konstantinopel und von dem Aufenthalt, der sich daran geschlossen hatte. Und Jasserott, wie es schien, kannte die Türkei gründlich, er war wohl in aller Herren Ländern gewesen und zeigte doch niemals die Neigung, das etwa besonders aufzutischen.

Anne stand auf und entfernte sich langsam von dem Rastplatz im Sande, sie schlenderte wie absichtslos ein wenig den Strand hinunter, und dabei hatte sie doch etwas ganz Bestimmtes im Sinn. Jetzt war es so, daß sie alle drei nicht sonderlich auf sie achtgaben, sie waren beschäftigt, und keiner von ihnen würde darüber nachdenken, ob sie wohl etwas vorhätte.

Als ihr der Abstand weit genug vorkam, ging sie nach oben in Deckung und wanderte zwischen dem knorrigen Kieferngestrüpp weiter, bis sie eine nach allen Seiten geschützte Sandstelle fand. Und hier zog sie sich aus.

Sie war die Nacht hindurch nicht aus den Kleidern gekommen und hatte sich nicht gewaschen, das war noch nie geschehen und war nicht in Ordnung. Sie konnte es einfach nicht aushalten. Hier gab es kein Damenbad, eingezäunt und unter Aufsicht, und keine Badezellen, es war ein Glück, so frei in der Natur zu sein ohne Beschränkung und vor allem auch ohne Gesellschaft. Keiner würde sie sehen, und keiner würde es wissen, das heißt, so hoffte sie wenigstens.

Die einzige Schwierigkeit war der fehlende Badeanzug. Anne stand in ihrem kurzen weißen Mädchenhemd da und überlegte. Natürlich konnte sie mit dem Hemd ins Wasser gehen, so wie Johanna Kaschun es machte, die zuweilen am Nachmittag ins Damenbad ging.

Aber es kam Anne doch höchst lächerlich vor, daß sie das nun tun sollte. Und was würde sie dann nachher mit dem nassen Hemd anfangen? Sie ging vorsichtig ein Stückchen den Strand hinunter, nach dem Wasser zu, und sah sich um. Die kleine Gruppe am Strand war nun schon weit entfernt, keiner würde sie bemerken.

Und Anne zog entschlossen ihr Hemd über den Kopf und warf es in den Sand.

Sie hatte das noch niemals erlebt. Sie stand ohne Scheu, schlank und groß unter dem Morgenhimmel, die Sonne beschien sie ganz und gar, und sie breitete die Arme aus, als könnte sie damit die Gnade dieser Stunde erst recht empfangen.

Fast war sie sich selber ein wenig fremd, als wäre es ein neuer Mensch, der da in freier Haltung, auf leichten Füßen und mit gelösten Gliedern durch den Sand schritt. Sie blieb unten am Wasser stehen, sie hatte keine Eile, hineinzukommen, sie plätscherte in nachlässigem Spiel ein wenig mit dem Fuß und hielt nach den Fischen Ausschau, nach den Möwen und nach den Segeln, die draußen waren. Fünf waren es, nein, sechs und dann bald sieben, die allmählich ganz hinten aus dem Nichts aufkamen und ihre Fahrt machten. Sie versuchte, ihren Kurs zu erkennen.

Es ist kein Wind, dachte Anne, dann müßten sie kreuzen noch und noch, wenn es Boote von hier sind.

Eine kleine Welle rann unversehens über ihre Füße, und sie erschrak. Das Wasser war kalt, nein, es war beinahe eisig, aber dann entschloß sie sich doch und warf sich mit einem mutigen Schwung hinein, daß es über ihr zusammenschlug. Es bedeutete wenig, daß auch das Haar ohne Kappe dabei ein wenig naß wurde.

Sie streckte sich lang und schwamm, es war ganz anders als sonst, und noch war es kalt, sehr kalt, aber bald fühlte sie die Frische des Wassers wohlig wie nie an ihrem Körper, der leicht und biegsam dahinzog, als wäre es ihm von Natur bestimmt gewesen, es dem Geschlecht der Fische gleichzutun.

Anne spürte eine Lust wie kaum je zuvor, so fern von allem, was sonst war, nackt und frei in der See zu sein, die sie wie ein geliebtes Kind in ihrem Schoß umfangen hielt.

Und wieder kam das Verlangen, in die Welt hinauszutreiben, es war eine ungeheure Versuchung, und man mußte sich besinnen, daß man Annemarie Kanther hieß und Eltern hatte und leider eine Aufgabe im bürgerlichen Leben.

Sie kam heraus und lief über den Sand, unbändig und wie berauscht vom Glück der Freiheit, sie schüttelte sich ab, die Wassertropfen perlten auf ihrer Haut, und sie blieb stehen und sah zu, wie die Sonne sie aufsog. Es war ganz in Ordnung, daß man nicht einmal ein Handtuch brauchte. Nur den feuchten Haaransatz trocknete sie mit dem Taschentuch und hielt es dann wie eine Fahne in die Luft.

Es wurde leider nötig, sich wieder anzuziehen, sie hätte es noch so gern hinausgeschoben. Nie wieder würde es einen solchen Morgen geben.

Gerade als sie sich entschlossen hatte, das Hemd überzustreifen, das sie schon in der Hand hielt, sah sie weit vor sich, am Rande der Bucht, etwas sehr Seltsames. Es war ein großes Segel, das dort an der Küste hielt vor dem schmalen Streifen zwischen dem hellen Blau des Himmels und dem tieferen der See. Es war so fern und dabei so groß, daß man meinen konnte, es müsse ein Riesenschiff sein, das dort lag, der Fliegende Holländer vielleicht, der in dieser Stunde vor Tag von niebefahrenen Meeren her über die See gekommen und hier vor Anker gegangen war. Es schien bei aller Entfernung so nah, daß man glaubte, hineinsteigen zu können. Die Masten und die mächtigen Flächen der Segel ragten wie riesige Flügel weit über den Küstenrand hinaus.

Anne trat wieder auf den Strand hinaus und starrte wie gebannt hinüber, das Hemd noch in der Hand. Dies konnte nicht mit rechten Dingen zugehen, es war ein Spuk, nein, es war viel, viel mehr, eine Offenbarung, vor der man in den Sand knien und die Hände falten mußte.

Ein Traumschiff lag dort drüben, zur Abfahrt bereit, und es hatte die Segel der Verheißung gesetzt.

Diese Nacht und dieser Morgen waren ein einmaliges Geschenk, das ihr der Himmel zugedacht hatte, damit ihre Hände nicht leer blieben und ihr Herz nicht ungestillt, wenn nun dieser Sommer wirklich zu Ende ging.

Eine Weile noch haftete die leuchtende Erscheinung dort vor dem weitgeschwungenen Rand der Bucht. Niemand sonst vielleicht würde sie wahrnehmen, dieser Ruf aus fernen Welten kam allein zu ihr.

Sie stand wie in Versenkung, bis das Bild im Glast des Morgens langsam verblaßte, zerrann und verging.

Als sie sich angezogen hatte und den Weg zurück machte, kam Jasserott plötzlich auf sie zu, er tauchte wie aus der leeren Luft, sie hatte ihn nicht gesehen, und es war so, daß sie erschrak. Ob er ihr dennoch nachgegangen war?

Doch wenn es so war, so war ihm jedenfalls nichts anzumerken.

Er fragte nicht und erwähnte auch nichts davon, daß einmal von einem Bad im Sonnenaufgang die Rede gewesen war. Sie gewann es über sich, ihn verstohlen anzusehen, und begriff dann, daß sie es nie erfahren würde, wie weit ihr Wagnis oder das seine gegangen war. Sie wollte tun, als ob es nichts wäre, und die Freundschaft mußte dieses Geheimnis zudecken.

Er fragte nur: »Haben Sie das große Segel da drüben gesehen?«

»Ja«, sagte Anne ein wenig enttäuscht, »es war ein Geisterschiff.«

»Es war eine Luftspiegelung – oder klingt Ihnen Fata Morgana schöner? Es ist märchenhaft, nicht wahr? Man sieht dergleichen übrigens in unseren Landstrichen ziemlich selten, fast nur bei ganz klarem Wetter an der See und so wie heute sehr früh am Tag.«

Anne antwortete mit einem schweifenden Blick: »Ich wäre so gern mit ihm davongefahren.«

Es wurde Zeit, an den Rückweg zu denken, und den machten sie alle vier gemeinsam in gutem Tempo, nicht ohne Unterhaltung. Es war immer noch frisch im Walde und ganz einsam. Aber Anne war nun ein wenig müde und wurde nach ihrer Gewohnheit sehr schweigsam. Jasserott pflückte unterwegs von den hohen gelben Blumen, die da und dort in Fülle am Wege standen, niemand wußte, wie sie hießen, und Anne begriff nicht, was er damit wollte, er hatte schließlich einen ganzen Arm davon voll.

Neuenort war noch nicht aufgewacht, als sie zurückkamen, es war erst kurz nach fünf, und viele der Sommerhäuser hatten die Läden geschlossen und die Fenster verhängt. In den stillen Alleen ging außer ihnen kein Mensch.

Jasserott brachte Anne bis vor die Hintertür der ›Elisabeth‹. Er wollte ihr seine Blumen in den Arm legen. »Da, der letzte Strauß vom Blumenwalzer«, sagte er.

Aber Anne wehrte ab: »Das kann ich nicht, dann würde es nämlich herauskommen, Herr Jasserott, das geht nicht.«

Denn hier war wieder Kantherscher Grund und Boden mit den unumstößlichen Gesetzen der Sitte. Wenn es schon einmal eine Übertretung gab, dann mußte wenigstens dafür gesorgt werden, daß sie verborgen blieb.

Er sah sie lächelnd an. »Es ist schade, aber ich bin doch nicht bange um Sie. Mit der Zeit, mein Herz, werden Ihnen schon noch die Flügel wachsen.«

Er stand, als wollte er noch etwas sagen. Aber vielleicht war es das, was doch bis zum Ende aller Tage ungesprochen bleiben mußte, wenn Zucht und Kampf und Entsagung ihren Sinn in der Welt behalten sollten.

»Es war sehr schön«, sagte Jasserott nur, »schlafen Sie wohl.«

Als Anne durch den Garten ging, überlegte sie: Was macht er nun? Wirft er die Blumen über den nächsten Zaun?

Sie klopfte vor dem Verandazimmer leise ans Fenster und vernahm gleich darauf von innen einen schlaftrunkenen Laut. Doris schloß die Tür auf und tappte auf bloßen Füßen sofort wieder ins Bett zurück, ohne ein Wort zu verlieren.

Drin war es warm und ziemlich beklommen, obwohl die Oberfenster offenstanden. In der Waschschüssel lagen die Sträuße von der Réunion, und auch die Wasserkanne war zur Vase aufgerückt. Doris hatte die Blumen getrennt gruppiert, damit Annes und ihre nicht etwa durcheinandergerieten.

Natürlich hatte Doris den Löwenanteil, sie hatte überhaupt die Badesaison von Neuenort gewonnen — fünfzehn Sträuße im ganzen waren es gewesen, darunter sieben von Holten allein. Aber was blieb schließlich davon?

Doris schlief, und Anne zog sich aus, am liebsten hätte sie sich noch einmal mit kaltem Wasser übergossen, ehe sie ins Bett ging, aber alle Gefäße waren ja besetzt, und sie war eigentlich auch zu müde. Sie warf alles von sich und stand im Zimmer, so wie sie war, in der schwülen Luft dieses noch nächtlichen Raumes, in den sie sich wie von einem Abenteuer heimlich hineingeschlichen hatte.

Sie dachte an den Gang durch die Nacht, an das Bad da draußen in Einsamkeit und Freiheit, es schien ihr jetzt verwegen und gefährlich, und plötzlich wurde sie sich ihrer Nacktheit bewußt; es kam ganz unerwartet, sie begriff es selber nicht, warum das nun hier auf einmal geschah. Sie empfand eine heiße Scham, als zerrisse ein Schleier oder als wären in diesem Augenblick ihre Augen sehend geworden.

Die Zeit war um, da das Mädchen Anne Kanther in Ahnungslosigkeit und Unschuld im Garten des Paradieses wohnen durfte.

Der Konsul erhielt inmitten der übrigen Post einen Brief, der ihn stark zu beschäftigen schien. Er las ihn beim Frühstück und las ihn gleich noch einmal, bevor er ihn, ohne über Absender und Inhalt etwas verlauten zu lassen, in die Brusttasche steckte.

Als er am Vormittag seinen gewohnheitsmäßigen Spaziergang machte, las er ihn auf einer Bank in den Strandanlagen von neuem.

Erst gegen Mittag gab er ihn seiner Frau. »Es ist das, was man erwarten durfte«, sagte er dazu.

Frau Kanther war bestürzt, als sie den steifen weißen Bogen entfaltet hatte, und doch gleich hinterher von einer leichten Rührung ergriffen. »Die Hand des Schicksals, Hermann«, sagte sie.

Aber der Konsul war aus einem ihm selber nicht ganz erfindlichen Grunde gereizt. »Was heißt das? Schicksal! Ein Oberleutnant schreibt einen Brief. Man soll ihm nicht gleich eine so weittragende Bedeutung zuerkennen. Schließlich liegt die Entscheidung bei uns, und so ist er unter Umständen ganz belanglos.«

Frau Kanther, aus einer naheliegenden Überlegung heraus, bemerkte dagegen: »Es wäre wohl richtiger gewesen, wir hätten den Herrn einmal zur Tasse Kaffee eingeladen, nachdem er uns seinen Besuch gemacht hatte.«

»Ach, nicht wahr? Gesellige Verpflichtungen in der Sommerfrische. Das war genau das, wonach es mich noch verlangt hätte. Ich habe ihm ja deutlich zu verstehen gegeben, daß das nicht in Frage kam. Man soll die Dinge ruhig an sich herankommen lassen. Du siehst, es hat ihn nicht abgeschreckt. Wer es ernst meint, kommt wieder.«

»Es kam mir eigentlich so vor, Hermann, als wärest du seinerzeit der Sache nicht ganz abgeneigt gewesen.«

»Was heißt schon: nicht ganz abgeneigt? Natürlich mußte man alles erwägen. Wir werden das auch heute tun. Leider Gottes ist es dem Menschen nicht beschieden, die Entscheidungen des eigenen Lebens nach seinen Wünschen zu treffen. Es heißt immer, sich mit dem Gebotenen zu befassen und möglicherweise sogar zu begnügen.«

Am Nachmittag wurde Doris von ihrer Mutter in die geschlossene Veranda geholt. »Komm doch mal«, sagte sie, »der Papa will etwas mit dir besprechen.«

Wie alle Kantherkinder hatte Doris eine tiefgewurzelte Scheu vor diesen Besprechungen zwischen vier Wänden, in irgendeinem Sinne war ja doch das Gewissen immer belastet, und somit stand von solcher Familienunterredung keinesfalls etwas Gutes zu erwarten. Zudem war sie diesmal nicht ahnungslos, seit dem letzten Réunionsabend, der noch nicht achtundvierzig Stunden zurücklag, hatte es wie eine Wetterwolke über ihr gehangen. Es war zu befürchten, daß sie sich entlud, ehe die Villa ›Elisabeth‹ von ihren Bewohnern geräumt sein würde.

Die sieben Sträuße von Holten erhellten die Stimmung nicht, im Gegenteil. Sie waren nun schon ein wenig welk und redeten von Vergänglichkeit. Man konnte nichts davon behalten und mitnehmen.

Der Konsul saß in dem Schaukelstuhl und hatte den Kneifer aufgesetzt, während Frau Kanther eine Häkelarbeit vorhatte, die doch, wie man deutlich erkannte, nur der Form halber ergriffen worden war. Der Vater Kanther zeigte eine Sachlichkeit, die in Anbetracht der herzbewegenden Umstände schneidend wirkte.

»Wir haben dich gerufen«, sagte er, »um zu einer Frage, unser Familienleben betreffend, auch deine Meinung zu hören, da der Fall, wie es mir scheinen will, dich in erster Linie angeht. Herr Oberleutnant – wie heißt er? – also Massnitz fragt bei mir an, ob es ihm gestattet sei, uns nach unserer Rückkehr in die Stadt auch dort seine Aufwartung zu machen. Er empfände den lebhaften Wunsch, weiterhin in unserem Hause Eingang zu finden.«

Der Konsul blickte über den Kneifer weg auf seine Tochter.

Doris sah ihn erschrocken an. Sie begriff auf einmal, daß dies der so oft erwähnte Ernst des Lebens war, von dem sie nie angenommen hatte, er könnte auch sie eines Tages erreichen. Er hätte sich vielleicht nicht so unverhüllt gezeigt, wenn Herr Massnitz es vorgezogen haben würde, einen anderen Weg zu wählen. Eine mehr oder weniger deutliche Frage an sie selbst hätte immer noch im Bereich der gesellschaftlichen Aufmerksamkeiten oder Huldigungen gelegen und hätte nach eigenem Gefallen abgebogen werden können. So viel traute Doris sich zu. Daß die Angelegenheit aber offiziell und feierlich über ihren Vater geleitet worden war, machte sie erst im eigentlichen Sinne schwerwiegend. Was von dem Papa ausging, war meist bedrohlich, auf jeden Fall einschüchternd. Und dies war der Anlaß, daß die gewiß ernsthaft und ehrlich gemeinte Anfrage sie mit heftigem Widerwillen erfüllte.

Das alles vollzog sich in Augenblicksdauer, es wurde nicht merkbar, daß Doris etwa schwer um Fassung und Antwort zu ringen hatte. »Ich weiß nicht«, sagte sie, »was er sich darunter vorstellt.«

Der Konsul fing an zu lachen, aber das war bei ihm nicht immer ein Zeichen von Heiterkeit. Seine Stimmung war durchaus nicht die beste, es war nicht zu erkennen, ob sie etwa durch dieses verhängnisvolle Schreiben so ungünstig beeinflußt worden war. Frau Kanther jedoch griff begütigend ein: »Wir nehmen an, daß er uns Gelegenheit geben will, ihn näher kennenzulernen und Vertrauen zu ihm zu fassen.«

Doris sah in die Luft, soviel oder sowenig davon in der Veranda sein mochte. Der Raum war nicht groß, es gab kein Entweichen daraus, nicht einmal für einen Blick.

Der Konsul sagte ungeduldig: »Wir wollen uns hier doch nicht damit beschäftigen, Vermutungen anzustellen, die sich erübrigen, da es sich um einen ganz konkreten Fall handelt. Du mußt dich, mein liebes Kind«, wandte er sich an Doris, »nicht naiver zu geben suchen, als du in Wirklichkeit bist. Dieser Brief« – damit schlug er mit der flachen Hand auf den auf dem Tisch liegenden Bogen – »dieser Brief, und das wirst du dir ja bestimmt selber sagen, bedeutet nach jener ersten Visite hier im Garten nichts anderes als einen Heiratsantrag oder doch eine Ankündigung dazu. Und in diesem Sinne ist er auch zu beantworten. Du hast dich also zu entscheiden.«

Doris schwieg. Es war nicht von ihr zu verlangen, daß sie so schnell mit ihrem Entschluß zu Rande kommen würde, und keines von beiden Eltern hatte das erwartet.

»Du mußt dir klarmachen, Doris«, setzte der Konsul seine Rede fort, »daß, wenn ich dieses Schreiben in zusagendem Sinne beantworte, du damit schon etwas wie eine gewisse Verpflichtung eingehst. Es wäre zum mindesten eine deutliche Ermunterung. Du weißt, es ist nicht meine Gewohnheit, fremden jungen Herren mein Haus zu öffnen zu keinem anderen Zweck, als daß sie es sich in meinen Räumen und an meinem Tische wohlsein lassen. Eine Geselligkeit in dieser Form, die sich nicht auf irgendwelchen tatsächlichen Beziehungen aufbaut, würde eine unerträgliche Last bedeuten und kommt also keinesfalls in Frage. Etwas ganz anderes ist es natürlich, wenn eine eheliche Verbindung angestrebt wird und im Bereich der Möglichkeit liegt. Und da kommt es nun allein auf deine Einstellung an. Es fragt sich, ob du den ehrlichen Absichten dieses Offiziers etwas Gleichartiges entgegenzusetzen hast.«

Doris zuckte die Achseln und sagte nichts.

Frau Kanther sah ihre Tochter an, sie war bewegt und doch auch ziemlich unsicher, der Fall lag so, daß sie nicht wußte, was hier zu raten und zu wünschen war.

»Es ist also anscheinend so, daß du ihn nicht liebst«, fuhr der Konsul in seiner Befragung fort.

»Warum sollte ich ihn denn lieben?« brach es aus Doris heraus, und es war zu hören, daß ihr die Tränen bereits sehr locker saßen.

Doris weinte leicht, es gehörte nicht viel dazu, sie so weit zu bringen, und hier war nun Ursache genug gegeben. Sie dachte an

Holten und all die Wege dieses Sommers, ihr Herz war bis zum Rande davon erfüllt, und nichts hatte daneben Raum. Die sieben Sträuße hatten das letzte Zeichen bedeutet, nein, ein unverhülltes Bekenntnis und zugleich Verzicht und Abschied.

Nun war alles gewesen und unwiederbringlich dahin. Es hatte nicht sein sollen, daß etwas davon blieb, nichts blieb als das kleine Bild im Tennisdreß, das sie immer und immer bei sich trug.

Statt dessen trat nun dieser zähe Bewerber aus dem Hintergrund hervor, und seine Erscheinung lenkte sie nicht etwa ab, sondern erfüllte sie mit Erbitterung. Es war nichts gegen Herrn Massnitz zu sagen, er war alles in allem ein ansehnlicher Mann, seine Beharrlichkeit verdiente Anerkennung und hätte ihr unter anderen Voraussetzungen vielleicht Eindruck gemacht. Aber er besaß, und das glaubte Doris schon einmal erfahren zu haben, in hohem Maße die Gabe des unglücklichen Augenblicks, und damit mußte ein Mann seine Aussichten zugrunde richten.

Doris hörte ihren Vater von Liebe sprechen, es nahm sich seltsam bei ihm aus, aber möglicherweise hatte er da ja auch in langen Lebensjahren seine Erfahrungen gesammelt. Doch die nützten ihr verzweifelt wenig, und sie wollte am liebsten gar nichts davon wissen.

»Vermutlich«, sagte der Konsul, »ist das, was du unter Liebe verstehst, jugendliche Verliebtheit. Deren Recht soll unbestritten sein, doch pflegt sie meistens für eine Ehe, das heißt also für ein ganzes gemeinsames Leben, nicht auszureichen. Verliebtheit, mein Kind, vergeht, das laß dir gesagt sein. Wesentlich wichtiger wäre es, zu hören, ob dieser Herr Massnitz dir sympathisch ist, ob du dich gern mit ihm unterhältst, zu ihm Vertrauen haben könntest ...«

Er redet zu mir wie zu einem kleinen Kind, dachte Doris unwillig, ich will das alles gar nicht hören, er macht sich vergebliche Mühe. Man soll mich in Ruhe lassen.

»Wir wollen sie doch nicht quälen, Hermann«, meinte Frau Kanther. »Wenn es doch so ist, daß sie gar keine Neigung für ihn entdecken kann ...«

»Gewiß nicht«, gab der Konsul zurück, »aber man darf doch schließlich ein so – wie es mir scheinen will – redliches Anerbieten nicht leichtfertig abtun.«

Er erhob sich aus dem Schaukelstuhl und begann hin und her zu gehen. Die Veranda war eng, und diese unaufhörliche Bewegung trug nicht dazu bei, die Stimmung zu beruhigen. Schließlich blieb der Konsul vor Doris stehen. »Du mußt dir einiges klarmachen, mein Kind, obwohl du ja nachgerade darüber unterrichtet sein solltest. Unsere pekuniären Verhältnisse sind nicht die besten, das Geschäft hat zwei Familien und zwei Haushalte zu ernähren. Ihr seid verwöhnt, ihr seid in einem gewissen – ich sage ausdrücklich: gewissen – Wohlleben aufgewachsen, das kann und wird vielleicht einmal ganz anders werden. Meine Töchter, Doris, sind zwei arme Mädchen.«

Doris schluckte an den Tränen. »Ich weiß das ja, Papa.«

Der Konsul setzte seinen Spaziergang fort. »Nun ist da ein Mann in angesehener Stellung, vermögend, mit der Aussicht auf eine Karriere. Er macht einen zuverlässigen Eindruck, ich kann nichts anderes sagen, als daß ich ihn durchaus angängig finde. Seine mannhafte Haltung wie auch seine Zielbewußtheit erwecken Vertrauen. Du weißt, Doris, daß ich persönlich keinerlei Neigung für den Offiziersstand und seine Vertreter habe. Es sind andere Kreise, andere Begriffe. Aber ich erkenne es als meine Pflicht, dir die Vorteile einer solchen Verbindung vor Augen zu führen. Du würdest in eine Sphäre kommen, die dir augenscheinlich liegt, du hättest einen guten, verständigen Mann und wärst für dein Leben versorgt. Das vor allem ist nicht zu unterschätzen.«

Doris sah mit tränenden Augen zum Fenster hinaus. Es war, als stürzte alles über ihr zusammen. Was sie von ihres Vaters Worten am deutlichsten aufgefaßt hatte, war das Wort Pflicht. Es sei seine Pflicht, hatte er gesagt ... Es war nicht nur ihre Angelegenheit, so begriff sie nun, sondern auch die seine, es war eine Sache, die sozusagen die ganze Familie betraf. Es würde, so sah es aus, eine Entlastung bedeuten.

Doris hatte sich Verlobung und Heirat und das, was diesen Ereignissen vorauszugehen pflegte, ganz anders vorgestellt. Wesentlich angenehmer, nein, berauschend und beglückend. Hier war von Pflicht die Rede.

»Ist es so«, fragte Doris plötzlich und sah ihren Vater an, »daß du sehr zufrieden wärst, wenn ich ja sagte?«

»Aber, Doris«, legte sich Frau Kanther ins Mittel, »der Papa will dich doch bestimmt in keiner Weise beeinflussen.«

Der Konsul sah einen Augenblick schweigend zu seiner Frau hinüber, es lag wie eine Frage in seinem Blick, dann sagte er zu Doris: »Ich wäre zufrieden, mein Kind, wenn ich dich versorgt wüßte. Es würde eine Sorge weniger für mich bedeuten ... In früheren Zeiten, wie du weißt, pflegte der Vater den Mann für die Tochter nach seinem Ermessen zu bestimmen, sie ist in den meisten Fällen wohl nicht schlecht dabei gefahren. Das gibt es heute nicht mehr. Und doch weiß ein Vater wohl auch heute noch besser, was dem Wohl seiner Kinder frommt, als diese selbst, besonders wenn sie noch in so jungen Jahren sind. Du bist mit Gottes Hilfe einundzwanzig, Doris, du sollst erst anfangen, ins Leben hineinzugehen. Du denkst wahrscheinlich, es muß auf jeden Fall die himmelstürmende Liebe sein. Aber wie ich dir schon sagte, die taugt meistens nicht zur Ehe, eine ruhige gegenseitige Wertschätzung ist eine sicherere Grundlage. Aus der pflegt dann mit der Zeit die Liebe zu wachsen, die ein Leben lang vorhält.

Du brauchst dich heute nicht zu entscheiden, im Gegenteil, du sollst dir Für und Wider reiflich und in Ruhe überlegen. Es ist Zeit genug, wenn ich dem Herrn Oberleutnant morgen auf sein Schreiben antworte. Aber länger werden wir es dann nicht mehr hinausschieben.«

Doris nahm aus der Unterredung in der Veranda eine Summe widerstreitender Empfindungen mit. Sie fühlte sich mit Verantwortung belastet, schwer geprüft vom Schicksal, daneben aber auch erhöht und ausgezeichnet vor Gott und der Welt, aus der Stellung der jungen, strenggehaltenen Tochter in den Mittelpunkt der Familie gerückt und so zu einem bedeutenden Gegenstand erhoben. Zugleich aber war in ihrem Herzen Unruhe, Unsicherheit und Verwirrung. Sie wußte nicht, ob sie sich als Schuldige oder als Opfer zu fühlen hatte.

Sonst war sie gewohnt gewesen, alle Ereignisse und Fragen von Bedeutung mit ihrer Mutter durchzusprechen. Doris trug ihr Herz auf der Zunge, und immer hatte sie bei ihr Gehör und Verständnis gefunden. Aber heute, fand sie, hatte sich die Mutter sehr deutlich zurückgehalten, sie stand wie auf feindlicher Seite. Es war keine Hilfe von ihr zu erwarten oder durfte, so wie die Dinge lagen, von ihr verlangt werden. Anne jedoch, die immer so ein williges Gefäß für alle herzbewegenden Erlebnisse gewesen war, schied hier natürlich erst recht aus. Sie war viel zu grün, die Bedeutung dieser Angelegenheit zu erfassen.

Doris stand allein und war völlig auf sich selber angewiesen, all die wichtigen Ausführungen ihres Vaters hatten sie auf einen einsamen Posten gestellt, auf dem sie einen Kampf zu bestehen und auszuharren hatte, bis die Entscheidung fiel. Es war leider so, daß ihr nicht auszuweichen war.

Doris versuchte es auf diese und jene Weise, sie beschäftigte sich mit der Vorstellung von einer hübschen, modern eingerichteten Wohnung, die ihre eigene sein würde, von einem Balkon mit Blumen, einem Dienstmädchen mit weißem Häubchen und einem Burschen als besonders wertvollem Zubehör. Es schlossen sich weitere Annehmlichkeiten daran, und das Ganze versprach ein neues Leben ohne den gewohnten Zwang der Oberdammgasse in Selbständigkeit und Freiheit. Aber wenn sie so weit kam, daß Herr Massnitz in Person zu all diesen willkommenen Dingen gehörte, verlor der Gedanke unweigerlich jeden Reiz.

Dann aber rückte die andere Seite der Angelegenheit, die ernsthafte, fordernde, in ihr Bewußtsein, und diese Vorstellung war eigentümlicherweise ziemlich eng mit Dorothea v. Wedell verknüpft. Man sah es an ihr: es konnte sein, daß die Jugendjahre dahingingen, daß man fünfundzwanzig, sechsundzwanzig und noch älter wurde, ohne daß das so gewünschte Ziel erreicht worden war.

Für ein armes Mädchen, das stand nun einmal fest, waren die Aussichten rar. Falls sich eine bot, mußte man möglicherweise nach ihr greifen, auch wenn sie einen durchaus nicht verlockte. Es konnte sein, daß nie wieder eine kam.

Und dann war da noch jenes Wort, das Doris in diesem Zusammenhang so ganz besonders niederziehend dünkte. Wenn die Verhältnisse es verlangten, wenn die Ruhe des Vaters und das Wohl der Familie davon abhing, konnte es eine Pflicht bedeuten, ja zu sagen, wo man seinem Herzen nach schlankweg nein gesagt hätte. So war es, das war der Ernst des Lebens.

Der Papa hatte geäußert: »Es würde eine Sorge weniger sein.«

Der Abend verging – als es Zeit wurde, zu Bett zu gehen, hatten sich die widerstreitenden Fragen in ihrem Innern noch keineswegs geklärt. Doch sie war immerhin so weit, daß sie sich ernsthaft bemühte zu erkennen, ob es wohl ihre Pflicht wäre, sich für die Ihren zu opfern.

Anne beobachtete sie mit Scheu, dieses Ereignis war so neuartig und einmalig, es umgab Doris mit einer besonderen Würde und entfernte sie von ihr. Man konnte nicht ohne weiteres anfangen, davon zu reden, wennschon die ganze vorangegangene Entwicklung Annes stärkste Anteilnahme erfordert hatte. Der Komplex Massnitz war ausgiebig genug zwischen ihnen erörtert worden.

Man mußte den Dingen ihren Lauf lassen und abwarten, wie sie sich entwickeln würden.

Die Nacht deckte auch diese Bedrängnisse zu, sie wurden wider Erwarten rasch genug unter einem guten und festen Schlaf begraben und verschwanden für die Zeit seiner Dauer ganz und gar aus der Welt . . .

Auf einmal war es Anne, als hörte sie aus dem anderen Bett einen besonderen Ton, er war nur ganz leise und klang wie unterdrückt, aber die beiden hatten ja nicht umsonst alle Tage und Nächte ihres Lebens geteilt, seitdem die Jüngere auf der Welt war. Niemals konnte es sein, daß Doris sie mit einem Laut oder einer Bewegung täuschte. Anne begriff es ganz deutlich, daß Doris weinte.

Das war ja auch sonst manches liebe Mal vorgekommen, doch dann geschah es ausbruchhaft als die Wirkung von Ärger oder Enttäuschung, es war ein sehr gesundes Hilfsmittel gegen jede Art von Anfechtung. Wenn es sich erschöpft hatte, schien wieder die Sonne. Aber dieses stille, nächtliche Weinen war sehr, sehr verschieden davon, es kam aus der Tiefe eines gequälten Herzens.

Anne hielt sich zurück und blieb völlig schweigsam, sie lauschte sehr aufmerksam auf diese schmerzvolle Melodie, aber nach einer Weile wurde das Weinen drüben stärker, und nun erkannte sie, daß es nicht mehr zurückgehalten wurde, sondern daß sie, Anne, es hören sollte. Sie setzte sich auf. »Was ist denn, Doris?«

Es gab keine Zärtlichkeiten unter den Kantherschen Schwestern, die waren in der Oberdammgasse nie und nimmer Brauch gewesen. Anne stand nicht etwa auf und setzte sich auf Doris' Bett, um sie zu beruhigen und zu trösten und dabei ein bißchen zu streicheln. Nein, sie blieb im Dunkeln sitzen und überlegte, was da zu machen war.

Vielleicht tat es Doris wohl, einmal ordentlich zu weinen. Und gewiß hatte es sie aus Herzensgrund danach verlangt, heiße Tränen um den scheidenden Sommer und um Holten zu vergießen, der nach Wochen, die von lauter Liebe erfüllt waren, nun aus ihrem Leben hinwegging, ohne daß eine Hoffnung blieb, so als ginge er auf einen anderen Stern. Daneben war es sehr belanglos, daß Herr Massnitz einen Brief schrieb; es war jedenfalls bestimmt kein Trost, eher mochte es sein, daß es den Krug zum Überlaufen brachte.

Und da half nun nichts, Anne mußte das Ihre tun, und im Augenblick war es ihr klar, daß diese nächtliche Stunde ihr die Verantwortung auferlegte für das, was am Morgen so oder so ins reine gebracht werden mußte. Niemand außer ihr konnte genau wissen, wie es um Doris stand und was das richtige war.

Sie stieg nun doch aus dem Bett und suchte die Streichhölzer, sie entzündete die Kerze, die auf dem Brett über dem Waschtisch stand, weil ja kein Tisch im Zimmer war.

»Ich würde doch wegen so etwas nicht weinen«, sagte sie.

»Du weißt nicht, wie es ist«, sagte Doris erregt, »du bist ja nie in einer solchen Lage gewesen.«

»Nein – aber du bisher auch noch nie. Einmal muß man das ja wohl durchmachen. Warum nimmst du es eigentlich so tragisch? Daß Massnitz hinter dir herlief, das wußten wir ja schon seit Wochen. Sonst hast du dich doch immer nur darüber amüsiert.«

»Ja, ich habe es niemals ernst genommen. Aber nun ist es Ernst.«

»Ach«, sagte Anne mit ihrer ruhigen Stimme, die sie noch ein wenig dämpfte, weil sie Wand an Wand mit der Mutter hausten. »Ich würde gar nicht soviel daraus machen. Das kommt doch bloß, weil es Nacht ist und dir all das im Kopf herumgeht, was Papa gestern gesagt hat. Wie konntest du denken, daß er das nicht tun würde? Es gehört sich einfach, daß ein Vater vor seiner Tochter in einer solchen Sache schweres Geschütz auffährt. Eine Kanone, Doris – damit es auch paßt. Es mag ja sein, daß es seine Überzeugung ist, aber vielleicht tut er auch bloß so.«

»Nein, nein, es hatte schon alles seine Richtigkeit.«

»Na«, machte Anne zweifelnd, »wer weiß das schon so genau? Wir haben es ja hier an ihm erlebt, er hat mitunter ganz anderes im Sinn, als er sich den Anschein gibt. Auf eine Art ist er leicht umzuwerfen, erstaunlich leicht geradezu. Er ist auch bloß ein Mensch, er macht uns nur manchmal was vor.«

Doris hatte mit Weinen ein wenig nachgelassen. »Es war doch so, als ob er von mir erwartet, daß ich ja sage. Es war wieder von seinen Sorgen die Rede. Und von den armen Mädchen, die keine Chancen haben.«

»Hm. Na ja, aber das ist doch Unsinn. Das siehst du ja an Dorothea.«

»Ja, was meinst du, wird es mit Dorothea werden? Es ist nichts weiter davon zu hören. Die Wedells sind ja auch eine Sorte für sich.«

Anne war zufrieden mit der Ablenkung, inzwischen fiel ihr vielleicht etwas Gescheites ein. Sie saß in dem unruhigen Kerzenschein, den der Spiegel zurückwarf, auf dem Bettrand und balancierte einen ihrer kleinen roten Pantoffeln auf der Fußspitze. Doris lag auf den Ellbogen gestützt, ihr dichtes blondes Haar stand ihr vor lauter Kummer und Aufregung wirr um den Kopf.

»Herr Feyerabend war doch neulich abend gar nicht da«, sagte sie, »und Dorothea war wieder so elegisch. Sie kann einem ja richtig leid tun.«

»Vielleicht«, meinte Anne, »hat er so spät noch einzufahren, die haben ja wohl jetzt zu tun in der Ernte. Man kann es nicht wissen. Oder es war auch einfach Absicht. Kann sein, daß Wedells es bloß noch geheimhalten wollen.«

Nein, man konnte es nicht wissen, ob diese Sache etwa auch wieder hoffnungslos im Sande verlief wie wohl manche andere Möglichkeit in Dorotheas stillem Dasein.

Aber in diesem Augenblick war das Anne egal, ja, sie dachte nicht einmal so sehr an Frau v. Ohrt. Jetzt, heute und morgen und überhaupt, war Doris' Sache wichtiger als jedes anderen Menschen Geschick.

Wenn ich ihr nur ein bißchen zureden würde, dachte sie, ich glaube, sie wäre imstande . . .

Und auf einmal begriff Anne nicht mehr, warum denn von dieser ganzen Angelegenheit so viel Aufhebens gemacht wurde, warum so viele Worte die Luft erschüttern mußten, die den Kern der Sache mehr und mehr zu verhüllen drohten.

Da saßen sie nun hier beide in ihren Betten bei diesem kümmerlichen Licht und schlugen sich die Nacht um die Ohren, bloß weil es einem wildfremden Mann einfiel, in ihren gehüteten Familienkreis einbrechen zu wollen. Wie kam er eigentlich dazu? Und ebenso sicher war es, daß die Eltern nicht schliefen, die ganze Villa ›Elisabeth‹ hielt den Atem an um diese außerordentliche Begebenheit, und das war ihrer Bestimmung entgegen, die darin lag, sanfte und freundliche Träume zu hüten. Anne zog die Beine wieder ins Bett und deckte sich zu.

Warum mußten die Menschen solche Umwege machen? Denn es war doch ganz einfach – allem, was Doris betraf, sah sie bis auf den Grund, nur ihre eigenen Dinge waren immer verwickelt und problematisch.

Wie konnten sie denn nur alle annehmen, daß ein Mann wie Massnitz tatsächlich für Doris in Frage käme? Sie nahm es ihnen übel, dem Herrn Oberleutnant Massnitz selbst in erster Linie, aber auch den Eltern, die im Begriff standen, ihr eigenes Kind zu verhandeln, und den übrigen wie Mama König und Dorothea zum Beispiel – allen, die dieser Sache seit Wochen ein wohlwollendes Interesse bezeugt hatten. Sie verdachte es ganz Neuenort.

Doris war ihre Schwester und damit der nächste Mensch für sie, sie durfte nicht hingehen und diesen Fußartilleristen heiraten, der da meinte, er brauchte bloß daherzukommen oder dazusein und einen Brief zu schreiben. Er war ihr für Doris noch lange nicht gut genug, er nicht, seine Herkunft nicht, auch nicht seine Stellung, so aussichtsreich sie immer sein mochte. Doris konnte etwas Besseres, weit anderes haben, sie war dafür geschaffen und ausersehen, sie brauchte sich nicht vom Schicksal betrügen zu lassen. Und in dieser nächtlichen Stunde schien es Anne unzweifelhaft, daß sie mithelfen mußte, Doris für dieses ganz Besondere aufzusparen, das vielleicht schon auf dem Wege war. »Sag mal«, fragte sie schließlich, »du denkst doch nicht etwa im Ernst daran?«

»An was denn?« fragte Doris bekümmert. Sie war wohl noch nicht ganz fertig mit dem Weinen, es klang noch in ihrer Stimme mit.

»An Massnitz.«

Doris schwieg, sie fand nichts zu sagen aus Ratlosigkeit, ja auch aus tiefem Verdruß über diese beschämende Lage, so großartig sie sich sonst leicht gab – ach, sie war wohl ganz und gar durcheinander, es konnte einen richtig selber das heulende Elend ankommen.

»Wenn du den heiratest«, sagte Anne leise und doch voll Zorn, »dann sind wir geschiedene Leute. Wie kannst du dir das überhaupt nur einen Augenblick überlegen?«

»Ach, Anne, ich habe mir das ja nicht ausgedacht. Ich wäre nie von selber darauf verfallen, du weißt ja, wie alles war von Anfang an. Aber nun haben sie mich damit in die Enge getrieben, und ich weiß wirklich nicht mehr, was ich soll.«

»Na«, sagte Anne trocken, »wenn er dir doch so sehr gefällt ...«

Aber diese Bemerkung erregte Doris' Widerspruch, das ließ sie nicht auf sich sitzen.

»Gar nicht gefällt er mir! In der ersten Zeit fand ich ihn vielleicht nicht so schlimm, und er ist es wohl auch nicht. Ich fand ihn sogar ganz passabel aussehend. Aber neulich abend ist es mir erst richtig aufgefallen, was er zum Beispiel für große Ohren hat!«

»Ja, und sie sind so seltsam nach innen gewickelt. Ich könnte sie nicht jeden Tag ansehen. Und du auch nicht.«

Doris holte ein paarmal tief Atem, es hörte sich an wie entweichende Seufzer, die ihr Herz befreiten.

Die Stearinkerze war schon ziemlich heruntergebrannt, so lange saßen sie nun schon und redeten in der Nacht. Aber es war hier besser und leichter als im klaren Licht des Tages, man konnte Dinge aussprechen, mit denen man sich sonst vielleicht nicht so ohne weiteres herausgetraute.

Doris sagte: »Aber wenn ich ihn ausschlage, Anne, und er ist vielleicht meine einzige Aussicht im Leben. Mit Holten ist es nichts geworden, es konnte ja nicht sein, und diesen schicke ich fort. Womöglich kommt nie wieder einer.«

»Na und?«

Doris blieb einen Augenblick lang stumm. Dann sagte sie leise aus den Kissen heraus: »Es könnte ja sein, Anne, ich bekomme dann überhaupt keinen Mann.«

»Du?« fragte Anne, und aus ihrem Ton klang fassungsloses Staunen. »Ach du lieber Gott, das glaubst du doch wohl selber nicht.«

Und was sie dann vorbrachte, kam nicht bloß aus dem Wunsch, es nun des Katzenjammers genug sein zu lassen. Sie empfand als eine Eingebung von oben her, zur rechten Stunde geschehen, was doch nichts anderes war als ihr Glaube an das Leben und an eine gute und gerechte Ordnung in der Welt.

»Ich will dir mal was sagen, Doris, und du wirst sehen, daß ich recht behalte: du meinst, du könntest vielleicht gar keinen Mann bekommen? Und ich behaupte dagegen, und ich weiß es ganz gewiß: Noch dieses Jahr!«

Am nächsten Vormittag schrieb Konsul Kanther an Herrn Oberleutnant Massnitz einige höflich bedauernde Zeilen des Inhalts, daß sein Gesundheitszustand es ihm leider nicht erlaube, eine ausgedehnte Geselligkeit zu pflegen. Er müsse sich daher des Vergnügens berauben, den Herrn Oberleutnant in seinem Hause begrüßen zu dürfen.

»Es ist gut so«, sagte der Konsul zu seiner Frau, »ich bin sehr zufrieden — ich bin sogar heilfroh, daß es nichts geworden ist. Ich kann mir nicht helfen, es lag mir nicht, es hätte mich wahrscheinlich dauernd und empfindlich gestört, ein Fremdkörper in unserem Sein und Wesen. Wir können nun also in Frieden unsere Zelte hier abbrechen. Na ja. Und was Doris angeht, es ist nicht so eilig, sie hat wirklich noch Zeit.«

Achtzehntes Kapitel

Der Tag war trübe, kühl und fast windstill. Es hatte in der Nacht geregnet, unter dem verhangenen Himmel war die See grau und stumm, und nur hin und wieder schlug mit schwachem Laut eine kleine flache Welle an den Strand.

Es war der Tag des Abschieds, den nun nichts in der Welt mehr verhindern oder hinausschieben konnte.

Neben dem Packen blieb kaum Zeit, noch einmal jenen Weg zwischen den Zäunen hin, vorbei an der Ligusterhecke, zu gehen, der am schnellsten zur See führte. Es war der Weg jedes Tages in all den Wochen gewesen, die nun wie ein Traum verweht waren.

Anne saß noch einmal mit vorgeschobenen Beinen im Sand, den Blick hinaus, in inbrünstigem Verlangen, das Geheimnis der Weite zu enträtseln, es ganz in sich zu fassen und auf immer zu bewahren. Aber die See war fremd und kühl und wie verschlossen. Als Anne zum letzten Mal den Weg zur Villa ›Elisabeth‹ zurückging, war die Vorstellung des Hinwegmüssens so zwingend, daß alles Gegenwärtige bereits entrückt und verloren schien.

Die ›Elisabeth‹ stand da wie ausgeraubt, nach der Verpackung und Verräumung alles Kantherschen Eigentums hatte sie das dürftige Aussehen aus jenem kahlen Frühlingssonntag wiedergewonnen, und es war schwer zu begreifen, daß man hier lange Zeit ein Leben in Fülle und Ungebundenheit genossen hatte.

Denn man ließ nicht etwa einen Teil des mitgebrachten Hausrates zur Überwinterung da. Das Haus war für den Rest des Sommers weitervermietet worden, und es war nicht sicher, ob man im nächsten Jahr wiederkehren würde.

Auf einmal war nun alles gewesen und fast nicht mehr wahr. Was sich in den letzten Stunden noch begab, wurde kaum mehr von dem Bewußtsein aufgenommen oder gar gerecht bewertet. Schneller und nüchterner noch als die Loslösung von Landschaft, Ort und Haus ging der Abschied von den Menschen vor sich, mit denen man sich hier doch wie zusammengewachsen gefühlt hatte. Daran erwies es sich, wie locker die Bindung eigentlich gewesen war.

Vielleicht hätte Frau Major König ein paar rasch bereite Tränen vergossen, wenn sie Muße dazu gehabt hätte. Aber sie war ja selber im Aufbruch, es gab keine Zeit mehr für Stimmungen und Gefühle.

»Wir sehen uns ja in der Stadt, Kinder, ihr müßt mich besuchen.«

Auch Dorothea äußerte ähnliches in ihrer gleichmäßig freundlichen und gelassenen Haltung. Es hörte sich so an, als ob es etwas sein sollte. Aber was wußte man denn im Grunde von Fräulein v. Wedell, vielleicht war es nichts als eine liebenswürdige Redensart bei ihr, die sie eben für eine solche Gelegenheit gewohnheitsmäßig zur Hand hatte. Wahrscheinlich bedeutete es ihr wenig, daß der Kreis eines Sommers, eines von vielen Sommern, sich nun wieder löste, da doch ganz andere, vielleicht lebensentscheidende Ereignisse im Hintergrund aufzogen.

Jasserott aber war seltsam still bei jener zufälligen letzten Begegnung an der Ecke von Lindenallee und Hauptpromenade, bei der nun gerade auch noch andere zugegen waren, Menschen, die von nichts wußten und die das alles nichts anging. Was er schließlich noch sagte, war ohne Belang und Gewicht, auch er schien schon weit entfernt, ein fremder Mann aus der Großstadt in einem tadellosen Anzug und weichem Filzhut, und Anne empfand in sich Ernüchterung und trotzige Kühle.

Sie hatte sich unter einem Abschied etwas anderes vorgestellt, eine Stunde oder eine halbe oder doch wenigstens ein paar Minuten der Gemeinsamkeit, die von Innigkeit und leiser Trauer erfüllt waren. Dies war nun alles. Es war das das Letzte nach einer so guten und herzlichen Freundschaft. Sie war zerronnen mit den Tagen, die zu Ende gingen.

Anne dachte tief darüber nach, als sie, alle Kanthers miteinander, und viel, viel Gepäck, im Zuge saßen, der sie erbarmungslos und unwiederbringlich hinwegnahm aus einem Bereich, in dem es dem Leben eine kurze Spanne Zeit zu blühen vergönnt gewesen war. Erst wenn etwas vorüber war, erkannte man, daß man es längst nicht ausgeschöpft hatte.

Doris gab den eigenen Abschiedempfindungen auf ihre Weise Ausdruck. Sie sagte leise zu Anne: »Ich hatte gedacht, sie würden alle mit zur Bahn kommen, mit Blumen beladen, und würden stehen und winken – ich finde, wir konnten das verlangen. Aber nicht einmal dein Freund war da.«

Anne versetzte unwillig: »Wie denkst du dir das? Papa hätte sich ja ganz besonders gefreut.«

Doris war wieder ganz obenauf. Seitdem das Unheil an ihr vorübergegangen war, gab es keinen Grund mehr, den Kopf hängenzulassen. Der Gedanke an Holten ruhte noch mit der Süße der

Erinnerung in ihr. Aber daneben war sie frei, unbekümmert und mit Zuversicht geladen. In der Stadt würde wieder anderes sein, allerhand Bewegung und neue Möglichkeiten vielleicht.

Anne aber dachte zurück an den frühen Morgen nach der durchwanderten Nacht — vor der hinteren Gartentür der ›Elisabeth‹ — und an den großen Strauß gelber Blumen, die jemand vergeblich für sie gepflückt und heimgetragen hatte. Sie erschrak fast ein wenig. Und im eintönigen Abschiedslied, das der ratternde Zug ihr sang, wollte es sie bedünken, als wäre damals und an jener Stelle auch ohne Worte schon alles gesagt worden, für das es späterhin keinen Raum und keine Freiheit mehr gab. Mehr als das hatte es vielleicht nicht geben können, nur sie, sie hatte nichts davon begriffen.

Anne Kanther sah zum Fenster hinaus auf die abgeernteten Felder, die vorüberzogen, und suchte sich zu finden und nicht enttäuscht, sondern erfüllt zu sein.

Sie dachte auch einmal an Henningshaus, an sein leichtverschleiertes linkes Auge, das er hinter einem Einglas zu verbergen pflegte — so wie seine zwiespältige, unergründliche Seele, um die sich der Panzer einer unerschütterlichen Haltung schloß. In der Entfernung stand er ihr da als ein gefährlich anziehendes Bild, es war nach erst wenigen Tagen schon fast zu einer Gestalt der Phantasie geworden. Ich hätte ihn lieben können, dachte sie. Ich hätte ihn ganz gewiß geliebt, wenn nicht Liselotte gewesen wäre.

Was sollte es nur? Was von allem blieb, war nichts als dunkle Sehnsucht. Sie wußte nicht, wohin mit ihrem Herzen . . .

Die Eltern saßen am gegenüberliegenden Fenster, die Mutter war immer wieder damit beschäftigt, das vielfache Handgepäck zu übersehen und zu überzählen. Sie war stets zufrieden, wenn sie die Ihren und recht viel ihrer Habe um sich versammelt sah.

»Wenn wir nicht alles in den Wagen hineinbekommen«, sagte sie überlegend, »könnten die Mädchen eigentlich vom Bahnhof zu Fuß nach Hause gehen.«

Doris sah Anne abwehrbereit an, aber der Konsul erwiderte mit einem gleichgültigen Blick auf die Koffer, Taschen und Bündel, die über ihm und den Seinen in den Netzen verstaut waren: »Vielleicht sollte ich dann auch lieber zu Fuß gehen, nicht wahr? Nein, Johann soll ruhig noch einmal fahren und sich die Fuhre voll Krimskrams laden.«

Konsul Kanther hatte den Strohhut mit einer leichten seidenen Reisemütze vertauscht und eine großkarierte Reisedecke, wenn auch nicht über die Knie gelegt, so doch neben sich liegen. Es war, als ginge er auf große Fahrt. Dabei war es ihm aber deutlich anzusehen, daß er von der See zurückkam, seine Haut, Gesicht und Hände, war glänzend braun wie Leder, und seine Augen blickten merkwürdig hell. Die kurzen Bartkoteletten waren nun fast weiß. Und dennoch mußte Anne ihn mit Verwunderung betrachten, er sah auf einmal, in anderer Umgebung als der täglich gewohnten, deutlich verjüngt aus, und selten noch hatte sein Gesicht einen so ausgeglichenen Ausdruck gezeigt.

»Nun, Anne«, meinte er, indem er seine jüngste Tochter seinerseits wohlwollend ansah, »hältst du nun Rückschau und ziehst die Bilanz? Es sieht mir beinahe so aus.« Er nickte ihr zu und lehnte sich in seine Ecke zurück.

»Da pflügen sie bereits«, sagte er mit einem Blick zum Fenster hinaus.

Konsul Kanther, so war es nun, kehrte mit einer gewissen heiteren Zuversicht nach der Stadt zurück. Es war beinahe so, daß er sich darauf freute. Er hatte seinen Sommer gehabt, einen reichlich langen Sommer, und war befriedigt. Vielleicht sogar hatte keines der Seinen und keiner von all jenen anderen, die Strand und Wald und Wege von Neuenort bevölkert hatten, so viel aus jenen Wochen empfangen, gewonnen und heimgebracht wie er. Er dachte darüber nicht nach, aber er fühlte sich wohl wie seit Jahren nicht mehr. Er hatte es aufgegeben, sterben zu wollen ...

Wie aber stand es um jenen anderen Mann, der nun wieder allein war und der an manchem Abend den langen, stillen Gang über die Mole machte, den Weg zwischen den Wassern hin bis zum letzten Ende der Welt? Er würde ihn wohl noch oft zu machen haben, bis vermutlich vielleicht eines Tages ein Federstrich des Militärkabinetts ihn von dem stillen Platz so mancher Jahre hinwegholte. Auch Hauptmann Henningshaus hatte seinen Sommer gehabt, er war kurz und heiß gewesen, und nun war er vorüber. Vielleicht war es zu wenig gewesen, aber mehr hatte ihm nicht gegeben werden können. Er würde ihm noch lange nachblicken, er würde ihn bewahren, unantastbar und unverlierbar, in der Tiefe seines einsamen Herzens, und würde auf seine Art davon leben durch Jahre und Jahre, die kommen und gehen mochten.

Was stand in den Sternen geschrieben? Niemand wußte es. Doch zuweilen fühlte er, daß es wie ein ungeheures Schicksal heraufzog, vielleicht war es nicht mehr fern, eines Tages würde es da sein. Und das seine, wußte er ohne Begeisterung und ohne Furcht mit dem ruhigen Fatalismus des Soldaten, würde sich damit erfüllen ...

Das sollte dann gut sein.

In der Oberdammgasse stand das alte, gute, festgefügte Haus, wohl ausgestattet und trefflich versorgt, mit großen kühlen Räumen, mit vielen Sachen und aller nach langen Wochen der Abwesenheit nun doch ehrlich ersehnten Bequemlichkeit. Das Haus in der Oberdammgasse tat alle Türen auf und umfing die Heimgekehrten mit der vertrauten Atmosphäre von Wohlhabenheit und Geborgenheit.

Anne fand es erstaunlich, so viel Platz zu haben in Zimmern, Schränken und Schüben und so viele nützliche und angenehme Gegenstände um sich zu sehen. Man konnte von einem Raum in den anderen gehen, durch eine Flucht von Räumen, und wieder umkehren oder einen Umweg durch andere Türen nehmen und dabei eine Luft einatmen, die nicht so gut war wie die von Neuenort und die doch einen geheimnisvollen Reiz ausströmen ließ. Daneben fing das Ohr Geräusche und Töne auf, die nur hier gebildet wurden und die man lange Zeit vergessen hatte.

Es war doch trotz allem so, daß Heimkehr schön war, und Anne vermeinte, sich dieses unerwartete Gefühl bewahren zu können über heute und morgen, nein, durch die nächsten Wochen und weiterhin vielleicht. Es mußte ein Mittel geben, und das trug man allein in sich selbst, zu verhindern, daß alles, was einen heute beglückte, morgen wieder alltäglich, matt und nüchtern wurde.

Nur beim Blick aus dem Fenster, der auf Mauern stieß und den Himmel nicht mehr fand, zog es wie ein Schatten von Angst über das Herz. Man mußte sich davor hüten ...

Anne sah sich im Spiegel, in dem großen Stehspiegel im Flur, und fand sich selber verändert, groß und mächtig braun, mit einer neuen, sehr kleidsamen Frisur, die sie wirklich erwachsen erscheinen ließ. Die Augen waren wie bei dem Papa ganz hell geworden. Aber so sahen sie eigentlich alle aus, es war, als wäre eine Horde von Naturgeschöpfen in dieses wohlbürgerliche und umfriedete Haus gedrungen.

Doch keine Sorge – das Haus besaß seine geheime Macht, es würde sie mit der Zeit alle wieder einordnen, zurechtziehen und in Schranken halten ...

Eine runde Woche später – aber da befand man sich schon wieder im alten Gleis, unerwartet schnell war das vor sich gegangen, und die leuchtenden Bilder des Sommers begannen bereits zu verblassen wie die sonnenbraune Haut, die in den ersten Tagen auf der Straße Aufsehen erregt hatte –, eine Woche später also brachte die Post ein lithographiertes Schreiben, in dem Oberst v. Wedell sich die Ehre gab, Herrn Konsul Kanther und Frau Gemahlin die Verlobung seiner ältesten Tochter Marie Dorothea mit dem Gutsbesitzer und Leutnant der Reserve Herrn Martin Feyerabend-Perwitten anzuzeigen.

»Na«, sagte der Konsul befriedigt, »wenigstens eine, die es erreicht hat.«

Doris hörte einen Vorwurf heraus und hielt es für nötig, sich zu wehren. »Gutsbesitzer«, sagte sie, »klingt ja doch ziemlich bescheiden. Die hätten ja bestimmt lieber ein Majorat geheiratet. Und nun ist es nicht mal ein Rittergut.«

»Es ist eine sehr ordentliche Wirtschaft«, erwiderte der Konsul mißbilligend. »Ich weiß nicht, woher ihr diesen Dünkel habt.«

Ja, woher hatten sie den? Die Kanthermädchen fühlten sich unschuldig, vielleicht hatten sie den Hang nach oben im Blut ihrer Väter mitbekommen.

Doris und Anne waren jede in ihrer Weise dennoch erfreut über das Ereignis, das man nicht mehr unbedingt erwartet hatte. Zuguterletzt war es eine große Überraschung, ein Wunder, vom Himmel gesandt. Mit einem Schlage konnte ein Leben seinen alten, ziellosen Kurs verlassen und ganz neue Fahrt gewinnen, es fing noch einmal von vorne an.

Das gab auch einem anderen Herzen, das Unruhe, Ungeduld und vielleicht unsichere Hoffnung in sich trug, einen frischen Wind in die Segel. Eines Tages konnte so etwas geschehen, auch hier, ohne viel Vorbereitung und Voraussicht.

Der Konsul sandte, zugleich im Namen seiner Frau, ein förmliches Glückwunschschreiben an den Oberst, und die beiden Mädchen gingen zu passender Stunde selber, um zu gratulieren.

Die Familie v. Wedell und besonders die Wendung in Dorotheas Leben spielten in dem gemessenen Dasein der Oberdammgasse auch weiterhin eine gewisse Rolle, und sie brachte eine Wirkung zutage, die nicht vorauszusehen gewesen war. Frau Kanther besonders verweilte noch mehrfach gern bei dem gegebenen Thema. Es erfreute ihr Gemüt, zu erleben, daß ein Mädchen auf den richtigen Platz gestellt wurde. Da hatte diese schöne und liebenswerte Dorothea, verschattet von ihrer glänzenderen Schwester, durch Jahre und Jahre ohne Sinn und Ziel dahingelebt. Wie es in jenen Familien Brauch war, stand, so beschränkt die Verhältnisse auch sein mochten, das Gesellschaftsleben im Vordergrund. Es war das Wesentliche, und dahinter gab es nichts als ein bißchen Handarbeit, ein wenig Spielerei im Haushalt und dazu vielleicht eine übersteigerte Pflege der verwandtschaftlichen Beziehungen, die in den meisten Fällen ausgedehnt genug waren.

Was wurde aus solch einem Mädchen, wenn es über die erste Jugend hinaus war, wenn die Jahre der Hoffnung unerfüllt vergingen? Man kannte zur Genüge diese adeligen Damen, die bis ins Stiftsalter hinein ihre Ansprüche bewahrten und im Grunde ganz arme Geschöpfe waren, denen das Leben alles schuldig geblieben war. Oder, wie verhielt es sich? Vielleicht hatten, umgekehrt, sie selber dem Leben nicht das Nötige gegeben. Frau Kanther kam mit dieser Überlegung nicht ganz zu Ende.

Sie sagte zu ihren Töchtern: »Ihr werdet sehen, Fräulein v. Wedell wird noch einmal eine ganz ausgezeichnete Frau. Sie wirkte ja immer ein bißchen unbelebt, aber das lag gewiß an ihrem nutzlosen Dasein. Wenn sie erst ihren eigenen Wirkungskreis hat, Haus und Garten und Küche und Keller mit Einmachen und Schlachten und all der Arbeit mit dem Geflügel, da wird sie schon in die richtige Form kommen. Und dann ist da ja auch noch das Kind. Es ist doch ein wahrer Segen, wenn der liebe Gott einem Menschen zur rechten Stunde seine Aufgabe beschert. Dann zeigt sich erst, was für Fähigkeiten in ihm liegen.«

Doris meinte: »Na, so ganz einfach ist das bestimmt nicht, auf einmal eine Gutsfrau zu sein. Dazu muß man ja schon allerhand verstehen. Aber mir würde das auch Spaß machen.«

Frau Kanther dachte, was sie in diesen Tagen schon oft in ihrem Herzen bewegt hatte. Seit den Ereignissen von Neuenort, den vergeblichen Bemühungen jenes Oberleutnants bereits, hatte sie unentwegt um ihre älteste Tochter Sorge getragen. Doris war ja noch jung, aber es hatte sich gezeigt, daß es heutzutage keineswegs so leicht war, eine willkommene und passende Partie zu finden. Frau Kanther hatte sich in ihren beschwingten Hoffnungen getäuscht gesehen.

Und dieses Fräulein v. Wedell war soviel wie eine Mahnung, man mußte Doris davor bewahren, in ein so beschämendes und trauriges Abwartedasein hineinzuwachsen. Es war ja schade – Frau Kanther gestand es sich ganz insgeheim, daß sie selber, trotz des bestehenden Altersunterschiedes, diese Perwitter Verlobung von Herzen für ihre Tochter gewünscht hätte.

Doris freilich würde darüber nur lachen und sich entrüsten. Aber es war doch auffällig, daß sie das Thema der landwirtschaftlichen Hausfrauenpflichten mit Hartnäckigkeit weiter verfolgte. Doris und ihre Mutter waren ja innerlich sehr nahe verbunden, sie trafen sich oft auf den gleichen Gedankengängen; es konnte auch hier sein, daß der Gemütsinhalt der einen zugleich die andere füllte nach dem Gesetz der artesischen Brunnen.

Vielleicht war es bei Doris aber auch die innere Beraubtheit nach dem entscheidenden Abgang jenes Prinzen namens Holten, der nach dem ewiggültigen Recht eines Mädchenlebens einen seligen und süßen unerfüllbaren Traum bedeutet hatte.

Der Herbst war nicht mehr fern, und hinter ihm rückte der lange, harte ostpreußische Winter herauf. Zum erstenmal in jener Nacht des Katzenjammers und dann immer wieder einmal war es Doris angekommen wie eine unterirdische Bangigkeit vor dieser dunklen, leeren und hoffnungslosen Zeit, von der man nicht wußte, ob sie jemals ein Ende haben würde. Konnte denn noch irgend etwas kommen?

Sie rückte plötzlich mit einer ganz neuartigen Idee heraus: »Ich möchte auch ganz gern einmal ein paar Wochen aufs Land oder ein paar Monate vielleicht – auf ein großes Gut, um die Wirtschaft zu lernen. Wenn man sich verheiratet, muß man doch alles verstehen und nicht dann erst anfangen. Das hier mit der Haushaltungsschule war ja nichts Rechtes.«

Man war bei Kanthers einigermaßen erstaunt über diesen Einfall, er war selbständiger und schien ernsthafter, als man von Doris gewohnt war. Dem Konsul immerhin kam er verdächtig vor.

»Da steckt etwas dahinter«, sagte er zu seiner Frau, »sie hat sich irgendwelche Flausen in den Kopf gesetzt. Ich glaube, sie will nur einmal in recht großartige Verhältnisse, zu der Wedellschen Freundschaft wahrscheinlich, die ihr so tiefen Eindruck gemacht hat. Auf diesen großen Gütern ist immer Besuch, und es gibt dort eine ausgedehnte Geselligkeit. Es ist ihr einfach zu langweilig bei uns.«

Aber Frau Kanther fand den Gedanken nicht so von der Hand zu weisen. »Wir sollten es nur begrüßen, Hermann, daß sie den Wunsch hat, etwas zu lernen. Ich muß ihr recht geben. Nachdem die Sache mit diesem Herrn Massnitz nicht hat glücken wollen, sind wir ihr vielleicht eine Ablenkung schuldig.«

»Schuldig, schuldig«, erwiderte der Konsul grollend, »ich fühle mich leider gänzlich unschuldig. Es war ja ihr eigener freier Wille, daß nichts daraus wurde.« Immerhin erklärte er sich nach einigen Tagen, in denen der Gegenstand wohlweislich nicht berührt wurde, bereit, seine Einwilligung zu geben.

Aber es geschah unter ganz anderen Voraussetzungen, als Doris gedacht hatte. Ihr Vater stellte seine Bedingungen. Man würde sich nach einem geeigneten Platz umsehen und nötigenfalls ein Inserat in die Zeitung setzen. Aber ein Haus von Adel schied auf jeden Fall aus, es sollte sich um eine gute bürgerliche und bestens empfohlene Wirtschaft handeln.

»Ich werde einmal unsere Kundenliste zu Rate ziehen und mich unter der Hand erkundigen«, sagte der Konsul abwägend. »Aber noch eins, mein Kind! Für ein paar Wochen werden wir ein solches Unternehmen natürlich nicht in Szene setzen. Du hast dir wohl gedacht – so September und Oktober, wenn das Obst reif ist, um einmal eine Abwechslung zu haben. Das wäre nichts als Unfug.

Wenn ich zu deiner Absicht – von der ich noch nicht weiß, ob es dir darum ernst ist – meine Zustimmung geben soll, dann wäre es nur für ein volles Jahr. In der Zeit finden alle in einem Landhaus vorkommenden Arbeiten ihren Einsatz und Ablauf, und dann kannst du wirklich etwas Gescheites lernen. Es braucht ja nicht weit entfernt zu sein, so daß du zu den Festen nach Hause kommen kannst. Also das mußt du dir überlegen. Ich würde dann sehen, dich zum ersten Oktober an passender Stelle unterzubringen . . .«

Zum zweitenmal in kurzer Zeit war Doris vor eine wichtige Entscheidung gestellt worden.

Es war nicht vorauszusehen gewesen, aber diesmal war sie sofort einverstanden, als triebe etwas sie hinweg von allem Gewohnten und bis dahin Unentbehrlichen, aus dem ganzen sorglosen, spielerischen Dasein. Vielleicht war es der so verabscheute Ernst des Lebens.

In jenen Tagen und Wochen war stille Zeit in der Oberdammgasse. Das zweite Stockwerk stand leer, Eva Kanther befand sich mit ihren Kindern in Zoppot, auch Hermann war für kurze Zeit hinübergefahren. Der Widerhall fehlte, der sonst aus den oberen Regionen des Hauses nach unten gedrungen war, es fehlten die kleinen Schritte und die hellen Stimmchen, all das vertraut anheimelnde Geräusch und auch das gelegentliche Geschrei aus der Kinderstube, die über Doris' und Annes Zimmer lag.

Anne entbehrte am meisten das leise Singen, mit dem Adi und Ilse sich selbst den Schlaf zu bereiten pflegten. Es hatte auch sie selber, ohne daß sie recht darum wußte, oft genug zur Ruhe gebracht.

Die Sache mit Doris ging Anne im Kopf herum, und sie kam nicht damit zurecht. Zum erstenmal in ihrem Leben stand den beiden eine längere Trennung bevor, und sosehr es Anne oft danach verlangt hatte, allein zu sein, so fand sie diese Form der Erfüllung als einen deutlichen Mißgriff.

Denn sie selbst hatte frei und kühn in die Weite ziehen wollen in neue und fremde Zonen, und nun sollte Doris ihr diese Aussicht wie ein Erstgeburtsrecht entreißen. Für sie hieß es zurückbleiben und warten, wie lange und worauf?

Aber offenbar war es nicht so einfach, einen Platz zu finden, an dem ein Mädchen aus gutem Hause eine in jedem Sinne einwandfreie Ausbildung finden konnte. Es verrann einige Zeit darüber. Wer wollte es vorhersagen — vielleicht wurde auch nichts daraus.

Anne versuchte, sich mehr denn zuvor für ihre Studien zu interessieren. Arbeiten und weiterkommen! Das war so eine von den beliebten Lebensparolen. Aber noch war die Zeit nicht dafür da, sie kam erst mit den langen, dunklen Abenden, noch war die Unruhe und das Verlangen nach einem bewegteren und belebteren Dasein zu groß.

Hermann war wieder zurück, er hatte eine Flasche Danziger Goldwasser und viele Grüße für die untere Etage mitgebracht. Aber im übrigen war er wenig sichtbar, er schien oft außerhalb zu essen und überhaupt viel unterwegs zu sein und führte das unbekümmerte Leben eines Junggesellen. Das zweite Stockwerk wirkte nach wie vor unbewohnt.

Eines Abends jedoch wurde es dort oben lebendig — nicht etwa, daß die Familie wieder ihren Einzug gehalten hätte; aber es mochte Besuch gekommen sein, man vernahm ein vermehrtes Hin und Her von festen Schritten und bis in die späten Stunden hinein das dumpfe Geräusch einer männlichen Unterhaltung sowie alle Anzeichen eines ausgedehnten trinkfesten Abends.

Doris und Anne zerbrachen sich den Kopf und kamen zu keinem Ergebnis, Hermann pflegte nicht mitzuteilen, wen er bei sich sah, und es war nicht das gegebene, ihn etwa danach zu fragen.

Gegen Mittag des nächsten Tages jedoch, als die Kanthermädchen vor dem Essen nicht ohne Absicht ein Fenster des Eßzimmers besetzt hielten, wurden sie gewahr, wie ihr ältester Bruder mit einem anderen, gleichfalls jüngeren Mann aus der Haustür trat und seinen Weg durch die Oberdammgasse nahm. Der Fremde trug einen hellen, ziemlich weiten Mantel und einen breitrandigen Filzhut, und es kam Anne so vor, als müßte ihr diese Erscheinung geläufig sein. Vielleicht habe ich davon geträumt, dachte sie, und das wäre ja dann sehr seltsam.

Aber da sagte Doris plötzlich begeistert wie in einer Eingebung: »Ach, du lieber Gott! Anne, weißt du, wer das ist? Also du ahnst es nicht. Aber ich weiß es. Es ist Carl Laudien!«

Das, konnte man sagen, hatte ja eigentlich nahe genug gelegen.

Carl Laudien, Evas Bruder, war aus Rußland zurückgekommen, wo er für seinen Holzhandel Verbindungen angeknüpft und Geschäfte abgeschlossen hatte. Nun machte er auf der Durchreise auf ein paar Tage Station, um seinen Schwager zu besuchen. Aber das war gewiß nur ein Vorwand, denn wann war es zwischen jungen Männern Brauch gewesen, zueinander auf Logierbesuch zu fahren? Vielleicht hatten sie irgendeine Sache miteinander vor; denn man konnte annehmen, daß es auch hier um Geschäft und Geld und Verbindungen ging. Carl Laudien war wohl ein Mann, der seinen Vorteil wahrzunehmen verstand, er war jahrelang außerhalb gewesen und wahrscheinlich mit allen Wassern gewaschen.

Am Nachmittag kam er dann, um den Schwiegereltern seiner Schwester einen Besuch zu machen, aber nicht etwa feierlich zur Besuchsstunde, sondern ganz ohne Förmlichkeit um die Kaffeezeit; Hermann brachte ihn eben mit herunter, und er war da und führte sich einfach als Familienmitglied ein.

Frau Kanther forderte ihn gleich auf, eine Tasse mitzutrinken, nun, das war ja wohl selbstverständlich, aber auch der Konsul, der die Laudiens sonst nicht sehr mochte, zeigte sich bei aller Zurückhaltung liebenswürdiger als sonst. Vielleicht nötigten die Selbständigkeit und die offenkundige Tüchtigkeit dieses jungen Mannes ihm wider Willen Achtung ab.

»Wir haben Sie lange nicht gesehen, Herr Laudien«, sagte er, »wie es mir vorkommt, nicht mehr seit Hermanns Hochzeit.«

Frau Kanther ergänzte: »Jawohl, das ist über acht Jahre her. Sie haben sich sehr, sehr verändert, Herr Laudien, das macht der lange Aufenthalt im Ausland, ich hätte Sie niemals wiedererkannt.«

Carl Laudien lachte. »Das ist ja sogar meiner Schwester passiert, gnädige Frau. Und doch kann ich es selber kaum begreifen. Es ist wohl bloß äußerlich. Ich habe noch all die gleichen Unzulänglichkeiten aus frühesten Tagen in mir, sie sind sogar mitgewachsen. Da ist keine Hoffnung auf Besserung.«

Carl sah anders aus als die übrigen Laudiens, er war größer und ziemlich breitschultrig, dunkler von Haut und Haar, und die deutliche Neigung zur Korpulenz, die in der Familie bestand, schien ihm völlig abzugehen. Er hatte nur gewisse Züge, die an seine Schwester erinnerten, beim Lachen zum Beispiel oder wenn er ein höfliches Gesicht machte, um zuzuhören. Im ganzen hielt er sich wohl nicht zu sehr an die sogenannten guten Formen, er legte kein Gewicht darauf oder hatte sie nicht nötig. Was die Kanthermädchen anging, so tat er, als ob er nah mit ihnen verwandt wäre.

»Auf euch beide, Doris und Anne«, sagte er, »habe ich mich ganz besonders gefreut. Ich glaube, ich bin überhaupt euretwegen hier ausgestiegen. Wir haben doch wenig Mädchen in der Verwandtschaft. Da ist es dann eine Gunst des Schicksals, wenn man einmal welche trifft.«

Doris und Anne, Seite an Seite, saßen ihm mit ziemlich kühlen Gesichtern gegenüber.

»Egal welche?« fragte Doris von oben herab.

Sie fand den jungen Mann ziemlich formlos, wie kam er dazu, sie und ihre Schwester, die er beide nur einmal und noch dazu als Kinder gesehen hatte, kurzerhand zu duzen?

Aber Carl Laudien sah sie ruhig an, gewiß ahnte er nicht das geringste von ihren Empfindungen, oder er konnte sich von den vielfältigen und verzwickten Bedenken eines jungen Mädchens keinerlei Vorstellung machen. Er hatte viel gesehen und erfahren, er kannte die Hemmungen einer höheren Tochter nicht mehr.

»Nein«, sagte er, »egal ist es nicht, ganz im Gegenteil. Sonst hätte ich euch wohl nicht so dauerhaft in Erinnerung behalten.« Er blickte von einer zur anderen. »Ganz verschiedene Typen seid ihr ja übrigens, das ist direkt eine interessante Erscheinung innerhalb einer Familie.«

»Danke«, sagte Doris, »wir nehmen es gern zur Kenntnis.«

Der Konsul sah unwillig zu ihr hinüber. »Was soll diese geschraubte Redeweise? Glaubst du Herrn Laudien damit zu imponieren?«

Doris schwieg beleidigt, und Carl Laudien sah sie belustigt und mit Wohlgefallen an. »Das hat sie doch gar nicht nötig«, sagte er.

Die Unterhaltung wurde wieder allgemeiner. Das vollzog sich so, daß der Konsul, Hermann und der Gast bei der Zigarre von den wirtschaftlichen Beziehungen und Handelsverbindungen nach Rußland sprachen, von Transportverhältnissen und natürlich auch von Politik, während Frau Kanther hin und wieder eine Frage oder Bemerkung einfließen ließ, zu der Carl Laudien immer sofort in einfacher Liebenswürdigkeit Stellung nahm.

Doris und Anne fühlten sich zum Schweigen verurteilt, und Anne fand das nicht einmal unangenehm, sie konnte dabei ungestört beobachten; aber Doris war gereizt, und die Rolle des artigen Kindes, das stumm am Tisch zu sitzen hat, während die Großen sprechen, erschien ihr unwürdig und abgeschmackt. Es war nichts los mit Carl Laudien, der damals in ganz jungen Jahren einen so vielversprechenden Eindruck gemacht hatte. Aber was sollte man schon von den Laudiens erwarten?

Anne fand, daß er gut aussah, er hatte eine so freie Haltung und solche ehrlichen Augen, obwohl er doch gewiß ein gewiegter Geschäftsmann war. Er stellte jedenfalls eine ganz andere Sorte dar als die jungen Leute heute, mit denen man hier sonst gelegentlich umzugehen hatte, eine andere auch als die Offiziere von den Réunions, er war weither gekommen, das war es, man sah es ihm an.

Von Zeit zu Zeit warf Carl Laudien einen Blick zu ihnen hinüber, mitten in dem Gespräch, das er dabei weiterführte, es geschah vielleicht ganz absichtslos, aber es war doch sehr deutlich zu merken.

Als er sich für diesen Tag verabschiedete, sagte er zu Frau Kanther: »Ich habe einen Anschlag vor, gnädige Frau. Hermann und ich wollen Ihnen Ihre beiden Töchter heute abend entführen. Ich hoffe, es ist Ihnen recht. Es fällt mir nämlich schwer aufs Gewissen, daß ich in Jahren versäumt habe, diese so engen verwandtschaftlichen Beziehungen zu pflegen. Das muß schleunigst nachgeholt werden.«

»Sehr gern«, sagte Frau Kanther lächelnd, »unsere Mädchen leben hier sowieso ein bißchen eingezogen. Und nach unserem schönen Sommeraufenthalt ist das schon fast eine Prüfung.«

»Es ist eine Verbannung«, stellte Doris richtig.

Frau Kanther sagte in freundlicher Ermahnung: »Nur daß es nicht zu spät wird, Herr Laudien.«

Doch wider Erwarten setzte der Konsul hinzu: »Ach was, sie sind ja unter gutem männlichen Schutz.«

Und Doris vergaß im Augenblick, was sie schon fast auf der Zunge gehabt hatte: daß der Abend bereits anderweitig besetzt sei und daß sie keine Zeit hätte und keine Lust...

Als Hermann mit seinem Schwager die Treppe nach seiner Wohnung hinaufging, sagte er: »Sag mal, Carl, wir haben doch davon bisher mit keinem Wort gesprochen?«

Carl Laudien erwiderte: »Das macht ja nichts. Aber ich habe noch eine schwache Erinnerung an geheiligte Anstandsgesetze. Womöglich wäre der Plan gescheitert, wenn ich dich nicht vorgeschoben hätte ...«

Dieser Abend, so dünkte es Anne, und sie sollte es später noch oftmals denken, schlug in die Ummauerung des Kantherschen Hauses eine Bresche, durch die das Leben wie ein starker Wind hereinfuhr. Und dieser Durchlaß konnte nie wieder ganz gesperrt werden.

Für sie und ihre Schwester bedeutete ein solches Unternehmen ein kaum je dagewesenes Ereignis, es erfaßte beide, auch Doris gegen ihren Willen, wie mit einem sanften Rausch.

Sie taten sich sehr schön an, vor dem großen Spiegel im Flur wurden die Hüte aufgesetzt und der Gesamteindruck geprüft. Dann kamen Hermann und Carl von oben und holten sie ab.

Sie bestiegen eine Droschke – die beiden Männer hatten keine Neigung, die Straßenbahn zu benutzen –, und sie fuhren durch die ganze Stadt und noch ein ziemlich weites Stück aus der Stadt hinaus. Der Abend war mild und still und eigentümlich traumhaft, der Wagen rollte behaglich seines Weges, man konnte einmal mitansehen und ohne Beschwerde genießen, was um diese ungewöhnliche Tageszeit in der Welt vor sich ging. Auch draußen in den Vorortstraßen waren noch Menschen unterwegs, sie machten einen geruhsamen Abendspaziergang oder gingen rasch, wie von Erwartung und Spannung zu einem nicht erkennbaren Ziel gezogen. Von Zeit zu Zeit trieb ein Bahnwagen mit leichtem rhythmischem Schwanken wie ein Schiff durch die Dämmerung. Die stillen Gärten dunkelten bereits, die Häuser standen halbverborgen darin, doch hie und da schimmerte Licht durch Bäume und Gesträuch, aus einem Vergnügungsetablissement an der Straße schmetterte Musik. Der Himmel erlosch und verblaßte, die ersten Sterne flimmerten auf.

Die Droschke hielt weit draußen, wo die Straße schon in Weite und Freiheit auszulaufen begann und die Nähe der Felder spürbar wurde. Dort stand, von einem Zaun umschlossen, in dem, was einstmals ein verwilderter Garten gewesen sein mochte, ein langgestreckter, niedriger und schmuckloser Holzbau, über seiner Eingangstür kündete ein verwaschenes Schild unerhörte und berauschende Vergnügungen an.

Sie stiegen aus, Carl Laudien zahlte, es war offenbar, daß diese ganze abenteuerliche Unternehmung zu seinen Lasten ging.

»Du wirst es noch bereuen, Carl«, meinte Hermann gutgelaunt, »das kostet hier Unsummen.«

»Das soll es nur«, antwortete Carl Laudien, »kommt, Kinder. Jetzt fängt das Nachtleben eurer Vaterstadt an.«

Innen sah dieser Bau einer Scheune ähnlich, die man in Eile und Verlegenheit für eine Festlichkeit hergerichtet hatte. In einem großen und rohen Saal waren Tische und Stühle in langen Reihen gestellt, die hie und da durch seitlich aufgepflanzte Efeuwände einen kümmerlichen Schmuck erhielten. Im Hintergrund aber befand sich eine Bühne, durch einen grellbunten, bebilderten Vorhang abgeschlossen, und das Ganze war das vielgerühmte Sommertheater ›Lieschens Lust‹.

»Das Lokal ist ja entzückend«, sagte Carl Laudien vergnügt, »ungefähr so habe ich es mir gedacht.«

Er nahm die teuersten Plätze, und sie bekamen einen Tisch in der vordersten Reihe, der Saal war schon ziemlich stark besetzt; aber wer konnte denn ohne weiteres vier Mark pro Person für einen solchen Abend ausgeben? Anne fand, daß es eine ungeheure Summe war, sechzehn Mark für vier Personen, und womöglich kam noch einiges dazu, mit den Theaterkarten allein pflegte es nicht abgetan zu sein. Aber einem Mann, der jahrelang in Amerika gewesen war, mochte das nichts bedeuten, und diese Vorstellung wiederum erhöhte die schwebende Stimmung, in der sie sich befand, und sie merkte, daß es Doris geradeso ging.

Doris sah sich von ihrem Platz am Tisch, unter ihrem schräggesetzten Blumenhut vor, fast ein wenig herausfordernd nach den Seiten um. Vielleicht gab es Bekannte in der Nähe, und die würden dann merken, daß Kanthers doch eine recht weltläufige Sorte waren; aber sie würden nicht wissen, wer dieser Mann war, der da mit am Tische saß und unbedingt dazu zu gehören schien. Man konnte ja beinahe sagen, daß er recht gut aussah, und überhaupt war er trotz allem richtig nett und schließlich ein ziemlich naher Verwandter.

»Carl«, sagte Doris, »es war eine ausgezeichnete Idee von dir. Du glaubst nicht, wie langweilig die Abende in der Oberdammgasse sind. Es war Zeit, daß mal einer kam und uns herausholte.«

Carl Laudien sah sie voll an, in seinen Augen erglomm ein freundlicher Schalk, gleich darauf stand in seinem ruhigen, festen

Gesicht nur noch ein deutliches Wohlgefallen an diesem hübschen Mädchen, an diesem sehr hübschen Mädchen, das dazu noch so reizvoll eigensinnig sein konnte. Er nahm ganz einfach ihre Hand und hielt sie eine Weile fest.

»Also, das soll ein Wort sein, Doris! Ich bin bereit, dich jederzeit, wo es auch sei, wieder herauszuholen.«

Anne staunte ein wenig, Carl Laudien machte keine Umstände und keine Floskeln, das sah man. Was würde das vielleicht noch geben? Aber unter Verwandten brauchte man es wohl nicht so genau zu nehmen.

Als der Kellner kam, stellte sich heraus, daß es hier nur Bier gab. Ja, so vornehm war diese Stätte, und die Männer bekamen jeder ein dickes großes Glas einheimischen Gebräus hingestellt, ordentlich mit Schaum; aber für die Damen bestellte Laudien Schokolade, und siehe da, es glückte. Er war befriedigt, daß es ihnen so gut schmeckte, und sagte: »Gott sei Dank, daß ihr so unverdorben seid, daß man euch damit eine Freude machen kann. Ihr bekommt gleich noch eine Tasse, ihr bekommt, soviel ihr haben wollt. Mit euch gehe ich jeden Abend aus.«

»Bloß nicht«, warnte Hermann, »du wirst sie ja dann nie wieder los.« Aber er war selber auch in hoher Laune, so richtig aufgeräumt und vergnügt, wie seine Schwestern ihn kaum je gesehen hatten. Vielleicht genoß er seine Freiheit, obwohl das eigentlich ein wenig bedenklich war, oder er hatte mit seinem Schwager irgendein gutes Geschäft gemacht.

Inzwischen hatte sich der Saal mehr und mehr gefüllt, alle Tische waren schließlich besetzt, es gab auch noch Stehplätze im Hintergrund und an den Seiten, es wurde warm und laut, eine graue Tabakswolke lagerte bereits in halber Höhe, als dann die vor der Bühne aufgezogene Kapelle ein schmetterndes Vorspiel intonierte und die Beleuchtung bis auf wenige Flammen erlosch.

Anne war in ihrem jungen Leben schon öfter im Theater gewesen, aber nur zu guten und gediegenen Vorstellungen, meistens zu klassischen Schauspielen oder einer besonders bewährten Oper. Sie kannte nur eine einzige Operette, das war die ›Fledermaus‹.

Von dem Sommertheater ›Lieschens Lust‹ hatte sie bisher nur den Namen gekannt und mit diesem die Vorstellung von etwas Fragwürdigem und zugleich Reizvollem verbunden. Was dort letzten Endes geboten wurde, war einigermaßen im unklaren geblieben, ins Kanthersche Haus war nichts davon gedrungen, doch alles in allem durfte man annehmen, daß die Darbietungen jener Stätte zu dem gehörten, was der Konsul gelegentlich in duldsamer Laune die ›leichtgeschürzte Muse‹ zu nennen pflegte.

Der Vorhang hob sich, und es begann ein bewegtes und höchst unterhaltendes Spiel, nein, es war viel mehr als das, Anne in ihrer Art fand es aufrührend und fast berauschend; sie kam nicht darauf, daß die Ausstattung ziemlich dürftig und die Darsteller keine sehr großen Künstler waren, obwohl einige von ihnen zweifellos singen konnten. Die Welt des Scheins behauptete ihr uraltes Recht.

Es war ein so anziehendes Milieu, eine rasche und spannende Handlung und eine beschwingte Musik, die die Füße unruhig werden ließ und das Herz verführte.

Hermann saß ein wenig steinern da, als würde sein gehobener Geschmack durch die Darbietung verletzt, und doch sah man es ihm an, daß er sich wider Willen amüsierte. Doris hatte große, glänzende Augen, und Carl Laudien, der sich ein wenig zurückgelehnt hielt, zog von Zeit zu Zeit seinen Blick von der Bühne ab, um sie anzusehen. Anne aber war ganz in Andacht versunken.

Dort auf der Bühne gab es einen jungen Grafen und eine höchst unerwünschte, jedoch von der Staatsraison befohlene Heirat. Die Prinzessin-Braut war ältlich und ziemlich korpulent, dazu trug sie eine dicke rostrote Perücke, aber sie konnte betörend singen.

Zwischendurch gab es ein Ballett; ein Dutzend schlankbeiniger, windschneller Mädchen fegte herein und nach ein paar wirbelnden Figuren wieder hinaus, zuerst als Jäger, dann als Husaren gekleidet, sie kamen von neuem, und mit jedem Male wurde die Umhüllung um einiges weniger. Zuletzt trugen sie nur noch rosa Trikots mit ein paar Rüschen herum, Anne fand es eigentlich ziemlich anstößig, aber sie merkte, daß Hermann sich gerade an dieser Stelle ganz ausgezeichnet unterhielt.

In dem Schloß war es Nacht, und zwei Hofschranzen schlichen mit Kerzen bewaffnet unhörbar heran, um, jeder für sich, der eine links, der andere rechts, an einer Tür zu lauschen. Sie guckten durchs Schlüsselloch und schüttelten in Verzweiflung die Köpfe. Dann begegneten sie einander — und das wiederholte sich ein paarmal — vorn an der Rampe, um zu grotesken Knickbewegungen schnarrend zu singen:

»Ach, die arme Dynastie, so was überlebt sie nie,
ach, die arme, ach, die arme — ach, die arme Dynastie . . .«

Das war das Schönste gewesen, erklärte Hermann, als sie sich wieder auf der Straße befanden. Auch draußen war es Nacht, und es gab keine Droschke. Man beschloß, zu Fuß zu gehen.

Hermann faßte Anne unter und zog mit ihr voraus. Sie hätte sich gar zu gern einmal umgedreht, um festzustellen, ob Carl Laudien und Doris etwa in der gleichen Zusammengehörigkeit miteinander durch die nur schwacherhellte Dunkelheit wanderten. Aber diese Neigung mußte leider unterdrückt werden. So hörte sie nur fortgesetzt die tiefe, ruhige Stimme hinter sich und dazwischen Doris' Antworten in dem hellen Ton, der aus einer aufgerührten Stimmung kam. Keine Möglichkeit, ein Wort zu verstehen, aber es konnte kein Zweifel sein, daß sie sich ausgezeichnet vertrugen.

Der Weg war weit von ›Lieschens Lust‹ bis zur Oberdammgasse und die Stunde vielleicht doch noch zu früh zur Heimkehr für zwei Männer von dreiunddreißig und neunundzwanzig, denen es geglückt war, zwei Mädchen auszuführen.

»Was denkt ihr denn eigentlich?« sagte Carl Laudien. »Wir gehen doch jetzt noch nicht nach Hause. Jetzt kommen erst die besseren Genüsse.«

Anne dachte an einen anderen Weg durch die Nacht, er war sehr verschieden gewesen von dem, den sie heute gingen. Hier fehlte die Stimme der See und das Flüstern des Windes in den Bäumen, die reine, salzige Luft, die wie der wahre Odem des Lebens war. Aber auch dieser Gang hatte seinen Reiz und sein Recht, er führte durch das heimlich flutende Leben der Stadt, das voller Rätsel war. Man konnte sie nicht ergründen, man spürte sie nur, Anne ging ein wenig wie im Traum dahin mit bewegtem und sehnsüchtigem Herzen und empfand doch ohne Neid, daß heute im Grunde alles nur um Doris' willen da war – der ganze Aufbruch und Aufwand, die Rosen auf dem Tisch jener Gaststätte mit dem gedämpften Licht und den dicken Teppichen, und der Sekt, den sie dort tranken. Es war, als könnte nur dieses edle Gewächs der Festlichkeit des Raumes und der Stimmung des Abends Genüge tun.

Der eiskalte, perlende Stoff trank sich leicht und durstig herunter, man merkte ihn kaum und sah doch bald die Welt in einem verklärten Glanz, er rieselte geheimnisvoll durch die Seele und spülte alle Beengungen hinweg.

Es war sehr merkwürdig mit Carl Laudien; noch am Nachmittag war er ein völlig Fremder gewesen, und jetzt, mitten in der Nacht, saß man mit ihm an einem Gasthaustisch wie mit einem großen, vertrauten Bruder, der endlich heimgekehrt war. Und zugleich erschien er wie ein König, der unermeßliche Schätze zu verschenken hat.

Nach dem dritten Glas war sich Anne über die Familienbeziehungen, die da untereinander bestanden, nicht mehr ganz im klaren, vor allem nicht, wie denn nun Doris mit diesem neugewonnenen Bruder verwandt sei. Es kam ihr vor, als säßen die beiden ein ganzes Stück von ihr entfernt, obwohl es doch der gleiche Tisch war. Sie vernahm wie durch eine gläserne Wand, daß er irgend etwas erzählte, es war wohl von seinen Auslandsjahren die Rede, und sie hörte ihn sagen: »Man muß schon in die Wildnis gehen, um das wirklich alles los zu sein.«

Dann trank er sein Glas aus und verfiel in Schweigen und fragte nach einer Weile ganz plötzlich: »Willst du mit mir in die Wildnis gehen, Doris?« Was Doris antwortete, wurde nicht deutlich, aber es sah aus, als wäre sie durchaus bereit dazu.

Kurz danach brachen sie alle vier auf, vermutlich, um nun geradeswegs in eine uferlose Weite davonzuziehen, und es war nur gut, daß Hermann dabei war, der immer auf Ordnung hielt und bestimmt nach Hause finden würde. Freilich kehrte auch er heute ganz ungewohnte Seiten seines Wesens hervor. Er hatte Anne untergefaßt, er ging in einem seltsam schwingenden Schritt und summte immer wieder vor sich hin: »Ach, die arme Dynastie – so was überlebt sie nie . . .« Und wenn er von hinten angerufen wurde und sich umdrehte, schwenkte er seine junge Schwester mit sich herum.

Es war nicht zu sagen, wie spät oder wie früh es sein mochte, als sie nach einer Tasse Mokka, in einem Café zu zweifelhafter Musik genossen, endlich in die Oberdammgasse einmündeten. Der Himmel über den Dächern wurde schon grau. Anne, hinter einem zarten Gefühl der Scham, empfand bei dieser verstohlenen Heimkehr doch wieder den Reiz des Abwegigen und Verbotenen. Sie stiegen lautlos die Treppen hinauf, um den Papa nicht zu wecken, und landeten im zweiten Stock, wo sie dann noch in Eva Kanthers allezeit wohlversehene Speisekammer einbrachen. Denn es war ja nicht mehr weit bis zum Morgen, und alle vier hatten Hunger.

Aber Anne war außerdem auch noch müde und nicht mehr ganz fest auf ihren Füßen. Es erschien ihr bei diesem gemeinsamen Frühmahl in der Küche, in einem trüben und unsicheren Licht, als hätte das Leben mit dieser Nacht einen weiten Schritt getan und ließe sie dennoch stehen auf dem alten Platz in einer ganz unvorstellbaren und erschreckenden Einsamkeit. –

Carl Laudien blieb noch zwei Tage, und am letzten Abend war er in der ersten Etage zu einem bürgerlichen Abendbrot. Es wäre nicht nötig, hatte der Konsul gemeint, um dieses jungen Mannes willen, der doch vielleicht etwas großspurig war, besondere Umstände zu machen. Im Gegenteil, man wollte einem von Laudiens nicht etwa noch Sand in die Augen streuen.

So hielt sich denn dieser Abend in gemessener Form und verlief bei sachlichen Gesprächen, es war zwischen den Männern viel von Geschäften die Rede. Dabei stellte es sich heraus, daß Carl Laudien einige Grundstückserwerbungen außerhalb der Stadt getätigt hatte, auch Eva war mit gewissen Vermögenswerten beteiligt. Es handelte sich um die Gegend vor dem Altenhauser Tor, die in diesem Sinne eine Zukunft versprach.

Der Konsul verzog das Gesicht und blickte zu Hermann hinüber, der mit ungerührter Miene dasaß. Diese jungen Leute gingen ihre eigenen Wege, sie taten sich etwas darauf zugute, auf ihre Faust Unternehmungen ins Leben zu rufen. Es war ihnen nicht mehr genug, die alten Werte zu erhalten und allenfalls auszubauen. Sie hatten waghalsige Ideen und maßlose Ansprüche.

Schon seit langem hatte Konsul Kanther gespürt, daß Hermann sich insgeheim mehr und mehr von ihm und der Firma entfernte. Daß dieser junge Laudien, der vermutlich von amerikanischen Ideen verseucht war, mit seinem Schwager gemeinsame Sache machte, schien ihm ein deutlicher Beweis dafür. Mochten sie! dachte der Seniorchef in geheimem Groll, es war nicht seine Sache und brauchte ihn nicht zu kümmern, solange J. H. Kanther nicht direkt angetastet wurde. Es war Laudiensches Geld. Die Laudiens waren, als Familie von jüngeren Daten, unbelastet durch Tradition und Herkunft, vielleicht war das Glück bei ihnen.

»Sie werden Mühe haben«, sagte der Konsul zu seinem Gast, »sich in die engeren deutschen Verhältnisse wieder hineinzufinden.«

Carl Laudien sah ihn freimütig an. »Ich möchte versuchen, sie, was mich anbetrifft, ein wenig zu erweitern«, antwortete er. »Es ist mir geglückt, meine Verbindungen mit dem Ausland auf eine breitere Grundlage zu bringen. Ich halte nichts davon, Herr Konsul, sich allzusehr auf die im Lande selber gegebenen Möglichkeiten zu beschränken. Europa ist ohnehin eingeengt genug.«

Er hatte eine ruhige und entschiedene Art und wußte jedem Widerspruch mit sachlichen Gründen zu begegnen.

»Im übrigen, Herr Konsul«, sagte er, »gibt es natürlich draußen nicht nur Weite und Freiheit. Das denkt man nur zu Anfang. Sehr bald kommt man dahinter, daß überall Beschränkungen, Torheiten und Widerwärtigkeiten sind, jedes Land und Volk hat die seinen. Nordamerika zum Beispiel, die Staaten sowohl als auch Kanada, ist ganz gewiß reich an Auswüchsen mancherlei Art. Zuerst findet man sie nur merkwürdig oder sogar interessant, weil man sie nicht gewohnt ist. Seitdem ich mich entschlossen habe, mich hier im Lande wieder anzusiedeln, entdecke ich mit jedem Tag mehr, was für ein guter deutscher Bürger ich bin. Ich glaube, man kann das sein, ohne doch einen gewissen Weitblick dadurch einbüßen zu müssen.«

Der Konsul erwiderte ein wenig überlegen: »Ich habe genauso gedacht, als ich jung war, damals, als ich von England zurückkam. Aber die Verhältnisse sind oft stärker als der enthusiastische Wille, Herr Laudien, Sie werden das vielleicht auch noch erleben.«

Carl Laudien entgegnete sehr bestimmt: »Ich hoffe, nicht, Herr Konsul.«

Nach einer Weile sagte er: »Ich bin übrigens dabei, herauszufinden, daß auch die Beschränkung ihre Reize besitzt. Sie hat außerdem, nach meiner Beobachtung, Werte hervorgebracht, die sonst vielleicht nicht bestünden. Was uns zum Beispiel niemand in der Welt nachmacht, das ist unser deutsches Familienleben. Das ist mir jetzt als etwas ganz Neues aufgegangen. Als junger Bengel hat man dafür keinen Sinn, im Gegenteil. Bei uns in Danzig ist nur leider nicht mehr allzuviel davon übrig, weil all die großen Kinder meiner Eltern mitsamt Enkelkindern ja nur noch gelegentlich auf Besuch kommen. Aber hier bei Ihnen ist es etwas ganz anderes.«

Er wandte sich an Frau Kanther: »Ich darf vielleicht einmal aussprechen, wie wohl und richtig zu Hause ich mich bei Ihnen fühlte vom ersten Augenblick an.«

»Ach, Herr Laudien«, antwortete Frau Kanther ganz gerührt, »das hört jede Hausfrau und Mutter gern. Ich hoffe, Sie machen uns recht oft die Freude.«

»Ich werde von Zeit zu Zeit hier zu tun haben«, sagte er überlegend, »Hermann und ich haben vor, diese Grundstückssache im großen aufzuziehen und unter Umständen eine Terraingesellschaft zu gründen. Daher wird meine Anwesenheit hier mitunter vonnöten sein. Aber ich rechne auf Gegenbesuch. Doris hat mir verraten, daß sie und Anne noch nie richtig in Danzig waren. Finden Sie nicht, Herr Konsul, daß es dafür Zeit ist?«

»Ich bin nicht ganz Ihrer Meinung, Herr Laudien«, erwiderte der

Konsul gehalten. »Unsere Töchter sind ja noch sehr jung und finden vorläufig zu Hause alles, was sie brauchen. Außerdem hat Anne ihre Schule.«

Anne saß unwillig da, sie war also noch ein Schulkind. Das mußte sie sich bieten lassen. »Es gibt ja doch Ferien«, sagte sie.

»Und Doris«, fuhr der Konsul fort, ohne den Einwand zu beachten, »geht am ersten Oktober auf ein Gut, um die Wirtschaft zu erlernen.«

Es stellte sich heraus, daß er gerade in diesen Tagen das gefunden hatte, was erwünscht und zweckmäßig erschien: in landschaftlich schöner Gegend, zwei Stunden Bahnfahrt entfernt, ein kleines Gut, auf dem die Frauen des Hauses, eine ältere Dame und ihre Tochter, selber bei allen vorkommenden Arbeiten teils die Aufsicht übten, teils mit Hand anlegten. »Es ist Frau Werner aus Dietmannsdorf«, sagte der Konsul. »Ich kenne die Leute. Die Frau führt seit ihres Mannes Tod vor zwölf Jahren mit einem Kämmerer die Außenwirtschaft, sie ist eine noch sehr rüstige und resolute Person. Die Tochter, die gleichfalls verwitwet ist, hat den Innenbetrieb unter sich. Es sind auch zwei heranwachsende Kinder da. Man hat in Dietmannsdorf schon des öfteren junge Mädchen ausgebildet und will dich gern auf ein Jahr in die Lehre nehmen.«

Doris sah ihn entgeistert an. »Aber, Papa, und ich weiß von nichts?«

»Du hörst es ja nun. Ich hätte es dir morgen früh ohnehin gesagt.«

Carl Laudien saß bei dieser kleinen Familienauseinandersetzung in einer gewissen Zurückhaltung da. Aber er war keineswegs unbeteiligt, im Gegenteil. »Herr Konsul«, begann er, »darf ich mir einen anderen Vorschlag erlauben? Doris könnte ebensogut und vielleicht noch besser zu meinen Eltern kommen, das heißt natürlich, wenn sie will. Meine Mutter ist viel zuviel allein, finde ich. Es würde ihr sehr guttun, einen fröhlichen jungen Menschen um sich zu haben. Und Doris könnte bestimmt eine Menge von ihr lernen, wenn das so wichtig ist.«

Doris warf ihm einen raschen Blick zu, es sah wieder so aus, als wäre sie bereit, im gleichen Augenblick aufzustehen und mit ihm davonzugehen – nach Danzig oder auch in die Wildnis, wohin er gerade wünschen mochte; aber Carl Laudien sah nicht zu ihr hin, sondern verfocht seine Ansicht mit einer Sachlichkeit, als ob es sich um eine vorteilhafte Kapitalanlage handelte.

Der Konsul wiegte in höflicher Ablehnung den Kopf. Dieser junge

Mann war sehr rasch, man wußte nicht, was er für Absichten hatte. Er hielt es für geboten, Vorsicht und Zurückhaltung walten zu lassen. »Sind Sie nicht etwas zu eigenmächtig, Herr Laudien?« meinte er mit einem nachsichtigen Lächeln. »Ihre Frau Mutter würde sich bei diesem Ansinnen vielleicht bekreuzigen.«

Doch Frau Kanther wollte keinen Mißklang aufkommen lassen. »Es ist bestimmt sehr nett von Ihnen gedacht, Herr Laudien. Aber es handelt sich für Doris nun gerade um eine Ausbildung in ländlicher Hauswirtschaft. Es ist ihr eigener Wunsch, wie sie Ihnen bestätigen kann. Außerdem ist es immer besser, glauben Sie mir, in solchen Dingen nicht die Verwandtschaft zu bemühen. Und Ihre Eltern, Herr Laudien, sind alte Herrschaften, die ihre Ruhe brauchen.«

Carl Laudien blickte sie geradeaus an, in seinem energischen Gesicht stand anfangs deutlicher Widerspruch zu lesen, aber es war dann so, als beugte er sich der mütterlichen Ansicht. »Sie werden es gewiß am richtigsten beurteilen, gnädige Frau«, entgegnete er artig.

Man konnte vielleicht der Meinung sein, daß ihn die inneren Kantherschen Angelegenheiten nicht das geringste angingen. Sie wurden zwar in seiner Gegenwart erörtert, aber das gab ihm noch längst kein Recht, und er mochte das selber fühlen. Und doch hatte Anne, die in der Familienrunde um den Wohnzimmertisch beobachtend dasaß, die Empfindung, daß Carl Laudien, der bis vor wenigen Tagen noch eine unbekannte Größe gewesen war, die allein bestimmende Macht in einer wesentlichen Entscheidung bedeutete.

Er tat freilich so, als ob es nichts wäre – vielleicht war es auch nichts, wer wollte das mit Sicherheit sagen? Vielleicht war es ihm im Grunde ganz gleichgültig, ob einer von Kanthers irgendwann einmal bei Laudiens in Danzig auftrat und wer das nun war. Er wandte sich kurzerhand an Fritz. »Dich, mein Lieber, braucht man nicht extra einzuladen. Meine Aufnahmen von drüben sind inzwischen entwickelt und abgezogen worden, die mußt du dir sowieso einmal ansehen kommen.«

Fritz sah ihn glücklich an und brummte etwas, das niemand verstand. Er legte zur Bekräftigung seine feste Jungenhand vertraulich auf die Sessellehne des neuen und doch schon bewährten Freundes.

Der Konsul sagte in etwas gemessener Liebenswürdigkeit: »Mein lieber Laudien, wir haben nicht die besten Erfahrungen mit den Reiseunternehmungen unseres Jüngsten gemacht. Es ist zu befürchten, daß er das nächste Mal von Danzig direkt zum Titicacasee ausrückt.«

Aber dazu lachte Carl Laudien nur, es war ein herzhaftes, bezwingendes Lachen, und über sein offenes Gesicht wetterleuchtete es wie ein Schein von Abenteuerlust, als wäre seine eigene Jungenzeit noch nicht sehr weit entfernt oder nie ganz überwunden worden.

»Nun, Herr Konsul«, sagte er, »und wenn er es wirklich täte? Würden Sie das für ein so großes Unglück halten?«

Neunzehntes Kapitel

Es wurde wieder still im Kantherhaus, nachdem der Besuch abgereist war. Man sprach auch nicht mehr davon, selbst Doris enthielt sich der gewohnten Erörterungen vor dem Schlafengehen. Das war eigentlich auffällig, aber es änderte nichts an dem herrschenden Zustand; Anne mochte nicht fragen, aber sie war ganz im geheimen ein wenig enttäuscht und unsicher gemacht. Ein Tag ging wie der andere dahin, nichts Wesentliches geschah, die Wirklichkeit blieb hinter allen nachtwandlerischen Erwartungen wieder einmal weit zurück. Dennoch und trotz allem verrann die Zeit. Die Sonne rückte täglich um einige Minuten früher aus dem Kantherschen Eßzimmer fort, der Abend begann mit rasch einfallender Dunkelheit bereits in den späten Nachmittag hineinzugreifen. In der Stadt bemerkte man es nicht, daß die Störche auf und davon waren, es fiel wohl auch niemandem auf, daß die jagenden Flüge der Schwalben über den Dächern aufgehört hatten; doch wenn Anne sich morgens in höchster Eile auf dem Weg zum Kursus befand, spürte sie in der herben Frische und dem rauchigen Geschmack der Luft den ersten Hauch des Herbstes.

In dieser Zeit wurden die Vorbereitungen für Doris' Übersiedlung getroffen, sie bestanden in Hausschneiderei, in vielfachen Besorgungsgängen und Besuchen. Es wurde nun wirklich Ernst. Mit dem Gut Dietmannsdorf war man rasch ins reine gekommen, und zum ersten Oktober wurde Fräulein Kanther dort erwartet. Es war nur nicht ganz klar, ob auch Doris ohne Vorbehalt einverstanden war, zuweilen dünkte es Anne, als wäre sie über die Aufwallung von damals längst wieder hinweg und würde ihres raschen Entschlusses nun durchaus nicht mehr froh. Es war ja auch gewiß eine recht sonderbare Sache, zum ersten Male und für lange Zeit, noch dazu ohne Zwang und dringenden Grund, aus dem Elternhaus fortzugehen, unter einem fremden Dach zu hausen, in einem fremden Bett zu schlafen, mit fremden Menschen zu leben und somit in ungewissen Verhältnissen ganz auf sich selbst angewiesen zu sein. Doris ging mit einer Art trotziger Ergebung durch ihre Tage, aber dann und wann brach wieder ihr alter fröhlicher Mut durch, und sie legte sich die bevorstehende Veränderung auf ihre Weise zurecht.

»Höchste Zeit, daß man einmal herauskommt«, sagte sie zu Anne. »Dies hier kennen wir ja nun schon zur Genüge. Ich könnte mir vorstellen, daß das Leben anderswo interessanter ist als in der Oberdammgasse. Schließlich leben Tausende von Menschen auf dem Lande und fühlen sich dort wohl. Es muß doch seine Reize haben, und ich denke es mir lohnend, die einmal auszuprobieren. Auf jeden Fall kannst du mich besuchen kommen.«

Anne wußte auch von sich selber nicht genau, was sie in dieser Lage zu empfinden hatte oder empfinden wollte. Es hatte ja in all den gemeinsamen Jahren oft genug Ärger zwischen ihnen gegeben, zumal des Morgens beim Anziehen, und überdies hatte Doris Annes eigentliches Wesen niemals verstanden, auch nie zu verstehen versucht. Aber das fiel nun nicht so sehr ins Gewicht, im Gegenteil, es schwand ganz und gar hinweg hinter der Vorstellung, die in den Tagen des ausgehenden September mehr und mehr Gewalt gewann: daß nämlich Doris sich mit diesem Abschied ganz und gar von der Oberdammgasse löste. Sie würde nicht mehr wiederkommen, nicht mehr, um wie sonst ein Kind des Hauses zu sein und das gewohnte Dasein in dem Zimmer mit den Nußbaumbetten, in all seiner Vertraulichkeit und Selbstverständlichkeit, wiederaufzunehmen. Nein, das war zu Ende. Etwas würde geschehen, es war schon nicht mehr fern. Schon in der Tränennacht von Neuenort hatte Anne es ganz deutlich gefühlt: Noch dieses Jahr! Das Wissen darum war ein Geheimnis und erfüllte sie dennoch mit Kummer.

Anne hütete sich sehr wohl, etwas Derartiges auszusprechen, es wäre als Phantasterei oder Gefühlsüberschwang ausgelegt worden. Familiengefühle standen bei Kanthers nicht hoch im Kurs; wenn man sie im geheimen etwa hegte, so war es doch nicht Gewohnheit, sie zu zeigen und geltend zu machen. Und Anne selbst wollte um nichts in der Welt für sentimental gehalten werden. Aber wie sie nun einmal war, mit der ihre eigenen Neigung, die Wirklichkeit zu entrechten, sah sie den gegenwärtigen Zustand bereits als etwas Vergangenes an. Daß Doris doch noch leibhaftig anwesend, um sie und mit ihr war, erschien als ein seltsamer Betrug, den niemand sonst zu durchschauen vermochte. Tatsächlich war sie ihr bereits entrückt, und Anne blickte wie aus der Ferne auf den langen Kindheitsweg zu zweien zurück, der den größten Teil ihres bisherigen Lebens ausmachte.

In dieser Phase begann sie, sich längst vergessener Dinge zu erinnern, die Doris und sie betrafen, und es erwies sich einmal wieder, daß ihr Gedächtnis auch den kleinsten Zug getreulich bewahrt hatte. Wenn Doris vorgehabt hatte, die Klavierstunde zu schwänzen, was sie mitunter gern tat, so mußte Anne heimlich absagen gehen. Sie sah sich selber, zehn- oder elfjährig, mit einem Hängezopf und langen, dünnen Beinen, an der Tür der Klavierlehrerin klingeln und mit klopfendem Herzen einen Spruch anbringen, der nichts als eine fadenscheinige Lüge war. Mancherlei Untat dieser Art, die sie mit- oder füreinander verübt hatten, lastete zu der Zeit, da sie geschah, mit Bergeslast auf ihr; aber wenn es sich um Doris handelte, gab es kein Ausweichen. Leider war das nicht ausschließlich eine Sache der Kameradschaft. Es gab von Doris' Seite zehn Pfennig für eine kleine Hilfe und zwanzig Pfennig für eine große, die mit Gefahr verbunden war. Dieser gelegentliche Zuschuß ließ sich nicht entbehren; denn Anne steckte immer in Schulden, die zuzeiten sogar die Markhöhe überstiegen. Es war die schleichende Not ihrer Kinderjahre gewesen, und nun, da sie erwachsen wurde, war es damit um nichts besser geworden.

Anne dachte auch an die Geschichte mit dem Echo, das im Walde verborgen gesessen hatte, drüben über einem See, zu dem sie damals öfter gefahren waren. Die Natur hatte dieses Geschöpf ausersehen, die Menschen zum besten zu haben. Was man ihm entgegenrief, das schrie es mit menschlicher Zunge höhnend zurück; es war sehr, sehr merkwürdig, daß es so etwas geben konnte, es mußte ein absonderlich beschaffenes Tier oder ganz einfach ein Zauberwesen sein. Doris hatte gemeint, das Echo sei einem Eichhörnchen ähnlich oder vielleicht einer Eule, man wußte nicht genau, ob es ein Haarkleid trug oder gefiedert war, denn gesehen hatte es noch niemand. Damals war Anne noch sehr klein gewesen, vier oder fünf, aber bis in dieses, ihr achtzehntes Jahr hinein hatte sie in ihrem Herzen die Vorstellung bewahrt, daß das Echo nichts anderes war als die rätselvolle, lebendige Stimme des Waldes.

Ach, der Sommer überhaupt – nur der Sommer war immer die wahre Zeit des Lebens gewesen.

Niemand wußte von all dem Unfug, den Doris und sie in den Ferien an der See getrieben hatten, wenn sie aus dem Käfig des städtischen Daseins ins Freie gelassen wurden. Heute erschien das alles so unschuldig und harmlos, und doch hatten sie damals immer so ein wollüstig bedrücktes Gewissen gehabt. Eines Tages, erinnerte sich Anne, hatten sie ein ganz neues herrliches Spiel erfunden: Sie füllten die ausgezogenen Strümpfe mit Sand, sie stopften sie bis oben voll, immer fester und fester, so prall und zum Platzen feist, daß sie aufrecht stehen konnten. Dann schleppten sie die Strümpfe höchst mühsam bis zur Uferpromenade und pflanzten sie dort am Rande in einer schönen, gleichmäßigen Reihe auf, vier mastfette, rundbauchige schwarze Untiere, die der See entstiegen waren. Sie nahmen sich von weitem wie eine Art schlachtreifer Pinguine aus und erregten fortgesetzt das Staunen und lebhafteste Wohlgefallen der Vorübergehenden. Leider war diese Schaustellung den Strümpfen meistens nicht allzubest bekommen.

Doris, das war gewiß, war in ihren Gedanken weit entfernt von diesen alten und ziemlich albernen Geschichten, sie wußte nichts mehr von den gemästeten Strümpfen und nichts von dem Fabeltier im Walde. Sie dachte ganz stark voraus an das, was nun kam, und nebenher an alles, was für sie dazu nötig war. Es hatte nicht den Anschein, als ginge in ihrem Sinn auch noch anderes mit, und nur am allerletzten Abend, schon im Dunkeln von Bett zu Bett, kam es überraschend heraus.

»Anne«, fragte Doris halblaut, »schläfst du schon?«

»Nein.«

»Anne«, sagte Doris wieder, »weißt du, ein bißchen komisch ist es ja doch.«

»Was denn?« fragte Anne zurück, obgleich sie es genau wußte.

»Nun, daß ich morgen auf einmal ganz woanders bin, weit weg. Wer weiß, wie es sein wird. Vielleicht war es eine Dummheit von mir.«

»Ach wo.«

»Bist du eigentlich traurig, Anne?«

»Ich?« fragte Anne wiederum in dem gewohnten trockenen Ton. »Wieso denn?«

»Ach, sei doch ein bißchen.«

»Na, ich kann es ja versuchen.«

Dann war es eine Weile still zwischen ihnen.

»Anne«, begann Doris von neuem.

»Ja?«

Und was Doris jetzt sagte, das wagte sich nur hervor, weil es dunkel war und alles Künftige unsicher und weil am Morgen der Abschied kam auf lange Zeit. »Sag mal, Anne, als Carl Laudien damals hier war, ist dir da etwas aufgefallen?«

Anne verhielt ihre Antwort. Schließlich konnte sie schon halb im Schlaf sein, es war ihr gutes Recht, die Uhr ging sicher auf zwölf.

»Aufgefallen?« fragte sie endlich zurück, »ich weiß nicht, was du meinst. Alles in allem konnte er einem schon auffallen.«

»Ach, Anne, ich wollte dich schon immer danach fragen«, sagte Doris, und das klang im Dunkeln wie ein Bekenntnis. »Meinst du, daß er sich etwas aus mir macht?«

Anne war einen Augenblick stumm. Man mußte eine ganz ehrliche Antwort geben, ohne Beschönigung und Ausflucht. »Damals sah es so aus«, sagte sie dann.

»Ja, siehst du«, kam es leise aus dem anderen Bett, »ich dachte es auch. Ich bilde mir doch nichts ein. Aber nun ist es schon Wochen her, und es ist wie nicht gewesen. Nie weiß man, woran man ist.«

»Hm«, machte Anne nur. Was sollte sie sagen? Sie wußte selbst nicht, was davon zu halten war. Das ganze Leben war wieder wie mit lauter Nebelschleiern überhangen. »Vielleicht kennt man ihn noch zu wenig«, sagte sie dann.

Damit war die Unterhaltung zu Ende.

»Na, gute Nacht«, sagte Doris plötzlich entschlossen. Aber Anne schlief noch lange nicht ein.

Was sollte man tun, wovon sollte man leben, wenn der Herbst über die Welt gekommen war?

Es war wieder alles entglitten und ohne Spur verweht, der Weg ging über ein Stoppelfeld, das sich weit, weit ohne Ende bis in den Himmel dehnte.

Warum durften die Vögel von dannen ziehen, wenn die Zeit hier um war? Und die Wolken waren auf der großen Reise, sie trieben unablässig in eine unerreichbare Ferne fort. Nur der Mensch mußte bleiben. Er war dem Erdboden verhaftet und an jenen engen Raum gefesselt, auf den es ihn irgendwann geworfen hatte, damit er sich darauf mühe und plage, ohne zu wissen, wofür.

War das wohl von Anbeginn so gedacht gewesen, oder bestand nur ein Fehler in der Ausführung, der nicht herauszufinden und nicht zu überwinden war? Man konnte nicht dahinterkommen.

Anne Kanther, die nun allein war – ja, war es denn gut, allein zu sein? –, es war auf einmal viel Raum um sie her, ungeheuer viel Luft, als wäre die sichere Brücke gesprengt worden, die zur Zone des realen Lebens hinüberführte. Sie mußte tief Atem holen und sich umsehen. Es war völlig ungewohnt und vielleicht gefährlich, allein zu sein.

Dabei ging sie durch ihre Tage und dachte gar nicht so sehr an Doris, so erstaunlich ihr das selber zeitweise war, sondern empfand Sehnsucht nach ihrem Bruder Otto, dem sie sich näher als sonst verbunden fühlte, weil er so weit fort war, in einer ganz unwahrscheinlichen Gegend. Hin und wieder fand in die Oberdammgasse eine kurze Karte von ihm aus Griechenland, von Athen, vom Piräus und aus Olympia. Es stand, wie auch sonst, zumeist nichts Wesentliches darauf, man erfuhr nur, daß das Wetter noch immer sommerlich warm sei und daß die Hotels zum Teil zu wünschen übrigließen.

Nein, man wußte nichts von Ottos wirklichem Leben da unten, aber man konnte die Gedanken dorthin auf die Wanderung schicken, wenigstens das, sie waren frei wie die Vögel, die sich aus diesen ernsten Breiten aufmachten und nach dem Süden flogen.

Die Herbstferien standen vor der Tür, und Fritz würde auf acht Tage zu Laudiens nach Danzig fahren, er hatte es ohne weiteres erreicht. Was gehörte schon dazu? Eine Postkarte an Carl und weiter nichts. Ein Telegramm kam zurück, so als ob es sich um eine ganz bedeutungsvolle Familienangelegenheit handelte. Telegramme, so hatte Anne bis dahin gemeint, wären nur für Trauerfälle da. Aber so war Carl Laudien – er setzte sie von neuem in Erstaunen und heimliche Bewunderung.

Wider Erwarten hatte der Papa nach anfänglichen Einwendungen seine Zustimmung gegeben, für acht Tage, nicht länger. »Ich wünsche nicht«, hatte er gesagt, »daß du dich bei Laudiens ganz und gar häuslich einrichtest.«

Also Fritz durfte fahren, Anfang der nächsten Woche, und Anne blieb zu Hause – wo sollte sie auch hin? Sie konnte nicht gut kurzerhand nach Griechenland ausrücken. Und Doris war kaum eine Woche in Dietmannsdorf, kein Gedanke, daß sie sich etwa Besuch einladen durfte. Es ging außerdem wohl nicht an, daß die Eltern mit einem

Schlage ihrer sämtlichen Kinder beraubt sein sollten. Eins wenigstens wollten sie doch behalten.

Aber daß nun ausgerechnet sie das war, das erschien Anne als ein bitterer Hohn des Schicksals. Ihr blieb schlechterdings nichts und niemand als das Stubenmädchen Johanna Kaschun, dieses naturhafte Wesen, das aus der Gegend am Haff zu Hause war, wo um diese Zeit des Jahres die Nebel über die weiten Wiesen krochen. Johanna, die so gut plätten konnte und ohne Verdruß die Petroleumlampen versorgte, verstand auch das geheimnisvolle Leben, das hinter den Dingen war. Man erzählte ihr allerhand, was für die Eltern durchaus nicht geeignet war, von jenen genußreichen, doch vielleicht etwas verfänglichen Entgleisungen zum Beispiel, die Anne und Gerda Schütz sich gelegentlich in der Mathematikstunde bei Professor Momme leisteten. Aber sie begriff auch ganz anderes. Während sie dasaß und Strümpfe stopfte, war es vielleicht passend, ihr ein Gedicht von Sehnsucht und unerfüllter Liebe vorzulesen.

In diesen Tagen wurde Anne an etwas erinnert, das ihrem Sinn seit Wochen entfallen war.

Es hing mit Fritz und seiner bevorstehenden Danzigfahrt zusammen. Wenn der Papa es für besser hielt, hatte er in ungewohnter Folgsamkeit geäußert, würde er natürlich erst am Montag oder Dienstag fahren. Der Seniorchef konnte ja nicht wissen, daß seinem jüngsten Sohn darum zu tun war, noch den Sonntag über hier zu sein. Denn an diesem Sonntag wurden die Herbstrennen gelaufen, um nichts in der Welt wollte er sie versäumen. Es hing für ihn wahrscheinlich allerhand davon ab.

Er hatte das Abkommen vom Sommer her, das er mit Anne auf dem Feldweg von Neuenort getroffen hatte, keinesfalls vergessen. Fritz war reell und zuverlässig, er fing ganz von selber davon an.

»Du mußt nur sehen«, sagte er, »daß wir zeitig genug vom Mittagessen wegkommen.«

Es war leider so, daß Anne längst alle Lust dazu verloren hatte. Sie konnte fast nicht mehr begreifen, was sie damals zu diesem Einfall getrieben hatte. Das war alles so lange her und so weit fort, die Beziehungen zu diesem entlegenen Gebiet hatten wohl nur in der Einbildung bestanden, und in dem Zustand herbstlicher Mutlosigkeit, in dem sie sich befand, erschien ihr das Unternehmen äußerst fragwürdig.

»Ja, wenn du kein Geld hast«, sagte Fritz gelassen.

Doch das war es nicht. Anne besaß neben ihrem geringen Taschengeld immer noch das Dreimarkstück von Otto, jenes Abschiedsgeschenk aus dem Logierzimmer des Neuenorter Kurhauses. Es war ein Symbol, man durfte es von rechtswegen nicht so ins Ungewisse verschleudern. Aber vielleicht war es bestimmt, ihr Glück zu bringen.

Auf dem Rennplatz, das wußte Anne, wurde Geld gemacht, es war wohl sein Hauptzweck. In ihrer Vorstellung arbeitete der Totalisator als eine Art Zauberkasten, er mochte eine geheimnisvolle Erscheinung sein, ähnlich dem närrischen Fabeltier im Walde. Um dieses Gegenstandes willen mußte man etwas wagen. Es konnte sein, daß man dort in wenigen Stunden oder sogar mit einem Schlage mühelos reich wurde.

Der Morgen stieg durch schwere Nebel zögernd herauf, und dann ging der Sonntag über die Erde mit all der milden Klarheit des Herbstes.

Erst draußen vor dem Stadttor, wo Anne und Fritz gegen Mittag die Straßenbahn verließen, wurde es deutlich, daß das Jahr schon so weit auf seinem Wege war. Die Bäume hatten begonnen, ihr Laub zu verfärben, und in der leeren, stillen Luft hing heimlicher Modergeruch. Doch der Himmel stand hoch und in zartestem Blau über den Wipfeln des Glacis und dem weiten Land, in dem noch die leuchtenden Farben vieler später Blumen mächtig waren.

Es war ein sehr schöner Sonntag, den man ausnutzen mußte, und vielleicht konnte man wirklich nichts Besseres damit tun, als zum Rennen zu gehen, zu einem unbekannten und verheißungsvollen Unternehmen. Vielleicht vergaß man darüber das eigene Herz ein wenig.

Ein bißchen wie Rummel, dachte Anne, als sie mit Fritz zwischen langen Reihen aufgefahrener Wagen hindurch auf den Sattelplatz kam, mitten hinein in ein aufgeregtes Treiben. Ihr junger Bruder bewegte sich frei und sicher auf dem Boden, es war zu merken, daß ihm Gegend und Umstände vertraut waren. In dem blauen Anzug mit den langen Hosen wirkte er völlig erwachsen, ein gültiger Ritter für die hochgewachsene junge Dame, die ein dunkelgraues Kostüm mit kurzem Pelzkragen trug und dazu einen kleinen grünen Hut, der wie immer ein wenig schräg saß. Anne hatte heute sogar Handschuhe an, graue Wildlederhandschuhe, die besten, die sie besaß.

»Da drüben ist die Waage«, erklärte Fritz, während sie weitergingen, »an den Tafeln werden für jedes Rennen die Nummern der Pferde und die Namen der Reiter aufzogen.«

Er schleuste seine Schwester geschickt durch das Gedränge, das mit dem zweifarbenen Tuch aller Waffengattungen bunt und lebhaft durchsetzt war.

»Da hast du deine Leutnants in jeder Ausfertigung«, bemerkte Fritz trocken, und das klang fast, als hätte der Konsul es gesagt.

Anne machte schweigend und aufmerksam ihren Eingang in eine fremde Welt. Sie fand, es waren viel zu viele Menschen da, sie standen in Gruppen und Knäueln tatenlos umher und waren doch unaufhörlich in Bewegung, indem sie sich ohne jeden erkennbaren Zweck durcheinanderschoben. Man konnte auf den Gedanken kommen, daß das Ganze eine Schaustellung von großen eleganten Damenhüten sei, von neuen Herbstkostümen und allen Schöpfungen der letzten Mode überhaupt. Hie und da war schon ein Pelz auf die Weide gebracht worden, obwohl es doch nun ein so milder Tag war. Und dazwischen bewegten sich neben den vielen Uniformen umfangreiche Kamelhaarmäntel, erhoben sich Zylinder in Hochglanz und Hechtgrau, die an alte englische Stiche erinnerten. Allenthalben waren die Renngläser an Riemen über die Schulter gehängt.

Von Pferden war zunächst nichts zu sehen.

Ja, so war es wohl, es handelte sich hier um eine gesellschaftliche Veranstaltung ersten Ranges unter freiem Himmel und mit Militärmusik, es war ein bewegtes und sehr, sehr eindrucksvolles Bild; aber Anne hatte die beklemmende Empfindung, daß sie selber, bürgerlich und unbekannt, in ihrem schlichten Aufzug hier ganz ohne Berechtigung eingedrungen war. Sie begriff nicht mehr, was sie hier sollte und gewollt hatte.

Fritz brachte sie zur Tribüne, und dort wurde es deutlich, daß er nicht vorhatte, sich aufzuopfern. »Du wirst deinen Platz ja finden«, sagte er. »Ich habe eine Verabredung und nebenher allerhand zu tun.«

»Ich weiß schon«, erwiderte Anne gelassen, »das ist ja auch wichtig genug.«

Er stand noch einen Augenblick, und die beiden kleinen Kanthers sahen sich geradeswegs in die Augen. »Ich werde sehen, was ich tun kann«, sagte Fritz. »Aber wenn es schiefgeht, mach mich nicht verantwortlich. Du hast es selber gewollt.«

»Schiefgehen«, versetzte Anne, »darf es natürlich auf keinen Fall. Wie sollte ich dann wohl durch den Winter kommen?«

Fritz sah sie überlegend an, dann lachte er. Sie verstanden sich wie immer. »Vielleicht haben wir Schwein«, meinte er. »Wir treffen uns nachher schon«, fügte er noch hinzu, und damit war er fort.

Anne befand sich in ihrer Sitzreihe ganz allein unter lauter fremden Menschen, die alle miteinander bekannt zu sein schienen — vor ihr, etwas tiefer gelegen, waren die Logen, und dort war die große Welt gelagert, die Frauen mit den Hüten, die Uniformen, die Zylinder und die Renngläser. Es gab dort lebhafte Unterhaltung und immer neue Begrüßung, Verbeugungen und Handküsse.

Das alles war ein wenig quälend, es erweckte in Anne ein unbegreifliches Gefühl von Hoffnungslosigkeit. Aber dann sah sie über die Menschen hinweg ins Freie.

Und der Rasen war grün in der sanften Sonne, er lag bis an den fernen Waldrand ausgebreitet wie eine Sommerwiese, in die man hineingehen mußte, um noch einmal, wie zum Abschied, in der schönen freien Welt zu Hause zu sein.

Aber das war nur eine Täuschung. Dieser weite grüne Rasen konnte nicht betreten werden, er war unterbrochen durch Hürden und Gräben, Koppelricks und begraste Wälle, er war gezeichnet durch Flaggen und Wendezäune. Es war das Feld der Ehre, auf dem die letzten Kämpfe eines Jahres ausgetragen werden sollten.

Die Pferde zogen in die Bahn, ein knappes Dutzend aufgeregter Dreijähriger, auf deren Rücken die Jockeis im bunten Dreß, schmal und leicht und mager wie Hunde, wie angeschmiedet saßen. Und das große Spiel begann, dieses fremde, rasend bewegte Schauspiel, dem das Herz in schärfster Spannung folgte. Anne vergaß die Menschen um sich her und ihre eigene lastende Einsamkeit und vergaß sogar den Fürsten, auch ihn. Dort draußen vor ihren Augen fegte das Feld um die Bahn, es zog sich auseinander, sie sah die Pferde um die Kurve hetzen und in der Weite verlorengehen, hinten vor dem herbstlichen Wald huschten sie, unwirklich klein und fern wie flüchtige Bilder, dahin.

Es kam Anne vor, als hätte sie das alles schon einmal erlebt und in Traum und Wachen danach Verlangen getragen; und doch konnte das nicht sein. Es war wie eine Erinnerung an etwas, das sie nie gesehen und in dem doch ihr Herz aus tiefverborgenen Gründen her zu Hause war: Pferde und Reiter im weiten grünen Feld und der freie Himmel darüber, Ställe und Koppeln und die Luft, die ein wenig nach Heu roch, nach Lederzeug und nach Dung. Ein freies, rasches, herrenhaftes Leben, eine große Passion ...

Auf der Tribüne waren die Gläser in Bewegung, die Aufregung schwoll an, denn das Feld kam nun auf und mit Windesschnelle näher und näher, mit rasenden Hufen stob es unter den Zurufen der Menge in der Geraden heran, vorn lagen zwei Pferde Kopf an Kopf, die Reiter standen ihnen im Endgalopp fast überm Hals, die Peitschen sausten, und die Menschen auf der Tribüne hatten den Verstand verloren.

»Adorata! – Adorata macht's! – Nein, Fanal, bravo, Fanal! – Feste, gib ihm! – Allons, Fanal! – Adorata, Adorata!«

Als dann Adorata um eine Nasenlänge als erste durchs Ziel ging, löste sich das krampfige Geschrei in ein brandendes Gewoge von Stimmen, und sofort begann die Menge aus dem hölzernen Gehäuse ins Freie abzufließen.

Anne wurde mit hinuntergespült, sie hätte auch nicht gewußt, was sie sonst anfangen sollte, ihr war ein wenig beklommen zu Sinn und doch seltsam hochgestimmt, es machte nun nichts mehr aus, daß sie allein war, ein verlorengegangenes Kind, sie wollte herumgehen und alles in Augenschein nehmen und alles ergründen; es war eine feine Sache, auf dem Rennen zu sein, wert, einen Taler dafür zu opfern. Und irgendwann würde sie auch wohl wieder auf ihren Bruder stoßen, aber es war nicht so eilig damit.

Sie wand sich durch das Gewühl, das dem ausreitenden Sieger den Weg zur Waage säumte, und empfand heiße Bewunderung vor dem braunledernen Gesicht dieses hageren Kerls, der da so gleichgültig im Sattel hing und der vielleicht zwanzig war oder fünfundzwanzig oder vielleicht auch schon vierzig und auf jeden Fall ein Held. Die Musik blies einen Tusch, und die Menge lief auf dem weiten Platz auseinander.

Anne Kanther war auf eigene Faust unterwegs; sie wollte die Ställe suchen und die Pferde besehen, die Trainer und die Kanonen von Rennstallbesitzern. Aber dann fiel ihr etwas auf und veranlaßte sie, stehenzubleiben.

Man sah Frauen wie diese zwei nicht oft, sie standen in der Pracht ihres Aufzuges und der Anmut ihrer Haltung wie schöne Bildnisse auf dem raumweiten Plan. Aber das war es nicht, es war etwas anderes.

Die größere und jüngere von ihnen, die einen mit Pelz besetzten Mantel trug, einen großen, malerisch gebogenen Hut mit herabhängendem Federschmuck und sehr kostbare Ohrringe, erschien Anne plötzlich bekannt und aus irgendeinem Grunde beinahe erregend vertraut. Ihre Haarfarbe war vielleicht etwas zu leuchtend blond und ihr Gesicht ein wenig gemalt. Man konnte nicht annehmen, daß es eine Frau der großen Gesellschaft war, sie besaß nichts von der vornehmen Schlichtheit, wie etwa Frau v. Ohrt sie hatte. Der Stil der Kleidung war Bezirken entwachsen, die das Kind der Oberdammgasse noch niemals mit Augen gesehen hatte. Aber es war trotzdem eine sehr schöne Person.

Und jäh, schreckhaft, erkannte Anne, daß es die Frau war, die sie immer in Begleitung des Fürsten gesehen hatte.

Niemals hatte sie diese mit Bewußtsein betrachtet, sie hatte keine Rolle gespielt neben der Erscheinung des Mannes, und doch wußte Anne ganz genau, daß sie es war, sie erkannte sie mit instinkthafter Sicherheit.

Wie kam diese Frau hierher? Wer war sie, und weshalb war sie diesmal ohne ihn?

Anne empfand Unruhe und Verwirrung, tief in ihrem Innern zog es auf wie jagende Angst, als wäre das stumme, traumhafte Glück ihrer Jugend, das in den Wolken schwebte, durch Entdeckung und Zerstörung bedroht. Es wird ein Tag sein, dachte sie, da werde ich ihn verloren haben.

Diese Frau, so anziehend sie immer sein mochte, war nimmermehr eines Fürsten Gemahlin, sie war etwas ganz anderes, das Anne zunächst nicht zu nennen vermochte. Aber dann kam ihr der Gedanke, es könnte vielleicht eine Dame vom Theater sein, sie hatte davon gelesen und auch hier und da davon gehört, daß große Herren ihre fürstlichen Launen nach dieser Richtung auslebten. Prinzen regierender Häuser pflegten sich ein Mitglied des Opernensembles oder eine Dame vom Corps de ballet zu halten.

Bestimmt war das eine ziemlich unwürdige Angelegenheit, aber möglicherweise war die Welt tatsächlich so verrucht. Anne beobachtete die Frau, die ihrerseits durch ein Schildpattlorgnon ihre Umgebung musterte und hier und da eine Bemerkung mit ihrer Begleiterin tauschte. Sie schienen sich auf diese Weise beide bestens zu unterhalten.

Anne konnte sich nicht erinnern, sie auf der Bühne gesehen zu haben. Es war ein Geschöpf von ganz apartem Reiz und besonderer Weichheit der Bewegungen, vielleicht also war sie eine vom Ballett.

Anne fühlte, daß der Schleier dünner und dünner wurde, der die brutale Welt bis dahin zugedeckt hatte.

Es war eine Erleichterung und beinahe wie ein Schutz, daß sie plötzlich auf das Wedellsche Brautpaar stieß.

Dorothea und Herr Feyerabend waren allein auf weiter Flur, das war eigentlich auffällig, denn die Sitte verlangte für ein Brautpaar eine Anstandsbegleitung. Doch es war ja nicht das erste Zugeständnis, daß der Oberst v. Wedell betreffs seiner ältesten Tochter hatte machen müssen; Herr Feyerabend, hieß es, habe einen ganz entschiedenen Willen, und vielleicht bedeutete es in dieser Sache einen Unterschied, daß er in gesetzten Jahren und Witwer war.

»Fräulein Kanther«, sagte Dorothea erfreut, »sind Sie hier ganz allein?«

»Nein, Fritz ist mit mir«, gab Anne zur Antwort, »aber er ist im Augenblick abhanden gekommen.«

Das Brautpaar nahm sie mit sich in seine Loge, Herr Feyerabend ließ sie durch sein Glas sehen und gab ihr auf jede Frage bereitwillig Auskunft. Er erklärte ihr, was es mit den Flachrennen auf sich hatte. »Erst das nächste geht über Hindernisse«, sagte er.

Es stellte sich heraus, daß er in einem der letzten Rennen auch selber ein Pferd laufen ließ.

»Setzen Sie nicht auf Carmen II, gnädiges Fräulein«, sagte er. »Es wird nichts mit ihr. Ich hatte auf Luederssen gehofft, aber er ist nicht frei. Nun reitet sie Overweg, ein Dragoner.«

Dorothea erzählte, daß ihre Hochzeit auf die zweite Dezemberwoche festgesetzt sei. »Es kommt alles ein bißchen schnell«, sagte sie, »wir werden kaum fertig, aber mein Verlobter wollte nicht gern länger warten. Unsere Uschi soll zu Weihnachten wieder eine Mutter haben.«

Sie war stolz und glücklich, sie hatte in den verflossenen Monaten zugenommen an Weisheit und Gnade.

Anne fragte nach Frau v. Ohrt.

»Nein, Liselotte kommt sicher nicht zur Hochzeit. Sie ist doch in Paris . . .«

In der Pause auf dem Sattelplatz trafen sie Ulli Wagner. Es mochte eine der Eigentümlichkeiten des Rennplatzes sein, daß er unerwartet lang entbehrte oder auch fast vergessene Bekannte zur Stelle brachte. »Oh«, sagte er begeistert, »wir können beinahe eine Neuenorter Quadrille tanzen.«

Was war es schon mit dem kleinen Ulli, es gab keinerlei Erlebnisse um ihn. Anne gestand es sich, daß er ihr aus ihrer Erinnerung ganz und gar verlorengegangen war. Aber es erwies sich als praktisch und angenehm, ihn zur Seite zu haben, er gab eine bescheidene Folie ab und war über alles und jedes unterrichtet.

Sie standen miteinander an der Umzäunung des Sattelplatzes, und innen wurden die Pferde für das bevorstehende Hindernisrennen im Zirkel geritten. Diesmal saßen lauter Uniformen – Ulanen, Dragoner, Artilleristen, auch ein Husar – im Sattel, und das war das, was man die Herrenreiter nannte. »Von Herren zu reiten«, stand in dem Programm.

»Sehen Sie, gnädiges Fräulein«, sagte Ulli Wagner, »die kleine braune Stute ist ›Fürbitte‹. Keine Chancen neben ›Fürbitte‹, wenn das Gewicht nicht wäre. Sie muß einen Haufen Blei aufnehmen.«

Die Zahl der Pferde wuchs, und Anne bemerkte plötzlich einen hohen, hellen Fuchs mit einem langen Ulan im Sattel. Die leichte seidene Rennmütze mit dem weißen Streifen saß knapp auf dem schmalen Schädel, der Mützenschirm lag tief in die Stirn, und das gab dem hageren dunklen Gesicht mit der kühnen Nase einen Zug von Abwehr und Hochfahrenheit.

Anne Kanther sah ihn drüben reiten und langsam herumkommen. Und im Augenblick fuhr es ihr wie ein Stich durchs Herz. Es war, als bebte die Erde und flammte die Sonne auf zu einem wilden, verheerenden Brand, der über die Welt hinwegraste.

Das – das war er!

Und schon war er vorüber.

Wie im Traum sah sie den Fürsten langsam dahinreiten. Aus einem fernen und unantastbaren Raum war er mit einem Male in die Nähe und die Wirklichkeit gekommen, leibhaftig und gegenständlich mitten unter die Menschen, um ein Pferd vor dem Rennen in der Runde zu bewegen.

Anne stand da, weiß und kalt vor Erregung. Sie fragte: »Wer ist das – dort auf dem Fuchs?«

Aber Ulli Wagner verstand sie um eine Kleinigkeit falsch. »Das ist ›Trojaner‹, sein eigenes Pferd. Sehr guter Springer, aber ein bißchen zu fit, wie mir scheint.«

Anne entsann sich des Programms, sie konnte nach der Nummer sehen. Und da stand es: Oberleutnant Luederssens Fuchswallach ›Trojaner‹. Ulli Wagner hatte ihr selbst daneben geschrieben: Reiter – Besitzer.

Und der russische Fürst ritt, nur durch den Draht von ihr getrennt, von neuem an ihr vorüber, sie starrte ihn an, den Mann, den die Erde nur einmal hatte, das in hundert Träumen gesuchte heißgeliebte Gesicht – es war Oberleutnant Luederssen auf ›Trojaner‹.

Das Feld brach auf, sie ritten hintereinander der Bahn zu, und die Menge strömte nach. Anne hörte nur undeutlich und erfaßte kaum, was Ulli Wagner ihr von daheim erzählte.

»Unsere erste Kompanie, gnädiges Fräulein, ist fast aufgerieben. Holten, das werden Sie vielleicht schon wissen, geht nach Südwest. Er ist bereits zur Untersuchung im Hamburger Tropeninstitut ...« Nach einer kleinen Weile setzte er hinzu: »Ich weiß nicht, was es war. Vielleicht war es doch eine unglückliche Liebe ... Und unsern Chef haben wir hergeben müssen. Er ist Major geworden und hat ein Bataillon bei den Leibern bekommen. Das sind die achten Grenadiere in Frankfurt an der Oder. Sehr gutes Regiment. Das ist also eine Auszeichnung. Ich kann es Ihnen sagen, gnädiges Fräulein, wir haben es dem Chef alle gegönnt. Aber er fehlt uns sehr.«

Henningshaus, dachte Anne verloren, wie weit liegt das fort! Es ist beinahe schon nicht mehr wahr ... Luederssen auf ›Trojaner‹.

Sie sah ihn reiten, reiten ...

Der helle Fuchs und der weiße Mützenstreifen waren weit, weithin erkennbar, es brauchte kein Glas dazu. Sie verlor ihn keinen Atemzug lang aus den Augen, wie fern auch das Feld sich verzog, das über eine lange Strecke der Bahn hinweg fast geschlossen im Rennen lag. Ihr Herz setzte seinen Schlag aus, wenn es über die Hindernisse ging, aber sie sah ›Trojaner‹ mit jedem Sprung an Boden gewinnen. Nun lag er mit zwei anderen vorn, das Rudel begann sich auseinanderzuziehen, die drei waren weit voraus.

Reiten, reiten ... Die Luft war so still, der blaßblaue Himmel stand feierlich über dem grünen Land, über dem fernen großen Ritt und eines Herzens lautloser Erschütterung.

Doch dann zog es auf wie nahendes Wetter, wie eine Windsbraut kam es herangebraust und jagte vor der aufgestörten Tribüne in langem, schwerem, dröhnendem Galopp dahin, die Erde erzitterte unter den Hufen, wie Urgeschöpfe in rasendem Ansturm hetzten sie gegen den Wall, Mann und Pferd zentaurenhaft verwachsen, die langgestreckten Leiber nahmen die Höhe in gewaltigem Satz – hinauf – hinüber, die gleiche mächtige Bewegung riß sie alle mit fort, einen um den anderen, die kleine braune Stute und der Fuchs mit dem Ulan im Sattel lagen weit voran, aber alle folgten, das ganze Feld ging in großer Fahrt ohne Fehler und Sturz über das schwere Hindernis, und die wilde Jagd stob von dannen, sie waren schon auf und davon, sie waren weit und wurden ferner und ferner.

Reiten, reiten, reiten ...

Anne Kanther hielt die Hände wie in Andacht übereinander, aber sie konnte nur noch sehen, sehen und nichts mehr denken.

›Trojaner‹ unter Luederssen ging nach hartem Endkampf hinter ›Fürbitte‹ als Zweiter durchs Ziel. Vielleicht war es eine Enttäuschung, nein, es bedeutete nichts. Es war alles ungeheuer groß.

Sie stand ganz dicht dabei, als die Reiter aus der Bahn ritten, durch die Menge tat sich ein Weg vor ihnen auf, und sie zogen hintereinander hindurch, Pferd und Reiter erschöpft, bestaubt und verschwitzt, lauter Sieger, die von der Walstatt kehrten.

Anne stand hart an der Gasse, sie war blaß und zitterte. Herr Feyerabend fragte besorgt, ob sie fröre. Vielleicht sollte man ihr einen Grog zu trinken geben.

Aber sie hörte nicht. Ich will es sehen, dachte sie voll Inbrunst.

Der Fürst brachte sein Pferd von dem schweren Ritt nach Hause, seine Ulanka war verdrückt, der Mützenschirm saß ihm schräg über den Augen. Aber sein Gesicht war unbewegt, sein Blick ging über die Menschen hinweg. Ein großer Reiter zog seine Bahn, er war fern und fremd wie je.

Die Welt war verwandelt und aus den Fugen geraten. Der weite Platz mit den vielen Menschen machte Anne schwindelig, am liebsten hätte sie sich an die Einzäunung der Waage gestellt und gewartet, bis der Reiter wieder herauskäme. Sie würde hinterhergehen, zu sehen, wo er blieb, zu wem er sprach, ob er nach seinen Pferden sah oder vielleicht die Frau suchte, mit der er verbunden war.

Er kannte Annemarie Kanther ja nicht, es würde ihm nicht auffallen, es spielte keine Rolle.

Aber nun wußte sie, daß sie das niemals mehr tun konnte. Es war nicht darum, daß sie erwachsen war und sich tadellos zu benehmen hatte. Das war nicht so wichtig. Aber er war aus den unerreichbaren Höhen herabgestiegen und hatte aufgehört, der Fürst ohne Namen zu sein, er war ein Ulanenleutnant und hieß Luederssen. Eine Schranke war gefallen.

Anne saß mit Dorothea, mit Herrn Feyerabend und Ulli Wagner in dem Sattelplatzrestaurant beim Kaffee. Nach beiden Seiten standen die Türen offen, draußen spielte die Musik, die Menschen saßen umher und standen umher, sie kamen und gingen.

»Wir werden alle vier einen Kognak trinken«, sagte Herr Feyerabend entschlossen. »Es wird schon kühl, und unsere kleine Anne vor allem braucht dringend eine Erwärmung.«

Ulli Wagner meinte: »Ich glaube, das ist die Rennpassion bei dem gnädigen Fräulein, die greift so an.«

Anne sah Luederssen durch den Raum kommen, den Mantel lose übergeworfen, er ließ sich am Büfett eine Tasse Kaffee geben und trank sie im Stehen.

Er ging weiter, dem anderen Ausgang zu, er kam an dem Tisch vorüber, grüßte und hielt an.

»Es tut mir richtig leid, Herr Feyerabend«, sagte er. »Wenn ich es nur fünf Minuten früher gewußt hätte! Carmen II ist ein gutes Pferd.« Seine Stimme war warm und dunkel, sie klang im Raum nach.

Herr Feyerabend hatte sich rasch erhoben. »Ich danke Ihnen, Herr Luederssen«, erwiderte er artig.

Sie standen einen Augenblick miteinander, der Reiter überragte ihn um Haupteslänge. Dann bat er plötzlich, vorgestellt zu werden, zog einen Stuhl heran und setzte sich.

Er saß vielleicht fünf Minuten mit am Tisch, für die Dauer einer Zigarette, saß nur so nebenbei und aufbruchbereit auf dem schiefen Gartenstuhl und sprach über die Pferde, über die Bahn und den Sport des Tages.

»Nein«, sagte er auf eine Frage Dorotheas, »wir wetten nie, auch nicht unter der Hand. Das ist für die Geschäftemacher.«

Anne sah ihn stumm und unverwandt an, es war kein Traum, daß er da saß, gerade nur durch den kleinen Tisch von ihr getrennt. Was er sagte, war unpersönlich und weit fort, aber seine Stimme war in der Welt, und das war ein unbegreifliches Wunder.

Nie wieder würde sie sein Gesicht vergessen, sie wollte es nun ihr ganzes Leben lang in sich tragen, den festen, sehr ausdrucksvollen Mund und die edle Linie des Kinns, den schmalen, gradlinigen Nasenrücken, die eingeschnürten Schläfen und die scharfe Zeichnung der Brauen, den seltsam erregenden Schnitt der Augen. Sie würde niemals die Wölbung seiner Schultern vergessen und den Ansatz seiner muskelharten Arme, den ganzen hohen, schlankgewachsenen Mann, der im nächsten Augenblick aufstehen würde, um aufs neue in den Sattel zu steigen.

Sie sah auf seine Hände, sie waren lang, braun und sehnig, die rechte hielt leicht über der Tischplatte die verglimmende Zigarette, die Zügelhand lag auf dem Knie. Nein, er trug keinen Ring.

Annes Herz schlug so heftig und laut, daß sie meinte, alle müßten es hören.

Einmal sah sie der Reiter mitten aus dem Gespräch heraus an, sein Blick kam frei und voll zu ihr herüber und blieb an ihr hängen.

Sie schauten sich in die Augen, das Mädchen und der Mann, aber kein Wort fiel, und es war wieder vorüber.

Dann stand er auf, wie von einem Ruf erreicht, und verabschiedete sich.

Anne reichte ihm schüchtern die Hand und fühlte sie einen Herzschlag lang mit warmem Druck umschlossen; wie sie die Augen zu ihm erhob, begegnete sie noch einmal dem raschen dunklen Blick. Doch als der Reiter zur Tür hinausging, war es ihr, als ginge er mit diesem Augenblick auf immer aus ihrem Leben hinweg.

Sie war blaß unter dem kleinen grünen Hut, Ulli Wagner sah sie einmal nachdenklich an. Die ganze Zeit über hatte sie kein einziges Wort gesprochen.

»Ist Luederssen eigentlich verheiratet?« fragte Dorothea ihren Verlobten.

Feyerabend war gerade beim Zahlen und antwortete nicht sogleich. »Entschuldige bitte«, sagte er dann. »Nein, er ist nicht verheiratet. Wenigstens nicht, was man für gewöhnlich darunter versteht.«

Dorothea lief ein wenig rot an. »Ach«, sagte sie nur hilflos. Vielleicht wußte sie genug von dieser Welt, um solche unausgesprochenen Dinge zu begreifen.

»Reiter sollen lieber überhaupt nicht heiraten«, fuhr Feyerabend unbekümmert fort. »Sie sind dafür nicht geeignet. Du tatest jedenfalls gut, ihn nicht nach seiner Frau zu fragen.«

Anne sah ihn groß an. Es war also so, wie sie gedacht hatte. Es erfaßte sie mit Schrecken und Trauer.

Der Nachmittag verrann in eine frühe Dämmerung. Sie sah den Ulan noch einmal als Sieger nach Hause reiten und sah ihn unter Kameraden stehen und sah ihn im übergehängten Mantel über den Sattelplatz gehen, den großen Reiter, dessen Händedruck ihr bis ins Herz gedrungen war.

Und dann sah sie ihn nicht mehr.

Der Himmel erlosch, vom Walde her zog es weiß über das weite grüne Feld. Es wurde empfindlich kühl.

Carmen II war mit dem zweiten Platz hereingekommen. Im Kehrausrennen holten wie auf Verabredung die Artilleristen sich sämtliche Preise.

Es war nach der allgemeinen Ansicht ein ausgezeichneter Renntag gewesen: schönes Wetter, guter Sport, nur wenige und ganz harmlose Stürze.

Zum letzten Mal untersuchte die Waage das Gewicht der abgesessenen Reiter. Die Kapelle blies das Halali, es klang feierlich über den Plan, es klang nach Abschied und Entsagung.

Die Menge begann sich zu verlaufen, es strömte in Scharen durch den Ausgang und dem Stadttor zu, die Wagen rollten auf und fuhren davon.

Auf einmal war Fritz da, wie aus dem Erdboden gewachsen, die ganze Zeit über hatte er sich nicht sehen lassen, Anne hatte ihn vollständig vergessen.

»Ich hatte auf Carmen II Platz gesetzt, Herr Feyerabend«, sagte er, »es gab eine ganz anständige Quote, achtundzwanzig zu zehn.«

Als sie auf der Heimfahrt waren, in der überfüllten Straßenbahn, sagte er leise zu Anne: »Du bekommst sieben Mark neunzig. Wir haben wirklich Schwein gehabt.« Über seine eigenen Gewinne sprach er nicht.

Sieben Mark neunzig war sehr viel Geld, so viel hatte Anne lange nicht beieinander gehabt. Aber es berührte sie nicht. Sie hatte daran nicht mehr gedacht, sie hatte den Lotteriekasten, Totalisator genannt, überhaupt nicht wahrgenommen. Der Wert der realen Dinge war völlig abgesunken.

»Hat es dir gefallen?« fragte Fritz nach einer Weile. Vielleicht war sein Gewissen nicht ganz rein, weil er sie so lange allein gelassen hatte.

Anne sah ihn aus tiefen Gedanken an. »Es war schön«, antwortete sie mechanisch.

Sie stand im Gedränge dicht an seiner Schulter, während die Bahn mit ihnen stadtwärts fuhr, und war doch ganz allein in einer schweren Verzauberung, vor der alles um sie her ins Wesenlose zerfloß.

Zwanzigstes Kapitel

Die Tage liefen dahin, die Zeit rückte mehr und mehr in den Herbst.

So war es, das Leben ging weiter, als wäre nichts, gar nichts geschehen, die Menschen setzten ihr Dasein nach gewohnter Weise fort, und keiner von ihnen begriff, daß die Welt von Grund auf verwandelt war.

Doris schrieb ahnungslos und vergnügt, unbewegt von Erschütterungen, es las sich, als ob es ihr gut ginge und sie im Gutshaus von Dietmannsdorf schon völlig eingelebt wäre. An die Eltern kamen höchst verständige, sachliche Berichte, die deutlich genug für das Auge des Vaters abgefaßt waren. Er sollte daraus die Befriedigung gewinnen, was für eine hervorragend tüchtige Tochter er besaß. Viel Arbeit Tag für Tag, und sie, Doris, von morgens an auf den Füßen im Haus und auch draußen, aber es machte ihr Spaß, ganz unbedingt, und es gab eine Menge zu lernen. Sie hatte auch schon versucht zu melken, aber das war nicht so einfach. Mit Werners war gut auszukommen – eine Wendung, die der Konsul beanstandete –, das Haus war richtig gemütlich, der Garten sehr schön. Es gab öfter Besuch, und man fuhr in die Nachbarschaft. Kein Wort davon, daß sie sich etwa nach Hause bangte.

Alles in allem, mußte man daraus entnehmen, war Doris durchaus befriedigt, und Frau Kanther bemühte sich, Gleiches zu empfinden, jedoch ohne daß ihr das einwandfrei gelingen wollte. Sie hielt im Grunde nicht sehr viel von gewaltsamen Entscheidungen und Maßnahmen, es war besser, wenn alles von selber kam. Und obwohl sie seinerzeit Doris' Vorhaben gebilligt und unterstützt hatte, fand sie jetzt ganz im stillen, daß man mit diesem Schritt den Weg des Schicksals etwas übereilt durchkreuzt hatte.

An Anne schrieb Doris immer nur kurz und eilig, und es war seltsam genug, Briefe von ihr zu erhalten, das war nie zuvor gewesen. Lauter unwesentliche Dinge standen darin, wie sie gerade in Doris' bewegtem Gemüt umgehen mochten, außer Anne hätte niemand sie verstanden; aber ihr waren sie aufschlußreich und wichtig genug. Die Ränder der kleinen, dünnen Bogen waren meistens mit Mitteilungen und Fragen bedeckt, deren Bedeutung niemand sonst begriffen hätte, und doch waren sie für Anne das Eigentliche an Doris' Briefen, sie kamen direkt aus ihrem Herzen wie so ein Wort im Dunkeln von Bett zu Bett. Da stand unter anderem: »Die Gören hier sind übrigens reichlich verzogen.« – »Ich habe meine Brosche mit dem Türkis verloren, aber sag es keinem. Vielleicht ist sie auch gestohlen.« – Und einmal stand da: »Ist was aus Danzig zu hören?«

Was sollte aus Danzig zu hören sein? Eva war ja doch schon Anfang September zurück gewesen, als Doris noch zu Hause war, und was sie zu erzählen pflegte, war niemals das, was man gerade hören wollte. Und Fritz hatte von seiner Ferienfahrt nur auf Befragen einen ziemlich lakonischen Bericht geliefert – was kümmerte es denn die zu Hause schon groß, wie er seine Tage verbrachte; das war schließlich seine Sache. Allem Anschein nach hatte er sich gründlich herumgetrieben, und dazu war er ja auch fortgewesen, zumeist allein, aber dann und wann wohl auch unter Carl Laudiens Führung, der sehr beschäftigt und viel unterwegs gewesen war. Es wäre zwecklos gewesen, Fritz etwa über Carls besondere Neigungen und Gewohnheiten auszuholen.

Die alten Herrschaften Laudien, deren Gast er gewesen, spielten nur eine untergeordnete Rolle in seinen Erlebnissen. Daß sie ihm Grüße aufgetragen hatten, war ja so selbstverständlich, daß er sie nicht noch extra auszurichten brauchte. Ja, Arthur und seine Frau ließen ebenfalls grüßen und natürlich auch Carl.

Carl hatte ihm ein echtes amerikanisches Buschmesser geschenkt.

»Meint er«, fragte der Konsul, »daß du das auf der Obersekunda nötig hast?«

»Carl hat sich in Langfuhr einen Bauplatz gekauft«, berichtete Fritz ungerührt.

»Will er denn bauen, oder verlegt er sich dort auch noch auf Grundstücksgeschäfte?«

Aber das hatte Carl ihm nicht gesagt, er hatte ihn nur mitgenommen, als er das Terrain besichtigen wollte. Er hatte ja wohl immer allerhand Sachen laufen.

Der Konsul wurde gereizt, wenn von Grundstücken die Rede war. Das war über die jungen Leute wie eine Krankheit gekommen, die noch dazu ansteckend war. Sie taten sich etwas zugute auf ihren Unternehmungsgeist und Geschäftssinn. Ihm aber kam es vor, als wäre all dies Gehabe irgendwie gegen ihn gerichtet.

»Er baut sich wohl eine Villa«, meinte er spottend, »in dem großen Laudienschen Hause ist ja gewiß nicht genug Platz für einen so jungen Kerl. Und zuviel Geld hat er natürlich auch.« Aber Frau Kanther bewegte das Grundstück in Langfuhr hin und her in ihren Gedanken.

Anne fand, daß man an Doris nichts über Danzig schreiben konnte, es verlohnte sich nicht...

Doch eines Tages tauchte Carl Laudien dann wieder bei Hermann in der oberen Etage auf, die beiden Schwäger waren fast den ganzen Tag miteinander unterwegs, und Eva wartete mit dem Mittagessen vergebens auf sie.

Und gewiß waren sie auch den Abend über fort, denn Carl hatte nicht Zeit gefunden, seinen Besuch im ersten Stockwerk zu wiederholen, so als wäre das alles damals, die Kaffeestunde am Familientisch und der Nachtausflug nach ›Lieschens Lust‹, niemals gewesen oder doch hoffnungslos untergegangen. Nur den Konsul hatte er im Kontor begrüßt.

Am nächsten Vormittag waren Frau Kanther und Johanna damit beschäftigt, im Keller die beiden Frachtkörbe mit Äpfeln auszupacken, die aus Dietmannsdorf gekommen waren. Frau Werner hatte seinerzeit bald nach Abschluß der Verhandlungen über Doris' Eintritt ein Angebot gemacht, und der Konsul war dafür gewesen, den Obstbedarf des Winters an einer Stelle zu decken, der er sich neuerdings verpflichtet fühlte.

Die Äpfel waren unter Mithilfe von Doris verpackt worden, über jeder neuen Sorte befand sich ein Zettel mit ihrer Handschrift. Johanna Kaschun holte sie aus dem Häcksel, und Frau Kanther putzte sie in liebevollem Nachdenken ab und legte sie einzeln auf den Regalen aus.

Der ganze Raum war von dem frischen, würzigen Duft erfüllt, und das erinnerte Frau Kanther daran, daß von rechtswegen die Kinder mit zu diesem Geschäft gehörten; aber Anne und Fritz waren um diese Zeit außer dem Hause, und das Tageslicht mußte ausgenutzt werden; dennoch empfand sie es so, als beginge sie einen Verrat an ihren beiden Jüngsten.

»Johanna«, sagte sie, »von den Kurzstielchen nehmen wir nachher gleich den Bastkorb voll mit nach oben, und obenauf legen wir ein paar schöne Gravensteiner für den Herrn Konsul.«

»Fräulein Doris wird herdenken«, sagte Johanna. »Wer weiß, wie sie hat. Man schreibt auch nicht immer gleich alles. Wie ich zuerst weg war von der Mutter, da habe ich jeden Abend geweint.«

»Vielleicht war es eine schlechte Stelle«, meinte Frau Kanther.

»Nein, es war nicht schlecht, es war bloß alles fremd. Ich wollte schon ausrücken und wieder nach Hause, aber dann hätte ich mich doch geschämt. Nachher habe ich mich gewöhnt.«

»Na, Johanna, ich denke, hier bei uns weinen Sie nicht mehr.«

»Nein«, sagte Johanna und lachte, »und denn, gnädige Frau, zu Hause war ja auch manchmal nichts. Bloß, wenn man weg ist und bangt sich, denn denkt man, es war der reinste Himmel. Wir waren zu viele zu Hause, das ging nicht mehr. Und so ist es immer: die Großen müssen raus. Es hat oben geklingelt, gnädige Frau«, unterbrach sie sich. »Ich geh schnell rauf, die Marie ist nach Fischen.«

Als Johanna wiederkam, brachte sie einen Gast mit. Frau Kanther war ein wenig erstaunt über die Erscheinung dieses breitschultrigen jungen Mannes in ihrem dunklen Kellereingang. Aber der kam herein, als wäre er hier zu Hause.

»Guten Tag, gnädige Frau«, sagte Carl Laudien und hängte seinen Hut an einen Nagel in der Kellerwand, »bitte entschuldigen Sie den Überfall in Ihrer Schatzkammer, aber sie ist zu verlockend. Und ich wollte doch nicht abfahren, ohne Sie begrüßt zu haben.«

»Ach, Herr Laudien«, sagte Frau Kanther erfreut, »kommen Sie doch bitte nach oben. Dies ist nun wirklich kein Empfangssalon.«

»Ich habe gedacht, Sie rechnen mich zur Familie«, erwiderte er. »Bitte, gnädige Frau, lassen Sie alle Formen fahren, wenn Sie mit mir zu tun haben. Ich bin dafür ganz ungeeignet. Vielleicht darf ich Ihnen helfen, ich verstehe es wundervoll, Äpfel auf die Seite zu bringen. Ich war von je der Obsträuber in der Familie.«

Frau Kanther reichte ihm einen von den Gravensteinern, die sie für ihren Mann herausgesucht hatte. Zum Glück war Carl Laudien völlig ahnungslos, was für eine unerhörte Auszeichnung darin lag.

»Es wird dann wohl am sichersten sein, Herr Laudien, Sie auf diese Weise zu beschäftigen. Aber ich kann Ihnen nicht einmal einen Stuhl anbieten.«

»Ich darf mich auch gar nicht setzen, gnädige Frau. Erstens sowieso nicht und zweitens, weil mein Zug in einer Stunde geht. Ich muß am Nachmittag zu Hause sein. Ich wollte nur hören, wie es Ihnen allen geht. Wo ist denn zum Beispiel Anne? Ich hatte vor, sie in die Konditorei einzuladen. Dazu hätte es gerade noch gereicht. Meinen Sie, sie wäre mitgekommen? Ich denke, sie ist vielleicht doch noch in dem Alter.«

»Oh«, sagte Frau Kanther, »das glaube ich unbedingt. Und mit den Jahren hat das wohl gar nichts zu tun. Aber sie ist doch in ihrem Kursus.«

Carl Laudien hatte sich nun doch gesetzt, er saß auf der Ecke des alten Gartentisches, der vor dem Kellerfenster stand, und verzehrte mit Genuß seinen Apfel. Augenscheinlich hatte er keine große Eile.

»Warum muß denn das arme Mädchen so viel lernen?«

»Sie hat einen sehr guten Kopf, Herr Laudien. Es wäre Sünde, wenn man dem keine Aufgaben stellte. Ich glaube, Lernen schändet nicht.«

»Wenn es nicht wehtut, nein, dann ist es sogar zu empfehlen.«

»Mein Mann«, fuhr Frau Kanther fort, »ist der Meinung, daß Anne studieren soll.«

»Ja, was denn?«

»Vielleicht Sprachen, sie ist für Sprachen entschieden besonders begabt. Aber das hat noch anderthalb Jahre Zeit. Bis dahin wird es sich herausgestellt haben, was sich am besten für sie eignet.«

»Ich finde es ja doch schade«, meinte Carl Laudien, »man soll bloß keinen Blaustrumpf aus ihr machen.«

»Da ist, glaube ich, keine Gefahr. Anne hat sehr große Neigung zur Selbständigkeit, aber sie ist nicht auf Gelehrsamkeit versessen. Im Gegenteil, sie läßt die Dinge sehr an sich herankommen. – Sind das die letzten, Johanna? Es könnten ruhig mehr sein. Wie lange sollen wir wohl damit auskommen?«

»Wenn es nach mir ginge, bis Weihnachten höchstens«, sagte der Gast auf dem Gartentisch.

Johanna lachte. »Wir haben ja auch unseren jungen Herrn.«

»Mit Annes Fleiß, Herr Laudien«, fuhr Frau Kanther fort, »ist es jedenfalls nicht so weit her, daß man sich Sorge machen müßte. Er wird sie nicht zugrunde richten.«

»Und Doris, wie geht es Doris?«

»Sie hat viel zu tun, schreibt recht befriedigt. Die Äpfel kommen von dort, und sie hat sie anscheinend mit verpackt.«

Frau Kanther fand nicht, daß es nötig war, mehr und Näheres von Doris zu erzählen. Aber sie schickte Johanna nach oben, den Tisch zu decken, obwohl es dafür noch reichlich früh war.

Carl Laudien betrachtete in Gedanken die Obstkörbe. »Wenn ich Töchter hätte«, sagte er, »würde ich sie, glaube ich, nicht von Hause weggeben, außer natürlich, um sie zu verheiraten.«

»Sie werden ja sehen«, meinte Frau Kanther amüsiert, »wenn es einmal so weit ist. Vielleicht ändern sie Ihren Sinn bis dahin noch. Wie ist es übrigens: Sie könnten so gut bei uns Mittag essen, Herr Laudien«, sagte sie dann, »wir haben zwar kein Festmahl, aber es reicht bestimmt.«

Carl Laudien sah nach der Uhr. »Tausend Dank, es reicht leider nicht«, versetzte er. »Aber vielleicht darf ich es ein andermal nachholen. Diesmal haben Hermann und ich uns die ganze Zeit mit Grundstückseigentümern, Maklern und Geldleuten herumgeschlagen.«

»Und was wird das Ganze, Herr Laudien?«

»Das wird eine Überraschung für meine Schwester«, sagte er trocken. Frau Kanther sah ihn erstaunt an.

»Ich glaube, ich darf nicht aus der Schule plaudern, gnädige Frau. Es ist vorläufig so etwas wie ein Geheimnis.«

Frau Kanther war mit den Äpfeln inzwischen ziemlich fertig geworden, sie lagen sauber und höchst verlockend in Reih und Glied, es galt nur noch, die Körbe wegzuräumen und auszufegen. Das konnte Johanna am Nachmittag machen. Es wäre das gegebene gewesen, nun mit dem Gast auf eine Viertelstunde nach oben zu gehen, aber der saß immer noch mit einem Apfel auf dem Gartentisch und hatte in dieser Haltung und bei dieser Beschäftigung das Aussehen eines großen Jungen. Man war versucht zu denken, daß er unter Umständen eines gewagten Streiches fähig war.

»Sagen Sie mal, Herr Laudien«, begann Frau Kanther geradezu, »da wir hier so schön unter uns sind ... ich verstehe ja nicht viel davon, aber ich weiß, daß mein Mann sich um Ihre und Hermanns geheimnisvolle Geschäfte einige Sorgen macht. Sie müssen ihm das nicht übelnehmen. Denn das, was ihm am meisten am Herzen liegt, ist das Wohl seiner Firma und seiner Kinder. Er hält Hermann für zu waghalsig und fürchtet, daß er sich auf Spekulationen eingelassen hat.«

»Und ich bestärke ihn darin, nicht wahr?« Carl Laudien machte ein ernsthaftes Gesicht und sah im Augenblick um ein paar Jahre älter aus.

»Spekulationen, gnädige Frau«, fuhr er fort, »sind etwas durchaus Gesundes, wenn sie auf einer vernünftigen und zuverlässigen Grundlage basieren. Wenn ich mal etwas verraten darf: Hermann war hier wie festgefahren – mit seinem ganzen Tun und Denken, mit dem Leben überhaupt, er drohte, hoffnungslos zu versanden, und das war eine Gefahr für den ganzen Menschen.« Er stand auf.

»Es ging auch um meine Schwester, gnädige Frau. Ihre Ehe war völlig auf den toten Punkt gekommen. Vielleicht ist es Ihnen entgangen.«

Frau Kanther sah den jungen Mann aufmerksam an. »Ich habe es manchmal gedacht, Herr Laudien ... Ich wußte nur nicht, daß es so ernst damit stand.«

»Nun hat er die Idee mit den Grundstücken gehabt, die half ihm aus der letalen Stimmung heraus. Er brauchte etwas, woran er sein Herz hängen konnte.«

Frau Kanther sagte nachdenklich: »Hermann war immer ein so sehr vernünftiger Mensch. Es war ihm eigentlich nie anzumerken, daß ihn etwas bedrückte.«

»Das ist es ja, gnädige Frau«, warf Carl Laudien lebhaft ein, »ich kenne ihn doch. Er ist bestimmt immer zu vernünftig und maßvoll gewesen, besonders in seinen jüngsten Jahren. Er hat sich nicht richtig die Hörner abgelaufen. Man kann es ruhig geradeheraus sagen: Er hat viel zu früh geheiratet. Das rächt sich. Nun kam ich vielleicht gerade zurecht, gnädige Frau. Unser guter Hermann ist etwas schwerfällig, er kam mit seinem Projekt nicht recht von der Stelle. Daß er an mir einen Beistand fand, kam der Sache zustatten. Es machte ihm auch mehr Mut.« Er lachte. »Wir haben das Ganze nun schön in Schwung gebracht. Es läuft. Das nötige Kapital ist zusammengebracht und die Gesellschaft gegründet. Sie werden sehen, gnädige Frau, es wird die Stimmung in der oberen Etage wesentlich verbessern.«

»Und die bei uns im ersten Stock bestimmt gefährden«, sagte Frau Kanther bekümmert. »So ist es immer, Herr Laudien.«

Sie sah ihn an und spürte deutlich ein warmes Zutrauen zu dem, was hinter seinem offenen, herzhaften Wesen an Kraft und Willen zu liegen schien. Er ist wie ein Stück von uns, dachte sie.

»Es ist nicht ganz einfach mit meinen beiden Männern«, fuhr sie fort. »Sie ziehen nicht gerade an einem Strang. Im Gegenteil.«

»Ich weiß, gnädige Frau. Aber das ist in solchen Dynastien immer und überall das gleiche. Vielleicht wäre es besser, wenn sie sich ganz voneinander trennten und jeder seinen eigenen Laden besorgte. Aber das will Hermann nicht, und mir scheint, er ist auch nicht der Mann dazu. Aber Sie werden sehen, es wird alles besser gehen, wenn er etwas hat, wobei ihm niemand dreinreden kann.«

»Und Sie selbst, Herr Laudien?«

»Ach, ich bin nur ein harmloser Geldvermittler. Dies hier ist ja nur ein kleiner Sport von mir. Zu Hause habe ich mein eigentliches Gebiet. Es wächst Gott sei Dank immer noch sehr viel Holz auf der Erde. Holz ist ein sehr interessanter Stoff, gnädige Frau. Man vergißt nie, daß man es mit etwas Organischem zu tun hat. Jedes Holz hat seine besondere Seele. Aber davon erzähle ich Ihnen ein andermal.«

»Wollen Sie nun also in Danzig bleiben? Ich glaube, Ihre Frau Mutter wird darüber sehr glücklich sein. Sie hat mir einmal gesagt: ›Unser Carl ist ganz aus der Laudienschen Art geschlagen. Den hält kein Platz auf der Erde auf die Dauer fest.‹«

»Er ist gerade dabei, es zu versuchen, gnädige Frau. Er gibt sich sogar richtig Mühe darum ... Ich habe mir in Langfuhr ein Stück

Bauland gekauft, und da baue ich mir ein Haus. Ein kanadisches Blockhaus wahrscheinlich, mit einem Stück Wald herum. Es kann aber auch ein Garten werden. Ein Mann, der anfängt, seßhaft zu werden, muß ein Haus haben. Dann kommt alles übrige von selber.« Er stand einen Augenblick vor ihr, als hätte er noch etwas auf dem Herzen. Aber er schwieg und sah nach der Uhr.

»Es ist leider Zeit für mich, ich muß nach oben gehen, mich von Eva verabschieden und meinen Koffer holen. Es war sehr hübsch bei Ihnen und den Äpfeln, gnädige Frau. Wenn ich wiederkomme – es wird diesmal nicht sehr lange dauern –, sind hoffentlich noch welche da! Grüßen Sie bitte Anne von mir und meinen Freund Fritz.«

Und sonst niemanden? dachte Frau Kanther enttäuscht.

Aber als sie miteinander durch den Kellergang zur Treppe gingen, fragte er plötzlich wie ganz nebenbei: »Wie ist es denn mit Doris? Warum wollte sie durchaus aufs Land?«

Frau Kanther schloß umständlich die Vorkellertür ab. »Ach, Herr Laudien, das war zunächst wohl so eine aufsteigende Hitze. Sie fühlte sich ein bißchen überflüssig zu Hause, hatte nichts Rechtes zu tun und langweilte sich. Mit Rücksicht auf meines Mannes schwankende Gesundheit ist bei uns das Leben vielleicht zu ruhig für ein junges Mädchen. Eine Geselligkeit haben wir nicht. Und schließlich war der Plan ja ganz vernünftig. Es kann ihr gar nichts schaden, wenn sie etwas Ordentliches lernt.«

»Also dann ist es nicht so, daß sie etwa vorhat, sich aufs Land zu verheiraten? Ich meine, daß da – vielleicht schon einer ist, um den es geht ...«

»Herr Laudien«, erwiderte Frau Kanther ruhig, während sie die Treppe zu den Wohnungen hinaufstiegen. »Das kann man natürlich nicht so genau wissen. Junge Mädchen pflegen ihre Geheimnisse zu haben, vor den Eltern noch ganz besonders. Wenn aber tatsächlich so etwas vorläge, dürfte ich es vielleicht auch gar nicht verraten ...«

Sie standen vor der Tür im ersten Stock, und Frau Kanther sagte: »Immerhin, da Sie sich ja selber zur Familie rechnen, möchte ich Ihnen antworten: Bisher ist mir nichts davon bekannt ... Hier, Herr Laudien, nehmen Sie noch einen Apfel für die Reise mit.«

Sie kam mit dem kleinen Bastkorb ins Eßzimmer und füllte eine Obstschale auf dem Büfett. Die alte Uhr tickte durch die Stille, der große grüne Kachelofen strömte seine schöne Wärme in den Raum. Der Tisch war noch nicht gedeckt, es war erst halb zwölf.

Wahrscheinlich sollte Anne beim Konditor darüber befragt werden, dachte sie bei sich. Sie muß es ja wohl ganz genau wissen, besser als ich.

Frau Kanther ging ein wenig umher in ihren stillen Zimmern und fand hie und da etwas zurechtzurücken und in Ordnung zu bringen. Es war nicht ihre Art, sich aufzuregen. Doch behielt sie das Bild des Gastes mit dem hellen Überzieher und den breitgesteppten gelben Lederhandschuhen in freundlichen Gedanken. Es war so, daß er einem schon als Erscheinung wohltat, und das Beste an ihm waren seine ehrlichen Augen.

Wir müssen abwarten, wie alles kommt, dachte sie zuversichtlich. Es lohnte sich nicht, das Gespräch im Keller jemandem mitzuteilen; vor allen Dingen mußte man sich davor hüten, es etwa zu wichtig zu nehmen.

So erfuhr Anne nur von der Einladung zum Konditor, die ihr entgangen war, und war darüber erheblich verstimmt. Es war durchaus nicht leicht, auf eine Tasse Schokolade, auf Torte und Schlagsahne verzichten zu müssen. Das konnte nur passieren, weil sie noch, wie Papa es nannte, zur Schule ging. Sie hatte Carl Laudien nicht einmal zu Gesicht bekommen, und daher war es nicht der Rede wert, was sie schließlich an Doris über Danzig zu berichten wußte.

Im Grunde jedoch war alles, was geschah, nicht sehr wichtig, es geschah außerhalb und erreichte sie nicht.

Denn sie brauchte eine lange Zeit, um aus dem Zustand schwerer Benommenheit wieder zu sich zu kommen. Und auch, als es dann so weit war, blieb eine Kluft zwischen den Dingen der Außenwelt und ihrem eigenen Herzen.

Es war ein seltsames Leben, das immer von neuem zwischen Morgen und Abend verging mit gewohnten Wegen und Verrichtungen, mit mancherlei Mühe, Verdruß und Geduld. Und doch war das nur eine scheinbare und ganz untergeordnete Wirklichkeit. In Wahrheit hatte nichts mehr Raum und Recht neben dem Bild des Reiters von ›Trojaner‹ und ›Insulinde‹, der als ein flüchtiger Gast ein paar Minuten lang an einem kleinen Gasthaustisch gesessen hatte.

In dieser Zeit wurde Anne wieder so still, wie sie es früher zumeist gewesen war, sie konnte zu niemandem davon sprechen, auch nicht zu Johanna, die sonst alles so gut verstand. Dieses war neu und überwältigend, es würde den Bann zerreißen, wenn man nur mit einem Wort daran rührte. Nichts blieb, als durch die Straßen zu gehen, so manchen Tag, manche Stunde und immer wieder – allein, in einer unruhvollen, zehrenden Hoffnung. So war sie schon durch Jahre gegangen, es hatte angefangen, als sie noch ein Kind gewesen war. Sie war auf diesem Wege in ihre Jugend hineingegangen und ging ihn immer noch.

Aber allmählich begriff sie, daß nun doch alles anders war.

Von dem Fürsten hatte niemand gewußt, und darum hatte er durch all die Zeit ihr nur allein gehört. Aber den Reiter, der Luederssen hieß, mußte sie mit Hunderten teilen. Es gab Ungezählte, die ihn kannten, und viele, viele, die ein Recht an ihn haben mochten. Es gab die Pferde und die Trainer und Herrenreiter und Jokeis und das ganze Volk des grünen Rasens. Aus dem Bereich der Sage und der wolkenhohen Namenlosigkeit war er, ein Soldat wie andere auch, in eine kleine Provinzgarnison gestellt worden, in eines dieser Nester, die in der Welt überhaupt nicht zählten. Dort wiederum gab es Vorgesetzte, einen Schwadronschef zum Beispiel, vor dem er die Hacken zusammenschlagen mußte: »Zu Befehl, Herr Rittmeister« – es gab Dienst und Kommiß und gab Kameraden beim Liebesmahl und vielleicht beim Skat. Es gab Männer, die mit ihm befreundet waren, und Frauen, denen er die Hand küßte und womöglich den Hof machte; denn da war, unvermeidlich, die Geselligkeit der kleinen Garnison. Es paßte alles ganz und gar nicht zu ihm, und doch mußte es so sein.

Und wieviel bedeutete ihm diese Frau mit dem blondgefärbten Haar und den kostbaren Ohrgehängen und was für ein Recht besaß sie? Sie war sehr schön, und es war ein tiefer Kummer, das zu wissen.

Wo blieb da sie selbst, Annemarie Kanther, die bloß lang und dünn war und ein junges dummes Ding, ein Mädchen ohne Geld und ohne besondere Reize?

Denn nun konnte sie nicht mehr wie einst durch Monate davon leben, daß vielleicht eines Tages auf der Straße der ragende Schatten an ihr vorüberging. Es reichte nun nicht mehr aus. Sie war nicht umsonst durch den Sommer von Neuenort gegangen, und seit jenem Renntag war es nicht mehr genug, ihn nur zu sehen.

Denn die Liebe war die gleiche geblieben, aber nun waren die Wünsche da. Sie zerrten wie junge Kettenhunde an ihrem unbewehrten Herzen, Tag und Nacht, sie brachten ihr schwere und unruhige Träume. Sie konnte sie nicht loswerden.

Es war furchtbar zu wissen, daß da eine andere war, furchtbar zu denken, daß er mit dieser Frau wahrscheinlich ganz nahe verbunden war, seit langen Jahren und vielleicht unlöslich.

Dennoch ließ sie die Hoffnung nicht fahren und ergab sich nicht. Er kannte sie nun, er hatte ihr fünf Minuten lang, oder möglicherweise waren es sogar sieben gewesen, gegenübergesessen und hatte sie angesehen, einmal und beim Abschied zum zweitenmal. Er hatte sie angesehen, wie ein Mann ein Mädchen ansieht, das ihm gefällt. Sie fühlte noch den warmen und festen Händedruck, der war wie ein Versprechen des Lebens selber gewesen.

Wenn sie ihm jetzt einmal begegnete, wo und wann es auch sein mochte – vielleicht bald –, er würde sie gewiß wiedererkennen. Jeden Tag konnte das geschehen.

Es konnte trotz allem sein, daß er ihr bestimmt war. Sie fühlte mit tiefem Glück die Kraft der Liebe, die in ihr war.

Das Kantherhaus mit dem Kontor im Erdgeschoß, mit seinen Bewohnern in den verschiedenen Stockwerken wußte nichts von alledem, nahm es nicht wahr und empfand es nicht. Es wurde nichts davon laut. Der Konsul und seine Frau waren gerade so besonders zufrieden mit ihrer jüngsten Tochter, die still und treu ihren Pflichten nachging und nach ihrer Meinung im Begriff stand, ein sehr tüchtiger Mensch zu werden. Es hatte niemals Schwierigkeiten mit ihr gegeben.

Nein, keiner von ihnen spürte die schwere Erschütterung, die in das alte Haus und mitten unter sie gefahren war. Und wenn ihnen etwas davon aufgegangen wäre, so hätten sie es doch in seiner Gewalt und seiner Tiefe wohl kaum begriffen. Sie hätten es nicht begriffen und nicht geglaubt.

Denn das Kanthersche Haus war niemals eine Stätte der Leidenschaften gewesen, und die durch Generationen darin gehaust hatten, waren mit einem normalen Maß an Gefühlen ausgekommen, das sich am Erreichbaren und Gegebenen genügen ließ.

Deshalb ging Anne in dieser Zeit wie völlig allein gelassen und verloren durch ihre Tage, saß mit am Tisch und hatte ihren gewohnten Anteil am häuslichen Leben der Ihren, indes ihr Sinn weithin schweifte auf den Wolkenwegen des Traumes, der Sehnsucht und der Hoffnung.

Sie lebte das eine Leben neben dem anderen, aber das äußere, allein sichtbare, war wie ein Kleid, das ihr nicht gehörte und das sie nur trug, damit niemand dahinterkam, was in Wahrheit in ihr vorging. –

Um die übrigen Kanthers im ersten und zweiten Stock war es von jeher wesentlich anders bestellt gewesen. Was mit ihnen im Gange war, bereitete sich zwar auch in ihrem Inneren; aber es vollzog sich nicht lautlos und unsichtbar, sondern es geschah in äußeren Zeichen, und eines Tages gewann es Gestalt und trat ans Licht.

Seit einiger Zeit schon war in Hermann Kanthers Wesen jene Veränderung deutlich geworden, die seine Frau zu Anfang mit einer kleinen besorgten Unruhe erfüllte und dann so sehr in Erstaunen versetzte. Was war mit ihm geschehen, was ging in ihm vor?

Eva Kanther war keineswegs so nüchtern oder so selbstzufrieden, daß sie nicht von Schwingungen der Atmosphäre berührt wurde, wenn diese durch ihren eigenen Lebensbereich gingen. Und nun sie anfing, darüber nachzudenken, wurde ihr bewußt, daß Hermann schon im Frühjahr zuweilen seltsame Anzeichen einer Wandlung gezeigt hatte. Die stumme Gereiztheit, die sie so gut an ihm kannte, da sie periodisch aufzutreten pflegte, hatte sich zu einer fast feindseligen Fremdheit gesteigert. Er war so viel aus dem Hause und sagte nie, wo er gewesen, als begänne er sich mehr und mehr von ihr und dem Hause und dem ganzen gewohnten Leben zu lösen.

Das geschah in ihrer Ehe zum erstenmal, und zum erstenmal hatte sie sich mit dem Gedanken herumgeschlagen, ob etwa eine andere Frau im Spiel war.

Die Laudiens dachten im allgemeinen nicht gering von sich, das lag nicht auf ihrer Linie, der gute goldene Grund, auf dem sie standen, mochte sie daran hindern.

Aber Eva Kanther, geborene Laudien, wußte sehr gut, daß auf diesem Gebiet nichts unmöglich war. Sie wußte es nicht nur aus den Büchern, in denen so oft davon die Rede war, was sollte denn auch sonst in all den Romanen stehen, die die Regale der Leihbibliotheken füllten. Nein, sie besaß auch ihre Erfahrungen und Beobachtungen — sie war eben doch um eine Generation jünger als ihre Eltern und Schwiegereltern, in deren Breiten diese Dinge nicht vorkamen und nicht erörtert wurden. Nach Ansicht der alten Herrschaften gehörten Erscheinungen solcher Art zu einer abwegigen Menschensorte.

Doch Eva, eine junge, moderne Frau, die das Leben zu erkennen meinte, war sich vollkommen klar darüber, daß jede Ehe von solcher Gefahr bedroht sein konnte. Ganz plötzlich wie aus heiterem Himmel brach manchmal das Unheil herein, man hatte oft genug davon gehört. Nur daß ihr selber Gleiches widerfahren könnte, war ihr bisher nicht in den Sinn gekommen. Eines Tages ging es ihr auf.

Was sollte es sonst mit ihm sein? Er war so viel fort und auch, wenn er daheim am Tische saß, oft wie abwesend. Auf Fragen gab er meist keine Antwort oder zog nur abweisend die Brauen hoch und brauchte nicht einmal eine Ausrede. Es war im höchsten Grade ungezogen, aber, was viel schlimmer war, es war bedenklich.

Eva Kanther konnte sich keine Vorstellung davon machen, was für eine Art Frau es sein mochte, die ihn in den Fängen hielt. Keine von denen, die sie selber kannte kam dafür in Frage. Und so beschäftigten sie die abenteuerlichsten Vermutungen.

Eva Kanther, ein ruhiger und in sich selbst ruhender Mensch, war aus dem Gleichgewicht gebracht, sie litt innerhalb der Grenzen ihrer Natur sogar erheblich. Aber sie war nicht dazu gemacht, den Dingen nun etwa auf den Grund zu gehen und einen Kampf herauszufordern. Mochte es kommen, wie es wollte, sie war jedenfalls entschlossen, auch nicht um eine Handbreit zu weichen.

Aber der Kanthersche Seelenapparat war komplizierter, als sie zu begreifen imstande war. Sie sah nur seine Wirkungen, die Vorgänge im Inneren blieben ihr verborgen.

Zu ihrer Verwunderung mußte sie nach einiger Zeit erkennen, daß sie sich wohl getäuscht hatte. Es konnte nichts Derartiges vorliegen. Denn eines Tages erschien der Mann aus der Fremde, der ›Abenteurer‹ unter den Laudiens, wie er zu Hause genannt wurde, und es war, als hätte es nur seiner Gegenwart bedurft, um alles, was sie so unheimlich verstrickt und verfahren dünkte, auf eine ungeahnte Weise zurechtzuziehen.

Carl Laudien war nur ein paar Tage da, und in Hermanns Wesen schienen all die Schrauben gelockert, die, vielleicht durch Jahre schon, allzufest angezogen gewesen sein mochten.

Als Eva mit den Kindern aus Zoppot zurückkam, fand sie ihn sehr verändert. Er setzte seinen Hut ein wenig schief wie ein ganz leichtsinniger junger Mann von Welt, zum erstenmal wurde eine Ähnlichkeit mit seinem Bruder Otto deutlich, und dazu war er von einer ungeheuren heiteren Geschäftigkeit, die sich umgehend dem ganzen Hauswesen mitteilte.

Weiß Gott, was die beiden Burschen miteinander ausgeheckt hatten und was für Wege sie miteinander gegangen sein mochten, man konnte einem Schlawiner, wie Carl es war, ja allerhand zutrauen. Aber der war immerhin ihr Bruder, er würde seine Schwester nicht verraten und an ihrem Untergang mitwirken, und mit der Zeit kam Eva dahinter, daß es sich doch nur um irgendwelche verschwiegenen, aber höchst aussichtsreichen Geschäfte handeln mußte.

»Warum tut ihr denn so geheimnisvoll?« fragte sie dann Hermann eines Tages. »Die ganze Stadt spricht davon, daß Kanther jun. und der jüngere Laudien unter die Großspekulanten gegangen sind.«

»Wenn man die Dinge schon vorher ausposaunt«, erwiderte Hermann gelassen, »zerstört man sich selber seine Chancen. Dann graben einem die anderen das Wasser ab. Das solltest du als deines Vaters Tochter wissen. Im übrigen wirst du ja sehen.«

An einem Sonntagvormittag verlangte er wider seine Gewohnheit das Fuhrwerk. Jawohl, Johann mußte anspannen, Herr Kanther jun. hatte vor, mit seiner Frau spazierenzufahren. Auch Anne sollte mit, obwohl sie eigentlich gar keine Lust dazu hatte. Es war durchaus nicht mehr die Zeit für Spazierfahrten, die eine Angelegenheit des Sommers zu sein hatten, und nun war es Anfang November.

»Na, komm schon mit«, meinte Hermann gutgelaunt, »es wird dir bestimmt nicht leid tun.«

Am Sonntagvormittag war die Unterstadt, das Herz des Geschäftslebens, leer und still, und der Wagen rollte feierlich hindurch. Aber wenn es nun schon überhaupt sein mußte, dann hätte Anne es ja vorgezogen, in einer Droschke zu fahren. Eine Droschke gab einem das Gefühl der Beschwingtheit, als ginge es zu einem Abenteuer. Der Landauer dagegen war das Gewohnte und dadurch zum Inbegriff der sonntäglichen Langeweile geworden, denn diese Fahrten nahmen immer den gleichen Weg und den gleichen Verlauf, hinter anderen Wagen her und mitten durch das wandernde Volk zum Tor hinaus und wieder zum Tor herein in einem exakt festgelegten Zeitraum. Niemals gab es etwas Neues.

Es ging über den Alten Markt und den langen Straßenzug nach dem Altenhausener Tor hinauf; der Wagen war offen, es war ein milder Tag, aber Eva Kanther mußte im Fahren doch des Windes wegen beständig ihren Hut festhalten, der viel zu groß war für eine Wagenpartie.

Hermann hatte begriffen, daß seine jüngste Schwester nun auch erwachsen war, er hatte ihr wie ganz selbstverständlich den Platz im Fond neben seiner Frau eingeräumt und saß ihnen gegenüber auf dem Rücksitz. »Sollen wir denn eigentlich deinen Grundbesitz besichtigen?« fragte Eva.

»Ganz gewiß«, sagte er, »das ist es.«

Anne dachte an etwas anderes – auf der Fahrt durch die Straßen zum Altenhausener Tor wurde sie aufs neue an den fernen Juninachmittag erinnert, damals kurz vor dem Aufbruch nach Neuenort, als sie hier in einem wie aus aller Wirklichkeit gelösten Geschehen dem Fürsten begegnet war. Sie wußte die Stelle noch ganz genau und empfand alles wieder, als sie daran vorbeifuhren, doch auf einmal kam es ihr vor, als wäre der Mann, der hier an ihr vorübergegangen war, doch in seiner Art ein anderer gewesen, fremder, geheimnisvoller und darum betörender noch als der Reiter von ›Trojaner‹ am Kehraussonntag.

Es war verwirrend und schwer beunruhigend, und langsam dämmerte es in ihr wie eine Ahnung, daß etwas verlorengegangen war, das sich niemals wiederfinden und nie ersetzen ließ.

Der Wagen rollte hallend durchs Tor, und dann fuhren sie dahin in einer Gegend, die nicht Stadt und nicht Land war, sondern eine nicht sehr glückliche Durchmischung von beidem. Das langgestreckte, einst in ländlicher Freiheit gelegene Dorf trug das Gesicht des städtischen Vorortes.

»Anne«, meinte Eva Kanther, »wie findest du diese Spazierfahrt? Mir scheint, Hermann will uns die Schönheiten von Brigittenhof vor Augen führen.«

Aber Hermann nach seiner Weise äußerte sich dazu nicht, sein Blick war abwesend, er befand sich anscheinend tief in Gedanken und vielleicht sogar bei irgendwelchen umständlichen Zahlenoperationen. Es war seine Gewohnheit und besondere Stärke, seine lohnendsten geschäftlichen Berechnungen im Kopf zu meistern, noch dazu, wenn er sich außerhalb und unterwegs befand.

Allmählich wurde die Gegend freier, und der Wind kam schärfer über das flache Land, das weit und klar unter dem tief hängenden Novemberhimmel lag. Krähen flogen über die leere Erde, hin und wieder war über einem Feld der zarte grüne Schimmer der Wintersaat. Linker Hand wuchs ein Stück Wald heran, und mitten daraus blinkte ein einsamer kalter Wasserspiegel auf.

»Hier herum«, sagte Hermann mit einer umfassenden Handbewegung, »wird im Frühjahr mit dem Bauen angefangen werden. Was ihr eingezäunt seht, befindet sich bereits größtenteils in festen Händen.«

»Ich finde es doch sehr schade und eigentlich auch unrecht, Hermann«, meinte Eva dazu, »daß man diese friedliche ländliche

Gegend zerstört. Ihr nehmt den Leuten ihre Höfe und ihren Grund und Boden und vertreibt sie aus ihrer Heimat.«

»Diese Leute«, gab Hermann zurück, »fahren zumeist nicht schlecht dabei, für einige ist es sogar die wirtschaftliche Rettung, kann ich dir sagen. Und du solltest nur zufrieden sein, daß dein Mann und dein Bruder sich dieser Sache bemächtigt haben. Ich sehe nicht ein, warum andere das gute Geschäft machen sollten, das geradezu auf der Straße lag. Du kannst eine Großstadt in ihrer Entwicklung nicht aufhalten.«

»Dann solltest du uns hier wenigstens auch ein Haus bauen«, sagte Eva.

»Nein«, erwiderte Hermann mit ernsthafter Miene, »das ist zu teuer.«

Es war Eva wohl nicht aufgegangen, daß sie inzwischen auf einen Landweg abgebogen waren, der von der Chaussee aus schräg landeinwärts führte, aber Anne hatte es sogleich bemerkt.

Der Wagen rollte fast geräuschlos auf dem weicheren Boden dahin, es war nun richtig eine ländliche Fahrt, als kehrte man heim zu Haus und Hof. Vor ihnen stiegen hoch und schmal ein paar Pappeln in den Himmel, ihre braunen Wipfel schienen bis zur Wolkendecke hinaufzureichen, und zu ihren Füßen war ein Gutshof gelegen, er lag wie verwunschen in lauter Einsamkeit.

Der Wagen hielt darauf zu.

Es konnte nicht angenommen werden, daß Hermann dorthin wollte, und doch wuchsen die Pappeln immer näher heran und immer höher hinauf; und ohne Ankündigung fuhr der Wagen zwischen steinernen Torpfeilern hindurch in einen verwilderten Garten und hielt auf einer Rampe vor einem alten grauen Haus.

Das Haus war verwittert und anscheinend verschlossen, es sah aus, als wäre es seit langer Zeit von der Nachwelt vergessen worden.

»So«, sagte Hermann mit Nachdruck, indem er den Wagenschlag öffnete, »wir sind da. Ich bitte auszusteigen.«

Eva sah ihn fragend an. »Anne, was hältst du davon?« fragte sie.

Hermann holte einen Schlüssel aus der Hosentasche und steckte ihn in das Schloß der zweiflügeligen Glastür, die von einer niedrigen Terrasse ins Innere führte. »Du wolltest ja ein Haus haben«, sagte er gelassen. »Da ist es.«

»Aber, Hermann, das ist ja unglaublich, was soll ich denn dazu sagen?«

»Sagen sollst du vorläufig gar nichts. Du sollst es dir erst einmal von außen besehen und dann von innen. Was dazu zu sagen ist, das werde ich übernehmen.«

Da stand nun dieses Haus mit schmalen, hohen Fenstern im fahlen Licht des Novembertages, es war kein großes und ein sehr altes Haus. Der Garten war alt, die Bäume waren hoch und wild gewachsen, das Gras des Rasenplatzes stand ungeschnitten, und alle Wege lagen voll welkem Laub. Der Wind rüttelte an den Fensterläden und brauste hoch oben in den Pappeln.

»Es heißt Brigittenruh«, sagte Hermann. »Ich habe es gekauft. Es ist ein Restgut. Etwas Land gehört noch dazu. Aber das erzähle ich dir nachher in Ruhe. Es soll ein Platz sein für uns und unsere Kinder.«

»Ach, Hermann.« Es fiel Eva sehr schwer, nicht gleich herauszusagen, was sie dachte. Sie wäre am liebsten auf der Stelle mit lauter vernünftigen und praktischen Einwendungen gekommen. Aber sie nahm sich zusammen und sagte nichts.

Denn sie begriff nun doch, daß dies für ihren Mann ein großer Augenblick war. Und dazu sah sie Anne mit versonnenen Augen danebenstehen. Anne, das hatte sie schon öfter erfahren, konnte etwas an sich haben, das jede nüchterne Äußerung im Keim erstickte; nichts als ihr Ausdruck war es, wie aus fernen Welten kommend, der einen zum Schweigen brachte. Es war das Kanthersche in ihr, das seine eigene Weise hatte. Sie besaßen es alle, wenn auch nicht in gleicher Stärke.

Die Kanthers waren eine merkwürdige Gesellschaft. Zuweilen, wenn ihr Gemüt betroffen wurde, geschah es, daß sie aus dem realen Leben hinweg wie in eine andere Sphäre übertraten. Man durfte sie nicht herzhaft anrühren, wenn sie ihre feierliche Stunde hatten. Es ging nicht, es war wie eine gläserne Hülle um sie her, aber sie selber wußten nichts davon.

»Kommt«, sagte Hermann, und dann nahmen sie das neue Besitztum in Augenschein.

Es war kein verwunschenes Schloß, es war ein stilles altes Haus, das lange unbewohnt gewesen sein mochte. Die Zimmer waren geräumig und hoch und erhielten viel Licht durch die tief heruntergehenden Fenster. In den meisten befand sich noch einiger altväterischer Hausrat, dessen gute Tage längst dahin waren. Es sah so aus, als hätte man die besten Stücke davon schon vor langer Zeit hinweggetragen, und das übrige war dann vergessen worden.

Dennoch war es, als ginge noch die Vergangenheit darin um und als hinge es wie Erinnerung an hier gelebtes Leben um diese alten Dinge – ein verschossenes Sofa, verwitterte hochlehnige Stühle, eine bauchige Kommode und eine traurig verstaubte Glaskrone.

Anne sah im Vorübergehen in einen hohen Spiegel zwischen zwei Fenstern und war leise verwundert, sich selbst darin zu erblicken, ein Mädchen von heute, während es doch schien, als müßte das halberblindete, fleckige Glas ein Bild zurückwerfen, das vor Generationen darin lebendig gewesen war.

Hermann ging mit Eva und Anne von Raum zu Raum.

»Es ist sehr verwohnt und hat lange leergestanden«, sagte er. »Man wird allerhand hineinstecken müssen; aber diesen alten Kram werden wir instandsetzen lassen, soweit es möglich ist. Er gehört hierher, und das Ganze soll seinen Stil behalten. Das ist die Hauptsache.«

Von Zeit zu Zeit blieb er stehen und erklärte.

»Dieses Zimmer mit der Veranda, die nach Osten geht, ist das Eßzimmer. Ein guter Platz für Frühstück und Abendbrot im Sommer. Das kleine Eckzimmer ist für dich, Eva. Es muß nur ein großes Blumenfenster haben. Und nun kommt die Küche.«

Es war, als sähe er das Ganze schon fertig, wie es sein würde, wenn sie darin wohnten. Er mochte schon lange Zeit mit seinen Gedanken darin gelebt haben, und das waren seine unbekannten und unkontrollierbaren Wege gewesen.

Endlich wagte Eva einen Einwurf: »Hermann, wie hast du dir das eigentlich gedacht? Es ist doch so weit bis zur Stadt und sehr unbequem?«

»Es ist zunächst nur ein Sommersitz. Wir können dann und wann einmal zum Sonntag hinausfahren oder auch einmal für ein paar Wochen vielleicht. Wir werden hier immer wieder eine Zuflucht haben, wenn uns die Stadt zu eng wird. Verstehst du denn nicht, was ich meine?« fragte er und blieb auf dem Rundgang stehen. »Die Kinder sollen im Freien aufwachsen. Wir Kanthers haben genug unter der Oberdammgasse gelitten, nicht wahr, Anne? Das begreift man erst, wenn man groß ist . . .«

Sie machten einen Gang durch den Garten, und Hermann betrachtete überlegend jeden Baum und Busch, er scharrte an einigen Stellen mit dem Stock das welke Laub vom Rasen und von den Beeten.

»Hier muß auch gelichtet werden«, sagte er und sah sich um,

»vorläufig ist es eine Wildnis. Aber wir wollen einen richtigen Garten daraus machen. Ihr sollt sehen, wieviel Freude ihr daran haben werdet.«

Anne war ganz still, sie ging schweigend neben den beiden her und spürte die herbe Luft um ihre Stirn und das Rascheln der Blätter unter ihren Füßen.

»Es sind zweihundert Morgen Landwirtschaft dabei«, erklärte Hermann, als sie auf den Hof kamen, auf dem Sonntagsstille herrschte. Nur ein paar Hühner liefen umher.

»Die Wirtschaft ist verpachtet, und der Vertrag läuft noch drei Jahre. Das ist mir vorläufig sehr lieb. Wenn die Zeit um ist, sehen wir weiter. Bis dahin werden sich die Verhältnisse in der rückwärtigen Gegend um Brigittenhof vielleicht sehr geändert haben. Das wächst rasch . . .«

»Nein«, sagte er auf eine Frage Evas, »der Pächter ist ein Landmann aus der Niederung, ein ruhiger, verständiger Mann. Er wohnt in der ehemaligen Inspektorwohnung dort neben dem Speicher. Das Herrenhaus hatten sich die Besitzerinnen, zwei schlesische Aristokratinnen, vorbehalten. Aber sie sind wohl niemals hiergewesen . . . Wie die mal zu dem Besitz gekommen sind, Anne, ja, das kann ich dir auch nicht so genau sagen. Das ist, soviel ich weiß, eine verwickelte Erbschaftsgeschichte. Sie wurde auch nie ganz geklärt, und daher kam das Ganze zum Verkauf. Es ist gut«, sagte er dann, »daß hier auf dem Hof jemand wohnt, der auf das Haus achtgibt, wenn wir nicht da sind.«

»Meinst du denn«, begann Eva von neuem, »daß wir später etwa ganz hierherziehen werden?«

»Mein Kind«, erwiderte Hermann überlegen, »das weiß ich heute noch nicht. Es könnte immerhin sein, wenn die Verbindung zur Stadt mit den Jahren besser wird. Wir leben in einer Zeit, in der die Entwicklung sehr schnell geht. Und Entfernungen werden immer kürzer.«

»Das würde ich gar nicht wünschen«, wandte Anne nun ein. »Wenn die Stadt nach hier herauswächst, dann ist es auch vorbei mit der Stille und der Freiheit.«

»Keine Sorge, Anne«, meinte Hermann, »bis zu unserer Gartentür lasse ich sie nicht heran. Da werden wir uns schon zu wehren wissen.«

Sie waren wieder zum Hause zurückgekommen. Johann hatte den Platz auf der Rampe verlassen und fuhr den Wagen in der breiten Einfahrtallee im Schritt auf und nieder, weil die Füchse nicht stehen wollten.

Hermann ging mit der gewichtigen Ruhe des Besitzers zwischen den beiden den Gartenweg hinauf.

»Ich habe mir gedacht«, sagte er, »ich wollte ein Stück eigene Erde haben, wo wir zu Hause sein können. Erde unter den Füßen, versteht ihr, und außerdem auch noch Bäume, Rasen, Luft und viel Raum, nicht bloß einen Steinhaufen in der Stadt. Und dieses Objekt hat mich seit langem gereizt.«

Er sagte nicht, daß die Erwerbung dieses stillen Platzes, hundertmal erwogen, verworfen und schließlich doch gewagt, für ihn weit mehr bedeutete als die Erfüllung eines Wunsches und eine vielleicht nicht ganz unvorteilhafte Kapitalanlage. Brigittenruh war das Symbol eines Auftriebes aus der Niederung eines versandenden Lebens. Er hatte es über mancherlei innere Hemmnisse hinweg und schlechthin gegen sich selber durchgesetzt, und damit war der Weg der Kanthertreppe zum erstenmal, aber, wie es ihm schien, auf immer verlassen worden. Er hatte sich endlich einen eigenen geschaffen. Vielleicht hatte er überhaupt nun erst angefangen, ein Mann zu sein.

Aber von alledem sagte er nichts, es war nicht seine Art, sein Gemütsleben nach außen zu kehren, besser, es sah so aus, als hätte er keins.

»Carl hat eine Hypothek übernommen«, berichtete er, »dafür verlangt er unbeschränktes Gastrecht. Ich denke, das können wir ihm zubilligen.«

»Na, Zinsen bekommt er doch wohl außerdem«, meinte Eva.

Hermann lachte. »Was dachtest du denn? Da sei unbesorgt, er wird sie schon eintreiben, wenn wir etwa rückständig werden sollten.«

Sie standen auf der Terrasse vor der Haustür, sie war die Schwelle des Besitzes, von der aus man das Ganze übersah. Man mußte glücklich sein, wenn man da stand und wußte, es war ein eigener, selbsterworbener Platz in der Welt. Man konnte aufhören, nach etwas Besserem zu suchen.

Jenseits der Vorfahrt war ein großer Rasenplatz, und drüben am Zaun standen die Pappeln. Zwischen ihnen hindurch ging der Blick weit und frei ins Land.

Es ist schön, dachte Anne, es ist eine Heimat! Aber sie ist nicht für mich.

Sie verstand, was Hermann damit gemeint hatte, daß er sie zu dieser Fahrt mit hinausnahm. Es hieß: auch für dich! Du sollst hier auch immer eine Stätte haben, wenn die Bäume grün sind und der Garten blüht und die Glastür ins Freie offensteht.

Das war sehr viel, und es war ihr richtig in den Schoß gefallen. Es war eigentlich ein ganz großes Geschenk. Sie empfand in Hermanns Verhalten deutlicher denn je die brüderliche Zuneigung. Und dennoch, daran vermochte er nichts zu ändern, würde sie hier immer nur ein Gast sein. Sie machte sich nichts vor. Es war nicht von Dauer, es gehörte ihr nicht.

Was einem gehörte, das war doch immer nur das eigene Leben. Es konnte einem niemand abnehmen, danach zu suchen. Ihr Weg würde einmal in die Weite gehen und sich vielleicht ohne Ende verlieren ...

Sie fuhren nach der Stadt zurück und waren, jedes für sich, mit ihren Gedanken beschäftigt. Hermann rechnete und baute.

Indes rückte Brigittenruh hinter ihnen in die Ferne und entschwand, als wäre es wieder nur ein Traumbild, unsicher und trügerisch, erzeugt aus dem unruhigen Verlangen des Herzens.

Am Nachmittag jedoch erfuhr dieser Gegenstand im zweiten Stockwerk der Oberdammgasse eine erschöpfende Erörterung, die seine Realität außer Frage stellte.

Eva hatte nach oben zum Kaffee eingeladen, und Hermann benutzte das friedliche Behagen dieser Stunden, um seinem Vater beiläufig von dem erfolgten Ankauf Mitteilung zu machen. Er tat es so, daß niemand etwa auf den Gedanken verfiel, er fühle sich dazu verpflichtet; denn daß dem so war, gab er nicht einmal vor sich selber zu.

Aber es stellte sich heraus, daß der Konsul es bereits wußte.

Ja, er wußte es bereits und hatte dessen doch mit keiner Silbe Erwähnung getan. Er hatte es am Freitag an der Börse erfahren. Was blieb denn in dieser Stadt verborgen – nichts, sie war im Grunde doch nur ein großes Nest, in dem einer an den Angelegenheiten des anderen den bewegtesten Anteil nahm.

Und was nun die Börse anbetraf, so konnte man beinahe der Meinung sein, daß sie eigens zur Verbreitung von Nachrichten aller Art errichtet worden war. Was man nicht wußte und gern wissen wollte, wurde einem dort ganz von selber zugetragen, und darüber hinaus auch das, was man vielleicht lieber nicht oder doch nicht an dieser Stelle erfahren hätte. Aber daß das geschah, dafür sorgten die Geschäftsleute und Geschäftsfreunde mit einer erstklassigen Schonungslosigkeit.

Der Konsul pflegte nicht einmal regelmäßig zur Börse zu gehen, er überließ das gern seinem Sohn, denn zuzeiten hatte er das alles satt, den lauten Betrieb, den Klatsch und die Witze, die meist nicht neu und noch dazu weder fein noch geistreich waren. Er ging nur zuweilen hin in der Meinung, daß er sich wieder einmal zeigen müßte, damit der Seniorchef der Firma nicht ganz in Vergessenheit geriet. So erfuhr er unvorbereitet und unversehens, daß sein Sohn ein Gut gekauft hatte.

Doch er tat jenem Zuträger an Ort und Stelle nicht den Gefallen, ihn seine Betroffenheit merken zu lassen. Und während er sich die nächsten Tage mit Erbitterung und Unruhe herumschlug, gelang es ihm, sich in die Überzeugung hineinzureden, daß er etwas Ähnliches erwartet hatte. Ja, man hatte annehmen können, daß Hermann eines Tages eine schwere Dummheit machen würde.

Verrückt! dachte er bei sich. Total verrückt! Er wird noch einmal platzen vor Großmannssucht. Aber das konnte er seinem großen Sohn wohl doch nicht mehr sagen.

Und was in dieser Stunde des vorgerückten Sonntagnachmittages bei der alles mildernden Zigarre vor sich ging, war letzten Endes nichts als eine Unterredung zwischen zwei Geschäftsleuten, von denen der eine sich mit Vorbehalt über seine Unternehmungen äußerte.

Es blieb dem anderen nur hie und da die Möglichkeit zu einem sachlichen Einwand. Denn Kanther jun. sprach von der Erwerbung von Brigittenruh in einem Ton, als handelte es sich ausschließlich um einen wohlüberlegten Schachzug, dessen Wirkungen für ihn im voraus zu berechnen waren.

»Übrigens hat mich Duschke seinerzeit auf dieses Restgut aufmerksam gemacht«, sagte er. »Er hat überhaupt sehr gute Arbeit geleistet. Der ist wie ein Spürhund hinter allen lohnenden Objekten her.«

»Na«, erwiderte der Konsul, »und dabei haut er dich dann nach allen Regeln der Kunst übers Ohr, da kannst du sicher sein.«

Hermann zuckte die Achseln. »Ach, wieso, durchaus nicht! Ich habe doch auch meine Gedanken beisammen. Natürlich verdient er gut, das soll er auch ...«

Nein, Hermann hatte es nicht nötig, sich etwa vor seinem Vater zu rechtfertigen. Er wußte, was er tat, er ließ sich nicht anfechten und ließ sich keineswegs dreinreden. Es erübrigte sich zu sagen: Es ist nun genug von alledem. Ich habe nicht die Absicht, mich weiter bevormunden zu lassen... Nein, das kam ohnehin nicht in Frage.

Er sagte statt dessen mit dem zufriedenen Ton eines Mannes, dem ein Wurf gelungen ist: »Unsere Verbindung zur Landwirtschaft ist ja eng genug, Papa. Es lag gar nicht so fern, auf einen solchen Einfall zu kommen. Und die Gelegenheit war besonders günstig. Vielleicht hat es mich längst verlockt, einen eigenen Hof zu haben.«

»Jetzt sage nur noch«, warf der Konsul ein, »das Blut deiner bäuerlichen Vorfahren hätte sich in dir geregt.«

»Warum auch nicht? So etwas geht nie ganz verloren, und in einer Generation kommt es dann plötzlich wieder ans Licht. Bloß umsatteln kann ich nun nicht mehr.«

»Darauf habe ich gerade noch gewartet!«

Es war nun doch so, daß es bei dem Konsul durchbrach, es hörte sich an wie Gereiztheit und Ärger und war doch mehr als das. Es war wieder die Sorge: Was soll werden? Was wird aus dem Geschäft, was wird aus den Kindern, wenn er sich losmacht, alles herauszieht, was er in der Firma hat, und seiner Wege geht? Es war das, was ihn in diesen Tagen und Nächten anhaltend beschäftigt hatte.

Aber Hermann kannte ja seinen Vater sehr gut, er begriff ihn sofort. »Ich sagte es ja schon«, antwortete er ruhig, »es geht nicht mehr. Ich bin dafür zu alt, und ich habe es nicht gelernt. Ich bin ja auch hier an Ort und Stelle mit lauter Fäden angebunden. Vielleicht läge mir daran, sie loszumachen, ich hätte dann ganz und gar die Arme frei. Aber natürlich geht es nicht. Ich bin doch kein Phantast und noch viel weniger ein Deserteur, Papa, was denkst du eigentlich von mir?«

»Ich denke mir«, sagte der Konsul mit einiger Beherrschung, »daß es besser ist, wenn wir das Thema fallenlassen.«

Hermann strich nachdenklich seine Asche ab und sagte: »Gewiß. Du regst dich nur dabei auf, und daß sich das verlohnte, dafür ist das Objekt wirklich zu klein.«

Aber sie wußten beide, jeder für sich, daß das Objekt immerhin groß genug war. Es war nur ein Auftakt, aber es bedeutete Ausweitung, Weg und Zukunft, es war schlechterdings der Inbegriff einer Lebenserfüllung. Es war zugleich Loslösung und Trennung und trotz aller gegenseitigen Versicherung innerer Abfall. Es war beinahe Verrat.

Der Konsul dachte erbittert: So ist es mit meinen Kindern, sie enttäuschen mich alle. Man mag ihnen noch so gut den Weg bereitet haben – jedes hat seinen Kopf für sich und will damit durch die Wand. Sie laufen einer Wahnidee nach, und das nennen sie dann das ›Eigentliche‹. Man kann sie nicht davor bewahren, sich zu verrennen. So war es mit Otto, und so ist es mit ihm. Es wird auch mit Doris und den beiden Kleinen nicht anders sein. Fritz sowieso, der ist überhaupt der Schlimmste ...

Aber Frau Kanther, die mit Eva und Anne noch am Kaffeetisch im Eßzimmer sitzen geblieben war, sprach sich auf ihre Weise über das Ereignis aus: »Es ist eine ganz wunderbare Idee von Hermann, finde ich. Übrigens hat mir dein Bruder, Eva, neulich schon eine kleine Andeutung gemacht. Ich hatte nur keine Ahnung, um was es sich handelte.«

»Ich auch nicht, Mama«, sagte Eva beinahe entrüstet, »er hat uns ja alle vollständig überrumpelt.«

»Gieß mir nur noch eine Tasse ein, mein Kind. Warum sollen wir den guten Kaffee kalt werden lassen! ... Denk nur, wenn wir euch in Brigittenruh zum ersten Male so zum Sonntagnachmittag besuchen werden. Ich freue mich auch besonders für den Papa, es ist eine Abwechslung und Ablenkung für ihn.«

Anne warf ein: »Und dabei regt er sich nebenan so darüber auf.«

»Na ja, das ist zuerst so. Er hat es nicht gewußt, und ich glaube, er nimmt es Hermann ein bißchen übel, daß er nicht vorher mit ihm darüber gesprochen hat. Sonst würde er alles vielleicht ganz anders ansehen. Aber wartet nur ab, in ein paar Tagen hat er sich bestimmt beruhigt ... Und wenn er erst einmal seine Zigarre dort auf der Terrasse rauchen wird, mit dem Blick in den Garten, dann wird er sich sagen: Meine Kinder haben es ein Stück vorwärtsgebracht ... Ich habe doch so etwas oft genug mit ihm erlebt. Mit Neuenort war es genauso. Anfangs war alles unmöglich, und wie hat er sich nachher wohlgefühlt!«

Anne dachte an die Erfahrung mit Frau v. Ohrt, und damit stahl sich die Erinnerung an den nun schon so fernen, versunkenen Sommer noch einmal wie ein letzter Sonnenstrahl herein – in dieses ein wenig nüchterne Eßzimmer der Kantherschen Oberwohnung, in dem sie doch schon bei der Lampe saßen.

Geschah sonst noch etwas auf der Welt, das von Bedeutung war – etwas, das umittelbar ins Leben hineingriff? Nein, es geschah nichts.

Die Freuden des Winters hatten begonnen – nicht etwa der Eislauf, Gott bewahre, an den war noch lange nicht zu denken. Ganz selten gab es schon vor Weihnachten Eisbahn, sondern für gewöhnlich fing es erst nach Neujahr richtig damit an. Es gab ein paar Einladungen, aber der Genuß, den diese geselligen Veranstaltungen in festgefügtem Kreise bereiteten, war meist ziemlich fragwürdig.

Woran lag es nur – Anne geriet wieder in ihre alte Befangenheit, sie fühlte sich vereinsamt und von lauter Zwang umstellt oder langweilte sich ganz einfach, während solch ein Abend doch die Höhe des Vergnügens sein sollte. Ein fremdes Haus und gleichgültige Menschen, was hatte man schon davon?

In diesen Tagen, die nicht Glanz noch Farbe hatten, waren auch die Straßen trotz ihres lebhaften Getriebes dennoch leer, sie trugen immer wieder dasselbe Gesicht, man kannte ihre Fassaden auswendig, die Ladenschilder und zumeist auch das, was hinter den Scheiben ausgestellt war. Es war niederdrückend, jeden Morgen und jeden Mittag zum Beispiel im Eckfenster eines bestimmten Geschäftes immer den gleichen rotbraunen Mantel mit Krimmerbesatz sehen zu müssen, den eine viel zu schöne wächserne junge Dame mit stolzem Gesichtsausdruck zur Schau trug.

Aber eines Tages geschah es, daß Anne auf ihren unruhigen Wegen durch die Stadt an eine Stelle geriet, die sie im Augenblick mit zitternder Erregung füllte und unbeweglich auf den Erdboden festbannte. Es war das große Schaufenster des Photographen Windheil in der Güldengasse.

Windheil besaß sicherlich das erste Atelier der Stadt; alles, was hier und in der Provinz einen Namen hatte, pflegte, wenn überhaupt, sich nur an dieser ausgewählten Stätte im Bilde festhalten zu lassen. Es war seit je eine der unschuldigen Vergnügungen von Doris und Anne gewesen, hin und wieder dieses Fenster zu belagern und die darin ausgestellten Porträts zu betrachten. Man konnte sicher sein, daß man darunter Bekannte fand, zuweilen gab es Großaufnahmen hervorragender Persönlichkeiten aus Stadt und Land, die in den Mittelpunkt gestellt waren – schöne Frauen und bedeutende Männer, und daneben wurde das Familienleben manches Hauses in einer ansprechenden Gruppe offenbar. Das Schaufenster von Windheil war eine Quelle der Anregung und Unterhaltung.

Aber diesmal war Anne nur ganz zufällig dorthin gekommen, und als sie im raschen Vorübergehen anhielt, fiel es wie eine plötzliche Lähmung über sie.

Schräggestellt, gegen die Scheibe hin zwischen anderen Aufnahmen, nicht einmal ganz vorn, nicht sehr auffällig und doch unübersehbar, stand dort ein Bild des Fürsten. Annes Herz schlug so heftig, daß sie sich an dem Geländer festhalten mußte.

Es war nicht Luederssen, der Reiter, er trug Zivil, und nichts in seiner Erscheinung deutete darauf hin, daß er sonst Tag für Tag im Rock des Soldaten steckte. Es war der Fremde, niemals bei Namen gekannt und nie erreicht, der sie Jahre hindurch auf ziellosen Wegen nach sich gezogen hatte. Wie in einer jener rätselhaften Begegnungen trat er noch einmal aus der Ferne in die Gegenwart.

Unter lauter gleichgültigen Gesichtern sah ihr das seine, schmal und dunkel vor dem helleren Hintergrund, entgegen, es war, als käme er unerwartet durch die belebte Straße her, und wieder wie einst und immer durchrann sie das Gefühl eines schweren, seligen Rausches.

Endlich hatte sie ihn wiedergefunden.

Man konnte gut eine Viertelstunde vor einem Schaufenster stehenbleiben, auch eine halbe Stunde vielleicht, es spielte keine Rolle und fiel nicht auf. Und selbst wenn es aufgefallen wäre, was bedeutete das schon? Doch die Menschen kamen und gingen, einige standen still und machten bald darauf wieder anderen Platz. Niemand achtete auf sie. Und dann war sie wieder allein.

Von Zeit zu Zeit versuchte Anne, ihren Blick hinwegzunehmen und die anderen Aufnahmen zu betrachten. Aber es erwies sich, daß das unmöglich war.

Noch nie zuvor war ihr das Glück vergönnt gewesen, ihn so lange und in völliger Ruhe anzusehen. Er konnte nicht wieder an ihr vorübergehen, er stand dort und wich nicht vom Platz, einmal, zum ersten Male, konnte sie ihn festhalten, um ihn nie wieder zu verlieren.

Aber dafür brauchte es lange Zeit, sie fand kein Ende damit. Wenn sie sich jetzt loslöste, um nach Hause zu gehen – wenn sie nur einen Schritt von der Stelle tat, dann war er ihr von neuem genommen.

Er stand groß und schlank in freier Haltung da, und weil er auf dem Bild keinen Hut trug wie sonst, sah sie zum ersten Male die ausdrucksvolle Stirn und die markante Form des Kopfes. Die alte dunkle, gefährliche Gewalt war über ihr und stürzte sie in eine Versunkenheit, in der nichts blieb als der Mann und ihr besessenes

Herz. Sie ging und kehrte nach ein paar Schritten wieder um und kam zurück.

Als sie sich endlich losriß, war es spät – höchste Zeit, nach Hause zu kommen. Sie hetzte durch die Straßen, aber am Nachmittag ging sie noch einmal zur Stelle und ebenso den nächsten Tag und so die folgenden Tage, immer wieder von neuem, getrieben und verführt wie nur je. Es ließ ihr keine Ruhe und gab nichts mehr zwischen Morgen und Abend, was daneben noch von Bedeutung war.

Einmal geschah es, daß zwei junge Leute neben ihr stehenblieben und der eine von ihnen mit hindeutender Handbewegung sagte: »Das ist doch der Herrenreiter Luederssen.«

»Stimmt«, erwiderte der andere. »Komisch übrigens, daß man diese Kerls in Zivil und zu Fuß kaum wiedererkennt. Aber vielleicht spielt so einer zwei Rollen in der Welt.«

Anne sah die beiden feindselig an und verlangte in ihrem Innern mit Heftigkeit, daß sie sich augenblicklich entfernen möchten. Warum durfte jeder Schwengel sich erlauben, hier stehenzubleiben und seine Meinung zu äußern? Das Bild erschien ihr bedroht und angetastet, und erschreckend wurde ihr klar, daß noch viel Schlimmeres geschehen konnte. Der Gehilfe des Photographen konnte von hinten her die Hand danach ausstrecken und es herausnehmen.

Eines Tages würde es fort sein – wie lange mochte es dort schon gestanden haben, ehe sie es entdeckte! Sie mußte damit rechnen, daß plötzlich an seiner Stelle ein anderes, ganz gleichgültiges stehen würde, denn von Zeit zu Zeit wurden die Aufnahmen gewechselt. Es war nicht so gedacht, daß vor einem von ihnen ein ewiger Altar errichtet würde.

Vielleicht sehe ich ihn heute zum letzten Male, dachte sie betroffen. Aber das ging nicht, das durfte nicht sein. Und damit begriff sie, daß sie das Bild um jeden Preis besitzen mußte.

Man konnte jedoch nicht hineingehen und es zu kaufen verlangen. Kein Photograph, der auf Ehre hielt, wäre zu einem solchen Handel bereit, er würde es weder abgeben noch extra herstellen, es gab darüber ungeschriebene und vielleicht sogar geschriebene Gesetze. Es blieb nur die Möglichkeit, es zu stehlen.

Anne dachte an Fritz. Wenn sie ihn ins Vertrauen zöge! So ein Junge war zu allen Dingen nütze, es gab nichts Derartiges, was er nicht fertigbekam. Fritz würde vielleicht einbrechen oder einen der Gehilfen zu bestechen suchen. Oder er würde in aller Ruhe einen glaubhaften Grund vorbringen, der das ungewöhnliche Verlangen weitgehend rechtfertigte. Ja, Fritz würde es zweifellos glücken, und auf seine Verschwiegenheit war Verlaß. Aber sie konnte das Geheimnis ihrer Seele nicht preisgeben. Er würde es nicht begreifen und sich vielleicht darüber lustigmachen.

Dann gab es noch eine weitere Schwierigkeit. Windheil, das war bekannt, forderte als Photograph von Rang sehr hohe Preise. Er würde sich eine Extraleistung auch noch besonders gut bezahlen lassen. Unter Umständen würde das Bild unerschwinglich sein. Denn Anne besaß ja niemals Geld. Auch der Gewinn vom Rennen war längst wieder zerflossen.

Dennoch und trotz alledem mußte sie es haben.

Schließlich war das mit der Bezahlung doch nur eine untergeordnete Sorge. Sie ließ sich etwas von ihrem Taschengeld auf Vorschuß geben, und anpumpen konnte sie Fritz auf jeden Fall. Er würde nicht fragen. Es kam zunächst nur darauf an, daß man das Atelier Windheil auf irgendeine Weise bewegte, einen Abzug dieser Aufnahme anzufertigen und herzugeben.

Aber sie selber konnte das keinesfalls unternehmen. Es fehlte Anne nicht an Mut, wenn es erforderlich wurde, etwa für Doris so etwas durchzubiegen, das mit List und Wagnis verbunden war. Doch ihr eigenes Herz bloßzulegen, das vermochte sie nicht.

So verfiel sie auf Johanna.

Johanna hatte ohnehin um den russischen Fürsten gewußt, das war immer die verborgene Verbindung zwischen ihr und Anne gewesen, und sie würde es ganz bestimmt aus Anhänglichkeit tun. Johanna war noch von der Sorte, die die liebevolle Hilfsbereitschaft der Dienenden in sich trug.

Es war nicht nötig, ihr viele Erklärungen abzugeben. Anne sagte: »Ich weiß jetzt, wer er ist, Johanna. Ich habe es neulich herausgefunden. Er heißt Oberleutnant Luederssen. Und jetzt steht ein Bild von ihm im Fenster vom Atelier Windheil. Das Bild muß ich haben. Ich habe gedacht, Sie gehen hin und sagen, man möchte es Ihnen anfertigen. Aber so geben die das nicht her, man muß etwas erfinden. Vielleicht könnten Sie angeben, es sei für jemanden, der nicht genannt sein will. Nein, das geht nicht. Sagen Sie lieber, das Bild wäre durch Ihre Schuld abhanden gekommen. Ich muß es haben, und ich weiß, Sie tun das für mich.«

Johanna war nicht dumm und durchaus nicht ängstlich, vielleicht auch reizte sie der geheime Auftrag. Ja, sie wollte es tun. »Ich werd mir schon was ausdenken«, sagte sie.

»Werden Sie auch den Namen nicht vergessen? Luederssen. Ich schreibe ihn lieber auf. Und fragen Sie, was es kostet.«

Aber Johanna kam nicht gleich dazu, man durfte es nicht auffällig machen, und so vergingen ein paar Tage darüber.

Inzwischen, wie in geheimer Verkettung, war das Bild aus dem Fenster verschwunden. Aber auch einige andere waren herausgenommen und durch neue ersetzt worden. Es war wohl ganz natürlich dabei zugegangen.

Dennoch wurde Anne besorgt und ungeduldig. Sie konnte nun nicht länger darauf warten.

Dann hatte Johanna eines Tages auf die Post zu gehen, auch noch ein Kleid von der Reinigung abzuholen, und als sie am Spätnachmittag von dem Gang zurückkam, da war es geschehen.

»In acht Tagen, gnädiges Fräulein«, sagte sie. »Die wollten zuerst nicht, sie sagten, das dürften sie nicht machen. Sie können kein Bild an fremde Personen abgeben ohne Erlaubnis. Ich sagte: ›Es ist sehr unangenehm. Ich muß doch das Bild besorgen. Sie wissen nicht, wie das ist. Es ist mir zu Schaden gekommen beim Reinemachen. Es ist runtergefallen, das Glas kaputt, und dann war es ganz zerschrammt. Wenn das einer merkt, fall ich rein. Noch hat es keiner gemerkt, es stand im Salon. Aber ich muß es doch gleich ersetzen.‹ Ich sagte: ›Sie können mir doch den kleinen Gefallen tun. Sehen Sie, bezahlen muß ich es schon sowieso. Und das ist schlimm genug.‹ – Es war ein junger Mann, gnädiges Fräulein, er ließ mit sich reden. ›Na gut‹, sagte er, ›eigentlich darf ich es nicht, aber weil Sie's sind. In acht Tagen ist es fertig. Kommen Sie wieder am Donnerstagabend, dann bin ich allein.‹ – Es kostet acht Mark, gnädiges Fräulein.«

Acht Mark! Das war sehr viel Geld. Aber es hätte noch schlimmer sein können.

»Ach, Johanna«, sagte Anne selig. »Ich danke Ihnen. Sie sind ein großartiger Mensch. Haben Sie auch den richtigen Namen gesagt?«

»Ich habe ihm doch den Zettel gegeben: Oberleutnant Luederssen ... Und dann mit dem Geld, gnädiges Fräulein«, sagte Johanna noch, »ich kann gut fünf Mark auslegen, auch sechs, von meinem Lohn. Und das hat nicht so 'ne Eile. Ich hab doch auf der Sparkasse ...«

Die Woche verging langsam, schleppend zog Tag um Tag. Dann kam Johanna eines Abends vom Besuch bei ihrer Tante zurück, die ausgerechnet in dieser Woche krank geworden war, sie kam eilig und geheimnisvoll herein und legte einen großen, steifen grauen Umschlag vor Anne auf den Tisch. »Da ist es«, sagte sie, »ich hab noch warten müssen. Er war erst nicht da ...«

Bis zum letzten Augenblick hatte Anne gefürchtet, es würde nicht glücken. Vielleicht kam etwas dazwischen. Es sah so unwahrscheinlich und unvorstellbar aus, daß etwas so Wunderbares wirklich geschehen sollte. Wenn man etwas so sehnsüchtig wünschte, dann mußte man darum zittern. Als sie das Bild nun in Händen hielt, war der kostbarste Schatz der Erde auf immer geborgen ...

Nein, sie konnte es nicht wissen.

Sie wußte nichts davon, daß ein Traum sich nicht bannen läßt. Man kann ihm nachgehen Tag und Nacht, durch Jahre und Jahre und vielleicht durch ein ganzes Leben. Er wird wie ein Schein vom Himmel sein, der die Niederung eines mühsamen und einsamen Weges überglänzt und erhellt. Er wird nicht erlöschen und verlorengehen.

Aber man darf nicht versuchen, ihn herunterzuholen aus der Fahrt der Wolken und dem Spiel der Winde, aus der unerreichbaren Region der Sterne. Dann ist es mit ihm zu Ende. Und je heißer die Kraft ist, die danach langt, desto jäher sein Untergang. Er stürzt in die Tiefe, er löst sich auf und verweht. Es bleibt nichts von ihm, als wäre er nie gewesen.

Nein, Anne Kanther wußte nichts davon, daß das Herz sein leidenschaftlichstes Verlangen am schwersten büßen muß.

Das Bild, das sie aus dem Umschlag zog, zeigte einen jungen Offizier in Überrock und Mütze. Es war die steife Dienstmütze, die er trug, und sie besonders gab der ganzen Erscheinung jenen etwas feierlich militärischen Anstrich, der Wesen und Ausdruck der Persönlichkeit beinahe zwangsläufig auslöschte.

Es war mehr das Abbild eines Kleides oder eines Standes, eines Ranges vielleicht, als das eines Menschen. Der, dem das alles zugehörte, war ein hochgewachsener und zweifellos sehr gut aussehender Mann, man mochte denken, daß allerhand Charakter in ihm steckte. Der Schnitt der Augen unter dem blanken Mützenschirm war wie eine geheime Schrift des Geistes.

Aber zuerst und vor allem trug er des Kaisers Rock, und das hieß: Dienst, Disziplin, Subordination. Es bedeutete Schein und Glanz und den Zwang des Ehrgeizes vielleicht.

Dies war niemals der Fürst aus fremdem Geblüt und nicht der Reiter von ›Trojaner‹, der groß und frei als ein Herr des Lebens auf dem Gartenstuhl des Rennplatzcafés gesessen hatte. Es war ein Soldat und nichts als das ...

Das Ganze war ein ungeheurer, ein maßloser Irrtum.

Nein, es konnte nicht sein, man mußte noch einmal von vorn damit anfangen, das Bild zu betrachten, man mußte versuchen, es ohne Vorbehalt richtig zu sehen, und sich darin zurechtfinden. Aber es dauerte eine Viertelstunde und länger noch, es war nicht dahinterzukommen, es gab kein Mittel und keine Hilfe, es blieb, was es war: Er war es und war es dennoch nicht.

Es war Oberleutnant Luederssen, der Ulan aus einer kleinen Garnison, ein Provinzkavallerist, schön anzusehen, in seinem besten soldatischen Aufzug.

Kein Versehen war geschehen, durchaus nicht, man konnte niemandem einen Vorwurf machen. Ein Auftrag war genauestens und in Kürze ausgeführt worden, Person und Name stimmten, es hatte alles seine Richtigkeit.

Nur, es war ein anderes, ein ganz anderes Bild.

Nein, es war mehr, es saß tiefer und ließ sich nicht ergründen. Es war für das Herz, das so schwer an der Liebe trug, ein dunkles Mysterium, als wäre dieser Mann ein Phantom, das in vielerlei Gestalt über die Erde ging. Man würde niemals wissen, welche die eigentliche und echte war, denn in keiner ließ er sich halten.

Es war kalt in dem stillen Zimmer mit all dem altmodischen Hausrat unter der Hängelampe – das tat die Erschütterung, das tat die Trauer, das machte die tiefe, schwere, namenlose Enttäuschung.

Wie hatte Anne nur denken können, sie würde ihn doch eines Tages erringen? Er war ihr nicht bestimmt, er war längst vorüber und weit, weit fort.

Sie stellte das Bild vor sich hin: ein fremder, gleichgültiger Offizier wie hundert andere. Was machte Anne Kanther sich überhaupt aus Offizieren! Es hatte in Neuenort mehr als genug davon in jedem Alter und von jeder Sorte gegeben. Sie fand keine Beziehung zu ihnen.

Was sollte sie nun damit? Sie hatte Schulden gemacht und einen Haufen Geld hinausgeworfen für etwas, das gar keinen Wert besaß. Sie würde ein paar Monate daran abzahlen müssen. Es war schlimm genug.

Das andere wog schwerer und lag wie ein Stein auf dem Grunde ihres Bewußtseins. Sie hatte ihr ganzes Herz daran gegeben, und nun war nichts mehr da. Aber das begriff sie noch nicht.

Sie fühlte sich nur genarrt und entsetzlich betrogen; aber es war ja nichts als ihre eigene kindische Dummheit gewesen.

Johanna – nein, Johanna konnte nichts dafür, und sie wollte es ihr niemals sagen. Wozu, es hätte sie nur bekümmert. Kein Wort davon, am besten gar nicht mehr daran denken.

Doch über dem untergegangenen Traum wuchs es empor wie dunkle Angst der Jugend vor dem trügerischen Gesicht des Lebens.

Sie steckte das Bild in den Umschlag zurück und verwahrte es in der Kommode, ganz tief in der untersten Schublade, wo die vollgeschriebenen Schulhefte lagen und allerhand alter Kram, der nicht mehr gebraucht wurde. Sie schob es unter das Papier, mit dem das Fach ausgelegt war. Dort war es sicher, sie sah es nicht mehr, und niemand würde es finden. Es würde vergessen werden.

Einundzwanzigstes Kapitel

Konsul Kanthers Befinden ließ in dieser Zeit zu wünschen übrig. Es war, als hätte sich die Wirkung der Nauheimer Kur, die so hoch veranschlagt worden war, bereits erschöpft. Die alten Beschwerden, Atemnot und schwere Unruhe, waren wieder aufgetreten, und sein Schlaf war schlechter denn je, er behauptete, daß er sich die horizontale Lage abgewöhnen müsse und vielleicht lieber gar nicht mehr zu Bett ginge. Die kostbare braune Hautfarbe vom Sommer her war längst gewichen und ebenso die ausgeglichene Stimmung, die er sich damals als wertvollste Errungenschaft aus Neuenort mitgebracht hatte.

Das ganze Haus litt darunter; über seinen Insassen, das Kontorpersonal miteingerechnet, lag ein dumpfer Druck, es schien geraten, dem Seniorchef möglichst nicht zu nahe zu kommen. Selbst Frau Kanther war diesmal besorgt und aus dem Gleichgewicht gebracht, und Anne sprach überhaupt nicht mehr.

Der alte Sanitätsrat Gottschütz, der wie immer von Zeit zu Zeit seinen Besuch in der Oberdammgasse machte, suchte dem Patienten auf seine Weise beizukommen. Es war nicht erforderlich, ihn etwa durch eine neue Untersuchung zu belästigen, dem Sanitätsrat war dieser Organismus seit langen Jahren so vertraut, daß er sich und ihm diese Mühe ersparen konnte. Dagegen konnte man ein neues Mittel verordnen, es gab ja immer wieder welche, die alles bisher Bewährte aus dem Felde schlagen wollten; so skeptisch der Konsul an und für sich war, bedeutete es ihm doch eine Art Anregung, etwas auszuprobieren, und damit war der Erfolg wenigstens für eine gewisse Zeit gewährleistet.

Denn Gottschütz hatte seine ganz persönliche Meinung von dem Gesundheitszustand dieses alten Querkopfes, wie er ihn nannte. Er hütete sich wohl, sie allzu offen auszusprechen. Der Konsul hätte sich auf das schärfste gegen die Behauptung verwahrt, daß er ein Neurastheniker und selber seines bedrohten Herzens allerärgster Feind sei.

Ein Fehler war vorhanden, aber er war alt und hatte den Mann, der ihn mit sich herumtrug, dennoch zu leidlich hohen Jahren kommen lassen. Er barg keine akute Gefahr in sich, solange es verhindert werden konnte, daß er durch nervöse und seelische Spannungen forgesetzt begünstigt wurde.

»Unsere Patienten, Herr Konsul, verderben uns ja immer wieder unsere ganze Arbeit«, sagte der Sanitätsrat knurrig. »Es lohnt sich wirklich nicht, sich so viele Mühe um sie zu machen. Seit nahezu vierzig Jahren laufe ich unausgesetzt die Treppen dieser Stadt hinauf und herunter, bloß um immer wieder zu sehen, wie die Menschen sich mit bester Absicht zugrunde richten, die einen durch Nikotin, die anderen durch Alkohol, die dritten durch Skepsis und schlechte Laune.«

»Dann nehmen Sie eine Zigarre, Doktor«, sagte der Konsul anzüglich, »denn ich weiß, Sie sind selbst von der ersten Sorte.«

»Ich bin kein Patient«, erwiderte Gottschütz, indem er die Spitze abschnitt, »ich stehe hier nicht zur Debatte.«

»Schön«, sagte er anerkennend nach den ersten genußreichen Zügen und betrachtete die Zigarre liebevoll. »Aber Sie, verehrter Konsul, sollten sich lieber an ein etwas leichteres Kraut halten. Ich möchte Ihnen nur für den Sonntag ein Exemplar von dieser Marke genehmigen. Sonst werden Sie eines Tages ganz aufhören müssen.«

»Eines Tages«, sagte der Konsul gedehnt. »Natürlich, eines Tages wird alles einmal zu Ende sein.«

Sie saßen im Wohnzimmer, der Konsul in seinem Schaukelstuhl am Fenster, der Sanitätsrat ihm gegenüber in einem Armsessel. Der Rauch der Zigarre schwebte zur Gardine auf. Draußen regnete es, die Aussicht auf die gegenüberliegende Seite der Oberdammgasse war nicht gut. Die Aussichten waren alle nicht gut.

»Es macht mir keinen Spaß mehr, Doktor. Sie mögen sagen, was Sie wollen. Was soll das alles noch? Von mir aus – lieber heute als morgen.«

»Hm. Das wäre ja sehr bequem«, sagte Gottschütz grob, »da sind Sie, Verehrtester, durchaus nicht der einzige, der sich ganz gern hinwegdrücken möchte. Glauben Sie denn, daß mir das Ganze noch Vergnügen macht? Aber so ist das Unternehmen leider nicht gedacht. Ich will ja nicht sagen, daß es schließlich nicht auch ohne uns beide ginge. Ohne mich bestimmt und ohne Sie wahrscheinlich auch. Doch das ist nur so meine unmaßgebliche Meinung. Höheren Ortes muß man es wohl anders beschlossen haben.«

In Konsul Kanther regte sich der alte Widerspruchsgeist. Er lachte. »Auf euch Doktoren ist ja kein Verlaß. Sonst pocht ihr auf euer Heidentum und tut euch was darauf zugute, daß die Welt allein durch eure Künste erhalten wird. Doch wenn man euch mal in die Enge treibt, dann ruft ihr den lieben Gott zu Hilfe. Ich, von mir aus, handle immer noch ganz gern mit ihm, lieber als mit euresgleichen.«

»Also«, sagte der Sanitätsrat befriedigt und stand auf, »dann wollen wir besseres Wetter bei ihm bestellen.«

Zu Frau Kanther, die ihn draußen noch wegen eines schlimmen Fingers der Köchin zu Rate zog, sprach er vertraulich über ihren Mann. »Es ist nicht nötig, sich um ihn Sorge zu machen, Frau Konsul. Es ist nicht schlimmer, als es oft schon war. Das kommt und geht. Das subjektive Befinden ist wie immer das entscheidende bei ihm. Seine Laune taugt nichts, das ist es. Halten Sie ihm Aufregungen fern. Und sehen Sie zu, ihn zu erheitern. Sie können mir glauben – so wie die Kanthers nun einmal beschaffen sind: das Leben ist ihm zu eintönig. Im Geschäft ist jetzt flaue Zeit. Er langweilt sich. Und das ist allerdings Gift für ihn. Sie sind doch so eine gescheite Frau und meine beste Verbündete. Holen Sie ihm meinetwegen den Mond vom Himmel, egal, nur schaffen Sie irgend etwas herbei, das ihn anregt und ablenkt.«

»Wenn Sie mir das Rezept verschreiben wollen, recht gern, Herr Sanitätsrat«, sagte Frau Kanther ergeben. Aber sie war nun schon wieder ein wenig beruhigt.

Was er ihr geraten hatte, war freilich nichts Neues, und darauf wäre sie auch von allein gekommen, wenn es so ohne weiteres im

Bereich des Möglichen gelegen hätte. Aber das Leben war doch einmal so, es lief innerhalb seiner Grenzen gemächlich und einförmig dahin, besonders um diese Zeit des Jahres, ein ruhiger Fluß zwischen immer gleichen Ufern. Und wer nicht von sich aus Belebung, Licht und Farbe hineinzutragen vermochte, der fühlte sich leicht zurückgesetzt und beraubt.

Frau Kanther war sich ruhigen Herzens bewußt, daß sie gab, soviel ihr selber von Natur her gegeben war, und das war wohl immerhin eine ganze Menge an Wärme und Fülle; doch auch die, gestand sie sich, war er ja von je gewohnt gewesen. Und sie konnte nicht etwa die Jahreszeit zurückdrehen oder die Sonne beschwören.

Nein, man konnte nicht Frau v. Ohrt herbeirufen und plötzlich in die dämmergraue Atmosphäre der Oberdammgasse verpflanzen. Sie war in Paris und hatte einmal ein paar Zeilen geschrieben: »... es ist wunderbar hier, und ich bin befreit und neu. Ich schwimme in Kunst und liebe das Leben. Es ist nun alles schon sehr fern, aber ich habe Neuenort und den Sommer nicht vergessen ...«

Ich, ich, ich! dachte Frau Kanther. Aber vielleicht war es gerade das gewesen, ein Mittelpunkt, der mit geheimnisvoller Gewalt alles an sich zog.

Und sie selber war sicherlich ihr Leben lang zu nachgiebig, zu wenig auf sich und ihr eigenes Wohlbefinden bedacht gewesen, es tat den Männern nicht gut, wenn man allzuviel Rücksicht auf sie nahm. Aber sie konnte sich nicht ändern, sie war eine unmoderne Frau, und schließlich war es gut, so wie es war.

Nein, die Sonne war weit fort, sie ließ sich nicht beschwören. Der Gruß aus der Fremde hatte den Konsul einen Tag oder auch zwei Tage lang beschäftigt und mit Erinnerung gewärmt. Aber dann war es wieder vorüber.

Es blieb nur möglich, zur Anregung und Erheiterung des Hausherrn den häuslichen Tisch ein wenig reichhaltiger zu beschicken; denn die Freuden der Tafel, in gefälligem Wechsel geboten, waren etwas, das immer noch auf fruchtbaren Boden fiel. Frau Kanther hielt mit der Köchin Marie Ocholla manche eingehende Beratung über diesen Gegenstand. So leicht war auch das nicht um diese Zeit des Jahres. Denn mit der Ente am Sonntag und dem fettgebräunten Schmorkohl allein war es nicht getan. Aber Marie Ocholla war mehr als nur eine tüchtige Bereiterin bewährter Speisen, sie besaß Phantasie, und damit gedieh ihr Werk zur Kunst. Es war auch dies eine Gabe der Natur.

Zum Glück traf nun auch der Käse ein.

Von seinen Jahren in England her hatte sich der Konsul die Vorliebe für bestimmte ganz scharfe Käsesorten bewahrt, er griff damit immer wieder zurück in die Zeit einer sorglos und großartig verbrachten Jugend. Jedes Jahr im Herbst, einmal früher, das andere Mal später auf die im Sommer rechtzeitig aufgegebene Bestellung hin, rollte, wohlverpackt und geschützt für die weite Reise, der ›Stilton‹ heran, ein Baumstamm mittleren Umfangs mit schwerer, borkiger Rinde und einem unsagbar schimmernden, schimmelnden und duftenden Innern.

Der ›Stilton‹ wurde durchgeteilt, die obere oder untere Stammhälfte fiel an Schleuningers. Ohm Schleuninger war kein richtiger Onkel, sondern ein Geschäftsfreund aus jungen Jahren, der damals mit zu der kleinen Gruppe der Englandfahrer gehört hatte. Schleuningers waren auf ihren Käse genauso stolz wie Kanthers, denn der ›Stilton‹ war eine Art Symbol und wurde in der Familie gewissermaßen heilig gehalten.

Er erschien nur zu des Hausherrn Verfügung auf dem Abendtisch, der Konsul schnitt sich gegen den Schluß der Mahlzeit genießerisch eine wohlabgemessene, bröckelnde Scheibe aus der Mitte heraus, vielleicht auch noch eine zweite, er nahm hin und wieder einen Schluck Rotwein dazu, um den Wohlgeschmack zu steigern.

Dann wurde der Käse einen wie den anderen Abend von Marie Ocholla sorgfältig mit einem feuchten Salzlappen umwickelt und an einem kühlen Platz sichergestellt, damit seine vielumstrittene Schönheit und Frische erhalten blieben.

Denn kostbar, wie er war, dazu eine ganz große Delikatesse, hatte er das Weihnachtsfest auf jeden Fall weit zu überdauern. Und da niemand als der Konsul selber hier Eigentümer und Nutznießer war, konnte man dessen sicher sein. Immerhin, es war zwar Gesetz, aber dennoch nicht einwandfrei ausgemacht, daß nicht doch einmal nach beendigter Abendtafel ein Brocken davon einen unrechten Weg nehmen mochte. Denn sobald die Kantherkinder groß wurden, schälten sich bei ihnen meist in überraschender Weise ererbte väterliche Neigungen heraus. Ganz mit Vorsicht machten sich Anne und Fritz in unbewachtem Augenblick zuweilen über den Baumstamm her. Das geschah so, daß es auch hinterher nicht zu merken war.

Der Konsul liebte seinen ›Stilton‹, er war ihm Anreiz und Lust und versöhnte ihn täglich für einige Minuten mit dem lastenden, schwer tragbaren Dasein.

Aber der Mensch lebt nicht vom Käse allein...

Frau Kanther tat, was sie konnte, es gelang ihr, ihren Mann das eine oder andere Mal zu einem abendlichen Ausgang, zum Besuch des Theaters oder eines Konzerts zu bewegen. Wenn zum Beispiel die Dessoir als Gast angesagt war, so bedeutete das glücklicherweise eine gewisse Verlockung für ihn, denn er hatte sie früher mit einer verhaltenen Begeisterung gehört. Er gab es zwar nicht zu, aber er ging dann doch hin.

Der große Saal der Börse war wie immer an einem solchen Abend von einer festlich bewegten Menge bis auf den letzten Platz gefüllt, und das strahlende Licht goß heitere Wärme aus.

Frau Kanther genoß das alles aus Herzensgrund, es war nicht ihre Sache, so eingezogen zu leben, und sie bemerkte mit Befriedigung, daß auch ihr Mann ein wenig gelöster Stimmung war. Es belebte ihn sichtlich, einmal wieder Menschen seiner Sorte um sich zu sehen und von allerhand Bekannten begrüßt zu werden; und wie immer nahm er vom sicheren Port seiner Jahre mit freundlicher Anerkennung die eine oder andere anziehende Erscheinung unter den Frauen wahr.

Es ist das Beste, was man ihm antun kann, dachte Frau Kanther, und überhaupt das einzige. Wir werden das wieder öfter machen...

Und es geschah dann auch, daß die starke, unzerstörbar junge Stimme der Sängerin ihn von neuem erhob. Eine halbe Stunde vielleicht oder sogar etwas länger noch vermochte er mit Genuß zuzuhören. Aber dann begann seine Anteilnahme nachzulassen, er wurde unruhig und fühlte sich gequält, für Stunden derartig festgesetzt zu sein. Er war froh, als es zu Ende war.

Am nächsten Morgen zeigte es sich, daß die belebende Wirkung des Abends sich rasch genug erschöpft hatte. Es blieb Unmut über die erlittene Anstrengung, über die viel zu vielen Menschen, über Gedränge und Hitze, die seinen Schlaf gefährdeten.

Er hatte nun, wie er sagte, für lange Zeit genug.

Aber der Konsul wußte wohl selber, wennschon er es sich und anderen nicht eingestand, daß seine Entschlüsse niemals endgültig und seine Ankündigungen dementsprechend widerruflich waren. Es war vielleicht doch ein uneingestandenes Bedürfnis, das ihn bald darauf veranlaßte, an dem fälligen Abonnementstag zu einer Aufführung von ›Aida‹ zu gehen. Theater war besser, der verdunkelte Zuschauerraum hatte etwas Beruhigendes. Diesmal mußte Anne ihn begleiten.

Der Besuch einer großen Oper war nun ein wahrhaft feierliches Ereignis, wiewohl sich Anne durch ihres Vaters Gegenwart ebensosehr eingeengt wie ehrenvoll erhoben fühlte. Denn neben ihm durfte sie ihre Blicke nicht so frei und neugierig umherschweifen lassen, wie sie es gern getan hätte und auch unbedingt tat, wenn sie etwa mit Doris zusammen hier war.

Aber es war schon ein sonderbar erregendes Gefühl, festlich angezogen auf dem roten Plüschfauteuil zu sitzen, umgeben von dem ungeheuren, quellenden und schwirrenden Leben. Anne trug ihre weiße Seidenbluse und den schwarzen Taftrock, dazu weiße Glacéhandschuhe, sie wahrte ihre beste Haltung und kam sich selber ein wenig vor, als spielte sie eine Rolle.

Doch als das Vorspiel einsetzte, saß sie ahnungsvoll im Dunkeln, von fremden und rätselvollen Phantasien bedrängt.

Immer erging es Anne so, daß Musik sie verführte, sie war nicht imstande, voll Andacht zu hören und aufzunehmen, sondern geriet fernab auf den schweifenden Weg der Träume. Es rauschte über ihr wie von gewaltigen Schwingen und trug sie weit, weit fort.

Was vor ihr geschah und sichtbar wurde, war im Eigentlichen völlig wesenlos, aber alles, was sie je an Liebe und schmerzvoller Sehnsucht empfunden hatte, durchströmte von neuem mit Leidenschaft ihr Herz.

Die strenge, dunkle Gestalt des Vaters an ihrer Seite wurde eigentümlich beziehungslos, und die bewegten Vorgänge auf der Bühne hatten nur untergeordnete Wirklichkeit. Aus Klang und Licht und der Fülle fremdartiger Bilder schuf sich ihr ein eigenes phantastisches Reich, das hoch über der Erde schwebte und in dem sie vollkommen glücklich war. Dabei saß sie reglos mit ineinanderruhenden Händen auf dem schmalen Sitz, als wäre ihr lebendiges Leben wirklich in eine andere Region der Welt entflohen.

Doch als drüben auf dem Fest des Sieges die feierlichen und schönen triumphalen Tänze begannen, wurde sie plötzlich wach.

Ihr Blick erfaßte allein die Frau im Vordergrund, deren Arme sich anbetend ausbreiteten, deren Körper schwerelos dahinschwebte, sich wand und wuchs und hob, sich neigte und sank und sich ergab, um von neuem wie eine Flamme lohend emporzusteigen.

Ihre Bewegungen waren weich und von unsagbarer Anmut, aus der Natur geboren, von der Musik geweckt und beseelt, noch im orgiastischen Taumel von einer großen Kunst gebändigt. Ihr zartes Gesicht in der fremdartigen Umrahmung trug einen Ausdruck von

Hingerissenheit. Sie glitt zurück in die schimmernde Schar eines Gefolges, das sich wie in dienender Andacht um sie schloß, und wuchs aufs neue daraus hervor, langsam schreitend, in immer noch steigender Haltung, verwandelt zu einem Bild von ekstatischer Verklärung.

Der Konsul hatte die ganze Zeit über sein Glas vor den Augen, bis in den letzten Nerv gefesselt. »Eine großartige Frau«, sagte er leise wie zu sich selber.

Aber Annes Herz war kalt und leer. Sie kannte sie jetzt, sie hatte sie nicht vergessen. An dem Sonntag damals, auf dem bunten Jahrmarkt des Sattelplatzes, hatten sich ihr Gesicht und Erscheinung unauslöschlich eingeprägt. Sie wußte, daß sie sie jetzt in jeder Verkleidung wiedererkennen würde. Diese Tänzerin mit der freien Hoheit der Gebärde und der priesterlichen Reinheit der Stirn war die Geliebte von Oberleutnant Luederssen.

Der alte Traum wehte noch einmal heran, aber er war fremd und feindlich und beglückte nicht mehr.

Vielleicht wußten es alle, die hier im Dunkeln saßen, oder doch sehr, sehr viele von ihnen, was es mit dieser Frau auf sich hatte. Gewiß pfiffen es allenthalben die Spatzen von den Dächern, und die Krähen zerrten es in ihr Geschwätz.

Denn die Welt war nüchtern, böse und kalt . . .

Und sie selber, Anne, war aus dem Tempel des reichen Lebens hinausgesetzt auf einen Stuhl im Zuschauerraum.

Doch immer noch rauschte Verdis machtvolle Musik über all die kleine menschliche Wirrsal hinweg durch den weiten Raum und stürmte an das einsame kindliche Herz.

Anne legte die Hände in den feierlich weißen Handschuhen fest ineinander. Ich möchte wieder, dachte sie voll Inbrunst – ich möchte noch einmal lieben!

Aber der Tag war noch nicht da, an dem das Schicksal Anne Kanther bei ihrem Namen rief, und vielleicht würde sie noch einen langen Weg zu machen haben, bis es einmal so weit war. Denn es stand kein sichtbares Zeichen in der Welt, der Blick in die Weite war verhüllt und der Himmel verschlossen. Und so viele Schritte man auch machen mochte, Tag für Tag und immer wieder von neuem, es war doch so, daß man nicht von der Stelle rückte. Man mußte einmal vorwärtsgehen, auf und davon, denn von selber kam nichts und wurde nichts.

Doch das Leben liebt seine eigenen willkürlichen und unbegreiflichen Wege. Es verhüllt und entzieht sich den Einsamen, den Mühevollen und Sehnsüchtigen, es sucht sich die Leichten und Raschen heraus und läuft ihnen zu.

Vor ein paar Wochen war es gewesen, gar nicht so sehr lange her, daß in die unverrückbar feste Mauer des Kantherschen Hauses eine Bresche gelegt wurde; zwar schien es, als hätte sie sich hinterher wieder geschlossen, es wurde nicht mehr darüber gesprochen, und man tat so, als ob es nichts wäre – aber es war doch, es blieb, unsichtbar und zunächst kaum spürbar.

Vielleicht bewegte der eine oder andere von Kanthers ganz geheim einen liebevollen und zuversichtlichen Gedanken daran, die Frau Konsul zum Beispiel, die in der gesunden Einfalt ihres Herzens sehr klug war und genau wußte, daß jedes Ding in der Welt seine Zeit braucht, um fertig zu werden.

Man war es in diesem Haus und in dieser Familie gewohnt, daß eigentlich niemals etwas geschah außer dem Herkömmlichen und Vorbedachten, es vollzog sich alles ordnungsgemäß und nur sehr allmählich, man konnte nicht erwarten, daß ein Wunder vom Himmel fiel. Der Konsul, der in langen Lebensjahren ein Skeptiker geworden war, glaubte auch seine Kinder so erzogen zu haben, daß sie nicht auf Träume bauten, sondern sich gewöhnten, nur mit Tatsachen zu rechnen. Das Leben war nach seiner Ansicht nicht sehr viel wert, und je mehr man sich von ihm versprach, desto weniger pflegte es zu halten. Er war immer geneigt gewesen, den Seinen die fröhlichen Triebe ihrer Hoffnungen und Wünsche ein wenig zu beschneiden.

Sie waren damit groß geworden und kannten es nicht anders, es hatte sie nüchterner und härter machen sollen. Vielleicht war das erreicht worden, vielleicht auch nicht, und es blieb nebenher immerhin fraglich, ob denn dabei das Vertrauen zum Leben und zur eigenen Kraft wesentlich gestärkt wurde.

Doch zum Glück waren des Konsuls Kinder vom ältesten bis zum jüngsten nicht so beschaffen, daß sie ihres Vaters Lebensdiagnose als unfehlbar ansahen, im Gegenteil. Gleich ihm selber waren sie alle zum Widerspruch geneigt und von einer geheimen, hartnäckigen Aufsässigkeit. Sie glaubten ihm durchaus nicht immer und waren begeistert, wenn es sich erwies, daß er unrecht hatte.

Niemals zuvor jedoch war der Konsul von seinen eigenen Theorien so überzeugend geschlagen worden wie an jenem Sonntagabend, der einem langen, bleiernen Nachmittag folgte.

An diesem Sonntagnachmittag, der mit besonders früher Dunkelheit einfiel – nein, eigentlich hatte schon der ganze Tag kein richtiges Licht gehabt –, waren Buhls dagewesen. Sie hatten die Stunden in kaum ertragbarer Weise in die Länge gezogen, Anne, die dem Familienleben nicht hatte entrinnen können, hing in stummer Verzweiflung auf einem der Polsterstühle, während Lotte Buhl ihr eingehend vom letzten Juristenkränzchen erzählte. Anscheinend war das so etwas wie ein Ball gewesen, und Lotte mußte geradezu märchenhafte Triumphe gefeiert haben.

Wie seltsam! dachte Anne im Bemühen, geduldig zuzuhören, nur ich finde immer, daß das alles nichts ist.

Auch der Konsul gab hinterher aus freien Stücken zu, wiewohl er solche Äußerungen sonst als unpädagogisch vermied, daß Buhls zuzeiten unglaublich ledern seien. Es fiel ihnen nichts Neues ein, und sie kamen wohl nur, um ihre Langeweile an geeigneter Stelle abzuladen.

Der Besuch hatte die Stimmung nicht gerade erhöht, und als sie dann beim Abendbrot saßen, ein kleiner Tisch von vier Personen in dem großen Zimmer, herrschte bei allen eine lustlose Erschöpfung vor. Die Teemaschine summte, der englische Käse duftete, man war der Gespräche müde und tafelte schweigend. Anne dachte, wie gut es doch war, daß dieser Tag nun bald zu Ende ging.

Man saß hier wie auf einer Insel in lauter Stille, auch von der Straße kam durch die geschlossenen Doppelfenster kaum ein Laut herauf, die Oberdammgasse war ohnehin eine ruhige Straße, und besonders an einem so regnerischen Sonntagabend im Spätherbst war sie wie abgeschaltet, es gab hier keine Gastwirtschaft und auch sonst keinerlei Stätten der Lust, sondern die Wohnungen ehrbarer Bürger, die ihre Haustüren früh verschlossen und zeitig zu Bett gingen.

Nein, die Oberdammgasse, daran lag es eben, war kein Hauptverkehrsweg des Lebens, das außerhalb, weit entfernt, wie ein mächtiger Strom vorbeizog, man saß hier abseits und ausgeschaltet und würde vergessen werden.

Doch jetzt begann das Rollen von Rädern in Annes Ohr zu fallen, es kam mit einem einsamen Hufschlag langsam näher und wurde lauter, es klang ein wenig klapprig wie von einer Droschke und hörte dann auf. So sonderbar es schien um diese Stunde des Tages, der Wagen machte deutlich hörbar vor der Kantherschen Haustür halt. »Da kommt Besuch«, sagte Fritz.

Der Konsul sah ihn verweisend an. »Das ist wohl kaum anzunehmen.«

»Es könnte ja jemand sein, der zu Hermann will«, sagte Frau Kanther.

Der Wagen rollte davon, aber dann, nach einer ganz kurzen Zeitspanne, ging draußen die Flurklingel.

»Doch Besuch«, sagte Fritz halblaut.

Und Anne begriff im Augenblick, daß etwas Außerordentliches und Unvorhergesehenes geschehen sein mußte, es kam vom Himmel nieder und war plötzlich da.

Auch in späteren Jahren nie wieder sollte sie den aufreizenden Ton der so zum Überdruß bekannten heimischen Klingel von diesem Abend vergessen.

Frau Kanther blickte gespannt nach der Tür, man hörte die Köchin Marie, da Johanna Ausgang hatte, von der Küche her zum Öffnen durch den Flur kommen. Der Konsul zog sich mit unbewegter Miene den Käse heran.

»Mein je!« sagte Marie Ocholla draußen entgeistert in ihrem harten masurischen Tonfall.

Und da tat Anne etwas völlig Ungehöriges. Keinesfalls durfte man während der Mahlzeit plötzlich vom Tisch weglaufen, es war gegen die Ordnung. Aber sie sprang dennoch auf und stürzte aus dem Zimmer. Sie wußte genau, wer allein da gekommen sein konnte. Es war Doris — wer sonst?

Im Flur brannte wie immer nur der Wandarm am Spiegel, das war eine der Kantherschen Sparmaßnahmen, und ergab ein ziemlich schwaches Licht. Trotzdem sah Anne sofort, daß da noch jemand war, ein Mann, der ihrer Schwester sorglich aus dem Mantel half.

Sie stand und war so verwirrt, daß sie kein Wort vorbringen konnte.

Marie Ocholla hielt vor lauter Staunen immer noch den Koffer in der Hand. Das war zuviel, es hatte auch ihr die Rede verschlagen.

»Tag, Anne«, sagte Doris, und ihre Stimme klang ganz hoch und erregt, »es ist ja immer noch so dunkel bei euch. Da hatten wir in Dietmannsdorf beinahe bessere Beleuchtung.«

»Aber, Doris, Doris, was ist denn eigentlich los?«

Da nahm Doris ihre kleine Schwester in die Arme und hielt sie fest umschlungen. »Ach, Anne, du kleines Schaf«, sagte sie unter lauter zärtlichen Küssen, »das ahnst du nicht.«

Sie waren Jahre hindurch getrennt gewesen, nicht bloß sieben oder acht Wochen, sie hatten sich niemals gezankt und immer in allem verstanden, sie konnten wohl nicht eine ohne die andere leben.

Dabei war an Doris etwas Neues und Fremdes, und ihre Stimmung drohte sich jeden Augenblick zu überschlagen. Sie hielt Anne immer noch fest, ihre Augen waren eigentümlich glänzend, als wären sie nahe daran, sich mit Tränen zu füllen.

Indessen hatte auch der Mann seine Überkleider abgelegt, er stand in Zurückhaltung abwartend im Halbdunkel neben der Tür und war doch in diesem bewegten Spiel der Hauptakteur, der von Maries scharfen Vogelaugen unverwandt gemustert wurde.

»Was meinst du dazu, Doris«, fragte er, »wenn du mir mal jetzt Anne zur Begrüßung freigäbest?«

Es war Carl Laudien.

Anne machte sich los und sah ihm mit großen Augen ins Gesicht. Sie war ja nicht dumm, sie begriff sofort, was los war. Aber es war ungeheuerlich, es schlug über ihr zusammen.

»Guten Tag, Carl«, sagte sie und gab ihm die Hand, aber sie war nicht imstande, mehr dazu zu sagen. Vielleicht hätte sie eine wohlgeformte Wendung finden müssen, aber nein, das wäre ganz unpassend gewesen, denn konnte man wissen? – hinterher würde es vielleicht gar nicht einmal wahr sein ...

Aber Marie fing an zu zetern, sie war ganz aus dem Häuschen, und es hielt sie nichts mehr. »Was hab ich gesagt zu gnädige Frau? ... Mußte Fräulein Doris aus dem Hause weg. Fort aufs Land. Die Wirtschaft lernen. Wo hatte nötig aufs Land? Alles umsonst! Hat Herr Konsul noch Geld rausgeworfen für das. Denn haben sie die Äpfel geschickt. Was brauchen wir die Äpfel so teuer zu bezahlen? Konnten auch von woanders sein und war gut ... Ich habe gesagt zu gnädige Frau, hab ich gesagt, das dauert nicht drei Monate. Kommt einer und holt sie zurück. Wer hat recht behalten? Die alte Marie weiß immer ...«

»Still, still, Marie«, sagte Doris' aufgeregte Stimme. »Seid ihr noch beim Abendbrot, Anne? Ach du lieber Gott, was wird bloß der Papa sagen? Ein bißchen angst ist mir doch.«

»Na, kommt Kinder«, sagte Carl Laudien, und sein gemütlicher Tonfall erinnerte Anne an den Abend von ›Lieschens Lust‹. Damit brach das Eis.

Marie Ocholla aber verschwand in Richtung zur Küche, immer noch wetternd, denn man hatte nicht auf sie gehört; aber es war nun dringend, die jungen Herrschaften mußten zu essen haben. –

Der Konsul liebte Überraschungen nicht, am allerwenigsten im eigenen Hause. Er empfand sie als gegen sich gerichtet und durfte nicht zugeben, daß Dinge, die sein Familienleben betrafen, über ihn hinweg geschahen.

Es war sehr viel, was ihm an diesem Abend zugemutet wurde, man konnte nicht erwarten, daß er ohne Bedingung und Aufschub damit einverstanden sein würde.

Aber Carl Laudien war in seinen unruhigen Jahren anderen Fährnissen begegnet, es kam ihm nicht in den Sinn, daß es Schwierigkeiten geben könnte. Er war der einzige, der etwas sagte, als sie nun hereinkamen. »Guten Abend, wir müssen um Entschuldigung bitten wegen des späten Einbruches. Aber es gab keinen früheren Zug.«

»Wir?« fragte der Konsul scharf. »Wer ist wir?«

Doch Frau Kanther, von dem Phänomen überwältigt, das ihr stilles Eßzimmer so plötzlich verwandelt hatte, fuhr erregt dazwischen: »Kinder – Doris! Wie ist es nur möglich? Was habt ihr denn gemacht?«

Doris antwortete ganz einfach und ungeheuer mutig: »Wir haben uns verlobt, Mama.«

Und dabei sprangen ihr nun doch die Tränen aus den Augen. Aber es war wie ein Sommerregen, bei dem zwischen den Wolken hindurch schon wieder die Sonne scheint.

Carl Laudien küßte Frau Kanther wie in feierlicher Beteuerung die Hand. »Ich allein, gnädige Frau, bin an allem schuld. Ich habe sie dort herausgeholt. Es dauerte mir zu lange.«

Der Konsul warf zornig die zerknüllte Serviette auf den Tisch. »Da hört ja wirklich alles auf!«

»Ich denke, Herr Konsul«, erwiderte Carl Laudien ernsthaft, »es fängt jetzt erst an.«

Der alte Mann und der junge sahen einander an, als suchten zwei Kämpfer die Stärke des Gegners zu prüfen. Aber Carl Laudien war im Vorteil, er stand.

Er war groß und von einer Haltung, die ganz gewiß nicht so leicht zu erschüttern war.

»Ich habe die Ehre, Herr Konsul«, sagte er förmlich, »Sie um eine Unterredung zu bitten.«

»Es hätte sich gehört, junger Mann«, entgegnete der Konsul mit Heftigkeit, »daß Sie Ihr – Unterfangen damit begonnen hätten. Ich bin – allerdings – nicht sicher, ob ich mich dazu hätte bereitfinden lassen, Sie anzuhören. Denn Ihre Wildwestgebräuche – sind für unsere Verhältnisse ganz ungeeignet.«

Carl Laudien unterdrückte eine rasche Erwiderung. Er war schließlich kein dummer Junge, der jede Abkanzlung hinnehmen mußte, nein, aber er war Manns genug, die Sachlage ganz klar zu übersehen. Es zuckte ein wenig in seinem ehrlichen und gescheiten Gesicht. Man gab ihm also, wenn auch uneingestanden, recht. Er hatte nicht anders handeln dürfen als mit dieser handfesten Überrumpelung. Er war von Anfang an davon überzeugt gewesen.

»Nehmen Sie Platz, Herr Laudien«, sagte Frau Kanther beschwichtigend. »Sie sind gerade im richtigen Augenblick gekommen. Wir sind auch noch nicht fertig mit dem Abendbrot. Anne, gib mal schnell zwei Gedecke heraus. So, und hier ist der Schlüssel zum Wäscheschrank, hole zwei Servietten ... Vor allen Dingen wird erst gegessen, das ist immer die Hauptsache. Sie werden hungrig sein und Doris auch, wie ich sie kenne.«

Sie klingelte nach Marie, aber die kam schon ganz von selber und schnitt damit jeder Familienszene die Spitze ab.

»Ich habe ein bißchen Rührei gemacht, gnädige Frau. Und hier ist noch Schinken. Wird auch Butter fehlen? Nein, ist genug. Aber Brot ... Den Teekessel nehm ich mit. Ist kochend Wasser draußen. Oder soll lieber 'ne Flasche Bier sein?«

Sie blickte fragend auf den neuen Gast, Carl Laudien nickte ihr ermunternd zu.

Marie Ocholla hätte gern noch anderes gesagt. Sie sah, hier war Großes im Gange, und am liebsten hätte sie dazu nach ihrer Art eine feierliche Rede gehalten. Aber sie kannte die Wetterzeichen im Hause nur zu genau. Schweigen herrschte am Kantherschen Familientisch, der Herr Konsul hatte eine eingefrorene Miene, und seine rechte Augenbraue saß bedenklich hoch. Marie überflog nur noch mit scharfem Blick die ganze Tafel und ging wieder.

Doch auch der Konsul mußte sich begeben, ob er wollte oder nicht. Tatsächlich war ihm nichts so sehr verhaßt wie eine Durchbrechung der gewohnten häuslichen Ordnung, aber was er vor allem unter keinen Umständen duldete, war eine Auseinandersetzung bei der Mahlzeit. Beim Essen hatte Friede zu walten.

Frau Kanther hatte ihr gleichmäßig freundliches Gesicht, sie reichte Platten und Schüsseln zu, forderte zum Zugreifen auf und schenkte Tee ein.

Auch Doris saß auf einmal wie ein Gast am Tisch.

Marie Ocholla kam wieder und brachte alles, dessen man bedurfte.

Carl Laudien ergriff die Bierflasche. »Willst du?« fragte er Doris. Als sie den Kopf schüttelte, goß er sein eigenes Glas voll und trank es in einem einzigen Zuge leer.

Der Konsul blickte flüchtig auf, aber er sagte nichts.

Frau Kanther sah, wie es den Kindern schmeckte ...

Gewiß war alles von Anfang an so beschlossen gewesen. Es hatte sich ganz von selbst in der Stille entwickelt, bis es so weit war, daß es ans Licht durfte. Alles andere waren nur blinde Umwege gewesen, die niemals zu einem guten Ziel geführt hätten.

Sie dachte an Neuenort und den ehrenwerten Oberleutnant, dessen Namen sie nun nicht einmal mehr wußte. Damals hatte sie sich selber durch die Möglichkeit täuschen lassen und hatte bedauert, daß es nichts damit wurde. Doris dagegen hatte das ganz unbeirrbar richtige Gefühl gehabt.

Frau Kanther übersah ihren stillen Familientisch mit einer großen Ruhe und Zufriedenheit. Dies hatte so kommen müssen und war sehr, sehr gut.

Nur für den Papa bedeutete es zunächst eine schwere Aufregung, aber die hätte es auf jeden Fall gegeben. Es war seine Art, man konnte nichts dagegen machen. Sie kannte ihn doch – selbst wenn alles sich so vollzogen hätte, wie er es von seinem Standpunkt aus verlangen durfte, die heftige Erschütterung wäre nicht ausgeblieben. Nun hatte er seinen Ärger, den mußte man ihm gönnen, er war immer noch sein bestes Ventil. Es war ihm vielleicht selber am liebsten, wenn er die Bewegung seines Gemütes mit dieser Haltung feindseliger Gereiztheit abtun konnte. Man hatte ihn nicht gefragt, das vertrug er nicht. Man stellte ihn vor eine vollendete Tatsache und erwartete seine Zustimmung. Natürlich war das ein Fehler gewesen. Die Form hätte gewahrt werden müssen. Doris wußte doch Bescheid, sie hätte unbedingt ...

Aber sie war so jung und warm und reif zur Liebe. Wahrscheinlich war es wie ein Sturm über sie gekommen.

Wahrscheinlich wäre diesem jungen Mann gegenüber jeder Widerstand vergeblich, wenn er etwas ernstlich wollte. Frau Kanther dachte an die Unterredung im Apfelkeller und ihre still genährten Wünsche. Von Anfang an, schon damals auf Hermanns Hochzeit, so meinte sie heute, hatte sie eine starke mütterliche Zuneigung für den Laudienschen Abenteurer empfunden. Und der Papa, das war ihr klar, konnte schließlich nichts Ernstliches gegen ihn einzuwenden haben. Es würde auch nichts nützen, so oder so, er würde nachgeben müssen.

Frau Kanther bemerkte, wie Doris von Zeit zu Zeit einen Blick zur Seite wandte, er kam fast ein wenig bange wie aus einem tiefen, glückseligen Geheimnis her, doch Carl Laudien erwiderte ihn frei und fest. »Schmeckt es dir?« fragte er. »Das ist recht.« Und dabei deckte er ihre Hand, die neben ihm auf dem Tischtuch lag, mit der seinen zu.

Frau Kanther fühlte Ergriffenheit in sich aufsteigen. Ihre großartige und oft so übermütige Doris saß still und zahm in einer niemals an ihr wahrgenommenen Befangenheit da. Sie war ein neues, fremdes Wesen. Mein Kind, dachte Frau Kanther bewegt. Ich denke, sie wird es gut bei ihm haben ...

Die alte Standuhr schlug die achte Stunde. Der Konsul zog seine Taschenuhr heraus und verglich die Zeit. »Sie ist schon wieder um zwei Minuten zurückgeblieben«, sagte er. »Fritz, du gehst morgen und bestellst den Uhrmacher.«

Frau Kanther fand es geraten, eine Unterhaltung in Gang zu bringen. Sie fragte Carl nach seinen Eltern, nach der Familie seines Bruders Arthur und nach Danzig, er gab höflich Auskunft und erkundigte sich seinerseits nach dem Kantherschen Leben in den letzten Wochen.

»Waren Sie schon in Brigittenruh, gnädige Frau?« fragte er. »Es wird Ihnen gefallen, meine ich. Der Gedanke war lange Zeit Hermanns Schoßkind, aber er hatte schwere Hemmungen, fast als wäre es eine strafbare Handlung, sich einmal einen Wunsch zu erfüllen.«

Der Konsul sah ihn wieder an, aber er sagte auch jetzt nichts.

Nun rückte Fritz mit einer Frage heraus: »Wolltest du nicht auch etwas bauen, Carl? In Langfuhr? Ich war doch mal mit.«

»Gewiß, mein Lieber«, sagte er mit gutgespielter Harmlosigkeit, »aber es wird kein Landsitz, nur eine Hundehütte.«

Anne verhielt sich völlig schweigend in dieser problematischen Familienrunde. Sie sah mit Verwunderung, mit welch vortrefflichem Appetit ihr Bruder Fritz dem in die Länge gezogenen Abendbrot zusprach, während ihr Herz von stürmischen Empfindungen bewegt war. Es kam ihr vor, als wäre sie weit fort und ganz allein. Ihr gegenüber saß jemand in einer zartrosa Bluse, die ihr genauestens bekannt war, aber die sie trug, schien entfernt und verwandelt, sie hatte sich von ihr gelöst und hatte aufgehört, die Gefährtin aller Tage und Jahre zu sein.

Dennoch hob sich langsam die Freude in Annes Herzen. Etwas ganz Großes war geschehen, das sich vielleicht sonst täglich und stündlich in der Welt begab, von dem man jedoch niemals angenommen hatte, es könnte auch in der Oberdammgasse niedergehen. Hier war es wie ein Geschenk des Himmels, außerhalb aller Vorstellung und Berechnung.

Aber wie stand es denn um die Liebe? Doris hatte es so oft damit versucht und wieder abgelassen, es war nichts gewesen, die zärtlichen Bilder waren wie Nebel zerronnen. Das große Segel am Himmelsrand verblaßte und erlosch, der Neuenorter Sommer war wie niemals gewesen, Holten ging über See.

Doch wenn man wie Doris war, dann begann das Leben mit jedem Tag wieder von neuem, und das Herz war immer bereit.

Carl Laudien saß sehr deutlich und durchaus zugehörig am Tisch, er sah nicht so aus, als könne er sich in Nichts auflösen. Und es mochte wohl sein, daß man ihn richtig und ordentlich gernhaben mußte, so wie er war, in seiner entschiedenen und frischen Art. Es war für Doris sicherlich nicht schwer gewesen, sich zu entscheiden, denn sie hatte ja schon damals von ›Lieschens Lust‹ geradeswegs mit ihm in die Wildnis ziehen wollen.

Aber das war nun nicht einmal nötig, es ging nur bis Langfuhr — wie hatte er gesagt? — in »eine Hundehütte«.

Ach, Carl Laudien war ganz gewiß ein Kerl, er sah so aus und hatte es noch dazu bewiesen. Es war nicht jedermanns Sache, ein Mädchen kurzerhand zu entführen und gegen eine Burg wie das Kantherhaus anzurennen.

Dabei saß er, zurückhaltend und förmlich, wohlerzogen am Tisch, als wäre überhaupt nichts geschehen, und antwortete auf eine Frage der Hausfrau mit höflichem Dank: »Nein, gnädige Frau, es reicht nun wirklich. Wir sind ja wie die Wölfe über Ihre Vorräte hergefallen.«

Wir, hatte er gesagt, wir . . .

Der Konsul hatte hartnäckiges Schweigen bewahrt, jetzt legte er sein Besteck auf dem Teller zusammen; aber dann besann er sich auf etwas, das wohl in dieser Lage trotz allem geboten sein mochte, er schob mit einem kleinen Versuch zur Freundlichkeit seinen kostbaren englischen Käse ein wenig über den Tisch. »Bitte, Laudien, bedienen Sie sich.«

»Danke sehr«, erwiderte Carl Laudien mit einer kleinen Verneigung. Die Kantherkinder machten große Augen.

»Der Gast«, zitierte Fritz am unteren Ende und stieß dabei Anne an, »er sei so schlecht er mag – er muß geehret sein.«

Der Konsul faltete umständlich seine Serviette und steckte sie in den Ring. Dann stand er auf. »Ihr entschuldigt mich. Es dauert mir auch zu lange ... Herr Laudien, ich erwarte Sie in einer Viertelstunde nebenan in unserem Wohnzimmer.«

Wenn Anne später an diesen Abend zurückdachte, dann stellte er sich ihr als eine Kette von Begebenheiten dar, die Glied um Glied abrollte.

Als der Konsul das Eßzimmer verlassen hatte und sie unter sich waren, wie festgewurzelt an diesem guten heimatlichen Tisch, sagte Frau Kanther wie zur Erklärung: »Wir müssen meinem Mann Zeit lassen, Herr Laudien. Sie haben ihn überrumpelt, das geht ihm gegen alle Zucht und Gewohnheit.« Dann reichte sie ihm die Hand über den Tisch. »Sie sollen wissen, daß Sie mir und uns allen von Herzen willkommen sind.«

Er erwiderte ernsthaft: »Ich hoffe es, gnädige Frau. Ich bin auch der Meinung, wir haben schon damals bei den Äpfeln ein Bündnis geschlossen.«

»Was ist das?« fragte Doris erstaunt. »Wann ist das gewesen?« Auf einmal war ihre Zunge gelöst. »Und ich, ich wußte von nichts. Ich saß dort in der Einsamkeit und verzweifelte. Es war mitunter nicht so leicht, das könnt ihr mir glauben. Nichts war von ihm zu hören, und ich dachte, er sei vielleicht wieder nach Kanada abgerückt. Ich fand mich schon damit ab, Mamsell zu werden oder einen dort aus der Gegend zu nehmen. Glaub nur nicht, Carl, daß es dort keine Männer gab. Da war einer mit fünfzehnhundert Morgen, nicht schlecht, kann ich dir sagen ...«

»Soso«, sagte Carl.

»Und gestern nachmittag – ich war gerade in der Küche und rührte den Kuchen zum Sonntag an –, da kommt plötzlich das Stubenmädchen. ›Fräulein Kanther, Sie möchten mal nach vorne kommen, is Besuch da.‹ – ›Ja, wer denn?‹ frage ich, denn das war ja sonst nicht wichtig, ›doch nicht für mich?‹ – ›Ja, for Ihnen‹, sagt sie, ›is von der Bahn gekommen. Is Ihr Schwager.‹ – Mein Schwager, du lieber Gott, ich hatte doch nie in meinem Leben einen Schwager gehabt! Ich kriegte einen heillosen Schreck, ich dachte ja sofort an ihn.

Aber das konnte ja nicht sein. Und dann«, sagte sie aufatmend, »dann war er's doch.«

Carl saß ihr zugewandt und hörte ihr zu, als erzählte sie eine ihm unbekannte, ganz wunderbare Geschichte.

Indes hörte Anne ihren Vater im Nebenzimmer auf und ab gehen, der Teppich dämpfte seinen Schritt, der sich zeitweise entfernte, als wäre er weitergegangen durch den kleinen blauen Salon und bis in den Saal, der kalt und neutral und vielleicht zur Beruhigung geeignet war.

Doris fuhr fort: »Ich hatte ja keine Ahnung, weshalb er gekommen war; er sagte, er hätte in der Nähe zu tun gehabt. Und er erzählte Werners auch etwas von Holzkäufen, die haben alles geglaubt. Sie waren sehr nett und luden meinen Schwager gleich zur Nacht ein. Auf dem Lande spielt das ja keine so große Rolle, ein Bett ist bald bezogen . . . Heute morgen beim Frühstück hat er dann verkündet, er müsse mich ein paar Tage mit nach Hause nehmen zur Regelung einer Familienangelegenheit.«

Carl Laudien legte seinen Arm um Doris' Stuhllehne. »Sie hat mich allen Ernstes gefragt, was das für eine Angelegenheit sei.«

»Ach, Carl, ich konnte es doch nicht wissen. Er hat mir geantwortet, ich solle mit ihm eine halbe Stunde spazierengehen, da werde er es mir sagen . . . Ja, dann sind wir spazierengegangen.«

Er gab ihr einen raschen kleinen Kuß und stand auf. »Es war gar nicht so einfach, es dir begreiflich zu machen, mein Herz. Und dabei habe ich ihr schon damals, im August, erklärt, daß ich bereit sei, sie jederzeit herauszuholen, wo es auch wäre.« Damit ging er wie auf ein Stichwort ab ins Nebenzimmer.

Frau Kanther begann die Teller zusammenzustellen, aber sie blieben dennoch sitzen, und Doris redete fort, ihr Herz war voll, und es mußte alles heraus. Dazwischen horchte sie nach der Tür, aber die Auseinandersetzung war gedämpft und mochte sich in gemessenen Formen vollziehen.

Man hatte nicht auf die Zeit geachtet, aber es konnte wohl fast eine Stunde verflossen sein, als der Konsul seine Frau und Doris hineinrief.

Anne und Fritz blieben allein. »Junge, Junge«, sagte der jüngste Kanther zu seiner Schwester, »das ist eine Sache! Eine Verlobung in Etappen! Es muß einmal wieder alles seine genaue Ordnung und Reihenfolge haben, sonst bleibt der Segen aus. Du kannst dir gleich alles merken, Anne, bis du selber mal dran bist . . . Im übrigen sehe ich gar nicht ein, warum wir hier darben sollen«, sagte er noch, stand auf und holte sich den Käse.

Anne saß schweigend. Ihr war ungeheuerlich feierlich zumute, es war fast wie Weihnachten, nein, es war etwas viel Größeres. Dennoch hatte sie das Gefühl, als dürfe sie die sichere Insel des Eßtisches unter der Hängelampe nicht verlassen, sonst konnte es sein, daß doch alles wieder wie ein Spuk zerrann. Man mußte sich Mühe geben zu begreifen, daß es Wirklichkeit war.

Ganz unvermittelt war die Erinnerung an die tränenreiche Nacht in Neuenort da. Sie hatte es ja doch seit langem vorher gewußt: Noch dieses Jahr!

Marie Ocholla kam herein, sie stand und übersah die Sachlage. »Immer noch Am'brot. Und geht auf zehn. Johanna wird kommen und is noch der ganze Abwasch.«

Sie fing an, den Tisch abzuräumen. »Junger Herr, der Käse! Das sollt Herr Konsul wissen!«

»Ach, Marie, das ist heute egal.«

Sie stand still.

»Wo sind sie? Alle drin? Na, was ist nun — hab ich nicht gesagt? Denn is Zeit ...«

Sie ging zum Büfett, öffnete ein Seitenfach und begann umständlich zu hantieren.

»Was suchen Sie denn, Marie?«

»Na, die Gläser ...«

Anne stand auf und trat hinzu. Marie war klein, sie mußte sich recken, trotzdem war es ihr geglückt, aus dem obersten Fach die hohen Spitzkelche herauszuholen, die noch von den Großeltern stammten. Sie zählte: »Vier, sechs, acht — wie viele werden gebraucht?« Sie zählte noch einmal: »Acht, ja, stimmt.« Dann machte sie sich daran, eins nach dem anderen mit dem Tuch vorsichtig auszureiben. Sie hielt jedes gegen das Licht, bis es blank und klar war.

»Ja, Fräulein Annchen, nu is so weit«, sie hob das Gesicht nach der Tür zum Wohnzimmer. Dort waren die Stimmen jetzt bewegt und lebhaft.

Der Konsul kam heraus und machte die Tür hinter sich zu. Seinem Gesicht war nichts anzumerken. Er zog sein Schlüsselbund aus der Tasche.

»Hier ist der Kellerschlüssel, Fritz«, sagte er sachlich. »Es müssen noch zwei Flaschen Kupferberg unten sein. Haben Sie Eis da, Marie? Na ja, wenn der Sekt nicht kalt genug wird, sind die Attentäter selber daran schuld. Warum haben sie sich nicht angemeldet! – Anne, geh Hermann und Eva herunterholen...«

Doris war nur mit einem kleinen Koffer aus Dietmannsdorf gekommen, alles übrige war dortgeblieben; denn dies war ja zunächst nur ein unvorhergesehener Sonderausflug gewesen. Nun hatte sie sozusagen nichts anzuziehen, und das in dieser neugeschaffenen Lage, aber Carl fand es nicht so schlimm, er sah nicht ein, wieso das überhaupt eine Rolle spielte. Sie konnte nachher hinfahren, ihre Sachen zu holen, wenn er wieder fort war. Denn er hatte natürlich nicht Zeit, sich lange aufzuhalten, sein Geschäft brauchte ihn, und er mußte sich um den Hausbau kümmern.

»Sie machen mir da sonst Dummheiten«, sagte er. »Am liebsten hätte ich von Anfang an selber mitgetan, das ist erst das Wahre, aber ich bin leider kein Fachmann im europäischen Sinne. Drüben kennt man es nicht anders, jeder Farmer baut sich sein Haus mit seinen Leuten, wenn er welche hat, allein.«

Es stellte sich heraus, daß das Haus bereits gerichtet war, ein kleines Landhaus mit einer breiten Terrasse nach Süden, ganz modern, ganz einfach, aber mit jeder neuzeitlichen Bequemlichkeit gedacht, ein amerikanisches ›Flat‹, wie er es nannte. »Das kennt man hier bei uns noch kaum.«

»Wir fangen ganz bescheiden an, mein Herz«, sagte er. »Kleines Haus, keine Sorgen und wenig Arbeit damit und daher keine Freiheitsbeschränkung.«

Ja, in spätestens drei Tagen mußte er wieder weg und begriff durchaus nicht, weshalb diese knappe Zeit nun durch lauter äußerlichen Kram noch verkürzt werden sollte.

Er wollte heiraten, sehr bald sogar, in längstens drei bis vier Monaten. Sie sollten hier nun alles vorbereiten, besorgen und herrichten; gut, das wollte er abwarten, denn das brauchte seine Zeit, und das Haus würde sowieso erst im Frühjahr beziehbar sein. Aber er hatte nicht die Absicht, verlobt zu sein und sich als Verlobter zu benehmen. Er hatte nicht ein Mädchen entführt, um sich dann hinterher in einen unerträglichen und höchst lächerlichen Zustand zu begeben. Von früher, von seiner Schwester her, wußte er noch sehr gut, wie das war. Man hatte Anzeigen aufzusetzen, zu bestellen und zu verschicken, Listen anzufertigen und halbe Tage lang Umschläge zu beschreiben, hatte Besuche zu empfangen und Besuche zu machen, mußte dasitzen, auf das eigene Wohl anstoßen und dummes Zeug reden. Die Lage der Braut mochte allenfalls annehmbar sein, aber der sogenannte Verlobte spielte eine groteske und höchst beschämende Rolle. Einem Mann konnte so etwas nicht zugemutet werden.

»Geht es nicht vielleicht ohne mich?« fragte Carl Laudien allen Ernstes.

Doch als Frau Kanther ihm freundlich bedeutete, daß er nun einmal in einer bürgerlichen Welt mit bewährten Gewohnheiten lebte, besorgte er die unvermeidlichen Formalitäten mit Todesverachtung und unter Hochdruck, wie wenn es sich um ein wichtiges und äußerst pressantes Geschäft handelte. Das Notwendigste wurde in diesen wenigen Tagen geleistet.

Es war schon nicht anders, Carl Laudien brachte Bewegung in das ruhige Kanthersche Haus und Leben. Er wußte nichts von Beschaulichkeit und Gemessenheit, der Tag war kurz und mußte durch Tätigkeit und Genuß nach Kräften ausgefüllt werden, und seine Kräfte, das erwies sich sofort, waren die eines jungen Löwen. Er war nicht dazu gemacht, mit seiner Braut stundenlang in maßvoll zärtlicher Haltung auf dem Sofa zu sitzen und sich mit ihr etwa über ihren Lieblingsdichter zu unterhalten; er nahm sie gewiß handfest in die Arme, wenn sie miteinander allein waren, aber er stellte seine Gefühle nicht zur Schau. Und dann hieß es: »Rasch, Doris, mach dich fertig, wir nehmen eine Taxe und fahren zum Photographen. Dann kannst du deine Besorgungen erledigen. Ich muß noch mal in das Kontor der Terraingesellschaft ... Für den Abend habe ich Karten zu ›Cosi fan tutte‹ ...«

Man konnte voraussehen, was für eine lebhafte Ehe das abgeben würde, mit einem gesunden und ganz selbstverständlichen Übergewicht des Mannes. Doris, die sich immer so viel für ihren eigenen Willen versprochen hatte, wenn sie das Elternhaus einmal verlassen haben würde, ließ sich schon jetzt ohne Widerspruch nach allen Regeln der Kunst beherrschen.

Es war sicherlich eine ganz ausgezeichnete Verlobung.

Vielleicht war niemand so erfreut wie Hermann, dem dieser Schwager durch die geschäftliche wie menschliche Verbindung der letzten Monate ein brüderlicher Freund geworden war; aber ohne es zu wissen und zu wollen, gewann Carl das ganze Haus von seiner Schwiegermutter an bis zu Marie Ocholla und Johanna, die an jenem Sonntagabend bei ihrer Heimkehr eine vollständig geglückte Überraschung vorgesetzt bekam.

Nur der Konsul bewahrte seinen Widerstand noch eine Weile in einer sehr gemessenen Haltung. Er hatte sich da auf etwas Schönes eingelassen. Daß sich in seinem ruhigen Hause ein solcher Aufstand begeben würde, hatte er nicht voraussehen können. Aber nachdem er den jungen Mann nach einer eingehenden Beleuchtung aller Punkte nun einmal, wenn auch widerstrebend, zugelassen hatte, mußte er jetzt auch dieses hinnehmen. Es war nur ein Glück, daß der bald wieder abfuhr.

»Er mag sie in Gottes Namen heiraten«, sagte er zu seiner Frau, »aber er soll hier nicht seine Indianermethoden einführen und mir das Haus auf den Kopf stellen.«

Im allgemeinen war er sehr zurückhaltend in seinen Äußerungen über den Schwiegersohn, keinesfalls durfte er vor sich und den anderen zugeben, daß der etwa, trotz allem, ein Mann nach seinem Herzen war. Er hatte von je eine gewisse Abneigung gegen alles Laudiensche gehabt; aber es ließ sich nicht bestreiten, daß der Grund, auf dem sie standen, gut und solide war, und dieser junge Mann, der sich allerhand Wind hatte um die Ohren gehen lassen, besaß vielleicht noch dazu das Zeug zu einem genialen Kaufmann. Das blieb abzuwarten.

Doch wichtiger als alles war, daß er Doris versorgt wußte. Und er war nahe daran, sich einzugestehen, daß ihm diese Verbindung innerhalb der gleichen oder doch annähernd gleichen bürgerlichen Sphäre weitaus genehmer war als jene abwegige Möglichkeit vom Sommer her, die sich dann zum Glück doch in Nichts aufgelöst hatte.

Als Carl sich anschickte, heimzufahren, wollte er Doris kurzerhand zu seinen Eltern mitnehmen. Aber das war wohl zuviel verlangt, und er mußte sich dem Einspruch fügen. Sie hatte nur gerade eine Gastrolle zu Hause gegeben, das Verhältnis zu Werners war ja noch gar nicht gelöst.

Wenn es allein nach des Konsuls Meinung gegangen wäre, hätte er darauf bestanden, daß sie nach Dietmannsdorf zurückkehrte, um das hauswirtschaftliche Lehrjahr nach dem vorgesetzten Plan bis zum Ende durchzumachen. Aber er war der Auseinandersetzungen müde, und wie immer, wenn es ihm zuviel wurde, gab er dann mit einer vorgeschobenen Begründung nach. Darum sollte Doris zugleich mit der Verlobungsanzeige ein Schreiben entsenden, in dem sie im Namen der Eltern Frau Werner bat, sie der nahe bevorstehenden Hochzeit halber schon jetzt zu entlassen. Sie mochte dann hinfahren, sich verabschieden und ihre Sachen holen.

Doris brachte das gewundene Anliegen mit viel Geschick und der allergrößten Genugtuung zustande. Was nun die Fahrt nach Danzig betraf, so war der Konsul der Ansicht, daß Zurückhaltung zu üben war. Es gehörte sich, daß Carl Laudien seinen Eltern erst einmal von seiner Verlobung Mitteilung machte. Man war ja nicht im Bilde darüber, wie sie die Nachricht aufnahmen und ob es nicht in der Folge Erörterungen privater und geschäftlicher Natur im Laudienschen Familienkreise gab.

Die alten Herrschaften würden sich äußern, es blieb abzuwarten, ob eine Einladung erfolgte.

Der unruhige Gast war fort, dennoch blieb alles verändert. Doris ging wie mit Segeln vorm Wind, erst jetzt, nachdem ihr ein wenig die Besinnung wiedergekehrt war, kam ihr der große Wandel der Dinge überraschend zum Bewußtsein.

»Anne«, sagte sie immer wieder, »Anne, was sagst du nun zu alledem? Glaubst du, er hat mich überhaupt gefragt? Ist ihm gar nicht eingefallen. Er hat es von vorneherein als feststehend angesehen. Und er habe nun genug gewartet, sagte er, die Zeit sei jetzt da. Wenn ich aber nun nein gesagt hätte? Ach, das kam natürlich nicht in Frage. Ja, so ist er, Anne. Ganz verrückt, nicht wahr?«

»Das war er schon immer«, meinte Anne.

»Ja, aber du darfst nichts gegen ihn sagen. Ach, Anne, wozu habe ich mir je um andere Kummer machen müssen? Du weißt es bloß nicht: Er ist bestimmt der Beste von allen.«

Davon war Anne von Anfang an überzeugt gewesen. Es war wie eigenes Glück, das alles zu erfahren, sie fühlte es selber mit, erregend bis ins Blut und bis ins Herz, und wußte, daß es ein ganz großer Aufstieg des Lebens war, nicht bloß für Doris allein, auch für sie, für alle und ganz besonders für den Vater, wenn er auch bemüht war, es sich nicht anmerken zu lassen. Es war der Triumph der Freude, und das ganze Haus war voll davon.

Die beiden Schwestern hausten nun wieder zusammen, wie in all den verflossenen Jahren ihrer Kindheit, es war doch sehr schwer gewesen, einander zu entbehren. Sie vertrugen sich besser und waren sich näher als je zuvor, so als hätte die Natur sie erst jetzt auf den zuverlässigen Grund der Freundschaft gewiesen. Keiner von beiden, auch Anne nicht, wurde es so recht bewußt, daß dies nur die Zeit vor dem endgültigen Abschied war, die letzte Gnadenfrist vor dem großen Schnitt, zu dem das Leben schon angesetzt hatte.

Die alten Laudiens hatten ein Telegramm geschickt, das die neue Schwiegertochter in Herzen und Haus willkommen hieß. Man erwartete ihren Besuch zu jedem Zeitpunkt, der ihren Eltern recht sein würde.

Es trafen Blumen und Briefe ein, Briefe von allen Seiten, jeden Tag von neuem, darunter waren immer die in den weißen Geschäftsumschlägen mit Carl Laudiens sehr klarer, überraschend ausgeglichener Schrift. Er schrieb meist nur kurz – wenig Zeit, aber er käme bald wieder selbst.

Dazwischen gab es viel Besuch, der kleine blaue Salon kam richtig zu Ehren und in Gebrauch, es war ein Kommen und Gehen, und es wurden viele Worte gemacht, mehr oder weniger waren es stets dieselben. Anne fand, daß es bei Kanthers ähnlich zuging wie damals bei Wedells. Es war wohl immer das gleiche, und sie begriff nun, weshalb ihr Schwager sich diesem Schwall durch schleunige Abreise entzogen hatte.

Dorothea und Feyerabend, die vor der Hochzeit standen, und auch Frau Major König kamen, um zu gratulieren. Es war fast eine künstliche Wiederkehr von Neuenort, das doch nun schon so fern lag, beinahe wie gar nicht mehr wahr und ganz ohne innere Beziehung.

Mama König, in eine blanke Seidenbluse gezwängt, saß auf dem zierlichen Sofa, der Spiegel darüber ließ ihren hochgestülpten Federhut und ihre mächtigen Schultern auch noch von hinten sehen. Aber sie war wie immer, urwüchsig und geradeheraus.

»Und denken Sie nur, Frau Konsul«, sagte sie, »ich hatte doch gemeint – damals in Neuenort –, es werde einer von den Offizieren sein. Ich kann es Ihnen ja jetzt sagen, ich war sehr in Sorge. Die Verantwortung wäre auf mich gefallen. Es ist natürlich viel, viel besser so . . . Nur jammerschade, Fräulein Doris, daß er nicht hier ist. Ich hätte ihn ja zu gern gesehen!«

Zweiundzwanzigstes Kapitel

Wenn der Schnee fällt, der erste Schnee in die leer gewordene Welt, hat die große Fahrt des Jahres ihren Bogen in die Ebene gelenkt, sie geht gedämpft und ohne Geleit durch die stilleren Gründe – wohin? – vielleicht nach Hause. Der Weg ist nicht mehr weit, er hat seine Höhen verlassen, seine Stürme sind verbraust, und seine Ausblicke sind untergegangen.

Der erste Schneefall rieselt sacht auf Turm und Dach und Mauer und in die hohlen Schächte der Straßen, er senkt sich auf das Leben und die schweifenden Gedanken und deckt manches an Sehnsucht, an Enttäuschung und Hoffnung zu.

Wenn der Schnee fällt, ist es Zeit, daß das Herz zur Ruhe kommt ...

Der Winter begann früh in diesem Jahr, Anfang Dezember gab es schon einmal Frost, er überdauerte eine Woche, und es sah aus, als würde er bleiben.

Die Krähen kamen von draußen aus einer vergessenen Welt herein, sie sammelten sich in Scharen auf den kahlen Baumgruppen der städtischen Gärten und hielten sich zu den Höfen, wo es vielleicht etwas zu erbeuten gab.

Den großen Teich im Herzen der Stadt, auf dem im Sommer die Boote dahingezogen waren, lampiongeschmückt in die Dunkelheit hinein, deckte ein grauer Flor von Eis. Er würde vielleicht nicht halten, er würde noch einmal vergehen, aber es war der Anfang.

Dann kam der Schnee.

Anne Kanther war allein und ein bißchen einsam. Aber das war kein Unglück, es schadete nichts, man konnte umhergehen und sich besinnen.

Doris war zu ihren Schwiegereltern nach Danzig gefahren. Nein, so war es gewesen: Carl war wiedergekommen und hatte sie geholt. Sie sollte bis kurz vor Weihnachten dort bleiben, zum Fest wollten sie beide wieder hier sein. Und dann, nach Neujahr, würde es an die großen Vorbereitungen gehen. Die Hochzeit war auf Anfang April festgesetzt.

Anne empfand es jetzt sehr deutlich, daß die Trennung bereits vollzogen war. Doris mochte es nicht wissen oder bedachte es nicht. Aber wenn sie dann noch einmal wieder nach Hause kam, würde nichts mehr Raum in ihr haben als das Haus in Langfuhr. Anne wußte, daß es nicht anders sein konnte. Es galt, sich auf sich selber einzurichten. Sie war allein und würde es bleiben.

Das Kantherhaus hatte seinen gewohnten ruhigen Pendelschlag zurückgewonnen. Nachdem der große Trubel um die Verlobung abgeebbt war, zeigte kein Tag mehr ein besonderes Gesicht, es kam wenig Besuch, allenthalben gab es schon für Weihnachten zu tun.

Der Konsul erfreute die Seinen durch eine leidlich ausgeglichene

Stimmung, und auch sein Gesundheitszustand schien dementsprechend weniger schwankend.

»Meine liebe Frau Konsul«, hatte der Sanitätsrat bei seinem letzten Besuch geäußert, »wir brauchen einander ja nichts vorzumachen. Wie ich Ihnen ja schon immer gesagt habe: Unser Hausherr ist ein ganz zartbesaitetes, labiles Geschöpf! Etwas Besseres als diese Verlobung konnte ihm überhaupt nicht widerfahren. Ich wollte, ich wäre es gewesen, der sie ihm verordnete. Aber es ist schon richtig: Die stärksten Mittel hat immer noch der liebe Gott. Man kann sie ihm bloß nicht abringen. Aber der hier – mag sagen, was er will, es geht ihm gut! Der wird noch hundert Jahre alt!«

Niemand im Hause war darüber im Zweifel, daß der Seniorchef mit der Entwicklung der Dinge zufrieden war. Er gab es nicht zu, aber er vermochte es auch nicht ganz zu unterdrücken. Daß sein Schwiegersohn ein Mann aus seinen Kreisen war, aus der gleichen Kiste sozusagen, erschien dem Konsul das Beste an ihm. Es hatte mehr Gewicht als das Laudiensche Geld. Im übrigen war der Junge tüchtig und immerhin gut zu leiden. Vielleicht konnte man ihm mit der Zeit auch noch seine allzu große Unverfrorenheit ein wenig abgewöhnen.

Darüber war Frau Kanther allerdings sehr im Zweifel. »Du wirst die Laudiens nicht ändern, Hermann, und diesen schon gar nicht. Laß ihn nur, wie er ist. Schließlich ist er ausgewachsen und selbständig. Glaubst du wohl, der Herr Oberleutnant – wie hieß er doch nur? – hätte sich Erziehungsversuche von dir gefallen lassen? Das gibt es heute nicht mehr.«

Frau Kanther verfehlte nicht, an den längst entrückten Oberleutnant noch bei Gelegenheit zu erinnern. Dann zeigte es sich, daß der Konsul weder ihm noch der Sache, um die es da ging, auch nur einen Augenblick lang die geringste Sympathie entgegengebracht hatte. Nur mit schwerstem Widerstreben, wie er vermeinte, würde er diese Verbindung zugegeben haben.

»Um nichts in der Welt!« sagte er. »Zu denken, daß mein Haus der Tummelplatz von Uniformen geworden wäre ... Und ich hätte mich diesem auf Draht gezogenen Geist anpassen oder ihn wenigstens dulden müssen. Das hätte noch gefehlt.«

»Na also«, meinte Frau Kanther zufrieden. Und dann fing sie an, mit ihm über die Aussteuer zu reden.

Anne hatte in dieser Zeit viel zu arbeiten. Es gab einen höchst schwierigen Aufsatz über ein Thema aus ›Minna von Barnhelm‹, an dem man die ganzen Klassiker leid bekommen konnte. Es war nicht einzusehen, wieso der Major v. Tellheim um seiner Ehre oder seiner Liebe willen, oder weil eins dem anderen hinderlich war, ein so unentwirrbares Gestrüpp aufschießen lassen mußte. Vielleicht hatten die Offiziere früherer Jahrhunderte noch weit mehr unter äußeren und inneren Hemmungen zu leiden gehabt als die von heute.

Es war äußerst fatal, sich über einen so anfechtbaren Gegenstand durch Seiten und Seiten in wohlgesetzten Worten verbreiten zu müssen. Wenn man damit fertig war, hatte man eine Last von sich geworfen. Aber dann standen, wie immer gegen den Schluß des Vierteljahres, die Klassenarbeiten bevor, die aufzeigen sollten, wie viel oder wie wenig in diesem oder jenem Fach gearbeitet worden war. Es blieb nichts übrig, als sich einmal ernsthaft hinter die Mathematik zu setzen.

Anne tat, was sie konnte. Aber das frühe Dämmerlicht des Wintertages machte Lehrsätze und Formeln keineswegs farbiger, es kam kein Schwung in die Gleichungen. Und wozu denn überhaupt?

Mathematik war etwas vom Geist Gegebenes wie alles andere auch, es hatte keinen Zweck, sich darum zu bemühen. Wahrscheinlich ging es auch so. Wenn der Geist einen verließ, dann konnte man nichts machen. Aber es war immer noch so gegangen.

Sie gab es kurzerhand auf und fing an, auf ihren eigenen Wegen zu wandern, hinweg von alledem.

Auf dem kleinen alten Schreibtisch, der auch noch von der Großmutter stammte – es war verwunderlich, daß so zerbrechlich dünne Beine so viele Jahrzehnte überdauerten –, auf Annes Schreibtisch also lag ein Band Gedichte, den sie vor kurzem statt eines vorgeschriebenen französischen Lektürebuches gekauft hatte. Der Band lag dort immer, wenn sie arbeitete oder zu arbeiten versuchte, er wanderte am Abend mit auf den Nachttisch und ging vom Morgen wieder mit ihr durch den Tag. Es war ein ganz, ganz kostbarer Besitz, alles, was darinstand, war wie für sie und ihr Herz erdacht worden.

Dichtung, das wußte sie, seitdem sie begonnen hatte zu denken, war Kraft von oben. Gewalten rauschten darin, deren Stimme die Erde sonst nicht vernahm, alle unterirdischen Ströme des Lebens flossen hindurch, und die großen Gedanken des Himmels zogen darüber hin. Es war Luft, davon zu atmen, und Wasser, davon zu trinken.

Nur, man wurde nicht frei und nicht still davon.

Man mußte wieder aufstehen und gehen, diesem unbegreiflichen Triebe folgend, wenngleich es Winter und die Welt verschlossen war.

Es war nichts damit, geborgen zu sein und sich genügen zu lassen. Sie konnte es nicht. Von den vielerlei Gaben des Himmels war ihr die große Unruhe zugefallen, die je und dann, zu allen Zeiten, die Menschen über die Erde getrieben hatte auf der Suche nach etwas, das doch hoch über ihren Häuptern in den Sternen stand.

In dem Buch stand auch jenes seltsam erregende Gedicht vom ›Chevalier errant‹, es war das Lied der ewig wandernden Sehnsucht nach dem Heiligtum jenseits der Welt.

»... Die Arme streckte ich aus,
dumpf klirrte der Rüstung Stahl,
wo liegst du hinter den Bergen, heiliger Gral? ...«

Weit fort an Annes Lebensrand zogen die ganz, ganz kleinen Bäume auf immer unerreichbar in die Ferne, und auf dem langen, einsamen Weg des Strandes mußte, verloren und vom Sand verweht, das große Stück Bernstein liegen, das vielleicht niemals gefunden werden konnte.

Oder was war es sonst, wohin ihr Herz sie zog?

Anne machte sich fertig, um auszugehen. Sie sollte vielleicht versuchen, beim Antiquar ein billiges Exemplar des französischen Buches aufzutreiben, da es doch nun einmal benötigt wurde; aber als sie dann auf der Straße war, hatte sie das doch wieder vergessen.

Die Luft war kalt und trocken, in den Fugen des Pflasters und an den Bordsteinen waren noch dünne Reste des Schnees, den der scharfe Wind der Vortage davongeweht hatte. Es war noch früh am Tage, aber die Dämmerung fiel schnell, und in den Straßen der Unterstadt flammten die ersten Lichter auf.

Es war nicht mehr weit bis Weihnachten, darum galt es, die Auslagen der Schaufenster in all ihrer Fülle deutlich zu machen.

Anne Kanther trieb nachdenklich im Strom dahin, aber sie ging rascher als die übrigen und überholte einen um den anderen, bis es ihr einfiel, daß sie gar nicht wußte, wohin sie eigentlich wollte.

Es war vielleicht doch nötig, vor diesem oder jenem Fenster haltzumachen; denn es gab gewiß eine Menge neuer und schöner Dinge auf der Welt, unwahrscheinlich schöner Dinge, die man kaufen konnte, wenn man Geld genug besaß, oder die man sich wenigstens wünschen konnte, wenn sie einen so sehr verlockten. Wünschen war unbegrenzt, es kostete nichts und brachte auch meistens nichts ein.

Ein ganzes Haus der Wünsche, so hatte schon in Annes Kindertagen das große Spielwarengeschäft am Wege gelegen, es war auch heute noch da, nur viel mächtiger und glänzender geworden. Wie damals hielt eine vielköpfige Kinderschar eisern die Fensterreihe besetzt, so war es immer, so mußte es sein, sie wichen und wankten nicht, sie standen bis zum Abend.

Auch die drei kleinen Kanthers mußten seinerzeit von ihrem Kindermädchen immer fast mit Gewalt von der Geländerstange losgemacht werden. Einmal um die Weihnachtszeit hatte Frau Kanther ihre drei Jüngsten in den großen Ausstellungsraum des Ladens mitgenommen, und sie waren darin, benommen vor Glück, wie durch lauter Wunder getastet. Heute besann sich Anne nur noch auf den rotlackierten Sprengwagen, der richtiges Wasser verspritzte. Sie hatte ihn so brennend, so inbrünstig verlangt, man konnte zu Hause den Flur damit entlangfahren und die Dielen sprengen; aber vielleicht war er zu teuer oder zu gefährlich oder auch bloß kein Spielzeug für Mädchen gewesen – sie hatte ihn nicht bekommen. Immer hatte es das Besondere sein müssen, und das gab es dann nicht.

Sie ging langsam ihren ziellosen Weg, Laden reihte sich an Laden – wohin man auch kam, drängten sich die Menschen vor den Auslagen, die Türen gingen und gingen, indes über den lichterfüllten Straßen der Himmel in Dunkelheit verschwand. Kerzen brannten in dem ausgesteckten Tannengeäst, ihr Schein spiegelte sich in blankem Gerät und in glänzenden Augen, an den Hausmauern boten halbwüchsige Jungen mit dem immer gleichen Spruch ihre selbstgefertigten Hampelmänner aus.

Auf dem großen Platz in der Oberstadt, nahe dem Schloß, stand schon ein Wald von Tannenbäumen. Es war alles wie sonst um diese Zeit, die so überraschend schnell herangekommen war – wo war nur das Jahr geblieben, dieses seltsame Jahr, in dem sich so viel Unbegreifliches zugetragen hatte?

Der Weihnachtswald war von draußen hereingekommen, und in einer raschen Aufwallung empfand Anne jene beschwingte Erregung, die sich immer eingestellt hatte, sobald der erste Tannenbaum im Bild der Straße stand. Dennoch lastete auf dem Grund ihres Herzens ein Gefühl der Verlorenheit. Sie war allein, und eigentlich war das Leben ganz ohne Sinn.

Das Antiquariat fiel ihr wieder ein, aber sie wollte um keinen Preis durch die Güldengasse gehen, wo der Photograph Windheil sein Fenster hatte. Alles, was damit zusammenhing, sollte aufgehört haben.

Das Bild, das Johanna ihr damals besorgt hatte, war nun nicht mehr vorhanden. Eines Tages hatte Anne es aus der untersten Kommodenschublade vorgeholt und, ohne es noch einmal anzusehen, in Stücke gebrochen und in den Ofen gesteckt. Es war nicht leicht gewesen, die Pappe war steif und leistete Widerstand, sie wollte anfangs auch durchaus nicht brennen. Aber Anne hatte mit einer eiskalten Geduld zugesehen, bis alles zu Asche war. Was sollte sie noch damit? Das Bild hatte ihr nie etwas bedeutet, und nun war sowieso alles vorüber.

Oberleutnant Luederssen hatte den Abschied genommen, um nach seines Vaters Tod das Gut in Pommern zu übernehmen, das ihm als Erbschaft zugefallen war. Ob es in Pommern lag oder in Holstein oder fern auf dem Mond, das blieb alles gleich.

Er hatte sich mit einem jungen Mädchen aus der Nachbarschaft, auch vom Lande, verlobt, und die Heirat stand unmittelbar bevor.

Es war nicht zu sagen, woher Fritz das wußte, noch wie es kam, daß er ihr das erzählte. Er hatte sich ganz gewiß nichts dabei gedacht. Es war wohl nur seine Hinneigung zu der Welt der Pferde und vielleicht ein Bedauern darüber, daß ein großer Reiter dem grünen Rasen verlorenging.

Sie konnte Fritz nicht fragen, was aus der Tänzerin geworden war, über Dinge wie diese sprach ein junges Mädchen nicht mit einem Bruder. Er hätte es wohl auch nicht gewußt. Und Anne selber hatte keinen Begriff davon, auf welche Weise eine Verbindung wie diese, die durch so lange Jahre bestanden hatte, gelöst und abgegolten werden mochte. Es war nicht so wichtig, es zählte nicht.

Der fremde Fürst von einst war auf immer in die unerreichbare Zone zurückgegangen, aus der er gekommen war ...

Es hatte angefangen zu schneien, aus der Höhe des Himmels, den man nicht sah, sank lautlos leichter, körniger Schnee, er blieb auf dem kleinen grünen Hut, auf dem Pelzkragen und den Schultern liegen und hüllte einen ganz sacht und friedlich ein. Man ging darin wie von der allzu harten Welt geschieden.

Anne begann ernsthaft nachzudenken, vielleicht kam sie einmal zu einem Ende oder doch zu einem festen Punkt.

Im Januar wurde sie achtzehn, zu Ostern war die Versetzung nach

Oberprima fällig. Dann dauerte es nur noch ein Jahr bis zum Abitur. Von dem Zeitpunkt an hatte das eigentliche Leben zu beginnen.

Sie dachte an Freiburg oder an Heidelberg, an Berge, Flüsse und Straßen, an eine unbekannte und schöne Gegend, an England, an die weite Welt. Aber es war keineswegs sicher, ob der Papa einwilligen würde, sie außerhalb studieren zu lassen. Es würde vielleicht heißen, sie sei zu jung, um ohne Schutz in die Fremde zu gehen, oder es wäre zu teuer und eine höchst überflüssige Verschwendung, während hier doch alles war, Geborgenheit und Sicherheit, das alte gute Zuhause, Raum und Nahrung und die Universität obendrein. Es kam noch dazu, daß die Eltern sich nicht so leicht dazu verstehen würden, ohne Not und Zwang eines ihrer Kinder nach dem anderen herzugeben.

Und doch tat es ihr selber gerade so not, sich einmal von allem frei zu machen, der Fürsorge und Bevormundung zu entrinnen und auf sich selber gestellt zu sein. Sie mußte endlich anfangen, ein Mensch zu werden, wie sollte denn sonst das Leben zu bestehen sein? Sie war es leid, sie hatte genug davon, sie haßte diese alten, engen, ewiggleichen Straßen, die sie sommers und winters, Tag für Tag zu gehen hatte, um immer wieder auf ihren Schritten umzukehren. Es gab hier keine neuen Bilder und nie einen anderen Rhythmus, und wenn man ein ganzes Leben hier zubrachte, so würde es doch immer und immer dasselbe sein. Es konnte geschehen, daß ein Mensch von seiner Heimat nichts mehr sehen und nichts mehr wissen wollte, weil sie ihn allzulange festgehalten hatte.

Das Gesicht der Straße, durch die sie kam, war auch nur eine Illusion. Von außen gesehen, war es die Linie des stärksten Lebens, die das Herz der Stadt durchschnitt, die Straße des Glanzes und der Verheißung hinter blinkenden Riesenscheiben und zugleich das Gelände des großstädtischen Bummels, der Strich der Flaneure, die auf diesem schmalen Zug zwischen hochgetürmten Fassaden vom späten Vormittag bis in den Abend dahinwanderten. Die Gehsteige reichten nicht aus für all die eilenden und schlendernden Füße, von denen die meisten am Ende der Strecke wieder umzukehren pflegten. Sie nahmen einen Streifen des Fahrdammes dazu, und das galt mit der Zeit als ihr unbestrittenes Recht.

Immer, solange sich denken ließ, war dies die Straße der geheimen Anziehung gewesen, durch sie hindurch trieb die Lust des Abenteuers, die Ahnung ferner Möglichkeiten und einer unbestimmten, unbekannten Verführung. Wenn je die Aussicht bestanden hatte, etwas zu erleben, so konnte es nur hier gewesen sein. Deshalb gerade galt dieser Wechsel als keine geeignete Stätte für junge Damen, zumal am vorgerückten Nachmittag.

Und doch war es nur ein ganz gewöhnlicher Straßenzug in der Vorweihnachtszeit, und die Menschen trieben darin einher, gelenkt von Plänen und Wünschen, und vielleicht trugen doch viele von ihnen ihren Unmut und ihre Langeweile mit sich fort oder auch Sorge, Leid und Einsamkeit. Aber es war nicht mehr Geheimnis um sie als anderswo auch.

Anne wurde ein paarmal gegrüßt, denn natürlich traf man hier immerzu Bekannte – so groß war die Stadt nun nicht, daß dem zu entgehen war.

Es schneite fort, ganz leicht und sanft sank der Schnee auf all die Unruhe herab, Anne Kanther rückte langsam von Fenster zu Fenster, sie hatte keine Eile und kein Verlangen, bald wieder nach Hause zu kommen.

Vielleicht sollte sie für Doris so ein kristallenes Salzfaß kaufen oder besser gleich zwei, eins für sie und eins für Carl. Sie wollte es noch überlegen, vielleicht fand sich auch etwas Besseres.

Dies war ein Geschäft, vor dem man nur eine Weile stehenzubleiben brauchte, um zu hundert Einfällen angeregt zu werden. Wenn man hineinging, konnte es geschehen, daß einen die Flut der Dinge überwältigte und man mit etwas ganz Märchenhaftem und zugleich ganz Unsinnigem wieder herauskam.

Nein, sie wollte lieber nicht hineingehen, sie stand und betrachtete versunken die schönen Tassen, winzige kostbare Mokkatäßchen und Kristallschalen von raffiniert einfachem Schliff und herrliches Lederzeug, und dabei fühlte sie doch, daß ihr das alles im Grunde völlig gleichgültig war, weil immer wieder aus der Tiefe die geheime Not nach oben stieg.

Lieber Gott, dachte sie voll Inbrunst, gib mir ein richtiges Leben! Gib mir ein Schicksal, wenn du willst. Nur laß mich nicht zugrunde gehen in der Enge...

Es gab Menschen, die so gläubig waren, daß sie ihr bedrängtes Herz in einer einzigen heißen Bitte befreien konnten. Dann gingen sie ihres Weges weiter und warteten auf ein Zeichen. Sie warteten darauf, daß der Himmel in Wort und Bild oder Erscheinung zu ihnen sprach, daß sie erhört werden sollten.

Doch Anne Kanther hatte nichts mit Zeichen im Sinn, sie mühte sich nur, fest zu sein und zu vertrauen, vielleicht war doch auch

Kraft in sie selber gelegt, sie hatte sie nur noch niemals recht zu spüren bekommen.

Sie ging in Gedanken weiter, wie ohne Sicht für die Dinge um sie her, als folgte sie einem Stern. Darum wurde sie nicht gewahr, daß jemand ihr im Gedränge entgegenkam, der bei ihrem Anblick stutzte, ihr prüfend ins Gesicht sah und dann zögernd weiterging. Es war ein langer Mann in einem kurzen Pelz mit rauhstoffigem Überzug und einem Jagdhut. Er blieb dann stehen, und als zöge ihn eine unsichtbare Gewalt mit sich fort, kehrte er um und folgte ihr.

Ein ganzes Stück Weges ging er langsam hinter ihr her und betrachtete eindringlich den schmalen Kopf mit dem enggeschlungenen dunkelblonden Knoten unter dem grünen Hütchen, die sehr aufrechte Haltung und den leichten, freien Gang.

Dann rückte er auf, holte sie ein und zog den Hut.

»Fräulein Kanther?« sagte er fragend.

Anne erschrak.

Sie blieb stehen und sah schweigend zu ihm auf. Er hatte ein hageres, etwas grobknochiges Gesicht mit einer scharfen Nase, dichtes blondes Haar und ganz helle Augen.

Es war sehr lange her, viele, viele Jahre, aber an den Augen erkannte sie ihn sofort. Es war Bernhard Fischer.

»Ach«, sagte sie wie benommen und gab ihm die Hand. Er blieb an ihrer Seite, und sie gingen zusammen weiter.

»Ich war meiner Sache anfangs nicht ganz sicher«, sagte er. »Im ersten Augenblick, als ich Sie sah, dachte ich, es sei ja wohl nicht möglich. Ich konnte mir nicht vorstellen, daß Anne Kanther tatsächlich schon so groß sein sollte. Aber es ist schließlich Jahre und Jahre her. Man vergißt so leicht, daß man nicht nur selber von der Stelle rückt . . . Ich bin dann hinter Ihnen umgekehrt, ich mußte es doch feststellen.«

Er sah sie mit einem tastenden Lächeln von der Seite an. »Damals war die kleine Anne neun oder zehn Jahre alt. Jetzt muß man Sie zu ihr sagen, aber das Kindergesicht ist noch dasselbe.«

Anne nach ihrer Weise blieb vollkommen stumm. Sie war bestürzt und verwirrt. Wie konnte es sein, daß so etwas auf einmal geschah? Bernhard Fischer, Ottos besseres Ich, wie der ihn oft genannt hatte, gehörte in ihre Kindheit, in ganz ferne, versunkene Tage. Er war seitdem verschollen gewesen, sie hatte keinerlei Vorstellung mehr mit ihm verbunden, die zur Gegenwart gehörte. Es war unwahrscheinlich und unbegreiflich, daß er da neben ihr herging, als ob das ganz natürlich wäre, ein stark ausgewachsener und im Grunde völlig fremder Mann.

Doch die Stimme an ihrer Seite sprach unbekümmert fort, indes der Schnee in leichten, schwebenden Flocken auf sie beide herabsank. Bernhard Fischer mochte die Kluft zwischen sich und ihr nicht spüren, es schien ihm auch nichts auszumachen, daß er keine Antwort bekam.

Er war sehr groß und ging mit langem, ruhigem Schritt, die des Weges Kommenden mußten ihm ausbiegen, weil er wohl nicht daran dachte, es seinerseits zu tun.

»Ich bin gestern abend angekommen«, erzählte er. »Auf einmal war es dringend nötig, nach Hause zu fahren. Wissen Sie, wie das ist? Nein, das können Sie natürlich nicht wissen. Es ist sehr merkwürdig. Jahrelang hat man nichts davon gespürt. Alles andere war so viel wichtiger. Was glauben Sie wohl — wenn so ein junger Bengel nach dem Abitur zum erstenmal losgelassen wird, dann wirft er sein ganzes bisheriges Leben mit allen Bindungen hinter sich, als ob es nie etwas wert gewesen wäre. Das ist kindisch, aber es geht beinahe jedem so. Am liebsten will man mit alledem nichts mehr zu tun haben. Man wird richtig ein Räuber, wissen Sie ...

Ich bin ja in all den Jahren immerhin dann und wann hiergewesen, aber das geschah eigentlich unter einer Art Zwang, so mehr oder weniger aus Pflichtgefühl. Meine Eltern konnten verlangen, daß ich mich zwischendurch einmal sehen ließ. Ich kam also — zu Weihnachten zum Beispiel — und fand, daß ich den Verhältnissen völlig entwachsen war. Was sollte ich hier? Es war alles hinter mir zurückgeblieben und zusammengeschrumpft wie diese komische kleine Straße etwa. Und sie war doch früher etwas so Bedeutendes gewesen! Und diese Erkenntnis erstreckte sich auf alle Dinge und Begriffe. Ich war eben so ganz anderes gewöhnt, mehr Großzügigkeit und Weite und lauter Möglichkeiten, von denen man hier nichts ahnte. Die Maßstäbe hatten sich gewandelt. Wenn ich drei Tage hier war, hatte ich genug und fuhr wieder ab ... Verzeihen Sie«, sagte er und sah sich um, »wurden Sie gegrüßt? Ich habe nicht achtgegeben.«

»Es war nicht so wichtig«, erwiderte Anne.

»Und dann ist es so«, fuhr er fort, »als ob ein bestimmter Punkt erreicht werden muß, mit dem es überwunden ist. Man muß sich erst siebenmal gehäutet haben, dann stehen die Dinge wieder richtig. Wissen Sie, kleine Anne ...«

Er blieb unvermittelt stehen und sah sie an. »Oder muß ich etwa gnädiges Fräulein sagen?«

»Nein«, sagte Anne ein wenig befangen, »das müssen Sie nicht.«

»Dann ist es gut«, sagte er, und sie gingen weiter. Als sie ans Ende der Straße gekommen waren, kehrten sie ganz von selber miteinander um.

Bernhard Fischer sagte: »Auf einmal war es da. Ich wachte in der Nacht regelrecht davon auf, so wie es einem geht, wenn man plötzlich Halsschmerzen bekommen hat. Ich habe es übrigens schon einmal im Leben gehabt. Das war damals nach dem Scharlach, es ist lange her. Sie schickten mich zur Erholung ins Riesengebirge in ein Kinderheim, wo alles fremd war. Und ich war sieben Jahre alt ... Nichts haftet nach meiner Erfahrung so stark im Gedächtnis wie Empfindungen. Wenn sie nach noch so langer Zeit wieder aufsteigen – man erkennt sie sofort. Es war wie damals. Ich hatte ganz einfach Heimweh ...

Verrückt, nicht wahr? Oder vielleicht denken Sie, daß es Einbildung war. Kann auch sein, daß es das war. Das läßt sich nicht ergründen ... Eigentlich hatte ich jetzt gar keine Zeit, wegzufahren. Ich stecke in der Doktorarbeit und habe das ganze Material bei mir dort herumliegen. Aber schließlich, dachte ich, damit komme ich auch noch nach Neujahr zurecht.«

»Haben Sie denn schon den Assessor gemacht?« fragte Anne ganz sachlich.

»Aber sicherlich. Den habe ich beinahe schon wieder vergessen ... Nein, da war irgend etwas in mir, das nicht mit sich handeln ließ. Es blieb nichts übrig, als auszurücken. Ich wollte Weihnachten zu Hause sein ... Ich wollte – im Schnee mit Anne Kanther durch die Junkerstraße gehen.«

»Das ist nicht wahr«, sagte Anne außer sich und blieb stehen.

Er sah sie belustigt an. »Seien Sie doch nicht so schrecklich genau! Aber daran erkenne ich Sie wieder. Sie ließen sich auch schon als kleines Ding nichts vormachen. Also vielleicht ist es nicht wahr. Ich hatte bei Otto einmal ein Bild von Ihnen gesehen, aber das gab mir noch keine lebendige Vorstellung. Für mich trugen Sie immer noch die feuerrote Haarschleife, die ihre Flügel wie ein Schmetterling ausgebreitet hatte ... Weiß Gott, in all den Jahren bin ich auch nie zu Ihren Eltern in die Oberdammgasse gekommen. Es war alles das gleiche. Und Otto war nicht da. Ich hatte ihn ja selber eine Zeitlang aus den Augen verloren.

Also wenn es vielleicht zehnmal nicht wahr sein mag, so ist es doch in jedem Fall ganz großartig, daß wir uns heute hier getroffen haben ... Es ist ein Willkommensgruß für mich, merken Sie das nicht?«

Ganz insgeheim kam es Anne so vor, als *hätte* sie es gemerkt. Sie war verwundert und in einer seltsamen Weise durcheinandergebracht. Für einen Augenblick überfiel es sie wie ein leichter Schwindel, als wäre sie nahe daran, den Kopf zu verlieren.

Es lag an der Stimmung im Schnee und dem weihnachtlichen Bild der Straße, es lag an der Straße, die der Weg der Verführung war. Aber nun waren sie darin bis ans Ende gelangt.

»So«, sagte Anne kühn, »jetzt muß ich nach Hause.«

Sie standen auf dem kleinen Platz vor der Kirche, die sich dunkel und mächtig in den Winterhimmel erhob. Von hier aus liefen die Straßen auseinander – wohin? – ins Leere, in einen grauen Abend, in die Einsamkeit. Es würde nicht gut sein, eine von ihnen zu gehen.

»Na ja«, meinte Bernhard Fischer unerschüttert, »das stand zu erwarten. Sie denken also, Sie werden mich damit los. Weit gefehlt!«

Er sah sie nachdenklich an. »Ihr grünes Hütchen ist ganz voll Schnee«, sagte er dann, »der Mantel auch und überhaupt das ganze Mädchen. – Wo gehen wir jetzt hin? Kommen Sie, es ist höchste Zeit, Kaffee zu trinken.«

Einen Augenblick stand Anne unschlüssig. »Ja«, sagte sie plötzlich, und dann kehrte sie mit ihm um, sie überquerten die Straße, auf dem Weg über den Fahrdamm schob Bernhard Fischer ganz sacht und sorglich die Hand unter ihren Arm.

Drüben war die große Konditorei. Sonst ging man dorthin nur in angemessener Begleitung, dieses war ein höchst unstatthaftes und gewagtes Unternehmen; es konnte allerhand daraus erwachsen, Aufsehen und Gerede und unliebsame Erörterungen in der Oberdammgasse. Aber schließlich war Bernhard Fischer ein sehr alter Bekannter, ein Freund des Hauses, wenn man wollte, und außerdem war es sowieso egal, alles war egal.

»Es ist bestimmt ganz voll«, sagte sie, als sie durch die Glastür kamen. »Wir bekommen keinen Platz.«

»Keine Sorge, dann wird Platz gemacht.«

Drin war ein großer Raum, rote Plüschsofas und Spiegel an den Wänden, unzählige weiße Marmortische, größere am Rande, kleine nach innen zu, besetzt von Menschen und Menschen.

Unter der Mitte der Decke hing ein großer Tannenkranz, an dem die Lichter brannten. Die Luft war erfüllt von Stimmengewirr, von Kaffee- und Kuchenduft.

Der lange Mann im Pelz schlug einen Weg durch die Enge, und das Mädchen folgte gehorsam. »Hier wird eben gezahlt«, sagte er.

Es war nur ein kleiner Tisch, den sie eroberten, gerade groß genug für zwei. Bernhard Fischer half Anne aus dem Mantel und brachte ihn und seinen Pelz an den Haken im Hintergrund unter. Dann bestellte er Kaffee.

»Augenblick, mein Herr«, sagte der Kellner und ging weiter.

»Wir müssen uns Kuchen aussuchen gehen«, meinte Anne.

»Richtig, das ist ja doch die Hauptsache.«

Alle Herrlichkeiten der Erde, wie es schien, waren auf dem Kuchenbüfett ausgebreitet. Sie standen wie Kinder begierig und genießerisch davor.

»Was wollen Sie haben, Anne? Bitte nicht schüchtern sein! Wir feiern heute ein ganz großes Wiedersehen, das kostet Berge von Kuchen.«

»Hier von dem«, bedeutete er das weißgeschürzte Fräulein, »aber bitte das Stück mit den vielen Mandeln. So, noch eins davon. Da, ein Napoleonschnittchen – einen Rosinenkringel . . . Und, sagen Sie, haben Sie keine Schmandtörtchen? Ich habe hier als Junge immer Schmandtörtchen gegessen. In Berlin machen sie die nicht richtig. Anne, wie ist es mit Schlagsahne? Natürlich nehmen wir Schlagsahne.«

An der Seite befand sich auf einem Extratisch die Marzipanausstellung.

»Es ist alles da, was man verlangen kann«, sagte er. »Nur sollten sie nicht ein Kunstgewerbe daraus machen. Das ist schlechter Stil, ein Vergehen am Stoff und an der Idee. Aber das besehen wir nachher, alles muß die richtige Reihenfolge haben. Kommen Sie, Anne, vorläufig wird es reichen.«

Sie saßen an dem kleinen Tisch, Anne sah sich ein wenig um im Raum. Ihr war ganz leicht und frei zumute, wie aus allem Gewohnten hinweggehoben, und langsam fühlte sie es wie einen sanften Rausch in sich aufsteigen.

Vielleicht war alles nicht wahr – wenn sie sich besann, würde es wieder vorbei sein. Doch nein, es blieb.

Der Kaffee kam, und der Kuchen kam. Es war eine ungemeine Stärkung, mitten in diesem unvorhergesehenen und ziemlich aufregenden Erlebnis diesen guten, starken Kaffee zu trinken und so viele wohlschmeckende Sachen zu sich zu nehmen. Es wurde warm und gemütlich und sonderbar beglückend.

»Ich habe schon lange nicht so viel Kuchen gegessen«, sagte Anne.

»Sehen Sie, ich wußte es ja. Wir werden das öfters machen.«

Er trank zwei Tassen und noch eine dritte und aß ein Stück nach dem anderen. Es mochte so seine Gewohnheit sein und ein Bedürfnis seiner Natur. Und dabei war er so hager und hatte Löcher in den Backen, als hätte er seit langem nicht genügend zu essen bekommen. Aber so war es immer mit ihm gewesen, seine Backenknochen standen ein wenig vor, und das gab ihm das ausgehöhlte und hungrige Aussehen. Wenn er lachte, pflegten sich die Löcher noch zu vertiefen. Seine Augen, auffallend hell unter den dichten Brauen, standen in seinem Gesicht wie zwei Lichter, die angezündet waren, um die Welt zu durchdringen.

Anne betrachtete ihn, als er an einen Tisch in der Nähe ging, um Streichhölzer zu holen. In seiner Haltung und seinen Bewegungen war eine ruhige Überlegenheit, und doch sah er so aus, als wäre er von der Sorte, die über die Erde geht, um sich niemals genügen zu lassen.

Sie spürte es wie Verwandtschaft und empfand plötzlich und tief bewußt die Anziehungskraft, die immer von ihm ausgegangen war, schon damals, als sie noch ein kleines Ding gewesen war, in den Jahren von ›Trim und Gaunt‹.

Er kam wieder und setzte sich. »Nehmen Sie doch den Hut ab«, sagte er. »Er ist ganz durchweicht, und das Wasser wird Ihnen in die Augen laufen.«

Sie zog ihn folgsam herunter, und er nahm ihn ihr aus der Hand, schüttelte den nassen Schnee davon ab und legte ihn auf einen leeren Stuhl. »So ist es auch viel hübscher«, sagte er, und dann steckte er sich eine Zigarre an.

Anne trug eine weiße Wollbluse mit einem kleinen Spitzenjabot, sie war frisch und rosig von dem Gang durch die Winterluft, über ihrer schöngewölbten Stirn lagen ein paar lose Härchen wie hingeweht.

Bernhard Fischer saß zurückgelehnt und rauchte. »Jetzt kann man Sie erst richtig ansehen«, meinte er.

»Ach, was ist denn schon an mir zu sehen?«

»Ich hätte Sie mir eigentlich so vorstellen können«, fuhr er fort, ohne auf den Einwurf zu achten. »Es konnte auch gar nichts anders aus Ihnen werden. Sie sind ein Mensch, der seine Versprechungen hält.«

Anne sah ihn unsicher an. »Ich weiß nicht, was Sie meinen«, sagte sie und lief dabei ein wenig rot an. »Ich habe Ihnen niemals etwas versprochen.«

»Doch, Anne, ganz bestimmt, das wissen Sie nur nicht. Sie waren damals noch zu klein. Vielleicht ist auch heute nicht der Zeitpunkt, davon zu reden. Ich werde es Ihnen später einmal erklären ... Jetzt erzählen Sie mir bitte etwas von sich. Da liegt so viel dazwischen, Tausende von Tagen, von denen ich nichts weiß.«

»Und wenn Sie mich nicht getroffen hätten«, sagte Anne entschieden, »wäre Ihnen das nie aufgefallen ...«

Er sah sie nachdenklich an und tat ein paar schweigende Züge aus seiner Zigarre. »Natürlich haben Sie recht, ich wäre wohl nicht darauf gekommen, aber das ist ja ganz unwesentlich. Das Leben kümmert sich meistens nicht um das menschliche Programm. Und das ist ein wahres Glück. Es hat doch wohl sein sollen, daß Sie mir an meinem Heimkehrtag so unverhofft in die Arme liefen.«

»Ich bin Ihnen nicht in die Arme gelaufen«, gab Anne hartnäckig zurück.

»Nein, Sie können nichts dafür, und doch ist es so. Man kann es gar nicht anders ansehen, ich will es auch nicht ... Doch Sie sollen mir nicht ausweichen: Wie sieht der Weg von Anne Kanther aus, nachdem sie die rote Haarschleife abgelegt hat?«

Anne fing an zu lachen. Mit der Zeit, so kam es ihr vor, fand sie den langen Freund ihrer Kinderjahre wieder, den sie damals insgeheim zärtlich geliebt hatte. Sie wußte es jetzt wieder. Er war ihr sehr deutlich noch über ihren Bruder Otto gegangen.

»Was soll ich Ihnen denn nur erzählen?« fragte sie. »Da ist doch nichts. Alles ganz alltäglich und schrecklich nüchtern.«

»Das ist ja nun bestimmt nicht wahr«, sagte er ernsthaft. »Aber ich verstehe schon, daß sich über das Eigentliche nicht reden läßt.«

Nein, wie sollte sie ihm denn wohl von dem Fürsten erzählen oder von den merkwürdigen Erlebnissen aus Neuenort, von alledem, was in ihr umging und sie zu unerlaubter Stunde allein durch eine menschenüberfüllte und gefährliche Straße trieb. Das waren Dinge, die sich nicht bei Namen nennen ließen.

Und doch, vielleicht wäre er der einzige gewesen, der sie verstanden hätte.

Aber sie begann dann, von zu Hause zu reden, und damit wurde es auf einmal ganz einfach. Denn Bernhard kannte ja alles, die Eltern und die Wohnung und die Stimmung im Hause, er wußte um die mancherlei Schwierigkeiten, die es immer gab, wenn eins der Kinder versuchte, sich nach seinem eigenen Herzen durchzusetzen.

Er war damals bei ihnen aus und ein gegangen, ›Trim und Gaunt‹, das war fast etwas wie Blutsbrüderschaft gewesen, und wahrscheinlich hätte Otto es nicht vermocht, über sich selbst hinauszuwachsen, wenn nicht der andere dahintergestanden hätte.

Doch der schätzte selber seinen Anteil wohl äußerst gering ein. »Otto wird noch allerhand vor sich bringen«, sagte er. »Was ein anderer mit Verstand und Fleiß noch lange nicht erreicht, das schafft er mit Genialität. Ich bin ein Spießbürger gegen ihn.«

»Wissen Sie, Bernhard«, sagte Anne und begriff, daß sie es zum erstenmal fertiggebracht hatte, ihn beim Vornamen anzureden, »als Otto im Sommer hier war, das heißt nicht hier, sondern in Neuenort, da hat er von Ihnen ziemlich genau das gleiche gesagt.«

»So, das ist mal wieder echt. Man darf mit Brüdern von unserer Sorte nicht rechten, Anne, sie betrügen sich immer noch gegenseitig ... Wie ist es denn, kommt Otto zu Weihnachten? Ich habe ihn zuletzt nicht mehr gesprochen.«

»Ja, nächste Woche. Es ist wegen Doris' Verlobung. Die soll dann erstmal richtig im Familienkreis begangen werden. Papa wünscht, daß dazu alle Kanthers in Gesamtheit vorhanden sind ... Ich muß Ihnen mal etwas sagen, Bernhard«, fuhr sie zutraulich fort. »Sie kennen ihn ja. Sehen Sie, Carl Laudien ist doch eine Partie und ein feiner Kerl obendrein, und trotzdem war er ihm anfangs nicht recht. Es hat einen Kampf gesetzt und gibt immer noch Widerstände. Und so ist es jedesmal. Ich weiß nicht, was werden wird, wenn ich eines Tages versuche, auszubrechen. Ich möchte so gern aus allem hier heraus, aber Papa wird es nicht zulassen.«

Bernhard Fischer schüttelte den Kopf und drückte einmal herzlich ihre Hand, die ein wenig verloren und schutzbedürftig auf der Marmorplatte lag. »Ich habe keine Angst um Sie. Sie werden keinesfalls in der Oberdammgasse hängenbleiben. Das Leben hat ganz andere Dinge mit Ihnen vor.«

Er sah vor sich hin und schwieg.

»Heute ist alles noch in der Schwebe«, fuhr er nach einer Weile fort. »Sie müssen darauf vertrauen, daß es kommt, wie es sein soll. Wahrscheinlich sind Sie die Schule leid, ich kann es mir denken. Es ging mir damals ebenso, das gehört dazu. Man muß es nicht zu wichtig nehmen. Wie lange dauert es noch? Von Ostern ein Jahr! Das ist sehr gut... Bis dahin wird sich manches entwickelt haben. Wenn es so weit ist, Anne, dann wollen wir einmal wieder miteinander reden.«

Er nahm den kleinen grünen Hut in die Hand und legte ihn wieder zurück. Dann sah er sie an.

»Es kommt mir schon die ganze Zeit so vor, als ob ich der nächste dazu wäre... Wissen Sie, was ich möchte? Ich möchte nächstens mit Ihnen in ein Konzert gehen! Sie haben es ja vielleicht nicht vergessen, daß ich ohne Musik nicht richtig leben kann. In Berlin hatte ich zuletzt zu wenig Zeit dafür. Aber hier wird am Sonntagabend im Dom das Weihnachtsoratorium von Bach aufgeführt. Sie kennen es vielleicht nicht. Das Pastorale im zweiten Teil ist das Schönste und Ergreifendste an Weihnachtsmusik, was von Menschen erfunden worden ist. Ich habe es sehr lange nicht gehört, und es ist gerade das, wonach es mich verlangt. Unser Dom und Bachsche Musik, das ist auch wie ein Stück Heimkehr für mich. Aber ich möchte Sie dazu mithaben... Machen Sie nicht solche verwunderten Kinderaugen. Es hat schon alles seine Richtigkeit.«

Anne sah von ihm weg in den gleichgültigen Raum. Sie konnte selber nicht begreifen, weshalb ihr auf einmal die Tränen hochsteigen wollten.

»Ich besorge die Karten für uns«, setzte er ganz sachlich hinzu.

»Papa wird es nicht erlauben«, erwiderte Anne ein wenig mühsam. »Sie wissen doch, wie er ist. So etwas geht nicht.«

»Lassen Sie nur, Anne, ich wollte sowieso in den nächsten Tagen einmal Ihre Eltern besuchen. Ich bringe das schon in Ordnung. Ihr Herr Vater hatte seinerzeit eine leidlich gute Meinung von mir.«

»Ich muß aber gehen«, sagte Anne, »es ist wirklich Zeit.«

Sie hatte das Gefühl, als rückte etwas auf sie zu, das sie zu überwältigen drohte. Wenn es noch länger dauerte, würde sie nicht imstande sein, ihre Haltung zu bewahren.

»Es ist gut«, sagte er, indem er dem Kellner winkte, »ich sehe es ein.«

Dann sah er lächelnd zu, wie sie den Hut aufsetzte, stand auf und holte den Mantel.

»Haben Sie auch Ihre Handschuhe? Und wo ist das Päckchen?«

»Ich hatte doch gar kein Päckchen.«

»Ach so«, sagte Bernhard und lachte, »richtig, das haben wir noch vergessen.«

Er nahm sie wieder sacht beim Arm und führte sie zu dem Tisch, auf dem der Marzipan ausgestellt war.

»Kommen Sie, Anne, wir dürfen an dem heiligen Weihnachtsbrot unserer Vaterstadt nicht vorübergehen. Ich kann verlangen, daß Sie Ihren Anteil daran nach Hause tragen. Was meinen Sie dazu? Sehen Sie dieses Herz mit der roten Rose! Also, wenn das Sie nicht reizt.«

Er hatte auf einmal einen anderen Ton, als wäre es geboten, die Stimmung der Stunde zu überdecken.

»Sind Sie damit zufrieden? Sehr schön.« Er trat an den Bedienungsstand. »Hier, ein Herz.«

Das Fräulein hinter Marmorplatte und Kuchenschüsseln antwortete mit einem kleinen anzüglichen Lächeln: »Ein Herz, mein Herr? Bitte sehr.«

Anne stand mit ernsthaftem Gesicht daneben. Dann hängte er ihr das Päckchen, in buntes Weihnachtspapier geschlagen, an dem roten Band über das Handgelenk. »Sie sollen noch an mich denken, das ist es nämlich.«

Als sie auf die Straße kamen, sagte er: »Ich habe sehr lange keine richtigen Ferien gehabt, Anne. Heute haben sie angefangen.«

Es ging nun schon in den Abend, aber immer noch waren Menschen und Menschen unterwegs auf der Jagd nach den köstlichen Dingen der Welt. Es war, als sollte die lustvolle Unruhe niemals ein Ende nehmen.

»Weiß Gott«, sagte Bernhard, »diese Stadt hat sich nicht gewandelt. Es ist das gleiche Bild wie vor Jahren und Jahren. An Beleuchtung hat es zugenommen, aber das ist auch alles ... Wenn wir damals vom Schlittschuhlaufen kamen, Otto und ich, nachdem wir den Nachmittagsunterricht geschwänzt hatten, fielen wir hier oben auch immer wie die Wölfe ein. Aber dann saßen wir in dem kleinen Hinterzimmer, das Sie gar nicht kennen werden; denn dort wurden die besseren Genüsse ausgeschenkt, und außerdem wollten wir nicht unnötig gesehen werden. Die Hauptsache war, geheime und gewagte Wege zu gehen und nach Dingen zu verlangen, die ungefähr im Mond standen ... Aber nein, Anne, was denken Sie sich denn? Ich bringe Sie doch nach Hause.«

Sie gingen den Berg hinab, an der hochaufsteigenden dunklen Mauer hin.

»Ich bin so froh, Anne«, sagte er, »daß das alte Schloß unsere Kindheit gesehen hat. Vielleicht war sein Schatten damals manchmal bedrückend. Aber es ist doch ein Rückhalt für alles, was später kommt. Das merkt man erst mit der Zeit.

Mir war das Leben hier ja auch zu eng. Anne. Das ist nicht anders, wenn man erst ins Wachsen und in die große Unruhe gekommen ist. Aber die Mädchen sind schlechter dran, das muß zugegeben werden. Sie dürfen sich nicht rühren. Ich habe mich weidlich herumgetrieben, das ist Jungenrecht.

Ein alter Förster in dem Molittener Forst war mein Freund, zu dem rückte ich immer aus, wenn ich die Stadt leid bekam. Er hauste wie Robinson oder wie ein Räuber in einem ganz einsamen Revier. Das war mir gerade recht. Er war ›der Vogelsprache kund‹ und sonst mancher geheimen Weisheit. Das Schießen hat er mir auch beigebracht... Otto kam manchmal mit, aber bei ihm war es schwieriger, er mußte zur Nacht wieder zurück sein. Ich blieb oft tagelang draußen... Wollen Sie das auch alles hören, Anne?«

»Ja, sehr.«

»Dann im Winter machten Otto und ich ein- oder zweimal die große Tour auf Schlittschuhen – übers Haff oder aufwärts nach Osten bis zu den großen Wäldern.«

»Ich weiß«, sagte Anne, »ich wäre so gern mal mitgelaufen.«

»Wirklich? Dann ist es schade, daß ich das damals nicht gewußt habe. Wir hätten die kleine Anne zwischen uns genommen, sie fest auf die Schlittschuhe gestellt, Riemen in jede Hand, und wären mit ihr in die Weite davongesaust.«

Er wandte ihr das Gesicht zu. »Lassen Sie nur, es ist noch früh genug im Leben für Sie und für mich. Es fängt nun erst an.«

Er verhielt den Schritt. »Mitten in unserer alten Langgasse, Anne, stehen wir am Rande der Unendlichkeit... Und wir beiden gehen noch einmal miteinander auf große Fahrt. Wollen Sie mir das glauben?«

Ja, sie glaubte es ihm, in diesem Augenblick ganz fest.

Es war der altgewohnte Heimweg durch die Unterstadt, die Straßen hatten ihr Aussehen nicht geändert. Anne versuchte sich zu besinnen.

Doch die Stimme neben ihr blieb, sie war nun schon vertraut wie von alters her, und mit ihr ging der ruhige männliche Schritt, den der Schnee der Straße dämpfte. Ihr leicht verführtes Herz trug sie wie auf Wolken dahin. Auf einmal spürte sie, daß das Leben ganz nahe war, lebendig und warm. Es war *doch* ein Zeichen vom Himmel niedergegangen.

Er sagte: »Wissen Sie, Anne, es muß immer etwas zu wünschen übrigbleiben. Wünsche und Hoffnungen sind wie eine Leiter, auf der man unentwegt nach oben steigt.«

Sie kamen durch die Langgasse und über die Brücken. Es schneite nun nicht mehr. Der Himmel hatte sich befreit, und hoch über dem Fluß und den weißbedeckten Straßen standen die Sterne. Die Luft war ganz still, frisch und stark.

An dem gleichen Nachmittag kam Konsul Kanther um eine ungewohnte Stunde aus dem Kontor nach oben. Sonst pflegte er gegen vier oder halb fünf den Lehrling nach einer Tasse Kaffee hinaufzuschicken, zu der er dann die eingegangene Post las. Heute trieb ihn eine ihm selbst nicht ganz deutliche Absicht in seine Wohnung zu einer Zeit, da schon frühe Dunkelheit die Zimmer füllte. Nur im Flur brannte die Wandlampe neben dem Spiegel.

Von den Seinen war niemand zu Hause, und der Konsul ging in die Küche, ohne sich darüber klar zu sein, was er eigentlich wollte. Dort fand er das Stubenmädchen.

Johanna war eine mutige Person, aber sie hatte immer ein wenig Angst, wenn sie sich dem Konsul allein gegenüber befand. Sie sah ihn erschrocken an.

»Wo ist die gnädige Frau?«

»Gnädige Frau ist auf Weihnachtseinkäufe, Herr Konsul. Und Marie ist zum Arzt.«

»Weihnachtseinkäufe, soso. Natürlich. Und die Kinder?«

Johanna faßte sich rasch. Es mußte sofort etwas Passendes erfunden werden. »Der junge Herr«, sagte sie ruhig, »ist zur Turnstunde.«

»Turnstunde!« gab der Konsul mißbilligend zurück.

»Und das gnädige Fräulein ging das französische Buch besorgen. Es ist nirgend zu haben und wird doch gebraucht. Soll ich die Lampe bringen, Herr Konsul?«

Doch der Konsul machte kehrt und ging wortlos hinaus, er kam wieder nach vorn und durchschritt seine leeren, dunklen, schweigenden Zimmer. Sie leben alle ohne mich, dachte er. Ich bin nur dazu da, das Geld zu geben.

Dabei fiel ihm etwas ein, und er machte im Wohnzimmer halt, entzündete eine Kerze auf dem Rauchtisch und trug sie zu dem alten Zylinderbüro in der Ecke neben dem Fenster. Er holte sein großes Schlüsselbund aus der Tasche und schloß das Rollfach auf, innen wieder eins der kleinen Fächer und entnahm ihm einen prallgefüllten gelben Umschlag.

Er verschloß den Sekretär wieder, trug den Leuchter zurück und setzte sich auf den Schaukelstuhl. Dort saß er eine Weile ohne Bewegung, als müsse er von einer schweren Anstrengung ausruhen; er sah mit müdem Blick in das ruhige Licht der Kerze und versuchte sich zu besinnen.

Auf dem Umschlag stand, von seiner Hand geschrieben: ›Anne und Fritz‹. Er zählte das Geld, das darin war, noch einmal nach, obwohl er die Höhe der Summe genau kannte. Es waren sechshundertzehn Dollar.

Von diesem Geld wußte sonst niemand etwas. Vor einer Woche war der Betrag eines Tages überraschend aus New Orleans eingegangen, nicht an die Firma, sondern an ihn persönlich. Als er den Absender gelesen hatte, wußte er sofort, was es war. Es war die Erstattung einer sehr alten Schuld. Vor rund dreißig Jahren hatte er einem Geschäftsfreund, der vorübergehend in Schwierigkeiten geraten war, achthundert Mark geliehen. Es war eine beträchtliche Summe gewesen, aber er konnte sich das damals leisten, um so mehr, als anzunehmen war, daß er sie in Kürze zurückerhalten würde. Aber die Schwierigkeiten versteiften sich, und eines Tages war der Schuldner mit diesem und noch manchem anderen fremden Geld auf und davon gegangen. Nie mehr hatte der ›Halunke‹, wie er ihn nannte, von sich hören lassen.

Dreißig Jahre, dachte der Konsul in seinem Schaukelstuhl, damals war Hermann ganz klein. Der Halunke – mit Zinseszins – es ist kaum zu glauben. Soweit er es übersehen konnte, schien ihm der Betrag sogar überhöht. Er wollte den Lehrling Steffen beauftragen, es nachzurechnen.

Untersuchen ließ sich die ganze Angelegenheit zum Glück nicht. Man wußte nur zu gut, auf welche Weise dort drüben vielfach die großen Vermögen gemacht wurden. Und diese überseeischen Begriffe waren wie eine Seuche, die die ganze Welt infizierte. Er dachte an seine junge Generation. Es sah so aus, als wäre der ehrbare Kaufmann alter Sorte zum Aussterben verurteilt. ›Unsere Zeit geht zu Ende, das ist es . . .‹

Immerhin war dies ein Stück gutes Geld. Und das sollten einmal die beiden Kleinen haben. Alle fünf Kinder waren gleichmäßig bedacht, aber für die beiden Kleinen sollte etwas extra da sein. Die Jüngsten in einer Familie waren immer am schlechtesten dran.

Und er wollte das nun in Ordnung bringen, obwohl er gern noch eine Weile sitzen geblieben wäre, hier in der vollkommenen Stille seines Hauses, beim Schein der Kerze, die mehr und mehr herunterbrannte. Er saß wie eingeschlossen in dem weiten, dunklen Raum der Vergangenheit.

Doch dann steckte er den Umschlag zu sich und ging wieder ins Kontor hinunter. Dort rief er seinen Rechtsanwalt an. Der Herr Rechtsanwalt, hieß es von drüben, sei noch nicht vom Gericht zurück, werde aber jede Minute erwartet.

»Schön«, sagte der Konsul, »ich komme hin.«

Er ließ anspannen und stieg draußen in seinen Wagen; es war immer derselbe Wagen und immer derselbe Kutscher, nur die Pferde wechselten von Zeit zu Zeit. Die Füchse trabten in dem leichten Schneefall rasch genug durch die Oberdammgasse von dannen. Der Konsul saß blicklos im Dunkeln. Er fühlte sich müde und wie so oft in der letzten Zeit eigentümlich lustlos. Es lohnte sich alles nicht mehr. Aber dies mußte getan werden. Er wollte die sechshundertzehn Dollar bei seinem Anwalt deponieren und seinem Testament einen Zusatz angliedern, der dieses Geld seinen beiden jüngsten Kindern bestimmte.

Die Fahrt ging den Schloßberg hinauf und durch die Oberstadt. Die Praxisräume des Rechtsanwaltes befanden sich in einer der stillen Seitenstraßen nicht weit vom Gericht. Als der Konsul ausstieg, sagte er zu dem Kutscher: »In einer halben Stunde, Johann!« Das bedeutete, daß der Kutscher die Füchse inzwischen bewegen sollte. Es waren junge Pferde, die schlecht stehen konnten.

Konsul Kanther kam nach oben; doch der Anwalt war noch nicht da.

»Schwurgericht, Herr Konsul«, sagte der Bürovorsteher, »aber ich nehme doch an ...«

Der Konsul mußte warten. Außer ihm befanden sich noch drei Personen im Wartezimmer, die vor ihm gekommen waren. Es reizte ihn, daß sie da saßen und ihn ansahen. Die Gaslampe summte und warf ein kaltes Licht über den Raum. Er fühlte sich schlecht, der Pelz war ihm zu warm, aber er mochte ihn nicht ablegen, weil er nicht vorhatte, sich hier häuslich einzurichten. Die kleine Formalität würde in fünf Minuten erledigt sein.

Er fühlte nach dem Umschlag in seiner Brusttasche. Dann zog er die Uhr. Der Rechtsanwalt kam immer noch nicht. Der Konsul sah wieder nach der Uhr und nach einem kurzen Zeitraum noch einmal.

Der Rechtsanwalt erschien nicht.

Und dann begriff er, daß er es nicht länger aushalten konnte, hier zu sitzen. Die Luft wurde ihm knapp, und es kam ihm vor, als begänne das Zimmer sich um ihn zu drehen. Er stand mühsam auf. Ohne ein Wort zu sagen, nahm er seinen Hut und ging aus der Tür. Auf der Straße schlug ihm die kalte Luft befreiend entgegen. Aber Johann mit dem Wagen war noch nicht da.

Der Konsul blieb eine Weile abwartend stehen; er sah wieder nach der Uhr: im ganzen waren kaum mehr als zehn Minuten verflossen. Egal, dachte er, ich gehe zu Fuß. Sie werden es ihm schon sagen.

Unterwegs durch die winterlichen Straßen wurde ihm ein wenig besser. Er ging ganz langsam, um wieder zu sich zu kommen. Dabei dachte er voll Unbehagen, daß er das Geld immer noch bei sich trug. Ich werde ihn morgen anrufen und zu mir bestellen.

Wie dunkel die Straßen waren trotz des Schnees! Es war, als sollten die Häuser über ihn fallen. Doch dann kam er über den weiten Platz, an dem seitlich das Theater stand und im Hintergrund die Universität. Dort waren viele Fenster erhellt. Es erfüllte ihn mit Befriedigung, daß er diesem hohen Hause doch auch das Seine gegeben hatte. ›Meine jungen Vögel . . .‹ Otto hat schließlich auf seine Art seinen Weg gemacht. Und Anne soll jedenfalls studieren. Das Geld ist da.

Er kreuzte das hellerleuchtete Zentrum der Stadt, aber es kam ihm nicht zum Bewußtsein, daß es Vorweihnacht war, die hohe Zeit des städtischen Lebens. Er ging, in sich selbst verloren, mitten hindurch, ein einsamer alter Mann auf einem stillen, dunklen Weg.

Die Uhr vom Schloßturm schlug fünf, als er bedächtig den Berg hinabging. Es kam ihm vor, als gehorchten ihm seine Beine nicht recht, sie machten unkontrollierbare Bewegungen, und in der Unterstadt überfiel ihn von neuem das Gefühl einer unerträglichen Beklemmung. Die Häuser schienen sich zu senken.

Die ganze letzte Zeit, seit vierzehn Tagen etwa, war es ihm nicht recht gut gewesen; aber das war schon öfter vorgekommen und wieder vergangen. Man mußte nichts darauf geben.

Als der Konsul die erste Brücke erreicht hatte, blieb er stehen und stützte sich auf das Geländer. Das schwarze, langsam ziehende Wasser blinkte auf, hinter dem Bogen des Flusses stand, spärlich beleuchtet, die lange Reihe der Speicher. Er versuchte, sich daran zu erinnern, wie sie alle hießen; jeder Speicher hatte seinen Namen, aber er kam nur auf den einen: der ›Storch‹. Der ›Storch‹ war die erste Erinnerung aus seiner Lehrzeit. Für jeden Lehrling fing es damit an, daß er lernen mußte, kunstgerecht den Speicher zu fegen.

Ich kann es auch Hermann sagen, dachte er weiter. Er weiß dann von dem Geld ... Aber gleichzeitig fiel ihm ein, daß Hermann zu Kunden über Land gefahren war, geschäftlich und auch noch zu einer Treibjagd, er würde erst den übernächsten Abend zurück sein ...

Er stand immer noch auf der Brücke, und es war ihm unmöglich, das Geländer loszulassen. Das Wasser floß und floß, und dann stieg es hoch, das schwarze Wasser drohte ihn zu überwältigen.

Er kam erst wieder zu sich, als sein Ohr eine Summe von Lauten auffing, die ihm vertraut waren. Es war das unverkennbare Geräusch, mit dem seine Pferde und sein Wagen zum Stehen kamen.

Johann hielt auf der Brücke, obwohl das verboten war. Er war in Eile und ein wenig in Sorge nachgefahren und vermochte später nie zu erklären, wie es sein konnte, daß er seinen Herrn hier im Dunkeln auf der Brücke im Augenblick sah und erkannte.

»Herr Konsul«, sagte er vorwurfsvoll, »Herr Konsul waren fortgegangen.« Er machte Miene, vom Bock zu steigen, doch der Konsul winkte ab. »Schon gut, Johann. Ich kann allein einsteigen. Fahr nach Hause!«

Die Luft im Wagen war dumpf, und er machte das Fenster auf. Gut, daß es friert, dachte er.

Die Füchse zogen an, und er lehnte sich zurück. Es tat wohl, so sanft dahinzufahren, es nahm einem alles ab, Last, Mühe, Sorge und alle Gedanken. Es war endlich ein Ausruhen.

Und dann kam wieder das seltsame Kreisen über ihn, riesenhafte dunkle Schwingen erfaßten ihn und trugen ihn fort. Hermann wird ... dachte er noch, dann riß der Faden ab.

Als sie über die zweite Brücke kamen, sah er noch einmal das Wasser, es floß dahin, immerzu, floß in die Ferne, die Lichter schwammen darauf. Dann war es vorüber. Was blieb, war nichts als ein ungeheurer, leerer Raum.

Der Wagen rollte dahin, der Kutscher Johann hielt die jungen Füchse in einem ruhigen Trab. Er bog in die Oberdammgasse ein.

Da hatte Konsul Kanther die letzte, große Heimfahrt schon vollendet.

Notizen

Notizen

Notizen

Notizen